Das Buch

Kurz vor dem Tod ihrer geliebten Großmutter erfährt Florrie, wer sie wirklich ist. Sie gehört einer reichen, berüchtigten Londoner Familie an. Fortan lebt Florrie bei den Graces. In der großen Stadt wird aus dem wilden Mädchen die junge Florence Grace. Der elegante Lebensstil beeindruckt sie, doch zu Hause fühlt sie sich hier nicht. Nur ihr Cousin Turlington scheint sich ernsthaft für sie zu interessieren. Aber Turlington ist nicht der, der er zu sein scheint. Was ist sein Geheimnis?

Die Autorin

Tracy Rees studierte in Cambridge und hat acht Jahre in einem Sachbuchverlag gearbeitet. Ihr Roman *Die Reise der Amy Snow* feierte sowohl in Großbritannien als auch in Deutschland große Verkaufserfolge und gewann den 1. Platz des Lovelybooks Leserpreis 2016 in der Kategorie historische Romane. Tracy Rees lebt in South Wales, England.

Von Tracy Rees sind in unserem Hause
außerdem erschienen:

Die Reise der Amy Snow
*Die Sonnenschwester*n

TRACY REES

Die zwei Leben der
FLORENCE GRACE

Roman

Aus dem Englischen
von Elfriede Peschel

Ullstein

Besuchen Sie uns im Internet:
www.ullstein-buchverlage.de

Ungekürzte Ausgabe im Ullstein Taschenbuch
1. Auflage Dezember 2018
© für die deutsche Ausgabe
Ullstein Buchverlage GmbH, Berlin 2017/List Verlag
© 2016 by Tracy Rees
Titel der englischen Originalausgabe: *Florence Grace*
(Quercus Publishing, London 2016)
Umschlaggestaltung: zero-media.net, München
Titelabbildung: Arcangel/© Malgorzata Maj (Frau);
getty images/© Justin Paget (Haus, Bäume);
getty images/© Niall Benvie (Tor, Weg)
Satz: Pinkuin Satz und Datentechnik, Berlin
Gesetzt aus der Fairfield LH
Druck und Bindearbeiten: CPI books GmbH, Leck
ISBN 978-3-548-29185-7

*Für meine wunderbaren Eltern,
wie immer mit all meiner Liebe, und für all
die Alten Rillas und Laceys, die mir mein Leben
verzaubert haben*

KAPITEL EINS

Dieses verdammte Pony war wieder durchgegangen. Mit Sicherheit gab es in West Wivel Hundred kein Geschöpf, das hinterhältiger und widerspenstiger war. Wir hatten uns gerade mal eine halbe Stunde im Moor befunden, da blitzte vor uns eine Taube auf – ein dummes, erschrockenes Geschöpf vor einem anderen. Das Pony stürzte und verschwand unter mir, so dass ich der Länge nach im Schlamm landete. Von dort sah ich dann zu, wie sein haariges weißes Hinterteil in der Ferne verschwand.

»Feigling!«, schrie ich. »Das war doch nur eine *Taube*!«

Vom Meer her war plötzlich Nebel aufgestiegen. Auf Bergspitzen und in Senken, auf Pfad und Fels, gesundem Boden und dampfendem, stinkendem Sumpf lag derselbe milchige Schleier, in dem alles verschwamm. Man musste schon sehr unerschrocken oder töricht sein, um da noch weiterzugehen. Ich hielt mich selbst für keins von beidem, aber ich konnte es mir nicht erlauben, Zeit im Nebel zu vergeuden. Der konnte gleich wieder weg sein oder sich tagelang einnisten, und ich war ohnehin schon zu spät dran. Einen ganzen Tag, um ehrlich zu sein.

Ich hätte nicht mal mehr sagen können, warum ich die Nacht in Truro verbracht hatte. In letzter Zeit schien das Leben sich in eine tyrannische Abfolge irrationaler Impulse verwandelt zu haben, denen zu folgen ich genötigt war – und einer sich daraus ergebenden Reihe anstrengender Fragen, auf die ich keine Antworten hatte. War es das, was das Frausein ausmachte? Wenn ja, dann wollte ich doch darum bitten, diese Ehre für mich noch ein paar Jahre hinauszuzögern.

Ich hatte keinen Zweifel daran, dass ich den Weg nach Hause finden würde – die Moorlandschaft war meine Heimat auf eine Weise, die keiner verstehen konnte –, der Nebel jedoch war ein verdammtes Ärgernis, klamm und kalt und kriechend. Stephen würde sicherlich sagen, er hätte mich ja gewarnt. Abscheuliches Pony. Sollte es doch an einem Felsen abrutschen und sich den Hals brechen oder in einen Sumpf stolpern und im dicken schwarzen Schlamm ertrinken, diese flatterhafte Kreatur.

Wütend trottete ich dahin, dreizehn Jahre alt und sehr wohl wissend, dass ich im Unrecht war. Mir wäre es völlig gleichgültig gewesen, wie lange der Nebel mich hier draußen im Schlamm und bei den Moorgeistern festhielt, hätte ich nicht gewusst, dass Nan in Sorge war. Der gestrige Abend war der erste, den wir getrennt voneinander verbracht hatten, seit Da gestorben war.

Tags zuvor war ich mit Stephen und Hesta nach Truro gegangen, weil sich dort eine aufregende Gelegenheit bot – jedenfalls schien es uns so, jung und unerfahren, wie wir waren. Diese Gelegenheit hatte sich über eine denkbar unwahrscheinliche Quelle ergeben: meine alte Schulfeindin Trudy Penny.

Ausgerechnet sie hatte mir eine Nachricht geschickt! Ich glaube nicht, dass irgendein Bewohner unseres kleinen Weilers jemals zuvor einen Brief bekommen hatte. Er war auf weißem Papier verfasst und steckte in einem Umschlag mit wächsernem Siegel. Folgendes war zu lesen:

Florrie,

am kommenden fünften September feiern mein Onkel und meine Tante Mr und Mrs Beresford aus Truro ein Fest anlässlich der Verlobung ihres Sohnes. Aufgrund einiger Veränderungen im Haushalt sind sie knapp an Personal – ein schlechter Zeitpunkt, meint meine Tante, die beinahe den Verstand darüber verliert. Helfende Hände werden gebraucht, und da dachte ich mir, dass Du und Deine Freunde sich vielleicht ein wenig Geld verdienen möchten. Sie bezahlen jedem von Euch Sixpence für den Tag. Ihr würdet die Haushälterin in ihrem Haus in der Lemon Street unterstützen. Solltest Du Interesse daran haben, lass es mich bitte bis Ende der Woche wissen, dann werde ich ihnen sagen, dass Ihr kommt.

*Mit freundlichen Grüßen
Trudy*

Ich wusste auf Anhieb, dass ich hingehen würde. Und das war keine meiner »Vorahnungen« – keine besondere Intuition hatte mich darauf vorbereitet –, es war einfach nur mein unbedingter Wunsch. Bis allerdings die Realität mit mir gleichzog, dauerte es etwas. Hesta und Stephen waren ihrem Gemüt nach nämlich alles andere als abenteuerlustig und bedurften großer Überredungskunst: Ich ließ mehrmals das Wort »Sixpence« fallen. Und Nan zu überzeugen, die außer mir nichts mehr auf der Welt hatte, erwies sich als noch schwieriger. Wieder sagte ich »Sixpence«. Geduldig argumentierte ich jede Sorge und jeden Zweifel weg, aber es genügt festzustellen, dass ich sie alle meinem Willen beugte. Wenn Starrköpfigkeit in einer Familie weitervererbt wird, dann wurde ich doppelt bedacht.

Ich ging davon aus, dass es sich dabei um ein vereinzeltes Abenteuer handelte. Hätte ich gewusst, was dieses edle Fest in Truro erahnen ließ, wäre ich womöglich ferngeblieben. Aber geändert hätte das letztendlich auch nichts.

Und so machten Hesta und ich uns auf dem Pony von Stephens Vater auf den Weg nach Truro, Stephen lief neben uns her. Ich hatte bereits ein paar Städte gesehen – ich war in Lostwithiel und Fowey gewesen –, aber mit solcher Eleganz und einem solchen Reichtum hatte ich nicht gerechnet. So etwas wie der Lemon Street in Truro war ich bisher noch nie begegnet. Sie war gepflastert und breit und es gab keinen Schmutz. Pferde und Karren und sogar Kutschen rumpelten auf und ab. Vornehme Leute spazierten entlang, lächelten einander zu und sagten »Guten Tag«. Es war ein angenehmer sonniger Spätsommernachmittag, als hätte sich sogar das Wetter in anmutiger Absicht angepasst.

Die Häuser waren aus grauem Stein und standen so dicht nebeneinander, als klebten sie zusammen. Kein Sturm würde sie wegwehen können. Ihre Bewohner müssten sich niemals besorgt fragen, ob das Dach bei heftigem Regen dichthielt. Wir verharrten zu dritt mitten auf der Straße und glotzten, bis uns eine Kutsche beinahe umgefahren hätte. Stephen zog uns auf das Trottoir, etwas, das wir vorher noch nie gesehen hatten, und wir fanden uns vor einem prächtigen Haus wieder. Es zu betreten kam uns unglaublich wagemutig vor.

»Ist Trudy Penny sich da auch ganz sicher?«, wollte Hesta wissen. »Spielt sie dir nicht etwa einen bösen Streich? Vielleicht wirft man uns ja gleich wieder raus und wir sind heute Abend wieder daheim in Braggenstones.«

»Also wir können nicht den ganzen Tag hier stehen bleiben«, sagte ich, löste meine Arme aus denen meiner Freunde, stieg die Stufen hinauf und griff nach dem Löwenkopftürklopfer. Natürlich hätten wir zum Hintereingang gehen sollen, aber was wussten wir schon – wir hatten keine Erfahrung mit Häusern, die so groß waren, dass sie zwei Eingänge benötigten.

Man führte uns in die Küche und sagte uns, was zu tun war. Alle waren recht freundlich, und ich glaube, die Haushälterin war derart aufgeregt, dass sie in uns nicht so sehr schmutzige, unerfahrene Kinder vom Land, sondern eher rettende Engel sah.

Die folgenden Stunden jagte ein Befehl den anderen, und es blieb nichts anderes übrig, als darauf zu reagieren. Wäre dies mein Leben und ich Bedienstete in einem solchen Haus gewesen, hätte ich es wohl nicht ertragen, diesen endlosen Anweisungen nachzukommen. Aber als Ausnahme, weil alles so neu und lebendig und anders war, flitzte ich mit strahlenden Augen und endloser Energie hin und her und verdiente mir damit mehr als nur ein paar Worte des Lobs. Von Zeit zu Zeit erhaschte ich einen Blick auf Hesta. Ihr prächtiges weißblondes Haar war im Nacken zusammengebunden und der Ausdruck ihres winzigen Gesichts war resigniert und elend. Aber sie bekam schließlich auch zu Hause genügend Befehle. Stephen sah ich nur einmal kurz und er machte einen verwirrten Eindruck.

Aber ich war glücklich. Es war eine neue Herausforderung, und ich kam damit gut zurecht. Ich half und bewirkte etwas. Ich war davon ausgegangen, dass ich mich einsam fühlen oder Heimweh haben würde, weil ich so weit weg von allem war, das ich kannte, aber es gefiel mir, eine neue Florrie zu sein, eine Florrie, die Neues anpacken und aufblühen konnte. Und als die Haushälterin ihren Kopf durch die Tür steckte, um zu verkünden, dass die Gäste eintrudelten, ging ein erregtes Murmeln durch die Bediensteten.

Plötzlich tauchten alle ihre Hände in einen Wassereimer, um sich die geröteten Wangen abzukühlen und die vom Schweiß feuchten Haarsträhnen unter Kappen und Tücher zu schieben. Schürzen wurden abgelegt und Röcke glattgestrichen. Dann durften sich immer zwei bis drei gleichzeitig in »die Nische« schleichen, einen versteckten Platz, von wo aus man zusehen konnte, wie die vornehmen Leute zum Ball eintrafen.

»Komm, Florrie, jetzt sind wir dran«, sagte nach einer Weile eins der Küchenmädchen.

»Ich?« Ich war ganz aus dem Häuschen. Ich war davon ausgegangen, dass eine solche Gefälligkeit nur den regulären Bediensteten des Hauses zuteilwurde. Ich folgte Vera durch einen Korridor und dann über eine kleine Treppenflucht zu einer Seitentüre des großen Esszimmers. Dieses verfügte über eine Art Vorraum, vom Zimmer durch einen schweren, dicken Vorhang aus pflaumenfarbenem Samt abgetrennt, worin auf einem ausladenden Tisch eine zusätzliche Schüssel mit Punsch, Kristallgläser, Porzellanteller und anderes bereitstand, was für die Gäste rasch würde ausgetauscht werden müssen. Wir quetschten uns in dieses Versteck und steckten unsere Nasen durch den Vorhang, hinter dem eine Welt aus Farbe und Licht lag.

Wie gebannt beobachtete ich die sich verneigenden Herren, die funkelnden Damen. Meine Augen weideten sich an Kleidern in Rosa, Pfirsich und Elfenbein. So etwas hatte ich noch nie gesehen, selbst die hübschen pastellfarbenen Kleider meiner Lehrerin waren im Vergleich dazu schlicht. Wie gern hätte ich sie angefasst und ihren schimmernden Glanz in mich aufgenommen. Und das Geschmeide! Für das, was ich da sah, hatte ich keine Namen. Dunkelgrün, blutrot und klar wie das Sonnenlicht auf Tautropfen – es sah aus, als käme es aus einer anderen Welt, keiner mir bekannten Welt.

Und diese Leute zu beobachten! Das verzauberte mich noch weitaus mehr als das andere Spektakel. Ich entdeckte die hinter der glatten Maske der Höflichkeit verborgene Verachtung, das boshafte Funkeln in den Augen der sittsamen jungen Damen, die Überheblichkeit der Herren mit ihren Schnurrbärten – ich hätte die ganze Nacht zusehen können. Als die Kapelle loslegte, war ich im siebten Himmel. Wie man hier knickste und von einem Partner zum nächsten wirbelte, war nichts im Vergleich zu den Tänzen auf dem Land, die ich ein paar Mal in Boconnoc besucht hatte, wo rotgesichtige Menschen schwerfällig herumstampften.

Und die *Musik*! Ich traute meinen Ohren kaum. In meinem bisherigen Leben war Musik für mich das Gefiedel von Rod

Plover gewesen oder manchmal auch die fröhlichen Stimmen meiner Nachbarn, wenn sie im Chor Volkslieder anstimmten. Aber in meinem Kopf hatte ich manchmal etwas gehört, das ich nicht beschreiben konnte – ein klimperndes An- und Abschwellen von Tönen, ganze Musikpassagen, die sich tanzend bewegten wie der Wind ... Ich hatte diese Erfahrung Hesta öfter als einmal zu beschreiben versucht, aber sie hatte immer nur verwundert ihr kleines Gesicht verzogen.

»Was kann das sein, Hesta?«

»Das ist nur wieder eine Spinnerei von dir. Du bist seltsam, Florrie Buckley, so gern ich dich auch mag.«

Aber ich wusste, dass es wichtig war, genauso wie ich viele andere Dinge wusste, die ich nicht erklären und auch nicht beweisen konnte. Und in jener Nacht, eingezwängt in der Nische neben der Punschschüssel, hörte ich »meine« Musik zum ersten Mal im wirklichen Leben.

»Was ist das?«, fragte ich Vera und zupfte an ihrem Ärmel und deutete.

»Nun, das ist ein Piano, Kind«, sagte sie.

»Pi-ah-no«, hauchte ich erstaunt, als hätte sie »Elysium« oder »Olymp« gesagt.

Vera schien etwas in meinem Gesicht gelesen zu haben, denn sie tätschelte meinen Arm und sagte: »Bleib noch ein wenig.« Gleich darauf wurde sie durch ein anderes Mädchen abgelöst, das sich neben mich zwängte und mir beim Zusehen heftig ins Ohr atmete.

Ich versuchte, mir das, was ich sah, für immer einzuprägen, da ich mir nicht vorstellen konnte, es jemals wiederzusehen. Während meine Blicke über die Menge wanderten, fielen sie auf einen jungen Mann und ich spürte dabei ein leichtes Ziehen im Herzen, wieder ein Moment unheimlichen Wiedererkennens ...

Als Erstes bemerkte ich sein freundliches Lächeln. Ja, er sah gut aus, seine Locken erinnerten an gelben Ginster, seine klaren braunen Augen an die Teiche im Moor und sein hübsches Gesicht war noch das eines Knaben, das aber schon den Mann in sich trug. Das zog mich an, denn ich selbst fühlte mich damals auch so dazwischen, doch das sonnige Lächeln auf seinem Gesicht legte nahe, dass er weitaus würdevoller damit umzugehen verstand als ich. Sein geduldiger Ausdruck, die Art und Weise, wie er jeden ansah, als würde ihn wirklich interessieren, was sie zu sagen hatten, beeindruckte mich in einem Raum voller Masken und Formalitäten. Während ich ihn beobachtete, stellten zahlreiche stolze Mamas und Papas ihm ihre jungen Töchter vor. Schließlich nahm er eine an der Hand und führte sie auf die Tanzfläche.

Ich unterdrückte ein Kichern. Ein derart ungelenkes Mädchen hatte ich noch nie gesehen! Und mein Held, der sich zwar einigermaßen graziös bewegte, war als Partner nicht geschickt genug, um das ausgleichen zu können. Gemeinsam stolperten sie sich mutig durch einen langsamen Walzer, rempelten verkniffen dreinblickende Paare an und brachten sie ins Straucheln. Auf der Tanzfläche waren sie eine Gefahrenquelle. Als der Walzer zu Ende war und zu einer flotten Polka aufgespielt wurde, hätten sie sich eigentlich zurückziehen müssen, aber mit dem Selbstvertrauen eines Paars junger Kälber preschten sie ausgelassen hüpfend und springend los. Ich hielt mir kurz die Augen zu, nahm meine Hand aber rechtzeitig herunter, um zu sehen, wie sie das Gleichgewicht verloren. Und es geschah das Unvermeidliche: Die junge Lady stolperte über ihre Röcke und stürzte zu Boden, stieß gegen drei Stühle, auf denen weitere besonnene junge Damen hockten – und brachte auch diese zu Fall.

Ich wollte schon in lautes Gelächter ausbrechen, als meine Gefährtin in der Nische ihr zu Hilfe eilte. Ich erinnerte mich daran, dass ich schließlich zum Arbeiten hier war, und jagte ihr hinterher. Der Vater des Mädchens war sofort an ihrer Seite und warf, während er seiner Tochter auf die Beine half, dem jungen Mann einen wütenden Blick zu.

»Komm her, hilf mir«, forderte er das andere Dienstmädchen auf. »Nimm sie am Arm. So, Fanny, stütz dich auf uns. Wir bringen dich an einen ruhigen Ort.«

Das kleine Grüppchen humpelte davon und ließ mich ohne Aufgabe in diesem funkelnden Raum voller Menschen zurück, die mir so gar nicht ähnlich waren. Einer jedoch fiel mir auf, der genau das tat, wonach es mich verlangt hatte, und sich vor Lachen kugelte. Auch er war ein junger Mann, der in der hintersten Ecke des Raums saß. Es schüttelte ihn vor boshafter Schadenfreude. Ich grinste, wandte mich dann aber ab.

»Ist mit Ihnen alles in Ordnung, Sir?«, fragte ich den goldenen jungen Mann, da es sonst keiner getan hatte. Alle schienen ihn für diese Katastrophe verantwortlich zu machen.

»Also wirklich, junger Sanderson!«, murmelte mehr als einer der korpulenten Gentlemen, und zahlreiche Damen tadelten: »Sie müssen besser achtgeben, Sanderson!« Das war nicht gerecht.

Er sah mich überrascht an, aber bevor er antworten konnte, brachte eine furchteinflößende Frau mit dunklen Haaren ihn weg. Seine Mutter? Ich konnte keine Ähnlichkeit feststellen, aber sie verhielt sich ihm gegenüber höchst besitzergreifend. Da ich von niemandem wahrgenommen wurde, nutzte ich die Gelegenheit, schlüpfte zurück hinter den Vorhang und widmete mich wieder meiner Abendunterhaltung.

Ein oder zwei Tänze später überlegte ich gerade, in die Küche zurückzukehren, erspähte dann jedoch den glücklosen Sanderson, der allein in der Nähe meines Alkovens stand. Einer verrückten Eingebung folgend, zog ich den Vorhang beiseite und machte zischend auf mich aufmerksam. Erstaunt wandte er sich mir zu, und ich gab ihm winkend zu verstehen, dass er zu mir kommen solle. Nachdem er sich rasch umgeblickt hatte, huschte er hinter den Vorhang und ich ließ ihn wieder fallen, so dass er uns verbarg.

»Hallo.« Ich grinste ihn an, höchst zufrieden mit meiner Eroberung. Als ich sechs Jahre alt war, hatte Stephen in einem Hühnerstall um meine Hand angehalten. Das hier war besser.

»Hallo«, sagte er schrecklich höflich. Er war älter, als ich ihn aus der Ferne eingeschätzt hatte, fast erwachsen. Wäre mir das bewusst gewesen, hätte ich ihn niemals ansprechen dürfen.

»Ich hab gesehen, wie Ihre junge Lady hingefallen ist«, bemerkte ich. Vielleicht nicht besonders taktvoll von mir.

Er wurde rot wie ein Bauernjunge. »Sie ist nicht meine junge Lady, sie ist eine Freundin der Familie. Ich fürchte, ich bin nicht der Geschickteste im Polka-Tanzen.«

»Papperlapapp. Das war sie. Sie war fürchterlich. Sie haben das gut gemacht, sonst hätte sie sich ja gar nicht so lange auf den Beinen gehalten. Warum schieben alle Ihnen das in die Schuhe? Warum sogar Sie selbst?«

»Weil es sich so gehört. Als Gentleman gibt man nicht zu, dass Damen, äh, etwaige Mängel haben.«

»Tatsächlich?« Das verblüffte mich. »Das ist doch dumm, oder? Natürlich haben junge Damen Mängel. Sie sind Menschen wie alle anderen auch. Ich habe Mängel. Haufenweise sogar.«

Er sah mich gleichermaßen amüsiert und verdutzt an. »Oh, ich bin mir sicher, dass du keine hast.«

»O doch, die hab ich! Haufenweise!« Ich schwieg, als mir klarwurde, dass dies wohl keine besonders eindrucksvolle Vorstellung war. »Aber es gibt auch haufenweise Dinge, die ich gut kann.«

»Dessen bin ich mir sicher. Welche wären das?«

»Etwa Lesen. Ich kann sehr gut lesen. Und ich kann schreiben. Und ich kann aus Wildpflanzen Arzneien herstellen und Rezepte und Zaubertränke.« Die letzte Behauptung stimmte nicht ganz, aber ich wollte diesen freundlichen, gut riechenden jungen Mann beeindrucken.

»Zaubertränke! Du liebe Güte. Wie klug.« Er wirkte ein wenig nervös, lächelte aber wieder auf seine gutmütige Art.

»Möchten Sie vielleicht ein wenig Punsch, Sir?«, bedrängte ich ihn, weil ich alles in meiner Macht Stehende tun wollte, um ihn vom Gehen abzuhalten. Ich deutete auf die Bowlenschüssel auf dem Tisch und schöpfte ihm ein Glas voll, bevor er mir antworten konnte.

»Danke.« Er nahm es und linste durch den Vorhang. »Donnerwetter, das ist wirklich ein ganz brillantes Versteck.«

»Das ist es. Doch ich sollte wieder an die Arbeit. Man hat mir erlaubt, von hier aus zuzusehen, aber sicherlich nicht so lange.«

»Du arbeitest für die Beresfords?«

»O nein, Sir, ich bin aus Braggenstones.«

»Bragg...?«

»Das werden Sie nicht kennen. Es liegt im Nirgendwo. Ich helf hier nur für den einen Abend aus. Aber so was habe ich noch nie gesehen.«

»Und gefällt es dir?«

»Sehr, Sir. Leben Sie in Truro?«

»Ich lebe in London. Ich bin mit meiner Tante und meinem Bruder hier und vertrete die Familie.«

»Welcher ist Ihr Bruder, Sir?«

Sein Lächeln wurde breiter und er winkte mich an seine Seite, damit ich zusammen mit ihm nach draußen spähen konnte. Ich konnte die Wärme seines erlesen gekleideten Körpers neben meinem spüren und genoss das Gefühl der Kameradschaft mit jemandem, der meinem Verständnis nach zwei Fuß hoch über der Erde wandeln müsste.

»Dort drüben, bei der Punschschüssel.«

Es war der boshaft lachende junge Mann, den ich vorhin erspäht hatte.

»Der sieht Ihnen gar nicht ähnlich!«, rief ich aus. Es stimmte. Der Bruder war ein seltsamer Vogel. Er hatte weder die aufrechte Haltung noch den gleichmütigen Ausdruck der anderen Herren, sondern saß mit finsterer Miene zusammengesunken da wie ein Troll. Die Leute machten einen weiten Bogen um ihn. Glattes seidiges Haar, so dunkel, wie das seines Bruders hell war, fiel ihm halb ins Gesicht, und seine Haut war bleich.

»Jünger oder älter als Sie?«, fragte ich und vermutete jünger.

»Zwei Jahre älter. Er ist der Erbe und ich bin die Versicherung«, sagte er lachend.

Ich verstand ihn nicht. »Ich hab noch keinen so unglücklichen Jungen gesehen«, bemerkte ich.

»Oh, Turlington ist nicht unglücklich. Er ist verärgert. Normalerweise tut er, worauf er Lust hat, und er wollte nicht hierherkommen. Mein Großvater hat ihn erpresst, deshalb schmollt er.«

Ich betrachtete ihn mit erneutem Interesse. Auch mir gefiel es zu tun, worauf ich Lust hatte. »Ich mag Ihren Namen. Er passt zu Ihnen.«

»Warum sagen Sie das?«

»Sanderson. Sand. Sie sind so golden wie Sand.«

Er errötete ein wenig. »Schön. Danke. Du bist die Erste, die das je gesagt hat. Normalerweise fragen alle: Warum haben du und dein Bruder so außergewöhnliche Namen?«

»Und, warum denn? Entschuldigen Sie, ich muss das einfach fragen, nachdem Sie es gesagt haben.«

»Es hat damit zu tun, dass meine Familie so unglaublich stolz ist, dass für eine Ehe nur Frauen aus anderen guten Familien in Frage kommen. Und um auch den Namen dieser Familien zu bewahren, geben sie uns Jungs deren Nachnamen als Taufnamen.«

Offenbar hatte ich ihn verwundert angeblickt, denn er führte dies weiter aus.

»Der Name meiner Mutter war Isabella Sanderson. Ich war ihr erstgeborener Sohn, also wurde ich Sanderson getauft. Turlingtons Mutter hieß Belle Turlington. Auf diese Weise brüstet meine Familie sich mit ihren ausgezeichneten Verbindungen.«

»Das ist aber komisch. Und warum haben Sie und Turlington nicht dieselbe Mutter, wenn Sie doch Brüder sind?«

»Eine gute Frage. Die Graces sind eine komplizierte Familie. Weißt du —«

Aber ich erfuhr es nicht, denn in diesem Moment rauschte seine wütende Tante vorbei. »Haben Sie Sanderson gesehen?«, fragte sie den Herrn, der neben ihr stand. »Wo ist der Junge nur hin? Bei seiner Tolpatschigkeit und Turlingtons haarsträubenden Manieren weiß ich nicht, was aus den Graces werden soll.«

Er schnitt eine Grimasse. »Ich gehe lieber. Ich darf nicht hier drin entdeckt werden. Aber dürfte ich dich noch um deinen Namen bitten?«

Ich hätte auch nicht gewollt, von dieser Hexe entdeckt zu werden. Ich knickste. »Florrie Buckley, Abkürzung für Florence, Sir.«

»Es war mir eine Freude, dich kennenzulernen, Miss Florence.«

Es gefiel mir, Florence genannt zu werden. Das hörte sich nach einem völlig anderen Mädchen an als Florrie Buckley aus Braggenstones.

»Ich danke dir, das war eine willkommene Abwechslung«, sagte Sanderson und verschwand zurück in die Welt, aus der er gekommen war.

Als ich in die Küche zurückkam, herrschte dort große Aufregung, deren Mittelpunkt Hesta war. Sie war gestürzt und mit dem Kopf auf dem Steinboden aufgeschlagen, war blutüberströmt und ohnmächtig. Man hatte sich um sie gekümmert, doch der Arzt hatte befunden, sie könne nicht weiterarbeiten. Man hatte Mr Beresford hinzugezogen. Er stand, die Hände auf seinen Knien, gebückt vor Hesta, die schlaff in einem Stuhl am Feuer hing. Er bot an, uns drei in seiner Privatkutsche nach Hause zu schicken oder uns über Nacht zu beherbergen.

»Hesta! Geht es dir gut?«, rief ich und eilte an ihre Seite. Ihr süßes Gesicht war bleich und ihre blauen Augen wirkten diffus.

»Ich werd schon wieder, Florrie.« Tapfer ergriff sie meine Hand. »Ich fühle mich nur ein wenig seltsam und würde gern zu Hause in meinem eigenen Bett schlafen.«

»Natürlich, meine Liebe, natürlich«, beruhigte ich sie, obwohl mein Herz schwer wurde. »Das ist sehr nett von Ihnen, Sir, danke«, ergänzte ich an Mr Beresford gewandt.

»Das ist doch selbstverständlich, Kind. Ich mache mir Vorwürfe, dass es zu so einem Unfall kam, nachdem ihr den langen Weg auf euch genommen habt, um uns zu helfen.« Ich fand ihn überaus freundlich und wunderte mich, wie er mit der schrecklichen Trudy Penny verwandt sein konnte. »Ihr wart zu dritt, wenn ich das richtig verstanden habe? Ein junger Mann?«

»Jawohl, Sir, Stephen Trevian.«

Mr Beresford nickte. »Bitte holen Sie sofort Stephen Trevian, Mrs Chambers. Ich schicke diese drei Kinder zurück ins Moorland. Wallace, fahren Sie die Kutsche vor. Und nun, meine jungen Damen, muss ich mich wieder meinen Gästen widmen, aber ich wünsche euch eine gute Reise. Und für dich rasche Erholung, mein armes Kind.« Er verschwand und ich hielt Hestas Hand und murmelte tröstliche Worte, bis Stephen besorgt eintraf.

»Ich habe selbst genug Probleme«, murmelte Mrs Chambers. »Der Abend ist noch lang und ich bräuchte eure Hilfe. Aber ihr müsst wohl alle gehen, nehme ich an?«

»Ja«, erwiderte Stephen sofort. »Wir haben versprochen, zusammenzubleiben. Wir können Hesta nicht allein in der Kutsche zurückfahren lassen, außerdem geht es ihr nicht gut.« Er stellte sich beschützend über Hesta, so stocksteif und ernst und selbstgewiss, dass Mrs Chambers resignierte.

Aber ich hatte einen Hoffnungsschimmer erspäht. Hesta sah bereits ein wenig rosiger aus. Und Stephen war so treu und zuverlässig, wie man sich einen Freund nur wünschen konnte ...

»Ich würde bleiben, Ma'am«, tastete ich mich vor, »nur dass ich nachts nicht allein übers Moor zurück nach Hause gehen kann. Meine Großmutter würde mir das Fell über die Ohren ziehen, so viel steht fest.«

Meine Hoffnung spiegelte sich in ihrem Gesicht. »Wenn du dazu bereit wärst, Kind, könntest du über Nacht bleiben. Du könntest dir ein Zimmer mit Sarah teilen, da gibt es ein freies Bett. Und du könntest am Morgen beim Aufräumen helfen, und ich zahle dir noch mal Sixpence zu den bereits versprochenen dazu. Du bist eine gute Arbeiterin und flink dazu.«

»Nein, Florrie!«, widersprach Stephen sofort. »Was würde Nan sagen? Sie würde mir die Hölle heißmachen, wenn ich dich hier allein zurücklasse. Wir müssen gemeinsam los.«

»Aber, Stephen, wie soll dann das Pony wieder nach Hause kommen?«

»Es kann neben der Kutsche herlaufen, denke ich.«

»Niemals würde es mit Mr Beresfords edlen Pferden mithalten. Nein, ich werde bleiben und hier aushelfen und weitere Sixpence für Nan verdienen. Ich bin ja nicht allein«, ich zeigte mit meiner Hand in die volle Küche, »und ich hab eine sichere Bleibe. Am Morgen, wenn ich alles nach Mrs Chambers' Wünschen erledigt hab, werd ich zurückreiten.«

»O Kind«, sagte sie sehnsüchtig. »Wenn das möglich wäre!«

»Sie kann nicht«, sagte Stephen.

»Ich will aber«, sagte ich.

»Florrie, *nein*«, sagte nun auch Hesta. Sie tutete immer ins gleiche Horn wie Stephen. »Das hier ist nicht daheim. Du weißt nicht, was passieren wird. Ohne uns kannst du nicht hierbleiben. Nan wäre außer sich! Fahr in der Kutsche mit uns mit.«

Ein Junge steckte seinen Kopf durch die Tür. »Die Kutsche ist bereit«, rief er.

»Nein«, entschied ich. »Wir haben gesagt, dass wir das machen, und ich möchte es zu Ende führen. Du kannst nicht helfen, Hesta, du bist verletzt und zu Hause besser aufgehoben. Und du, Stephen, musst natürlich mit ihr mitkommen, sie braucht jemanden. Aber mir geht es gut und mir gefällt es hier und ich möchte die Sixpence verdienen. Ich werd morgen vor dem Mittagessen wieder in Braggenstones sein, keine Sorge. Und jetzt los mit euch beiden. Alles Gute, Hesta, meine Liebe.«

Ich umarmte sie, als sie wankend aufstand. Stephens Blick zeigte mir, dass er damit nicht einverstanden war. Es lag in seiner Natur, sich um Leute zu kümmern, und indem wir uns aufteilten, brachte ich ihn in eine sehr unangenehme Lage – er konnte nicht für uns beide sorgen. Aber Mrs Chambers drängte mich zur Eile und teilte mich zum Geschirrspülen ein. Ich warf einen Blick über meine Schulter und sah, wie meine Freunde sich langsam entfernten, Hesta auf Stephen gestützt, der sie mit seinem Arm an der Schulter festhielt. Dann wandte ich mich der schmutzigen Abwaschlauge zu.

Insgeheim hoffte ich, das seltsame Brüderpaar wiederzusehen, aber am Ende verlief der Abend ruhig. Ich spülte das Geschirr ab, ich schälte Gemüse. Ich rannte hin und her und legte dabei bestimmt tausend Meilen zurück, schleppte Tabletts und stapelweise Geschirr und ganze Wäschetürme für die Übernachtungsgäste. Um drei Uhr morgens ließ ich mich in das freie Bett in Sarahs winziger Dachkammer fallen, so müde, dass ich nicht einschlafen konnte.

»Ich hab heute Abend diese dunkelhaarige Mrs Grace gesehen. Sie sieht furchterregend aus«, sagte ich in der Hoffnung auf ein Gespräch.

»Oho, aber erst ihr Neffe mit den goldenen Locken!«, murmelte Sarah sofort. »Was für ein gutaussehender Gentleman. Aber ich sag dir, trotz seines hübschen Gesichts würde ich nicht mit ihm gehen. Er ist ein Grace, weißt du, und das bedeutet Ärger. Na ja, *er* mag ja nett sein, aber der Rest von ihnen? Nur Ärger.«

»Wirklich? Wieso das?«, hakte ich nach, gähnend, als würde ich nicht darauf brennen, mehr zu erfahren. Aber Sarah schlief bereits, flach auf dem Rücken, und sagte kein einziges Wort mehr.

Ich lag auf dieser fremden Matratze, jeder Muskel tat mir weh und in meinem Kopf drehte sich alles. Mein Körper bitzelte wie Apfelmost. Noch nie hatte ich mich derart wach gefühlt, wie ein zum Sprung bereites Tier, und zugleich so müde, müde, müde …

Um halb sechs Uhr morgens stand Sarah auf, genau eine Minute bevor eine laute Glocke durch den Dachboden dröhnte. Sie hatte ihr Kleid schon fast angezogen, bevor es mir gelang, mich aufzusetzen, geschweige denn, irgendwelche Fragen zu stellen. Umziehen brauchte ich mich nicht, denn ich hatte in meinem Kleid geschlafen, aber ich musste mich waschen und kämmen, bevor ich mich meinen vorübergehenden Dienstherren präsentierte.

Ich kam meinen Pflichten nach – wenn auch nur halb so flink wie am Abend zuvor. Für die Gäste wurde bereits ein üppiges Frühstück zubereitet, obwohl sich zu so früher Stunde noch keiner von ihnen zeigte.

Als alles fertig war und es eine Pause gab, bevor die Gäste herunterkamen, hatte Mrs Chambers Mitleid mit mir. »Du hast gut gearbeitet, vor allem wenn man bedenkt, dass du das noch nie gemacht hast«, lobte sie. »Wir schaffen das jetzt. Geh nach Hause, Kind, du siehst zum Umfallen müde aus und hast noch einen weiten Weg vor dir.«

Und ich war inzwischen auch bereit aufzubrechen. Ich bedankte mich bei ihr – und bedankte mich noch mal, als sie mir keinen Shilling, sondern einen Florin in die Hand drückte. Ich konnte es kaum erwarten, Nan diesen zu überreichen. Damit könnte ich ihrem Genörgel wegen der in Truro verbrachten Nacht sicherlich ein Ende bereiten.

Ein Diener führte mich in den Stall.

Ich zäumte gerade das Pony von Stephens Vater auf, als ich im Stroh etwas rascheln hörte, das viel größer sein musste als eine Maus. Ich fuhr herum und sah einen jungen Mann, der sich mit Stroh im Haar aufsetzte und verwirrt umsah.

Ich zuckte zusammen, erholte mich aber rasch wieder. »Guten Morgen«, sagte ich spitz, während ich den Sattelgurt glattstrich.

Er runzelte die Stirn und kratzte sich am Kopf. »Guten Morgen. Ist das ... Bin ich hier im *Stall*?«

Ich schnaubte und richtete meinen Blick betont auf die Boxen voller Stroh, die Pferde und die dampfenden Pferdeäpfel. »Was soll's denn sonst sein?«

Er verdrehte die Augen. »Ich meine, was mache ich hier?«

Ich zuckte die Achseln und griff nach den Zügeln. »Woher soll ich das wissen?«

»Zu viel Champagner«, stöhnte er, kam auf die Beine und nahm seine Umgebung in sich auf. Da erkannte ich ihn. Turlington Grace. Bruder des entzückenden Sanderson.

»Ich kenn Sie!«, rief ich. »Ich weiß jedenfalls, wer Sie sind. Ich bin gestern Abend Ihrem Bruder Sanderson begegnet. Ich bin Florrie Buckley. Florence.«

Er sah mich aus schmalen Augenschlitzen an. »Ah! Du bist die, von der er mir erzählt hat. Ich wünschte, *ich* wäre gestern Abend von einem hübschen Mädchen entführt worden. Aber mein größtes Abenteuer bestand darin, zu viel zu trinken. Und am Ende hier zu landen.«

»Hört sich für mich nicht gerade nach Abenteuer an. Und sind Sie nicht noch zu jung, um zu trinken? Sie sehen nicht viel älter aus als ich.«

»Wie alt bist du denn?«

»Dreizehn.«

Mit Gewittermiene meinte er: »Ich bin fast zwanzig! Jeder hält mich für jünger, aber das bin ich nicht. Ich bin ein erwachsener Mann, um Himmels willen.«

»Wenn Sie das sagen. Also, ich muss jetzt los. Grüßen Sie Ihren hübschen Bruder von mir.«

»Wohin gehst du?«

»Nach Hause.«

»Und wo ist zu Hause? Truro?«

»Nein. Ich wohne in Braggenstones. Ein winziger Ort auf der anderen Seite des Moors. Ist ein langer Weg von hier.«

»Und du wirst ganz allein dorthin reiten?«

»'türlich. Das mach ich immer«, log ich.

»Hast du denn gar keine Angst? Ich hörte, dass die Moore voller rastloser Geister und abscheulicher Sümpfe sind.«

»Ja, das sind sie auch, aber machen Sie sich um mich keine Sorgen. Ich bin kein Stadtmädchen.«

Er kam zu mir und starrte mich an. »Das sehe ich«, sagte er und ich spürte, dass es als Kompliment gedacht war. Ich konnte den Alkohol riechen, den er ausdünstete.

Turlington Grace hatte braune Augen, dunkler als die seines Bruders, so dunkel wie Torf aus dem Moor, fruchtbar und gefährlich. Ich konnte tausend widerstreitende Gedanken darin sehen. Ich fragte mich, wie sein Leben aussah, was er für eine Geschichte hatte, und war mir plötzlich der Nähe seines Körpers nur allzu bewusst. Selbst als ich dichtgedrängt neben seinem Bruder in der Nische gestanden hatte, fühlte sich das nicht so an. Gestern Abend hatte Turlington derart eingefallen und gekrümmt ausgesehen, dass es mich nun überraschte, feststellen zu müssen, dass er größer war als ich, viel größer, und dabei nannte mich in Braggenstones jeder eine junge Birke. Er war schlaksig, wo sein Bruder kompakt war. Plötzlich tat er mir leid, aber ich wusste nicht, warum. Der Augenblick zog sich in die Länge und zwischen uns lag bedeutungsschweres Schweigen.

Traurig. Bemitleidenswert. Braucht einen Freund. Diese Worte kamen mir ungebeten in den Sinn.

»Turlington Grace«, murmelte ich, weil ich wenigstens irgendetwas sagen wollte.

»Grace«, bestätigte er bitter, was ich seltsam fand. Aber dann machte er etwas noch viel Seltsameres. Er neigte seinen Kopf und lehnte seine Stirn an meine, so dass wir mindestens eine Minute lang Stirn an Stirn standen. Schließlich stupste uns das Pony ungeduldig mit dem Kopf an und wir strauchelten. Ich kippte gegen ihn und er fing mich in seinen Armen auf, erwies sich als kräftiger, als er aussah. Plötzlich wünschte ich mir, ich würde kein Kleid tragen, in dem ich gearbeitet und geschlafen hatte. Er brachte mich ganz sanft wieder zurück in die Vertikale, wofür ich ihm dankbar war, denn meine Beine versagten mir in diesem Moment ihren Dienst. Seine Nasenflügel waren ein wenig geweitet, wie mir auffiel, und seine Augen recht reizvoll. Er hatte noch immer Stroh in seinen dunklen Haaren, und ich griff nach oben und zupfte es heraus.

»Ich geh jetzt lieber«, sagte ich und wünschte mir, er würde mich zurückhalten, aber er wich sofort zurück. »Ist alles in Ordnung mit Ihnen?«, ergänzte ich, denn er wirkte verloren und einsam. Das war eine merkwürdige Wahrnehmung für ein dreizehnjähriges Mädchen angesichts eines erwachsenen Mannes. Aber schließlich war meine Seele hundert Jahre alt, wie man mir sagte.

Er nickte. »Mir geht es gut. Danke, junge Hexe aus dem Moor. Und wird es dir denn auch gut gehen, da draußen bei den Geistern und Ghulen? Kann ich dir meine Hilfe anbieten? Ich oder mein Bruder?«

Ich stellte mir die beiden vor, wie sie mich in ihren feinen Anzügen, jeder mit einem Champagnerglas in der Hand, übers Moor begleiteten, und musste kichern. »Nein, besten Dank, Turlington. Und hören Sie auf, so viel zu trinken. Es kann nicht gut sein für Sie, wenn Sie nicht mehr wissen, warum Sie in einem Stall aufwachen.«

Ich führte das Pony ins Freie, sprang auf und ritt unter Hufgeklapper die Lemon Street entlang. Bald schon hatte ich mich verirrt – ich fand meinen Weg viel besser, wenn Bäume und Sterne und Flüsse und nicht Straßen und Häuser und Menschenmengen mir zur Orientierung dienten. Außerdem war ich abgelenkt durch meine Begegnungen mit zwei so unterschiedlichen wunderbaren jungen Männern. Schon komisch, dass Sanderson auch damals schon *Sir* für mich war – ein junger Gentleman –, Turlington jedoch war immer Turlington.

Kaum war ich eine halbe Stunde im Moor, flog die Taube auf, das Pony ging durch, und da war ich nun. Lief zu Fuß durch den Nebel nach Hause. Es war ein hundsgemeiner Nebel, ich konnte kaum meine Hand sehen. Aber ich war mein ganzes Leben lang durch dieses Moor gewandert. Es war mein Zufluchtsort bei jeder Drangsal oder Tragödie gewesen. Ich fühlte mich ihm auf eine Weise verbunden, die ich weder Nan noch sonst jemandem, den ich kannte, befriedigend erklären konnte. Nur die Alte Rilla – unsere weise Frau und Heilerin aus dem Dorf – verstand es. Sie sagte, das Moor sei das Zuhause meiner Seele: der Ort, an dem ich mich nie verloren fühlen würde. Wenn ich nichts sehen konnte, vertraute ich einfach meinen anderen Sinnen – ich konnte das Stampfen und Quatschen meiner Stiefel spüren, die Büschel oder die Glätte auf meinem Weg, und ich wusste, auf welcher Art von Boden ich mich befand. Ich konnte das Plätschern der Wasserläufe hören und wusste, in welche Richtung sie flossen. Konnte die Bäume auf den Hängen riechen und von den Hügelkuppen aus das Meer. Meine Sinne waren unfehlbare Führer, zusammen mit den Geistern, von denen Turlington gesprochen hatte.

Es war allgemein bekannt, dass Sumpfgeister sich an diesem einsamen Ort wohl fühlten. Man hielt sie für Unzufriedene, die ihren Spaß daran hatten, Menschen anzulocken, zu quälen und ihnen sonstigen Schaden zuzufügen. Und es stimmte auch, dass immer wieder Leute im Moor umkamen. Die Leute aus Lostwithiel und Boconnoc schworen, es sei ein teuflischer Ort. Selbst die Bewohner von Bodmin mieden es, und die kannten sich aus mit trostloser Moorlandschaft.

Aber für mich waren diese Geister immer nur Freunde. Ich spürte sie um mich und es käme mir niemals in den Sinn, sie zu fürchten, genauso wenig wie ich meine Nachbarn in Braggenstones fürchtete. Sie gehörten zum Moor und irgendwie gehörte auch ich zum Moor, und das verband uns.

Während meiner Wanderung an diesem Tag dachte ich lange und intensiv über die beiden Grace-Jungen nach. Es fühlte sich alles so bedeutsam an – nach Truro zu gehen, einen guten Eindruck bei der Haushälterin zu machen, die beiden merkwürdigen Brüder zu treffen. Ich war mir sicher, dass es nicht das Ende der Geschichte wäre, auch wenn mir mein gesunder Menschenverstand das Gegenteil sagte. Denn was erwartete ich? Dass der himmlische Sanderson sich an den ausgefallenen Dorfnamen erinnerte, den er nur einmal vernommen hatte, und auf einem weißen Pferd übers Moor galoppiert käme, um Ansprüche auf mich zu erheben? Das war natürlich unmöglich, aber in meiner Phantasie suchte ich verzweifelt nach Wegen, es möglich werden zu lassen. Vielleicht käme ja auch der rebellische Turlington im Sturmgebraus herbeigeeilt und packte mich an der Hand und warf mich ins Heidekraut? Obwohl ich angesichts solch lustvoller Überlegungen errötete, wusste ich doch, dass auch dies nicht eintreffen würde.

Für mich stand fest, dass ich mich in mindestens einen von ihnen verliebt hatte, sie aber mit Sicherheit nie wiedersehen würde, weshalb mein Leben ärmer und grauer wurde. Es war eine Qual. Am liebsten wäre ich auf direktem Weg zur Alten Rilla gegangen und hätte ihr alles erzählt, denn sie konnte mir immer helfen, etwas zu verstehen, half mir stets, die größeren Zusammenhänge zu erkennen. Aber ich wusste, dass ich heute keinesfalls zu ihr gehen konnte. Je näher ich meinem Zuhause kam, desto stärker wurde mein Gefühl, dass Nan in Sorge war, also nahm ich schließlich doch die Beine in die Hand und beeilte mich.

War diese Fähigkeit, so genau zu spüren, was andere empfanden, ein Segen oder ein Fluch? Ich war mir diesbezüglich nie sicher. Aus der Ferne gelang es mir nicht immer, und manchmal erreichte es mich auch nur in kleinen, kaum zu begreifenden Blitzen. Aber an diesem Tag spürte ich alles, was Nan während der vergangenen Nacht durchgemacht hatte, nachdem Stephen und Hesta ohne mich nach Braggenstones zurückgekehrt waren und sie Stephen eine Ohrfeige dafür gab, dass er mich zurückgelassen hatte.

Ich wusste, dass das dumme Pony inzwischen nach Braggenstones hineingetrabt war, mit schleifendem Zügel, die Beine vom weißen Schlamm so dick wie Tonsäulen. Ich wusste, dass Nan noch in diesem Moment den Gedanken zu verdrängen suchte, ich könnte gestürzt sein und mir an einem Stein den

Kopf aufgeschlagen haben. Ich wusste, dass ihr leicht ums Herz werden würde, wenn sie mich am Horizont auftauchen sah. Also durfte ich nicht säumen, nicht einmal, um die Alte Rilla zu besuchen. Nein, ich durfte Nan nicht länger mit ihrer Angst allein lassen.

Endlich erklomm ich den letzten Kamm oberhalb von Braggenstones. Inzwischen war es später Nachmittag. Die Sonne brach strahlend und dreist hervor und machte sich lustig über meine Reise, lustig über das weite Moor, das hinter mir lag und noch im Nebel waberte und wogte. Es war, als wären es zwei verschiedene Welten, und ich auf der Schwelle zwischen den beiden. Truro lag hinter mir und Braggenstones, vertraut und verlässlich und sicher, lag vor mir. Ich hielt kurz inne und schloss meine Augen, spürte die Sonne auf meinem Gesicht, während mir der feuchte Nebel noch kalt am Rücken klebte. Dann trat ich hinaus in den Sonnenschein.

KAPITEL ZWEI

Nan war wütend. Sie überschüttete mich mit so vielen Aufgaben, dass es zwei Tage dauerte, bis ich endlich die Alte Rilla aufsuchen konnte. Während ich schmollend meine Arbeit erledigte, ging ich immer wieder die Ereignisse jener Nacht in Truro durch und hinterfragte die seltsamen Gefühle, die sie in mir hervorgerufen hatten. Außerdem bedachte ich mein Leben vor dieser Nacht. Die beiden Welten waren so grundverschieden und es war unmöglich, sich eine Verbindung zwischen diesen beiden vorzustellen, doch meine Gefühle sagten mir, dass es sie gab.

Mein Leben begann in Nans kleinem Cottage in einer dunklen Nacht. Es gab ein Unwetter. Meine Mutter hatte unter dem Beistand von Donner und Blitz und heulendem Wind im Cottage in den Wehen gelegen – doch ohne Arzt. Die Tür wurde vom Sturm aufgerissen, hing wie ein taumelnder Trunkenbold nur noch an einer Angel und schlug und schlug gegen die Steinwand, als wolle sie auf sich aufmerksam machen. *Der Tod naht*, schien sie zu sagen. *Macht euch bereit, macht euch bereit. Der Tod kommt.*

Und tatsächlich starb meine Mutter in jener Nacht, aber sie hielt mich noch eine halbe Stunde in ihren Armen, stillte mich und gab mir meinen Namen, bevor sie verschied. Und so begriff ich schon vom ersten Tag an, dass Tod und Leben miteinander verbunden sind. Die wenigsten von uns tragen dieses Wissen so tief in sich.

Mein Vater war zum Arbeiten in St. Ives, denn es war Sardinensaison. In diesem Jahr war sie kurz, nur vier oder fünf Wochen, jedoch lange genug, dass er bei seiner Rückkehr seine Frau nicht mehr antraf und an ihrer Statt eine kleine Tochter vorfand. Nan war es, die um meine Mutter trauerte und sich in diesen ersten Stunden um mich kümmerte, nachdem das Unwetter sie mitgenommen hatte. Natürlich war es nicht wirklich das Unwetter, sondern ich war eine Steißgeburt und die Wehen zogen sich endlos in die Länge, aber ich bleibe hartnäckig dabei, es so zu sehen. Es war Mittsommer. Das Unwetter braute sich zusammen, als hätte ein Dämon es ausgeheckt, brauste dann übers Moor, zerstörte zwei Häuser und richtete Schaden an weiteren an, und jagte wieder davon und nahm meine Mutter mit sich. Ich stelle mir gern vor, dass ihr Geist, auf der Zacke eines Blitzes reitend, von dieser gewaltigen steifen Brise davongetragen wurde. Und ich sage mir, dass sie immer bei mir ist, wenn der Wind weht. Stephen meinte, das sei Blasphemie, aber warum sollte ich mir den Geist meiner Mutter nicht in Freiheit vorstellen? Mir gibt es keinen Trost, sie eingezwängt in einem Sarg zu sehen, eingegraben in der Erde.

In der üblichen Abfolge kleiner Wunder, die so alltäglich sind, dass wir leicht vergessen, sie als Wunder anzuerkennen, wuchs ich vom Baby zum Mädchen heran. Ich vergötterte meinen Vater. Als Baby streckte ich die Arme nach ihm aus, sobald ich seine Stimme hörte, wie Nan mir erzählte, und sobald ich herumtapsen konnte, lief ich ihm überallhin hinterher. Für mich war er ein Löwe mit seinen langen rotblonden Locken und dem Bart. Er hob mich auf seine Schultern, auf denen ich so königlich ritt wie eine indische Fürstin auf einem Elefanten. Leider sah ich ihn viel zu wenig und meine Erinnerungen an ihn sind spärlich, denn er verbrachte lange Stunden und Tage bei der Arbeit – harter Arbeit auf dem Land und in den Minen und manchmal auch auf See. Aber wenn wir zusammen waren, war die Welt ein einziger Gesang. Ihm war die Gabe zu tiefer Liebe eigen. So hatte er meine Mutter geliebt, so liebte er jetzt mich.

Wir lebten in einer geschlossenen Gemeinschaft, klein und abgeschieden, eine bäuerliche Gesellschaft in einem freundlichen Tal, einem weichen grünen Band in einer ansonsten unerbittlichen, dem Wetter ausgesetzten, gefährlichen, schlammigen Moorlandschaft. Elf Cottages reihten sich wie aufgerichtete Steine entlang des Talbodens. Es gab gepflegte kleine Gärten und wir nutzten diese winzige Insel aus sanftem Grün zu unserem Vorteil. Reich wurde hier keiner von uns, aber wir konnten wenigstens erzeugen, was wir zum Leben brauchten. Wir mussten nie hungern, nicht wirklich. Wir bauten Gemüse und Gerste an. Gelegentlich hatte die eine oder andere Familie eine Kuh, und das bedeutete dann Milch für uns alle. Und manchmal scharrten auch ein paar Hühner auf dem Hof. Wir verkauften unsere Ware auf dem Markt – Gemüse, Obst und sogar Blumen, die wir zu Sträußen banden, um die Städter zu erfreuen. In einem guten Jahr genossen wir es, so einfach und abgeschieden zu leben, unabhängig und frei. In einem schlechten Jahr knirschten wir mit den Zähnen und weinten bittere Tränen.

Hoch oben im Moor hielt Heron's Watch Wache über uns – ein altes verlassenes Bauernhaus, das mich auf seltsame Weise anzog. Oft ging ich große Umwege, nur um auf seinem zugewachsenen Gelände zu verweilen und durch die Fenster in seine dunklen Räume zu spähen. Das war eine weitere seltsame Neigung von mir.

Nan konnte sich noch an die Zeit erinnern, als Heron's Watch bewohnt gewesen war. Damals gingen Männer und Frauen aus Braggenstones dort hinauf, um für ein paar Münzen oder Lebensmittel, die es in unserem Weiler nicht gab, wie Käse oder Rindfleisch, Arbeiten zu verrichten. Es war ein lebensspendender Strom gewesen, der durch unser Dorf lief. Aber die Familie war ausgestorben und der Hof war an die Verwandtschaft in Falmouth gegangen, die sich jedoch nicht darum kümmerte. Das Land wurde Stück für Stück an einheimische Grundbesitzer verkauft, bis nur noch das Haus übrig war, das am Rande des Moors hockte und für all die Dinge stand, die die Leute vergaßen, und eine Lebensweise, die es so nicht mehr gab.

Als ich klein war, waren Da und Nan und ich beste Freunde. Nan war so klein und verhutzelt, wie er groß und raumgreifend war. Mochte sie ruhig verhutzelt sein – schließlich hatte sie bereits zwei Söhne verloren, einer war vom Baum gefallen, der andere im Meer ertrunken. Die Beschäftigungen, denen die armen Männer aus Cornwall nachgehen konnten, waren allesamt riskant, aber Geld musste verdient, Familien mussten versorgt werden. Nan pflegte zu sagen, dass es ihr jedes Mal das Herz brach, wenn sie meinen Da während der Sardinensaison zur Küste und während der meisten anderen Tage zu den Minen aufbrechen sah, aber es blieb ihr nichts anderes übrig, als ihm zum Abschied zuzuwinken und ihn bei seiner Rückkehr willkommen zu heißen, als wüsste sie nichts von den Gefahren, denen er ausgesetzt war, als wäre das Leben etwas, das beherrschbar wäre.

Sie trug ihr eisengraues Haar zu einem Zopf geflochten, der ihr fast bis zur Taille reichte. Als Baby zupfte ich daran, als junges Mädchen kämmte ich sie, aber für das Flechten waren meine kleinen Hände zu ungeschickt. Gebannt sah ich zu, wenn Nan dies selbst machte.

Ich nannte sie Nan, weil sie meine Oma war. Aber alle anderen nannten sie ebenfalls Nan, denn so hieß sie. Mir gefiel diese doppelte Bedeutung. Und ich fand es schön, dass ich noch einen zusätzlichen Anspruch auf sie hatte.

Was meine Mutter betraf, so erzählte man mir, dass sie aus Launceston stammte und meinen Vater auf einem großen Tanzfest des West Wivel Hundred kennengelernt habe. Man berichtete mir von ihrer Anmut und dem schelmischen Funkeln in ihren Augen, als sie sich unter einem Sommermond im Kreis drehte. Wie hätte mein Vater diesem Zauber widerstehen können? Sie habe weiches dunkles Haar, dunkelbraune Augen und eine blasse Haut gehabt und ein verträumter Schimmer wie Morgennebel habe auf ihr gelegen. Sie habe wie eine Lerche gesungen und sei freundlich und gutherzig gewesen.

Ich war ein zielstrebiges Kind mit braunen Haaren, die sich aber nicht recht entscheiden konnten, denn es befanden sich auch dicke Strähnen in Honiggelb und glänzendem Kupfer darin. Nan pflegte zu sagen, ich hätte Cornwall-Haare. Ich hatte die dunklen Augen meiner Mutter und war zu groß gewachsen.

In Braggenstones hatte ich zwei enge Freunde: Hesta Pendarne und Stephen Trevian. Wie ich stammten sie aus Familien, die schon ein Jahrhundert lang in den Minen gearbeitet und noch viel länger das Land bestellt hatten. Stephen hatte Haare wie feuchtes Stroh. Er war stämmig und schielte ein wenig. Er war ernsthaft und manchmal ein wenig schwerfällig, und Hesta und ich hatten Spaß daran, ihn aufzuziehen. Hesta war halb so groß wie ich, eine kleine weißhaarige Fee mit blauen Augen und der Gabe, immer lachen zu können. Wir waren nicht die einzigen Kinder in unserem Weiler, aber wir drei waren etwa im gleichen Alter, mit nur acht Monaten Unterschied zwischen uns.

Wir waren sechs Jahre alt, als Stephen eines Tages zu mir kam und mich an der Hand in den Hühnerstall führte und sagte: »Ich will mit dir reden, Florrie.« Bis heute weiß ich nicht, was da in ihn gefahren war.

»Ich hab nachgedacht«, begann er kurzerhand. »Ich finde, wenn wir erwachsen sind, sollten wir heiraten. Was meinst du?«

Was konnte ein Mädchen zu so einer Werbung schon sagen? Ich verspürte nicht den Wunsch zu heiraten, aber die Menschen taten es offenbar. »Na gut«, sagte ich. »Danke, Stephen.«

»Fein. Mein Da sagt, ich soll den Ponystall ausmisten. Willst du mir helfen?« Und mit diesem romantischen Stelldichein zur Feier unserer Vereinigung kletterten wir aus dem Hühnerstall. Im Lichte meiner Begegnung mit den beiden jungen Männern in Truro kam mir diese Erinnerung wieder in den Sinn, und ich lächelte ein wenig verächtlich.

Ich hatte also zwei enge Freunde. Ich hatte einen Vater und eine Großmutter, die mich beide liebten. Ich hatte ein Dach über meinem Kopf, und das Dach leckte nur selten. Ich hatte fast jeden Tag frische Nahrung direkt aus der Erde, auf der die Regentropfen glitzerten. Seit jungen Jahren verfügte ich über die Freiheit, das Moorland zu erforschen, wo ich über die Geister gebot, die alle anderen fürchteten. Ich fand, mehr konnte sich ein Mädchen nicht wünschen.

Ich war also ... etwas Besonderes. Das sagte meine Großmutter mir von Anfang an. Sie sagte es so oft, dass ich erst drei Jahre alt werden musste, um zu begreifen, dass mein Name Florence war – Florence Elizabeth Buckley – und nicht Nans Besonderes Mädchen. Aber vielleicht war ich das auch. Ich hatte kein Geld und stach durch nichts hervor, war keine Schönheit, auf deren Namen Männer Schiffe taufen würden (doch Stephen erklärte unsere Kindheit hindurch steif und fest, dass er mich heiraten würde, komme, was da wolle). Die Dinge, die mich besonders machten, waren die, die mir einfach so in den Schoß fielen.

Wie etwa, dass ich mich nie im Moor verirrte. Und manchmal von Dingen wusste, bevor sie sich ereigneten. Häufig konnte ich verstehen, was die Menschen dachten und fühlten, manchmal sogar, bevor es ihnen selbst klar war. Manchmal wusste ich auch Fakten wie: *Du hasst deine Mutter* oder *Du bist viel gereist*, bevor sie ihren Mund aufmachten. Einmal war es: *Du liebst deine hübsche graue Katze*. Und da fragte ich dann, wie es der grauen Katze ginge, bevor sie überhaupt erwähnt worden war, was zu einem misstrauischen Blick der fraglichen Dame und zu einem vorwurfsvoll verzogenen Gesicht von Nan führte. Ich lernte dann, das, was ich wusste, für mich zu behalten, weil es die Leute durcheinanderbrachte, aber nichtsdestotrotz wusste ich es.

Nan war sehr stolz auf mich, was ihr arg zusetzte, denn Stolz war eine Sünde. Aber sie nannte mich ihren größten Trost, ihren Leitstern und ihr Besonderes Mädchen, wenn wir allein waren und sie sich sicher war, dass kein anderer es hören konnte. Ich fragte mich, ob Sanderson oder Turlington mich für etwas Besonderes hielten.

Als ich sieben war, ein großes Mädchen mit wirren Haaren und Augen, die oft auf den Horizont gerichtet waren, teilte mein Vater mir mit, dass er es sehr begrüßen würde, wenn ich in Tremorney, einem kleinen, drei Meilen weit entfernten Dorf, am Unterricht teilnehmen würde. Er war ein armer Mann mit großen Träumen, und diese Träume streckten Fühler nach mir aus, die mich sanft umfingen. Er besaß nichts, aber er wollte, dass ich das Beste von allem bekam. Ich habe geistige Großzügigkeit immer mehr bewundert als jede andere.

Mein Unterricht folgte keinem Plan, sondern setzte sich querbeet aus allem zusammen, was die Interessen unserer Lehrerin berührte. Diese war eine junge Frau von gerade mal achtzehn Jahren. Sie hieß Lacey Spencer und kam aus Penzance. Die Verbindung zu Tremorney kam über eine Tante, bei der sie von frühester Kindheit an regelmäßig auf Besuch gewesen war. Als sie älter wurde und ihr das Ausmaß der Armut und Unwissenheit in unserer Gegend bewusst wurde, wollte sie hier eine Schule aufbauen. Wie sie einen solchen Plan in die Tat umsetzen sollte, wusste sie nicht recht, doch ihre Absichten waren gut. Und den Segen dazu bekam sie von ihren Eltern, einem freundlichen Paar aus dem Bürgerstand, das seine Tochter vergötterte und genug Geld hatte, um sie zu verwöhnen. Die Kosten waren gering, weil sie im Wohnzimmer ihrer Tante unterrichtete.

Lacey Spencer war schlank und hatte federnde braune Locken. Jeden Tag kleidete sie sich in einer anderen Farbe – Zitronengelb, Lila, Pfirsich, Türkis, Apfelgrün: Es war, als würde man einen Regenbogen ansehen. Als ich ihr das erste Mal begegnete, dachte ich: *Tageslicht. Gelächter. Entschlossen.* Jung, wie ich war, wusste ich nicht zu schätzen, was für ein bemerkenswertes Unterfangen diese Schule war, aber selbst mir war klar, dass Lacey Spencer wichtig für mich werden würde.

In dieser Schule war es auch, dass ich die bereits erwähnte Trudy Penny kennenlernte. Trudy mit ihren rosa Seidenbändern und Ballettschuhen und ihren in Truro lebenden Cousins. Trudy war zwei Jahre älter, ein Mädel aus Tremorney, deren Eltern es sich hätten leisten können, sie auf eine richtige Schule zu schicken, aber keinen Sinn darin sahen.

Sie war ein gemeines kleines Ding, diese Trudy, und ihre ständigen Quälereien verletzten meine Gefühle mehr, als ich mir je anmerken ließ. Sie behauptete, ich würde stinken wie ein Schwein. Da wir kein Schwein hatten – wir hätten uns gar keines leisten können –, bezweifelte ich, dass es stimmte, aber die übertrieben gerümpfte Nase, wann immer sie in meiner Nähe saß, führte dazu, dass ich mir um meine Reinlichkeit Sorgen machte. Mich sauber zu halten war schwer, da ich nur ein Kleid besaß, in dem ich wanderte, den Garten versorgte und ausritt (sofern Stephens Vater es mir erlaubte). Und obwohl ich Trudy nicht ausstehen konnte, betrachtete ich doch gern ihre Bänder und ihre saubere rosige Haut.

Und deshalb bemühte ich mich auch wochenlang, ihre Freundschaft zu gewinnen. In Tagträumen malte ich mir aus, dass sie über den Schmutz hinwegsah und erkannte, dass ich etwas Besonderes war, und mich zu sich nach Hause einlud und mir ihre Bücher und Spielsachen zeigte und mich bat, ihr meine verwunschenen Plätze im Moor zu zeigen. Ich brachte ihr Geschenke mit – ein paar Erdbeeren im Sommer, eine Habichtfeder, einen außergewöhnlichen Stein mit einem hübschen grünen Muster. Die Verachtung, mit der sie mich strafte, wenn ich ihr diese bescheidenen Dinge anbot, war grenzenlos.

»Was willst du denn *damit*?«, spottete sie und warf die Feder aus dem Fenster auf die Straße, wo sie zu Boden schwebte und unter den Hufen des Gastwirtspferdes zermalmt wurde. »Einen *Stein*?«, höhnte sie, hielt dabei ihren Kopf schief und ergänzte dann in vorgeblicher Heiterkeit: »Du hast mir einen … *Stein* gegeben. Wohl weil's nicht genug Steine in Cornwall gibt und ich keinen fände, wenn du mir keinen mitbrächtest?«, und warf das Objekt ihrer Beleidigung nicht gerade freundlich zurück. Die Erdbeeren jedoch aß sie.

Miss Spencers »Schule« war eine merkwürdige Sache. Neun Kinder, meist arm und schmutzig, saßen zusammengepfercht im Wohnzimmer ihrer Tante, das zur Hauptstraße von Tremorney hinausging. Wir hockten auf riesigen, mit Rosshaar gepolsterten Sesseln mit steifen Rückenlehnen und lauschten Geschichten von Rittern und griechischen Göttern und lernten, was Miss Spencer von Geographie und Mathematik wusste. Der Unterricht fand montags, mittwochs und donnerstags mitten am Tag statt und dauerte fünf Stunden einschließlich einer Pause, in der es Hammelbrühe, Tee und Kuchen gab. Ich glaube, Letzteres sorgte dafür, dass die meisten fast immer zum Unterricht erschienen.

Die Hausaufgaben waren vollkommen freiwillig, was der Tatsache geschuldet war, dass die meisten Schüler noch einen weiten Heimweg hatten und arbeiten mussten, wenn sie nach Hause kamen, und darüber hinaus auch noch am nächsten Tag vor Sonnenaufgang. Ich weiß nicht, welchen Nutzen die anderen Kinder aus dieser Schule zogen – abgesehen von gutem frischen Fleisch dreimal in der Woche –, aber ich weiß, was es für mich bedeutete.

Noch bevor ich mit Lacey Spencers Sammelsurium an Lehrstoff in Berührung kam, hatte ich gewusst, dass es Welten außerhalb von Cornwall gab, jenseits vom Gemüseanbau und dem ewigen Flicken des immer selben Kleids, jenseits von allem, was ich je gekannt hatte. Ich konnte sie spüren, wenn ich unterwegs war, was oft geschah. (»Füße mit einem Eigenleben«, pflegte Nan verwundert und verzweifelt zu sagen.) Dann lehrte Miss Spencer mich lesen, und plötzlich befanden sich diese Welten zwischen meinen Händen, in Worten festgehalten. Am besten gefielen mir die griechischen Mythen: diese alten Geschichten vom Chaos und von der Schöpfung, von den Titanen und Zentauren, von Göttern und Sterblichen und den kapriziösen Lebensmustern. Ich lächelte über das ungeheuerliche Verhalten der Götter und ihre listenreichen Finten, mit denen sie sich gegenseitig austricksten. Mir war klar, dass es sie womöglich nicht gab, aber dennoch pries ich sie für alle Fälle, wann immer ich daran dachte.

Meine Gebete waren vergeblich. Eines Tages, als ich die Schule seit fast einem Jahr besuchte – ich war acht Jahre alt –, las ich der Klasse aus *Erzählungen nach Shakespeare* von Charles und Mary Lamb vor. Dies geschah stockend, denn obwohl ich eine schnelle Leserin war, wenn es nur das Buch und mich gab, übertrug diese Fähigkeit sich nicht automatisch auf das laute Vorlesen. Ich weiß noch genau, dass es *Der Sturm* war. Mich überkam dabei plötzlich eine Kälte, so nasskalt und erschütternd, dass ich das Buch fallen ließ. Charlie Mendow kicherte. Trudy Penny machte eine hochnäsige Bemerkung. Miss Spencer kam zu mir geeilt und erkundigte sich, ob ich unwohl war. Ich konnte nicht sprechen. Ich starrte aus dem Fenster, hinaus auf die Straße und die normale Welt, und wusste mit völliger Gewissheit, dass der Tod wieder über uns gekommen war, um jemanden zu holen, den ich liebte. Ich sah den Geist meines Vaters vor mir aufblitzen, so rot und hell und grell wie sein Bart, völlig frei und frohlockend. Ich entzog Miss Spencer meine Hand und rannte nach Hause, jagte durch Tremorney wie ein Dieb auf der Flucht. Auf dem ganzen Weg hielt ich nur einmal an, obwohl mein stoßweise gehender Atem wie eine rostige Türangel quietschte.

Als ich Braggenstones erreichte, sah ich den Minenverwalter vor unserem Cottage und wusste, dass es stimmte.

»Da!«, jammerte ich und stürzte durch die Tür, aber Nan fing mich ab und hielt mich fest. Erst Jahre später erfuhr ich, dass sie mir den Anblick seines zerschmetterten, blutigen Körpers ersparen wollte. Und obwohl ich dankbar bin, dass mein letztes Bild von ihm das plötzliche Aufleuchten lebhaften Orangerots vor dem Fenster des Klassenzimmers war, taten meine Arme mir danach immer weh, weil es mir versagt geblieben war, ihn dieses letzte Mal zu halten. Es ist eine Leere, die mich einfach nicht loslassen will.

Er war natürlich bei einem Stolleneinbruch zu Tode gekommen, zusammen mit sechs anderen Männern, von denen jedoch sonst keiner aus unserem Weiler stammte. Damals kam einer von fünf Bergleuten bei einem Bergwerksunfall ums Leben, und trotz gelegentlicher Reformversuche bezweifele ich, dass sich die Situation inzwischen gebessert hat. Von Zeit zu Zeit murmelt die Regierung etwas von innovativen neuen Sicherheitsmaßnahmen, und die Herren Minenbesitzer sehen sie sich an und sind für eine Weile ganz begeistert, beschließen dann aber, dass es zu teuer komme, diese einzubauen. Und in der Zwischenzeit sterben weiterhin Männer.

Als Nan mich an diesem Tag vom Schlafzimmer aussperrte, flüchtete ich mich nach draußen, drängelte mich an den versammelten Nachbarn vorbei und warf mich vor dem Cottage auf den Boden. Der raue Pfad bekam unerträgliche Bedeutung: Nie wieder würde ich ihn auf diesem die letzten paar Schritte bis zu unserer Tür gehen sehen. Ich schluchzte und schlug auf den Boden ein und drückte mein Gesicht in den Schmutz. Dann kam Hesta und setzte sich neben mich und schlang ihre Arme um mich und wiegte mich. Kurz darauf stieß Stephen dazu und lief im Kreis um uns herum, während ich an Hestas Schulter schluchzte. Auch sie hatte meinen Vater geliebt, ihr eigener war klein und gemein und zu sehr mit Husten und Spucken beschäftigt, als Hesta etwas Liebe zu geben. Schließlich setzte sich auch Stephen auf den Boden und umschlang uns beide mit seinen Armen.

Erstarrung und Nebel bestimmten die Tage, die darauf folgten. Mein Da war nicht mehr. Ich wusste es, akzeptieren konnte ich es jedoch nicht. Ich konnte mir nicht vorstellen, wie ich ohne ihn in dieser Welt zurechtkommen sollte. Obwohl er so viele meiner wachen Stunden abwesend gewesen war, hatte es doch immer die Möglichkeit gegeben, dass er meinen Tagen Gestalt verlieh. Da war sein Geruch im Cottage und sein Anblick, den ich erhaschte, wenn er auf den Feldern arbeitete, und der Rhythmus seines Kommens und Gehens. Wenn ich schlief und er von der Arbeit nach Hause kam, schwebte seine Stimme vom unteren Zimmer zu mir hinauf und mischte sich in meine Träume. Ich liebte ihn von ganzem Herzen, tief und schmerzlich.

Ich wanderte oft übers Moor und hielt unter den Geistern Ausschau nach Da. Ich lief die vier Meilen zur Mine und hoffte dabei mit jenem Teil von mir, der an Wunder glaubte, ihm zu begegnen, wenn er auf dem Pfad zurückkam und seine Laterne und seinen Pickel schwenkte. Manchmal kam ich an Gruppen von Männern auf dem Nachhauseweg vorbei, und dann machte ich mich neben dem Weg ganz klein und musterte ihre Gesichter. Aber obwohl sie laut und lebhaft und lebendig waren, waren sie nicht mein Da. Kein einziges Mal wurde ich aufgehalten, keiner wollte wissen, was ich in meinem Alter so ganz allein hier draußen in den Hügeln machte. Es war, als hätte mein Unglücklichsein mich unsichtbar gemacht – als hätte *ich* irgendwie eine andere Welt betreten.

Aus einer Woche wurden zwei, und Nan bekam es mit der Angst zu tun. Ich wollte nichts essen und war dünner denn je. Ich hatte aufgehört umherzustreifen und verbrachte meine Tage auf der Bank unter dem Fenster und starrte übers Tal. Nachbarn kamen: Hestas Mutter Bertha, Billy Post, der Pfarrer, Stephens Vater Adam. Bertha brachte mir Suppen, die sie eigens für mich gekocht hatte, aber nichts reizte mich.

Also schickte Nan zu guter Letzt nach der Alten Rilla. An einem späten Herbstnachmittag kam sie. Die Luft war klar wie ein gelber Diamant, am Horizont ballten sich große violettschwarze Wolken. Ein schmaler Streifen wie von geschmolzenem Gold lag auf ihnen und ich konnte meinen Blick nicht davon losreißen. Ich hatte mir immer schon vorgestellt, zum Licht auf den Wolken hinaufschweben zu können und durch diesen Spalt ein märchenhaftes Königreich zu betreten, wo alles Glanz und Glorie war. Ich fragte mich, ob dies der Ort war, an dem mein Vater sich jetzt befand, und wünschte mir, ich könnte dorthin gelangen und ihn sehen, fühlte mich jedoch zu bleiern, um zu schweben.

Davor hatte ich die Alte Rilla noch nie zu Gesicht bekommen, obwohl ich schon jede Menge von ihr gehört hatte. Sie war eine weise Frau, eine Heilerin, eine Zauberin. Bei unseren Leuten genoss sie größeres Vertrauen als der Arzt oder der Pfarrer. Sie wohnte in einer kleinen Hütte hoch auf dem Berg am Rande des Moors, aber sie zog oft von Dorf zu Dorf und besuchte die Menschen, die sie brauchten. Sie stand in dem Ruf, schwer aufzufinden und schwer zufriedenzustellen zu sein, und wenn sie befand, dass sie mit jemandem nicht zusammenarbeiten wollte, war man dagegen machtlos.

Sie war älter als Nan, ihre langen Haare waren nicht mehr grau, sondern schneeweiß. Sie fielen ihr offen über die Schultern wie bei einem jungen Mädchen. Sie trug ein blaues Kleid und auch ihre Augen waren blau. Doch es fiel einem nicht leicht, sie anzusehen. Ihre Nase war so scharf wie der Schnabel eines Habichts und ihre Augen brannten wie Feuerstein.

»Kind, Kind«, schalt sie, als sie mich sah. »Dann versuchst du also, zu ihnen zu kommen?«

Tiefes Schweigen breitete sich im Cottage aus und ihre Worte schienen in der Luft zu hängen.

»Zu wem?«

»Du weißt zu wem, Kind.«

Ich nickte. Obwohl ich niemals wirklich wusste, wen sie an diesem Tag meinte. Meinte sie meine Eltern, die beide von mir gegangen waren und in Gottes Liebe vereint waren, wenn man dem Pfarrer glauben durfte? Dachte sie, ich würde versuchen, so lange dahinzusiechen, bis ich zu einem substanzlosen Geist wurde, weil es zu schwer war, ein Menschenkind zu sein? Vielleicht tat ich das.

»Möchtest du ein Leben leben?«, wollte die Alte Rilla von mir wissen, ohne mich dabei mit mitleidig gefurchter Stirn anzublicken, wie ich das in letzter Zeit noch in jedem Gesicht gesehen hatte, das zu Besuch kam. Ihre klaren Augen glänzten wie der Himmel nach einem Regenguss, über den Wolkenfetzen jagten. So ein Licht brannte in ihnen. Es brachte mich dazu, mich etwas aufrichten und nachdenken zu wollen.

Meinte sie, ob ich *leben* wollte, anstatt dahinzuvegetieren und zu sterben? Oder meinte sie damit, ob ich mehr als alles andere ein *Leben* leben wollte?

Ich wollte ihr sagen, dass ich tatsächlich ein Leben leben wollte, aber vergessen hatte, wie das ging, weil dieses Wissen mich mit meinem Da verlassen hatte. Was allerdings das Irgendwie-Weiterleben wie bisher anging, als eine Person, die sich – noch – nicht ganz tot von einem Tag zum nächsten schleppte ... Nun, darauf konnte ich wahrlich gern verzichten. Aber ich fand die Worte nicht, ich war sehr schwach. Stattdessen streckte ich ihr kraftlos meine Arme entgegen, um ihre Aufmerksamkeit nicht zu verlieren. Und zu meiner Überraschung packte sie sofort meine Hand und legte etwas hinein. Es war ein glatter Stein, handtellergroß. Er war von kräftigem Orange, der Farbe eines Sonnenuntergangs, eine Farbe, die ich immer mit meinem Vater verbunden hatte, die Farbe des aufblitzenden Lichts, das ich an seinem Todestag am Himmel gesehen hatte.

»Trag den immer bei dir. Berühre ihn und halte ihn, wann immer du kannst. Und wenn deine Füße sich wieder auf Wanderschaft machen, komm zu mir und besuch mich. Hast du mich verstanden?«

Ich nickte und spürte, dass mir die Tränen kamen, Tränen der Erleichterung, dass man mir nicht sagte, ich solle essen, in die Zukunft blicken, dankbar sein für das, was ich hatte. Einen Stein halten, das konnte ich.

»Sieh nur, Kind!« Sie zeigte zum Fenster und ein pfirsichfarbener Schimmer belebte ihr Gesicht und ließ sie für einen Moment wie eine junge Frau aussehen. Ich drehte meinen Kopf. Es war der prächtigste Sonnenuntergang, den ich je gesehen hatte. Orange und Gold und leuchtendes Rosa verschwammen ineinander und trieben im Ozean einer violetten Wolke. Zum ersten Mal, seit ich Da verloren hatte, weinte ich wirklich und schlief dann unter Rillas Gemurmel ein.

Die Alte Rilla rettete mir das Leben, das wussten wir alle. Ich lernte, mich wieder aufzusetzen und zu essen und die Freundlichkeit der Nachbarn anzunehmen. Manchmal war das schwer, denn so gut es alle diese Leute meinten, vermisste ich doch in erster Linie immer noch die Freundlichkeit meines Das, und es war Das Gesellschaft, die ich mir wünschte. Ich begann zu verstehen, warum Nan zu Außenstehenden so abweisend war: Die Menschen, die sie wirklich um sich haben wollte, waren gegangen – alle außer mir. Wie sollte sie da echte Begeisterung für andere empfinden?

Nan und ich wuchsen enger zusammen. Ich ging nicht mehr zurück in die Schule. In einem Raum mit anderen Kindern zu sitzen und Geschichten zu lesen schien mir für mich nicht mehr das Richtige zu sein. Stattdessen half ich im Haus und auf dem Land mit. Ich ging mit Nan zu den Märkten von Lostwithiel oder Liskeard und gelegentlich auch zu dem berühmten Markt in Fowey in Pyder Hundred. Dieser lag neben einem glitzernden blauen Fluss und kam mir vor wie ein märchenhaftes Königreich. Die Jahreszeiten wechselten, der Himmel über den Mooren wurde hell und dunkel, und langsam begann ich, die Kindheit hinter mir zu lassen.

Manchmal frage ich mich, wie mein Leben ausgesehen hätte, wenn alles normal verlaufen wäre – als Waise in Braggenstones ohne einen Penny. Nan liebte mich von ganzem Herzen, aber ich war ihr letzter Schatz und sie klammerte sich mit aller Kraft an mich. Es war also ganz leicht, sich ein Leben vorzustellen, das meinen ungewöhnlichen Vorlieben und Fähigkeiten keinen Raum gab und in dem meine durch eine so frühe Tragödie verletzte empfindsame Natur im Lauf der Zeit abgestumpft wäre. Aber stattdessen ging mein Leben leuchtend und reich an Wissen weiter, und das schreibe ich zwei Menschen zu: der Alten Rilla und Lacey Spencer.

*K*APITEL DREI

Zwei Monate nach dem Tod von Da kam Miss Spencer zu Besuch. Ich freute mich sehr, sie zu sehen, als sie in einem hübschen grünen Kleid und Cape federnden Schritts durchs Tal kam.

Ich bewunderte sie. Der Weg von Tremorney nach Braggenstones war kein Spaziergang, den jede wohlerzogene junge Dame auf sich genommen hätte, vor allem nicht im Winter. Doch sie kam, das Gesicht gerötet und gerahmt von Haarsträhnen, die sich aus ihrer Haube gelöst hatten. Sie schien von allem entzückt zu sein, was sie sah, und da ich wusste, wie bäurisch wir lebten, wuchs sie mir umso mehr ans Herz.

»Hallo, Florrie!«, rief sie, als sie noch ein ganzes Stück weit weg war, und ich rannte aus dem Haus, um sie zu begrüßen. »Ich freue mich ja so, dich zu sehen.« Sie küsste mich auf die Wange und schloss mich in ihre Arme. »Und das mit deinem Vater tut mir unendlich leid. Er war ein wunderbarer Mann.«

Ich nickte. »Lance Midden hat mir Ihre Nachricht gebracht, Miss, besten Dank. Ich war nicht ich selbst, als ich sie bekam. Tut mir leid, dass ich sie nicht beantwortet hab, ich wollte nicht unhöflich sein.«

»Das ist mir auch nie in den Sinn gekommen. Also, Florrie, ich hoffe, ich störe nicht allzu sehr. Dürfte ich eine Weile zu Besuch bei dir bleiben? Ich habe dich in meinem Unterricht vermisst, und eine liebe Freundin schenkte mir so viele Kekse und Holunderblütenpunsch zu meinem Geburtstag am vergangenen Donnerstag. Allein würde ich das nicht schaffen und ich habe mich gefragt, ob du mir nicht helfen könntest.«

»Wir freuen uns sehr, Miss. Treten Sie ein.«

Sie war so taktvoll. Sie wusste, wie wenig wir anzubieten hatten. Meine Augen glänzten beim Anblick der Kekse, die sich, in weißes Transparentpapier gewickelt, in einer schmalen weißen Schachtel mit einer fröhlichen blauen Schleife darauf befanden. Ich fühlte mich tatsächlich schon viel besser.

Wir gingen zum Cottage und ich sah, wie Nan ihre Hacke niederlegte und ihre Augen gegen die Dezembersonne abschirmte. Die Haltung ihrer Schultern sagte mir, dass sie alles andere als erfreut war. Aber ich würde nicht zulassen, dass sie grob zu Miss Spencer war, die sich die Mühe gemacht hatte, uns zu besuchen. Ich knuffte sie kräftig in die Rippen, als sie Miss Spencer kurz angebunden abfertigte, um sie aufzufordern, sich, wenn auch widerwillig, gastfreundlich zu zeigen.

Als Punsch und Kekse verteilt waren, sprach Nan sie unverblümt an.

»Sie sind vermutlich hier, um Florrie zu bitten, wieder zu Ihrem Unterricht zu gehen«, sagte sie in einem Ton, als wäre Miss Spencer gekommen, um mich für die Marine anzuwerben. Die beiden Frauen saßen Seite an Seite auf der Bank und ich auf dem Fußboden, die Arme um meine Knie geschlungen und an der rauen Wand lehnend.

»Das auch, ja«, erwiderte Miss Spencer, stellte ihren Becher neben sich auf die Bank und lächelte mich an.

»Nun, das kann sie nicht. Es ist jetzt alles anders, seit ihr Da nicht mehr ist. Ich brauche sie hier. Es ist nett von Ihnen, dass Sie an uns denken, Miss Spencer, und Florrie war gern bei Ihnen – es war mehr, als die meisten Kinder hier erwarten können. Sie kann lesen und rechnen und sie kennt diese Geschichten! Über diesen Prometos und Zoos und so weiter. Das hat ihr gutgetan und wir danken Ihnen.«

»Ich verstehe. Ich verstehe das wirklich. Ich bin auch nicht gekommen, um Ihr gemeinsames Leben zu stören, vor allem nicht in einer solchen Zeit. Ich hörte, dass Florrie wieder auf den Beinen ist, und wollte sie ohnehin besuchen, und ich habe mich gefragt ... Florrie, was sagst *du* denn dazu? Wenn du bedenkst, dass es deinem Vater so wichtig war, dass du so viel lernst, wie du kannst?«

»Sie ist nicht interessiert«, sagte Nan.

»Sie fragt *mich*!«, erwiderte ich entrüstet.

»Aber du bist es nicht. Das hast du selbst gesagt.«

Ich verzog das Gesicht. »Es ist nicht so, dass ich kein Interesse daran hab, Miss Spencer. Ich bin gern in die Schule gegangen und ich weiß, dass Da wollte, dass ich hingehe. Es ist nur ... Es fühlt sich jetzt nicht richtig an.«

»In welcher Hinsicht, Florrie, kannst du mir das sagen?«

»Durch Das Tod hat sich alles verändert. Es gibt jetzt nur noch mich und Nan. Ich werd hier gebraucht. Aber ich möchte lernen, nur empfinde ich das jetzt anders. Es war schön, mit den anderen Kindern zu sein, aber das war ... das war ...«, ich suchte nach einer Eingebung, »es war was für die Kindheit. Ich weiß, dass ich noch jung bin, aber ich bin jetzt darüber hinweg.«

Miss Spencer nickte bedächtig. »Ich glaube, ich verstehe das. Es wäre sicherlich schwer für dich, wieder in einem Raum voll anderer Kinder zu sein, die alle ganz normal leben. Nun, kein Grund zur Sorge, ich habe eine andere Idee. Ich könnte doch herkommen und dich hier unterrichten, nicht? Das ginge allerdings nur an einem Tag in der Woche, mehr Zeit habe ich nicht, aber ich würde mich sehr glücklich schätzen, sofern du Lust dazu hast. Ich könnte dir Bücher leihen und vielleicht könntest du in der wenigen freien Zeit, die dir bleibt, lernen und ... Nun, das wäre doch vielleicht etwas.«

Nan und ich sahen einander an.

»Wir können Sie nicht bezahlen«, sagte Nan, wütend, weil sie etwas aussprechen musste, was ohnehin auf der Hand lag.

»Ich kann nicht zulassen, dass Sie jede Woche diesen weiten Weg auf sich nehmen, nur um mich zu unterrichten«, ergänzte ich, obwohl mein Herz bei ihrem Vorschlag einen Freudensprung gemacht hatte.

»Nun, ich würde den Weg nicht zu Fuß zurücklegen, Florrie, wenn dich das beruhigt. Mein Vater kauft mir ein Pony, also habe ich großes Glück, wie du siehst. Und wenn ich ein wenig von diesem Glück an andere weitergeben kann, würde mich das sehr froh machen. Und das wäre mir Bezahlung genug, Mrs Buckley, seien Sie versichert. Ich würde mir nichts weiter erwarten, außer vielleicht im Sommer ein paar frische Erdbeeren. Ich liebe frische Erdbeeren.«

»O Nan, kann sie? Ich würde mich sehr freuen.«

»Ich hoffe, ich stoße Sie mit meinem Vorschlag nicht vor den Kopf, Mrs Buckley. Es ist nur, Florrie ist sehr klug, was Ihnen sicherlich selbst auch bewusst ist. Ich hatte im Unterricht oft das Gefühl, dass die Klasse sie bremst. Auf diese Weise könnte sie in ihrem eigenen Tempo lernen und so, wie es ihr gefällt. Ich bin sicher nicht die beste Lehrerin, die es gibt, und ich weiß, dass meine Vorgehensweise von keiner offiziellen Schule im Land gutgeheißen würde. Aber vermutlich findet Florrie nichts Besseres als mich, und solange ich mehr weiß als sie, würde ich das nur zu gerne weitergeben.«

Ich konnte die Begeisterung in ihren Augen lesen. Und ich erkannte ihr Angebot als das, was es war: der Impuls eines großzügigen Geistes. Und ich denke, auch Nan erkannte das, denn schließlich nickte sie zögernd und murmelte: »Wir danken Ihnen, Frau Lehrerin.«

Zum ersten Mal, seit Da gestorben war, sprudelte Jubel in mir: Es gab etwas, worauf ich mich freuen konnte.

Miss Spencer setzte ihren Becher ab. »Also gut!«, rief sie und klatschte in die Hände. »Wollen wir am Dienstag anfangen?«

Nachdem diese Vereinbarung getroffen war, wusste ich, dass es an der Zeit war, auch einer anderen nachzukommen: der mit der weisen Frau, die mir das Leben gerettet hatte. In der Zwischenzeit hatten wir nichts von ihr gesehen.

Nan war sowohl beeindruckt als auch verärgert, dass die Alte Rilla mich gebeten hatte, sie zu besuchen, wenn es mir besserging. So stolz sie auch wegen meiner »besonderen« Art war, wollte sie doch, dass ich mit meinen Füßen fest auf dem Boden blieb und damit auch nah bei ihr. Ich denke, sie hatte ein wenig Angst, die Alte Rilla könnte mich in eine Kröte verwandeln oder mich lebenslang merkwürdige Praktiken lehren. Doch ihre Dankbarkeit gegenüber der Heilerin, die mich vor dem Verhungern gerettet hatte, war so groß, dass sie bei aller Skepsis auch Zuneigung für diese empfand. Sie wollte mit mir mitkommen.

»Das Beste ist, Florrie, ich komme mit und spreche mit ihr, damit sie weiß, wie dankbar wir sind.«

»Sie weiß, wie dankbar wir sind. Ich werd es ihr auch noch mal sagen.«

»Dann möchtest du deine alte Nan also gar nicht dabeihaben?«

»Eigentlich nicht, nein. Nan, du weißt doch, wie sie ist. Sehr wahrscheinlich schickt sie dich weg, und dann müssen wir beide ohnehin allein zurückgehen. Das wär doch nur Zeitverschwendung.«

»Trotzdem fühle ich mich besser, wenn ich mitkomme.«

»Nein, Nan.«

»Doch.«

»Nein!«

In dem Moment wusste ich, dass wir so nicht weiterkamen.

Also stand ich am nächsten Morgen früher auf als normalerweise, sogar noch eher als Nan, und schlich mich aus dem Haus, während sie noch in kalter Dunkelheit schnarchte. Sie behauptete, niemals zu schnarchen, aber das stimmte nicht.

Es tat so gut, wieder den Hügeln entgegenzugehen. Es war so lange her, seit ich zuletzt dort war. Der Himmel war schwarz wie Tinte und die Sterne legten eine milchige Spur darüber. Der Vollmond beschien ihre Flüsse aus blassem Licht und die Luft war kalt und scharf; kein Wein, den ich je getrunken hatte, stieg einem so zu Kopf. Das erste Stück rannte ich für den Fall, dass Nan aufwachte und mir hinterherkam, stur, wie sie war. Als ich weit genug entfernt war, wanderte ich normal weiter und genoss das federnde Gras unter meinen Stiefeln und die wilden Gerüche und die schwebenden Flügel einer Eule – die ich kaum sah, aber deren Nähe ich spürte. Ich hatte das Gefühl, regelrecht aus mir herauszuwachsen.

Als ich die Hügelkuppe erreicht hatte, sah ich eine vereinzelte Eberesche in einiger Entfernung vom Cottage der Alten Rilla Wache stehen. An den schlanken violett-braunen Ästen hingen noch Beeren. Ich verlangsamte meine Schritte. Jeder wusste, dass Ebereschen dort wuchsen, wo Hexen lebten. Und um Orte, an denen eine einsame Eberesche wuchs, machte man einen großen Bogen. Waren diese merkwürdigen Dinge, die man der Alten Rilla nachsagte, also doch wahr? Ich wappnete mich, das herauszufinden – ein Versprechen war ein Versprechen.

Die Winterstürme hatten ein paar Zweige vom Baum gerissen. Paradoxerweise wurde das Holz der Eberesche auch dazu benutzt, um sich vor Hexen zu schützen. Ich hob einen Zweig auf und steckte ihn mir in die Tasche. Schaden konnte es nicht.

Die Sonne ging gerade auf, der Himmel färbte sich blassrosa mit violetten Kringeln und Schwaden, die Wolken hatten das Grau eines Möwenflügels und goldenes Licht säumte das Land.

Ich erreichte das Cottage. Wie mochte der Tagesablauf einer

weisen Frau – einer Hexe – aussehen? Sollte ich an der Tür klopfen und riskieren, sie zu wecken? Ich beschloss, mich auf die Türschwelle zu setzen und den Sonnenaufgang zu betrachten. Mein orangefarbener Stein lag warm in meiner Hand. Ich hatte ihn gemäß der Weisung der Alten Rilla immer bei mir getragen, er war zu meinem Talisman geworden. Er sorgte dafür, dass Ruhe in mich einkehrte, und seine Farbe war eine tröstliche Erinnerung an meinen Da.

Ein wenig später kam die Alte Rilla über den Hügel und traf mich vor ihrem Cottage an. Sie sei die ganz Nacht weg gewesen und habe eine schwierige Geburt begleitet, erzählte sie mir. Die Mutter hätte sie gern noch länger dabehalten, aber sie sei gleich wieder aufgebrochen, da ich ja kam. Ich fragte nicht, woher sie das wusste, mehr als zwei Monate nach ihrer Einladung, doch es machte mir kaum Angst. Ihr Gesicht zeigte keinerlei Anzeichen von Müdigkeit und sie schien auch kein Frühstück zu brauchen.

»Wir werden in den Garten gehen«, sagte sie.

Ich war ein bisschen enttäuscht. Ich hatte zu Hause schon genug im Garten zu tun und hätte nun nichts dagegen gehabt, ein wenig darüber zu erfahren, wie man Menschen in Kröten verwandelte (dabei dachte ich an Trudy Penny). Offenbar war es also doch nicht so interessant hier.

Aber ich täuschte mich. Der Garten der Alten Rilla war mit unserem überhaupt nicht zu vergleichen. Er zog sich hinter ihrem Cottage am Hang entlang, lag aber ein wenig tiefer als das Haus. Ich fragte mich, warum sie ihn nicht näher am Haus angelegt hatte, um sich den Weg zu sparen.

»Er ist da, wo er sein möchte«, sagte sie.

Da wir Dezember hatten, waren die Zweige überwiegend kahl. Aber auch ohne ihr Blätterkleid konnte man sich gut vorstellen, in welcher Überfülle dieses Astgewirr im Frühling und Sommer die Sinne benebeln würde. Ein paar Pflanzen erkannte ich – Himbeeren und Sauerampfer und Mädesüß –, aber es gab so viele andere, die ich nicht erriet. Sie wuchsen alle in kameradschaftlichem Einklang, und es sah so aus, als wären sie ohne jede Ordnung willkürlich gepflanzt, doch das war bestimmt nicht der Fall. Das frühe Morgenlicht strömte durch sie hindurch und brachte Zweige und Stängel zum Glitzern, die gar nicht braun waren, sondern violett, grün, rot oder silbern. Jeder, der glaubt, ein Garten sei im Winter tot, sieht nicht genau genug hin. Er schlief vielleicht, war aber höchst lebendig. Er wartete nur.

Er war nicht eingezäunt wie die Gärten in Braggenstones, wo man die kostbaren Blumen und das Gemüse anpflanzte, das uns ein wenig Geld einbrachte. Nur weiße Steine lagen in gewissen Abständen um ihn herum. Wenn man sich ihnen vom Hügel her im Zwielicht näherte, erinnerten sie an ein Sternbild. Ich fragte sie, warum sie keinen Zaun hatte.

»Man kämpft einen aussichtslosen Kampf, wenn man versucht, etwas draußen zu halten, was das Recht hat, drinnen zu sein«, sagte sie. »Und das drinnen zu halten, was draußen sein muss«, ergänzte sie.

Hier und dort war Bindfaden zwischen Pfosten gespannt, daran hingen Muscheln, die im Wind klapperten, als trippelten Feen vorbei. Fast rechnete ich damit, ein silbriges Kichern zu hören. Der Garten erstreckte sich bis zu einem Wäldchen und in dieses hinein, und dorthin gingen wir. In den Zweigen hingen Pfeifen aus ausgehöhltem Holunderholz, die sich im Wind wiegten und schwermütige Töne von sich gaben, als würden Elfen rufen. Mich schauderte, als ich mich umsah. Diesem Ort wohnte ein tiefer Ernst inne, man konnte sich nicht vorstellen, dass Kinder auf diese Bäume kletterten und lachten und einander mit Kastanien bewarfen, wie sie das in Braggenstones taten.

»Dies ist ein wundersamer Ort, Alte Rilla«, sagte ich hingerissen.

Sie nickte. »Auch er mag dich«, erwiderte sie.

Wir hatten, das schätzte ich jedenfalls, das Herz des Waldes erreicht, und verweilten einige Zeit in traulichem Schweigen.

Ich legte meine Hand auf den schlanken Stamm einer Hasel. Gemeinsam atmeten wir.

Ich weiß nicht, wie lange wir dort standen. Noch nie war mir ein erwachsener Mensch begegnet, der einfach in einem Wald stand und auf diese Weise die Zeit verstreichen ließ. Ständig bestimmten Aufgaben das Leben, die unbedingt erledigt werden mussten, alles drängte zum Handeln, hinter allem stand ein Zweck. Es war schon ungewöhnlich genug, dass ich so viel Zeit wie möglich damit verbrachte, über die alten Zeiten und die Götter nachzudenken, die womöglich nie existiert hatten. Und nun stand ich im Dezember in einem Wald und dachte an gar nichts, während die Kälte unter meinen Umhang kroch. Aber ich fühlte mich so unendlich ruhig. Und ich fühlte mich stark, fast als würde ich dem alten Haselnussbaum etwas entziehen. Würde ich nun halb Mädchen, halb Baum werden? Würde ich, wenn es Zeit zum Aufbruch war, entdecken, dass meine Füße in die Erde gesunken waren und Wurzeln geschlagen hatten? Dass meine Haare sich in raschelnde Blätter verwandelt hatten?

»Dann hast du also die Hasel gewählt. Das überrascht mich nicht«, sagte die Alte Rilla schließlich. Ich war mir nicht bewusst gewesen, überhaupt etwas gewählt zu haben, der Baum stand nur zufällig neben mir. »Das ist der Geisterbaum, der Baum zwischen den Welten, wusstest du das?«, fragte sie mich.

Ich schüttelte den Kopf.

»Er wächst an Orten, wo unsere Welt auf die andere trifft. Du wirst eine Brücke zwischen zwei Welten sein, Florrie Buckley.« Mich schauderte, obwohl ich keine Ahnung hatte, was sie meinte.

Schließlich liefen wir wieder den Hang hinauf und ich stellte fest, dass ich noch immer ein Mädchen war und keine Nymphe: Ich hatte noch Füße, keine Wurzeln, und meine Haare wehten mir auf die gleiche ärgerliche Weise wie immer ins Gesicht, verirrten sich kringelnd in meine Augen und in meinen Mund und zwangen mich, sie auszuspucken. Ich sah, dass die Alte

Rilla mir von Zeit zu Zeit einen Blick zuwarf, obwohl wir nicht sprachen, bis wir das Cottage betraten und anfingen, Essen zu kochen.

Das Haus der Alten Rilla war dem von mir und Nan sehr ähnlich. Es gab unten einen Raum und vermutlich auch nur noch einen darüber. Es war aus alten Steinen gebaut, grauweiß und schroff. Ein kleines Feuer brannte, als hätte man es damit betraut, allein zu Hause zu bleiben, damit sie rasch Wasser kochen konnte. Bald schon saßen wir, jede mit einem Becher Brombeertee und einer Schüssel Porridge, am Tisch, angedickt mit gehackten Haselnüssen und gewürzt mit so vielen Aromen, dass ich keine Worte dafür fand. Als letzte Note kam noch ein großzügiger Löffel Honig dazu, von ihren eigenen Bienen, wie die Alte Rilla sagte. Ich konnte mein Glück kaum fassen.

»Nun, Florrie Buckley«, sagte die Alte Rilla schließlich, als wir unsere Schüsseln absetzten. »Da bist du also.« Ich nickte, wischte mir den Mund ab und sah mich in der Hoffnung auf mehr um. »Hattest du Angst herzukommen?«

Ich schüttelte den Kopf und schluckte meinen letzten köstlichen Bissen hinunter. »Wollten Sie was von mir? Kann ich Ihnen bei irgendwas helfen, solange ich hier bin?«

Aber sie beantwortete meine Frage mit ihrer eigenen. »Gefällt dir dein Unterricht denn?«

»O ja, sehr. Lacey – Miss Spencer – ist so nett und hübsch und sie erzählt mir alles, was ich über die alten Götter, die alten Legenden wissen möchte …«

»Du denkst gerne. Du lernst gern.«

»Ja.«

»Was magst du noch gern?«

Ich überlegte. »Ich esse gern, wenn es was Schönes gibt. Ich mag meine Freunde Stephen und Hesta. Ich mag das Pony von Stephens Vater. Nein, ich mag es nicht. Es ist ein boshafter Wildfang und auch nicht allzu schlau. Aber ich reite es gern. Ich wandere gern hinauf ins Moor, um dort allein zu sein. Die meisten Leute in Braggenstones finden mich deswegen seltsam.«

»Warum allein? Warum nicht mit deinen Freunden?«

»Ach, die wollen nie mitkommen. Sie finden das Moor gespenstisch. Aber mir macht das nichts aus. Ich spiel gern im Dorf mit ihnen, aber hier oben höre ich besser, wenn ich alleine bin, und ich kann auch besser fühlen. Sie würden mich nur stören.«

»Und dein Vater? Du vermisst ihn wohl noch immer.«

»Jeden Tag, Alte Rilla. Er war das Licht meines Lebens. Aber wissen Sie, was seltsam ist? Ich kann mich viel besser an meine Mutter erinnern, obwohl ich ihr nur einmal begegnet bin, als ich gerade geboren war und vermutlich zu klein war, um irgendwas zu sehen. Wie kann das sein? Nan sagt, dass das nicht möglich ist. Doch ich kann ihr Gesicht sehen und ihre Stimme hören, aber Da – ich hatte ihn um mich, bis ich acht war, und jetzt ist er völlig verwischt. Die Erinnerungen sind nicht so deutlich, wie ich sie gerne hätte. Das Gefühl, ihn in meiner Nähe zu haben, daran erinnere ich mich gut, und an seine Farbe ...« Ich war mir bewusst, dass ich Dinge sagte, die, hätte ich sie vor anderen ausgesprochen, auf völliges Unverständnis gestoßen wären. »Sie ist wie die hier, das ist seine Farbe«, schloss ich kleinlaut und hielt meinen Stein hoch.

Aber die Alte Rilla nickte nur, als hätte ich nichts Ungewöhnliches gesagt. »Er ist gestorben, und deshalb siehst du seine Seele.«

»Aber meine Mutter ist auch gestorben.«

»Nicht völlig. Sie hat noch immer eine Rolle in deinem Leben zu spielen.« Ich zog die Stirn kraus, aber bevor ich nachhaken konnte, sagte sie: »Hast du sehr viel zu tun, Florrie, mit deinem Unterricht und der Hilfe für deine Nan?«

Ich nickte wieder und trank meinen letzten Schluck Tee. Er wurde bereits kalt. Er schmeckte klar und scharf und war violett wie Zwielicht. Da kam mir ein Gedanke. Verpasste ich womöglich etwas? »Aber ich hab nicht zu viel zu tun«, korrigierte ich mich. »Nicht so viel wie Hesta. Ihre Eltern erlauben ihr nie, was Interessantes zu machen. Sie sagt, das will sie auch nicht, aber ich glaube, sie muss sich das einreden, sonst würde sie verrückt werden. Nan lässt mich, solange ich nicht allzu oft von ihr weg bin. Nein, ich hab wirklich nicht allzu viel zu tun.«

»Nun, du kannst jetzt wieder zu ihr.« Ich war enttäuscht. »Aber wirst du denn wiederkommen, Florrie?«

»O ja, das würde ich gern.«

»Möchtest du auch von mir etwas lernen? Über die Pflanzen und Kräuter und die Dinge, die du siehst und fühlst?«

Ich hatte das Gefühl, als würde eine Tür aufgestoßen und frische Luft käme herein. Bis sie es ausgesprochen hatte, war mir nicht klar gewesen, wie sehr ich mich nach einer verwandten Seele sehnte, die verstand, was ich meinte, wenn ich von diesen Dingen sprach.

»Sehr, sehr gern«, sagte ich mit leiser Stimme. »Ich danke Ihnen.«

Die Alte Rilla erhob sich und begann, in einem groben Holzregal herumzukramen. Sie nahm ein paar Sachen herunter und legte sie auf einem alten Baumwolllappen vor mich, der wohl einmal ein Unterrock gewesen war. Ein kleines Glas Honig – darauf hatte ich kaum zu hoffen gewagt. Eine Tonflasche mit einem Pfropfen.

»Weißdornschnaps«, sagte die Alte Rilla und lächelte – zum ersten Mal –, als sie meinen gierigen Blick sah. »Ein Geschenk für deine Großmutter. Ich glaube, er wird ihr schmecken. Sag ihr, immer nur einen Fingerhut voll.«

Drei Streifen, die aussahen wie Birkenrinde, und getrocknete Blätter, Wurzeln und Blüten enthielten. »Engelwurz«, erklärte die Alte Rilla und drehte alles gut ein, »für den Magen deiner Großmutter.« Woher wusste sie, dass Nan über ihren Magen klagte? Vielleicht hatte sie davon gehört.

»Gänsedistel. Das bringt Kraft, für euch beide. Gieß es auf wie Tee. Und Borretsch, um dir Mut zu machen.«

»Wird denn was passieren, für das ich Kraft und Mut brauche?«, fragte ich, um einen Scherz zu machen, doch sobald ich die Worte gesagt hatte, bereute ich sie.

»Jeder braucht Kraft und Mut.« Sie gab noch sechs braune Eier dazu und einen braungrauen Riegel, der kompakt war und glänzte, etwas, das ich noch nie gesehen hatte.

»Was ist das?«

»Ich nenne es Birkenmastgummi. Es ist eine Süßigkeit. Ich verkaufe sie an die feinen Leute und die mögen sie gern.«

»Ist das wirklich alles für mich und Nan?« Ich musste mich vergewissern, denn dieses Geschenk kam mir vor wie ein Wunder.

»Ja. Vielleicht vermag es deine Nan ja so glücklich zu machen, dass sie dir erlaubt, mich wieder zu besuchen. Wann wirst du kommen?«

Ich zuckte mit den Achseln, die Augen immer noch am Birkenmastgummi. »Wann immer Sie das wünschen.«

»Dann komm nächste Woche«, sagte die Alte Rilla und band das Baumwolltuch um die Leckereien. »Und jetzt los mit dir, Kind, und sieh zu, dass die Eier unterwegs nicht kaputtgehen.«

KAPITEL VIER

So sah mein Leben zu der Zeit aus, als ich die Grace-Jungs auf dem Fest in Truro kennenlernte. Es hätte sich von der Welt der Vornehmen, auf die ich an jenem Abend einen kurzen Blick warf, nicht stärker unterscheiden können. Meine Besuche bei der Alten Rilla gingen inzwischen ins fünfte Jahr. Keiner – mich eingeschlossen – wusste, warum die Alte Rilla mir ihr Wissen weitergeben wollte, aber ich zweifelte keinen Augenblick daran, dass ich es mir aneignen musste.

Ihre Kenntnis aller möglichen und unmöglichen Dinge sah ich inzwischen als Selbstverständlichkeit an, verließ mich sogar darauf, und sie unterhielt sich mit mir über meine Ideen und Empfindungen, die alle anderen als bloße Phantasterei abtaten – oder einfach nur merkwürdig fanden. Es tat so gut, die Welt auf andere Weise zu betrachten. Nach meinen Besuchen bei ihr tänzelte ich jedes Mal mit vor Freude überschäumendem Herzen den Berg hinunter, und ich bin überzeugt davon, dass ein Strahlen von mir ausging.

Wenn ich dann zurückkam, hieß es: »Ah, Florrie, du bist zurück. Das Pony hat schreckliche Blähungen, hat wohl wieder Kohl gefressen.« Oder: »Da bist du ja, Florrie. Ma sagt, wir schrubben heute Abend die Fußböden, also kann ich nicht zu dir kommen.« Oder: »Oooh, Florrie, mein Rücken ist so steif, ich bin ganz erledigt. Da ist Suppe, wenn du möchtest.« Da verwundert es wohl kaum, dass ich zur Alten Rilla ging, wenn ich ein wirklich befriedigendes Gespräch führen wollte.

Sobald Nan mir also verziehen hatte, dass ich in jener Nacht in Truro geblieben war, rannte ich los, um die Heilerin aufzusuchen. Ich brannte darauf zu erfahren, was das alles zu bedeuten hatte, diese zufällige Begegnung, die sich so gar nicht zufällig anfühlte.

Also nichts wie weg und den Hügel hinauf und vorbei an der alten Eberesche – der Weg war mir inzwischen so vertraut, dass ich ihn auch rückwärts und im Schlaf hätte gehen können. Sie war nicht zu Hause und ich glaubte, vor Ungeduld zu platzen. Weil ich nicht enttäuscht den Rückweg antreten wollte, ging ich ins Moor und schob mich zwischen den Farnen hindurch, die mir bei meinen ersten Wanderungen bis zum Kopf gereicht hatten. Jetzt streiften sie gerade mal meine Taille. Ich wanderte hinauf zu dem riesigen Felsen, der auf der Hügelkuppe balancierte und von dem man auf ihr Cottage herabsah. Er war größer als ich und grau wie der Regen, kleinere Felsbrocken lagen verstreut um ihn herum wie Höflinge. Keiner wusste seinen Namen. Ob eine frühere Zivilisation ihn irgendwie dort hinaufgeschleppt oder ob die Natur ihn dort in einer ihrer unbeschreiblichen Gesten abgelegt hatte, ich wusste es nicht.

Wie auch immer er dorthin gekommen war, er hockte dort und ich kletterte hinauf, um mein Königreich zu überblicken und zu warten.

Es war ein Spätsommermorgen, wie man ihn sich schöner nicht ausmalen konnte. Frühmorgendliche Nebelschwaden hingen in den Falten zwischen den Hügeln. Im Westen wälzte sich das Meer, in goldenes Licht getaucht. Vor mir in der Ferne lag Tremorney. Heron's Watch befand sich eine halbe Meile östlich. Meine Faszination für das alte Farmhaus war im Lauf der Jahre nicht geringer geworden und ich malte mir gern aus, dort zu leben, als große Dame mit Zimmern voller Bücher und einer Herde Kühe. Dieses Haus übte einen ganz besonderen Zauber auf mich aus.

Hinter mir erstreckte sich das Moor, hob und senkte sich in einem endlosen trägen Rhythmus, wogend wie der Ozean. Ich lag auf dem Rücken und lauschte dem Auf und Ab des Gezwitschers süßer kleiner Vögel und dem Flattern ihrer Flügel. Ich bohrte meinen Blick in die blaue Himmelsschale weit über mir. In diesem Moment waren die Grace-Jungen vergessen. Truro war vergessen.

Ich drehte mich auf den Bauch und verfolgte einen Käfer, der auf seinen dünnen Beinchen präzise einer Spalte im Felsgestein folgte. Als er einen Flecken aus weißen Flechten erreichte, hielt er nachdenklich inne. Ich liebte Insekten. Sie hatten so eine unaufdringliche Art, waren auf bescheidene Weise geschäftig. Sie schnitten keine Grimassen oder stöhnten oder streckten schmerzende Rücken. Soweit ich es beurteilen konnte, machten sie sich keine Gedanken darüber, was sie in der Zukunft erwartete. Sie krabbelten nur umher, fielen irgendwo herunter und rappelten sich wieder auf und krochen dann in einer anderen Richtung weiter. Ich hatte das Gefühl, dass man von ihnen etwas lernen konnte.

Als ich mich wieder herumdrehte, sah ich, dass Rauch aus dem Cottage der Alten Rilla aufstieg: Endlich war sie nach Hause zurückgekehrt! Ich sprang vom Felsen und rannte los.

Ohne anzuklopfen, stürmte ich ins Haus und sie blickte überrascht auf.

»Na, du hattest ja einen großen Abend in Truro, Florrie Buckley«, begrüßte sie mich.

»Sie wissen es! Sie können es spüren! Oh, was hat das alles zu bedeuten, Alte Rilla?«

»Unsinn. Ich traf gestern Lance Midden. Er erzählte mir, dass deine Nan wütend auf dich ist. Rühr hier mal um.«

Ich übernahm ihre Schöpfkelle, während sie Tee kochte, dann setzten wir uns auf ihre Türschwelle und ich erzählte ihr von meinem Abend als Bedienstete in der Lemon Street, davon, dass ich mich mit einem Jungen aus einer anderen Welt hinter einem Vorhang versteckt hatte und mit seinem Bruder Stirn an Stirn in einem Stall gestanden hatte. Ich erzählte ihr, dass ich mir sicher war, beide zu lieben, und begründete es damit, dass es sich so unerträglich bedeutsam angefühlt habe, als würde sich mein Leben verändern. Aber nun sei ich zurück und es sei vorbei und einfach nur eine Nacht gewesen.

Die Alte Rilla lächelte. Das tat sie so selten, dass selbst der alte Fels oben auf der Klippe mehr Gefühl zeigte, doch jetzt lächelte sie.

»Ich war mal jung, das ist jetzt mehr als hundert Jahre her«, sagte sie und ich war mir *fast* sicher, dass sie mich aufzog, »aber ich erinnere mich noch genau an das erste Mal, als ich dachte, mich verliebt zu haben. In der Zwischenzeit habe ich eine Menge darüber gelernt. Lass dir Zeit, du brauchst deinem Schicksal nicht entgegenzueilen.«

»Dann *sind* sie also mein Schicksal!«, staunte ich atemlos. »Oh! Welchen von ihnen werde ich heiraten, Alte Rilla?«

»Heiraten, Kind? Wovon sprichst du?«

»Aber Sie haben doch gesagt ...«

»Florrie«, erwiderte sie und nahm meine Hand. »Hör mir zu. Diese Gefühle in dir, sie sind wichtig, jawohl. Das siehst du richtig. Aber sie bedeuten nicht notwendigerweise das, was du meinst, dass sie bedeuten. Die Liebe ist eine seltsame und mystische Macht. Sie führt dich auf Wege, die du ansonsten nie betreten würdest. Es geht immer – *immer* – um so viel mehr als das Zusammenkommen zweier Menschen. Wenn das Leben möchte ... dass du einen Schritt vorwärts machst ... wenn es möchte, dass du etwas lernst ... schickt es dir die Liebe als ein Mittel, um sicherzustellen, dass es passiert. Wenn wir ein Leben leben wollen, hören wir darauf. Aber es ist nichts für Zartbesaitete. Die Liebe ist keine hübsche Bilderbuchgeschichte. Sie ist wie die See. Sie ist das Schönste und Machtvollste, das es gibt. Aber sie verfügt auch über das Potential, alles zu zerstören. Sie nimmt Leben, sie verändert Leben, betört und lockt und enttäuscht uns. Sie bricht Herzen. Sie kann dich in den Wahnsinn treiben. Zu glauben, Liebe und Ehe seien ein und dasselbe, ist, als würde man die See und einen Eimer Wasser für dasselbe halten. Nur die Menschen können das derart missverstehen. Das Leben ruft dich jetzt durch diese beiden Jungen, und ich sage dir, nimm dich in acht. Du bist erst dreizehn. Gönn dir noch ein wenig Frieden, bevor das alles beginnt. Denn wenn es erst einmal ...« Sie ließ den Satz unbeendet und starrte in die Ferne, ihre blauen Augen waren weit weg.

Ich spürte ein Kribbeln in den Beinen, wie das immer der Fall war, wenn sie mir etwas erzählte, das mein Verständnis von der Welt veränderte. Ich wusste nicht, ob ich enttäuscht oder erleichtert sein sollte. »Na, ich hab ja wohl keine andere Wahl, oder?«, schnaubte ich. »Inzwischen werden sie wieder in London sein und ich werd sie nie wiedersehen. Was immer das Leben mich lehren wollte, es hat mir dazu nur eine Nacht lang Zeit gelassen.«

»Vielleicht«, murmelte die Alte Rilla. »Vielleicht.« Wenn sie damals etwas wusste, wenn sie etwas in meiner Zukunft sah, wollte sie es mir nicht erzählen, obwohl ich sie darum bat. Also kehrte ich in mein Leben zurück, und schon bald brach auch wieder der Herbst an und ich hatte das Gefühl, als würde das Leben ewig so weitergehen. Der Wind würde durch Braggenstones wehen und der Regen sich darüber ergießen und die

Nebel würden sich senken und sich zwischen das Dorf und den Rest der Welt schieben. Wir würden älter werden und heiraten und sterben und uns der Erde annehmen und ihren Ertrag verkaufen und so weiter und so fort bis ans Ende der Zeit. Aber so etwas wie ein Für-Immer gibt es nicht.

KAPITEL FÜNF

Ich war fünfzehn, als sich alles änderte. Ich war ein wenig erwachsener und ruhiger geworden, geduldiger. Vermutlich bereitete ich mich instinktiv auf das Erwachsenenleben vor. Weitere drei oder vier Jahre, und ich würde verheiratet sein. Ich würde Kinder haben und dann läge die Verantwortung bei mir und ich müsste mir Gedanken machen, wie wir uns etwas dringend Benötigtes leisten und an diesem windgepeitschten Ort unser Heim so sauber und warm wie möglich halten konnten. Es tröstete mich zu wissen, dass Nan, wenn es so weit war, in meiner Nähe wäre, wenn ich ihren Rat brauchte, denn selbst wenn ich mir mit ihr kein Cottage mehr teilte, wären es ja nur ein paar Schritte bis zu ihrer Tür.

An einem Montag musste ich meinen Besuch bei der Alten Rilla abkürzen, weil sie gebraucht wurde, und ich kam zeitig nach Hause. Zu meinem Erstaunen unterhielt Nan sich mit Lacey Spencer, als wäre es das Natürlichste auf der Welt. Lacey sei klargeworden, erklärte sie mir, dass sie sich kaum miteinander unterhielten, und habe sich deshalb in den Kopf gesetzt, das zu ändern. Ich war skeptisch. Dass es so selten zu einem Gespräch kam, hatte mit Nans offenkundiger Ablehnung all derer zu tun, die nicht aus Braggenstones kamen.

Zwei Wochen später tauchte Lacey erneut spontan auf. Allem Anschein nach war sie gekommen, um mir ein Buch des Dichters John Clare zu bringen. Ich sollte mich unverzüglich mit seinen Versen befassen. Ich freute mich über dieses Buch, aber ich konnte mich damit unmöglich während der nächsten beiden Tage beschäftigen, und das wusste sie nur zu gut. Dann beschloss Nan, Lacey einen Brombeerlikör anzubieten, weil sie fand, dass Lacey nach dem Ritt ein wenig mitgenommen aussah, obwohl sie meiner Meinung nach so rosig und gesund wie immer wirkte. Nan befahl mir, mich allein um die Erbsen im Garten zu kümmern, so dass die beiden nun zum zweiten Mal freundschaftlich miteinander im Haus verkehrten. Es war irritierend.

Dann wurde ich eines Morgens wach und stellte fest, dass Nan weg war. Einfach weg, ohne ein Wort. Ich konnte nicht anders, ich machte mir Sorgen und brach deshalb zur Alten Rilla auf, weil ich hören wollte, was sie davon hielt. Aber als ich dort ankam, wen sah ich da bei der Alten Rilla? Keine andere als Nan, die draußen im Sonnenschein saß. Die beiden steckten ihre welken Köpfe zusammen wie zwei Silberbirken. Nun wurde ich ärgerlich – es sah ganz danach aus, als würden wir Plätze tauschen: Nan, die ohne Erklärung aufbrach und mit meinen Freundinnen sprach, und ich, die ich mir Sorgen machte und ihr übers Land hinterherlief. Ich marschierte auf die beiden zu, um Nan mit den Worten zurechtzuweisen, mit denen sie mich in so einer Situation gemaßregelt hätte. Aber als ich näher kam, blickte die Alte Rilla auf. Sie entdeckte mich und schüttelte sehr entschieden den Kopf. Sie machte Nan nicht auf meine Anwesenheit aufmerksam und ihre Botschaft war eindeutig. Ich musste gehen.

Mir drehte es den Magen um. Nan musste krank sein. Warum sonst sollte sie ohne mich mit der Alten Rilla sprechen? Ich wanderte langsam nach Hause und setzte mich auf unsere Türschwelle und blickte hinauf zu Heron's Watch, den Kopf voller Fragen.

Es war längst Nachmittag, als ich endlich eine kleine Gestalt ausmachte, die sich durch die vertraute Landschaft bewegte und im Sonnenlicht einen scharfen, spitzen Schatten warf. Ich ging ins Haus, stellte den Wasserkessel auf den Herd und warf ein paar Blätter in zwei Becher.

»Du bist doch nicht etwa die ganze Zeit untätig gewesen?!«, rief Nan, als sie hereinkam. »Die Körbe sind immer noch leer, und die Fenster sehen auch nicht viel sauberer aus.«

»Doch, Nan. Ich hab nichts gemacht. Ich hab nur auf dich gewartet.«

»O du nutzloses Kind. Nur weil ich ein paar Dinge zu erledigen habe, heißt das nicht, dass keine Arbeit zu tun ist.«

»Mit der Alten Rilla?«

Ihre Augen verdunkelten sich.

»Ich hab dich gesehen, Nan. Ich bin heute Morgen zu ihr gegangen, weil ich mir Sorgen um dich gemacht hab.«

Ihr nussbraunes Gesicht wurde bleich. »Was hast du gehört?«

»Kein Wort«, antwortete ich, drückte ihr einen heißen Becher in die Hand und schloss die Cottagetür. »Und deshalb musst du mir auch alles erzählen.«

»Darf eine alte Frau denn gar keine Geheimnisse haben? Gönnst du mir nicht einen Tropfen Privatheit, nach allem, was ich im Leben mitgemacht habe? Es gibt Arbeit zu erledigen, Florrie! Da ist keine Zeit für Vertraulichkeiten und Teetrinken.«

Ich schüttelte den Kopf. »Es gibt immer was zu arbeiten, Nan, das ändert sich nicht. Aber ich will das jetzt wissen.«

Sie war immer so starrköpfig, dass ich darauf eingestellt war, noch eine Weile länger mit ihr streiten zu müssen, aber sie ließ sich auf die Bank unter dem Fenster fallen.

»Setz dich, Florrie, mein liebes Kind.«

Das tat ich, und ich wusste, dass es sich nicht um Kleinigkeiten handelte. »Du bist krank, nicht wahr, Nan?«

»Ja, Kind, ich sterbe.«

Ich senkte den Kopf, was sollte ich auch sagen – eine solche Wahrheit konnte nicht sofort verstanden werden. Doch der damit einhergehende Schmerz hing schwer zwischen uns. Ich blickte auf und sah, dass sie mich betrachtete. Ich rückte an sie heran und legte meine Arme um sie.

»Nicht doch, Nan. Geh nicht.« Das Flehen eines Kindes.

»Ich muss, meine Liebe. Es tut mir leid. Wenn die Entscheidung bei mir läge, würde ich dich nicht verlassen. Aber sei stark, Florrie, denn du weißt, dass ich dich von ganzem Herzen liebe und du diese Liebe fünfzehn Jahre lang bekommen hast. Sie wird immer bei dir sein.«

Fünfzehn Jahre. Mir schien das keine lange Zeit zu sein. Ich sah die Jahreszeiten kommen und gehen und den Himmel über Braggenstones sich verändern, ohne dass meine Nan neben mir saß, und diese Aussicht war kalt und leer. Ich hatte mich an ein Leben gewöhnt, das aus Pflanzen und Reifen und Verkaufen und Saubermachen und Graben und wieder Pflanzen bestand, aber es erfüllte mich nicht so sehr, dass ich mir vorstellen konnte, ohne sie Freude daran zu haben. Ich atmete sie ein, hielt ihre braune Hand fest, versuchte, sie in mich aufzusaugen. Wenigstens hatten wir noch Zeit, sie würde mir nicht einfach so entrissen werden wie Da.

»Wie lange noch, Nan? Kann die Alte Rilla dir nicht helfen?«

Sie zögerte. »Die Alte Rilla hat mir bereits geholfen, viel geholfen, aber die Krankheit übersteigt ihre Heilkräfte. Mir bleibt noch ein wenig Zeit, Florrie. Vielleicht ein Monat. Aber es ist gut, dass du mich dazu gebracht hast, es dir heute zu sagen, denn ich war ein Feigling, aber dank Rilla weiß ich nun, wie ich dir etwas erklären kann, etwas, das du wissen musst, bevor ich gehe.«

Ein Monat! Der Herbst würde kommen und Nan wäre nicht mehr hier. Wie sollte ich das ertragen? »Und Lacey, weiß sie es?«

»Ja, Lacey weiß es. Sie ist freundlich gewesen. Ich hätte diese junge Frau schon früher mehr respektieren sollen.«

»Aber wie könnte Lacey helfen? Sie weiß nichts über Heilkräfte.«

»Nein. Aber ... da ist noch mehr, Florrie.«

Ich hob meinen Kopf von ihrer knochigen Schulter und runzelte die Stirn. Noch mehr? Außer dass Nan todkrank war?

Sie holte tief Luft. »Ich muss dir etwas sagen, Florrie, das ... alles für dich verändern wird. Ich weiß nicht, ob du mich dafür hassen wirst, dass ich es dir jetzt erzähle, oder dafür, es dir nicht schon vor Jahren erzählt zu haben. Rilla meint, du wirst mich überhaupt nicht hassen, denn das läge nicht in deiner Natur.«

Vogelgesang und das Knacken des Dachs füllte die darauffolgende Pause. Ihre Worte von vorhin fielen mir wieder ein: *Dank Rilla weiß ich nun, wie ich dir etwas erklären kann.*

Dann gab es da also ein Geheimnis, und ich sollte es erfahren und es würde mein Leben verändern.

Sie rückte und rutschte, bis sie bequem saß, lehnte sich an die dicke Steinmauer und hielt meine Hand, als wollte sie einem Kind ein Märchen erzählen.

»Deine Mutter und dein Vater liebten sich sehr«, begann sie zu meiner Überraschung. »Ich bin keine sentimentale Frau, aber selbst ich habe keine Liebe wie die ihre gesehen. Sie strahlte von ihnen ab wie Mondlicht vom Wasser.«

Ich wartete. Das wusste ich bereits.

»Deine Mutter, Florrie, kam nicht aus Launceston.«

»Nicht?« Darüber zu lügen kam mir komisch vor.

»Sie kam aus London, und sie war eine Lady. Nun, keine Lady dem Titel nach, aber eine Lady verglichen mit uns. Du weißt, was ich meine. Eine vornehme Frau.«

Meine Mutter? Eine *vornehme Frau*? Hier draußen in Braggenstones? Ein Stadtmädchen? Nan spielte mir wohl einen Streich. Aber warum sollte sie in solch einem Moment scherzen?

»Sie stammte aus einer Familie, die ... Nun, sie sind reich, Florrie. Und ... namhaft und ziemlich ... berüchtigt.«

Ich sah ihr an, dass sie Mühe hatte, die richtigen Worte zu finden, um sich mir verständlich zu machen, Worte, die wir hier nie benutzten. Ich wusste, dass sie diese von jemand anderem gehört hatte, vielleicht von Lacey. Namhaft? Berüchtigt? Inwiefern?

»Es war einmal eine große Familie, doch jetzt sind es nicht mehr sehr viele. Sie sind sehr stolz und haben einen Hang, sich zu befehden. Als deine Mutter sich in deinen Da verliebte, wurde sie verstoßen. Sie sahen in ihm nichts Besseres als ein Tier. Sie behaupteten, er sei schweißig und ungebildet, und sie sagten, wenn sie ihn heirate, wäre das, als würde sie sich mit einem Schwein paaren.«

Ich keuchte auf, aber Nans braune Hand hielt mich fest und gebot mir, zuzuhören.

»Also rannte deine Mutter weg. Als dein Da hier mit ihr auftauchte, Florrie ... Du kannst dir vorstellen, wie mir da zumute war. Ich mag keine Fremden, wie du weißt, und plötzlich war da dieses wunderschöne zarte Geschöpf in einem weißen Kleid und mit einer Londoner Stimme in meinem Cottage und hielt Das Hand umklammert. Mein letzter, mein bester Sohn erklärte mir, er werde sie heiraten. Kein kräftiges kornisches Mädel, das ihm zehn Kinder gebären und das ganze Jahr über hart arbeiten würde, sondern ein dummes Mädchen mit romantischen Vorstellungen – so dachte ich –, dem ein hübsches Gesicht den Kopf verdreht hatte. Ich war anfangs alles andere als freundlich zu ihr.«

Nan schüttelte den Kopf.

»Aber ich änderte meine Einstellung, Florrie. Das geschieht nicht oft, ich weiß, aber es dauerte nicht lang. Ihre Familie erklärte ihr, wenn sie ihn heirate, wollten sie sie nie wiedersehen, sie könne nie mehr nach Hause zurück, sie würde keinen Penny von ihnen bekommen. Sie war kein dummes Mädchen und dein Da war ein aufrechter Mann. Er erklärte ihr, wie unser Leben aussah. Sie kam hierher, sie sah uns. Und sie entschied sich für deinen Da. Ich war mir sicher, dass sie ihre Entscheidung Hals über Kopf getroffen hatte, aber sie war ihm eine gute Frau. Sie liebte ihn. Sie lernte, was nötig war, und tat es dann auch. Sie beklagte sich nie. Und es tat gut, diese wunderbare Person um sich zu haben, wie dich. Sie passte sich diesem Leben, dieser Familie an. Frag mich nicht, wie – verstanden habe ich es nie, aber so war es. Du siehst also, sie hätte genauso gut aus Launceston sein können. Es machte keinen Unterschied.«

Ich konnte mir nicht länger auf die Zunge beißen. »Aber Nan! Wie haben sie sich kennengelernt? Wo um Himmels willen hat Da so eine vornehme Dame kennengelernt? Er war doch nie in London! War ihr Name wirklich Elizabeth Wade?«

»Sie hieß Elizabeth, das ist richtig, und du bist nach ihr benannt, wie wir dir das auch immer gesagt haben, Florence Elizabeth Buckley. Sie lernten sich kennen, als sie in Truro war. Ihre Familie hat Verbindungen dorthin und es gab dort eine Hochzeit, an der einige der vornehmen Londoner Cousins teilnehmen mussten. Aber sie hieß nicht Wade, nein. Ihr Name war Elizabeth Grace.«

»*Grace?*«, entfuhr es mir.

»Ja, Florrie. Was ist damit?«

Erinnerungen trieben durch mein Gehirn. »Nan! Diese Jungen in Truro, von denen ich dir erzählt habe, die Brüder mit den komischen Namen, sie waren Graces! Sie sind mit mir *verwandt*!«

Ich konnte es kaum glauben. Die Alte Rilla hatte mir gesagt, dass das Leben mich durch diese Jungs rufen würde, aber dabei hatte ich nie im Leben an *so etwas* gedacht. Ich schüttelte verdutzt den Kopf. Mir fiel ein, wie niedergeschlagen ich von ihnen weggeritten war und dabei dachte: *Das kann nicht alles gewesen sein.* Nun, das war es auch nicht.

»Natürlich«, sinnierte Nan, »natürlich. Du sagtest ja, sie seien aus London. Ja, Florrie, sie sind deine Verwandten, auf die ein oder andere Weise. Die meisten Familienmitglieder waren zu stolz, um diese unzivilisierte Gegend – denn so dachten sie von Cornwall – zu besuchen, aber deine Mutter freute sich, einen neuen Teil der Welt zu sehen und einen neuen Zweig der Familie kennenzulernen. Sie hatte jede Menge Brüder und

Schwestern und hatte jeweils einen und eine davon dabei. Dein Da half an jenem Abend im Stall aus. Eins der Kutschpferde der Graces war krank geworden. Er kümmerte sich darum, und sie kam während des prächtigen Fests heraus, um zu sehen, wie es dem armen Tier ging, und so lernten sie sich kennen. Sie blieb zwei Wochen in Truro, und sie verbrachten so viel Zeit miteinander wie möglich. Als sie nach London zurückkehrte, wollte sie ihrer Familie nur mitteilen, dass sie ihren Ehemann gefunden hatte. Oh, ich könnte dir noch viel mehr erzählen, wie es sich entwickelte, wie sie einander näherkamen, aber zuerst muss ich dir den wichtigen Teil erzählen, den, der dich betrifft.«

Mir drehte sich alles. Gab es noch mehr? Ich konnte mir nur schwer vorstellen, was mich mehr betreffen könnte, als die Identität meiner Mutter und die Opfer, die sie gebracht hatte, um herzukommen und meine Mutter zu sein.

»Elizabeth war von Natur aus nicht nachtragend. Als sie schwanger wurde, schrieb sie ihrer Mutter, obwohl sie bis zu diesem Zeitpunkt zwei Jahre lang nicht mehr miteinander gesprochen hatten. Sie berichtete ihr, dass sie sehr glücklich sei und ihr Ehemann der beste aller Männer. Sie teilte ihr mit, dass sie ein Baby erwartete, und sollten ihre Eltern ihr Enkelkind sehen wollen, würde das sie und deinen Vater sehr glücklich machen. Doch die Antwort brach ihr das Herz. Sie wollten nach dieser beschämenden Partie nichts mehr mit ihr zu tun haben. Sie wollten keinen Kontakt zu einem ungehobelten Mann wie deinem Vater, und sie wollten nichts mit seinem Kind zu tun haben.«

»Selber schuld!«, schnaubte ich.

Nan sah mich nachdenklich an. »Das habe ich auch immer so empfunden, Florrie. Aber dennoch …«

»Aber was?«

Sie sah mich verunsichert an. »Ich … ich habe etwas getan, Florrie. Ich weiß nicht, ob es dir gefallen wird – sehr wahrscheinlich nicht. Aber jetzt ist es geschehen, und ich wollte es auch tun, für den Fall, dass du mich davon abhalten willst.«

»Was hast du getan?«

»Ich habe ihnen geschrieben.«

»Du hast *was*? Aber du kannst doch gar nicht schreiben!«, rief ich aus und richtete meine Aufmerksamkeit auf den unwichtigsten Teil dieser Angelegenheit. Ich konnte nicht mehr klar denken.

»Nun, also gut, Lacey schrieb den Brief für mich. Aber ich sagte ihr, was sie schreiben sollte. Das ist die Sache, bei der sie mir geholfen hat. Ich erklärte alles – dass du Waise bist, dass ich bald sterbe, dass du ganz allein sein und in Armut leben wirst, ein Kind. Ich berichtete ihnen, dass du hübsch und begabt seist und deiner Mutter alle Ehre machst. Ich hatte einfach das Gefühl, sie sind deine Familie, Florrie, ob es dir gefällt oder nicht, und wenn ich nicht mehr bin, hast du niemanden mehr.«

»Ich habe dann noch Stephen. Und Hesta.«

»Aber wen will Hesta denn in Braggenstones heiraten? Sehr wahrscheinlich wird sie in eins der Dörfer ziehen und dann siehst du sie nicht mehr so oft. Und Stephen? Ja, er ist ein guter Junge ... Aber Florrie! Dieses Leben! Du weißt doch, was mit deinem Da passiert ist. Sieh nur, was seinen Brüdern widerfahren ist. Alle tot. Stephen ist jetzt in den Minen und er ist der Einzige, der in Frage kommt. Was ist, wenn du auch ihn verlierst? Was würde aus dir hier draußen ganz allein, ohne eine Menschenseele und ohne Geld? Dein Da, Florrie, wollte dich unterrichten lassen, weil er sich für dich ein besseres Leben als dieses wünschte. Er wollte, dass du ... Chancen hast. Dies ist eine.«

Der Raum um mich herum drehte sich. Die Menschen, die mit ihrer Intoleranz meine Familie zu einem Leben in Armut und ewigem Kampf verdammt hatten, die Menschen, die meinen Vater verachtet und sich von meiner Mutter abgewandt hatten und von mir nichts wissen wollten ... Wie konnte das überhaupt Familie sein? Und dennoch war wahr, was Nan sagte. Ich hatte ja selbst bereits darüber nachgedacht: Ohne sie wollte ich dieses Leben nicht weiterführen. Durch den Nebel der Gedanken wurde mir bewusst, dass sie noch immer sprach.

»Sie haben auf meinen Brief geantwortet, Florrie.«

»Haben Sie?« Erstaunt richtete ich mich auf. »Und was sagen sie?«

»Sie wollen dich haben, Florrie. Sie wollen dich holen kommen. Sofort.«

Aber ich wollte *sie* nicht. Warum sollte ich so tun, als empfände ich es als Privileg, von solchen Leuten auserwählt zu werden? Leute, die meinen Vater beleidigt und meiner Mutter den Rücken gekehrt hatten? Ich erachtete sie nicht nur als zutiefst unfreundlich, sondern auch als gefährlich töricht. Mein Temperament ging mit all der selbstgerechten Empörung und dem vernichtenden Urteil der Jugend mit mir durch.

»Ich werde nicht mit ihnen gehen!«, erklärte ich entsetzt.

»Aber du musst, Florrie! Überleg doch, was sie dir geben können, was für ein Leben das wäre. Überleg doch, wie glücklich dein Vater wäre, wenn er wüsste, dass es dir nie mehr an irgendetwas fehlen würde. Sei doch vernünftig! Du hast keine andere Wahl, Mädchen.«

»Wenn du das denkst, dann hast du den Verstand verloren, egal, was dir sonst noch fehlt!«, schrie ich.

Ich rannte aus dem Cottage und schlug die Tür hinter mir zu. Ich rannte ins Moor. Das war der einzig sichere Ort. Stundenlang blieb ich dort draußen. Ich überlegte nicht, wohin mein Weg mich führte, lief einfach immer weiter, bis ich, so weit es ging, in seine sumpfigen, tröstlichen Tiefen vorgedrungen war. Als es zu regnen anfing und klamme Kälte durch mein Kleid drang, war mir das nur willkommen: ein grauer Himmel und Silberschleier, die den Weg noch unergründlicher machten. Offenbar hoffte ich, mich letztendlich doch zu verirren, vielleicht auch umzukommen und nie wieder daran denken zu müssen, dass ich Nan verlieren würde und zur Hälfte aus einer Familie kam, die ich nie gekannt hatte. Aber natürlich konnte ich mich nicht verirren.

Es war bereits dunkel, als ich mich nach Hause schleppte, wo ich, wie erwartet, von Nan eine Tracht Prügel bekam und danach unbekleidet und zitternd vor einem dürftigen Feuer stand, während sie mein Kleid aus dem Fenster hielt und auswrang und dann das durchweichte Stück über einen Stuhl hängte und dabei brummelnd ihrem Zorn freien Lauf ließ.

Tagelang stritten wir uns darüber, was ich tun sollte, und vergeudeten unsere kostbare gemeinsame Zeit. Unsere Auseinandersetzungen waren heftig und Nan spannte sowohl die Alte Rilla als auch Lacey ein. Auch sie bedrängten mich, Vernunft anzunehmen, aber zu diesem Zeitpunkt konnte man mir mit Vernunft nicht beikommen.

Während der ganzen Zeit jedoch erkannte ein Teil von mir die Wahrhaftigkeit dessen, was Nan mir sagte: Ich brauchte diese schrecklichen Menschen. Als stolzer Freigeist war mir dieser Gedanke verhasst. Aber sie hatte recht, wenn auch aus anderen Gründen als ihrer pragmatischen Argumente in Hinblick auf Sicherheit und Komfort.

Es war, als wäre der bisher von mir beschrittene Weg durch die Nachricht von Nans Krankheit abrupt abgebrochen. Die Türen, die zu durchschreiten ich erwartet hatte, waren alle zugeschlagen und verriegelt worden. Ich erinnerte mich daran, wie ich mich nach Das Tod gefühlt hatte, und konnte mir nicht vorstellen, das noch einmal durchzumachen. Und das brachte mich auf die Idee, dass meine Trauer womöglich weniger erdrückend wäre, wenn ich weggehen könnte.

Und dann war da auch der Teil von mir, den die Aussicht auf das Leben, das vor mir lag, schlichtweg langweilte. Mir fiel plötzlich – und mit schlechtem Gewissen – der Tanz in der Lemon Street ein. Ich erinnerte mich daran, mit welcher Freude ich für eine Nacht eine neue Florrie – Florence – geworden war. Mir fiel ein, wie sehr ich Trudy Penny immer um ihre hübschen Kleider und den Flitter beneidet hatte, und das nicht, weil ich neidisch war, sondern weil ich die Schönheit liebte und die Pracht der Stoffe und Muster. Ich überlegte, was ich lernen konnte, wenn ich in dieses andere Leben wechselte, und hatte dabei ein Kribbeln im Bauch. Ich sagte mir, dass keiner Bücher oder Lehrer oder neue Erfahrungen brauchte. Aber die Wahrheit sah für mich anders aus. Wenn ich mir vorstellte, für immer in Braggenstones zu bleiben, war da kein Kribbeln in meinem Bauch, sondern nur ein träges Gewicht, das mich runterzog.

Mochte ich auch noch so viel wüten, so kannte ich im Grunde meines Herzens doch die Wahrheit: Aus ganz eigennützigen Gründen brauchte ich die Graces. Und dafür hasste ich sie.

*K*APITEL SECHS

Drängen ließ ich mich allerdings nicht. Auch wenn sie mich gleich haben wollten, ich würde Nan nicht verlassen. Dass sie das auch nur vorschlugen, war typisch für die herzlosen Ungeheuer, die ich in ihnen sah. Ich würde weggehen, wenn ich bereit dazu war.

Anfangs brachte ich es nicht mal über mich, Stephen und Hesta davon zu erzählen. Es kam mir unsinnig und illoyal vor, unser Trio zu verlassen und weit entfernt ein neues Leben anzufangen. Ich hätte alle Vorteile, sie keinen. Inzwischen waren die Graces nur noch Schatten meiner Einbildung, so substanzlos wie Gespenster. Es war, als hätte Nan sich eine Geschichte für mich ausgedacht, wie alles enden sollte, und aus Gefälligkeit einer sterbenden Frau gegenüber spielten wir mit. Ich konnte nicht glauben, dass ich wirklich nach London gehen würde, wenn hier alles vorbei war.

Und doch dürstete mich danach, alles über sie in Erfahrung zu bringen. Ich sollte eine *Grace* werden! Dieser Sog, das Gefühl, dass der Umgang mit diesen Jungen seine Richtigkeit hatte – es rührte daher, dass wir miteinander verwandt waren. Ich wusste nicht, ob ich mich freuen oder fürchten sollte. Ich fragte Lacey, Nan, die Alte Rilla, ja sogar Trudy Penny nach jedem Fitzelchen, das sie über die Graces wussten – und dabei kam Folgendes heraus:

Man redete viel über sie, in London natürlich, aber offenbar auch an vielen anderen Orten. Sie waren nie die allerreichste Familie gewesen – jedoch reich genug, sich jede Menge Ärger einzuhandeln, und verglichen mit uns unendlich reich –, aber sie waren bedeutend gewesen. Morden Grace, ein Urahn, hatte ein Vermögen in der Schifffahrt gemacht. Es gab Gerüchte, die von Piraterie sprachen. Er heiratete eine echte Schönheit und zeugte zehn Kinder. Die Sippe gedieh und in den Anfangsjahren des letzten Jahrhunderts gab es überall Graces.

Die Familie war mit ungewöhnlich gutem Aussehen gesegnet, aber auch mit Unbesonnenheit und glücklichen Zufällen. Die Gesellschaft reagierte mit Unbehagen auf sie – ihre verwegene Herkunft, ihre fragwürdigen Moralvorstellungen –, aber die Familie hatte Geld und beeindruckte durch ihre Vielzahl, also forderte sie ihren Platz. Über jeden Grace war eine Geschichte in Umlauf: Zwei hatten im Gefängnis gesessen, mehr als einer versuchte sich auf der Bühne, es gab recht viele Schürzenjäger und schwarze Schafe, in ihren Reihen fand sich ein berühmter Aktmaler, ein legendärer Spieler und sogar ein unbedeutender Komponist.

Wenn ein männlicher Grace heiratete, bekamen die erstgeborenen Söhne die Familiennamen ihrer Mutter als Taufnamen (wie ich das bereits von Sanderson erfahren hatte). Mit dieser Anhäufung absonderlicher Namen wollten sie unter Beweis stellen, wie sehr sie sich von anderen abhoben. Im Allgemeinen sah man darin nur schlechten Geschmack, als hätte der Klan es sich zum Ziel gesteckt, andere vornehme Familien zu sammeln und unmissverständlich zur Schau zu stellen, über welch großes Netzwerk an Verbindungen – und damit einhergehend Macht – man verfügte.

Aber in den jüngeren Generationen war ihre Anzahl geschwunden. Hatten die Graces früher fest zusammengehalten (das Blut der Graces war nicht nur dicker als Wasser, sondern auch als jedes andere Blut, das es gab), so hatte im Lauf der Jahrzehnte ihr stolzer, wilder Geist zu Streitigkeiten und Feindschaften geführt. Mehrere (wie meine Mutter) waren ausgestoßen worden. Einige waren gestorben. Andere waren unverheiratet geblieben oder ins Ausland gegangen. Der derzeitige Patriarch, Hawker Grace, saß offenbar in Belgravia, London, umgeben von gerade mal einer Handvoll seiner Erben und Erbinnen in einem vor Leere hallendem Haus. Er war entschlossen, den Klan wieder zu seiner früheren Glorie zurückzuführen.

Dies war keine Familiengeschichte, die Mut machte, aber ich sagte mir zu meiner Beruhigung, dass sie *so* schlimm auch wieder nicht sein konnten. Ich erinnerte mich an den vornehmen Eindruck, den Sanderson auf mich gemacht hatte. Dann fiel mir seine Tante ein, mit ihren Krähenhaaren und dem wütenden Gesicht. Ich dachte an Turlington, zusammengesunken und brütend. Wieder Turlington, der im Stall seinen Rausch ausschwitzte. Noch mal Turlington, der seine Stirn an meine lehnte, und das seltsame Gefühl, als würde die Welt sich von ihren Rändern her auflösen. Diese Erinnerungen hatte ich meinen Lieben verschwiegen, nicht mal Stephen und Hesta wussten davon.

Als ich ihnen schließlich mitteilte, dass ich weggehen würde, starrten sie mich in dumpfem Schrecken an und meinten, ich solle nicht gehen – dürfe nicht gehen. Hesta weinte eine ganze Woche lang jedes Mal, wenn sie mich sah, und Stephen schwor, mich auf der Stelle zu heiraten, damit es nicht dazu kam.

»Aber es *muss* sein, Stephen«, erklärte ich ihm sanft. Ich versuchte, ihm die langen Tage der Qual zu schildern, die ich durchgemacht hatte, bevor ich nach gründlicher Gewissenserforschung meinen Entschluss gefasst hatte, der nun feststehe und unveränderlich sei.

»Aber hättest du nicht mit mir sprechen sollen?«, fragte er. »Ich werd doch einmal dein Ehemann sein.« Auf diesen Gedanken wäre ich nie gekommen. Und wir waren fünfzehn.

»Ich werde auf dich warten«, ergänzte er verwirrt.

»Wir waren Kinder, als du das gesagt hast, Stephen. Du bist mein lieber Freund, mehr nicht. Du bist mir in keiner Weise verpflichtet. Ich hab das nie vorhergesehen, aber nun, da es so gekommen ist, ist alles anders.«

»Du wirst zurückkehren. In ein oder zwei Jahren kehrst du zurück und dann sind wir mündig, aber vielleicht bist du dann auch zu vornehm für mich, Florrie. Ist es das? Du hättst lieber einen Gentleman. Gut, das kann ich dir nicht verdenken.«

»Es geht nicht um Gentlemen oder überhaupt um irgendeinen Mann! So denk ich nicht, Stephen, verstehst du das nicht? Es geht darum, dass ich Nan verliere und nicht die bin, die ich dachte zu sein, und darum, dass ich eine Zukunft haben kann, die sich mein Da für mich gewünscht hat ... vielleicht.«

Aber er verstand mich genauso wenig wie Hesta. »Dir ist die Liebe eines guten Mannes sicher, Florrie«, schalt sie mich später, als wir allein waren. »Wie kannst du da einfach abhauen? Du findest vielleicht Reichere, aber was Besseres findest du nicht.«

»Das weiß ich. Aber er ist kein Mann, Hesta, er ist ein Junge. Er war ein Junge, als er mich bat, ihn zu heiraten, und er ist noch immer ein Junge und er kann nichts für mich tun, wenn Nan uns verlässt, aber die Graces können es. Und da ist noch was: Er *liebt* mich nicht, jedenfalls nicht mehr als er dich liebt, oder ich dich liebe oder du mich.« Niemals hatte ich Stephens Verbundenheit mit mir in Frage gestellt, doch als ich die Worte aussprach, wusste ich, dass sie wahr waren.

Als Nan starb, trauerte ich zwar um meiner selbst willen, nicht jedoch ihretwegen. Denn was sie in jenen letzten Wochen im August erleiden musste, hatte sie nicht verdient. Es war ein heißer Sommer, was natürlich zu ihrem Unwohlsein beitrug, und sie sagte, der Schmerz winde sich in ihrem Bauch wie ein Sack voll Aale. Nachts hörte ich sie ein paarmal schreien, obwohl sie ihre Qualen größtenteils für sich behielt, mit derselben stoischen Duldsamkeit, mit der sie sich durchs Leben gekämpft hatte.

Sie wollte nicht zulassen, dass die Alte Rilla viel für sie tat. Ich weinte deswegen vor Enttäuschung und Wut, aber sie behielt bis zuletzt ihren Argwohn allem gegenüber bei, das nicht irdisch oder vertraut war. Ich warf dennoch gelegentlich heimlich ein Blatt Engelwurz in ihren Tee oder legte gewisse Steine unter ihr Bett, flüsterte bestimmte Worte über ihr, wenn sie schlief. Ich weiß nicht, ob es diesen Maßnahmen oder der Güte Gottes zu verdanken ist (und bis zum heutigen Tag weiß ich nicht, ob beides nicht womöglich ein und dasselbe ist), dass ihr Leiden eine Woche, bevor sie starb, leichter für sie wurde. Dann konnte ich nichts anderes mehr für sie tun, als ihre Hand zu halten und mit ihr zu sprechen. Sie hörte es gern, wenn ich von den großen Dingen erzählte, die mein neues Leben für mich bereithielt. Mein Herzeleid war zu groß, um mich ernsthaft Träumen hinzugeben, aber ich erfand hübsche Dinge zu ihrer Beruhigung. Ich glaube, Nan starb im festen Glauben, ich würde einen Herzog heiraten.

An einem Sonntagmorgen verabschiedete Nan sich still und sanft. Am Donnerstag saß ich bereits in der Kutsche nach London.

*K*APITEL SIEBEN

Ganz so einfach war es natürlich nicht. Zwischen Nans Hinscheiden und meinem Aufbruch gab es noch zwei bemerkenswerte Ereignisse, das eine davon erwartet, das andere höchst erstaunlich. Das Erste war natürlich Nans Beerdigung auf dem

Friedhof von Tremorney. Ganz Braggenstones und viele aus Tremorney nahmen daran teil. Meine Nan war eine von uns, durch und durch. Der Priester sprach Worte, die mich trösteten, obwohl mein Glaube von den vielen mit der Alten Rilla verbrachten Jahren gefärbt war. Die Welt ist größer als alle Worte, die ein Mann Gottes spricht, und größer als sämtliche Bauernweisheiten. Sie ist größer als jede individuelle Erfahrung. Deshalb passt auch alles so gut in sie hinein. Ich denke, das habe ich schon immer gewusst.

Ich war bereits auf vielen Beerdigungen in dieser kleinen Kirche gewesen – so sah das Leben bei uns aus. Und so wird sich wohl eine ganze Ansammlung solch trauriger Szenen zu einer verdichtet haben, die sich mir nun als Erinnerung an die Beerdigung von Nan aufdrängt, aber in Wahrheit ist es nicht mehr als eine allgemeine Darstellung des Verlusts: die dunkel gekleideten Trauernden um ein offenes Grab, weiße Blumen, brauner Sarg, aschfarbener Himmel, und im Zentrum das Gefühl der Abwesenheit.

Es war ein mühseliger Weg nach Hause, daran erinnere ich mich. Diese mir so vertrauten Meilen waren wie Asche unter meinen Stiefeln, der Landschaft fehlte es an Farbe, Textur und Geruch. Es war, als hätte ich eine Mahlzeit zu mir genommen und den Teller sauber geleckt, um dann so lange weiterzulecken, bis keine Spur von Geschmack mehr übrig war. So sähe das Leben ohne Nan in Braggenstones aus.

Wir hatten die Graces von Nans Tod informiert, aber von meiner neuen Familie bisher nichts gehört. Ich gebe zu, dass ich ein wenig nervös war: Hatten sie es sich womöglich anders überlegt? Menschen, die es fertigbrachten, die eigene Tochter zu enterben, weil sie ihrem Herzen gefolgt war, konnte man nicht vertrauen, so viel stand fest. Deshalb empfand ich es selbst im tiefen Keller meines Trübsinns als Erleichterung, als das Cottage auftauchte und davor eine edle schwarze Kutsche mit Goldbeschlägen stand. Ich fragte mich, auf welchem Weg die wohl hierhergekommen war.

Obenauf lümmelte lustlos ein Kutscher, sein mit Federn geschmückter Hut fiel ihm fast vom herabhängenden Kopf. Als das Getrampel des sich nähernden Trauerzugs ihn aufweckte, sprang die Kutschtür auf und eine Person kam heraus, mit der ich überhaupt nicht gerechnet hatte. Es war eine junge Frau, mit Sicherheit einige Jahre älter als ich, aber ich hatte die furchteinflößende Tante mit den rabenschwarzen Haaren erwartet, oder vielleicht auch Mr Hawker Grace selbst. Doch auch so bestand kein Zweifel daran, dass dies eine Grace war, und sie war meinetwegen gekommen.

Sie trug ein silbergraues Kleid mit einem knapp sitzenden Mieder und einem weiten Rock, so dass sie wie die Tischglocke aussah, die ich damals auf dem Fest der Beresfords gesehen hatte. Sie war spindeldürr und schwebte wie ein Vogel. Sie hatte dunkelbraunes Haar, seltsam silbrige Augen und eine Haut so mondbleich, als wäre sie aus Porzellan. Schwarze Jettknöpfe und Borten schmückten ihr Kleid. Ein kecker schwarzer Hut mit einer schwarzen Feder saß schräg auf ihren Locken, und unter ihren Röcken spitzte ein glänzender schwarzer Stiefel hervor, der sich daran zu stören schien, im Schmutz zu stehen.

Der Trauerzug blieb stehen wie ein Ochsengespann und glotzte.

»Guten Tag«, sagte ich und trat vor. »Sie wollen wohl zu mir.«

Den Blick, den sie mir zuwarf, kann ich nur als »borniert« beschreiben. »Du bist ... Florence?«, mutmaßte sie, als könnte ich auch ein Robert sein. Ich wurde mir meines dünnen schwarzen Kleids bewusst, das wie ein Sack an meinem knochigen Leib hing.

»Ja, M...« Ich vermied es, sie »Miss« zu nennen. »Florrie Buckley. Schön, Sie kennenzulernen. Und wie heißen Sie wohl?«

»O Gott!«, kicherte sie und blickte sich um, als ständen zwei oder drei elegant gekleidete Freundinnen um sie herum. Doch es gab niemand, der ihren Spott teilte, abgesehen von einer vorbeirennenden Henne. »Da wird Mama ihre liebe Mühe haben! Was für ein sonderbares Lumpenpack du bist. Du bist jetzt *Florence Grace*, meine Liebe, und am besten gewöhnst du dich gleich daran. Ich bin deine Cousine Annis Grace.«

»Cousine Alice, es freut mich, dich kennenzulernen.« Was allerdings nicht der Fall war.

»Annis! Annis! Nicht Alice. Meine Güte!« Sie verdrehte die Augen. Wäre sie nicht mein einziges Bindeglied zu meinem neuen Leben gewesen, hätte ich ihr schimmerndes Kleid mit Dreck beworfen.

»An-nis«, wiederholte ich wie eine langsame Schülerin. Ich hatte den Namen noch nie zuvor gehört.

»Jawohl, Annis! Es ist doch nicht Scheherezade, um Himmels willen!« (Scheherezade kannte ich.) »Nun, dann komm schon, rein mit dir, wir müssen los.«

»Was, *jetzt?*«, quäkte ich, alle meine Manieren vergessend.

»Ach, wie reizend! Ja, jetzt. Oder dachtest du, wir nehmen einen leichten Tee zu uns und machen ein wenig Salonunterhaltung, bevor wir einsteigen? Hast du irgendwelche Erinnerungsstücke? Dann such sie bitte zusammen! Viel wird es wohl nicht sein.«

Ihre unverhohlene Verachtung, ihre offensichtliche Missachtung meiner Gefühlslage an diesem fraglos schweren Tag und – ich will ganz offen sein – auch etwas an dem selbstgefälligen Winkel ihrer überheblichen kleinen Nase lockte den Teufel aus mir heraus.

»Tut mir leid, Cousine *Annis*, aber ich kann heut nicht mitfahren. Es passt nicht. Bitte komm morgen wieder.«

Ich hörte ein kurzes Aufstöhnen bei den Zuschauern aus Braggenstones und dann Hesta murmeln: »Oh, jetzt geht's los.«

Ich hatte wirklich nicht damit gerechnet, so abrupt aufzubrechen. Und natürlich wollte ich auch an allem teilhaben, was traditionsgemäß dazugehörte, wenn jemand starb, erst recht, wenn es dabei um Nan ging. Und ich wollte mich auch richtig und von Herzen von Lacey und Rilla, Hesta und Stephen verabschieden.

Aber diese vier standen direkt vor mir und es gab nichts zu sagen, was geheim gewesen wäre. Wenn ich jetzt aufbrach, würde ich also nur ein paar Reden verpassen und die Chance, Rod Plover und Dick Pendarne dabei zuzusehen, wie sie sich langsam und heftig unter den Tisch tranken. Aber ich mochte meine Cousine *Annis* nicht und hatte das Bedürfnis, sie zu ärgern, einfach so. Ich habe nun mal diesen Hang.

»*Es passt nicht?*«, wunderte sie sich jetzt. »Dann hast du wohl was Besseres vor?«

»Ja. Hier. Es gibt einen großen Leichenschmaus.«

»Das glaub ich! Es sieht ja alles so überaus üppig aus. Ich wurde jedoch von Hawker geschickt, damit ich dich mit zurückbringe, und das werde ich auch tun.«

Die Alte Rilla, die mich gut kannte, trat vor und ergriff meine Hände. »Geh, Kind«, sagte sie und bohrte ihre blauen Augen in meine, womit sie mir leise sagen wollte: *Nun hör schon auf, ein sturer Esel zu sein, und gib einmal in deinem Leben nach.* »Es ist an der Zeit, und Verweilen ändert nichts.« Das stimmte natürlich, aber ich war ein sturer Esel. Ich schüttelte den Kopf und wandte mich wieder an Cousine Annis.

»Wann würde es dir morgen passen? Mir wäre alles nach zehn Uhr recht.«

Ihre Alabasterstirn kräuselte sich ungläubig. »Wie du willst«, konterte sie. »Aber ich werde nicht zurückkommen. Glaub mir, mir reicht es, diesen Ort einmal aufzusuchen. Du bist eine höchst ungehobelte und rücksichtslose junge Person.«

Ich zuckte mit den Schultern. »Dann noch einen guten Tag, Cousine Annis. Und sichere Reise.«

Ihr Gesicht verdüsterte sich und mich fröstelte regelrecht. Ich hatte mich über ihre Verachtung, ihre mitleidslose Art gewundert, aber jetzt erkannte ich noch etwas Dunkleres.

»Nun gut«, sagte sie in eisigem Ton, machte auf ihren eleganten Absätzen kehrt und lief zurück zur Kutsche. Wir hatten einander noch nicht einmal die Hände geschüttelt.

Ich dachte allen Ernstes, dass ich womöglich mein neues Leben davonstolzieren sah, ohne dass es überhaupt begonnen hatte. Da mein altes Leben nun auf dem Friedhof begraben war, begannen meine Knie zu zittern – es war, als wäre die Erde unter mir aufgebrochen und gäbe mir von keiner Seite mehr Halt. Aber kurz bevor ich hineinfiel, drehte sie sich um und kam zu mir zurückgestöckelt, ihr Gesicht das reine Abbild von Feindseligkeit.

»Hier«, sagte sie und kramte in ihrer Geldbörse, holte ein paar Münzen heraus und warf sie mir zu. Ich fing keine davon auf, so dass sie im ausgedörrten Gras landeten – glitzerndes Silber inmitten staubigen Golds. »Wenn es nach mir ginge, könntest du hierbleiben, bis du vermoderst, aber der alte Luzifer ist ganz erpicht auf dich, und da darf ich nicht schuld sein, wenn du nicht zu ihm kommst.«

»Luzifer?«

»Ja, Luzifer. So nennen wir ihn alle – natürlich nicht vor ihm. Hawker. Dein neuer Großvater, meine Liebe. Ich werde aber nicht länger in diesem gottverlassenen Loch bleiben. Folge mir, wann du willst – das wird für deine Beförderung reichen. Allerdings bist du diejenige, die das Angebot auf Gesellschaft, Komfort und Ehrbarkeit abgelehnt hat. Aber dir bleibt keine andere Wahl – du musst uns aufsuchen. Und sei versichert, *ich* werde nichts dafür tun, damit du willkommen geheißen wirst, wenn du eintriffst.«

Sie stieg in die Kutsche, die unter ihrem zu vernachlässigenden Gewicht derart schwankte, dass vermutlich auf ihrem Weg übers Moor eine Radwelle gerissen war. Rod hätte diese auf Anhieb wieder in Ordnung bringen können. Ich sagte nichts. In den Märchen geht es immer um Liebe auf den ersten Blick. Über Feindschaft auf den ersten Blick wird weniger geschrieben, aber sie wurde dennoch an diesem Tag geboren.

Als alle ihr hinterherstarrten, sank ich ins Gras und sammelte die Münzen eine nach der anderen ein. Sosehr es mir zuwider war, ihr Geld anzunehmen, so war es ihr sichtlich noch viel schwerer gefallen, es mir zu geben. Und das alles nur, um der ihr von Hawker Grace übertragenen Aufgabe gerecht zu werden. Da wusste ich, dass sie Angst vor ihm hatte, und ich fragte mich, wie ein Mann beschaffen sein musste, der einer Frau wie dieser Angst einjagen konnte.

*K*APITEL ACHT

Und so kam ich zu meinem neuen Leben: mit einer Feindin, die auf mich wartete, einer Drohung, die über mir hing, und all dies auf Geheiß eines Mannes, den man mit dem Teufel selbst verglich. Das war kein besonders verheißungsvoller Neuanfang.

Man schrieb das Jahr 1850. Die Cornwall-Eisenbahn sollte noch ein Jahrzehnt auf sich warten lassen, also reiste ich in der Kutsche, und zwar in der entgegengesetzten Richtung zu den vielen jungen Männern aus der Mine, in der Da gearbeitet hatte und die inzwischen geschlossen war. Zu dieser Zeit waren sie alle in südlicher Richtung nach Hayle unterwegs und verließen Cornwall scharenweise, um nach Bristol oder Liverpool weiterzureisen. Von diesen Städten aus, die für uns einen so exotischen Klang hatten, schifften sie sich ein nach New York oder San Francisco. Einige drängte es zum kalifornischen Goldrausch, andere hatten die Kupferminen von Michigan zum Ziel. Es war eine Entwicklung, die sich in den folgenden Jahren noch verstärken sollte, aber selbst damals waren so viele unterwegs, dass ich das Gefühl hatte, als einsame Reisende gegen den Strom zu schwimmen.

Meine Erinnerung an die Reise ist sehr verschwommen. Stephen und Hesta weckten mich, als es noch dunkel war, und begleiteten mich nach Liskeard, damit ich dort die erste Postkutsche erwischte, denn die Reise in die große Stadt

London dauerte ganze zwei Tage. Hesta und ich klammerten uns schluchzend aneinander, bis ihr blasses kleines Gesicht ganz fleckig war und von den Tränen glänzte. Egal, ob Unterricht oder Abenteuer – in diesem Moment hätte ich auf alles verzichtet, wenn ich nur bei Hesta hätte bleiben können und niemals hätte Abschied nehmen müssen. Stephen küsste mich zum Abschied, es war ein richtiger Kuss, der mich völlig überraschte, weshalb ich nicht gut darauf reagierte und seine Gefühle verletzte, indem ich zurückwich. Versuchte er vielleicht, mich umzustimmen? Seinen Anspruch an mich zu erneuern? Mich zu trösten? Er erreichte nichts dergleichen. Cornwall verabschiedete mich mit rätselhafter Gleichgültigkeit und elendem Regenwetter.

In tauber Fassungslosigkeit, dass das mir bekannte Leben vorbei war, verstrichen die Stunden. Und diese scheinbare Ausweglosigkeit schützte mich vor jeder Angst, die ich womöglich verspürt hätte, als ich die längste Reise meines Lebens unternahm, ganz allein. Zugleich wurde durch das Treffen mit meiner vornehmen Cousine am Vortag jegliche Abenteuerlust, die mich sonst vielleicht beflügelt hätte, zunichtegemacht.

Wir ließen Cornwall hinter uns. Wir müssen den breiten, glänzenden Tamar überquert haben, aber ich sah nur meine eigenen Erinnerungen. Ich war zum Leichenschmaus geblieben – und fand ihn schrecklich. Es ging gleichermaßen sentimental wie zügellos zu und ich fand keinen Trost darin. Ich hatte mich, wie man sagt, ins eigene Fleisch geschnitten.

Mein Abschied von Lacey am gestrigen Abend war tränenreich. Da die Alte Rilla versprochen hatte, die Nacht mit mir in Nans Cottage zu verbringen, war sie froh, nach Tremorney zurückkehren zu können. Lacey versprach, mir zu schreiben, und an dieses Versprechen klammerte ich mich während der Reise wie eine Klette und noch während der vielen Jahre, die darauf folgten. Denn von den vielen anderen, die mich liebten und gelobten, mich nicht zu vergessen, war sie die Einzige, die schreiben konnte. Sie war die Einzige, die mich in meiner neuen Welt erreichen und unsere Freundschaft zu etwas Greifbarem und Tröstlichem machen konnte.

Die Alte Rilla hatte sich von mir in der Dunkelheit des frühen Morgens in Nans Cottage verabschiedet, nur der Mond und die Sterne leuchteten. Sie nahm mein Gesicht in ihre warmen, kräftigen Hände und sah mir tief in die Augen. »Möge all das, was gut und wahr ist, dich begleiten, Florrie Buckley«, sagte sie. »Denk immer dran, das Leben ist mächtiger und geheimnisvoller, als wir auf dieser Erde uns dies vorstellen können. Es gibt immer verborgene Pfade, die uns anziehen, und stärkere Winde, die uns treiben, als wir begreifen können. Nimm das als Trost, wenn du welchen brauchst, und denk immer daran, dass du eine Begabung hast.«

»Ich möchte jetzt nicht gehen, Alte Rilla«, schluchzte ich und klammerte mich an ihre knochige Gestalt. »Kann ich nicht bei dir bleiben? Ich würde dir helfen, von dir lernen. Ich esse auch nicht viel.«

»Also das Letzte ist gelogen«, sagte sie, aber es saß dabei kein Schalk in ihren blauen Augen, nur Traurigkeit. »Und was den Rest angeht: Glaubst du etwa, ich hätte nicht darüber nachgedacht? Wenn es mir zustünde, dir in dieser Zeit Zuflucht zu gewähren, würde mich das von Herzen freuen, denn ich möchte dich nicht verlieren. Aber es steht mir nicht zu. Ich habe mir das gründlich überlegt. Dein Schicksal führt dich jetzt weg von Cornwall, und ich kann dich nicht aus Gefühlsduselei davon abhalten.«

»Werde ich denn jemals zurückkommen?«, jammerte ich.

»Das kann ich nicht sehen. Ich sehe nur in vielen Jahren eine Gabelung auf deinem Weg, und eine Zeitlang wirst du dich gleichermaßen in zwei Richtungen gezogen fühlen. Die Umstände kann ich nicht erkennen und auch nicht die Wahl, die du treffen wirst.«

»Aber werde ich denn glücklich sein, Alte Rilla?«

Sie antwortete nicht, sondern legte nur ihre Arme um mich

und sagte: »Du bist stark und tapfer und frei, Florrie Buckley. Vergiss das nie.«

»Verborgene Pfade und stärkere Winde«, sagte ich mir jetzt flüsternd, als ich mein Leben hinter mir ließ. Menschen stiegen in das rappelnde Gefährt ein und wieder aus. Man saß dicht gedrängt, dann war es wieder leer. Der Tag schritt voran und die Pferde wurden müde, man tauschte sie gegen frische Tiere aus.

Am späten Abend hielten wir in einem Ort namens Norton St Philip, wo wir die Nacht verbringen würden. Ich hatte gewusst – man hatte es mir gesagt –, dass die Reise unterbrochen werden musste, aber ich war nicht in der Verfassung, diese neue Erfahrung zu genießen. Meine Mitreisenden strömten in das Gasthaus wie ein Bach, der sich in einen Teich ergoss. Ich folgte ihnen langsam, wie zäher Schlamm.

Über meine Nacht im George Inn werde ich nichts schreiben. Ich kann mich nicht daran erinnern und für meine Geschichte ist sie ohne jede Bedeutung. Genauso wenig wie das zeitige Aufstehen und die lange Reise am folgenden Tag. Es genügt zu sagen, dass ich endlich in London eintraf. Dann und erst dann kam ich wieder zu mir und sah mich um in dem Bewusstsein, dass ich ein gewisses Interesse für all das aufbringen musste, was mich erwartete.

Ich möchte mit aller erlaubten Eile zur Ankunft in jenem Haus springen, das mein neues Zuhause werden sollte, und zu meinem ersten Abend dort, wenn auch nur, um es hinter mich gebracht zu haben. Es ist keine freudige Erinnerung. Ich war hungrig und steif. Ich sehnte mich danach, die klare Luft des Moorlands zu atmen, mich frei zu bewegen und die Beschränkungen der letzten beiden Tage abzuschütteln, aber das war natürlich nicht mehr meine Welt. Ein freundlicher Gentleman, ein Mitreisender, begleitete mich zum Haus.

Im Rückblick weiß ich, wie viel Glück ich hatte – ein junges Mädchen allein mit einem Gentleman in einer fremden Stadt –, aber damals setzte ich voraus, dass Nachbarn einem halfen. Er sprach nicht viel, führte mich nur raschen Schritts voran, wobei er seine Hand immer wieder in seiner Weste verschwinden ließ, um im Gehen mit hoffnungsvoller Miene einen Blick auf seine glänzende Taschenuhr zu werfen. Ich wuselte hinterher, staunte über die siedende, sprudelnde Stadt, den Lärm und das Durcheinander und die Gebäude ... überall Gebäude. Wie hätte ich mich ohne seine Hilfe jemals zurechtfinden sollen? Wieder wurde mir bewusst, wie töricht meine Weigerung gewesen war, mit Annis mitzukommen.

Und so stand ich dann an einem Abend Ende August – die Sonne fieberte irgendwo hinter einem Schleier aus Schmutz und Umtriebigkeit vor sich hin – auf den Eingangsstufen von Helikon, dem Heim der Familie Grace. Inzwischen weiß ich, dass es erst dreißig Jahre zuvor erbaut worden war, aber damals dachte ich, es müsse schon immer hier gestanden haben, gewachsen wie ein Baum aus unerschütterlichen Wurzeln.

Helikon war eine große weiße Stuckvilla in der Nähe des Belgrave Square. Sie schimmerte schwach im Licht der Abendsonne. Sie war nicht mit den benachbarten Häusern verbunden wie das Haus der Beresfords in Truro, sondern stand allein für sich wie die Cottages in Braggenstones, nur dass es viel, viel größer war. Zwölf-, vielleicht sogar fünfzehnmal größer! Ich erkannte sofort, dass dies hier kein Ort für Florrie Buckley aus Braggenstones war und ich zusehen sollte, so schnell wie möglich eine andere zu werden.

Ich zögerte auf der Straße, denn ich spürte auch noch etwas anderes, und das war stärker als meine Intuition. Ich wusste mit völliger Gewissheit, dass ich in diesem Haus niemals glücklich werden würde. In Anbetracht dessen, dass ich erst fünfzehn war und wahrscheinlich Jahre hier verbringen musste, war dies eine bestürzende Aussicht. Ich wollte nicht hineingehen, aber wohin hätte ich mich sonst wenden können?

Meine Beine, die immer so kräftig und sicher gewesen waren, zitterten, als ich die steilen Stufen hinaufstieg. Meine Hand, die Spaten, Zügel, Getreidesäcke gehalten hatte, zauderte, den schwarzen Eisentürklopfer in Form einer Seeschlange, die ihre Zähne bleckte, anzuheben. Welche Art von Willkommen konnte ich hier erwarten, in dieser Familie der Fehden und der Missgunst?

Die Haushälterin, die mir öffnete, sah mich aus schmalen Augen an.

»Hier gibt es keine Arbeit«, erklärte sie. »Die Graces stellen niemanden ein.«

»Ich bin Florrie Buckley, Ma'am«, sagte ich, korrigierte mich aber umgehend. »Das heißt, ich bin Florence Grace – Enkelin von Mr Hawker, der gesagt hat, ich soll kommen.«

Ihre Augen wurden groß und sie trat beiseite, um mich einzulassen. »Dann bist du also die Cousine aus Cornwall! Endlich! Du hast dir aber Zeit gelassen, nicht wahr? Die letzte Person, die so lange gebraucht hat, bis sie auf eine Vorladung reagierte, war ein Anwalt namens Draycott. Und nun rate mal, was mit ihm passiert ist?«

Ich zog eine Braue hoch. »Hat seine Stellung verloren?«, sagte ich aufs Geratewohl.

»Ist ertrunken.«

Ihre Vertraulichkeit ergab für mich genauso wenig Sinn wie das nasse Schicksal, das Mr Draycott ereilt hatte. Ich riss mich zusammen.

»Also, ich bin mir sicher, dass mein Großvater nicht vorhat, mich zu ertränken. Ist die Familie zu Hause, Ma'am?«

»Einige ja, einige nicht.«

»Nun, könnten Sie bitte so freundlich sein und die, die hier sind, wissen lassen, dass ich da bin?«

»Ja, ja, komm mit.«

Ich bückte mich, um meine Schuhbänder zu lösen. Meine Stiefel waren natürlich das einzige Paar, das ich besaß, und mit kornischem Schlamm bedeckt, der inzwischen getrocknet und zu Staub geworden war. Der Fußboden – schwarze und weiße Fliesen – war mit Sicherheit der sauberste, den ich je gesehen hatte, und da ich aus einer Welt kam, in der Sauberkeit nur schwer zu erreichen war, schien mir dies die einzig denkbare rücksichtsvolle Maßnahme zu sein. Sie korrigierte mich nicht.

Als ich mich aufrichtete, nahm ich meine Umgebung erst richtig wahr. Die Eingangshalle war weitläufig und wurde von einer gewaltigen Treppe beherrscht, die sich nach einem Dutzend Stufen in zwei getrennte Treppen teilte, die beide hoch oben wieder zusammentrafen. Ein großer Spiegel, der dort hing, reflektierte beide Treppen und verwirrte mich. An den dunkel verkleideten Wänden hingen Gemälde mit Gold- oder gelackten Holzrahmen, Porträts der Graces von früher, die Busen in Satin gehüllt oder graue Lockenperücken auf den Köpfen.

Ich folgte ihr in meinen fadenscheinigen Wollsocken, durch die links wie rechts meine großen Zehen guckten, über diese Treppe nach oben. Dabei konnte ich der Verlockung, mit meiner Hand über das Mahagonigeländer zu streichen, nicht widerstehen. Noch nie hatte ich derart glänzendes und glattes Holz gespürt, frei von Splittern und Verwitterung oder den Knabberspuren kleiner vielfüßiger Kreaturen. Es sah kaum aus wie Holz.

Am Treppenende erreichten wir einen langen Korridor, der zu einer anderen Treppe auf der entgegengesetzten Seite führte. Es gab viele Türen, und an eine davon klopfte meine Begleiterin und öffnete sie. Als hätte ich Angst, von zu intensiver Betrachtung überwältigt zu werden, sah ich mich nur zaghaft um.

»Florence Grace ist gekommen, Ma'am«, kündigte sie mich jemandem an und verschwand dann.

Da stand ich also in meinen Socken im größten Raum, den ich je gesehen hatte. Er dürfte sich über die halbe Länge des Flurs erstreckt haben. Sechs vom Boden bis zur Decke reichende Fenster reihten sich aneinander und ließen das schwindende Licht der Sommersonne herein, das sich wie Honig im Raum ausbreitete. Es war eigentlich kein schönes Zimmer – zu eintönig eingerichtet, zu protzig –, aber ich dachte, dass meine Augen wohl erst geschult werden mussten, bevor ich an London irgendetwas schön fand.

Doch eine Sache gab es, die mich auf Anhieb begeisterte und in Bann schlug. Mitten im Raum stand wie eine schwimmende Insel ein riesiges Instrument – ein Piano! Ich erkannte es sofort – die schwarzen und elfenbeinfarbenen Tasten waren genau so wie bei dem Piano, das ich vor zwei Jahren in Truro gesehen hatte. Aber dieses hier war viel größer und hatte auch eine andere Form, war geschwungen und geschnitzt, und eine Art Deckel ragte in die Luft. Das glänzende Holz wirkte warm. Mir entfuhr ein kleiner Seufzer, kaum zu hören. Ich konnte mir nicht vorstellen, wie es wäre, etwas derart Prächtiges zu spielen. Ich starrte und starrte, während hinter mir eine Uhr unerbittlich vor sich hin tickte, bis mir wieder einfiel, warum ich hier war.

Drei Damen saßen in diesem luftigen Gemach, die Abstände zwischen ihnen ein wenig größer, als ich dies vermutet hätte. Vielleicht versuchten sie, den Raum zu füllen. Zwei junge Frauen saßen an den äußersten Enden einer blassgrünen Chaiselongue. Eine von ihnen war meine Cousine Annis. Auf einem Stuhl aus schwarzem Lack mit hoher Lehne saß die Frau, die ich vor zwei Jahren auf dem Fest der Beresfords gesehen hatte. Sandersons Tante. *Meine* Tante? Ich hatte keine Ahnung, wie alle diese Menschen zusammengehörten. Meine Enttäuschung war groß, dass Sanderson und Turlington nicht hier waren, um mich willkommen zu heißen. Wo waren sie? Ich hatte mir ausgemalt, dass wir gleich nach meiner Ankunft ein freundschaftliches Trio bildeten – darauf hatte ich mich verlassen, wie mir jetzt klarwurde –, aber stattdessen waren nur diese reservierten, makellosen Damen zu meiner Begrüßung hier.

Dass die beiden jungen Frauen Schwestern waren, konnte man nicht übersehen. Sie waren sich bis auf die Farbe ihrer Augen sehr ähnlich: Waren die von Annis von jenem seltsamen Grausilber, das an die See erinnerte, waren die ihrer Schwester tiefschwarz, was sie weniger hervorstechend, dafür aber reizvoller aussehen ließ.

Als sie mich erblickte, murmelte Annis etwas, doch ihre Mutter brachte sie zischend zum Schweigen. Sie zischte sie wortwörtlich an. Nicht »Pst« oder »Still«, sondern ein scharfes, trockenes »Ssssst!«, das eine Schlange womöglich bewogen hätte, es sich noch mal zu überlegen, ob sie zuschlagen sollte. Diese imposante Matrone erhob sich nun von ihrem schwarzen Stuhl und kam zu mir, um mich zu begrüßen. Ich war groß, aber sie überragte mich um Einiges, wie mir auffiel, als ich zu ihr aufblickte. Ich sah das prachtvolle schwarze Haar, zur Rolle aufgesteckt, genau so wie ich es in Erinnerung hatte, das stolze Gesicht, die makellose Nase.

Hart, kam mir sofort in den Sinn. *Sie ist eine harte Frau.*

Ihre Haltung war erstklassig, sie war so beherrscht und stand kerzengerade, dass sie auch eine Statue hätte sein können. Sie trug ein Kleid aus schimmernder violetter Seide und an ihrer Taille glänzte eine riesige Schnalle aus Silber und Amethyst. An diesem fesselnden Schmuckstück baumelten mehrere Silberketten, an denen höchst überraschende Gegenstände hingen. Ich sah eine Schere, ein Fläschchen, mehrere Schlüssel, einen Fingerhut und sogar eine Uhr.

Und sie hat gern alles unter Kontrolle.

Als mir bewusst wurde, dass ich auf ihre Taille starrte, hob ich entschlossen meinen Blick, um sie wieder anzusehen, obwohl dies alles andere als angenehm war. Ihre Meinung zu meinem Erscheinungsbild stand ihr ins Gesicht geschrieben. Ich wurde mir wieder meines alten schwarzen Kleids bewusst, das wie ein Fetzen an mir hing, meiner ungezähmten Haare, die mir fast bis zur Taille reichten, meiner sonnenverbrannten Haut und der übergroßen Hände und Füße.

»Ich bin deine Tante Dinah«, sagte sie und sah mich dabei an, als bereitete es ihr Schmerz, dies zuzugeben. Nichtsdestotrotz streckte sie mir ihre Hand entgegen, um meine zu schütteln, und führte mich dann zu dem kleinen vornehmen Grüppchen in der Mitte des Raums. Offenbar fiel ihr etwas auf, das Fehlen von Schritten hinter ihr, denn sie warf rasch einen Blick nach unten auf meine Füße und runzelte die Stirn, eher verwundert als verstimmt.

»Das ist eure Cousine Florence, Mädchen. Heißt sie bitte willkommen. Florence, das sind meine Töchter. Annis hast du ja bereits kennengelernt. Das ist Judith, meine jüngere Tochter.«

»Es freut mich, dich kennenzulernen, Cousine Judith. Es freut mich, dich wiederzusehen, Cousine Annis.«

»Ja, sei gegrüßt, Cousine Florence«, sprudelte es aus Judith heraus wie ein Bach im Moor. Sie war jünger als ihre Schwester, wahrscheinlich nicht viel älter als ich. »Seit wir von dir erfahren haben, habe ich all die langen Wochen darauf hingefiebert, dich kennenzulernen. Man stelle sich vor – eine verloren geglaubte Grace, die irgendwo im Niemandsland von Cornwall lebte, und jetzt wieder in den Genuss der ihr zustehenden Position kommt. Wie pittoresk! Wenn das keine großartige Geschichte ist! Wir werden alle mit angehaltenem Atem zusehen, wie du erblühst, dessen kannst du gewiss sein. In der Tat, ganz London wird dich beobachten!«

»Judith! Was redest du da für Unsinn. Wann wirst du endlich lernen, dass ein oder zwei wohlgesetzte Worte einem törichten Wortgestöber überlegen sind? Entschuldige bitte meine Tochter, Florence. Sie ist leicht erregbar. Sie bildet sich ein, London interessiere sich weitaus mehr für uns, als dies tatsächlich der Fall ist.«

»Entschuldige, Mama«, sagte Judith. *Quirlig, gehorsam und freundlich.* Ich bildete mir ein, hier endlich ein weicheres Herz, ein wärmeres Naturell zu entdecken. Ich musste es glauben, obwohl ich keinen speziellen Eindruck von ihr bekam, es nicht wirklich wusste.

Meine Tante Dinah zeigte auf einen Stuhl ein wenig abseits der Gruppe. Ich wusste nicht, ob ich ihn näher zu ihnen stellen sollte und wenn ja, wie nah, oder mich dort hinsetzen sollte, wo er stand, um aus größerer Distanz mit ihnen zu sprechen. Ich entschied mich für Letzteres.

»Cousine Florence«, sagte Annis. »Ich bin mir sicher, dass du, als wir uns das letzte Mal sahen, im Besitz von Fußbekleidung warst. Hast du diese auf deinem Weg nach London verloren oder verkauft? Ich hoffe doch, du wurdest nicht von Vagabunden überfallen und ausgeraubt?« Ihr zuckersüßer Ton verriet, wie erfreut sie wäre zu erfahren, dass man auf mich losgegangen war und mich beraubt hatte.

Ihre Mutter warf ihr einen scharfen Blick zu, sagte aber nichts. Vielleicht war sie selbst auch neugierig.

»Nee, Cousine Annis. Ich hab sie selbst ausgezogen und sie in der Eingangshalle zurückgelassen.«

»Du liebe Güte! Und darf ich fragen – ich hoffe du hältst mich nicht für impertinent –, warum um Himmels willen du so etwas tust?«

»Wie könnte ich dich für impertinent halten, Cousine Annis?« Mein Ton war gleichermaßen zuckrig. »Ich hab sie ausgezogen, weil ich das für höflich hielt. Sie waren sehr schmutzig, weißt du, und der Boden ist sehr sauber. Ich wollte nicht anderen Arbeit machen.«

Sie kicherte, eine silbrig perlende Kaskade, und Judith stimmte wie eine fröhliche Glocke ein. »Aber Cousine Florence, hier in London sind Fußböden dazu gedacht, darauf zu gehen! Sieht man das in Cornwall etwa anders?«

»Nein, das tun wir dort genauso. Aber in Cornwall war ich nicht so oft in vornehmen Häusern.«

»Oh, verstehe! In Cornwall tut ihr es also genauso, Judith. Stell dir vor! Es tut dort genauso sein!«

»Aber natürlich, Annis, dessen tu ich mir sicher sein!« Doch Judith lachte so fröhlich, dass keiner ihr böse sein konnte. Sie lächelte mich an und ich lächelte zurück.

»Das reicht jetzt, Mädchen. Nun, Florence, es gibt jede Menge zu tun, jetzt, da du hier bist. Du sollst nicht nur dem Namen nach eine Grace sein. Deshalb müssen wir dich präsentabel machen, dich sprechen lehren – richtig meine ich –, dich bilden, dir London zeigen – wenn auch vielleicht noch nicht jetzt gleich –, und wir müssen dich mit der Familiengeschichte bekannt machen, damit du weißt, wer du bist und woher du kommst. Verstehst du?«

Ich verstand das ausgezeichnet, fragte mich aber, ob dieser Prozess der Verfeinerung hier und jetzt zu beginnen hatte, bevor ich zu Abend gegessen hatte. »Das tue ich Tante, und ich danke Ihnen. Darf ich fragen, wie wir verwandt sind? Sie sind meine Tante, das weiß ich, aber …«

»Deine Mutter war die Schwester meines Ehemanns Irwin. Er diniert heute Abend in seinem Klub, du wirst ihn also morgen kennenlernen. Er und deine Mutter Elizabeth waren zwei von sieben Brüdern und Schwestern.«

Ich nickte und nahm diese Information in mich auf. Morgen würde ich den Bruder meiner Mutter kennenlernen! Dann war also, wie mir plötzlich klarwurde, meine Tante gar keine Grace, nicht von Geburt, doch ihre Töchter waren es. Und *ich* war es! Ich hätte gern gefragt, ob unter diesen sieben Brüdern oder Schwestern womöglich ein Elternteil von Sanderson war, aber da fiel mir ein, dass er sich in jener Nacht in Truro ja vor ihr versteckt hatte. Es wäre nicht gut gewesen, unsere Begegnung jetzt zu offenbaren.

Meine Tante brachte mich zu meinem Zimmer. Sie führte mich ans Ende des Mahagonikorridors, wobei sie einen dreiarmigen Kerzenständer aus Messing mit drei flackernden Kerzen darin in die Höhe hielt. Wir stiegen über die zweite Treppe nach oben. Unterwegs zeigte mir meine Tante ihr eigenes Schlafgemach und die sich daran anschließenden Zimmer der Mädchen. Ich entdeckte noch eine weitere schmale, steile Treppe, die noch höher hinauf in den düsteren Dachboden führte, aber mein eigenes Zimmer war hier unten.

Tante Dinah hielt mir die Tür auf und ließ mich vor ihr eintreten. Ich sah ein hohes, dunkles Bett und eine hohe Kommode mit einem Krug und einer Waschschüssel darauf. Daneben stand eine noch höhere Kommode, die, wie ich lernen sollte, ein Kleiderschrank war, und alle diese Möbelstücke reihten sich eins ans andere und guckten finster zu mir herab, so dass ich mich fragte, wie ein Mensch hier drinnen denken oder atmen sollte. Ein Möbelstück jedoch machte mir Mut: ein Schreibtisch. Ein *Bureau*, wie ich zu sagen lernte. Es war ein Möbel ohne jeden Charme, dunkel, mit gebogenen Beinen und geschnitztem Blattmuster, das keine Ähnlichkeit mit den Blättern hatte, die ich kannte. Seine Klauenfüße erinnerten an die Pfoten des Zerberus. Aber es war ein Schreibtisch. Und schien ein paar der Hoffnungen, die ich für meine Zeit hier hegte, einzulösen.

»Ich danke Ihnen, Tante«, sagte ich und wandte mich an sie. Sie hatte selbst auch etwas von einem Fabelwesen, wie sie dort an der Schwelle stand und mit diesem unruhigen Licht fuchtelte. »Ich glaub, ich werd hier glücklich sein.« Ich versuchte nur, höflich zu sein.

»Glücklich?«, kam ihr Echo, und dabei furchte sie verdutzt ihre hochmütige Stirn. »Schraube deine Erwartungen nicht zu hoch, Kind. Es genügt schon, wenn du zurechtkommst.«

Ich mangelndes Vertrauen in meine Zukunft bestürzte mich, obwohl ich selbst nicht anders empfand.

»Wo kann ich einen Spaziergang machen, Tante?«, fragte ich. Ich wusste ja, dass es hier keine Moore gab, zu denen ich laufen konnte, aber ... Ich durchforstete mein Gehirn nach dem wenigen, was ich von Städten wusste. »Gibt es einen ... Park? Oder vielleicht ... einen Garten? Irgendwas in der Nähe, wo ich mich nicht verirren kann.«

Verirren. Zum ersten Mal in meinem Leben wäre dies möglich. Der bloße Gedanke daran sorgte dafür, dass ich mich ganz klein fühlte.

»Spazieren?«, rief sie aus, als hätte ich »ein Baby schlachten« gesagt. »Kind, es ist fast neun Uhr abends!«

»Ja, Tante, aber es ist noch hell und mir tut alles weh, weil ich in der Kutsche so eingezwängt war.« Sie sah mich verständnislos an. »Ich bin gesessen. Den ganzen langen Tag.«

»Nun, Kind, gewiss, das ist richtig.« Sie schüttelte sich ein wenig. »Ich werde nach Benson klingeln und dir ein kleines Abendessen bringen lassen, und dann gehst du zu Bett, denn wir haben morgen viel zu tun. Ich habe ein altes Kleid von Judith beiseitegelegt, das du anziehen kannst, bis wir mit dir einkaufen gehen. Noch kann man sich nicht mit dir zeigen. Also dann, gute Nacht.«

Ich beschloss, die Idee auf einen Spaziergang erst mal aufzugeben. »Ach Tante, bevor Sie gehen, könnten Sie mir sagen ...« Ich zögerte. »Wie finde ich zum Klohäuschen?«

»*Klohäuschen?*«

»Ja, das, äh ...« Ich zermarterte mir das Gehirn nach einem höflichen Wort, aber mir fiel keins ein. »Abort. Falls ich, äh ...«

»Oh, gütiger Himmel! Kind, was denkst du dir? Das sind doch keine passenden Gesprächsthemen! Du benutzt natürlich den Nachttopf, und Benson wird ihn ausleeren. Aber jetzt Schluss damit.«

»Ich wollte ja gar kein Gespräch darüber anfangen«, erklärte ich, weil ich mich höchst ungerecht behandelt fühlte. »Ich versuche nur herauszufinden, wie das hier gemacht wird. Es ist so anders als das, was ich gewohnt bin, Tante, und ich werd wohl eine Menge Fehler machen, aber vielleicht nicht ganz so viele, wenn ich Fragen stelle.«

»Fragen.« Sie erschauderte erneut. »Jetzt reicht es aber wirklich.«

Sie zog sich zurück, schloss die große dunkle Tür und ließ mich mit den drei zuckenden Kerzenflammen als einziger Gesellschaft allein. Ich setzte mich auf das hohe Bett und wartete auf Benson, wer immer er oder sie war. Der Unterschied zu daheim hätte nicht größer sein können, wo ich mich blind in unserem winzigen Cottage zurechtgefunden hätte. Mit Nan fast immer in Hörweite.

In der kurzen Zeit, die ich nun in Helikon war, hatte ich erfahren, dass drei der natürlichsten Dinge, die man sich vorstellen kann – Fragen stellen, Körperfunktionen und Spazierengehen –, als verachtenswert angesehen wurden. Ich sah mich in dieser abstoßenden Kammer um und wartete.

Wie in jener lange zurückliegenden Nacht in der Lemon Street war ich zwar erschöpft, fand aber keinen Schlaf. Damals jedoch hatte ich vor lauter Aufregung nicht schlafen können, jetzt war es vor Kummer und körperlichem Unwohlsein und weil sich in meinem Kopf angesichts der langsam dämmernden Wirklichkeit Entsetzen breitmachte. »O Nan«, wimmerte ich öfter als einmal, »was hab ich da nur getan?«

Ich hatte meinen orangen Stein aus meinem kleinen Bündel geholt und mir unters Kissen gelegt. Während ich mich jetzt herumwälzte, klammerte ich mich daran. Ich hatte ihn immer behalten, und obwohl ich ein ganzes langes Jahr seinen Trost nicht benötigt hatte, suchte ich ihn jetzt wieder. »Bring mich weg«, flüsterte ich, als wär's ein Zauberstein. »Sorg für meine Sicherheit.«

Das Bett war hart, die Matratze klumpig. Daheim hatte ich gar kein richtiges Bett gehabt, bloß einen mit Stroh gefüllten Sack auf dem Fußboden und dazu Decken, aber ich hatte nicht ein Mal wach gelegen, weil mir der ganze Körper weh tat, wie das hier der Fall war. Wenn ich den ganzen Tag lang gearbeitet hatte oder herumgelaufen war, hatte es mich mit wohliger Vertrautheit umfangen. Die Schmerzen, die ich hier verspürte, waren gänzlich anderer Natur als die von harter körperlicher Arbeit hervorgerufenen, und ich fragte mich, wie ich jemals wieder Erleichterung finden sollte, wenn Bewegung etwas war, was Stirnrunzeln hervorrief.

Ich hatte mich getraut, Benson zu fragen, wo ich spazieren gehen könnte, als sie mir mein Abendessen brachte. Sie war nicht viel älter als ich, arbeitete jedoch schon seit sechs Jahren im Haus. Ich denke, sie sah mir meine Verlassenheit an.

»Ich hoffe, ich stoße Sie damit nicht vor den Kopf, Miss Florence«, sagte sie, »aber wir haben unten schon mal unter uns geredet, wie mutig Sie sein müssen, hierherzukommen und ein neues Leben zu beginnen. Wir bewundern Sie.«

Später erfuhr ich, dass sie die Wahrheit ziemlich geschönt hatte und es genauso viele Bedienstete gab, die der Ansicht waren, dass meine finanziellen Erwartungen mich für alles entschädigen könnten und sollten. Doch es war die erste Freundlichkeit, die mir hier zuteilwurde.

»Ich bin froh, dass *ich* nicht Teil dieser Familie sein muss«, ergänzte sie dann noch, was weniger tröstlich war.

Aber als ich sie wegen des Spazierengehens fragte, sah auch sie mich verdutzt an. »Selbst wenn das Leben meiner Schwester davon abhinge, ich könnte nach einem Tag Arbeit hier nicht noch spazieren gehen«, sagte sie gequält, und mir fiel ein, wie spät es war und dass ich sie aufhielt.

Das Essen, das sie mir brachte, unterschied sich sehr von allem, was ich kannte. Es gab eine Fleischpastete mit einem dicken goldgelben Teigmantel, die in aromatischer Bratensoße schwamm. Dazu Wasser und Sherry und einen kleinen runden Kuchen, wie ich noch keinen gesehen hatte, der jedoch von Sirup triefte und nach ungewohnten Gewürzen schmeckte. Ich gebe zu, dass es köstlich war und ich alles hinunterschlang – ich war dazu erzogen worden, kein Essen zu vergeuden –, obwohl eine so späte und reichhaltige Mahlzeit sicherlich zu meiner schlaflosen Nacht beitrug. Aber das sind Überlegungen im Nachhinein. Damals nahm ich die Nahrung in mich auf, die sich mir bot, sei es in Gestalt einer Pastete oder ein paar warmer Worte.

KAPITEL NEUN

Am nächsten Tag weckte Benson mich um sieben Uhr. Ich war erst kurz davor eingeschlafen. Ich taumelte aus dem Bett und meine Füße trafen auf einen mir unbekannten Fußboden. Statt des kalten Steins im Cottage spürte ich Holzdielen und einen seidigen Teppich.

Benson war gekommen, um mich zu waschen und anzukleiden, wie sie mir erklärte. Fast hätte ich gelacht. Seit ich denken konnte, hatte ich mich selbst gewaschen und angezogen, in meinem Leben wurde man nicht verhätschelt und wie ein Säugling behandelt, wie dies wohl bei meinen im Treibhaus heranwachsenden Cousins der Fall war. Doch das Lächeln erstarb auf meinen Lippen, als ich die verwirrende Vielfalt an Kleidungsstücken sah, die Benson für mich zurechtgelegt hatte.

Aber zuerst musste eine methodische Waschung vorgenommen werden. Sie fand im Stehen statt. Benson schützte meine Sittsamkeit, indem sie mich in meinem Nachthemd wusch, von dem sie einen Zipfel nach dem anderen anhob, um sich dem freigelegten Areal zu widmen. An meine Sittsamkeit hatte ich bisher keinen Gedanken verschwendet, aber Benson gab sich so große Mühe, diese zu respektieren! Da das Wasser heiß war, genoss ich es.

Dann befasste Benson sich mit der Unterwäsche. Hemd, Schlüpfer, Korsett. *Drei* Petticoats. Der erste war aus Baumwolle mit einer bestickten Umrandung, die den Stoff raffte und für die Glockenform sorgte, die mir aufgefallen war, als Cousine Annis mich besuchte. Der zweite war aus Flanell und der dritte aus einem bizarren gewebten Vlies, das federte und rau war. Benson sagte mir, dass es sich dabei um Rosshaar handelte. Später erfuhr ich, dass fünf Petticoats die Regel waren, meine Tante sich bei mir aber mit dreien zufriedengab, bis ein eigener Vorrat für mich angeschafft werden konnte.

Es gab Strümpfe – grün-blaue Seide mit Paisleymuster an diesem ersten Tag. Ein wollenes Unterhemd. Ein mit Rüschen versehenes und besticktes Mieder ... Und zu guter Letzt, als ich den Willen zu leben fast schon verlor, das Kleid.

Natürlich war es feiner als alles, was ich je getragen hatte, und sogar noch feiner als das, was ich Trudy Penny hatte tragen sehen. Meins jedenfalls war aus einem schimmernden Stoff mit einem edelsteinartigen Glanz. Es hatte eine ganz wunderbare Farbe: ein helles, aber dennoch kräftiges Blaugrün. Zu Judiths dunklen Haaren und den schwarzen Augen muss es umwerfend ausgesehen haben, aber es sah auch an mir mit meinen braungoldenen Haaren und den braunen Augen hübsch aus. Jetzt wurde mir auch klar, wozu die Petticoats gut waren, denn das Kleid war schwer, aber meine Petticoatarmee widerstand seinem Gewicht und blähte die Röcke zu der Form auf, die für das Auge so erfreulich war. Ich hatte das Gefühl, ein winziges, kostbares Kunstwerk zu sein, das man sorgfältig in diese schützenden Lagen eingewickelt und noch mal eingewickelt hatte aus Angst, es könnte zerbrechen, was für mich ein höchst ungewohntes Gefühl war. (In Braggenstones: ein Unterrock, Mieder, ein Kleid. Und Freiheit.)

Ich bekam blaue Schuhe und meine Haare wurden gründlich gebürstet. Ich schäme mich nicht, zuzugeben, dass ich dabei weinen musste. Nicht, dass Benson etwa unsanft zu Werke ging, aber die Nester waren nicht neu und der Kampf gegen sie heftig. Ich eigne mich nicht gut zum Zähmen.

Dann wurden meine Haare aufgerollt und zusammengefaltet, und als ich in den Spiegel schaute, blieb mir der Mund offen stehen. Ich sah mir gar nicht mehr ähnlich. Das glatte Haar verlieh meinen dunklen Augenbrauen einen unnachgiebigen Ausdruck. Nachdem die wilden Strähnen alle weggesteckt waren, sah mein Haar gleichmäßig braun aus, alles, was golden oder kupferfarben war, blieb verborgen. Meine klaren braunen Augen, die in den Winkeln leicht geschwungen waren wie bei einem Reh, hatten was Dramatisches. Der Glanz des Kleides betonte meine braune Haut – wie braun sie war, sah ich, da Benson neben mir stand, genauso bleich wie meine Cousinen, die sich nur in Innenräumen aufhielten.

Benson führte mich zum Frühstück in ein großes Esszimmer. Ich betete zu allen Göttern, von denen ich je gehört hatte, dass ich endlich Sanderson und Turlington sehen würde. Am Tisch saßen Tante Dinah und Judith und Annis und ließen sich die Nierchen schmecken. Es war auch noch eine andere junge Frau anwesend, und fast wäre mir die Luft weggeblieben, als ich sie erblickte. Sämtliche Graces, die ich bisher gesehen hatte, sahen gut aus. Schlimmstenfalls waren sie auffallend, bestenfalls auf eindrucksvolle Weise gut aussehend. Aber dieses Mädchen war so schön, dass ich Mühe habe, Worte dafür zu finden. Man stelle sich ein Mädchen aus einem Märchen vor, so golden war das Haar, so süß das Lächeln, so blau die Augen und dazu die Pfirsichhaut – eigentlich hätte man erwartet, sie in durchsichtiges Silber gekleidet in einem von Blumen bestandenen Hain mit Blättern im Haar anzutreffen. (Aber sie trug die gleichen glockenförmigen Röcke wie wir, und ihr Haar war zu einer kunstvollen Frisur aufgesteckt wie bei uns anderen auch.)

Drüben am Sideboard sah ich endlich Sanderson, der sich mit silbernen Zangen Eier und Lachs auflegte. Ich machte innerlich einen Freudensprung, hatte aber auch ein wenig Angst. Unsere frühere Begegnung ließ mich dazu neigen, in ihm einen Freund zu sehen, aber vielleicht empfand er das anders. Möglicherweise bereitete ich ihm Unbehagen. Er könnte auf die Cousine, die er als Bedienstete kennengelernt hatte, herabsehen. *Wird er sich überhaupt an mich erinnern? Wie wird er mich begrüßen?*

Sanderson unterhielt sich leise mit einem korpulenten Herrn, der wohl mein Onkel Irwin war. Er wirkte sanft und schien von den im Überfluss vorhandenen Speisen ein wenig überwältigt zu sein. Ich mochte ihn schon aus Prinzip, weil er der Bruder meiner Mutter war, konnte mir aber anhand seines Verhaltens am Frühstücksbuffet nicht vorstellen, wie er mit seiner Schlange von einer Ehefrau und seiner Tochter klarkam. Doch er drehte sich mit einem warmen Lächeln um, als Benson mich mit einem zarten Anklopfen ankündigte.

Freundlich, dachte ich. *Leicht zu überreden. Möchte es gern allen rechtmachen.*

»Das muss meine Nichte sein!«, rief er und verließ einigermaßen erleichtert das Sideboard. Er kam schwerfällig auf mich zu und umfasste meine Hand mit seinen beiden. »Willkommen, meine Liebe! Florence, nicht wahr? Ich freue mich, dich kennenzulernen.«

Hier wenigstens bekam ich die Begrüßung, nach der mein Herz sich gesehnt hatte. Ich klammerte mich an seine Hand und knickste knapp, da ich nicht wusste, was die Etikette für eine Begegnung mit verloren geglaubten, wohlhabenden Onkeln vorsah.

»Ich danke Ihnen, Onkel. Ja, ich bin Florence. Es freut mich auch, Sie kennenzulernen.«

Er war ein großer, schwerfälliger Mann, der aber etwas Weiches ausstrahlte. Er sah nicht danach aus, als würde ihm sein Leibesumfang etwas ausmachen. Es muss eine erfreuliche Fähigkeit sein, das Leben so akzeptieren, wie es sich darbietet, ohne sich ständig aufzureiben und zu hinterfragen und sich herauszufordern, wie ich das zu tun pflege.

»Du siehst deiner Mutter nicht gerade ähnlich, Florence, bis auf deine schlanke Gestalt und etwas in deinen Augen, denke ich. Vielleicht kommst du eher nach deinem Vater?« Onkel Irwin war der einzige Grace, der die Existenz meines Vaters je zuließ. »Sie war mir lieb und teuer, Florence. Eine gute Schwester. Es tat mir sehr leid zu erfahren, dass sie tot ist, obwohl wir sie so lange nicht gesehen haben.«

»Danke, Onkel. Meine Nan hat nie ein böses Wort über sie verloren. Ich wünschte, ich hätte sie gekannt. Man hat mir gesagt, ich bin ein bisschen wie sie und ein bisschen wie mein Da, aber hauptsächlich bin ich, finde ich, einfach nur ich.«

»Ein Original! Großartig! Nun komm herein, meine Liebe, bleib nicht auf der Schwelle stehen. Komm und lerne deinen Cousin Sanderson kennen. Und frühstücke mit uns. Oh, meine Frau und meine Töchter hast du ja wohl schon kennengelernt, nehme ich an?«

Er schleppte mich erst in die eine, dann in die andere Richtung, unsicher, wo er anfangen sollte. Darüber musste ich lächeln, und das half mir, meine Tante freudiger zu begrüßen, als ich das sonst vermocht hätte.

»Guten Morgen, Tante. Guten Morgen, Cousinen. Ich hoffe, ihr seid wohlauf heute Morgen.«

Zwei Köpfe nickten frostig. Judith jedoch sprang von ihrem Stuhl auf und drückte mir einen Kuss auf die Wange. Ich war verblüfft.

»Ziemlich gut, danke, Cousine Florence, obwohl die Luft in meinem Zimmer im August sehr stickig ist, selbst bei geöffnetem Fenster, und weißt du, Annis spricht im Schlaf, obwohl sie schwört, es nicht zu tun – aber ich höre sie durch die Wand –, und deshalb bin ich nicht sehr ausgeruht und ein wenig durcheinander, doch umso glücklicher zu sehen, dass du nicht vor uns weggelaufen bist, mit oder ohne deine schmutzigen Stiefel. Und du, Cousine, ich hoffe doch, du hast gut geschlafen? Hattest du es auch bequem?«

»Judith.« Ihre Mutter rief sie mit diesem einen Wort an ihren Platz zurück.

»Ah, meine reizenden Töchter! Meine göttliche Ehefrau!« Irwin stand besitzergreifend hinter ihnen, seine Hände ruhten schwer auf Tante Dinahs Schultern. »Du kannst dich glücklich schätzen, Florence, solche Mentoren zu haben, die dich in dein neues Leben einführen werden. Niemand wäre dazu besser geeignet.«

»Da bin ich mir sicher, Sir«, murmelte ich.

Ich fand es merkwürdig, dass er mir die andere junge Dame am Tisch nicht vorstellte. Die gesamte kleine Familie schien sich sogar ein wenig von ihr abzuwenden. Ich versuchte über deren Schultern Blickkontakt zu ihr aufzunehmen, aber sie starrte nur mit einem zarten Lächeln auf ihren Teller. Vielleicht verlangte eine Etikette, dass ich zuerst Sanderson vorgestellt werden musste.

»Und dies«, fuhr Irwin strahlend fort und entfernte sich von seiner Herde, »ist dein Cousin Sanderson.« Ich versteifte mich und hielt die Luft an. »Weißt du, er ist ein richtiger Müßiggänger! Aber als er hörte, dass Cousine Florence eingetroffen ist, wollte er sie nicht verpassen, nicht wahr, Sanderson?«

»Natürlich nicht, Onkel.« Er sah genauso aus, wie ich ihn in Erinnerung hatte, und war erleichtert.

»Cousine Florence, es ist mir wahrhaft eine Freude, dich kennenzulernen«, sagte er warmherzig und schüttelte mir die Hand. »Es wird sich für dich seltsam anfühlen, aber sei versichert, dass wir uns alle sehr darüber freuen, dich hier zu haben. Und ich bin besonders froh darüber, dass du hier bist, denn vielleicht befreit mich eine neue Cousine von den endlosen Verabredungen, zu denen meine Tante mich verpflichtet!« Er schenkte Tante Dinah ein strahlendes Lächeln, die daraufhin die Augen verdrehte. Endlich konnte ich ausatmen. Vielleicht fand ich ja in der Gesellschaft von Judith und Irwin und Sanderson doch einen Weg, hier glücklich zu sein.

»Mich freut es auch, dich kennenzulernen, Cousin Sanderson.« Da er keine Andeutung machte, mir schon mal begegnet zu sein, tat ich es auch nicht. Erinnerte er sich überhaupt daran? Es gab so viele Dinge, die ich ihn fragen wollte. Zum Beispiel, wo sein Bruder war. Wann würde ich *ihn* wiedersehen? Ich fand es merkwürdig, dass sie ihn nicht erwähnten: *Sandersons Bruder Turlington musste am Morgen zeitig aufbrechen, aber du wirst ihn heute Nachmittag kennenlernen*, oder so.

»Ganz im Ernst«, fuhr Sanderson fort, »solltest du irgendetwas benötigen, kannst du immer auf mich bauen. Ich möchte, dass die Umstellung zu einem Leben als eine Grace für dich so leicht wie möglich wird.«

»Ich wäre an deiner Stelle vorsichtig, Sanderson«, meldete Annis sich bissig zu Wort. »Ermutige sie nicht, dich nach *allem* zu fragen, was sie wissen will, sonst nimmt sie dich noch beim Wort und du findest dich in äußerst ungemütlichen Gewässern wieder!«

Judith kicherte wieder und ich wusste, dass ihre Mutter ihnen wohl haarklein erzählt hatte, was ich am gestrigen Abend gesagt hatte. Ich brannte vor Scham.

»Danke dir, Cousin Sanderson. Nachdem ich mein Zuhause und all die verlassen hab, die mich liebten, kann ich einen Freund sehr gut brauchen.« Ich konnte nicht hoffen, dass meine Worte die Herzen dieser Frauen erweichten, aber er sollte wenigstens wissen, wie sehr ich seine Freundlichkeit zu schätzen wusste.

»Das glaube ich gern, Cousine, und das soll auch so sein. Möchtest du jetzt vielleicht frühstücken?«

Er führte mich an das übervolle Sideboard und gab mir ein wenig von allem auf einen Teller. Ich war froh, keine Wahl treffen zu müssen. Das Essen übte keine Anziehungskraft auf mich aus, nachdem mir das gestrige Mahl noch schwer im Magen lag und so viele Fragen unbeantwortet waren.

Selbst Sanderson mit seiner charmanten Art stellte mich der schönen jungen Frau nicht vor. Immer wieder warf ich einen Blick auf sie, nachdem man am Tisch einen Stuhl für mich herausgezogen hatte, aber sie wich mir immer aus. Ich fragte mich, ob sie eine Bedienstete war, aber warum sollte sie dann so prächtig gekleidet hier sitzen und mit der Familie frühstücken? Mir kam es falsch vor, sie zu ignorieren, wie die anderen dies taten, doch in dieser seltsamen neuen Welt fühlte ich mich sehr unsicher.

Die Familie fiel über ihr Essen her, als hätte sie seit Wochen gehungert. Das meiste dessen, was auf meinem Teller lag, kannte ich nicht, aber das war im Moment nicht meine dringlichste Sorge.

»Und leben hier auch noch andere Graces, Onkel?«, fragte ich und brach damit das konzentrierte Schweigen der Genießer. »Ich hab gehört, ihr – wir – tun eine große Familie sein.«

»Wir sind, nicht wir tun sein«, blaffte Annis und schob ihren Teller von sich, als würde ihr von schlechter Grammatik übel werden. Ich errötete.

»Oh, nicht so groß, wie wir einmal waren, Florence. Nicht

annähernd so groß. Das sind leider in etwa alle, die es noch gibt. Ist es nicht so, meine Liebe?« Er wandte sich an seine Frau, als könnte diese noch ein paar Verwandte an ihrem Körper versteckt haben, die er übersehen hatte.

»So ist es.«

Ich war verdutzt. »Aber Mr Hawker Grace, lebt er nicht auch hier?« Ich erinnerte mich, seinen Brief in Laceys Hand gesehen zu haben.

»O ja, gewiss doch! Natürlich! Vater lebt hier!«, verkündete Irwin, sprach aber nicht weiter. Wo war er dann? Und warum erwähnte keiner Turlington? War er jetzt verheiratet und wohnte im Haus einer anderen Familie? War er etwa tot?

»Ihr wart einmal sieben Geschwister, hat meine Tante mir gesagt, nicht wahr, Onkel Irwin?«, versuchte ich es noch einmal.

»Ganz richtig, meine Liebe, ja«, stimmte er mir zu und schaufelte sich Rührei auf seine Gabel. »Deine Mutter war natürlich eine davon, Gott hab sie selig. Ach, die liebe Elizabeth.«

»Und du, Cousin Sanderson? Hast du noch viele Brüder und Schwestern?«, bohrte ich weiter. Ich wünschte, ich hätte es nicht getan, als ich sah, wie sich ein Schatten auf sein Gesicht legte.

»Traurigerweise nicht, Florence.« Was nicht heißen musste, dass er keine hatte, wie mir auffiel, aber ich konnte nicht nachfragen.

»Großvater isst nur noch selten mit uns, Cousine Florence«, meldete Judith sich zu Wort. »Dass du dich fragst, wann du ihn treffen wirst, wundert mich nicht. Du musst große Angst davor haben. Möglicherweise ist er geschäftlich unterwegs – ich weiß nie, wann er kommt und geht. Wann werden wir ihn wiedersehen, Mutter? Bald schon? Womöglich heute?«

»Sie wird ihn treffen, wenn er nach ihr schickt, Judith, und beim Frühstück sieht man junge Damen lieber, als dass man sie hört, wie das auch für alle anderen Zeiten gilt.«

Ich begriff, dass die Kritik auch mir galt, und schwieg. Der

Befehl des Tages lautete eindeutig, dass man sich beim Frühstück dem Essen zu widmen hatte, selbst wenn man nicht hungrig war, und jede Neugier unterdrücken musste, auch wenn sie einen zu überwältigen drohte. Meine Verwirrung wuchs.

Ich kostete von allem auf meinem Teller ein, zwei Bissen. Einige Dinge mochte ich, andere nicht. Bedienstete huschten wortlos herein und mit leerem Geschirr wieder hinaus. Immer wieder starrte ich auf die blonde Schönheit mir gegenüber, so dass ich sie jedes Mal, wenn sie aufblickte, anlächeln konnte. Nach meinem vierten oder fünften Versuch lächelte sie zurück. Schließlich war das Frühstück beendet und mein Onkel erhob sich.

»Ich muss euch jetzt verlassen, ich habe heute geschäftlich viel zu tun. Florence, wir sehen uns heute Abend beim Dinner, und dann musst du von deinem ersten Tag in Helikon berichten.«

»Das werde ich tun, Onkel.« Es tat mir leid, dass er wegging, verstand jedoch das einmal gebrochene Schweigen als Erlaubnis, wieder eine Frage zu stellen. »Sie haben von einem Plan für mich gesprochen, Tante. Ich frag mich, was ich heute tun soll.«

»Komm mit mir, Kind, und zügele deine Neugier. Du wirst tun, was ich dir sage, eins nach dem anderen.«

Sanderson warf mir einen mitleidigen Blick zu, als ich meiner Tante aus dem Zimmer folgte.

»Auf Wiedersehen«, sagte ich direkt zu der jungen Frau, die wie ein Geist am Tisch saß. Sie lächelte mir noch mal zu und ihre Lippen bewegten sich. Aber keiner schlug sich mit der Hand an die Stirn und rief: »Ach du liebe Güte! Wie unhöflich! Wir vergaßen ganz, dir Soundso vorzustellen.«

War sie womöglich eine Fee, die nur ich sehen konnte? Doch ich kannte mich mit Wesen aus anderen Reichen ein wenig aus und hätte schwören können, dass sie ein Mensch war.

Meine Tante entführte mich in ihr Arbeitszimmer. Es war ein kompakter quadratischer Raum mit dicken grünen Vorhängen, deren Ton so intensiv war, dass mir schwindelig vor Augen wurde. Darin standen drei gleichermaßen grüne Sessel, vermutlich für gemütliche Mutter-Tochter-Tête-à-Têtes. Und dann noch ein Schreibtisch aus dem allgegenwärtigen dunklen Mahagoni, an dessen beiden Längsseiten jeweils ein harter Mahagonistuhl stand, sicherlich für eher geschäftsmäßige Besprechungen gedacht. Und dort saßen wir uns dann gegenüber und sahen einander an wie bei einem Einstellungsgespräch. Sie legte zwei Blatt Papier zwischen uns, eins beschrieben, das andere leer.

»Ich habe eine Liste vorbereitet«, sagte sie ohne Einleitung und tippte dabei auf das beschriebene Blatt, »von all den Dingen, die nötig sind, um dich präsentabel zu machen. Ausdrucksweise natürlich, Erscheinungsbild, Benehmen, Bildung, Fertigkeiten, Manieren, *Tisch*manieren«, ergänzte sie und schrieb etwas neben einen Punkt auf der Liste. »Finesse, die Kunst der Gesprächsführung ... Es wird noch mehr dazukommen, aber damit fangen wir erst mal an.«

Eine beängstigende Aufgabenstellung, wie ich fand. Am Ende würde ich wahrhaftig jemand anderer sein.

»Dann«, fuhr sie fort und bewegte ihren Finger über das Blatt nach unten, »müssen wir an all die Dinge denken, die du wissen musst, zum Beispiel über die Familie. Wenn du eine Grace wirst, worauf mein Schwiegervater besteht, musst du über die Graces Bescheid wissen. Außerdem welche Literatur gerade en vogue ist, welche Künstler und Musiker man schätzt, welche Theaterstücke und welche Gedichte. Du wirst natürlich auch London kennenlernen müssen, wir werden mit dir ins Theater und in Restaurants und zu Vergnügungen gehen, damit du kompetent antworten kannst, wenn du gefragt wirst.«

Das erwähnte sie so freudlos, als fände sie Theater und Vergnügungen und so etwas ausgesprochen langweilig. Ich fragte mich, welche Wirkung es auf mich hätte, wenn ich für mein Gegenüber so etwas wie Zuneigung empfände, wenn etwa Lacey mich an all diese Dinge heranführen würde. Dann hätte ich bestimmt das Gefühl gehabt, dass alle meine Träume wahr wurden. Aber so spürte ich nur, dass auf mich eine Menge Herausforderungen warteten, denen ich mit ziemlicher Gewissheit nicht gewachsen wäre.

»Und das andere Blatt, Tante?«, erkundigte ich mich freudlos.

Sie zog es an sich heran und tauchte eine Feder in ein Tintenfass. Dann schrieb sie oben auf die Seite zwei Wörter: *Florence Grace.* »Wenn wir eine Familie werden sollen, müssen wir auch dich kennenlernen. Damit meine ich die Fakten. Lass uns gleich damit anfangen. Hast du einen zweiten Vornamen?«

»Elizabeth, nach meiner Mutter.«

Elizabeth, schrieb sie auf das Blatt.

»Wann ist dein Geburtstag?«

»Am Mittsommertag. Am einundzwanzigsten Juni.«

Sie schrieb wieder.

»Da bist du fünfzehn Jahre alt, soweit ich weiß?«

»Ja.«

»Und ich nehme an, du hast keine Schulbildung.«

»Das stimmt nicht, Tante. Ich bin fast zwei Jahre lang zur Schule gegangen, als ich klein war, und danach habe ich Privatunterricht bekommen. Ich kann lesen und schreiben und rechnen. Ich kenne die Mythen der griechischen und römischen Antike, ich kenne Shakespeare und eine Reihe von Dichtern ...« Ich schwieg, als ich ihre ungläubige Miene sah.

»Nun, eine rudimentäre Bildung ist schließlich auch etwas. Wir werden wohl eine Hauslehrerin für dich einstellen ...«

Geistesabwesend tippte sie mit ihren Nägeln auf den Schreibtisch und runzelte die Stirn. Meine Tante schien nicht zu wissen, wo sie anfangen sollte, um all das anzusprechen, was abstoßend an mir war. Meine Haare waren schrecklich, ich sah wie ein Heidenkind aus, meiner Haltung fehlte es an Anmut, mein Akzent war tadelnswert, meine Manieren haarsträubend.

Tante Dinah schätzte, dass es mindestens zwei Monate dauern würde, bis man mich jemandem außerhalb der Familie würde vorstellen können. »Was hat Hawker sich nur dabei gedacht?«, lautete die ständig wiederholte Klage während unserer Unterredung.

Ich war erleichtert, als sie zu Ende war.

»Helikon ist'n interessanter Name«, sagte ich, als wir das Arbeitszimmer verließen, darauf bedacht, es nicht als Frage zu formulieren. »Ich frag mich, was er bedeuten mag.«

Sie schloss die Augen, als hätte sie Kopfschmerzen. »Helikon *ist ein* interessanter Name«, korrigierte sie.

»Entschuldigen Sie, Tante«, sagte ich. »Helikon ist ein interessanter Name. Was bedeutet er?«

Sie bedachte mich mit einem spöttischen Lächeln. »Ich hätte angenommen, dass du mit deiner umfangreichen Kenntnis der Mythologien das wissen müsstest.«

»Nein, Tante, das ist mir noch nicht untergekommen.«

»Helikon war ein großer Fluss, ein Teil von Poseidons Reich, der ihm von Zeus selbst geschenkt worden war. Dieser Name ist ein Tribut an die große Schifffahrtstradition unserer Familie, denn auf diese Weise sind wir zu unserem Vermögen gekommen, vor mehreren hundert Jahren. Wie Poseidon sind die Graces nicht leicht zufriedenzustellen, und wenn wir etwas wollen, holen wir es uns.«

Aber Zeus hat Poseidons Vorhaben letztendlich immer vereitelt, überlegte ich. *So viel weiß ich. Seine Pläne, das Land zu beherrschen, wurden immer durchkreuzt.* Und da kam mir plötzlich in den Sinn, dass die Graces auf ähnliche Weise enttäuscht werden würden. Das wusste ich mit derselben Gewissheit, mit der ich auch mein Unglücklichsein vorhergesehen hatte. Aber ich behielt es für mich. Ich lernte bereits, nur dass meine Tante das nicht mitbekam.

KAPITEL ZEHN

Mittagessen. Wir kehrten ins Esszimmer zurück, wo wir erst vor wenigen Stunden gefrühstückt hatten. Ich hatte morgens bereits mehr gegessen, als ich in Braggenstones an einem Tag zu mir genommen hatte. Und jetzt sollte ich schon wieder essen, obwohl meinerseits weder das Bedürfnis noch die Notwendigkeit dazu bestand, und obwohl ich wusste, dass ich es nicht tun sollte, konnte ich mir die Frage nach dem Warum nicht verkneifen.

»*Warum?*« Der verzweifelte Blick, mit dem meine Tante mich ansah, hätte fast gereicht, dass ich Mitleid mit ihr gehabt hätte. »Wir haben Mittag, Kind, und deshalb werden wir zu Mittag essen! Es gibt in London, selbst in dieser Gegend hier, viele, die nicht so tafeln können, wie wir das tun. Wir sind bestrebt, der eleganteste Haushalt in Belgravia zu sein, Florence. Dieses Privileg bedeutet dir offenbar nichts. Aber sei nichtsdestotrotz versichert, dass wir unsere Essengewohnheiten dir zuliebe nicht ändern werden.«

»Nein, Tante«, murmelte ich. Essen, elegant? Nie schien Cornwall weiter entfernt zu sein. »Sind Sie denn hungrig, Tante?«, fragte ich mit aufrichtiger Neugierde.

»*Hungrig*«, wiederholte sie verzweifelt in einem Ton, der nahelegte, dass ich wahrhaft grausam zu ihr war. Sie nahm mit größtmöglichem Abstand zu mir Platz.

Onkel Irwin und das schöne Mädchen waren nicht zugegen, ansonsten saß das gleiche Grüppchen wie beim Frühstück zusammen. Annis war so schweigsam wie ihre entnervte Mutter, dafür plapperte Judith fröhlich drauflos, und Sanderson machte gut gelaunt Konversation. Ich nutzte seine Anwesenheit, um zu erfahren, was ich da aß.

»Nun, Cousine Florence, das ist haschierter Hase«, erklärte er und zeigte mit seinem Löffel auf eine silberne Terrine.

»Das sind kalter Fasanbraten, Erbsensuppe, Kabeljau in Austernsauce, gedämpfte Karotten, Kartoffelbrei mit ...« In einer weiteren Silberschüssel stocherte er mit einem Löffel in einer weißen Masse. »Ja, das ist der mit dem Speck drin, den mag ich persönlich am liebsten. Oh, und ich glaube, zum Nachtisch gibt es Pflaumenpudding. Ist es Pflaumenpudding, Judith?«

Offenbar war es das. Und offenbar sollte ich wieder alles kosten. Und obwohl ich von allem nur wenig nahm, war es am Ende ein riesiger Teller voll. Ich hatte ein schlechtes Gewissen, so viel zu essen, wo doch alle, die ich je geliebt hatte, höchstwahrscheinlich Brot und Ale zu sich nahmen (und zu dieser Tageszeit nicht einmal das), aber ich überwand meine Skrupel, um mich anzupassen, um meine Neugier zu befriedigen und weil alles so gut schmeckte. Das Ergebnis war, dass ich den Tisch mit einem quälenden Gefühl in meinem gespannten Bauch verließ.

Ich hatte mich bereits auf einen Nachmittag mit meiner Tante eingestellt, als Sanderson sie fragte, ob er mir den Garten zeigen dürfe. Zu meiner Verwunderung willigte sie ein.

»Solange du sie mir nicht länger als zwanzig Minuten entziehst, Sanderson. Wir haben heute noch so viel zu erledigen.«

»Gewiss doch, Tante, zwanzig Minuten werden reichen, um eine Runde durch den Garten zu drehen – wenn es dir angenehm ist, Cousine Florence?« Natürlich war es das.

Also führte Sanderson mich durch eine Seitentür in einen hübschen rechteckigen Garten mit einem kleinen Stallgebäude am Ende. Er war von Mauern umgeben und an beiden Seiten von Bäumen gesäumt, die dafür sorgten, dass er von den Nachbarhäusern nicht eingesehen werden konnte. In seiner Mitte stand ein Maulbeerbaum.

»Oh, es tut so gut, Gras zu sehen!«, stöhnte ich erleichtert und bückte mich, ohne nachzudenken, um Schuhe und Strümpfe auszuziehen. Ich sehnte mich so sehr danach, weiches Gras unter meinen Füßen zu spüren, statt seidene Strümpfe und Holzdielen. Und Luft auf meiner Haut. Viel Gras gab es nicht, gerade mal zehn ordentliche Rasenstückchen, durch weiße Kieswege voneinander getrennt. Aber dennoch – ich war draußen. Ein Rotkehlchen sang sein hübsches Lied in einem der Bäume, und ein zarter Lufthauch strich durch die Zweige. Die Sonne schien auf mein Gesicht, und ich schloss die Augen.

»Hm, ich hoffe, du hast nichts dagegen, wenn ich das anspreche, Cousine«, meinte Sanderson zögernd, »und mir selbst macht es natürlich auch nichts aus, aber, nun, wenn unsere Tante hier wäre ... Sie würde es bestimmt nicht gutheißen, dass du deine Schuhe und deine, nun du weißt schon, ausziehst. Oh, ich weiß ja, dass du dir nichts dabei denkst. Aber *sie* würde sagen ... na ja ...«

Seine Worte beschnitten die kleinen Flügel, die meinem Herzen gerade gewachsen waren und sich aufschwingen wollten, und so taumelte es mit einem Plumps zurück auf die Erde. Ich öffnete die Augen.

»Ich denke mir nichts dabei«, wiederholte ich traurig. »Ich danke dir, Sanderson, ich hätte es wissen müssen. Es ist nur ... Ich vermisse es so sehr.«

»Gras?«

»Nun ja. Das alles. Das Land. Cornwall. Zuhause.«

»Wird es dir denn sehr schwerfallen, dich hier zu Hause zu fühlen?«

»O Sanderson, ich weiß nicht, ob das je der Fall sein wird! Es ist eine ganz neue Welt für mich, und jede Kleinigkeit, die für mich ganz natürlich ist, wird als falsch erklärt! Danke, dass du mich ins Freie gebracht hast. Und danke für deine Freundlichkeit. Versprich mir, dass du hier mein Freund bist, versprich es mir!« Meine Leidenschaft ging mit mir durch und meine Lippen bebten.

Sanderson zögerte, als könne auch er seinen Worten nicht trauen. »Natürlich werde ich das, liebe Cousine. Gütiger Himmel, es tut mir so leid, dass du dich so ... unwohl fühlst. Ich bin solche ... Nun, wir Graces lassen nicht oft unser Herz sprechen, weißt du. Ich werde mir etwas ausdenken, um uns diese kurzen Pausen so oft es geht zu ermöglichen. Vielleicht ist dir das ein Trost.« Wieder wirkte er bestürzt, als hätte er einen schrecklichen Fauxpas begangen. »Ich bitte um Verzeihung. Ich meine nur, dass es dann einfacher ist, wirklich zu sprechen ... fern von den anderen. Ich hoffe, du denkst nicht, ich wollte dir damit zu nahe treten.«

Ich hatte nichts dergleichen gedacht, und die Möglichkeit, offen mit Sanderson zu sprechen, war das, was ich mir am sehnlichsten wünschte.

»Und wenn es mir nicht möglich ist«, fuhr er fort, »dann denk bitte nicht, ich hätte dir meine Freundschaft entzogen. Tante Dinah hat nur sehr genaue Vorstellungen davon, was und wann etwas getan werden muss, und ich kann für uns beide mehr erreichen, wenn ich nicht ihren Unwillen errege. Das ist nämlich etwas, was noch keinem geholfen hat. Und ich würde dir gern helfen, wo ich kann, obwohl ich, was junge Damen betrifft, kein Experte bin, wie du dich vielleicht erinnerst.« Er legte seine Hand kurz tröstend auf meinen Arm, zog sie aber sofort wieder zurück. »Möglicherweise beobachten sie uns.«

Ich schielte hoch zu den langen Fenstern des Wohnzimmers. Die Sonne spiegelte sich darin, so dass man nur große gelbe Rechtecke aus Glas sah. »Dann weißt du also noch, wie wir uns in Truro begegnet sind.« Ich lächelte. Ich hatte ihn richtig eingeschätzt. Hier war endlich ein Grace, der freundlich zu mir sein würde, egal, welches Kleid ich trug oder aus welcher Familie ich stammte. Und das gab mir das Gefühl, dass ich womöglich auch den Rest von ihnen tolerieren könnte.

»Natürlich erinnere ich mich. Als Hawker verkündete, dass eine verloren geglaubte Cousine zu uns käme, die unter dem Namen Florence Buckley in einem kornischen Weiler namens Braggenstones lebte, fielst du mir sofort wieder ein! Du kannst dir vorstellen, wie erstaunt ich war. Aber auch wie entzückt! Von der Tanzfläche hinter einen Vorhang gewunken zu werden passiert einem schließlich nicht jede Woche. Doch das sollten wir Tante Dinah gegenüber lieber nicht erwähnen.«

»Ich weiß. Aber es ist so entmutigend, wo es doch so viel gibt, was ich dich fragen möchte. Vor allem, wo ist dein Bruder Turlington? Warum spricht niemand über ihn? Ich wollte dich schon heut Morgen fragen, aber das konnte ich nicht, denn dann wäre herausgekommen, dass wir uns schon mal getroffen haben.«

»Dafür danke ich dir, Florence. Ich weiß dein Taktgefühl zu schätzen.« Sein hübsches sonniges Gesicht verdüsterte sich. »Hier in Helikon ist es wahrhaft das Beste, Dinge ruhen zu lassen und nicht daran zu rühren. Was Turlington betrifft: Du hast ganz recht, wir sprechen nicht von ihm.«

»Aber warum? Ist er tot? Es tut mir so leid, Cousin, ich hoffe doch, er ... ist ... nicht tot.«

»Nicht tot. In Ungnade gefallen. Absolut und völlig in Ungnade gefallen und fortgeschickt worden. Er lebt, Florrie, aber für uns könnte er genauso gut gestorben sein.«

Ich war hin- und hergerissen zwischen Entsetzen, Enttäuschung und der Freude, meinen alten vertrauten Namen zu hören. »Du hast mich Florrie genannt, wie wunderbar«, sagte ich, während ich noch überlegte, was ich antworten sollte. Ich war verzaubert gewesen, als wir uns zum ersten Mal in der Lemon Street trafen und Sanderson mich »Florence« nannte. Da hatte ich mich damenhaft und anders gefühlt. Jetzt konnte ich mir nichts Angenehmeres vorstellen, als wieder Florrie zu sein, aber sie verschwand bereits.

»So hast du dich mir in Truro vorgestellt. Und so haben Turlington und ich dich auch genannt, wenn wir nach unserer Begegnung über dich sprachen.«

»Du vermisst ihn«, war mir plötzlich klar. »Du sagst, er ist in Ungnade gefallen, weil *sie* das sagen, aber du empfindest das nicht so. Du wünschst dir, er würde zurückkommen.«

Sein Seufzer war tief und traurig. »Du hast eine gute Beobachtungsgabe, Florrie. Oh, ich sollte dich nicht so nennen, Tante Dinah bekäme einen Anfall. Sie sagt, es sei ein Name für ein ... Nun, egal. Entschuldige. Wir können vielleicht nur wir selbst sein, wenn wir allein zusammen sind. Du kannst Florrie sein und ich darf meinen Bruder vermissen. Ich wäre gern so aufrichtig zu dir, wie du zu mir gewesen bist. Es wäre eine willkommene Neuerung.«

»Das fänd ich schön.«

»Nun denn, du hast ganz recht. Ich liebe meinen Bruder sehr und es kümmert mich nicht, was er getan hat. Wenn es nach mir ginge, würde ich ihn morgen wieder willkommen heißen, aber mit meiner Meinung bin ich wohl so ziemlich allein. Abgesehen vielleicht von Großvater, doch auch das ist ... kompliziert.

»Was hat er denn angestellt? Würde er denn zurückkommen wollen, wenn er könnte? Weißt du denn, wo er ist?« Oh, der Luxus, Fragen zu stellen – ein Luxus, genauso groß wie der, meine Zehen im Gras auszustrecken.

»Lass uns ein wenig gehen«, sagte er leise und hakte mich unter wie ein echter Gentleman. »Schließlich soll ich dir den Garten zeigen.«

»Dann lass uns ein wenig gehen«, antwortete ich. Ich probierte seine eleganten Sätze aus, wie ich vorhin die blauen Schuhe anprobiert hatte. Sie waren genauso unbequem.

Wir schlenderten gemächlich von einem Rasenfeld zum nächsten, ich barfuß im Gras, er neben mir im Kies.

»Sieh nur, Cousine Florence!«, rief er, als spräche er zu einem eingebildeten Publikum. »Was für ein schöner Apfelbaum! Und dort steht ein prächtiger Feigenbaum! Für die weißen Rosen bist du ein wenig zu spät dran, aber da drüben —«

»Jaja, das ist ein herrlicher Maulbeerbaum. Und das da sind schöne Himbeersträucher und dort prachtvolle Lilien an der Mauer. Mit Gärten kenn ich mich aus, Sanderson. Ich möchte mehr über deinen Bruder erfahren. Meinen Cousin.«

»Wir haben nicht viel Zeit, aber ich werde es dir rasch berichten. Er hatte schon immer Ärger mit der Familie, auch schon, als er noch sehr jung war, weil er zu viel trank, spielte und sich allgemein so benahm, als würden für ihn eigene Gesetze gelten.«

»Aber ich dachte, das täten alle Graces! Entschuldige bitte, ich meine, ich habe Geschichten über die Familie gehört ...«

»Das ist etwas, was sie früher zu tun pflegten«, korrigierte er mich und zeigte dabei auf das Stallgebäude, um unser imaginäres Publikum zufriedenzustellen. Weil ich sein Unbehagen spürte, drehte ich meinen Kopf mit interessierter Miene. »Aber seit etwa zehn Jahren nicht mehr. Nun setzen wir alles daran, ehrbar zu sein. Und deshalb verletzte es meinen Großvater auch so sehr, weil der Zeitpunkt der falsche war. Nach und nach erreichten wir etwas, wir wurden in Häuser eingeladen, in denen wir zuvor nicht willkommen waren. Für die Graces gibt es keinen Stillstand, verstehst du? Wir müssen immer voranschreiten, sonst haben wir das Gefühl, uns rückwärts zu bewegen.«

Ich erinnerte mich an die Worte meiner Tante, dass die Graces nie zufrieden seien.

»Die Leute erkannten, dass wir uns änderten. Großvater hat Turlington klarzumachen versucht, dass er als der älteste Enkel ein vorbildliches Leben zu führen habe und der Reputation der Graces nützen müsse, aber Turlington wollte einen ... einen Teufel tun. Verzeih die Ausdrucksweise, Florrie.«

»Ich hab schon Schlimmeres gehört.«

»Eines Abends auf einem Ball betrank er sich derart, dass er einen riesigen wandhohen Spiegel zerschlug, den unser Gastgeber sich aus Persien hatte kommen lassen. Mit ihm war eine ganze Legende verbunden, er war unglaublich kostbar. Eine Woche später stahl er einem Gast unserer Nachbarn, der gerade in London war, ein Pferd. Dieser Gentleman musste die Stadt ohne seine weiße Stute verlassen, und zwei Wochen später kam Turlington mit einem schwarzen Pferd nach Hause und behauptete, es auf dem Land gekauft zu haben. Aber die Farbe war schlecht aufgetragen und alle erkannten, dass es Mr Blounts Stute war.«

»Warum stehlen, wenn man so reich ist und er doch so viel hat?«

»Das weiß keiner, obwohl wir nicht so reich sind, wie wir gern wären, Florrie. Unser Leben ist sehr kostspielig.«

»Was noch? Das Schlimmste hast du mir noch nicht erzählt, stimmt's?«

»Nein. Du bist wirklich unheimlich, weißt du? Wir fuhren einen Monat lang weg, damit sich die Gemüter in London wieder beruhigen konnten. Wir wohnten bei Freunden in Hertfordshire. Großvater und Tante Dinah versprachen ihnen, dass Turlingtons schlechtes Benehmen der Vergangenheit angehörte.«

»Aber das tat es nicht.«

»Auf keinen Fall. Er verführte die Tochter unseres Gastgebers! Als es ans Licht kam, gab es einen gewaltigen Krach. Großvater und Tante Dinah waren völlig außer sich. Die Padfords forderten Wiedergutmachung. Mr Padford und Turlington schlugen sich ...«

Ich brach in Gelächter aus.

»Das ist nicht lustig, Florrie! Er hat einer jungen Dame aus guter Familie Schande bereitet. Einem guten, reizenden, tugendhaften Mädchen, das nun nie mehr verheiratet werden kann.«

»Na, offensichtlich war sie doch nicht so gut und tugendhaft!« Ich kicherte. »Entschuldige. Ich weiß, dass das nicht lustig ist, Sanderson. Dein Bruder ist ein schlimmer Mensch. Es hat sich nur so lustig angehört. Sie forderten also Wiedergutmachung. Es gab einen ungeheuerlichen Krawall ...«

Er lächelte, als ich mich in vornehmer Ausdrucksweise versuchte. »Ja. Und Großvater verbannte Turlington. Er ist auf Madeira. Ich habe seine Adresse, aber davon darf keiner wissen. Wir dürfen nicht korrespondieren. Ich glaube, er ist einsam und wünscht sich, er könnte zurückkommen, aber ...« Er spreizte beredt seine Hände. »Was er *getan* hat, Florrie!«

Ich schüttelte verwundert den Kopf. Wie konnten zwei Brüder so verschieden sein? Dann fiel mir etwas ein, das Sanderson mir vor langer Zeit in Truro gesagt hatte: Sie hatten verschiedene Mütter. Ich wollte ihn dazu befragen, aber da näherte sich Judith mit gezierten Schritten auf dem Kiesweg.

»Ruckedigu!«, trällerte sie und wedelte wie wild mit ihrer kleinen Hand. »Ruckedigu, Cousine Florence! Du wirst drinnen verlangt. Annis und ich teilen uns die Aufgabe, dich zu unterrichten, also bin ich deine Mentorin. Was für ein Spaß! Ich verspreche dir mein Wohlwollen. Oh, du hast schon wieder deine Fußbekleidung verloren, wie ich sehe. Sind deine Füße so winzig, dass die Schuhe einfach davon abgleiten?«

Ich sah Sanderson forschend an, aber er zuckte mit den Schultern. Dann setzten wir beide ein Lächeln auf. »Ich bin nicht an so wunderschöne Schuhe gewöhnt, Cousine Judith. Sie drücken an meinen Füßen, und ich wollte das Gras spüren. Lass sie mich wieder anziehen, dann komm ich mit dir.«

Judith stöhnte, die hübschen schwarzen Augen groß vor Entsetzen – und auch ein wenig Entzücken, kam mir plötzlich in den Sinn. »Deine Strümpfe auch! O Cousine, was würde Mama dazu sagen? Gott sei Dank ist sie nicht selbst gegangen, um dich zu holen. Vor Sanderson! Oh! Ich weiß gar nicht, wo ich hinsehen soll!«

»Ich bin mir sicher, dass Sanderson schon mal Füße gesehen hat«, murmelte ich. Ich setzte mich ins Gras in der Absicht, meine Strümpfe anzuziehen, als mir klarwurde, dass dies nicht möglich war, ohne meine Röcke zu heben, und das, dessen war ich mir sicher, wäre sogar noch entsetzlicher.

»Das hat er natürlich nicht!«, sagte Judith. »Jedenfalls nicht die Füße einer jungen Dame. Denn du bist jetzt eine junge Dame, Cousine Florence! Ah, wie du siehst, beginne ich bereits mit meinem Unterricht in vornehmem Verhalten.«

»Wirklich?« Ich sah Sanderson stirnrunzelnd an.

»Wirklich«, bestätigte er.

Ich verzichtete auf die Strümpfe, weil ich mir der großen

Fenster über uns bewusst war. Ich kam auf die Füße, schlüpfte in meine Schuhe und knüllte die Strümpfe in meiner Faust zusammen.

»Du solltest dir einen abgeschiedenen Ort suchen, um sie anzuziehen«, sagte Judith. »Ich gehe schon mal vor und sage Mama, dass du gleich kommen wirst, denn sonst wird sie ungeduldig und sieht selbst nach uns. Beeil dich, Cousine!«

Sie machte kehrt und eilte zurück ins Haus. Als wir ihr folgten, blickte ich noch mal nach oben. Da die Sonne aus diesem Blickwinkel schräg auf die Fenster fiel, konnte ich dahinter tatsächlich ein Gesicht ausmachen. Aber es war weder meine Tante noch Annis.

»Sanderson!« Ich packte ihn am Arm und zeigte hoch. »Wer ist das?« Aber sie war schon weg.

»Wer ist wer?«

»Die schöne junge Dame mit den goldenen Haaren, die heute Morgen mit am Frühstückstisch gesessen hat, die mir aber keiner vorgestellt hat. Du weißt sicher, wen ich meine?«

»Natürlich weiß ich, wen du meinst, Florrie. Das ist Calantha.«

»Calantha?« Wieder ein Name, der mir gänzlich neu war.

»Ja.«

»Aber wer ist sie? Ist sie eine Grace? Und warum ignorieren sie alle?«

»Oh, wir ignorieren sie nicht, es ist nur ... etwas schwierig. Sie ist gewissermaßen eine Grace, aber nicht wirklich. Sie ist die Tochter eines Neffen von Großvater ... Was ist sie dann für uns? Das ist mir immer zu kompliziert.«

»*Warum* ist es schwierig? Rasch, bevor Tante Dinah kommt und mich ohne meine Strümpfe sieht.«

»Ach, weil es so traurig ist. Weißt du, das arme Mädchen ist verrückt. Völlig verrückt.«

KAPITEL ELF

Nie werde ich meinen zweiten Tag in Helikon vergessen.

Er begann wie alle Tage für alle Zeiten in diesem Haushalt mit dem Frühstück. Die Mahlzeit fiel schlichter aus als tags zuvor: gekochte Eier und Toast und unzählige Platten mit Broten, die mit Nüssen und Früchten und ich weiß nicht was noch wie mit Edelsteinen verziert waren. Zu Hause war Brot immer etwas ganz Bodenständiges gewesen. Es gab auch einen großen Butterriegel, cremig glänzend, der auf einem Berg aus Eis thronte, und eine Auswahl an Aufstrichen und Marmeladen, die zauberhaft und verführerisch aussahen, von denen jedoch keine so gut schmeckte wie das Holunderblütengelee oder das Pflaumenmus der Alten Rilla.

Tee und Kaffee standen in dampfenden Kannen bereit, darüber hinaus gab es noch eine Enttäuschung und einen Streit.

Die Enttäuschung bestand darin, dass Calantha fehlte. Während meiner langen schlaflosen Stunden hatte ich beschlossen, sie mit klaren und freundlichen Worten anzusprechen, wenn ich sie sah. Dieses mutige Ansinnen hatte mich derart angeregt, dass ich beim Anblick ihres leeren Stuhls am Tisch regelrecht zusammensackte.

»Haltung, meine Liebe!«, flötete Judith.

»Lass gut sein, Judith«, sagte meine Tante und setzte dann zu einer flammenden Rede an. »Kannst du mir erklären, Florence Grace, was dich veranlasst hat, mitten in der Nacht im Nachthemd durch den Garten zu laufen? Ich frage mich, welch neue Schande du dir heute für uns ausgedacht hast. Welche Demütigungen müssen wir heute von dir erleiden?«

Meine Finger zuckten. Meine Hände hielten ein silbernes Buttermesser und Brotscheiben mit eingebackenen Kirschen. Ich legte sie auf einen geblümten Porzellanteller und wandte mich an meine Tante.

»Und warum haben Sie mich mitten in der Nacht beobachtet?«, konterte ich beleidigt und verdutzt.

Sie tupfte sich mit ihrer Serviette die Mundwinkel ab, wie man mir das gestern beigebracht hatte, legte ihre Serviette auf den Teller und erhob sich. In sechs leichtfüßigen Schritten durchquerte sie den Raum (ihre Eleganz habe ich immer bewundert) und verpasste mir eine heftige Ohrfeige. Der Schlag hallte durch das ganze Esszimmer. Meine Augen brannten und durch einen Tränenschleier hindurch sah ich, wie Sanderson gequält aufspringen wollte. Unser Onkel neben ihm rutschte unruhig auf seinem Stuhl.

»Wenn du gestern nur eine Lektion gelernt hättest, dann doch wohl die, keine Widerworte zu geben«, schäumte sie. »Wenn mir danach ist, euch alle rund um die Uhr zu beobachten, so werde ich das tun. Aber eigentlich habe ich Besseres zu tun. Gestern Nacht konnte ich nicht schlafen. Was wohl kaum verwundert angesichts deiner Widerspenstigkeit und der vor mir liegenden Sisyphosaufgabe, dich zu vervollkommnen. Und es diente kaum meiner Beruhigung, dich, als ich aus dem Fenster blickte, *en déshabillé* über den Rasen rennen zu sehen! Und nun erklär es mir auf der Stelle und lass dir gesagt sein, dass dies nicht wieder geschehen darf! Na los doch, Kind, ich warte.«

»Ich entschuldige mich, Tante«, murmelte ich, obwohl ich ihr am liebsten die Butter ins Gesicht geworfen hätte. Ich hielt mich sehr aufrecht und ruhig, wie eine Katze. »Ich konnte auch nicht schlafen. Ich bin viel frische Luft und Bewegung gewohnt. Ich versteh ja, dass wir tagsüber viel zu tun haben, also dachte ich, ich schnappe nachts ein wenig frische Luft, wenn es keine Probleme oder Verzögerungen mit sich bringt. Ich hab meinen Schal mitgenommen, Tante, ich war anständig bekleidet. Ich wollte nur das Gras unter meinen Füßen spüren und die Nachtluft einatmen.«

»Wenn du deine heidnischen Angewohnheiten so sehr vermisst, dann solltest du wohl besser dorthin zurückkehren, wo du hergekommen bist.«

»Das würd ich ja gerne, Tante, aber ich glaube, Großvater wird das nicht erlauben.«

Sie wandte sich angewidert von mir ab. »Es ist, als würdest du eine fremde Sprache sprechen«, sagte sie und kehrte zu ihren Brötchen und ihrem Kaffee zurück. »Das Gras spüren? Die Luft einatmen? Ich versichere dir, hier in London kommt jeder sehr gut ohne so etwas zurecht, und das musst du auch. Eine sittsame junge Dame aus guter Familie läuft nicht barfuß! Und ja, ich weiß, dass du gestern vor Sanderson deine Strümpfe ausgezogen hast.«

Ich sah Judith überrascht an und sie errötete ein wenig. Ich malte mir aus, dass sie von ihrer übermächtigen Mutter zur Ehrlichkeit gezwungen worden war, und hatte Schuldgefühle deswegen. Sie war so hübsch und schmächtig und willfährig, dass ich ihr nicht böse sein konnte.

»Du bist eine Schande, Florence!«, setzte meine unerbittliche Tante ihre Tirade fort. »Ich weiß, dass du ein Mädchen vom Land bist – ich war darauf gefasst, dass du ungeschlacht und unwissend sein würdest. Aber ich war nicht auf diese absichtliche Missachtung jeder Einschränkung vorbereitet, die der Anstand gebietet. Du benimmst dich wie ein Flittchen. Du bist genauso wie deine Mutter.«

»Meine Liebe!«, fiel Irwin ihr endlich ins Wort. »Pass bitte auf, was du sagst! Du sprichst von meiner lieben Schwester.«

»Nun, Irwin, es ist jedoch wahr. Elizabeth hat ihre Familie verlassen, weil die Lust sie in die Arme eines brutalen Bauern trieb, und das ist das Ergebnis dieser Vereinigung!«

Und da warf ich dann die Butter. Und nicht nur die Butter, sondern auch die Schale, in der sie im Drachennest der Eiswürfel lag. Ich traf mein Ziel – die Butter klatschte mit einem höchst angenehmen Geräusch direkt auf die Brust meiner Tante. Eiswürfel regneten auf meine Verwandten herab wie Sternschnuppen, und die Glasschale war so solide und dick, dass sie nicht brach, sondern wie ein Wackerstein über den Esstisch schlitterte und dabei Gabeln und Tassen in alle Richtungen verteilte. Zwei Tassen gingen zu Bruch. Die Schale rollte am Tischende zu Boden, wo sie mit einem lauten Knall aufkam.

»Wie können Sie so über meine Eltern sprechen?«, wütete ich. »Mein Da war nicht brutal! Er war ein freundlicher Mann, er war gut. Wenn Sie sich unter *unseren* Leuten hätten zurechtfinden und unsere Lebensweise hätten lernen müssen, wär er nie so herablassend und abweisend gewesen, er hätte sich bemüht, Ihnen zu *helfen*! Er war aufrichtig und klug und er gab nicht vor, was zu sein, was er nicht war! Ihr macht mich krank mit eurem Gehabe! Ihr habt meiner Mutter den Rücken gekehrt! Ihr habt meinen Vater verschmäht, ohne den Mann überhaupt zu kennen. Ihr blickt auf alle herab, aber ihr seid nicht besser, das sag ich euch, ihr seid *schlimmer*! Ihr seid die schlimmsten Menschen, die ich je gekannt hab, und ich schäme mich, eine von euch zu sein!«

Während meines eindrucksvollen Vortrags war meine Stimme immer lauter geworden. Am Ende schrie ich und vor Wut liefen mir die Tränen übers Gesicht. Ich spürte, dass mein ganzer Körper zitterte, nachdem ich der aufgestauten Anspannung Luft gemacht hatte.

»Du kleine Hexe!«, kreischte Annis, die Eis in ihren Haaren und Eis in ihrem Schoß und Eis – das schloss ich aus ihrem ungemütlichen Zappeln – in ihrem Kragen hatte. Sie sprang von ihrem Stuhl auf und rannte auf mich zu – nie hätte ich gedacht, dass sie sich so schnell bewegen konnte. Sie packte und schüttelte mich, also schubste ich sie und sie kreischte. Sie zog mich heftig an den Haaren, also zerrte ich auch ihre Haare aus den aufgesteckten Locken, worauf sie mich so heftig schubste, dass ich stürzte ... und sie warf sich mit einer für eine sittsame junge Dame erstaunlichen Kraft auf mich. Aber ich hatte mich noch nicht in ein Salongewächs verwandelt und warf sie im Handumdrehen ab und verpasste ihr als Zugabe noch einen kräftigen Schlag.

An diesem Punkt griffen Sanderson und mein Onkel ein und packten uns und zogen uns auseinander, hielten uns fest, bis wir uns beruhigten. Nach und nach wurden aus sich windenden zischenden Schlangen wieder Paradebeispiele der Weiblichkeit. Judith kreischte, woraufhin ihre Mutter nun sie schlug, und Irwin murmelte: »Meine Damen, meine Damen« in beschwichtigendem Ton, als gäbe es eine Möglichkeit, das alles wieder einzurenken.

»Siehst du, Irwin«, sagte meine Tante mit leiser, drohender Stimme. »Sie ist eine Gefahr für unsere Familie. Sie wird uns auseinanderreißen, denk an meine Worte. Sie ist befleckt, und das kann nie wieder rückgängig gemacht werden. Egal, welchen Schliff und welche Vornehmheit wir versuchen ihr beizubringen, es wird immer nur oberflächlich sein. Wir müssen die strengstmöglichen Maßnahmen ergreifen.«

»Vielleicht hast du ja recht, meine Liebe, nur ... Du solltest berücksichtigen, wie sie aufgewachsen ist, und sie ist gerade mal einen Tag hier. Das muss doch alles sehr schwer für sie sein.«

»Es ist schwer für *mich*! Du kannst dir ihre tumbe Verweigerung nicht vorstellen, sie hinterfragt jede Kleinigkeit, die natürlich und richtig ist. Da würde die Geduld eines Heiligen auf die Probe gestellt, Irwin. Nun, Kind, komm mit mir. Ich werde dich für den Rest des Tages einsperren, vielleicht wird dich das lehren, die Freiheiten zu schätzen, welche die Mahlzeiten, der Komfort und Bewegung von einem Raum in den anderen dir bieten.«

»Von einem Raum in den anderen?«, wiederholte ich matt und sagte mir: *Und das soll Freiheit sein?* Aber dann erfasste ich ihre Worte. »Nein, Tante, bitte nicht! Ich halt es nicht aus, eingeschlossen zu sein!«

»Ah, jetzt haben Sie sie, Mutter«, sagte Annis mit zufriedener Miene. »Jetzt kennen wir ihre wahre Angst. Jetzt können Sie sie beherrschen.«

Ich war sprachlos. Wie konnten Menschen so denken?

»Nein, wirklich, Tante! Wo ich herkomme, bin ich jeden Tag meilenweit gelaufen – *gerannt*! Ich hab jetzt schon das Gefühl zu ersticken ... unter so vielen Kleidern, dem vielen Sitzen und dem vielen Essen! Es tut mir leid, es tut mir aufrichtig leid, dass ich die Butter geworfen hab, und ich werd es auch nie wieder tun, nur sperren Sie mich nicht ein! Bitte! Bitte! Ich würde sterben!«

Es war das erste Mal, dass ich jemanden um etwas angefleht habe. Es war auch das letzte Mal.

Meine Tante zögerte nicht. Sie schleifte mich in ein kleines Loch, das von einem Raum im Dachboden abging, wenig größer als ein Kleiderschrank und nicht mal so hoch. Drinnen befanden sich zwei Schrankkoffer übereinander und ein kleiner Strohsack, der nahelegte, dass hier schon mal jemand geschlafen hatte. Es gab keine Fenster, und als sie mich eingeschlossen hatte, war es stockdunkel.

Kurz darauf hörte ich wieder den Schlüssel im Schloss, und Erleichterung machte sich breit. Es war vorbei. Sie hatte mir nur Angst einjagen, mir eine Lektion erteilen wollen. Aber jetzt würde ich wieder freigelassen werden, und ich war dankbar dafür.

»O danke, Tante, danke!« Ich war bereit, ihr weinend um den Hals zu fallen, als die Tür aufging, weil ich meine Gefühle falsch einschätzte und in diesem Moment wohl dachte, sie zu lieben. Aber sie war nur gekommen, um einen Krug Wasser und einen Nachttopf in mein kleines Gefängnis zu schieben.

Nachdem sie die Tür zugeschlagen hatte, wurde ich wieder in Dunkelheit getaucht und vernahm, wie der Schlüssel im Schloss umgedreht wurde. Ihre Schritte entfernten sich. Ich war allein.

Da verlor ich die Nerven. Ich fing zu schreien an, man solle mich rauslassen, schlug mit meinen Fäusten auf die kleine Tür ein. Da ich unter dem niedrigen Dach nicht aufrecht stehen konnte, legte ich mich hin und trat mit all meiner Kraft gegen die Tür, aber das Holz schien die Festigkeit eines Burgverlieses zu haben und ich trug nur Judiths dünne Hausschuhe. Ich weiß nicht, wie lange es dauerte, bis ich aufgab, aber ich heulte und stieß die ganze Zeit Flüche aus. Als mir klarwurde, dass ich tatsächlich in der Falle saß, trat ich gegen den Nachttopf und schlug auf die Holzkisten ein und richtete in diesem kleinen Raum so viel Schaden an wie möglich.

Ich erwies mir damit keinen guten Dienst. Das Kämmerchen – als Zimmer kann ich es nicht bezeichnen – war nun nicht nur dunkel und vollgestopft, sondern überall lagen Holzsplitter und Scherben verstreut, die mich bei jeder Bewegung stachen und schnitten. Der Nachttopf zerbrach nicht, aber ich verletzte mir meinen Fuß an seiner harten Porzellanwand. Und so legte ich mich schließlich von meiner Wut erschöpft auf den Strohsack und weinte, wie ich nicht mehr geweint hatte, seit ich meinen Vater verlor.

Dann kam die Reue. Fassungslosigkeit. Warum hatte ich mich nicht gegen sie zur Wehr gesetzt? Ich hätte sie leicht überwältigen können. Warum, *warum*, war ich nicht weggerannt?

Vermutlich hatte ich nicht ernsthaft daran geglaubt, dass sie ihre Drohung wahrmachen würde. (Wenn ich an diesem Tag eins gelernt habe, dann, dass man meine Tante immer beim Wort nehmen konnte.) Vermutlich war ich davon ausgegangen, ein anderer würde einschreiten und ihr Einhalt gebieten. Vermutlich hatte ich Angst davor, in diesem mir unvertrauten Terrain wegzulaufen. Ich konnte mir ja nicht mal sicher sein, ob ich den Weg aus dem Haus gefunden hätte. Und wenn ja, hätte *London* hinter den Türen gelegen, nicht Cornwall. Was hätte ich in dieser fremden, noch unbekannten Stadt tun sollen? Wohin hätte ich gehen sollen?

In dieser Kammer eingesperrt zu sein kam dem seelischen Gefängnis gleich, das ich bewohnt hatte, als Da starb: Es war dunkel, einsam, trostlos, beängstigend. Minuten und Stunden verstrichen und ich fragte mich, welche Dauer meine Tante wohl für ausreichend erachtete. Schlimmstenfalls wohl bis zum Abendessen. Ich hoffte, es würde sich nicht so lang hinziehen.

Je mehr Zeit verstrich, desto unmöglicher wurde es mir, eine

Vermutung darüber anzustellen, wie lange ich schon hier war. Ich bekam kaum Luft, konnte mich kaum ausstrecken. Es wurde kein Essen gebracht, obwohl mich das nicht übermäßig störte. Es gab nichts, woran ich die Tageszeit hätte messen können.

In großen Wellen brandete die Angst in mir hoch. Es war nicht rechtens, einen Menschen derart einzusperren! Dieser Gedanke ließ mich nicht los, er flatterte in mir wie ein riesiger, blinder Nachtfalter und beherrschte mich so sehr, dass ich weder ans Moor denken, noch mir in Erinnerung rufen konnte, wie es sich angefühlt hatte, in Braggenstones von den Geräuschen des kleinen Dorfs, in das wieder Leben kam, aufzuwachen: singende Vögel, schlagende Türen, gluckende Hühner, prasselnder Regen ...

Langsam keimte in mir der Verdacht, auf welche Weise Turlington von einer Missetat zur nächsten getrieben worden war. Und ich verstand, warum die reizende Calantha womöglich Zuflucht im Wahnsinn gesucht hatte. Alle anderen in diesem gottverdammten Haushalt schienen entweder zurechtzukommen, weil sie sich anpassten – sogar Freude an den kleinlichen Regeln und gemeinen Beschränkungen zu finden schienen, wie Annis und Judith –, oder indem sie der Gehorsam in Person waren, wie Sanderson. Mir war weder das eine noch das andere gegeben.

Ich würde niemals eine von ihnen sein. Ich hasste sie alle – außer Sanderson. Ich verachtete sie zutiefst und schwor mir, dass ich, komme, was da wolle, nie eine Grace sein würde, niemals, und egal, was sie sagten, immer eine Buckley bleiben würde.

Dann fing ich wieder zu schreien an und wandte mich an all die Geister, die mich jemals geliebt hatten, damit sie sich zu einer mächtigen Armee zusammentaten, die mich befreite. Aber hier in dieser großen steinernen Stadt konnten sie mich nicht erreichen.

Als Benson kam, um mich freizulassen, sagte sie mir, es sei acht Uhr abends. Das Abendessen war vorbei. Ich kroch aus der Kammer und klammerte mich an sie, weil meine Beine mir nicht gehorchten. Ich hatte fast zwölf Stunden hier drin verbracht.

»Kommen Sie, Miss Florence, es ist vorbei. Mrs Grace möchte Sie sehen. Sie sagt, Sie sollen sich entschuldigen und sie wird Ihnen vergeben und Sie weiter unterrichten.«

»*Mir vergeben?*«, brüllte ich, obwohl ich dachte, nach all dem Schreien keine Stimme mehr zu haben. Ich stolperte.

Benson hielt mich fest. »Sie spielen am besten mit, Miss Florence, und machen, was sie sagen. Das ist das Beste.« Sie sah mich an und neigte ihren Kopf zu dem dunklen Raum hin, den ich gerade verlassen hatte. Was sie damit sagen wollte, war klar: *Oder möchtest du dorthin zurück?*

Ich ergriff ihren Arm und nickte. Ich würde sagen, was ich zu sagen hatte. Was auch immer mich erwartete, ich würde es überstehen und damit zurechtkommen. Sobald ich konnte, würde ich mir etwas Besseres einfallen lassen: Ich würde fliehen. Ich würde nach Hause gehen. Im Moment jedoch würde ich nachgeben, um zu überleben. Das war nur vernünftig. Das war meine feste Absicht.

Meine Tante erwartete mich in ihrem Salon, Annis neben sich wie eine rätselhafte schwarze Katze. Judith saß abseits und stickte. Alle drei sahen allerfeinst aus. Sie erinnerten mich an Farne: Farne wirkten immer so fiedrig und einladend, waren aber überraschend rau und zäh, wenn man sie anfasste. Man konnte sich an Farnen verletzen.

»Hast du dir denn nun Gedanken gemacht, Kind?«, erkundigte meine Tante sich kalt.

»O ja, Tante, das hab ich.«

»Dann sprich.«

Oh, wenn ich an all die Dinge denke, die ich in diesem Moment hätte sagen können. Es war so offensichtlich, was sie hören wollte, und es wäre so einfach gewesen, es zu sagen.

Ich weiß ehrlich nicht, welcher Teufel mich ritt, denn schließlich hatte ich bereits beschlossen, das Spiel mitzuspielen. Aber stattdessen sagte ich Folgendes:

»Ich hab erkannt, dass Sie eine böse Frau ohne Herz sind. Ich hab erkannt, dass Ihre Töchter Schlangen sind und Ihr Ehemann ein Wurm ohne Rückgrat ist. Mir ist klar, dass ich keine von euch bin und nie eine von euch sein werde, und froh, froh, froh bin, keine Grace zu sein. Ich bin eine Buckley. Ich werde immer eine Buckley sein. Ich werde nie eine …«

Und es ging wieder zurück in die Dachkammer. Wieder rannte ich nicht davon, ich war erschöpft und verwirrt. Aber als sie mich dorthin schleppten, fiel mir ein, dass Hawker Grace mich in Helikon haben wollte. Offenbar war er nicht da, sonst hätten sie mich nicht so behandeln können, redete ich mir ein. Aber er würde zurückkommen. Ich würde nicht für immer eingesperrt sein.

KAPITEL ZWÖLF

Vier Tage verbrachte ich dort. Meine Tante füllte mir zweimal meinen Wasserkrug auf, sagte dabei aber kein Wort zu mir. Diesmal schrie ich nicht und verzweifelte auch nicht. Ich lag einfach nur im Dunkeln und wartete. Ich spürte, wie das Haus von allen Seiten gegen mich drückte.

Schlaflos und einsamer, als ich je gewesen war, suchte ich in Gedanken Auswege aus meiner Situation. Ich redete mir ein, nur so lange zu bleiben, bis ich irgendwie ein wenig Geld gespart hatte, um dann sofort nach Hause zurückzukehren. Ich würde Stephen heiraten – oder auch nicht; das Einzige, was zählte, war die Rückkehr in die Welt, die ich kannte. Törichte Vorstellungen von Abenteuer, Bildung und schönen Kleidern würde ich aufgeben. Denn was zählten Bücher im

Vergleich zu Freiheit und der Moorlandschaft? Was zählte Reichtum im Vergleich dazu, selbst über mich bestimmen zu können?

Und dann dachte ich an Cornwall. In Gedanken kehrte ich in mein geliebtes Moor zurück, wo meine Seele unter einem violetten Himmel, an dem die ersten Sterne blinkten, wieder atmen konnte. Die Gerüche der Spätsommertage umtanzten meine Nase: warme Erde und dickes, trockenes Gras unter meinen Stiefeln, Ginsterduft, eine Brise vom fernen Meer, der scharfe Geruch von Kuhmist, der von den Bauernhöfen heraufwehte. Ich konnte das Rascheln und Wuseln der Nachtgeschöpfe hören und ganz von fern die Geräusche von Braggenstones, die mich nach Hause riefen: das Klappern eines Eimers, plötzlich losbrechendes Gelächter, das Wiehern eines müden Ponys. Aber wie immer war ich noch nicht bereit zur Heimkehr. Ich rannte. Ich war beim großen Stein. Ich kletterte hinauf und spürte seine alte gefurchte Oberfläche hart unter meinen Händen, und von dort oben sah ich meinen ganzen Landstrich: *mein* Dorf, *mein* Moor, und *mein* Bauernhaus – als das ich Heron's Watch immer angesehen hatte.

Im Geiste erforschte ich sein Gelände. Die dicht nebeneinanderstehenden Bäume neben dem Haus – ein paar Eichen, ein paar Ulmen, ein paar Birken –, den Teich und den silbrigen Bach, der keine zehn Schritte von der Eingangstür entfernt vorbeifloss. Das lange widerspenstige Gras. Ich spähte durch schmutzige Fenster in dunkle, unbenutzte Räume, und vor meinen Augen veränderten sie sich, waren geputzt, möbliert, bewohnt. Ich hörte Lachen und ein Klavier. Ich hörte einen Schlüssel rasseln ...

Doch das war nicht in Heron's Watch. Das war hier. Aber ich war so glücklich vor diesem Bauernhaus. Ich wollte nicht zurückkommen. Wo war ich? Ich wollte mich nicht daran erinnern.

Der Schüssel drehte sich, die Tür öffnete sich. »Florence?«

Wer war Florence? Ich hatte vergessen, dass dies mein Name sein sollte. Ich war wieder Florrie Buckley, und schon bald würde ich mit Nan Brühe trinken.

»Cousine Florence?« Es war das Flüstern einer Mädchenstimme. Vor mir tauchte ein graues Lichtquadrat auf. Gleich darauf wurde es von einem Kopf und von Schultern gefüllt. »Bist du wach? Ich bin es, Calantha. Sie wissen nicht, dass ich hier bin, aber ich habe dir ein paar Weintrauben mitgebracht.«

Ich setzte mich interessiert auf und schlug mir den Kopf an.

»Möchtest du für ein paar Minuten rauskommen?«, sprach sie weiter. »Du könntest eine Runde über den Dachboden drehen. Wenn du magst, öffne ich ein Fenster, dann kannst du dich hinauslehnen und durchatmen.«

Ich beeilte mich hinauszugelangen, aus Angst, ich könnte mir das nur einbilden oder jemand würde auftauchen und ich meine Chance verpassen. Auf dem Dachboden war alles dunkel. Calantha hielt eine weiße Kerze in der Hand und die hüpfende Flamme warf unheimliche Schatten. Es war also Nacht.

»Wie lange bin ich schon hier?«

»Das ist deine zweite Nacht. Ich wäre schon früher gekommen, aber der Wind blies aus der falschen Richtung. Unternimm nie etwas Riskantes, wenn der Ostwind weht. Hier, iss die.« Sie drückte mir eine große Rispe violetter Trauben in die Hand, und ich sah sie lächelnd an. Ein merkwürdiges Mitbringsel, aber doch auf seltsame Weise wieder passend, denn Hunger gehörte zu meinen geringsten Sorgen und Trauben waren erfrischend und süß.

»Danke.« Ich betrachtete das verrückte Mädchen, während ich auf dem Dachboden meine Runden ging und es genoss, meine Beine wieder zu spüren. Sie trug ein langes weißes Nachtgewand, das blonde Haar hing ihr lose über die Schultern und sie sah hübscher aus denn je. Auf Zehenspitzen kämpfte sie mit dem Fensterriegel.

»Warte, ich kann das«, sagte ich. Ich war größer. Calantha nahm die Weintrauben, und ich ließ frische Luft herein. Sie war feucht und schwer, aber nicht weniger willkommen.

Calantha saß gegen die Wand gelehnt auf dem Boden und fing geistesabwesend an, Trauben zu essen. Hungrig nach Bewegung setzte ich meine Runden fort, aber nach einer Weile ließ ich mich ihr gegenüber nieder. Umherlaufen und jemanden kennenlernen ging nicht gut zusammen.

»Danke«, sagte ich noch einmal.

Sie nickte. Sanderson, erzählte sie mir, sei sehr aufgebracht über meine Behandlung, glaube aber, ich sei in meinem Zimmer eingesperrt und bekomme regelmäßige Mahlzeiten. Sie hingegen werde wegen ihrer ungewöhnlichen Rolle, die sie in der Familie einnehme, oft übersehen – und höre und sehe deshalb viel. »Das ist ein schlechtes Haus«, sagte sie. »Seine Atmosphäre ist glücklos.«

Ich schnaubte. »Das erkenn ich auf hundert Schritt.«

Sie hielt ihren Kopf schief.

»Das sagten wir bei uns daheim, wenn jemand etwas sagte, was wir alle sehen konnten. Du weißt schon, etwa ›Sieht nach Regen aus‹, wenn der Himmel schwarz war und sich was zusammenbraute.«

»Ich denke nicht, dass es regnen wird«, sagte sie ernst, »aber ich bin froh, dass du die Atmosphäre spüren kannst, denn ich habe es ihnen so oft gesagt, doch sie glauben mir nicht. Sie brauchen dieses Haus, sie wollen es so sehr, aber es ist schlecht für sie. Schlecht für uns alle.«

»Und warum ist es so schlecht? Ist es sehr alt? Hat es eine unglückliche Vergangenheit?«

»Es ist gar nicht so alt. Aber es ist der Inbegriff all ihrer Hoffnung, weißt du. Es ist modern, es ist elegant, es ist teuer ...« Sie warf sich die nächste Traube in den Mund, und ich fragte mich, ob für mich noch welche übrig blieben – nicht dass es mir etwas ausmachte. »Es ist ihr Symbol für alles, was sie sind und sein wollen. Aber sie sind seine Sklaven.«

»Wie kommt es, dass du hier wohnst? Sanderson sagte, du bist meines Großvaters Neffen ... noch was.«

»Das wird wohl so sein. Mein Vater starb und meine Mutter ging weg. Hawker nahm mich auf. Das macht er jetzt nämlich, weißt du? Er sammelt die verlorenen Schafe. Wenn irgendein seltsames Bruchstück der Graces auftaucht, sammelt er es ein. Ich bin schon sehr lange hier. Ich bin achtzehn.«

Wie Turlington damals wirkte auch sie jünger. Hatte das womöglich etwas damit zu tun, eine Grace zu sein? Vielleicht wurde man, wenn man nicht so aufwachsen konnte, wie man wollte, überhaupt nicht erwachsen.

»Sie nennen mich Calantha Grace, aber eigentlich bin ich eine Robinson.«

»Ich bin eine Buckley.«

Lächelnd hielt sie mir plötzlich ihre Hand hin. »Schön, dich kennenzulernen, Buckley.«

»Calantha ist ein sehr schöner Name. Ich hab ihn noch nie zuvor gehört.«

»Er ist griechisch. Er bedeutet schöne Blüte.«

»Dann passt er perfekt zu dir. Ich wünschte, ich würde aussehen wie du.«

»Oh, nicht doch, wünsch dir das nicht. Es ist zu schwer.«

Was ich sie wirklich fragen wollte, konnte ich sie nicht fragen, nämlich, ob sie tatsächlich verrückt war, also sagte ich: »Wo ist deine Mutter?«

Ihr reizendes Gesicht umwölkte sich, und ich verfluchte meine verdammte Neugier. »Ich weiß es nicht. Nachdem Vater starb, gab es niemanden, der sie dazu bewog, zu bleiben und sich um mich zu kümmern, und da ging sie. Ich war eine Weile auf mich allein gestellt ...« Dabei wanderten ihre Augen hinauf zu den Dachbalken, als würde sie zählen. »Zwei Wochen oder sechs Monate. Dann kam ich hierher.«

Ich war entsetzt, konnte mich aber nicht beherrschen. »Warum hat deine Mutter dich zurückgelassen?«

Sie zuckte die Achseln. »Sie dachte, ich sei verrückt. Ständig habe ich sie in Verlegenheit gebracht. Indem ich im falschen Moment merkwürdige Dinge sagte.«

Ich schnaubte wieder. »Dann werden sie mich auch bald für verrückt halten. Denn genau das hab ich getan, seit ich hier bin!«

»Ja, aber du kommst vom Land. Ich habe diese Ausrede nicht.«

»Hältst du dich denn für verrückt?«

»Ich finde, *sie* sind alle verrückt. Aber der Arzt sagte, es sei ein Anzeichen von Wahnsinn, wenn man alle anderen für verrückt hält.«

Ich schnitt eine Grimasse. »Also ich denke auch, dass sie alle verrückt sind.«

»Da bin ich aber froh. Und ich bin froh, dass du die traurige Atmosphäre spüren kannst. Aber lass es sie nicht wissen. Es wird ihnen nicht gefallen. Und du hast schon genug Schwierigkeiten.«

»Ich tue es nicht.«

»Ich sollte gehen. Es bringt nichts, wenn sie mich erwischen. Ich schließe dich äußerst ungern ein, Cousine, aber Dinah Grace ist eine grausame Frau. Ich habe Angst vor ihr. Jeder hat Angst vor ihr, außer Hawker. Aber sie hat Angst vor ihm.«

Ich schüttelte erstaunt den Kopf. »Ganz London kann doch wohl nicht so sein? Zuerst hab ich gedacht, es hätte was mit dem Stadtvolk zu tun, aber jetzt glaube ich, es betrifft nur die Graces.«

»Es ist ein Fluch, eine Grace zu sein«, sagte sie und pickte die letzte Traube von der Rispe. Dann spreizte sie ihre Hände. »Aber ich weiß nicht, was man dagegen tun kann.«

»Ich auch nicht.«

Ich hätte heulen können, als ich in die Kammer zurückkehrte. Calantha warf ihre Traubenrispe aus dem Fenster. »Jetzt werden sie es nie erfahren!«, strahlte sie. »Ich bringe dir morgen Abend noch mal welche, und dann können wir wieder reden. Es sei denn, der Wind kommt von Osten, denn dann muss ich in meinem Zimmer bleiben, weil es nicht sicher ist.«

Ich ergriff ihre Hand, als sie gerade die Tür schließen wollte. »Kann ich nicht einfach wegrennen? Ich könnte heute noch weggehen! Du könntest mit mir kommen!«

Sie sah aus, als würde sie es in Erwägung ziehen, und ich hatte Herzklopfen, ohne zu wissen, welche Antwort ich mir erhoffte.

»Ich möchte es«, sagte sie, »deshalb muss es falsch sein. Das habe ich gelernt. Dass man niemals das tun soll, was man tun möchte, und immer das tun, was man nicht tun möchte. Und wenn du gehst, werden sie wissen, dass jemand dich rausgelassen hat, und sie werden vermuten, dass ich es war.«

Ich sah in ihr blasses, hübsches Gesicht und seufzte. »Dann bleib ich noch eine Weile. Später sehen wir weiter.«

Sie nickte und schloss die Tür. »Es tut mir leid«, sagte sie, als sie den Schlüssel umdrehte.

Wie versprochen kam Calantha in der folgenden Nacht wieder. Jedenfalls vermute ich, dass es die folgende Nacht war. Ich hatte in den Stunden dazwischen wie immer schlaflos vor mich hin gedöst und war mit meinen Gedanken so lange es ging in Cornwall. Als ich ihre Stimme wieder hörte, hätten Stunden oder Tage vergangen sein können. Ich erinnerte mich, dass Calantha sagte, sie sei *zwei Wochen oder sechs Monate* allein gewesen, und mich packte die kalte Angst, das Leben in Helikon könnte mich um den Verstand bringen. Ich kroch heraus und unsere kleine merkwürdige Unterredung verlief in etwa so wie die vorherige. Ich schnappte etwas Nachtluft und versuchte, ihre gesittete Ausdrucksweise zu imitieren, während sie in Mondlicht getaucht dasaß und die Orange und Schokolade knabberte, die sie für mich mitgebracht hatte. Dann verabschiedeten wir uns und sie schloss mich wieder ein.

KAPITEL DREIZEHN

Am folgenden Tag wurde ich freigelassen. Wieder wurde Benson zu mir geschickt, und sie konnte mir kaum in die Augen sehen. »Fast *vier* Tage, Miss«, murmelte sie und schüttelte den Kopf, als wäre ihr die eigene Komplizenschaft peinlich.

»Sie hätten doch nichts dagegen tun können, Benson. Ich weiß doch, wie es hier läuft. Keine Sorge, ich hab es überlebt.« Und es stimmte.

Ich trat vor meine Tante und dieses Mal sagte ich, was von mir erwartet wurde. Ernst gemeint war keins meiner Worte, und ich denke, das wusste sie. Aber was konnte sie tun? So angenehm es sein mochte, mich weiterhin einzusperren, ihrem Ziel, eine Grace aus mir zu machen, brachte sie das nicht näher. Die Zeit verstrich, und ich war noch immer eine Schande.

Die Tage folgten dem immer gleichen Rhythmus. Unterricht, Schelte und Regeln. Man brachte mir in allen Einzelheiten bei, wie die Toilette und Kleidung einer jungen Dame auszusehen hatte. Modisch und elegant zu sein war offenbar genauso wichtig – vielleicht sogar noch wichtiger –, wie ehrbar zu sein.

Ich wurde jedoch nach wie vor nicht als ausreichend elegant angesehen, um vorgezeigt zu werden. Dank einer diskreten Schneiderin, die ins Haus kam und meine Maße nahm und ein paar Tage später einen Armvoll Kleider brachte, trug ich jetzt meine eigenen und nicht die von Judith abgelegten. Aber meine Manieren und meine Sprache genügten noch immer nicht den Anforderungen. Während meine Tanten und meine Cousinen sich jeden Nachmittag für die elegante Drei-Uhr-Parade im Hyde Park verabschiedeten, wurde ich mit dicken Büchern und zahllosen Zeitschriften versorgt, die ich studieren sollte.

Ich hatte davon geträumt, dass zu meinem neuen Leben auch Bildung gehören würde, aber das war nicht das, was ich mir darunter vorgestellt hatte. Diese ehrwürdigen Bände waren von so interessanten Autorinnen wie »Eine Lady« und erklärten, wie man eine höhergestellte oder eine niedriger gestellte Person begrüßte und herausfand, um welche der beiden Personengruppen es sich handelte, falls es zu Verwirrungen kam. Sie legten dar (mit hilfreichen Skizzen), welche verschiedenen Gabeln, Löffel und so weiter man womöglich bei allen erdenklichen Mahlzeiten antraf, und in welcher Reihenfolge sie benutzt werden sollten.

Man erlaubte mir sehr lange Zeit nicht, Besuche zu empfangen oder abzustatten. Ich erfuhr jedoch, dass ich, wenn dieser geheiligte Tag käme, zwischen drei und sechs solcher Besuche an einem Tag zu absolvieren hatte, aber nie vor der von der Mode vorgeschriebenen Stunde, nämlich drei Uhr nachmittags. Ich erfuhr, dass ich beim Verlassen des Zuhauses meiner hypothetischen Gastgeberin zwei der (gleichermaßen fiktiven) Visitenkarten meines Ehemanns auf den Dielentisch, aber nicht auf den Salontisch und schon gar nicht in den Korb für Visitenkarten legen sollte. (Warum gab es dann überhaupt einen Korb für Visitenkarten, fragte ich mich.) Und wenn *ich* die gnädige Gastgeberin war, sollte ich meinem Besuch nie die Platzwahl lassen (was ich nun wiederum ziemlich *un*gnädig fand), sondern diesem mit einer anmutigen Handbewegung einen zuweisen.

So rasch meine Auffassungsgabe auch war, derart winzige und sinnlose Details vermochte ich in solcher Menge nicht zu verdauen. Außerdem war alles reine Theorie, solange ich keine Gelegenheit zur praktischen Umsetzung hatte. Das erklärte ich auch meiner Tante, um meinen offenbar schwerfälligen Verstand zu verteidigen, und es war der erste Einwand meinerseits, den sie jemals beherzigte. Sie setzte eine Reihe von »Besuchen« in Szene, in denen meine Cousinen und ich uns abwechselnd Tee anboten oder annahmen und uns in Konversation übten. Sanderson wurde dazu abkommandiert, in unterschiedlichen Rollen als Freund der Familie, als entfernter, aber gerngesehener Bekannter und als nicht willkommener Besucher aufzutreten, damit ich unter den jeweils gegebenen Umständen das korrekte Protokoll demonstrieren konnte. Er war überaus willig und stimmte niemals in die Kritik und den Spott ein, die mir Annis und ihre Mutter entgegenbrachten. Judith war zwar sanfter in ihrer Unterweisung, aber da sie ständig von ihrer Mutter und ihrer Schwester umgeben war, konnte ich mir nie ganz sicher sein, ob ich in ihr eine Freundin sehen konnte. Mir war bald klar, dass sie die beiden verehrte und auch ein wenig Angst vor ihnen hatte. Sie überlebte, indem sie nachahmte und zu gefallen versuchte – und war darin sehr viel besser als ich.

Meine Ausdrucksweise bedurfte natürlich rigoroser Überholung, und ich musste während dieses ersten Monats fast alles, was ich sagte, vier- oder fünfmal wiederholen. Ich musste üben, die Vokale richtig zu intonieren und darauf zu achten, das »R« nicht zu rollen, doch diese Eigenarten waren nicht so einfach zu tilgen. Ich erfuhr auch, dass das meiste von dem, was ich sagte, ohnehin besser gar nicht gesagt wurde. Es waren äußerst anstrengende Tage.

Ich könnte noch mehr aufzählen, werde es aber aus Liebe zu allem, was vernünftig ist, nicht tun. Es war während eines solchen Morgens mit erzieherischen Rollenspielen, als mein Großvater zurückkam. Ich hörte das Schlagen der Eingangstür, dann laute Stimmen in der Eingangshalle.

Tante Dinah und Annis sahen einander an. »Hawker ist zurück.«

Meine »Lektion« wurde unterbrochen. Wir saßen alle wie Statuen da, während die Kakophonie in der Eingangshalle anschwoll und dann erstarb. Stiefelschritte kamen an unserer Tür vorbei, aber keiner rührte sich, um ihn zu begrüßen.

»Er mag es nicht, gleich nach seiner Ankunft gestört zu werden«, erklärte Judith, zu mir geneigt. Ihr ausgeprägter Hang, über Leute zu reden, hatte gelegentlich den angenehmen Effekt, eine meiner unausgesprochenen Fragen zu beantworten.

Die anderen lauschten angespannt. Ich riskierte ein Geflüstertes: »Und wann dann …?«

Sie zuckte mit ihren hübschen Schultern. Eine weit entfernte Tür schlug und ich zuckte zusammen, während meine Verwandten sich ein wenig entspannten.

»Genug für heute«, sagte Tante Dinah, erhob sich und sammelte ihre Sachen zusammen. »Ich gehe jetzt, um Mrs Clemm zu besuchen. Ihr beschäftigt euch selbst, Mädchen. Florence, du gehst in dein Zimmer und bittest Benson, dir zu helfen, das blaue Popelinekleid anzuziehen. Dann bleibst du dort und liest etwas Erbauliches. Du kannst auch im Garten lesen, wenn du möchtest, aber dann lass bitte deine Schuhe und Strümpfe an. Und setze dich nicht auf den Boden. Auf die Bank. Und bewege dich anständig, wie wir es dir gezeigt haben.«

Ich war so erstaunt, die Erlaubnis dazu zu bekommen, dass ich nur nickte und keinen Anstoß an dem Schwall von Anweisungen nahm. Wir hasteten alle davon und ich beeilte mich mit dem Umkleiden.

Niemals hätte ich gedacht, dass Florrie Buckley es als einen Akt der Freiheit empfinden würde, im ummauerten Rechteck eines äußerst gepflegten Gartens zu sitzen, der bis an die Grenzen des Möglichen herausgeputzt war. Es war erst eine Woche vergangen, aber schon hatte ich fast vergessen, wie es sich anfühlte, den salzigen Wind im Haar zu spüren.

Als ich zum Mittagessen gerufen wurde, gab ich mir alle Mühe, mich angemessen zu verhalten. Mein Großvater nahm nicht an unserem Essen teil. Aber als die Mahlzeit sich dem Ende näherte, kam eine Dienstbotin und sprach mit meiner Tante. »Mr Hawker wünscht Miss Florence zu sehen, wenn Sie das bitte veranlassen möchten, Ma'am.«

Meine Tante erhob sich umgehend. »Sehr gut. Folge mir, Florence. Versuche dich an alles zu erinnern, was du gelernt hast, seit du zu uns gekommen bist. Sprich nicht, bevor du nicht dazu aufgefordert wirst, und erlaube mir zu —«

»Verzeihung, Ma'am.«

Das Mädchen sprach leise, aber die bloße Tatsache einer Unterbrechung erzürnte Tante Dinah. Sie sah das arme Mädchen finster an. »Was ist denn, Casey?«

»Ich bitte um Entschuldigung, Ma'am, aber Mr Hawker sagte, er wolle Miss Florence allein sehen.«

»Sagte er das?«, blaffte die Dame des Hauses.

»Ja, Ma'am. Er hat sich ... diesbezüglich ganz klar ausgedrückt.«

Meine Tante sah aus, als hätte sie am liebsten Porzellan zerschlagen. Dann riss sie sich zusammen, schluckte die ihr auf der Zunge liegenden Worte sichtlich hinunter und seufzte.

»Sehr gut. Geh mit ihr, Florence. Und dich, Casey, möchte ich für den Rest des Tages nicht mehr sehen. Solltest du mich bemerken, geh mir bitte aus dem Weg.«

»Ja, Ma'am. Kommen Sie bitte mit mir, Miss.«

Voller Schadenfreude verließ ich den Raum. Wie wunderbar, dass ihr ein Strich durch die Rechnung gemacht wurde.

Mein Großvater empfing mich in seinem Arbeitszimmer. Offenbar hatte jeder hier im Haus sein eigenes Schlafzimmer und Wohn- oder Arbeitszimmer. Es überraschte mich, dass ihnen daran lag, die Mahlzeiten gemeinsam einzunehmen. Dieser riesige Raum ließ Tante Dinahs Wohnzimmer wie eine Schmuckdose neben einer Packkiste aussehen. Sein Schreibtisch glich einem Gebirgsplateau, seine Bücherregale reichten bis an die Decke. Doch wenn die Wahl seiner opulenten Möbel auch einen Riesen vermuten ließ, war der Mann selbst doch nicht groß. Er war sogar winzig.

Er hockte auf einem spitz zulaufenden Eichenthron wie ein boshaftes Kind. Seine Haare entsprachen seinem Alter, waren also nur noch spärlich vorhanden, aber doch noch voller als bei manch anderem. Sie waren weich und silbergrau und ordentlich gekämmt. Seine Ohren standen ein wenig ab und er hatte große runde blaue Augen, die frostig wirkten. Trotz eines freundlichen

Lächelns war mir sofort klar, dass dies kein Mann war, dem man unbesehen glauben konnte. Ich sah ihn an und dachte: *Er ist voller Hass.* Ich verstand, warum alle ihn fürchteten.

»Na komm her, Mädchen«, sagte dieser Gnom und winkte heftig. Er hatte eine überraschend tiefe und nachhallende Stimme. Ich konnte ihn mir als guten Sänger vorstellen, ging allerdings nicht davon aus, dass er Freude an Musik hatte, höchstens an seinem eigenen Können. Ich durchquerte den Raum und er winkte so lange weiter, bis meine Röcke seinen Schreibtisch berührten, und dann beugte er sich vor und nahm mich prüfend in Augenschein, als ob er feststellen wollte, ob ich auch keine Fälschung war.

»Ah, ja, ja«, sagte er schließlich. »Du bist also Florence?«
»Ja, Großvater.«
»Oh! Nenn mich nicht so. Nenn mich Hawker. Das tun alle.«
Wenn sie dich nicht Luzifer nennen, sagte ich mir. »Ja, Hawker.«

»Du siehst deiner Mutter ähnlich. Aber es ist nicht offensichtlich. Du hast weder ihren Farbton oder ihre Züge noch ihre Schönheit, und doch …« Er hielt inne und wirkte für einen Moment beinahe weich.

»Sie waren der Vater meiner Mutter«, murmelte ich verwundert. Es kam mir so unglaublich vor. Ob wir es nun spüren konnten oder nicht, es gab dieses enge Band zwischen uns.

»Nun, dessen bin ich mir bewusst, Mädchen! Denk ja nicht, dass ich mich an so etwas nicht erinnern kann! Also dann, wie haben sie dich hier behandelt?«

Ich öffnete meinen Mund und hielt dann inne. Schloss ihn wieder. Wollte er die Wahrheit hören? Ich dachte an seltsame unausgesprochene Bündnisse und Verträge zwischen den Mitgliedern dieser Familie, die ich zwar spürte, aber weder benennen noch verstehen konnte, und fragte mich, wer, wenn überhaupt, ein Bündnis mit Hawker hatte, und ob ich vor ihm mehr Angst als vor dem Rest haben sollte. Mein Nachdenken war ihm wohl Antwort genug.

»So ist das also.«

Ich nickte. »So ist es, Groß... Hawker.«

Er kicherte in sich hinein, ein schadenfroher Kobold. »Groß-Hawker! Das gefällt mir! Ich denke, so sollten mich alle nennen. Eine passende Ehrerbietung, nicht wahr? Und dich macht das vermutlich zu meiner Groß-Florence!« Wieder kicherte er, und ich war verwirrt. Offensichtlich war dies der Teufel in Person, doch er schien Gefallen an mir zu finden.

»Aber nichtsdestotrotz, Groß-Florence, wollen wir doch verifizieren, dass wir beide unter diesem ›So ist das‹ dasselbe verstehen. Stillschweigende Übereinkunft kann sich meiner Erfahrung nach häufiger als man denkt als irrig erweisen. Ich habe schon allzu oft geglaubt, in schönem Einklang mit jemandem zu sein, nur um dann zu entdecken, dass wir einander die ganze Zeit über missverstanden haben. Deshalb überprüfe ich gern jede einzelne Tatsache und jeden einzelnen Eindruck. Meine Schwiegertochter ist eine harte Lehrmeisterin und behandelt dich hundsmiserabel, richtig?«

War das eine Falle? »Harte Arbeit macht mir nichts aus, Gro... Hawker. Ich bin es gewohnt, hart zu arbeiten. Ich bin sehr gut darin, hart zu arbeiten. Nur ...«

»Glaub ja nicht, ich merke nicht, dass du meiner Frage ausweichst und versuchst, mich in die Irre zu führen! Das wird nicht funktionieren, denn ich verfüge über einen Verstand wie ein bestens geführtes Kontor. Jedes Faktum, jede Zahl, jede Anfrage, jede Münze ist an ihrem Platz abgelegt und geht niemals verloren. Wir werden direkt darauf zurückkommen. Aber du interessierst mich. Nur ... was?«

»Nur, dass ich es gewohnt bin, hart für etwas zu arbeiten, das mich entweder interessiert oder notwendig ist. Es gibt hier so viel zu lernen. Ich lerne gern, nur ...« Er beobachtete mich eindringlich. »Gabeln und Löffel, Sir? Die Strahlkraft eines Lächelns? Das rechte Maß an Freude, das in einem Blick vermittelt werden darf ...« Ich gab es auf, alles auszudrücken.

»Du hältst das für trivial und bedeutungslos. Und was noch?«

»Langweilig, Sir, sehr langweilig.«

»Woher kommt dieses *Sir*? Nenn mich Hawker, wie ich es dir gesagt habe. Groß-Hawker, wenn es dir gefällt. Und woran hast du vorher so hart gearbeitet? Was findest du nicht langweilig?«

»In Braggenstones, Sir – Hawker – Groß-Hawker, wo ich herkomme, arbeitete ich sehr hart auf den Feldern. Wir hatten wenig, und um über die Runden zu kommen, gab es genug Arbeit zu erledigen. Sie interessierte mich nicht übermäßig, aber sie war nötig für unser Überleben. Und was das angeht, wofür ich mich interessieren tue, so hatte ich zwei Lehrerinnen in Braggenstones. Das eine war eine Schullehrerin und sie war so freundlich, mir Lesen und Schreiben und Geographie und die alten Mythen und so nahezubringen, und Dichtung.«

»Und die andere Lehrerin?«

»Sie war eine weise Frau, S... Groß-Hawker. Eine Heilerin nennen wir sie auf dem Land. Sie wusste, welche Pflanzen heilen und Kraft geben und brachte es mir bei. Und sie konnte ... nun, sie konnte außerdem auch noch vieles andere.«

Ich erinnerte mich an das, was Calantha erzählt hatte, und hielt es für das Beste, nichts von den Zaubersprüchen und Tränken der Alten Rilla zu sagen.

»Ist es auf dem Land üblich, dass eine alte Frau wie diese Schüler annimmt?«

»Ich war die einzige.«

»Und warum hat sie dich unterrichtet?«

»Das weiß ich nicht so genau, S... Hawker.« Meinen Bemühungen, ihn nicht Sir zu nennen (denn seine Ausstrahlung war so stark, dass er mir immer weniger wie ein Gnom vorkam), geriet immer wieder meine Ausdrucksweise in die Quere, auf die ich mich konzentrieren musste. »Sie rettete mir das Leben, als ich acht Jahre alt war, nach dem Tod meines Vaters. Vielleicht empfand sie nur Freundlichkeit mir gegenüber.«

»Sie wird vermutlich einer Menge Kindern das Leben gerettet haben, sonst hätte sie als Heilerin nicht viel getaugt. Warum also sonst?«

Ich biss mir auf die Lippe. »Mag sein, die Alte Rilla sah etwas in mir. Eine Gabe womöglich. Oder vielleicht war sie nur alt und wollte ihr Wissen an jemanden weitergeben, und außer mir war niemand da.«

»Gabe? Welche Art von Gabe?«

Ich wurde immer erschöpfter. Der Mann hatte die Wahrheit gesagt: Er war rastlos in seiner Suche nach Fakten, wie ein Hund, der Witterung aufgenommen hatte.

»Ich vermag einige Dinge zu tun, Sir – Hawker! Verdammt, warum nenne ich Sie immer so? Verflixt und zugenäht.« Ich war entsetzt. Ich hatte ein paar Mal vor meiner Tante und meinen Cousinen geflucht, was mir diverse Bestrafungen eingebracht hatte, darunter Schläge, zusätzliche Lernstunden oder scharf geschliffenen Spott, aber das hier war etwas anderes. Ich hielt die Luft an.

Er lachte. »Na! Jetzt verstehe ich, warum Dinah sagt, sie habe mit dir alle Hände voll zu tun! Vermutlich hast du ihr gegenüber genauso gesprochen? Da dürften deine Cousinen in Ohnmacht gefallen sein! Sie sagt, du seist ein Dämon in einem Kleid, eine zischende, kratzende Katze!«

»Sie nennen Sie Luzifer!« O Gott. Schon wieder mein vorlauter Mund. Womöglich war er mein schlimmster Feind auf Erden.

»Ach, das weiß ich doch! Glaub mir, Mädchen, wenn es mir nicht zupasskäme, dass sie das denken, würde ich es auch nicht erlauben.«

»Können Sie also die Gedanken der Menschen kontrollieren? Was sie sagen, wenn Sie nicht mit ihnen zusammen sind?«

»Natürlich kann ich das. Aber jetzt erzähl mir, was kannst du?«

»Versprechen Sie mir, den anderen nichts davon zu sagen? Bitte. Sie mögen mich nicht und ich glaube nicht, dass das helfen würde.«

Er nickte.

»Ich sehe Geister, Groß-Hawker. Normalerweise kann ich

sagen, was Menschen denken und fühlen, aber seit ich hier bin, ist das viel schwieriger geworden. Manchmal weiß ich, was passieren wird, bevor es geschieht. Und ich verirre mich nie. Jedenfalls habe ich mich im Moor nie verirrt. Ich glaube nicht, dass ich diese Gabe in London hätte, denn es sieht alles gleich aus und es gibt keinen Himmel.« Ich wartete darauf, dass er mich verspottete oder mich angewidert oder ungläubig ansah. Aber er nickte nur wieder, sammelte Fakten.

»Dann bist du also ein besonderes Mädchen!«

Ich spürte, wie gegen meinen Willen Tränen kamen. »Genau so hat meine Nan mich immer genannt.«

»Hm, sie ist jetzt tot und du bist hier.«

Dagegen ließ sich nichts sagen.

»Nun gut, lass uns nach dieser langen Abschweifung zu meiner Frage zurückkehren, kleine Hexe. Meine Schwiegertochter misshandelt dich grob, habe ich recht?«

»Ja, Groß-Hawker, ich finde, dass sie sehr grausam zu mir ist.«

»In welcher Hinsicht?«

»Sie sagt viele unfreundliche Dinge und lässt mich ihren Hass spüren. Sie schlägt und verspottet mich. Sie hat mich vier Tage lang hintereinander in einer winzigen Dachbodenkammer eingeschlossen, und sie lässt mich nicht ins Freie. Sie erlaubt mir nicht, meine Schuhe auszuziehen.«

»Aha. Nun, im Haus bleiben und Schuhe tragen gehört sich nun mal für junge Damen, Groß-Florence.«

»Das sagt meine Tante auch.«

»Sie hat recht. In diesem Punkt jedenfalls. Ich nehme also an, du bist sehr unglücklich und wünschst dir, du wärst nie zu uns gekommen?«

»Ja. Es tut mir leid, wenn sich das für Sie undankbar anhört, aber wenn ich heute nach Cornwall zurückkehren könnte, würde ich es tun.«

»Doch das kannst du nicht. So viel steht fest. Lass dir eins von mir gesagt sein: Blut ist mir wichtiger als alles andere. Die

Graces waren früher mal groß, sehr groß, aber im Laufe der Jahrzehnte sind wir geringer geworden, sowohl zahlenmäßig als auch in unserem Ansehen. Und manchmal denke ich, auch in unserer Qualität. Dieses garstige, dürre Wiesel von einer Enkelin zum Beispiel. Was für eine Grace ist *das*?«

»Ich kann meine Cousine Annis auch nicht ausstehen. Ich finde sie unnatürlich – sie kennt weder Mitgefühl noch Liebenswürdigkeit. Ein solches Mädchen ist mir bisher noch nie begegnet.«

»Annis? Oh, gegen die habe ich nichts. Ich spreche von Judith. Ich bezweifle, dass es je einen erbärmlicheren Menschen gegeben hat. Ungeformt. Schwach. Egal, Blut zählt. In der mir noch verbleibenden Zeit habe ich vor, die Familie Grace wieder aufzubauen und ihren früheren Status wiederherzustellen. Du bist ein Teil davon, also kannst du nicht weg. Das wird mein Vermächtnis an die Welt sein, wenn ich sterbe.«

»An die *Welt*?« Ich musste lächeln, weil ich mich fragte, was der Welt im Großen und Ganzen fehlen würde, wenn der Grace-Klan gänzlich verschwände.

Doch so unvermittelt, wie die Sonne hinter einer dicken Wolke verschwindet, verschwand jede Spur eines Lächelns und alle Wärme. »Ja, an die Welt«, blaffte er. »Begehe nicht den Fehler, diese Familie zu unterschätzen, Florence. Deine Familie. Es bringt mein Blut in Wallung, wenn ich daran denke, wer wir einmal waren und was wir verloren haben. Das möchte ich dir begreiflich machen, Florence. Um eine Grace zu werden, wirst du lernen, auf welches Erbe du zurückblicken kannst. Und aufgrund deiner Liebe für Geschichten, deiner Empfindsamkeit habe ich Hoffnungen für dich. Deshalb werde ich dich auch selbst über unseren Stammbaum unterrichten. Ich werde alles daransetzen, dich stolz darauf zu machen, eine Grace zu sein.«

Ich werde niemals stolz sein, zu einer so kalten, zerstrittenen, unmenschlichen Familie wie dieser zu gehören, sagte ich mir, aber seine blauen Augen ruhten noch immer auf mir und bereiteten mir Unbehagen. Ich knickste.

»Nun, dann geh, Mädchen. Wir werden uns morgen treffen und ich werde dir ein paar Geschichten erzählen. Ich werde mich jedoch nicht in Dinahs Methoden einmischen. Sie muss dich disziplinieren, wenn sie das für nötig erachtet. Aber ich werde dafür sorgen, dass du sofort normalen Unterricht bekommst, nicht nur sozialen. Und du wirst beginnen auszugehen, und dies eher, als Dinah es verfügt. Ich würde mich nicht wundern, wenn du verrückt würdest vor lauter Langeweile, hier festgehalten zu werden. Ich kann dir nicht versprechen, dass die Gesellschaft nach deinem Geschmack sein wird, aber es ist wenigstens eine Abwechslung für dich. Jetzt geh. Geh wieder zu deiner Tante.«

»Danke, Groß-Hawker.« Ich knickste wieder und war bereits auf dem Weg zur Tür, als er mir hinterherrief.

»Ich werde dafür sorgen, dass du mich liebst, Florence. Ich werde dich dazu bringen, deine Familie zu lieben. Du bist jetzt eine Grace, auf immer und ewig.«

Ich knickste wieder, hielt aber den Mund und dachte für mich: *Das werde ich nie sein.*

KAPITEL VIERZEHN

In jener Nacht schlief ich wie üblich nur wenig. Ohne die leise neben mir schnarchende Nan wollte sich noch immer keine Behaglichkeit einstellen. Irgendwann mitten in der Nacht gab ich auf. Ich wagte es nicht mehr, nach draußen zu gehen, aber ich hatte mir einen Stuhl direkt vors Fenster gestellt und mir angewöhnt, mich dort hinzusetzen und meinen orangen Stein zu halten, bis ich in eine tröstliche Träumerei verfiel. Ich hatte bestimmt schon eine Stunde oder länger in die dunkle, beunruhigende Nacht gestarrt, als ich plötzlich Geräusche hörte. Ich erstarrte.

Von der anderen Seite des Hauses, der Straßenseite, hörte man ständig Lärm, sowohl unvermittelten als auch kontinuierlichen. Noch nie hatte ich ein solches Getöse erlebt wie hier in London: Geschrei und Rädergeratter und Baulärm und Klopfen und abfahrende Züge und schreiende Babys. Damals konnte ich die Hälfte der Geräusche gar nicht deuten. Mir schien, als befände London sich in einem ewigen Prozess des Niederreißens und Wiederaufbaus, meinem Leben nicht unähnlich.

Aber auf dieser Seite, der Gartenseite, war es für gewöhnlich ruhig, das stabil gebaute Haus dämpfte das Getöse. Und dies war ein völlig anderes Geräusch. Ungewöhnlich und ganz nah. Ein Klappern. Dann das Wiehern eines Pferdes und eine Männerstimme, laut, bevor sie plötzlich schwieg. Ich war auf den Beinen und starrte angestrengt in die Nacht. Sehen konnte ich nichts. Als ein kleines, schwaches Licht im Stallgebäude aufflammte, griff ich nach meinem Schal, ohne es überhaupt zu bemerken. Ich stand auf Zehenspitzen, bereit zur Flucht.

Dann sah ich die schemenhafte Gestalt eines Mannes im Garten. Wenn er weglaufen wollte, machte er das schlecht: Er bewegte sich aufs Haus zu, nicht davon weg. Ich beobachtete ihn, bis meine Stirn gegen die Fensterscheibe schlug und ich mich nicht weiter vorbeugen konnte. Die Gestalt war direkt unter meinem Fenster vorbeigerannt. Einen Moment lang hielt ich den Atem an und dann ... hörte ich die Tür gehen. Gedämpftes Fluchen. Ein Aufschlagen. Und Stille. Der Eindringling war ins Haus gekommen!

Ich warf mir den Schal um die Schultern, legte meinen Stein auf dem Fensterbrett ab und griff nach einem Kerzenhalter. Leise öffnete ich meine Tür und rannte barfuß über den Flur. Dann bewegte ich mich ganz langsam bis zum nächsten Absatz über die Treppe nach unten.

Ich wollte schon die nächste Treppe nehmen, als ich glaubte, Stimmengemurmel zu hören. Waren es etwa *zwei*? Dann hörte ich die Schritte nur eines Menschen auf der Treppe. Hielt der Komplize womöglich Wache in der Eingangshalle? Leise rannte ich wieder zurück nach oben und hockte mich hinter eine große Truhe im Flur.

Ich spähte durch das Geländer und sah, wie sich unter mir die Tür zum Esszimmer öffnete. Ich wusste, dass diesen Raum jede Menge wertvoller Kunstwerke schmückten. Es gab auch silberne Kerzenhalter und seltenes Porzellan und viel nutzlosen Zierrat, den reiche Leute zu lieben schienen. Ich wartete. Und wartete. Offenbar hatte der Dieb keine Eile, seine Mission zu Ende zu führen. Ich überlegte, was ich tun sollte. Tante Dinah aufwecken? Hawker? Doch der Gedanke, sie in ihren Schlafkammern aufzusuchen, war eine schiere Unmöglichkeit. Ich könnte Alarm schlagen, aber das würde auch die Eindringlinge erschrecken und in die Flucht schlagen – ich hatte gesehen, wie lang die Leute hier brauchten, bis sie aus den Betten waren.

Während ich noch mit mir ins Gericht ging, sah ich über der Tür einen schwachen Lichtschimmer, als wäre eine Lampe oder ein Feuer entzündet worden. Und war das nicht das Geräusch einer Gabel, die über einen Teller kratzte? Nahm der Dieb sich etwa die Zeit für eine kleine Mahlzeit? Ich huschte erneut die Treppe hinunter, eine Stufe nach der anderen, und hielt dabei angestrengt Ausschau nach dem Begleiter unten. Aber ich sah niemanden. Ich umfing den Kerzenhalter mit entschlossener Hand und schob mein Gesicht und einen Fuß nach und nach durch den Türspalt.

Ich sah einen Mann, der mir den Rücken zukehrte, vor einem kleinen Feuer sitzen und sich, über die Flammen gebeugt, seine Hände wärmen. Eine Karaffe Portwein und eine Schale Eintopf standen auf dem Tisch neben ihm, dazu ein Kanten Brot. Während ich zusah, schlürfte der Mann einen großen Löffel vom Eintopf, legte den Löffel zurück und wandte sich wieder brütend den Flammen zu. Die Gemälde, das Silber, das Porzellan und der Zierrat schienen allesamt an ihrem Platz. Da kam mir ein Verdacht.

Ich stieß die Tür ein wenig weiter auf. Ich betrat den Raum.

Nachdem ich mich vergewissert hatte, dass nichts meinen Fluchtweg versperrte, falls ich weglaufen müsste, sprach ich, wobei mich meine eigene Stimme in der Stille der Nacht erschreckte.

»Entweder bist du ein sehr schlechter Dieb oder mein verlorener Cousin Turlington«, sagte ich.

Der Mann sprang auf, als wäre auf ihn geschossen worden. Er wirbelte so schnell herum, dass er fast ins Feuer gefallen wäre. Das Glas Portwein, das er in der Hand hielt, ergoss sich auf seine Hose, und er trank hastig den Rest. Ich erkannte ihn auf Anhieb. Das volle schwarze Haar fiel ihm noch immer wie ein Krähenflügel in sein bleiches Gesicht, und er hatte denselben verwirrten, trotzigen Gesichtsausdruck, den ich aus den Stallungen der Beresfords in Truro in Erinnerung hatte. Er war noch immer schlank, sah aber männlicher aus und war sehr groß. Er starrte mich an, als wäre ich ein Gespenst. Nach und nach wurde ich mir meiner ungebändigten Haare, meiner nackten Füße, meines schief über den Schultern hängenden Schals und der Tatsache bewusst, dass ich mit einem Kerzenhalter herumfuchtelte. Den senkte ich. Was das andere betraf, konnte ich nicht viel tun.

»Du musst meine Cousine Florence sein.« Erkenntnis vertrieb die Wolken aus seinem Gesicht und er lächelte. Und was für ein strahlendes Lächeln, es machte ein vollkommen anderes Geschöpf aus ihm. »Wir sind uns doch schon mal begegnet, nicht wahr, vor langer Zeit? Obwohl ich damals das Vergnügen hatte, Florrie zu treffen, stimmt's? Florrie Buckley? Was für eine seltsame Wendung des Schicksals, dass wir Cousins sind.«

Ich spürte ein Knistern zwischen uns. Meine alte Fähigkeit, nach wenigen Worten einen Fremden zu erfassen, kam zurück. *Seelenverwandt*, flüsterte es, obwohl ich mir unsicher war, was das Wort bedeutete. *Gebrochen. Einsam.*

Ich zögerte einen Moment und ließ das Gewicht dieser Worte wirken, trat dann aber vor, um ihm die Hand zu schütteln und sein Lächeln mit einem Lächeln zu erwidern. »Ja, Cousin Turlington. Ich bin es. Florrie Buckley. Oder Florence Grace, wie man mich jetzt nennen muss.«

»Oh, das scheint dich wohl zu entzücken? Komm her, Florrie Buckley, und lass mich dich anschauen.« Er entwaffnete mich behutsam und stellte den Kerzenhalter auf den Tisch, nahm dann meine beiden Hände und sah mich an. »Ja! Das bist du. Genau so, wie ich dich in Erinnerung habe, nur sogar noch viel schöner. Ein wildes Ding unter uns. Du armes, armes Mädchen. Aber ich denke, sie werden dich nicht unterkriegen. Willkommen, Cousine Florence, wenn es nicht zu spät und zu dürftig ist, dies zu sagen.« Und er hob mich hoch und schwang mich herum, so dass meine nackten Füße den Boden verließen und durch die Luft wippten. Dann zog er mich an sich und umschloss mich mit seinen Armen.

Ich gab mich dieser Umarmung hin, als würde ich einen Durst stillen, doch da die Definition des Menschseins wohl »nie zufrieden« lautet, stellte sich bei mir, kaum war das eine Bedürfnis befriedigt, schon das nächste ein: Ich wollte in seinen Armen dahinschmelzen und für immer darin verweilen. Ungewohnte Gefühle mit fünfzehn.

Es ist das befreiende Gefühl, nach einer harten, einsamen Woche Freundschaft zu erfahren, sagte ich mir, als seine Arme sich um mich schlossen. *Denn so sollte Freundschaft sich anfühlen, nur dass die anderen so seltsam und kalt sind.* Das redete ich mir ein, um ein längeres Verweilen zu rechtfertigen, obwohl es sich nicht wie ein verwandtschaftliches Verhältnis anfühlte, sondern anstößig war, denn schließlich war es mitten in der Nacht und er war mein Cousin.

Letztlich ließen wir voneinander ab, hielten uns aber weiterhin an den Händen und grinsten wie Kinder. »Endlich eine verwandte Seele in Helikon«, sagte er kopfschüttelnd. »Komm, setz dich!« Er zog noch einen Stuhl vors Feuer.

Ich wurde von einem Zittern erfasst. Er hatte das Wort *seelenverwandt* benutzt. Es fühlte sich an wie ein Kraftwort, etwas aus einem Mythos. Mein Instinkt täuschte mich nicht. Dann verzog ich das Gesicht.

»Wenn meine Tante mich so vorfände, nicht im Bett und mitten in der Nacht so gekleidet mit dir, würde sie mich wieder Gott weiß wie lang in diesem winzigen Loch im Dachboden einsperren. Vermutlich monatelang.«

Seine Augen funkelten. »Du meinst wohl *un*bekleidet, wie du bist? Schamlos und himmelschreiend?«

»Genau das hat sie beim letzten Mal gesagt.«

Er sah ernsthaft betrübt aus. »Was denkt sich diese Frau?«, murmelte er so leise, dass ich ihn kaum verstehen konnte. »Was für ein erbärmlicher Kleingeist sie doch ist. Du bist doch noch ein Kind.«

Ich wusste nicht recht, ob es mir was ausmachte, als Kind angesehen zu werden, aber bevor ich widersprechen konnte, kehrte sein ausgelassenes Wesen zurück. »Willst du damit sagen, dass es deine Angewohnheit ist, mitten in der Nacht junge Männer zu unterhalten?«

»O nein, das letzte Mal ging ich nur in den Garten, um allein Luft zu schnappen, aber offenbar reichte das schon aus, den ganzen Klan in die Knie zu zwingen!«

»Das glaube ich dir gern. Nun denn, welche Möglichkeiten haben wir, Florrie? Du kannst bleiben, wie du bist, und eine Tracht Prügel riskieren. Wir können in dein Zimmer gehen und uns dort unterhalten, aber dann riskieren wir, auf dem Scheiterhaufen zu brennen, denn ich bin ein Mann, wie du siehst, und würde ich in deiner uneinnehmbaren Festung entdeckt werden, wäre alles verloren. Was bleibt da noch?«

»Ich könnte nach oben gehen und mich anziehen, komplett mit Stiefeln und Haube und allem, und wenn ich dann meine siebenundvierzig Lagen anhabe und passend angezogen bin, könnte ich hierher zurückkehren und ein wenig Konversation mit dir machen ...« Ich lachte laut ob der Lächerlichkeit des Ganzen. Es tat so gut, endlich jemanden zu haben, der es ebenfalls lächerlich fand.

»Ich sag dir was, Florrie. Wenn du bleibst und mir Gesellschaft leistest, so gekleidet, wie du bist, *oder* in siebenundvierzig Lagen, was auch immer du für angemessen hältst, werde ich dafür sorgen, dass dir, sollten wir entdeckt werden, das Einsperren erspart bleibt. Wenn nötig, gebe ich mein Leben für deines. Glaub mir, Tante Dinah möchte es bestimmt nicht auf einen weiteren Streit mit mir ankommen lassen – wir hatten schon genug. Und wenn wir *nicht* entdeckt werden, dann überleg mal, was für ein köstliches Geheimnis das wäre.«

Also kletterte ich auf den Stuhl auf der anderen Seite des Feuers. Mit untergeschlagenen Beinen und eingewickelt in meinen Schal fühlte ich mich vor dem flackernden Licht so wohl wie noch nie in diesem Haus.

Ich konnte nicht anders, ich mochte Turlington Grace, und sei es nur, weil außer Sanderson dies anscheinend kein anderer tat. Wie er passte ich nicht ins Bild, und dies war nicht nur hier der Fall, auch in Cornwall war ich anders gewesen. Er drückte sich körperlich aus wie ich, umarmte, lächelte, runzelte die Stirn, und diese Gefühlsregungen folgten so rasch aufeinander wie Wolken an einem stürmischen Tag. Er war empfindsam wie ich – das erkannte ich an seinen feinen Zügen und den bekümmerten Augen. Seine Rückkehr war zweifellos das interessanteste Ereignis seit meiner Ankunft in Helikon. Und nun hatte er mich schon zweimal in seinen Armen gehalten, und ich hatte zweimal diese merkwürdige Empfindung gehabt: warm, scharf und verstörend.

Er schenkte sich Portwein nach und kehrte an seinen Platz zurück. Ich beobachtete ihn, während er aß. Offen gestanden konnte ich meinen Blick nicht von ihm abwenden. Er aß und trank und starrte mit solcher Intensität in die Flammen, wie ich das noch nie gesehen hatte. Ab und zu warf er mir ein Lächeln zu, als wollte er überprüfen, ob ich noch da war. Ein Lächeln voller Traurigkeit, Erleichterung und Kameradschaft. Sogar ein wenig Dankbarkeit war darin, als würde ich ihm einen großen Gefallen erweisen, indem ich einfach nur neben ihm saß.

Das erinnerte mich an zu Hause, wo ich von Nan, Lacey und der Alten Rilla ebenso geschätzt wurde. Es tat gut, wieder geschätzt zu werden, es fühlte sich an, als wäre für eine Weile die richtige Ordnung zurückgekehrt. Seine Haare hingen ihm über die Schultern und fielen ihm immer wieder in die Stirn, und er strich sie immer wieder erfolglos zurück. Seine dunklen Augen reflektierten den Feuerschein. Er krümmte seine lange Gestalt, wie ich das in Erinnerung hatte, war dabei jedoch auf seltsame Weise eine schöne und elegante Erscheinung; hätte ich damals schon so etwas wie eine Giraffe gekannt, hätte ich womöglich diesen Vergleich angestellt. Irgendwann gab er mir wortlos den Brotkanten und ich brach mir ebenfalls wortlos ein Stück davon ab und gab ihn zurück.

»Das ist schön, nicht wahr, Florrie?«, fragte er und trank den Rest seines Eintopfs aus der Schüssel und wischte sich daraufhin mit seinem Handrücken den Mund ab. Ich konnte ihm nur zustimmen, dass es sehr schön war.

»Es geschieht nicht oft, dass ich in so sympathische Gesellschaft zurückkehre. Tatsächlich versuche ich, wenn möglich überhaupt nicht hierher zurückzukommen.«

»Warum bist du jetzt hier?«

»Nun, ich musste doch meine wilde Cousine wiedersehen, oder nicht? Ich musste mich davon überzeugen, dass es dir hier gut geht. Geht es dir gut, Florrie?«

»Du kamst zurück, um mich zu sehen?«, sagte ich ungläubig. »Woher wusstest du, dass ich hier bin?«

»Sanderson schrieb mir.«

»Und das ist der Grund, weshalb du zurückgekommen bist?«

»Ja! Und weil mir das Geld ausgegangen ist und der Hunger keines Menschen Freund ist. Aber das ist nicht so poetisch wie eine verloren geglaubte Cousine. Aber sag mir, Florrie, bist du es?«

»Was bin ich?«

»Glücklich hier.«

»Nein. Ich denke, ich kann ehrlich zu dir sein, Cousin Turlington. Ich bin sehr unglücklich, und außer Sanderson gibt es niemanden, den ich als Freund ansehen kann. Alles ist mir fremd. Es gibt zu viel Essen und nicht genug Luft. Ich kann die Menschen und die Sitten nicht verstehen und auch nicht die Werte, die ich übernehmen soll. Ich glaube, ich werde mich niemals wie eine Grace fühlen, und ich möchte das auch nicht. Was hältst du davon, Cousin?«

»Es überrascht mich kein bisschen. Wir haben dich von einem Leben in ein anderes verpflanzt – du bist ein Geschöpf des Feenreichs, das man auf die Erde geschleudert hat. Du bist ein Wildpferd, das man aus dem Moor gezerrt hat und das nun an der Kandare gehen soll. Du bist wie Mondlicht, das man gegen alle Gesetze der Natur eingefangen hat. Man hat dir Grausames angetan, Florrie Buckley, aber ich wette, du sollst ihnen jetzt auch noch dankbar sein.«

Oh, wie erleichtert ich war. Vor Sehnsucht nach einer Menschenseele, die wahrhaftes Verständnis für meine missliche Lage hatte, hatte ich befürchtet, verrückt zu werden, aber jetzt erkannte ich mich selbst wieder: Ich hatte sogar eine verwandte Seele gefunden! Er hatte mir mit seinen Worten ein großes Geschenk gemacht. Und ich hatte auch nichts dagegen, mit dem Mondlicht verglichen zu werden.

Mir fiel mein Verdacht wieder ein, der mir gekommen war, als ich auf dem Dachboden eingesperrt war, nämlich dass wir beide, er und ich, das Gleiche erlitten, und ich nutzte die Gelegenheit, ihn darauf anzusprechen. »Ich habe gehört, dass du dich sehr schlecht benommen haben sollst, Cousin Turlington. Treiben sie dich dazu, mit ihrer Kleinlichkeit und ihrer unerträglichen Grausamkeit? Ist das ... der einzige Weg, einer von ihnen zu sein, indem man *nicht* so ist wie sie?«

Seine Miene verdüsterte sich so sehr, dass ich fürchtete, sein Wohlwollen bereits verloren zu haben. Aber es war nicht auf mich gemünzt. *Er trägt tief in sich schlimme Erinnerungen mit sich herum*, sagte ich mir. Und sein Gesicht klärte sich wieder und ich erkannte, dass er sehr gut darin war, sich von seiner

Traurigkeit loszureißen. Doch ich vermutete, dass er auch genauso erfahren darin war, seinen Weg dorthin zurückzufinden.

»Warum benehme ich mich so? Nun, Florrie, ich weiß es nicht genau. Kennen wir denn alle unsere eigenen Beweggründe? Hattest du jemals ein Fieber, Florrie, ein Delirium? Ja? Nun, das ist es, was mich beherrscht, was ich bin. Diese Hitze und dieses Wogen sind die ganze Zeit in meinem Blut; sie ebben nicht ab, es ist meine Natur. Und natürlich weißt du bereits, dass jede Abweichung vom Schoß der Familie hier sehr streng beäugt wird. Man versucht nicht, zu verstehen, Mitgefühl zu haben, sondern kennt nur die Notwendigkeit, ins Muster zu passen, so zu werden wie sie. Und das kann ich nicht.«

Ich wusste genau, was er meinte.

»Das Problem«, fuhr er fort, »und das Schlimmste daran ist, dass ich am Ende Menschen verletze, wie auch sie das tun – und was ich am meisten verachte! Es liegt nicht in meiner Absicht, aber ich kann nicht anders. Ich sehe eine Gelegenheit, sie zu verletzen, indem ich gegen all das rebelliere, wofür sie stehen, und das fühlt sich so gut an und ist wie ein Rausch ... Aber ich erkenne die Konsequenzen nicht, bis es zu spät ist. Es überrascht mich nicht, dass sie mich nicht lieben können.«

»Sanderson liebt dich.«

»O ja, Sanderson schon, er ist der beste Bruder, den man sich wünschen kann. Und doch kann er mich nicht verstehen, weißt du, denn wir sind in unserem Naturell grundverschieden. Aber ich denke, dass du mich vielleicht verstehst, Florrie. Du weißt, was es bedeutet, frei sein zu wollen, nicht wahr?«

Ich nickte bedächtig und dachte an die bittersüße Schärfe, die am frühen Morgen über dem Moor in der Luft lag, das lange Gras, das sich unter meinen nackten Füßen bog, die silberhellen Horizonte. Da fing ich an, ihm vom Moor zu erzählen, ihm die winzigen violetten Heideglöckchen und die plötzlich auftauchenden blauen und braunen Tümpel zu beschreiben, die in der Wildnis warteten. Von Zeit zu Zeit blickte ich zu ihm auf, um zu sehen, ob dieser feine rastlose Gentleman sich langweilte bei meinem Gerede vom Land, aber er lauschte gespannt und sah mich die ganze Zeit über an.

»Ich wünschte, ich hätte auch einen solchen Ort«, sagte er. »Als ich auf Madeira war, fühlte ich Ähnliches. Du solltest diese Insel sehen, Florrie, sie ist wunderschön.« Dann erzählte er mir von den pfauenblauen Himmeln und den hoch aufragenden Klippen, von dahingleitenden Schiffen mit weißen Segeln, terrassenförmigen Anbauflächen und reihenweise Zuckerrohr. Es war, als würde ich Lacey beim Vortragen eines Gedichts zuhören – ich hätte die ganze Nacht hierbleiben können.

»Kommst du denn geradewegs aus Madeira?«, fragte ich ihn.

Sein Gesicht umwölkte sich wieder. Ich kam nicht umhin, ihn immer wieder mit dem kornischen Wetter zu vergleichen. Er war genauso wechselhaft und voller Zauber.

»Nicht direkt. Es ist ein magischer Ort, Florrie, eine wahrhaft verzauberte Insel, doch ohne eine Zwillingsseele, die sie mit einem teilt, ist sie so einsam wie das abscheulichste Elendsviertel. Wenn die Einsamkeit mich überkommt, ist das genau der Ort, an dem ich mich befinde. Jetzt da ich zurück in London, aber in Helikon unerwünscht bin, wohne ich in einer hässlichen kleinen Wohnung im Devil's Acre.«

»Devil's Acre?« Mich schauderte bei diesem Namen.

»Das ist ein Ort, den du niemals sehen solltest, Cousine. Er ist in allem das genaue Gegenteil von Helikon. Es gibt keinen Luxus, keine Zurschaustellung, kein feines Dinieren, es gibt keine Graces!«

»Aber es gibt eine gewisse Freiheit?«, vermutete ich.

»Siehst du, ich hatte recht. Du verstehst mich.«

Mein Cousin Turlington und ich unterhielten uns fast bis sechs Uhr morgens, als die Bediensteten kamen, um die Frühstücksbrötchen zu platzieren und die Feuerroste vorzubereiten. Erst dann schlich ich mich zurück in mein Bett und blieb dort eine Weile liegen, weil sich mir im Kopf alles drehte, bevor ich mich fertigmachte fürs Frühstück und vorgab, Turlington zum allerersten Mal zu begegnen.

KAPITEL FÜNFZEHN

»Du siehst heute Morgen noch dämlicher aus als sonst, Cousine Florence«, meinte Annis, während ich Wasser in meine Kaffeetasse schüttete. »Schlimme Träume, hoffe ich? Das heißt, ich meine, ich hoffe, du hattest keine?«

»Vorsicht, liebe Annis«, sagte Turlington und griff dabei über den Tisch, als wollte er etwas aus ihrem Gesicht entfernen. Sie erstarrte vor Schreck. »Du hast da ein wenig … Warte, ich möchte nicht, dass du dich daran schneidest, es ist so garstig und scharf … Ach nein, es ist ja nur deine Zunge, meine Liebe, mach weiter.«

Der Frühstücksraum war so voll, wie ich ihn noch nie gesehen hatte. Nur Irwin fehlte, denn er arbeitete bis spät in die Nacht hinein in seiner Bank und kam an Werktagen nur selten zu uns zum Frühstück. Hawker war präsent. Turlington war zurückgekehrt. Und auch Calantha war hier, so dass nun acht Graces um den Tisch versammelt waren. Auf mehr von ihnen konnte die Welt sicherlich gut verzichten, was immer Hawker auch denken mochte.

Ausnahmsweise fiel es mir einmal nicht schwer, still zu sein. Ich war müde und befürchtete, mich zu verraten und zu enthüllen, dass ich Turlington schon mal begegnet war. Und die komplexen Strömungen und Querströmungen, die zwischen den verschiedenen Familienmitgliedern flossen, faszinierten mich, ja erschreckten mich fast.

Meine Tante war eine in Wut erstarrte Statue. Ihr Hass auf Turlington war offensichtlich, doch sie sagte kein Wort, um ihn auf die Probe zu stellen oder zu kritisieren. Herabsetzung und Kritik waren die beiden Fertigkeiten, die sie am besten beherrschte, und ich konnte nur vermuten, dass Hawkers Anwesenheit sie in Schach hielt. Ihren beiden Töchtern gegenüber schlug sie jedoch einen scharfen Ton an, vermutlich, weil sie ihre Frustration an irgendjemand abreagieren musste.

Die beiden waren mehr denn je sie selbst: Annis schön und kalt und Judith ein flatternder Papagei mit schriller Stimme, der mit seinem Geschrei alle abzulenken versuchte. (Der Papagei war ein Vogel, den ich erst vor zwei Tagen kennengelernt hatte – Judith besaß drei von diesen lauten, fliegenden Edelsteinen: Pettigrew, Patterson und Porridge.)

Hawker war in Hochstimmung. Der offenkundige Erbe war zurück und hatte vor dem Frühstück viele Versprechen abgegeben. Hawker war zuversichtlich, ihn endlich so weit zu haben, dass er zu einer Läuterung bereit war.

Calantha strahlte. Turlington neckte sie wie ein großer Bruder und vollführte keinen Spitzentanz um ihre Existenz, wie das alle anderen taten. Auch dafür mochte ich ihn.

Und was Sanderson betraf, so hatte ich noch keinen derart gefühlvollen Mann gesehen. Sein Bruder war wieder zu Hause und er konnte vor lauter Freude darüber kaum sprechen. Doch in seine Freude mischte sich auch Angst, denn jedes Mal, wenn Turlington eine abweichende Meinung vertrat, was häufig der Fall war, warf er nervöse Blicke auf Hawker und Dinah.

Das ist nicht die erste glückliche Wiedervereinigung, deren Zeuge er ist, wie mir plötzlich klarwurde. *Er wartet auf das abrupte Ende.*

Nichtsdestotrotz verging eine Woche und noch eine und noch eine, und mein Leben in Helikon war verwandelt, weil Turlington da war. Anders als Sanderson ging es ihm nicht vorrangig darum, für einen glatten Tagesablauf zu sorgen, Dinahs Wünsche zu berücksichtigen oder Regeln zu befolgen. Nachmittags, wenn die anderen außer Haus waren, riss er mich von meinen Studien weg. Er nahm mich auf Spaziergänge durch London mit oder ging mit mir in den Stall, wo ich Mnemosyne kennenlernte, Turlingtons schwarze, schnaubende Stute.

»Mnemosyne«, murmelte ich und streichelte ihren weichen

Hals. Ihr Fell hatte einen Glanz, der es mit allen Kleidern von Annis aufnehmen konnte. »Die Göttin der Erinnerung. Wie kommt es zu diesem Namen, Cousin?« In diesem Moment drehte sie mir plötzlich ihren Hals zu und ich machte einen Satz zurück, damit sie mir nicht ihre großen weißen Zähne in den Arm graben konnte.

Turlington sagte nichts dazu, dass ich die Bedeutung ihres Namens kannte. Er behandelte mich niemals herablassend. »Ich erzähle ihr alle meine Geheimnisse. Sie merkt sich diese, liebt mich aber trotzdem. Und das Beste ist, sie erzählt sie nicht weiter.«

»Kein Wunder, dass sie so ein schlechtgelauntes Tier ist, wenn sie alles weiß, was du anstellst!«, lachte ich und rieb mir nach diesem knappen Entkommen den Arm.

Endlich sah ich, was sich außerhalb der vier Wände von Helikon befand – die große Stadt London. Ich sah große weiße Häuser, unserem ähnlich, und andere, aus roten oder gelben Ziegeln erbaut und mit Kuppeln und Glockentürmen geschmückt. Ich sah die dunklen, glänzenden Blätter von Bäumen, deren Namen ich nicht kannte, über Wände und durch Geländer kriechen. Ich hatte nie in Erwägung gezogen, dass es Pflanzen auf der Welt geben könnte, die nicht wild in Cornwall wuchsen. Das verstärkte mein Erstaunen und mein Gefühl, nicht hierher zu gehören.

Durch Turlingtons Augen betrachtet, war London nicht nur eine laute, erbarmungslose Steinwüste, die sich zwischen mir und der Natur auf dem Land auftürmte, sondern ein interessanter Ort und ein Ort der Abenteuer. Der Fluss! Ein breites silbriges, salziges Band, auf dem es genauso geschäftig zuging wie in den Straßen. London Bridge! Eine so gewaltige und zuverlässige Konstruktion, dass sie auf mich den Eindruck machte, als sei sie aus den beiden Flussufern herausgewachsen, aber ich erfuhr, dass sie erst vor zwanzig Jahren erbaut worden war und eine ältere London Bridge ersetzt hatte. Die habe dort sechshundert Jahre gestanden, wie Turlington mir erzählte, sei aber abgerissen worden, um Platz für dieses riesige Granitbauwerk zu machen, das den Fluss in ein, zwei, ja sogar fünf Bögen überspannte. Ich konnte es kaum fassen. Sechshundert Jahre! Und dann einfach weg. London war ein machtvoller Ort.

Auch Turlington strahlte etwas von dieser Macht aus. Wo immer wir auch hinkamen, seine große Gestalt zog bewundernde Blicke auf sich. Er schien über eine besondere kompromisslose Kraft zu verfügen, die anderen fehlte, und seine Präsenz verlieh den Tagen einen wilden Glanz.

Doch er war auch so zerstörerisch wie London. Er stritt sich regelmäßig mit Annis, die ihre Verachtung für uns beide kaum zu verschleiern vermochte. Anfangs gefiel es mir, mitzuverfolgen, wie er sie niedermachte, aber Turlington wusste nie, wann es genug war. Seine Worte wurden immer tödlicher – wie eine Axt, die so lange über einem Gegner rotierte, bis sie ihr Ziel fand und Annis' weiße Haut noch bleicher wurde. Letztendlich setzte Turlington dann seinen Wein oder Whisky ab und stolzierte, angewidert von sich selbst, aus dem Raum. Und ich konnte nicht anders, als ihm nachzulaufen, wobei Annis mich mit schmalen Augen beobachtete, wenn ich ging. Turlington preschte davon und reagierte seine Unrast im Labyrinth Londons ab, während ich ihm folgte – wachsam, verunsichert –, bis er sich meiner erinnerte und wieder mein strahlender, wunderbarer Begleiter wurde.

Der Höhepunkt dieser Zeit war ein Nachmittagskonzert. Ich hatte Turlington davon erzählt, dass das Piano mich faszinierte und ich mir insgeheim wünschte, eines Tages darauf spielen zu können.

»Sag Sanderson, er soll es dir beibringen«, riet er mir. »Er ist sehr versiert. Ich nicht. Eine quälende Bestie ist das Piano.«

Ich hatte bereits die Erfahrung gemacht, dass Turlington ungeduldig war, er war nicht der Typ, der sich auf den mühseligen Weg der Selbstvervollkommnung machte. Wenn ihm etwas nicht in den Schoß fiel, ließ er es sein. Die Großzügigkeit, die er mir gegenüber an den Tag legte, ließ mich jedoch hoffen, dass die Düsternis, die ihm so zusetzte, vielleicht nach und nach verblassen würde.

Nachdem ich ihm meine Vorliebe gestanden hatte, machte Turlington für mich die Aufführung eines Klavierkonzerts in einem kleinen Theater ausfindig, das sich in einem so abgelegenen Teil der Stadt befand, dass wir der Familie unmöglich Schande bereiten konnten; denn was Tante Dinah betraf, war ich noch immer nicht bereit, auf die Menschheit losgelassen zu werden.

»Es gibt sicher bessere Darbietungen«, meinte er stirnrunzelnd. »Ich bin kein Experte, aber mir kommt es so vor, als haue der Kamerad etwas zu heftig in die Tasten. Ich weiß nicht, ob Schumann wirklich so klingen sollte ... Tut mir leid.«

Aber ich war entrückt. Die bloße Tatsache, an einem öffentlichen Vergnügungsort zu sein, erregte mich. Ich konnte mich kaum sattsehen an der Bühne, den verzierten Lampen und den mit Quasten geschmückten Vorhängen. Ich genoss es, unsere Plätze inmitten von Musikliebhabern einzunehmen, die uns höflich zunickten, dann Programme studierten, Röcke glattstrichen und aufmerksam lauschten. Ich lächelte und nickte ebenfalls mehreren Leuten zu, und keiner schien an meinem Verhalten Anstoß zu nehmen. *Der Rest von London ist nicht wie Helikon*, sagte ich mir.

Und als dann die Musik einsetzte! Da ich noch weniger wusste als Turlington, klang sie wunderbar in meinen Ohren. Es war das erste Mal, dass ich so lange – ja, dass ich überhaupt Zeit darauf verwendete, ein Musikstück nach dem anderen zu hören. Natürlich konnte ich sie nicht auseinanderhalten, ich konnte auch nicht beurteilen, ob das Programm dem Zeitgeschmack entsprach oder uninspiriert war: Ich wusste nichts. Aber die Hände des Pianisten tanzten mit einer Geschicklichkeit über die Tasten, die für mich an Zauberei grenzte, und die Musik erfüllte den ganzen Raum und berührte etwas in mir, das erstarrt war, seit ich nach London kam. Mit Turlington groß und warm an meiner Seite, fühlte ich mich sicher und weinte. Er legte seinen Arm um mich und machte kein Aufheben und stellte keine Fragen, er drückte mich nur fest an sich und wischte mir mit seinem Ärmel über die Wangen, als ich zu Ende geweint hatte.

Wir taumelten hinaus in einen Nachmittag, der grau und rauchgeschwängert war und viel zu schnell verging. Schon war es Zeit, zurückzueilen. Aber bevor wir losgingen, konnte ich mich nicht beherrschen und schlang meine Arme um ihn. »Danke, Turlington, oh, ich danke dir«, sagte ich mit gedämpfter Stimme, weil ich mein Gesicht an seine Halsgrube presste. »Ich kann dir gar nicht genug danken.« Es war eine meiner schönsten Erfahrungen in dieser ach so unglücklichen Existenz.

Er lächelte mich verwundert an, er war es nicht gewohnt, Menschen Gefallen zu tun. »Du bist mir Dank genug, Florrie«, sagte er und sah mich verwirrt an. Dann machten wir uns gemeinsam auf den Heimweg nach Helikon.

*K*APITEL SECHZEHN

Die Bibliothek in Helikon war ein angenehmer, düsterer Ort im hinteren Teil des Hauses. Seine hohen Fenster zeigten zum Garten hinaus. Wegen der Rhododendronbüsche und weil der Raum in einem nordöstlichen Winkel zum Garten hin ausgerichtet war, fiel der strahlende Sonnenschein dieses ersten Sommers in London eher daran vorbei als hinein und sorgte so für ein Reich schattiger Ruhe. Es gab darin einen riesigen Schreibtisch aus Eiche mit vielen Schubladen, den eine geschnitzte Bordüre aus Eicheln und Eichenblättern umrandete. In den Bücherregalen sah man lederne Buchrücken mit Goldprägung neben blauen, cremefarbenen und grauen Leinenbänden, große und kleine, schmale und dicke Bände, die alle auf mich warteten. Entzückt und leicht benommen drehte ich eine Runde durch den Raum und sah Gedichte, Romane, Bücher über Botanik, Geschichte und Naturwissenschaften ...

Das erste Mal betrat ich diesen Raum mit Hawker, der meine Verwirrung zu genießen schien, bevor wir uns der eigentlichen Aufgabe widmeten – nämlich mein überlastetes Gehirn mit der Familiengeschichte der Graces vertraut zu machen. Ich war enttäuscht, dass wir angesichts all dieser Bücher unsere Kräfte weiterhin auf dasselbe endlose Thema verschwendeten: die Größe der Graces.

Aber ich entkam wenigstens für kurze Zeit Dinahs bohrenden Augen, und da Hawker die Familiengeschichten mit so viel Ehrfurcht und Dramatik vortrug, als wären es Sagen von Göttern oder Engeln, fand ich mich damit ab. Mein Großvater saß am Schreibtisch in einem Sessel aus mitternachtsblauem Samt mit Bronzebeschlägen, der deutlich größer war als er, und wies mich an, mir als Gedächtnisstütze so viele Notizen wie nötig zu machen. Turlington saß im Zwillingssessel, in der Hand ein Glas mit bernsteinfarbenem Whisky, obwohl ihm die Geschichten nicht neu waren.

»Schon bald wirst du als eine Grace in die Gesellschaft eingeführt werden«, begann Hawker. »Und da musst du mit deiner Familie natürlich vertraut sein. Du kennst Dinah, Irwin, Annis, Judith und meine beiden Erben Turlington und Sanderson. Irgendwelche Fragen?«

Ich zog die Brauen hoch. Fragen? Mehr als genug. Warum fehlte es den meisten Graces an Einfühlungsvermögen? Warum war Annis wie ein kleiner Tropfen Säure, in modische Spitze gehüllt? War Irwin schon immer so leutselig gewesen, dass es schon an Beschränktheit grenzte, oder erst durch die Ehe mit der unbeugsamen Dinah dazu geworden? Und warum sprach keiner jemals über Calantha?

»Tatsachen, Mädchen«, warnte Hawker, als läse er meine Gedanken. »Namen, Alter, Berufe, das sind die Dinge, die in einer höflichen Konversation zur Sprache kommen könnten.«

Ich seufzte. Das interessierte mich nun überhaupt nicht. Doch ich lebte nun beinahe einen Monat in Helikon und hatte zwar jede Menge über Besteck und die richtige Gesprächsführung erfahren, aber meine Verwandten hielten sich mit persönlichen Informationen zurück, so dass ich vieles nicht wusste. »Ich würde diese Dinge alle sehr gerne erfahren, Groß-Hawker.«

»Deine Cousine Judith ist dir im Alter am nächsten. Sie ist sechzehn. Wäre sie ein anderes Mädchen, hätte ich dafür gesorgt, dass ihr Freundinnen werdet, aber sie ist ein geistloses Sieb mit einem Kopf voller Widersprüche, die sie über jeden, der gerade zur Hand ist, mittels ihres fragwürdigen Mundes herabregnen lässt. Sie hat nichts als Klatsch und junge Männer im Sinn und ist eine Marionette ihrer Mutter.«

»Ich ... verstehe.«

»Annis ist achtzehn. Sie ist ein kluges Mädchen. Sie hat die Lektionen ihrer Mutter gut gelernt, hat aber ihren eigenen Kopf. Sie sieht auch hübsch aus und wird sehr bald eine gute Partie machen, dessen bin ich mir sicher. Sie kennt ihre Pflichten. An Annis finde ich Gefallen.«

Das zu hören bestürzte mich. Ich hatte nämlich inzwischen noch einen weiteren Grund, sie zu hassen, denn im Laufe der vergangenen Wochen war mein orangefarbener Stein verschwunden. Ich erinnerte mich, ihn in jener Nacht, als Turlington eintraf, offen liegen gelassen zu haben, war aber so müde und abgelenkt gewesen, dass ich erst am nächsten Tag wieder an ihn dachte. Als ich feststellte, dass er verschwunden war, fragte ich Benson, aber sie wusste von nichts. Ohne ihn hatte ich das Gefühl, als hätte ich noch mehr von meiner einstigen Kraft verloren. Ich hegte den Verdacht, dass Annis ihn aus reiner Gehässigkeit gestohlen hatte, aber das konnte ich natürlich nicht beweisen.

»Sie ist ... sie ist ...«

»Was denn, Mädchen? Spuck es aus!«

»Sie ist kein freundlicher Mensch. Sie ist scharfzüngig und boshaft und denkt nur an sich.«

»Sie ist ein gefährlicher Köcher voll giftiger Pfeile«, warf Turlington aus seiner Ecke ein und schwang in seiner ewigen Suche nach einer bequemen Position ein Bein übers andere.

»Sie dient der Familie. Und darauf kommt es an. Du tätest gut daran, Annis nachzueifern, Groß-Florence.«

Da könnte ich genauso gut der bösen Stiefmutter von Schneewittchen nacheifern, sagte ich mir.

»Irwin ist ein Bankmensch.« Als er dies aussprach, hatte er das Gesicht eines Kindes an einem verregneten Tag. »Ich sollte dankbar sein. Er hat ein Talent dafür, Geld zu machen, und das ist auch gut so in Anbetracht der Geschwindigkeit, in der wir alle es ausgeben. Ohne Irwin wären wir womöglich schon im Armenhaus. Turlington ist in einem Maße lasterhaft, dass die wildesten Wüstlinge des Regency sich daneben ausnehmen wie fügsame junge Burschen. Dinah verfolgt eine Strategie, die uns dazu verhelfen soll, einen Fuß in die Türen der feinen Gesellschaft zu bekommen, und dazu scheinen nicht unbeträchtliche Investitionen in Kleider, Einrichtungsgegenstände und Festlichkeiten zu gehören. Ich sollte Irwin dankbar sein. Er hält die Finanzen der Graces in seinen Händen. Doch er ist das am wenigsten bemerkenswerte meiner Kinder«, seufzte er.

Dann fuhr er mit bitterer Miene fort: »Obwohl ich *sieben* Kinder gezeugt habe, hat die jetzige Generation nur zwei männliche Erben hervorgebracht.« Er schüttelte den Kopf, als könne er nicht verstehen, wie es so weit hatte kommen können. »Und sie taugen beide noch weniger als ein Blatt Löschpapier.«

Ich senkte meinen Blick und legte schnell die Schreibfeder in ihre Halterung zurück. Es missfiel mir, dass er in derart verletzendem Ton vor Turlington sprach, aber die Lippen meines Cousins verzogen sich nur zu einem süffisanten Lächeln.

»Turlington ist mein erster Erbe.« Er zeigte auf meinen Cousin, als wäre er nichts weiter als ein Beweisstück. »Er ist zweiundzwanzig Jahre alt, aber wie du siehst, benimmt er sich nicht wie ein Mann seines Alters, der seinen Platz in der Welt einzunehmen gedenkt. Er glaubt immer noch ein Jungspund zu sein, für den das Leben ein Spiel ist. Sein persönliches Vermögen ist längst aufgebraucht, und das ist auch der Grund, weshalb er zu uns zurückgekommen ist. Genügsamkeit fällt Turlington nicht leicht. Er weigert sich, zu heirateten, er will nicht arbeiten, aber er liebt prächtige Pferde und gute Weine und jede Art von Amüsement. Er verfügt nicht über genügend Charakter, um sich auf eigenen Füßen in der Welt zu behaupten, deshalb rekelt er sich hier in der Bibliothek, wo er sich, wie ich hoffe, zu guter Letzt vielleicht doch noch des großen Privilegs bewusst wird, das auf ihm ruht. Er ist der älteste Grace deiner Generation. Das ist eine Ehre, mit der Annis etwas anzufangen wüsste. Schade, dass sie kein Mann ist. Aber Turlington? Der hat keinen Plan.«

Nun verdüsterten sich Turlingtons Augen und er presste seine Lippen aufeinander. Wieder sah ich den heftigen Schmerz, der mir in der Nacht seiner Rückkehr aufgefallen war. Warum konnte Hawker das nicht sehen und ihn sanfter anpacken? Vielleicht konnte er ja, und es war ihm egal.

»Wie du siehst, bin ich eine einzige Enttäuschung, liebe Cousine«, sagte Turlington lässig, leerte sein Glas und erhob sich, um es wieder zu füllen. »Es wäre für alle besser, wenn ich gar nicht geboren wäre, doch wie du siehst, bin ich hier, belästige alle und bremse den ganzen Klan auf seinem Weg zur Größe.«

Ich ertrug das nicht länger! »Warum haben Sie ihn wieder aufgenommen, Groß-Hawker, wenn er doch so schlimm ist? Warum werfen Sie ihn nicht wieder hinaus, wie Sie das mit meiner Mutter getan haben und allen anderen, die Ihr Missfallen erregen?«

Als Turlington mich beobachtete, wurde sein Gesicht weich.

»Turlington ist der älteste Grace und deshalb wertvoll für mich«, lautete Hawkers knappe Antwort. »Deine Großmutter, meine Ehefrau, war Rosanna Clifton. Sie starb vor fünfzehn Jahren. Turlington ist der älteste Sohn *unseres* ältesten Sohnes Clifton. Als Clifton noch lebte, sah es so aus, als könnten die

Graces weder schrumpfen noch sich auflösen. Er sah gut aus, war klug und charmant.«

»Er war hart, herzlos und grausam«, ergänzte Turlington.

Hawker ignorierte ihn. »Er war der begehrteste Beau seiner Zeit. Er wusste, was er wert war, und hatte keine Eile zu heiraten. Als er heiratete, erwählte er Belle Turlington, eine junge Dame mit tadellosen Referenzen und von überragender Schönheit.«

»Meine Mutter«, sagte Turlington leise, obwohl ich das natürlich bereits wusste.

»Sie bekamen sehr schnell einen Sohn, Turlington, und für unsere Familie sah alles sehr vielversprechend aus. Aber Belle starb während ihrer zweiten Niederkunft.«

»Ich war drei«, ergänzte Turlington.

»Clifton heiratete erneut —«

»Keine drei Monate, nachdem man meine Mutter in die Erde gelegt hatte«, warf Turlington ein, Hass im Gesicht. Langsam begriff ich. Ich hatte meine Mutter nie gekannt, aber dass sie von meinem Vater geliebt wurde, hatte ich nie bezweifelt.

»Er tat das Richtige!«, brüllte Hawker in einem Ton, der mir sagte, dass die beiden dieses Gespräch nicht zum ersten Mal führten. »Er war ein Grace! Er hatte eine Pflicht! Deine Mutter haben wir alle vermisst, aber er musste weitere Söhne zeugen!«

»Und das hat er dann auch getan, nicht?« Er wirkte wieder wie ein schmollender Junge.

»Magst du Sanderson denn nicht?«, fragte ich ihn traurig.

»Natürlich mag ich ihn. Es wäre ja gar nicht möglich, ihn nicht zu mögen. Abgesehen von der unanständigen Hast, mit der er erschaffen wurde, war Sanderson mir der größte Trost im Leben.«

»Clifton heiratete wieder«, wiederholte Hawker, »dieses Mal Cassandra Sanderson, wieder eine ausgezeichnete Partie. Oh, eine Schönheit war sie nicht. Sie war schön im Sinne eines Stilllebens im Vergleich zu einer Waldszene. Dennoch, sie war eine ausgezeichnete Partie und eine gute zweite Wahl. Sie bekamen Sanderson sehr schnell. Er ist jetzt achtzehn und so, wie du ihn kennst.«

»Er ist ein reizender, freundlicher Gentleman. Warum wollen Sie nicht ... Sanderson wird alles tun, worum Sie ihn bitten, Groß-Hawker, oder nicht? Er nimmt seine Pflicht gegenüber der Familie ernst – wie Annis.«

Hawker seufzte. »Davon gehe ich aus. Und ja, er sieht hübsch aus und er weiß sich zu benehmen und wird eine gute Partie sein, wenn die Zeit gekommen ist. Da liegt noch Hoffnung.« Das klang ein wenig schwammig. *Sanderson langweilt ihn*, wie mir klarwurde. Wo Turlington zu rebellisch war, war Sanderson zu nachgiebig, und deshalb betrachtete Hawker ihn mit derselben unlogischen Geringschätzung, die er für Irwin empfand. Hawker war in der Tat kein geradliniger Mensch.

»So viel also zu Clifton und seinem Nachwuchs. Mein zweites Kind war Irwin. Mein drittes wieder ein Junge – Edgar.« *Edgar*, schrieb ich auf mein Blatt und malte einen weiteren Pfeil, der von Hawker und Rosanna kam. »Edgar starb mit zwanzig bei einem Jagdunfall.«

»Das tut mir leid«, murmelte ich.

»Es war eine Tragödie«, sinnierte er, »weil es nur wenige Wochen vor seiner Hochzeit geschah. Wenn er damit doch nur hätte warten können, bis er verheiratet war und erst noch einen oder zwei Söhne zeugte. Aber das tat er nicht. So viel also zu Edgar. Dann kamen die Mädchen. Mein viertes Kind war Bianca.«

Bianca, schrieb ich gehorsam auf und zog einen Kreis um den unbedacht verstorbenen Edgar.

»Die kannst du vergessen.« Er schauderte. Turlington kicherte. Ich malte ein kleines Fragezeichen neben ihren Namen.

»Dann kam Elizabeth.« Sein Gesicht entspannte sich wieder.

»Meine Mutter.«

»Ja. Ein schönes Mädchen, gutmütig, warmherzig. Dann brannte sie durch mit einem ... Nun, sie brannte mit deinem Vater durch.«

»Mir scheint, dass bei alledem ...«, ich fuhr mit der Hand über diese bereits sehr komplexe Aufzeichnung von Tod und Tragödie, »mein Vater die geringste Ihrer Sorgen hätte sein sollen.«

»Gut. Vielleicht hast du recht damit. Aber das sah ich damals nicht. Ich gebe es aus freien Stücken zu, Florence, dass es ein Fehler war, Elizabeth zu enterben. Ich bedaure es, dass sie starb, ohne dass ich sie wiedersah. Aber es gab ... andere Ungehörigkeiten. Ich fürchtete, die Kontrolle über meine Kinder zu verlieren. Und ich hätte nicht gewusst, was ein Mann wie dein Vater hier gesollt hätte.«

»Sie kannten meinen Vater nicht.«

Er ging darüber hinweg. »Nach Elizabeth kam Mary. Die beiden waren die besten. Aber auch Mary starb. Sie war immer kränklich. Und schließlich kam Antonia.«

»Ebenfalls verstorben?«, fragte ich, entsetzt über die Tragödien, die diese Familie regelmäßig heimgesucht hatten.

»Schlimmer.«

»Ist sie auch mit einem Mann aus Cornwall durchgebrannt?«

»Ach schlimmer, viel schlimmer. Es war Gott.«

»Gott?«

»Sie hielt Ihn für ihren Erlöser. Aber nicht nur, weil man das am Sonntag so dahersagt, um den Pfarrer glücklich zu machen, verstehst du. Sondern als jemand Realen! Sie ist in einem Kloster.«

»Echter Glaube und Überzeugung«, lachte Turlington. »Du kannst dir nicht vorstellen, wie verstörend sie das alle finden. Erzählen Sie ihr doch auch von Bianca«, ergänzte er. »Das können Sie ruhig.«

»Nun, na gut. Deine Tante Bianca, Florence, ist eine Dame, die es mit der Tugend nicht so ernst nimmt. Damit will ich sagen, sie ist eine Hure. Und sie wurde nicht aufgrund brutaler Umstände dazu getrieben. Nein, sie war in ihrem Beruf ganz in ihrem Element. Sie wird dieses Haus nie mehr betreten. Und jetzt frage ich dich. Vier Töchter – und was ist dabei herausgekommen? Elizabeth und Mary tot. Bianca und Antonia zwar am Leben, aber eine einzige Blamage. Und ich weiß offen gestanden nicht, welche von beiden die schlimmere ist.«

Meine täglichen Lektionen in Etikette wurden fortgesetzt. Dinah und ihre Töchter teilten sich die Last, mich zu unterrichten, aber wir blieben die ganze Zeit über uneins. Doch mit einem kleinen Sieg nach dem anderen lernte ich, meine Vokale richtig zu artikulieren, mich auf damenhafte Weise zu bewegen und eine Gabel ordnungsgemäß zu halten (tatsächlich sogar eine ganze Menge verschiedener Gabeln zu halten).

Annis ließ keine Gelegenheit aus, mir deutlich ihre Verachtung zu zeigen. Jedoch nahm sie ihre Pflicht ernst, wie Hawker das versprochen hatte.

»Es ist für *uns*«, zischte sie, wenn ich mich bei ihr bedanken wollte, weil ich dachte, mit meiner Nachgiebigkeit ein wenig Harmonie herzustellen.

Und in diesem Geiste schaffte sie es, wie ich zugeben muss, dass ich kontrolliert und anmutig wurde, wo ich zuvor ungelenk und linkisch war. Sie schliff und polierte an meiner Aussprache und ließ mich stundenlang harmlose, sinnlose Konversation machen.

Eine gewisse Zeitlang kam und ging mein Akzent wie Nebel vom Meer, je nachdem, mit wem ich es zu tun hatte. Bei Turlington und Sanderson konnte ich ich selbst sein. Auch Hawker kümmerte es nicht, wenn mir meine Sprache in seiner Gegenwart entglitt. Aber im Umgang mit den anderen begann der Akzent nach und nach zu verblassen, und anstelle der Cousine vom Land sprach eine neue Florence. Ich wusste nicht, ob ich ihr das als Verräterin verübeln oder sie als neue und elegante Verbündete willkommen heißen sollte, die mir das Leben leichter machen konnte.

Von Judith bekam ich eine Erziehung anderer Art. Die Thematik, die man ihr zur Unterweisung übertragen hatte, war Mode. Mode bei Kleidern, Bändern, im Musikgeschmack, bei

Schoßhunden, Farben der Kutschen, ja selbst Farben der Pferde! Falbe Pferde kamen in dieser Saison überhaupt nicht in Frage. Nur schwarz war erlaubt oder höchstens ein sehr dunkles Kastanienbraun. (Bis Weihnachten hatte dieses Diktum sich ins völlige Gegenteil verkehrt.) Offenbar gab es nichts, was nicht der Mode unterworfen war. Doch Judith machte sich auf eigene Faust daran, meinen Lehrplan auszuweiten. Obwohl sie erst sechzehn war und lammfromm wirkte, war ihr Lieblingsthema Männer.

»Cousine Florence, wenn der Tag kommt, werden wir für dich einen richtigen Stenz finden müssen. Genau so ein Mann ist Edward Seagrove, weißt du, aber den kannst du nicht haben, weil ich ihn für mich haben möchte, sofern Mama dem keinen Riegel vorschiebt. Ich wüsste allerdings nicht, warum sie das sollte, denn er ist so elegant, wie man nur sein kann. Karierte Hosen, Cousine, sind das Kennzeichen eines Stenzes, und größere Karos als die von Edward habe ich noch keinen anderen jungen Mann tragen sehen. Und lass dir ja nicht von einem breitkrempigen Hut den Kopf verdrehen! Die sind schon seit den Vierzigern nicht mehr *au courant*, weißt du!« (Wir schrieben jetzt 1850.)

Ich hatte nicht die Absicht, mir von einem Hut irgendwelcher Art den Kopf verdrehen zu lassen, aber sie plapperte weiter und zeigte zur Illustration manchmal auf junge Männer auf der Straße, da sie keine Beispiele aus dem wirklichen Leben zur Verfügung hatte. Kein Wunder, dass meine Gedanken sich oft und unausweichlich auf Turlington richteten.

Unsere Freundschaft vertiefte sich ständig und war die Stütze meiner Tage. Manchmal nahmen wir Calantha mit auf unsere heimlichen Ausflüge. Dann waren wir drei wie Kinder, die die Schule schwänzten, und berauschten uns an unserer Freiheit. Sanderson wusste darüber Bescheid und sah unglücklich aus, weil er diesen ganzen Spaß verpasste. Aber Sanderson war ein richtiger Grace mit geschliffenen Manieren und musste Besuche abstatten und an der Drei-Uhr-Parade teilnehmen.

»Wie du siehst, Bruder, zahlt es sich nicht aus, brav zu sein!«, meinte Turlington fröhlich zu ihm. »Wir ernten die Belohnungen dafür, eine Peinlichkeit zu sein.«

»Das weiß ich«, stöhnte Sanderson, grün vor Neid, wenn wir ihm erzählten, dass wir in den Vauxhall Gardens ein Orchester gehört, bei einer Lesung von Groschenlyrik gewesen waren (je schlechter der Dichter, umso unterhaltsamer der Vortrag) und heimlich den Zoo besucht hatten, um das große Wunder des Jahres zu bestaunen: das Flusspferd.

Judith war ganz versessen darauf, das Flusspferd zu sehen, weil »es in aller Munde ist!«, wie sie mir oft erklärte, wenn sie an den Nachmittagen aus dem Hyde Park zurückkam. Aber ihre Mutter wollte nichts davon hören, dass eine Grace einen Ort wie den Zoo aufsuchte, weshalb Judith sich mit den Zeichnungen begnügen musste, die in den Zeitungen zu sehen waren. Ich hatte in drei verschiedenen Journalen drei verschiedene Zeichnungen des Tiers gesehen, und keine ähnelte der anderen. Ich hätte Judith gern korrigiert, die mir versicherte, es sei ein »Fabelwesen mit Schuppen und Flügeln, einem Drachen ähnlich, liebe Cousine, nur runder«. Aber ich lächelte nur und behielt das Geheimnis für mich.

Bei den vielen Wanderungen, die wir unternahmen, kam es einem Wunder gleich, dass wir von der Familie nicht entdeckt wurden, aber wir hatten Glück und begegneten nur ein einziges Mal jemandem, der sie kannte. Es geschah beim Verlassen der Royal Academy. Turlington erstarrte, als er hörte, wie sein Name gerufen wurde, entspannte sich aber sofort, als er eine hübsche junge Frau entdeckte, die uns freundlich grüßte. Er stellte uns Selina Westwood, die Frau des Pfarrers, vor. Ich hatte meine Familie oft von den Westwoods sprechen hören, die häufige Besucher von Helikon waren, bisher war es mir jedoch noch nicht gestattet worden, sie kennenzulernen.

»Sanderson hat mir schon so viel von Ihnen erzählt, meine Liebe«, sagte sie und schüttelte meine Hand. »Ich hoffe, bald wieder das Vergnügen zu haben.«

»Mrs Westwood«, sprach Turlington sie an, »ich frage mich, ob wir uns vielleicht auf Ihre ... äh ...«

»Ich habe Euch nie gesehen, Turlington«, erwiderte sie lächelnd. »Ich habe gehört, wie es ist. Und ich bin froh, dass Sie Florence unsere wunderschöne Stadt zeigen. Aber tun Sie dies unter allen Umständen heimlich!«

»Sie ist reizend!«, hauchte ich und sah ihr hinterher, als sie davoneilte. »Und so hübsch! Nie hätte ich gedacht, dass eine Pfarrersfrau so hübsch sein kann.«

»Hübsch schon«, tat Turlington es achselzuckend ab, »aber für meinen Geschmack viel zu fromm.«

Und natürlich konnte man Turlington nicht als fromm bezeichnen. Das Zusammensein mit ihm kam manchmal einer Freundschaft mit einer Kiste Sprengstoff gleich, die darauf wartete, einen neuen Minenschacht aufzusprengen. Die Mahlzeiten verliefen wegen seines Herumgezappels oft äußerst angespannt. Er bemühte sich, sich so charmant und fügsam wie sein Bruder zu geben, schien aber machtlos zu sein gegen die verächtlichen Kommentare, die ihm herausrutschten. Sanderson und ich sahen gequält zu, wie er sich ein Glas guten Rotweins und guten Weißweins und guten Madeiras nach dem anderen durch die Kehle jagte, bis Hawker oder Dinah ihm einen Schlag auf den Rücken gaben und die Flaschen wegstellten. Selbst dann noch beäugte er sie, als wären die Lösungen auf alle Rätsel des Universums in ihren trügerischen Tiefen zu finden.

Ich saß still dabei, spürte seine Unzufriedenheit wie eine Gewitterwolke heraufziehen und wünschte, wir wären in Braggenstones, nur Turlington und ich. Ich bildete mir ein, er könnte dort Ruhe finden und ich mich dort besser um ihn kümmern als hier. Ich sehnte mich nach dem Garten der Alten Rilla, weil es mir dort möglich wäre, seine Wunden zu heilen. Ich wünschte mir Veilchen. Veilchen beschützten einen, außerdem verhinderten sie Trunkenheit.

Eines Abends erhob Turlington sich beim Abendessen von seinem Platz und verließ den Raum.

»Reizend«, stichelte Annis mit hochgezogenen Brauen.

Kurz darauf kam er zurück und gab ihr ein Armband. »Warum trägst du das nicht, Cousine? Dein Arm wirkte heute Abend ein wenig nackt, und ich weiß, dass du gern vor Geschmeide strotzt.«

Sanderson und ich sahen uns verdutzt an.

Aus Annis platzte es heraus: »Wie kannst du es wagen, in mein Zimmer zu gehen und meine Sachen zu durchwühlen! Mama, Hawker, seht nur, was er —« Aber sie hielt inne, als er einen zweiten Gegenstand hochhielt. Meinen orangen Stein.

»Ich war erstaunt, dies unter deinem Tand zu finden. Es sieht genauso aus wie der Stein, den Florence aus Cornwall mitbrachte, ein Ding, das für alle anderen außer ihr ohne jeden Wert ist. Eigentlich das *Einzige*, was für sie aus ihrem früheren Leben von Bedeutung ist.«

Alle Köpfe drehten sich Annis zu. Sie errötete heftig. Turlington legte den Stein vor Hawker auf den Tisch. »Einen Stein von einer Waise zu stehlen«, höhnte er. »Jetzt verstehe ich, warum Sie so stolz auf sie sind.«

Annis öffnete den Mund, aber es kamen keine Worte. Ihre Mutter senkte beschämt die Augen unter Hawkers eisigem Blick. Irwin war es schließlich, der nach dem Stein griff und leise fragte: »Gehört der dir, Florence?«

Ich nickte.

»Dann nimm ihn«, sagte er und reichte ihn mir. So kam ich wieder in den Besitz meines Steins. Und meine Freude, ihn wiederzuhaben, war größer, als ich gedacht hätte.

Ich erfuhr nie, ob dies für Annis irgendwelche Konsequenzen hatte, oder auch für Turlington, weil er in ihrem Zimmer war. Ich war ihm natürlich dankbar, aber er war ein trauriger Held. So glücklich mich solche Taten auch machten, ich hatte immer Angst, etwas Schlimmes könnte passieren und er fiele wieder in Ungnade und würde weggeschickt.

Was tatsächlich geschah, war schlimmer. Nach gerade mal fünf Wochen, die er zu Hause gewesen war, kam ich eines Tages zum Frühstück hinunter und sah seinen leeren Stuhl und eine Reihe grimmiger Mienen. Er war mitten in der Nacht verschwunden, hatte Mnemosyne und all seine Habseligkeiten und dazu eine Smaragdhalskette von Annis mitgenommen. Er war weg.

KAPITEL SIEBZEHN

Oh, ich fühlte mich so verraten. Sogar beraubt. *Wie konnte er mich einfach so verlassen?* Das quälte mich den ganzen Tag und noch viele weitere Tage, die darauf folgten. *Wie konnte er mich verlassen?*

So wahrhaftig meine Zuneigung zu Sanderson war, er hielt sich zu sehr an die Regeln, und ich konnte, was Trost und Gesellschaft betraf, nicht auf ihn bauen. Wenn wir Zeit zusammen verbrachten, war diese immer sehr bereichernd, aber wir mussten sie uns erkämpfen, weil anderes immer Vorrang hatte.

Turlington war es, der mich, komme, was da wolle, aufspürte und zum Lachen brachte und mitlachte. Turlington war es, der meinen tiefen Ekel vor der Heuchelei der Welt, in der wir lebten, teilte. Turlington war es, der während unserer Gespräche meine Hand nahm oder mich umarmte, wenn etwas Lustiges oder Schockierendes passierte, und mir die Wohltat körperlichen menschlichen Kontakts in einer Welt gewährte, wo es plötzlich keinen mehr gab.

Und kein Wort für mich. Keine Möglichkeit, mit ihm in Kontakt zu treten, keine Adresse. Er wusste, wie einsam ich war. Und doch war er verschwunden, im wahrsten Sinne wie ein Dieb in der Nacht. Es war ein Gefühl, als hätte er sich auf dem Meeresgrund verirrt.

Anfangs war ich mir sicher, dass es irgendeine letzte Nachricht, eine Beteuerung geben musste. Aber da war nichts. Ich musste mich der Tatsache stellen, dass ich ihm während seiner Zeit in Helikon Trost und Zerstreuung schenkte, ich jedoch ein Kind und er ein Mann von zweiundzwanzig Jahren war, für den es da draußen eine weite Welt gab, die ihn lockte. Hawker schwor, er werde Turlington, sollte dieser jemals wieder nach Hause kommen, nicht mehr in den Mauern Helikons aufnehmen.

Ohne Turlington spürte ich erneut die Wunde, von der natürlichen Welt abgeschnitten zu sein. Er hatte mir das Beste von London gezeigt, aber das änderte nichts daran, dass die Luft schwer und beißend und von ständigem Lärm erfüllt war. Und ich konnte weder das Flüstern der sanften Geschöpfe der Wildnis noch mein eigenes Herz hören. Ich konnte keine Luft atmen, die nach Heidekraut und Meer roch, noch die Sterne sehen. Ohne Turlington hielt mich nur die ständige Beschäftigung davon ab, vor Sehnsucht nach Cornwall wahnsinnig zu werden.

Lektionen, Lektionen, Lektionen der einen oder anderen Art von morgens bis abends beschäftigten meinen Verstand und drängten Cornwall an den Rand und sorgten dafür, dass meine Heimat mir bestenfalls wie ein schöner verblassender Traum vorkam. Das Einzige, was ich nicht lernte, war Klavierspielen, obwohl ich es mir so sehr wünschte. Alles andere wurde als wichtiger erachtet. Ich hätte nicht sagen können, woher das Verlangen kam, es erlernen zu wollen. Wenn Annis und Judith ihre Arpeggios trällerten, verspürte ich keinen Drang mitzusingen. Ich hatte keinen Grund anzunehmen, dass ich über irgendein besonderes Talent verfügte. Aber jedes Mal, wenn ich Klaviermusik hörte, ging ein Schauder durch mich hindurch und etwas in mir antwortete erregt darauf. Ich starrte also weiterhin auf das schöne Instrument (das, wie Sanderson mir erklärt hatte, ein Flügel aus Fiddleback-Mahagoni war) und strich über sein seidiges Holz, wann immer ich daran vorbeiging, um mich mit Annis in Konversation zu üben oder französische Verben bei meiner neuen Hauslehrerin zu lernen, die ein paar Tage nachdem Turlington uns verlassen hatte ins Haus kam.

Miss Grover (ihren Vornamen erfuhr ich nie) war über vierzig, ergraute bereits und war ein so unromantisches Wesen, wie ich noch keines getroffen hatte. Aber sie war intelligent und ernst und lobte mich, weil ich sowohl geschickt als auch begeisterungsfähig war. Wir kamen ganz gut miteinander zurecht, obwohl ich oft bedauerte, dass sie nicht Lacey mit ihren bunten Kleidern und den tanzenden Locken war.

Tante Dinah war ganz und gar dagegen, dass ich mit einer Provinzlehrerin aus dem hintersten Hinterland Kontakt hielt. Sie beklagte sich bei Hawker darüber. Aus Laceys Briefen wurde offensichtlich, dass einige davon mich nie erreicht hatten. Ich hatte meine Tante im Verdacht, sie zu unterschlagen, und beklagte mich meinerseits bei Hawker darüber. Schließlich bestimmte er, dass die Korrespondenz fortgesetzt werden dürfe, aber nur zwei Mal im Jahr. Mehr Briefe, so meinte er, seien nicht nötig und unangemessen und würden ihn veranlassen, das Ganze zu unterbinden. Ich schrieb Lacey und erklärte es ihr, und sie antwortete getreulich – sechs Monate später. Und danach alle weiteren sechs Monate.

Vielleicht war es gut so. Denn jedes Mal, wenn Lacey mir schrieb und ich von den Jahreszeiten und den Kindern im Ort oder von Ausflügen nach Launceston oder Fowey, Neuigkeiten von Nachbarn und Freunden erfuhr, konnte ich tagelang an nichts anderes mehr denken und es zerrte an mir und ich spürte, wie falsch es war, nicht mehr dort zu sein, und der Sog, der davon ausging, war so groß, dass ich kaum noch atmen konnte. Die Briefe machten Cornwall real für mich, aber hier konnte ich mir keine andere Realität erlauben als die der Graces und Helikon und eines Tages, wenn ich bereit dazu war, die der Gesellschaft.

Nachdem ich drei Monate in Helikon verbracht hatte, wurde es mir gestattet, an einer der abendlichen Tischgesellschaften teilzunehmen, für die meine Tante bekannt war. Sie gab drei davon pro Woche. In Anbetracht dessen, was ich über die angespannte Finanzlage der Familie wusste, hielt ich das für Irrsinn, doch wenn Gäste kamen, scheute meine Tante keine Kosten.

Schon lange bevor es mir erlaubt war, selbst an einer teilzunehmen, hatte ich den Taumel der Vorbereitungen mitbekommen, die jeden Dienstag, Donnerstag und Freitag im Erdgeschoss getroffen wurden. Dies waren die Tage, an denen meine Tante besonders kratzbürstig und schwer zufriedenzustellen war. Ich erfuhr, dass sie sich mittels ihrer Tischgesellschaften erhoffte, die Anerkennung der Gesellschaft zurückzugewinnen. Dabei kam es nicht nur auf das Essen an, sondern auch auf das, was man trug, wie die Gerichte präsentiert wurden und wie man Tische und Gerichte dekorierte. Jedes Mal musste etwas Neues dabei sein, damit die Gäste danach darüber sprachen und diese Einladungen Reputation bekamen und sich schließlich jeder danach sehnte, zu einer von Dinahs Abendgesellschaften eingeladen zu werden.

Sobald es fünf Uhr schlug, verschwanden meine Tante und meine Cousinen, um sich anzukleiden. Ohrringe konnten vier, fünf Mal ausgetauscht werden. Die Wahl eines Haarschmucks – ein zarter Schmetterling, eine glitzernde Haarnadel oder eine Bänderlocke – konnte zu hitzigen Debatten führen. Ich gebe es zu, meine Liebe zu schönen Dingen war stärker als meine Vernunft und ich sehnte den Tag herbei, an dem ich diamantene Regentropfen an meine Ohren hängen und seidene Schmetterlinge in mein Haar stecken konnte. Im Oktober war es so weit.

Die einzigen Gäste waren enge Freunde der Familie und Hawker bestimmte, dass ich jemanden von außerhalb der Familie kennenlernen sollte. Natürlich bereitete das Risiko, mich ihren nächsten Bekannten vorzustellen, Tante Dinah allergrößtes Unbehagen. Ich war eine unberechenbare Größe, die jederzeit das Bild trüben konnte.

Ich würde gern berichten, dass ich mich auf meiner ersten Tischgesellschaft perfekt zu benehmen wusste und meine Tante in Erstaunen versetzte. Dies entspräche jedoch nicht den Tatsachen.

Zu den Gästen gehörten der Pfarrer, Mr Sebastian Westwood, und seine Frau Selina, der ich mit Turlington am Piccadilly schon einmal begegnet war, was ich natürlich nicht erwähnen durfte. Dazu kamen Mr Andrew Blackford, ein scharfsinniger und gewitzter Mann um die dreißig, der sein Vermögen mit klugen Investitionen in die Eisenbahn gemacht hatte, und die Coatleys: Mr, Mrs und Miss. Mr Blackford war ganz eindeutig »ein Interessent« für Annis, und Miss Anne Coatley war ein schimmerndes Juwel von einem Mädchen, auf das die Graces für Sanderson ein Auge geworfen hatten wie eine Elster auf glänzenden Tand.

Als ich den Raum betrat, hatte ich Herzklopfen, als wäre ich ohne Pause von Tremorney nach Braggenstones gerannt. Die fein herausgeputzten Leute standen als Grüppchen zusammen, und anfangs konnte ich die Verwandten nicht von den Fremden unterscheiden. Lavendelparfüm, Prunksucht und Zwiebelsuppe bestimmten die Atmosphäre.

Als ich jedoch den Tisch sah, war ich erstaunt. Er war nämlich sehr schlicht gedeckt mit Leinen und Silber, aber auf seine Länge verteilt standen sechs Platten aus massivem Silber. Auf den Platten lagen Eisbrocken, die grauweiß im Kerzenlicht glitzerten. Diese türmten sich drei Fuß hoch und waren mit Blüten, Beeren und Nüssen bestreut, dazu leuchtend blaue Zichorie, dunkelrosa Phlox, ziegelroter Sauerampfer, das ätherische Grün der Hasel und dunkelviolette Brombeeren mit ihren weißen Blüten. Es sah aus wie ein Festmahl für Feen.

In Cornwall hätten wir so spät im Monat nie mehr Brombeeren gegessen, denn jeder wusste, dass der Teufel am neunten Oktober auf die Sträucher spuckte, so dass sie danach nur noch Unglück brachten. Aber die Aussicht, dass die Graces womöglich ein wenig Pech ertragen mussten, focht mich nicht an, und deshalb sagte ich auch nichts. Sanderson allerdings würde ich davon abhalten, welche zu essen.

Als sie mich erspähte, löste meine Tante sich aus der Gruppe und stellte mich einem Gast nach dem anderen vor. Das Vorstellen ging ohne Panne über die Bühne. Ich knickste und murmelte höfliche Begrüßungsworte und merkte mir mühelos die jeweiligen Namen.

Benson hatte sich mit meinem Erscheinungsbild größte Mühe gegeben. Ich trug ein Kleid in hellem Zitronengelb mit Gold und Perlen um meinen Hals, und ein kleines Spitzendeckchen umfing am Hinterkopf meine braunen Locken. Das Mieder war aus Brokat, die Röcke aus Satin und Spitze. Anfangs hoffte ich, den Ansprüchen zu genügen.

Wir nahmen unsere Plätze ein und ich sah, dass vor jeder Platte mit Eis und Blüten in Schönschrift beschriftete Karten standen. *Zichorie – damit Träume wahr werden. Brombeeren – um die Wahrheit zu sagen.* Was die Bedeutungen betraf, hatte man sich Freiheiten herausgenommen, aber vermutlich kam es ohnehin nur auf die Wirkung an. Tante Dinah erklärte, dass die Gäste bei jedem Gang die Plätze zu wechseln hatten, so dass sie einmal vor jeder der Platten zu sitzen kamen und die vornehmen Damen sich von der geheimen Bedeutung der Blumen unterhalten lassen konnten. Langsam bekam ich ein Gefühl für die Überlegungen und Planungen, die eine Dinah-Grace-Tischgesellschaft ausmachten.

Während die Suppe auf die gemusterten Schalen verteilt wurde, konnte ich die Gäste gut beobachten. Der Pfarrer, das war mir rasch klar, war jemand, dem Tante Dinah mit der größten Ehrerbietung begegnete. Das überraschte mich. Ich hätte nie gedacht, dass ein religiöser Mann über irgendwelche der Attribute verfügte, die meine Tante schätzte. Aber schon bald erkannte ich, wie falsch ich lag. Mr Westwood war eine äußerst elegante Erscheinung, von seinen makellos mit Pomade in Form gehaltenen braunen Haaren bis zu seinem gertenschlanken Spazierstock mit der Goldspitze. Außerdem war er gebildet und zögerte nicht, dies zur Schau zu stellen. Seine weltmännischen Einlassungen zur »Frage des Ostens« und zur russischen Expansion überstiegen meinen Horizont, aber ich saß mittendrin und entnahm dem »Hört, hört, Sir!« am Tisch, dass seine Erkenntnisse alle beeindruckten. Seine Ehefrau Selina, zwanzig Jahre jünger, mit einem zarten Körperbau und sehr hübsch, gab sich sanft und einfühlsam und glättete während der Debatte immer wieder die Wogen. Sie hatte ihren Platz zwischen ihrem Gatten und Sanderson und lächelte mir oft zu.

Alles in allem entsprach der Pfarrer nicht dem, was ich mir je unter einem Gottesmann vorgestellt hatte. Er war so ganz anders als Billy Post mit seinen wilden Haaren und wilden Augen, der, immer das Jenseits im Blick, durch Cornwall streifte und mit Faustschlägen und Schlagstock Hölle und Zorn heraufbeschwor und sich auf den Boden fallen ließ, um zu demonstrieren, wie man sich vor der Macht des Allmächtigen niederzuwerfen hatte. (Er predigte zudem Keuschheit und Reinheit der Gedanken, wiewohl er jedem Dorfmädel im passenden Alter und mit angenehmem Äußeren hinterherstieg.)

Mr Westwood erkundigte sich nach meiner religiösen Überzeugung in einem Ton, als würde er eher wissen wollen, ob ich einem Rotwein vor einem Madeira den Vorzug gab, und nicht wie jemand, dem meine unsterbliche Seele am Herzen lag. Ich war in meinem Leben noch nicht oft in einer Kirche gewesen, nicht weil ich sie ablehnte, sondern wie ich den Gott, den ich kannte, in meiner Moorlandschaft und meinen Pflanzen und dem täglichen Aufgehen und Untergehen der Sonne fand, und das sagte ich auch.

»Oh, wie reizend naiv!«, tuschelte Mrs Coatley, eine Dame in einem violetten Kleid, das über einem üppigen Busen spannte, ihrer Tochter zu. »Es muss sehr schwer für dich gewesen sein, meine Liebe, von einem so weit entfernten Ort hierherzukommen und dich einem Leben in der zivilisierten Welt anzupassen. Nun, es wird dir vorgekommen sein, als wäre die Welt für dich neu erschaffen worden. Weißt du, ich habe von Forschern gehört, die viele Jahre im Dschungel lebten – am Amazonas oder am Kongo oder etwas in der Art –, und als sie dann nach Hause kamen, mochten sie nicht mehr in einem Bett schlafen! Sie sind wieder ganz ursprünglich geworden und schliefen auf dem Boden. Genauso muss es auch für dich sein.«

Meine Zeit in Helikon hatte Wunder gewirkt. Anstatt sofort zu kontern, dass London auf mich einen höchst unzivilisierten Eindruck machte, befand ich, dass ihre Bemerkungen freundlich gemeint waren.

»Als wäre die Welt neu erschaffen, Ma'am«, wiederholte ich ihre Worte. »Das haben Sie sehr gut ausgedrückt.« Ihr rundes Gesicht, das vom violetten Widerschein ihres Kleides glänzte, zeigte ein mitfühlendes Lächeln.

»Ich meine«, murmelte sie, »wenn man sich überlegt, dass du aus *Cornwall* kommst!«

»*Cornwall!*«, lautete das verwunderte Echo mehrerer Gäste, als sagten sie *Feenland*.

Ihr Interesse schien dem ganzen Tisch ein Zeichen zu setzen, und schon bald kam ich mir vor wie das Flusspferd im Zoo.

»Ich muss schon sagen, Hawker«, meinte Mr Blackford affektiert, »sie verblüfft mich. Ganz wie ein ungeschliffener Edelstein. Ihre reizende Enkelin – Ihre *älteste* reizende Enkelin natürlich – hat mir bereits eine Menge über sie erzählt.«

Das glaubte ich gern. Annis sah allerdings gar nicht glücklich aus, dass ich als eine Art Edelstein, wie ungeschliffen auch immer, beschrieben wurde.

»Ganz verblüffend, ich muss schon sagen«, schloss er. Was sollte ein Wort wie *verblüffend* in einer solchen Bemerkung?

»Sie haben doch Cornwall besucht, nicht wahr, Mr Coatley?«, erkundigte sich Selina Westwood, vielleicht, um mir Unbehagen zu ersparen. Sanderson berührte ihren Arm, als wäre er dankbar für ihren taktvollen Einwurf.

Sie wandten sich alle Mr Coatley zu, als wäre er und nicht ich der Experte für Cornwall, und der gute Gentleman – der bis dahin in seinem grauen Anzug wie eine kräftige Schnecke zusammengesackt neben mir gesessen hatte – gab sich einen Ruck und richtete sich auf.

»Das habe ich«, gab er mit einer überraschend hellen, tremolierenden Stimme zu, »aber es ist keine Zeit, an die ich erinnert werden möchte.« Er verweilte bei dieser beunruhigenden Anmerkung und trank einen Schluck Wein. »Es war eine Geschäftsreise«, fuhr er fort und verschloss seine Augen vor dieser Erinnerung. »Ich tätigte in dieser Zeit ein paar beträchtliche Investitionen in die Eisenbahn und folgte damit Ihrem ausgezeichneten Rat, wie Sie wissen, Mr Blackford.«

Mr Blackford nickte. »Es sind abgelegene Gegenden, aber vermutlich müssen die Leute selbst dort reisen. Viel wichtiger jedoch ist es, dass *wir*, angesichts der vielen Ressourcen, über die dieses County verfügt, zu *ihnen* kommen. Zwischen Truro und Penzance werden demzufolge schon in zwei Jahren Züge ihren Betrieb aufnehmen.«

»Tatsächlich, Sir?« Mir kamen die Tränen. Wie gut es tat, die vertrauten Namen zu hören. Und wie gern hätte ich es Lacey erzählt.

»Ressourcen mögen sie ja haben«, nahm Mr Coatley den Faden wieder auf, »aber ich würde für alle Reichtümer dieser Erde nicht dorthin zurückkehren. Nicht mit der Eisenbahn, nicht in einer Kutsche, nicht einmal, wenn Pegasus selbst dort hinfliegen und mir anbieten würde, mich mitzunehmen.« Dabei ruhte sein Blick finster auf mir, als mache er mich dafür verantwortlich.

»Dann hatten Sie also keinen angenehmen Aufenthalt in Cornwall, Sir?«, bemerkte ich.

»Angenehm? Angenehm! Das ist nicht das richtige Wort, nein. Es war abscheulich. Wie soll ich es beschreiben? Es ist feucht und düster und trostlos. Es ist irritierend und störrisch. Es gibt Gezeiten, wo es keine Gezeiten geben sollte. Und ruhige Wasser, wo etwas fließen sollte. Es ist eine Landschaft, so widersprüchlich, verhext, bösartig und feindselig, wie es sie sonst nirgendwo auf den britischen Inseln, wenn nicht sogar in Europa gibt, dessen bin ich mir gewiss!«

Ich wusste nicht, was ich darauf erwidern sollte. Ich sah, dass Sanderson und Mrs Westwood einen amüsierten Blick wechselten, und biss mir auf die Lippe, um nicht loszulachen.

Mr Coatleys Atem ging nach diesem Gefühlsausbruch ein wenig schwer und er beruhigte sich mit einem Schluck Wein, bevor er seinen Teller anstarrte, als wäre er den Tränen nah.

Seine Tochter ergriff die Gelegenheit, sich mit einer brennenden Frage an mich zu wenden. »Und stimmt es – denn Papa erzählte es, aber er flunkert auch gern, um mich zu necken, wissen Sie –, dass es dort eine Mine gibt, die Ding Dong heißt?«

»Klar, Miss Anne«, erwiderte ich. Ich hatte große Fortschritte im Sprechen gemacht, aber da wir von Cornwall sprachen, kamen die alten Muster wieder durch und ich konnte sie plötzlich nicht mehr abschütteln. »Die ist hoch oben auf den Penwith Downs.«

»Ach du meine Güte!«, kicherte Miss Anne und hielt sich dabei geziert die Hand vor den Mund. »Warum nennt man sie dann nicht einfach Klipp Klapp? Oder Dingsbums? Wie komisch! Was muss das für ein schrulliges Völkchen sein!«

»Gütiger Herr, wie du uns wieder alle zum Lachen bringst, Cousine Florence«, sagte Annis zärtlich und mit funkelnden Augen.

»Als ich dort weilte«, meldete sich unvermittelt Mr Coatley wieder zu Wort und richtete sich erneut mit einem Ausdruck des Entsetzens im Gesicht auf, »vernahm ich eine Geschichte – eine wahre Geschichte. Im Winter zuvor hatte der Wind so heftig gewütet – das kommt in dieser Gegend häufig vor –, dass er eine junge Dame davonwehte. Sie wurde mit nur kleinen Verletzungen ein paar Meilen weit entfernt gerettet, lebte aber

von diesem Tag an – nervlich zerrüttet – wie eine Einsiedlerin und ging für den Rest ihres Lebens nie mehr vor die Tür.«
Entsetztes Gemurmel am ganzen Tisch.

Weil ich das Gefühl hatte, Cornwall verteidigen zu müssen, sagte ich: »Aber nicht alle feinen Leute haben eine Abneigung gegen Cornwall. Erst in diesem Jahr hat Mr Wilkie Collins, der bekannte Schriftsteller, uns mit seinem Besuch beehrt. Er machte sogar einen Abstecher hinunter zur Botallack Mine – eine sehr schöne und große Mine –, aber ich glaube, er kam nur bis zur Hälfte.«

Lacey hatte mir den Bericht in der Lokalzeitung gezeigt.

»O Gott, ich habe davon gehört«, sagte Blackford. »Doch ob einer der Anwesenden hier Collins als Gentleman bezeichnen würde, vermag ich nicht zu behaupten. Für das Vergnügen, diese Mine zu betreten, verlangt man übrigens zehn Shilling, wissen Sie?«

»Wie das?«, jammerte der arme Mr Coatley. »Warum sollte jemand das bezahlen?«

»Sieht für mich ganz danach aus, als wollte man auf diese merkwürdige Weise Kapital aus der Branche schlagen«, meinte Blackford und wischte sich seinen Mund mit der weißen Serviette ab.

»Das Leben in den Minen ist hart, Sir. Da darf man wohl ein wenig zusätzliches Geld verdienen, wenn Leute Interesse zeigen, nicht?«

»Ein hartes Leben.« Er lachte freundlich. »O ja, wir Investoren hören ständig, wie hart es ist. Unentwegt. Doch die Löhne haben sich allein in diesem Jahr verdoppelt!«

»Aber auch die Preise!«, warf ich ein.

»Wild und ungezähmt«, murmelte Mr Coatley, als wäre ich ein Streifen Moorland.

»Ein leidenschaftliches Herz«, schlug Selina Westwood vor.

»Hört, hört«, sagte Sanderson und lächelte sie an.

»Das reicht jetzt, Florence!«, sagte Tante Dinah. »Meine Damen, meine Herren, wollen wir Plätze tauschen?«

Bei jedem Gang rutschten die Gäste um ein paar Plätze nach links, bis sie vor einer anderen Eispyramide saßen. Elegante, damenhafte Finger streckten sich nach den Brombeeren aus, die sie unter spielerischem Gelächter stibitzten, als würden sie etwas sehr Sündhaftes tun. Sie steckten sich die hübschen rosa Blüten ins damenhaft frisierte Haar, in der Hoffnung, damit große Geldsummen anzuziehen. Jeder, der vor den Brombeeren saß, musste eine weiße Blüte halten und versprechen, auf jede ihm gestellte Frage wahrheitsgemäß zu antworten. Ich zählte drei Antworten, von denen ich wusste, dass sie gelogen waren, und zwar ausgerechnet von meiner Tante, Annis und Judith.

Als ich an die Reihe kam, machte ich es nicht anders. Miss Coatley erkundige sich, wie mir das Leben in Helikon gefalle, und ich erwiderte darauf, dass es sehr angenehm sei und ich das Privileg zu schätzen wisse. Judith fragte mich, ob ich jemals einen Jungen geküsst hätte, und ich verneinte dies (ich hatte sowohl Stephen als auch Joe, den Sohn des Hausierers, geküsst). Ihre Mutter stupste ihre Hand mit ihrer Gabel an. Und dann überrumpelte Annis mich. Sie fragte, ob ich in Turlington verliebt sei.

»Was?«, fragte ich und vergaß ganz, wo ich mich befand.

»Liebst du Turlington?«, fragte sie laut und deutlich, und Hawker, der sich mit Mr Westwood unterhalten und das triviale Geplauder ignoriert hatte, legte seine Gabel ab, um zuzuhören. Sein Gesichtsausdruck war alles andere als ermutigend.

»Nun, Cousine?«, forderte Annis mich auf.

»Natürlich nicht!«, sagte ich.

»Nein? Na dann.«

»Er ist mein Cousin«, ergänzte ich, »und ich bin erst fünfzehn!«

»Oh, aber Judith war schon seit sie zwölf ist immer mal wieder in jemanden verliebt«, sagte Annis leichthin. »Und es kommt dauernd vor, dass jemand seinen Cousin heiratet.«

»Nicht in dieser Familie, da tun sie es nicht«, bestimmte Hawker. »Ich halte von alledem nichts, Annis, und das weißt du. Mir ist es egal, ob es akzeptiert ist, es ist keine gute Idee und bedeutet schlechtes Blut. Die Graces werden nicht untereinander heiraten und schrumpfen, sondern ihr Netz weit auswerfen, ihre Wurzeln ausbreiten und sich vermehren. Solltest du diesbezüglich irgendwelche Absichten hegen, Mädchen«, ergänzte er für mich, »vergiss sie. Das wird niemals geschehen.«

Ich war noch nie auf den Gedanken gekommen, ich könnte in Turlington verliebt sein. Ihn zu heiraten wäre mir nie in den Sinn gekommen. Doch gesagt zu bekommen, es sei verboten, bevor ich überhaupt wusste, ob ich ihn wollte, war irgendwie enttäuschend. Es war, als hätte man mir ein Geschenk gegeben, es mir aber wieder entrissen, bevor ich es öffnen konnte. Das allein war schon verwirrend in Anbetracht dessen, dass er von mir weggerannt war, und ich war wütend und mir gewiss, ihm niemals verzeihen zu können. Auch erschütterte mich Hawkers unvermittelte, heftige Aufmerksamkeit. Aber mit dem Befolgen von Regeln hatte ich mich schon immer schwergetan.

»Na dann«, sagte Annis noch mal achselzuckend. »Er ist ohnehin wieder auf Madeira, sagtest du das nicht, Sanderson? Sie sollten sich also keine Sorgen machen, Hawker.«

»Aber es gibt gar keinen Anlass zur Besorgnis!«, klagte ich mit erhobener Stimme. Meine Tante warf mir einen wütenden Blick zu und ich wusste, dass ich mich wieder in unangemessenes Benehmen verirrt hatte.

Annis lächelte zuckersüß. »Wenn du das sagst, meine Liebe.«

Wieder auf Madeira? Das hatte ich nicht gewusst. So weit weg. Aber was um Himmels willen hatte Annis dazu bewogen, das zu sagen? Wenn sie mich schon in Verlegenheit bringen wollte, hätte sie *Sanderson* sagen müssen: Er saß mir gegenüber und die Peinlichkeit wäre größer gewesen. Hatte sie an meiner Freundschaft mit Turlington etwas bemerkt, das sie missverstanden hatte? Oder hatte sie es besser verstanden als ich? Das fühlte sich ganz nach Teufelswerk an, und dabei hatte ich nicht mal Brombeeren gegessen.

»Und Sie, Mama?« Anne Coatley setzte das Spiel fort, als ihre Mutter an die Reihe kam, sich mit ihrer von Ringen überladenen Hand eine Blume zu nehmen. »Sind Sie in den Tanzmeister der Akademie verliebt?«

Mrs Coatley strahlte. »Aber gewiss bin ich das, meine Liebe! Denn er hat den prächtigsten Schnauzbart, den ich je gesehen habe, und weiß auf höchst elegante Weise eine Dame herumzuwirbeln. Ich hoffe, du empfindest dies nicht als Affront, mein Liebster«, ergänzte sie an ihren korpulenten Ehemann gewandt.

»Keinesfalls! Reizende Damen müssen für den ein oder anderen schwärmen«, erwiderte er großzügig.

So hätte ich auch antworten sollen. Ich hätte es auf die leichte Schulter nehmen sollen und mich nicht verstören lassen dürfen. Aber woher hätte ich das wissen sollen? Inmitten all des Putzes überfiel mich urplötzlich eine schmerzliche Sehnsucht nach dem Leben in Braggenstones, das zwar hart, aber überwiegend harmonisch war. Natürlich flackerte der ein oder andere Streit auf, aber das kam selten vor und wurde immer bedauert. Ich hätte alles dafür gegeben, wieder dort zu sein. Ich musste an meine Ankunft in Helikon und meine Vorahnung denken, dass ich hier niemals glücklich werden würde. Voller Verzweiflung dachte ich an die langen Jahre, die vor mir lagen. Welche Unabhängigkeit von dieser Familie konnte ich mir je erhoffen? Welche Freiheit von diesen Menschen, die mit derartiger Autorität über die Minen sprachen, die sie selbst nie gesehen hatten, die Minen, die meinen Vater umgebracht hatten?

Tränen brannten in meinen Augen, ich griff nach meinem Glas und stieß es um. Roter Wein breitete sich auf dem weißen Tischtuch aus und tropfte auf Mr Coatleys Bein. Eine Armee von Bediensteten eilte herbei, um den Schaden zu beheben, und Annis grinste. Ich wagte nicht, meine Tante anzusehen.

So viel also zu meiner ersten Tischgesellschaft! Ich möchte einen Vorhang vor diesen glitzernden Tisch ziehen. Und ich möchte auch alles andere überspringen, was als das jeweils erste Mal auf all den mühseligen Unterricht folgte – mein erster Ball, meine erste Anprobe bei Inglewilde's of London, meine ersten morgendlichen Besuche (abgestattet und empfangen). Denn ich möchte nicht noch mehr Erinnerungen heraufbeschwören an das, was ich erlitten habe, seit Nans Tod mich nach Helikon katapultierte. Deshalb höre ich damit auf, all das zu wiederholen, was ich durch diese Veränderung verloren hatte, und nehme den Faden erst neun Monate später, im Juli des folgenden Jahres, wieder auf.

KAPITEL ACHTZEHN

1851

Die Londoner Industrieausstellung am Hyde Park eröffnete am ersten Mai. Höchstens einem Einsiedler dürfte diese gewaltige Ansammlung von Artefakten entgangen sein, welche die Vielfalt und den Glanz unserer Industriegesellschaft zur Schau stellten. Das Leben in Helikon kreiste engstirnig nur um sich, und deshalb wollte ich unbedingt dorthin – und hielt aus diesem Grund meinen Mund und sagte nichts dazu. Denn dieses eine Mal deckte sich mein Verlangen mit dem von Annis und Judith, also ließ ich sie ihre unerbittliche Mutter anbetteln und anflehen, wohl wissend, dass es, wenn die beiden sie nicht umstimmen konnten, mir ganz sicher nicht gelänge. Doch sie blieb unerbittlich.

Tante Dinah behauptete, es sei »der geifernde Mob«, der diese Ausstellung besuchte, und wir liefen Gefahr, dass die »plebejische Atmosphäre«, die an so einem Ort sicherlich vorherrschte, uns beschmutzte und auf uns abfärbte oder sich auf andere Weise ungut auf uns auswirkte.

Ende Juli stand Judiths siebzehnter Geburtstag an. Mein sechzehnter war vor einem Monat gewesen, ohne dass darum viel Aufhebens gemacht worden wäre. Nur Sanderson gab sich Mühe und kaufte mir etwas – einen hübschen Schal aus Musselin –, aber die Münzen, die ich von meinem Onkel und von Hawker bekam, waren sehr willkommen. Endlich hatte ich eigenes Geld! Das würde ich sparen, sagte ich mir: Jahr für Jahr würde ich mein Geburtstagsgeld sparen, bis es mir eines Tages, und sollte es dauern, bis ich fünfundsiebzig war, zur Flucht nach Cornwall verhalf.

Judiths Geburtstag hingegen erforderte eine Dinah-Grace-Tischgesellschaft, denn Judith wurde immer hübscher und hatte gelernt, ihre Vorliebe für verbales Mäandern ein bisschen besser in den Griff zu bekommen. Ihre Mutter hatte zwei heiratswürdige junge Herren eingeladen, weil sie wusste, dass kein Geschenk Judith glücklicher machen könnte als die Gelegenheit zu einem Flirt. Der eine war der elegante Mr Seagrove, der sich Judiths Bewunderung verdient hatte, weil er das Karo seiner Hosen und die schmale Form seines Regenschirms in perfekter Übereinstimmung den wechselnden Moden angepasst hatte. Seine Fähigkeiten auf diesem Gebiet waren nicht zu überbieten.

Und dennoch kam Judith am Morgen nach dem Fest in bedrückter Stimmung zu mir in die Bibliothek. Sie ließ sich auf der Fensterbank nieder, während ich über ein paar Gedichtzeilen brütete, zu denen ich auf Bitte von Miss Grover eine Inhaltsangabe erstellen sollte. Nachdem Judith zu wiederholten Malen geseufzt und ihre hübsche Stirn ein paar Mal gegen die Fensterscheibe geschlagen hatte, schloss ich daraus, dass ich sie fragen sollte, was los war. Ich legte meinen Federkiel ab und tat es.

»Ich bin so unglücklich wegen Mama«, klagte sie. »Ich wünsche mir mehr als alles andere, diese Ausstellung zu besuchen, aber sie sagt noch immer nein, obwohl Mr Seagrove angeboten hat, mit mir dorthin zu gehen, und einen angemesseneren Begleiter kann es doch gar nicht geben. Wenn *er* dort gesehen wird, was kann dann falsch daran sein, wenn *ich* dort gesehen werde? Aber Mama weigert sich und untersagt es mir. Also soll ich mich wohl vor Gram verzehren, weil ich diese Gelegenheit unbedingt nutzen möchte? Ständig sagt sie mir, ich solle mich vervollkommnen, doch jetzt, da ich einem Ereignis beiwohnen möchte, das sich als Meilenstein erweisen wird, verbietet sie es. Ich verstehe sie nicht. Aber du verstehst mich, Florence, das weiß ich!«, rief Judith, richtete sich unvermittelt auf und schlang ihre Arme um ihre Knie. »Ich liebe Mama natürlich, aber sie ist oft so schwer zufriedenzustellen, nicht wahr?«

Das konnte ich nicht leugnen.

»Gibt es denn keinen Ausweg, liebe Cousine? Am Freitag fährt Mama nach Hammersmith, weißt du, und ich dachte ... nun ich dachte einfach ... Aber nein, das können wir nicht machen.«

»Woran hast du gedacht?« Ich war fasziniert, denn es hörte sich ganz danach an, als würde sich in ihrem hübschen, fügsamen Köpfchen eine Dummheit zusammenbrauen.

»Nun, ich weiß, dass du auch gern dorthin möchtest. Und ich habe mir überlegt, ob du und ich irgendwie ... Ach nein, es ist unmöglich.«

Es war absolut möglich. Ich kannte den Weg, ich hatte keine Bedenken, es zu versuchen, und der Eintritt würde nicht allzu viel von meinem Geburtstagsgeld verschlingen.

»Lass uns am Freitag hingehen, Judith«, sagte ich sofort. »Lass uns diese Chance ergreifen. Um welche Zeit fährt deine Mutter nach Hammersmith?«

»Ich glaube, sie verlässt das Haus um elf Uhr morgens und wird vor dem Abendessen nicht zurück sein.«

»Das ist Zeit genug!«

Aber bevor meine Tante am Freitag aufbrach, übertrug sie uns so viele Aufgaben und gab uns so viele Anweisungen, dass diese eine ganze Armee ins Schleudern gebracht hätten. Wenn wir die Ausstellung besuchen wollten, wie sollten wir dann all das Lesen und Sticken und Aufputzen von Hauben erledigen, das von uns gefordert wurde? Und wenn wir es nicht schafften, wie sollten wir es ihr dann erklären? Selbst ich war versucht anzuerkennen, dass unser Ausflug unter keinem guten Stern stand, und war deshalb umso überraschter, als die sanfte Judith einen ganzen Schwall leidenschaftlicher Rechtfertigungen hervorbrachte, die in einem »hol's der Teufel« gipfelten.

Dann war da noch die Frage der Anstandsdame zu klären. Denn dass zwei derart elegant herausgeputzte junge Damen nicht ohne Begleitung zu dieser Ausstellung gehen konnten, stand außer Frage. In diesem Punkt war Judith hartnäckig, und Miss Grover gab unserem Drängen auch bereitwillig nach, da ein Besuch dieser bereits berühmten Schau auch sie lockte. Sie war die ideale Anstandsdame, wirkte älter, klüger und abweisend.

Bestens gelaunt brachen wir auf, und unsere Feiertagsstimmung spiegelte sich in den Massen auf den Straßen. Ich war frohgemut, und dies nicht allein wegen des Abenteuers. Während meines Jahres in Helikon war mir Judith erst zögerlich, aber dann zunehmend ans Herz gewachsen. Annis hatte offensichtlich das Interesse verloren, mit ihrer Schwester zur Ausstellung zu gehen, doch es rührte mich, dass Judith heute meine Gesellschaft suchte.

Davon, auch Calantha mitzunehmen, wollte Judith nichts hören. Unsere reizende Cousine blieb für meine Tante und ihre Töchter ein Quell der Peinlichkeit, was mich traurig machte. Calantha gab sich jedoch damit zufrieden, uns zum Abschied zuzuwinken, denn es war ein Freitag, und sie konnte Freitage fast genauso wenig leiden wie Ostwinde.

Um den Hyde Park herum wurden in einer kreisförmigen Anlage neue Gebäude erbaut, wohl im italienischen Stil, sofern sie zu den bereits fertiggestellten passen sollten. Wir überquerten dieses an ein Flussbett voller Kreide erinnernde Bauland mit seinen Staubwolken und erreichten dann endlich die Weltausstellung.

Als wir zum Crystal Palace kamen, blieb ich stehen und staunte mit offenem Mund, denn meine ganzen Grace-Manieren waren vergessen und ich war wieder ein unerfahrenes Mädchen vom Land. Der Palast selbst, auch bekannt als Great Shalimar (ein Name, der mir sehr gut gefiel) erinnerte mich an nichts weiter als ein riesiges Sommerhaus, wie das im Garten von Helikon, nur in viel größeren Ausmaßen. Seine unzähligen Glasscheiben glitzerten in der Sommersonne und die Wirkung war atemberaubend. In dieser zerbrechlich wirkenden, aber höchst imposanten Konstruktion sah ich Dinge, die ich nicht benennen konnte: Maschinen und unvorstellbare technische Neuerungen.

Wir trafen Mr Seagrove an der dritten Palme links vom Haupteingang an. Er begrüßte uns alle sehr herzlich, aber es war offensichtlich, dass er in erster Linie Judith zu sehen wünschte und ihr Interesse dem seinen entsprach. Trotz seiner anfänglichen Absicht, uns alle zu begleiten, bugsierte er sie allein zum Koh-i-Noor, dessen berühmter Glanz, wie er versprach, nichts im Vergleich zu ihren dunklen Augen sei.

Ob Miss Grover sich damit abfand, sie gehen zu lassen, weiß ich nicht, doch sie war eine gebildete Frau, für die es außer einem großen Diamanten, so schön dieser auch sein mochte, noch viele andere Dinge von Interesse gab. Was mich betraf, so war es mir lieber, mir Mr Seagroves schlüpfrige Komplimente nicht länger als nötig anhören zu müssen. Und so gaben Miss Grover und ich uns den Vergnügungen dieser veritablen Oase des Geistes hin.

Wir besichtigten alles, von Schleusen über Bäume und Musikinstrumente bis zu den neuesten Entwicklungen der Innenraumgestaltung – mir war klar, dass diese Vorliebe für überladene Ausschmückung bald auch in Helikon zu finden sein würde. Über eine neue Art von Bild mit dem Namen Daguerreotypie konnte ich nur staunen. Erst vor kurzem hatte ich mich an das Wunder des Porträtierens gewöhnt, jetzt sah ich hier die genauen Abbilder von Gesichtern, eingefroren in einem speziellen Moment. Wie gern hätte ich so eine Erinnerung an Nan gehabt, oder von meinen Eltern oder von einem Stück Zuhause. Wie wertvoll eine solche Technologie sein würde.

Der Nachmittag schritt voran. Miss Grover und ich hatten uns getrennt, weil sie sich unbedingt die Knopfausstellung ansehen wollte, eine unerwartete Leidenschaft, die ich nicht teilen konnte. Ich war so glücklich wie noch nie im letzten Jahr. Nie hätte ich gedacht, eine solche Freiheit in London zu spüren. Oh, es hing kein Geschmack von Salz in der Luft, und es wehte auch kein heftiger Wind, der mein Blut in Wallung brachte. Stattdessen umgaben mich ein raschelndes Menschenmeer, ein Berg von Maschinen und die anregenden Böen von Fett- und Pfefferschwaden. Aber ich war allein in dieser Menge. Und ich atmete in großen Zügen diese muffige feuchte Luft ein, nur weil ich sie auf meine Weise einatmen konnte.

Ich fing die Blicke von Leuten auf, die mich nicht kannten, weder als Grace noch als Buckley. Ich tauschte ein scheues erstauntes Lächeln mit Männern, Frauen und Kindern. Und fühlte mich dabei meinen Mitmenschen auf angenehme Weise verbunden.

Vor einem prächtigen Klavier aus indischem Atlasholz blieb ich stehen und hoffte, eine Vorführung zu hören. Seine Farbe war wie blasses Gold und es war mit Schnörkeln, goldenen Medaillons, Akanthusblättern und kleinen geschnitzten Delphinen verziert. Es war umwerfend schön. Noch immer hatte ich in Helikon kaum Klavier gespielt außer ein paar heimlichen und nicht sehr melodischen Tonfolgen, aber die Sehnsucht war immer geblieben. Ich hatte Sanderson gebeten, mir Unterricht zu geben, und er war auch willig und geduldig. Doch mein anderer Unterricht ging weiter und meine gesellschaftlichen Verpflichtungen nahmen zu und abends wollte ich nicht üben, weil die Familie sich dann im Salon aufhielt und Annis sich über meine Bemühungen lustig machte.

»Ah, Collard and Collard«, sagte ein alter Herr, der durch ein Monokel den Namen auf dem Klavier inspizierte. »Ein hervorragendes Unternehmen. Collard senior war Lehrling des großen Clementi gewesen, weißt du?« Sein Gefährte knurrte interessiert. Ich hatte keine Ahnung, wer der große Clementi gewesen sein könnte, aber mir gefiel der Klang seines Namens, also drehte ich meinen Kopf, um mehr zu erfahren.

Und ganz plötzlich drehte die Welt sich um die eigene Achse, denn vor mir hatte ich den erstaunlichsten Anblick der gesamten Ausstellung. Es war mein Cousin Turlington Grace.

Aber er war doch auf Madeira! Wir hatten ihn fast ein Jahr lang nicht gesehen. Ich hatte noch nicht einmal eine kurze Notiz von ihm erhalten, die unsere Freundschaft bestätigt und seine Abwesenheit leichter gemacht hätte. Ein- oder zweimal hatte ich Sanderson gefragt, wie es ihm gehe, denn ich konnte mir nicht vorstellen, dass die Brüder sich entzweit hatten. Er hatte nur genickt und gemeint, Turlington gehe es gut, und ich lebte weiter in der Annahme, er sei auf Madeira. Fast hatte ich vergessen, dass ich noch einen Cousin hatte. Fast.

»Turlington!«, rief ich. Meine Stimme trug kaum, so zugeschnürt war meine Kehle und so heftig pochte mein Herz. Er ragte aus der Menge heraus, obwohl er keinen Hut trug. Ich drängelte mich durch die Menge ihm hinterher.

»Turlington!« Nach einer halben Drehung seines Kopfes riss er diesen zurück und zog ihn ein, bis er in der Menge abtauchte.

»Turlington!«, brüllte ich und zog die erstaunte Aufmerksamkeit mehrerer Herren auf mich. Ich war wütend. Wie konnte er mich nach allem, was zwischen uns war, einfach ignorieren? Ich hatte es nicht verdient, geschnitten zu werden, nicht von ihm. »Turlington«, brüllte ich noch einmal und nahm die Verfolgung auf.

Er bewegte sich rasch und in Schlangenlinien durch die Menge, aber ich war schneller. Verfluchte Manieren, ich war immer noch Florrie Buckley. Ich hatte ihn fast eingeholt. Ich streckte eine Hand aus. Gerade in dem Moment, als eine Fingerspitze seinen schwarzen Mantel berührte, oder ich träumte, ihn zu berühren, stolperte ein kleiner Elefant durch die Menge und warf mich um. So jedenfalls kam es mir vor. In Wahrheit war es eine ältere Dame mit Hüften so massiv wie der Kleiderschrank in meinem Schlafzimmer. Ich weiß nicht, was sie veranlasst hatte, mich anzurempeln und umzuwerfen, aber ein Herr fing mich auf und half mir auf die Beine, doch bis wir uns alle den Staub abgeklopft und uns gegenseitig entschuldigt und bedankt hatten, war Turlington verschwunden.

Ich war den Tränen nah. Dies war die schlimmste Grausamkeit, die ein Grace mir bisher angetan hatte. Meine Tante und Annis hatten nie Freundschaft vorgetäuscht, weshalb es auch keinen Verrat gab. Aber das ... Das nahm dem Tag seine ganze Farbe und Lebendigkeit.

Miss Grover entdeckte mich und gemeinsam suchten wir Judith. Sie befand sich in einer leidenschaftlichen Umarmung mit Mr Seagrove, und ich weiß nicht, wer von uns wütender war. Bei Miss Grovers Vorwürfen ging es um Schicklichkeit und Tugend. Ich war aufgebracht, weil meine Cousine diese Gelegenheit, großartige, faszinierende Dinge zu sehen, nicht genutzt hatte, sondern sie zugunsten einer Tändelei mit einem der abscheulichsten Geschöpfe vergeudete, einem dummen, dummen *Mann*!

Wir waren lange Zeit vor Tante Dinah zu Hause. Miss Grover glühte vor intellektueller Stimulation und Judith strahlte liebestrunken. Nur ich war niedergeschlagen. Ich suchte Sanderson und hatte Glück, ihn allein im Salon anzutreffen, wo er auf dem Flügel klimperte.

»Wo ist Turlington?«, wollte ich wissen.

Er blickte überrascht auf. »Wo er ist?«

»Ja! Wo in aller Welt?«

»Nun, ich weiß es nicht genau, nicht wo er im Moment ist. Er reist, weißt du, für sein Geschäft ...«

»Aber er lebt noch immer auf Madeira?«

»Ich glaube, offiziell lebt er auf Madeira.«

»Offiziell! Aber in Wahrheit ist er nicht dort, oder? Er ist in London!«

Er errötete. »Du hast ihn gesehen?«

»Ja! In der Ausstellung. Aber wir sprachen uns nicht. Er rannte weg, als er mich sah! Wie ein Dieb – was er vermutlich auch ist – schoss er in die Menge und ich musste ihm hinterherrennen und ihn rufen ...«

»Du hast ihn gerufen?« In seinen blauen Augen stand Angst. »Dich hat doch hoffentlich keiner gehört?«

»Jede Menge Leute haben mich gehört! Aber ich schätze, keiner wusste, was ich meinte. Ihr Graces mit euren dummen Namen. Warum hast du mir nicht gesagt, dass er hier ist, Sanderson? Warum möchte er nicht, dass ich es weiß? Ist er die Gesellschaft einer ganz gewöhnlichen kleinen Cousine leid?«

»Oh, ganz und gar nicht, Florrie. Ganz im Gegenteil. Aber du darfst niemandem gegenüber auch nur ein Wort darüber verlieren, versprichst du mir das?«

»*Natürlich* verspreche ich das!«, jaulte ich, fuchsig vor Ungeduld. »Sag es mir!«

Aber an diesem interessanten Punkt flog die Tür auf, und herein platzte die rachsüchtige Athene mit ihrem gezückten Speer, ansonsten auch bekannt als Tante Dinah, die mit ihrem Chatelaine rasselte.

»Du boshaftes, undankbares Mädchen!«, schrie sie. »Wie konntest du Judith mit zu einem solchen Ort nehmen? Wie *konntest* du nur?«

Da ich mir nicht sicher war, was genau sie wusste, sagte ich nichts. Wusste sie, dass Judith Mr Seagrove geküsst hatte? Ich gab mir noch immer Mühe, sie zu beschützen, wenn ich konnte. In meiner Unwissenheit stand ich nuschelnd da, bis sie mir eine schallende Ohrfeige verpasste. Ihr Saphirring riss meine Haut auf und mein Gehirn rutschte in meinem Kopf von einer

Seite auf die andere. Dann führte sie mich im Polizeigriff ab in den Dachboden, ihre Wut verlieh ihr überraschende Kräfte.

Aber als wir dort ankamen, wehrte ich mich. Ich war nun seit vielen Monaten nicht mehr eingesperrt worden. Ich wollte nicht wieder zurück in diese kleine Kammer. Und obwohl meine Tante von selbstgerechter Empörung angetrieben wurde, war ich dennoch jünger und kräftiger.

»Ich gehe da nicht rein! Ich will nicht!«, kreischte ich.

Nachdem sie ein paarmal »liederliches Mädchen!« gerufen und ich sie gestoßen und getreten hatte, ließ sie mich los. Sie starrte mich hasserfüllt an, eine Locke ihres langen dunklen Haars hatte sich während des Handgemenges gelöst und hing ihr in die Stirn. Ich hielt ihrem Blick trotzig stand und forderte sie heraus, noch einmal Hand an mich zu legen.

»Wenn Sie mich einschließen, dann müssen Sie Ihre geschätzte Judith gleich mit einschließen, wenn das so ein Verbrechen war«, schnaubte ich. »Was ist daran so schlimm? Dort waren jede Menge ehrbarer Leute, wir haben viel gelernt. Was ist los mit Ihnen?«

»Judith einsperren? Was für ein Unsinn. Als wäre sie hingegangen, wenn du sie nicht dazu verleitet hättest. Ich möchte nicht, dass du meine Töchter verdirbst.«

»Verdirbst … Aber es war doch ihre Idee!«

Meine Tante lachte und mir wurde klar, dass sie in ihrem Erstaunen über meine Dreistigkeit ganz aufrichtig war. Plötzlich begriff ich. Sie nahm nicht einfach nur an, dass ihre Tochter unschuldig war: Judith hatte mir die ganze Schuld in die Schuhe geschoben. Aber warum?

»Dem Himmel sei Dank, dass Mr Seagrove zufällig zugegen war«, ergänzte meine Tante. »Auf diese Weise hatte sie wenigstens etwas Schutz.«

Da es meiner Tante nicht gelang, mich in die Dachbodenkammer zu zerren, passte sie ihre Strafe an. Ich sollte während der nächsten fünf Tage auf meinem Zimmer bleiben und hatte Anweisung, mit keinem zu sprechen. Das empfand ich nicht als

Beschränkung. Ich war von allen meinen Cousins enttäuscht: von Annis natürlich sowieso; was Judith anging, so war ich sehr verletzt, denn erst jetzt wurde mir bewusst, dass ich ihr mehr zugetan gewesen war, als ich mir das selbst eingestanden hatte; sogar Sanderson enttäuschte mich wegen seiner Komplizenschaft und ewigen liebenswürdigen Entschlossenheit, um jeden Preis den Frieden zu bewahren. Und was Turlington betraf, so hasste ich ihn von allen am meisten.

Eines Nachmittags hörte ich inmitten meiner Einsamkeit ein leises Klopfen an meiner Tür. Ich öffnete rasch in der Erwartung, Calantha zu sehen, aber es war Sanderson. Ich zog ihn ins Zimmer und schloss die Tür.

»Tut mir leid«, sagte er und blieb mit besorgter Miene mitten im Raum stehen. »Ich möchte mich für alles entschuldigen.«

»Ich bin so sauer auf dich«, erwiderte ich, umarmte ihn aber sofort.

»Was für ein Schlamassel«, sagte er. »Was für eine Farce, dass du wieder eingesperrt bist.« Und er erzählte mir, was passiert war.

Gleich nach der Rückkehr meiner Tante hatte Annis ihr von unserem Ausflug erzählt. Annis beeilte sich jedoch, ihre Schwester zu schützen, indem sie beteuerte, Judith sei von mir überredet worden. Und Judith hatte dies unter Tränen bestätigt, weil sie den Zorn ihrer Mutter von sich ablenken wollte. Sie habe nicht dorthin gewollt, habe Angst vor den degoutanten Massen gehabt, aber ich hätte sie angestachelt und überredet und bedrängt, bis sie völlig wehrlos war. Von Miss Grover war dabei nicht die Rede.

Ich erkannte nun, dass ich mich nicht einfach verteidigen konnte: Was immer ich Dinah an Gegendarstellung liefern würde, hätte nicht den Klang der Wahrheit, sofern ich nicht meine Hauslehrerin erwähnte und diese in Schwierigkeiten brachte. Bis zu diesem Tag hatte ich Judith immer für harmlos gehalten, aber jetzt wurde mir klar, dass ich die Gefahr unterschätzt hatte, die ihre Schwäche für mich bedeutete. Diesen Fehler würde ich nicht noch einmal machen.

»Es gibt in diesem Haus so vieles, was mir missfällt«, stöhnte Sanderson unvermittelt. »Manchmal ist es wirklich sehr schwer, Florrie, das Spiel mitzuspielen und gute Miene dazu zu machen. Aber ich möchte nicht auch noch dazu beitragen, nicht noch jemand sein, der gegen andere aufgehetzt wird, wenigstens ich möchte eine Konstante sein. Ich habe versucht, mich bei unserer Tante für dich einzusetzen. Versuchte, ihr zu erklären, dass die Schuld nicht bei dir liegt. Aber sie glaubte mir nicht, und hätte ich es weiterhin versucht, wäre alles nur noch schlimmer geworden.«

»Ich verstehe«, murmelte ich und sank aufs Bett. Ich hatte Sanderson gern. Ich bewunderte seine Entschlossenheit, den Frieden in einem Haus wahren zu wollen, das alles andere als friedlich war, doch mich verließ der Mut, als mir erneut vor Augen geführt wurde, dass er nie der Streiter sein könnte, den ich brauchte. Und schon flogen meine Gedanken zu Turlington. Wie sehr wünschte ich mir, er wäre hier und würde Annis seine spitze Zunge spüren lassen. *Er* schätzte den Frieden nicht. *Er* hatte keine Angst. Aber er war in der Ausstellung vor mir weggerannt. Ich hatte niemanden.

»Geht es dir denn gut hier drin, Florrie?«, erkundigte sich Sanderson.

Ich versicherte es ihm. »Es ist schön, von ihnen allen weit weg zu sein«, gab ich zu. »Und es ist viel besser als auf dem Dachboden.«

»Ich fasse es noch immer nicht, dass sie das getan haben. Und ich dachte damals die ganze Zeit, du wärst hier …«

»Ich weiß. Das sagtest du bereits. Und davor hat Calantha es mir erzählt.«

Ein Schatten huschte über sein Gesicht, als ihr Name fiel. »Ich mache mir große Sorgen um Calantha«, sagte er.

»Warum? Ist etwas passiert?«

Nach einer Pause schüttelte er den Kopf. »Nein. Sie ist nur

so verletzlich, aufgrund ihres Naturells. Aber ich bin nicht hergekommen, um dich noch mehr zu entmutigen, Florrie. Ich bin gekommen, um dir von Turlington zu erzählen. Es tut mir leid, dass ich das nicht schon früher getan habe. Ich wusste ja, dass du es würdest erfahren wollen. Aber er bat mich, es nicht zu tun, und aus alter Gewohnheit wahre ich seine Geheimnisse.«

»Aber jetzt wirst du es mir erzählen?«

»Das werde ich, Florrie, obwohl es eine Geschichte ist, die weder erbaulich noch besonders ungewöhnlich ist.«

»Dennoch.« Ich klopfte auf den Platz neben mir auf dem Bett, aber Sanderson holte ganz korrekt meinen einzigen Stuhl und setzte sich neben mich.

»Die Kurzfassung ist folgende: Er verkaufte Annis' Halskette und kehrte nach Madeira zurück. Er war entschlossen, sein Glück zu machen und ein für alle Mal unabhängig zu werden. Er investierte sowohl in die Verschiffung als auch in Zucker, und eine Zeitlang lief es auch ganz gut für ihn. Er schrieb mir von seinen Absichten, seine Vergehen wiedergutzumachen und ein gutes, erfolgreiches Leben zu führen. Du sollst nicht denken, dass er dich vergaß, Florrie. Aber Turlington ist – war es schon immer – sehr unstet und unbeständig. Er schrieb mir, er wolle sich ändern, aber er wusste auch, dass das für ihn nicht leicht werden würde. Der Alkohol, weißt du, war nie sein Freund.«

»Das weiß ich. Ich habe es gesehen.«

»Ich auch. Viele, viele Male.« Sanderson strich sich mit der Hand durch seine Locken, und einen kurzen Moment lang wirkte sein jugendliches Gesicht alt und grau. *Das geschieht, wenn man jemanden liebt, der sich selbst nicht lieben kann*, sagte ich mir – eine plötzlich aufblitzende Erkenntnis.

»Wie auch immer, er schätzt dich über alles, Florrie. Daran gibt es keinen Zweifel. Aber ich denke, er wollte dich beschützen. Er wusste, wie hart das Leben hier für dich ist. Und er dachte, wenn er mit dir korrespondiert, könnte dies zu noch mehr Problemen führen. Er hoffte, eure Freundschaft zu erneuern, wenn er diese auch verdiente. Ich würde sogar sagen, dass dies der erste selbstlose Gedanke sein könnte, den er je gehabt hat!«

»Er *hoffte*?«

»Nun ja. Es gab einen leichten Rückschlag – eine Ladung Zucker ging während eines Sturms unter. Er verlor nicht sein ganzes Geld, aber den Mut, und vertrank den Rest. Er ist nicht gut darin, Schicksalsschlägen zu trotzen, Florrie, diese Fähigkeit ist ihm nicht gegeben.«

»Und um den Rest zu verprassen, musste er nach London kommen?«

»Wie es scheint. Er fühlt sich hier sicherer. Es ist schließlich seine Heimat. Er kennt Menschen, die ihm helfen – ich natürlich und andere, weniger … ehrbare Leute. Glaub mir, Florrie, es ist das Beste, wenn du ihn jetzt nicht siehst. Selbst ich halte Abstand zu ihm. Aber mich beruhigt der Gedanke, dass er in der Nähe ist – näher jedenfalls –, und ihm geht es ebenso. Wir sind nur Halbbrüder, aber wir sind uns dennoch nah.«

»Ich möchte ihn sehen.«

»Das wirst du nicht, meine Liebe. Bitte, denn sollte Hawker erfahren, dass er in der Nähe ist, würde er ihn aufspüren lassen, und Hawker ist unerbittlich, das weißt du. Womöglich ruft er sogar die Polizei. Sag nichts. Tu nichts, was seinen Verdacht erwecken könnte. Denn weißt du, Turlingtons Phasen der Dunkelheit gehen vorüber. Und seine Absichten, es besser zu machen, sind immer sehr ernst gemeint. Ich lebe in der Hoffnung, dass er beim nächsten Mal, sofern er noch eine Chance bekommt, Erfolg haben wird. Und dann könnten wir alle glücklich sein.«

Ich sah meinen lieben, gutmütigen Cousin an, der meinen auf so ärgerliche Weise schlimmen Cousin so sehr liebte, und seufzte. Ich denke, ich wurde ein wenig erwachsener, denn in mir war eine Florrie, die am liebsten mit den Füßen gestampft und geschrien und gefordert hätte, zu ihm gebracht zu werden. Aber zugleich war da eine andere Florrie – vielleicht war es auch Florence –, die anerkannte, dass Sanderson ihn viel besser und viel länger kannte als ich. Es war diese Florrie, die seufzend nachgab: »Also gut, Sanderson. Ich werde dich nicht damit belästigen.«

Er nickte und atmete erleichtert aus. Wir blieben noch eine Weile in nachdenklichem Schweigen sitzen. Sanderson war in meiner Sympathie gestiegen. Kein Wunder, dass er das Leben unkompliziert halten wollte, wo er konnte. Kein Wunder, dass er nur selten zeigte, was er tatsächlich empfand, und es vorzog, die ganze Zeit freundlich und charmant zu sein. Er hütete einige schwerwiegende Geheimnisse um seinen in Schwierigkeiten geratenen Bruder, dessen überschäumende Leidenschaft für sie beide reichte. Ich fragte mich, ob ich jemals so friedlich und beständig wirken könnte wie Sanderson. Offenbar standen diese Gedanken mir ins Gesicht geschrieben, denn er lächelte und drückte meine Hand.

»So gut bin ich nun auch wieder nicht darin«, sagte er traurig. »Aber das Leben ist hart, und ich finde, das Gefühl, akzeptiert zu werden, ist ein großer Trost.«

»Das kann ich nicht beurteilen«, murmelte ich. »Denn das ist mir immer versagt geblieben.«

Die nächsten Tage zogen sich in die Länge, und wieder spürte ich, wie Helikon mich von allen Seiten bedrängte und die Unzufriedenheit auf mir lastete. Lange Jahre lagen vor mir. Was hielten sie für mich bereit? Die einzige Fluchtmöglichkeit, die mir erlaubt war, war eine Ehe und das gleiche Leben in einem anderen Haus. Aber ich konnte mir nicht vorstellen, mich auf eine Ehe einzulassen, die meine Tante und Hawker zufriedenstellen würde.

Und dennoch veränderte ich mich. In meinem Gefängnis bekam ich einfache Mahlzeiten, sonst nichts. Früher wäre mir das als reichlich erschienen. Aber jetzt hatte ich mich an den ständigen Verzehr von Leckereien gewöhnt, und schon bald meldete sich der Hunger mit einem Knurren im Bauch. Als ich mit meiner Hand darüberstrich, war er weich und gewölbt, wo er früher einmal hart und flach gewesen war. Früher hätte ich die erstickenden Ausflüge und den kleinlichen Klatsch, die das Leben der Grace-Damen bestimmten, als wenig erstrebenswerte Freiheit empfunden. Jetzt vermisste ich es, wenigstens *irgendwo* dazuzugehören, selbst wenn ich es nicht schätzte. Die Moorlandschaft und das Tal, die einmal mein natürliches Umfeld gewesen waren, kamen mir jetzt vor wie ein Traum aus einem anderen Leben, und ohne dieses hatte ich das Gefühl, ganz allein durch einen herzlosen schwarzen Himmel zu treiben. Ich ertappte mich dabei, dass ich gelangweilt im Zimmer auf und ab lief, weil kein wie auch immer geartetes Gespräch meine Stunden versüßte. In Braggenstones hatte ich nie Langeweile gekannt. O ja, ich veränderte mich. Ich wurde schließlich doch zu einer von ihnen, trotz meines Gelübdes, immer eine Buckley zu bleiben. Ich verlor mein altes Ich, und wer außer dieser schwabbeligen, machtlosen Stoffpuppe konnte es ersetzen?

»Ich bin keine Grace, ich bin keine Grace«, murmelte ich immer und immer wieder. Aber ich war mir nicht sicher, ob ich noch daran glaubte.

Kapitel neunzehn

Was folgte, war ein deprimierter Gemütszustand, an den ich nur ungern zurückdenke. Fast einen ganzen Monat lang war ich eingeschüchtert und freudlos und stumpfsinnig. Was war in jenen fünf Tagen mit mir geschehen? Auch als ich aus meinem Hausarrest entlassen wurde, verbrachte ich viel Zeit allein. Meiner Tante, die sich wegen unseres Besuchs der Weltausstellung noch immer nicht beruhigt hatte, war meine

Nähe noch eine ganze Weile unerträglich. Calantha setzte sich oft zu mir, ohne etwas zu sagen – jedenfalls nicht zu mir, obwohl sie manchmal murmelnd mit Gefährten sprach, die nur sie sehen konnte. Ich fand ihre Anwesenheit tröstend, brachte aber nicht die Energie auf, es ihr zu sagen. Ich hoffe, sie spürte es.

Ob Hawker ebenfalls der Ansicht war, dass ich Judith auf Abwege geführt hatte, konnte ich nicht sagen. Er war während dieser Zeit oft nicht zu Hause. Wenn er jedoch in Helikon war, schien er überall zu sein und uns alle tyrannisch und einschüchternd in einen Trubel aus Aktivität einzuspannen. Er wollte die Erträge von Irwins Investitionen sehen. Dinah sollte Gefallen an diesem und jenem und dem Rest der Familie finden. Sanderson sollte heiraten. Ich sollte ein für alle Mal lernen, mich anständig zu benehmen … Unmögliche Forderungen, aber wir vollführten wilde Verrenkungen im Versuch, ihnen nachzukommen. Hätten wir jemals innegehalten und nachgedacht, dann wären uns mit Sicherheit einige seiner Forderungen merkwürdig erschienen, aber solange Hawker mitten unter uns war und uns mit blitzenden blauen Augen ungeduldig anschrie, waren sie uns Befehl.

Selbst mit Calantha sprang er brüsk um. Ihr gegenüber hatte er sich immer sanfter verhalten, was mich vermuten ließ, dass er womöglich doch irgendwo in einer kleinen Tasche ein besseres Ich versteckt hatte. Aber jetzt herrschte er sie jedes Mal an, wenn er sie ins Leere starrend antraf. Und wann immer sie etwas Überraschendes oder Merkwürdiges von sich gab, kanzelte er sie ungeachtet möglicher Anwesender derart ab, dass sie in Tränen ausbrach.

Es gab heimliche Stunden, da sehnte ich mich nach dem Leben in Braggenstones und zählte meine Geburtstagsmünzen, obwohl die Summe immer gleich blieb. Erinnerungen an Cornwall tauchten hell und kostbar auf und zwangen mich erneut, dem Heimweh nachzugeben.

Zu einer meiner liebsten Erinnerungen gehörte die, als ich

Nan das Päckchen überreichte, das die Alte Rilla mir bei meinem ersten Besuch für sie mitgegeben hatte.

Als ich an jenem Tag nach Hause kam, war Nan sauer auf mich, bis ich ihr die unerwarteten Geschenke präsentierte. Während ich das Tuch aufband, öffnete sich Nans Mund ein wenig. Sie streckte eine Hand aus, um die glatten braunen Eier zu berühren. Nicht, dass wir bis dato nie Eier gehabt hätten. Aber sechs Stück! Und alle für uns! Dann gab ich ihr den Weißdornschnaps. »Der ist für dich«, ergänzte ich. »Das ist ihr Geschenk für dich.«

»Für *mich*?« Sie entkorkte die kleine Flasche und schnupperte misstrauisch daran. Ich wusste, was sie dachte, schließlich war sie eine argwöhnische alte Frau. Sie fragte sich, ob die Alte Rilla ihr womöglich einen Trank geschickt hatte, um sie mit einem Zauber zu belegen. Aber der Duft, der aus der offenen Flasche stieg, gefiel ihr offenbar. Sie verkorkte sie wieder und nickte. »Das ist sehr nett.«

»Sie sagte, du sollst davon immer nur einen Fingerhut voll nehmen«, fiel mir wieder ein, aber Nan warf mir einen Blick zu, der mit dieser Empfehlung kurzen Prozess machte.

In Braggenstones waren wir an Momente der Entspannung nicht gewöhnt und auch nicht daran, Dinge um ihrer selbst willen zu genießen. Aber an diesem Abend schnitt Nan, nachdem alle Arbeiten erledigt waren, zwei rechteckige Stücke vom Birkenmastgummi ab und schenkte sich weitaus mehr als einen Fingerhut voll Weißdornschnaps in ein Glas, und wir setzten uns vors Feuer und genossen die leckeren und ungewohnten Köstlichkeiten. Seitdem habe ich viele exotische Früchte gekostet, aber ich glaube nicht, dass mich jemals etwas so beglückt hat wie dieser erste Bissen vom Harzgummi der Alten Rilla, genossen mit meiner Nan.

Noch eine Erinnerung: Jedes Frühjahr wurden Hesta und ich von unseren Familien auf den Hügel hinaufgeschickt, wo die dicken grünen Hecken standen und überall Schlüsselblumen wuchsen wie ein blassgelbes Meer. Unsere Aufgabe war es, diese hübschen Blumen zu pflücken, die ich als Kind immer »Himmelschlüssel« nannte, zu Sträußen zu binden und auf dem Markt zu verkaufen.

Unsere Schlüsselblumentage gehörten zum idyllischen Teil unseres Lebens. In London gibt es jede Menge Möglichkeiten für Damen aus gutem Hause, sich gegenseitig Geheimnisse zuzuflüstern, über Stickarbeiten die Köpfe zusammenzustecken oder auf Festen miteinander zu plaudern. In Braggenstones gab es das alles nicht. Wenn Hesta und ich also Gelegenheit hatten, fern von allen anderen einen ganzen Tag miteinander zu verbringen, war das wie Ferien. Wir ließen uns in dieses gelbe Meer fallen und pflückten und redeten den ganzen Tag lang. Wir hatten Zwirn dabei, der so bemessen war, dass wir eine Faust voll Stängel zusammenbinden konnten, und wir waren jede mit zwei Körben ausgerüstet, in die wir die Sträuße legten. Über uns jagten weiße Wölkchen dahin, ein laues Frühlingslüftchen strich uns durchs Haar und um uns herum sangen die Vögel. Wir fühlten uns wie Feenmädchen bei einer märchenhaften Verabredung.

Am Spätnachmittag, wenn der Himmel über uns rosig und kühl wurde, machten wir uns auf den Heimweg, die Körbe übervoll mit den zarten gelben Blüten. Dann fröstelte uns nach unserem Tag inmitten der frischen Märzwinde und wir träumten von ganz prosaischen Dingen – einem Feuer und etwas heißer Suppe.

Erinnerungen wie diese ließen es mir unmöglich erscheinen, mich jemals mit meinem Schicksal in Helikon abfinden zu können. Aus der Ferne vergaß ich die langen harten Arbeitstage bei Wind und Regen, den Hunger oder das Eingeschlossensein im Cottage bei Schnee. Ich vergaß, wie sehr meine Nachbarn mich genervt hatten, weil sie ständig bloß an Geld und Sauberkeit und die leidigen Pflichten dachten. Ich wusste nur, dass es Minuten, Stunden, Tage in Braggenstones gegeben hatte, die, verglichen mit dem Leben in Helikon, leuchtend und voller Wunder gewesen waren.

Ich war so teilnahmslos und zog mich so sehr zurück, dass Sanderson sich Sorgen um mich machte. Er teilte Tante Dinah mit, dass es höchste Zeit für mich sei, das Klavierspiel richtig zu erlernen – eine Fertigkeit, mit der sich jede junge Dame schmücken konnte. Er bestand darauf, mich selbst zu unterrichten, es würden ihr also keine Kosten entstehen. Er wusste von meinem Wunsch, es erlernen zu wollen, und hoffte, es würde meine Lebensgeister beflügeln.

Das tat es nicht. Wie Turlington war ich kein musikalisches Naturtalent. Die Blätter mit den über die Linien tanzenden schwarzen Noten verwirrten mich und meine Finger lagen taub und unbeholfen auf den Tasten. Wenn ich versuchte, die Muster in den Akkorden zu erkennen, wozu Sanderson mich drängte, sah ich stattdessen Turlington. Ich sah ihn zusammengesunken und elend an einem verkommenen Ort. Und mir fiel ein, dass er mir in jener ersten Nacht in Helikon erzählt hatte, er habe in Devil's Acre gewohnt: *Ein Ort, den du niemals sehen solltest*, hatte er gesagt.

Es gab eine Zeit, da hätte ich mein Glück, mit Sanderson an diesem schönen Flügel zu sitzen, kaum fassen können, da hätte ich den Notenständer in Laubsägearbeit und die Kerzenhalter aus Messing bewundert, hätte das handgeschriebene Typenschild aus Velin – John Broadwood & Sons Ltd – mit Spannung und Ehrfurcht betrachtet. Diese Zeit war vorbei. Ich war schon zu lange in Helikon. Mein Geist war gebrochen, jedenfalls vermutete ich das.

Aber die Alte Rilla sagte immer, das Leben finde Mittel und Wege, einen aufzustöbern, wenn der richtige Zeitpunkt gekommen war. »Die Natur bestimmt über die Zeit, nicht du«, pflegte sie zu sagen. Und sie lehrte mich, dass immer dann, wenn alles besonders schwarz und schlimm aussah, etwas komme, das einem darüber hinweghalf, für gewöhnlich anhand einer Reihe höchst merkwürdiger Ereignisse. So geschah es auch mir.

Eines Tages bekam ich eine Nachricht von Selina Westwood, der Ehefrau des Pfarrers. Sie durchstöbere ihren Dachboden nach passenden Dingen, die sie nach Afrika schicken wollte, schrieb sie. Ich würde ihr einen großen Gefallen tun, wenn ich einen Nachmittag erübrigen könnte, um ihr zur Hand zu gehen. Das konnte meine Tante mir nicht verbieten. Da weder Annis noch Judith irgendein Interesse daran hatten, sich mit den verstaubten Altertümern einer Pfarrersfamilie zu befassen, bestimmte sie, dass Willard, ein mürrischer Diener mit schlaff herabhängender Lippe, mich begleiten sollte. Mit Willard, der wie ein räudiger Hund hinter mir hertrottete, begab ich mich zu Mrs Westwoods hübschem Heim in Marylebone.

Ich war gerade mal eine Stunde dort – Mrs Westwood hätte den Dachboden genauso gut allein räumen können. Ich denke, ihre Bitte sollte meiner Zerstreuung dienen. Vermutlich hatte Sanderson ihr das nahegelegt, sie waren befreundet und ich wusste, dass er große Stücke auf ihre Gabe hielt, Trost zu spenden. Aber obwohl ich sie sehr mochte, stand sie der Familie zu nahe, als dass ich mich ihr hätte anvertrauen können.

Dennoch sank mein Mut, als ich den Heimweg nach Helikon antrat – die Atempause war einfach zu kurz gewesen. Um sie etwas zu verlängern, schlug ich einen anderen Weg als sonst ein. Diese Strategie funktionierte ein wenig zu gut, denn bald schon hatte ich mich verlaufen – hier gab es keine Flüsse oder Bäume oder Geister, die mich hätten leiten können. Ich sagte aber nichts zu Willard, denn ich mochte diesen Mann nicht, und außerdem würde ich meinen Weg nach Helikon schon noch finden.

Kurze Zeit später befand ich mich in einer kleinen Gasse mit Kopfsteinpflaster, entlang der sich hübsche Häuser und Läden aneinanderschmiegten, die mich irgendwie an Zuhause erinnerten. Ein Gemüsehändler hatte vor seinem Laden mehrere Karren stehen, und der Anblick der leuchtend roten Tomaten, der dunkelgrünen gekräuselten Kohlköpfe und der guten alten schmutzig weißen Kartoffeln, an denen noch die braune Erde klebte, sprang mich an wie die Erinnerung an etwas Verlorenes. Mich hungerte sowohl im wörtlichen wie auch im metaphorischen Sinn danach, zu alledem zurückzukehren, was gut und einfach und gesund war.

Und es gab auch einen Käseladen mit großen glänzenden Käserädern in der Farbe von Schlüsselblumen im Schaufenster. Die geblümten Vorhänge, die hinter dem strahlend weiß gestrichenen Fensterrahmen zu sehen waren, ließen darauf schließen, dass hier eine Frau ihre Hand im Spiel hatte. Goldene Lettern über dem Schaufenster priesen den Laden als *Speedwell Cheese – Käselieferant des Herzogs von Busby*. Angesichts des Namens und der Erklärung lächelte ich zum ersten Mal seit Wochen wieder. Einem Impuls folgend, trat ich ein.

Eine junge Frau hinter der Theke blickte freundlich auf. Sie hatte blonde Haare, grüne Augen und einen breiten Mund. Wir begrüßten einander, dann wartete ich linkisch, denn ich hatte keine Ahnung, warum ich hier war. Außer dem einen Shilling, den ich immer bei mir trug, für den Fall, dass etwas Unerwartetes eintrat, hatte ich kein Geld bei mir.

»Möchten Sie vielleicht etwas probieren, Miss?«, erkundigte sich die junge Frau. Sie kam hinter der Theke hervor und hielt mir einen Porzellanteller mit kleinen Stücken verschiedener Käsesorten hin. »Das ist Cheddar und das ist Gouda. Das ist Parmesan und das ist Camembert.« Ich nahm mir einfach ein Stück und fühlte mich dabei noch unbehaglicher. Sie war so nett und es kam mir falsch vor, mich ohne eine Kaufabsicht an den Kostproben zu bedienen. Doch wie hätte ich Tante Dinah erklären sollen, dass ich meinen Notfall-Shilling für Käse ausgegeben hatte?

Während ich noch mit mir haderte, bimmelte die Türglocke erneut. Das Mädchen lächelte, doch gleich darauf stand ihm Angst ins Gesicht geschrieben. Bevor ich aber fragen konnte, was los war, packte mich jemand an der Schulter und brachte mich aus dem Gleichgewicht. Ein kräftiger Arm in einem groben schwarzen Ärmel umklammerte meine Brust und hielt meine Arme fest, so dass ich hilflos war. Eine Wolke aus Schweiß und sauren Ausdünstungen hüllte mich ein.

»Wo ist das Geld?«, forderte eine grelle Stimme an meinem Ohr. Ich roch Whiskydunst und faulige Zähne. »Geben Sie mir das Geld, dann passiert der jungen Dame nichts.«

»Wir verwahren es nicht hier im Laden«, keuchte das Mädchen und starrte dabei entsetzt auf eine Stelle ein wenig links von meiner Brust. »Bitte tun Sie ihr nichts, sie hat mit uns nichts zu tun. Hier gibt es kein Geld.«

Ich schielte zur Seite, um zu sehen, worauf ihr Blick fiel, und entdeckte die Schneide eines langen Messers. Mir schoss der Gedanke durch den Kopf, dass das Leben für alle leichter werden würde, wenn man mich umbrachte. Und das machte mir mehr Angst als die Gefahr, in der ich mich befand.

Plötzlich wurde ich losgelassen und der Mann sprang auf das Mädchen zu, so dass der Porzellanteller mit den Käseproben durch die Luft flog. Er ging an der Wand zu Bruch – überall Käse –, und die Tür flog wieder auf. Willard hatte den Tumult gehört.

»Ich werde den Constable holen, du Schurke!«, schrie er und verschwand.

Inzwischen hatte der Schurke das Mädchen zur Theke gezerrt und schob es hinter diese, so dass es nun zwischen Wand und Mann stand. Er war groß und breit gebaut, hatte lange Haare, die über die Schultern fielen, und blaue, blutunterlaufene Augen, die in einem unrasierten, gequälten Gesicht funkelten. Das war ein Mann, der alles verloren hatte. Ich fühlte mich ihm auf seltsame Weise verbunden, obwohl mir klar war, dass er den Weg der Verzweiflung noch viel weiter gegangen war als ich und ihn nichts und niemand mehr kümmerte. Das machte ihn gefährlich.

Ich verharrte in qualvoller Unschlüssigkeit. Wie konnte ich helfen? Eingezwängt hinter dem Ladentisch, durchwühlte er die Regale darüber und fuchtelte dabei wild mit dem Messer, das auf die Verkäuferin gerichtet war. Porzellan, Glas, Rechnungsbücher und andere Gegenstände regneten um sie herum herab und trafen sie an den Schultern und den Füßen. Ich versuchte zu ihnen zu gelangen und rüttelte vergeblich an der Theke, auch wenn ich nicht wusste, was ich hätte tun können. Er überragte uns beide und war betrunken und außer sich … Aber dennoch versuchte ich es und warf mich gegen den Ladentisch in der Hoffnung, irgendwie durchzukommen, während er unentwegt herumwühlte und mit dem Messer fuchtelte und mich anbrüllte und gelegentlich mit dem Messer in Richtung meines Gesichts hieb.

Als ich Schritte hinter mir hörte, drehte ich mich in der Hoffnung, den Constable zu sehen, erleichtert um. Stattdessen stand hinter mir ein schlanker junger Mann um die zwanzig mit hellen Haaren und einer Brille, die ihn wie einen Gelehrten aussehen ließ.

»Was ist denn hier los?«, rief er empört.

»Verschwinde, junger Mann!«, brüllte der Möchtegerndieb. »Geh und lauf und hör nicht auf zu laufen. Vergiss, was du hier gesehen hast und behalte dein Leben.«

»Das ist ein absolut lächerlicher Vorschlag«, erwiderte der Gentleman zu meinem Erstaunen äußerst gesittet. »Komm sofort her und steh mir Rede und Antwort! Lass die arme junge Dame in Ruhe!«

»*Dir* Rede und Antwort stehen?« Der verzweifelte Mann hielt ungläubig inne und lachte. Doch dann überwältigte ihn offenbar der Verdruss und er packte das Mädchen erneut. Ich hielt die Luft an. Er riss ihren Kopf so weit nach hinten, dass ich dachte, er würde ihn abreißen, und hielt die Spitze des Messers an ihre glatte weiche Kehle.

»Ich will keinen Ärger«, sagte er bedächtig und völlig unpassend. »Ich brauch nur ein bisschen Geld. Geben Sie mir, was Sie haben, dann lass ich sie los.«

Sie konnte natürlich nicht antworten.

»Sie hat Ihnen doch bereits gesagt, dass hier kein Geld ist!«, schrie ich. »Wenn sie es hier hätte, würde Sie es Ihnen doch geben!«

Der junge Herr legte respektvoll seine Hand auf meinen Arm und lächelte mich an. »Bitte treten Sie beiseite, Miss«, sagte er, »und haben Sie keine Angst.« Dann trat er vor den Ladentisch und sagte: »Jetzt reicht es aber«, in einem Ton wie ein Elternteil, der zwei sich streitende Kinder trennt.

Als der Räuber seinen Arm ausstreckte und ihn über den Ladentisch zog, ihn gegen die Wand knallte und sich mit dem Messer in der Hand von dem Mädchen ab und seinem neuen Ärgernis zuwandte, zuckte ich zusammen. Er ragte über unserem Retter auf. Ich konnte kaum hinsehen und flehte den Constable herbei – vergeblich. Es wurde alles gewalttätig und tragisch und schrecklich.

Dann schien dem jungen Mann irgendwie ein Überraschungsangriff zu gelingen, denn plötzlich hing der Arm des größeren Mannes einen Moment lang über seiner Schulter, als wären sie Freunde. Und gleich darauf lag der Schurke am Boden, scheinbar unfähig, sich zu bewegen, und das Messer war sicher in der Hand des jungen Gelehrten. Er führte die Verkäuferin galant in den offenen Ladenraum, fand für uns zwei Stühle, auf denen wir uns niederlassen konnten, und kehrte dann zurück, um sich über den Schurken zu stellen, bis der Constable kam und versuchte, die Lorbeeren für sich zu kassieren. Willard folgte ihm auf den Fersen, und bald darauf tauchte hinter diesem noch ein sensationslüsterner Zeitungsreporter auf. Ich hatte keine Ahnung, was eigentlich passiert war.

In meiner Verwirrung hatte ich das Gefühl, von allen Seiten mit Fragen bombardiert zu werden. Willards Fragen bewegten sich hauptsächlich in Richtung »Nun, das wird Ihnen wohl hoffentlich eine Lehre sein?« und »Haben Sie jetzt genug von Ihrem Umherschlendern in London?«. Der Reporter wollte meinen Namen und mein Alter wissen, und was passiert war. Nur unser unglaublicher Retter fragte, wie ich mich fühlte und ob ich eine Begleitung wünschte.

Irgendwann erlaubte ich Willard, mich vom Schauplatz dieses Dramas wegzuführen, und die Verkäuferin – Miss Rebecca Speedwell, wie ich erfahren hatte – entkam den Fängen des Reporters und rannte mir nach.

»Ich danke Ihnen«, sagte sie, »für Ihren Mut und dafür, dass Sie mich nicht allein gelassen haben. Bitte, bitte kommen Sie wieder und besuchen Sie mich, wenn es Ihnen nicht unangenehm ist, hierher zurückzukehren.«

»Das würde ich sehr gern. Danke schön.« Ich griff spontan nach ihrer Hand. Die Angewohnheit, mit freundlichen und spontanen Gesten zu reagieren, hatte ich mir in letzter Zeit abgewöhnt, aber diese hier wurde nicht zurückgewiesen. Sie hielt warmherzig meine Hand und auch meinen Blick fest.

»Bitte kommen Sie wieder«, sagte sie noch einmal. »Vielleicht könnten wir sogar Freundinnen werden?«

»Ich brauche so dringend eine Freundin«, gestand ich.

KAPITEL ZWANZIG

Das war natürlich ein gewaltiger Schock gewesen, und ich schlief in dieser Nacht kaum. Doch wenn ich jetzt zurückdenke, danke ich diesem verzweifelten Räuber für das Ereignis, denn es brachte einen Wendepunkt in meinem Leben. Jener Augenblick im Angesicht des vorgehaltenen Messers, als ich nicht wusste, ob ich leben oder sterben würde, hatte mich aus meiner Trägheit wachgerüttelt. Noch wusste ich nicht, was ich tun konnte, aber mir war klar, dass ich aktiv werden musste, wenn ich ein besseres Leben haben wollte. Ich musste daran denken, wie gleichgültig ich nach dem Tod meines Vaters dem Leben gegenüber war. Da war die Alte Rilla zu mir gekommen und hatte gefragt: *Möchtest du ein Leben leben?* Selbst im Alter von acht Jahren hatte ich begriffen, dass ein Mensch lebendig sein konnte, ohne wirklich zu leben, und ich hatte mich damals aus der Tiefe meiner Verzweiflung heraus entschieden, dass ich ein Leben leben *würde*. Ich empfand Bewunderung für mein jüngeres Selbst und gab mir, wenn auch nicht ohne Bedenken, erneut dieses Versprechen.

Am folgenden Tag befand ich mich mit Annis und Judith im Salon. Sie arbeiteten mit zierlichen Nadeln an ihren Stickereien, während ich mit zunehmendem Verdruss für uns alle meine Tonleitern auf dem Flügel übte. Heute jedoch spürte ich einen Unterschied. Ich nahm das Licht wahr, das durchs Fenster einfiel und sich auf dem Klavierdeckel ausbreitete und die warme, wellenartige Maserung des Holzes betonte. Markstrahlen hatte Sanderson diese schönen dunklen Wellenformen genannt, als er mich fürs Klavier zu begeistern versuchte. Ein schöner Begriff. Damals konnte ich dem nichts abgewinnen, heute schon. Freude erfüllte mich. Ich hielt kurz im Spiel inne, um meine Hände auf das Holz zu legen und nun endlich wirklich wertzuschätzen, dass ich etwas tat, wovon ich mein ganzes Leben lang geträumt hatte. Ich lächelte.

In der von uns allen als Segen empfundenen Stille hörten wir lärmendes Durcheinander in der Eingangsdiele, als würde gezankt und gestoßen werden. Annis und Judith zogen die Brauen hoch. Ich erstarrte. So bald nach der Aufregung des gestrigen Tags konnte ich mir nur vorstellen, dass der Mann von gestern kam, um Rache zu nehmen. Ich hörte die Rufe empörter Bediensteter und dann Schritte – eines Mannes – die Treppe heraufeilen, zu uns. Ich wollte wegrennen, blieb aber starr auf dem Klavierhocker sitzen, während die Schritte näher und näher kamen und schließlich die Salontür aufflog.

Es war Turlington.

Annis kreischte. »Du Ausgeburt der Hölle! Wo ist meine Halskette? Gib sie zurück!«

Ich hatte ganz vergessen, dass er ihre Halskette gestohlen hatte.

Er lachte. »Mich freut es auch, dich nach so langer Zeit wiederzusehen, und ich danke dir für die freundliche Nachfrage meine Gesundheit betreffend. Deine Halskette wurde bedauerlicherweise längst verkauft, zusammen mit ein paar Opalohrringen, die du womöglich noch gar nicht vermisst hast. Sie haben viele schöne Abenteuer bezahlt, also danke ich dir, Cousine Annis.«

»Ich hasse dich«, geiferte sie. »Hasse dich mit jeder Faser meines Körpers. Mutter wird sich um dich kümmern. Was machst du hier überhaupt? Du bist verbannt aus Helikon, das weißt du doch. Du darfst keinen Fuß mehr in dieses Haus setzen, das hat Hawker bestimmt.«

»Und dennoch bin ich ungeachtet der unüberwindbaren Blockade hier, wie du siehst. Habe die Schwelle so leicht überschritten wie eine errötende Braut in den Armen ihres Bräutigams. Und warum ich hier bin? Nun, natürlich um Florrie zu sehen.«

Bei diesen Worten verlor sein sarkastischer Ton an Schärfe und er durchquerte den Raum und ließ sich neben mir auf die Knie fallen und ergriff meine beiden Hände.

»Ich habe es in der Zeitung gelesen«, murmelte er. »Bist du wohlauf, meine kleine kornische Hexe? Wurdest du verletzt? Hat man dich erschreckt? Lass dich ansehen«, und er goss seine Seele in meine Augen – jedenfalls fühlte es sich für mich so an. Sein Gesicht umwölkte sich. »Nein, wohlauf bist du nicht«, sagte er.

Ich hatte das Gefühl zu ertrinken. Alles stürzte auf mich zu, und wie im Taumel fühlte ich mich von seinen Augen, seinen Lippen angezogen ... Was war das für ein merkwürdiges Gefühl? Annis und Judith beobachteten uns, dessen war ich mir dunkel bewusst, und doch konnte ich mich ihm nicht entziehen, konnte nicht ... Er streckte eine Hand aus und berührte mein Gesicht.

»Wunderschön«, murmelte er, »mehr denn je, und doch so traurig. Aber das ist nicht wegen gestern, stimmt's?«

Ich schluckte. Ich holte tief Luft. Ich setzte mich kerzengerade auf. »Nein«, erwiderte ich schließlich. »Was gestern angeht, so versetzte es mir einen Schrecken, aber ich glaube nicht, dass ein dauerhafter Schaden zurückblieb.«

»Dann danke ich dem Gott dafür, an den ich nicht glaube. Ich möchte, dass er immer auf dich aufpasst, damit du unversehrt bleibst.«

»Obwohl du nicht an ihn glaubst.«

»Für mich selbst, nein. Aber für dich, Florrie, warum nicht? Dich können die Götter und Feen und Engel und alle möglichen Elementargeister gern umgeben – dich seltsames, liebes Mädchen mit deinem seltsamen, lieben Herzen. Und wenn ich das Kommando über sie hätte, würde ich sie alle um dich scharen.«

»Ich hole Mama«, sagte Annis, offenbar angewidert von dem Schauspiel vor ihren Augen. Ich hörte ihre Stimme nach ihrer Mutter rufen und schwächer werden, als sie den Flur entlanglief. Über Turlingtons Schulter sah ich Judith mit ihren großen dunklen Knopfaugen, die fast wehmütig dreinblickten.

Ich spürte den Zauber, den seine Worte um mich woben ... Aber dann fiel mir plötzlich die Ausstellung ein. Ich entzog Turlington meine Hände und sprang so rasch von meinem Hocker auf, dass er auf seine Hacken zurückfiel.

»Es war freundlich von dir, zu kommen und dich nach meinem Wohlbefinden zu erkundigen, Cousin«, sagte ich. »Aber wie du siehst, geht es mir recht gut, und da du, wie ich glaube, das letzte Mal nicht sehr erfreut warst, mich zu sehen, bitte ich dich, dir keine weiteren Umstände zu machen.«

»Was meinst du damit? Nicht erfreut, dich zu sehen, Florrie? Das kann gar nicht sein!«

»Und doch war es so«, sagte ich pikiert und hielt dann inne.

Er runzelte die Stirn, ergriff meine Hand erneut und führte mich aus dem Zimmer. »Wir sind im Garten«, sagte er zu Judith. »Komm uns nicht nach.«

Er steuerte den Garten an und ließ mich auf einer Bank neben den duftenden Ästen eines Wacholderstrauchs Platz nehmen. *Um die bösen Geister fernzuhalten*, dachte ich reflexartig.

»Was bekümmert dich, Florrie? Wann wollte ich dich nicht sehen?«

»Letzten Monat im Crystal Palace! Ich sah dich und rief dir nach. Du warfst einen Blick auf mich und bahntest dir dann deinen Weg durch die Menge – du konntest gar nicht schnell genug wegkommen. Und ich rannte wie ein törichtes Kind hinter dir her. Du bist vor mir weggelaufen. Nun tu nicht so, als würdest du das nicht mehr wissen. Tu nicht so, als wäre es nicht geschehen.«

»*Du* warst das? O Florrie! Natürlich erinnere ich mich an diesen Tag! Aber ich habe dich nicht gesehen, ich schwöre es! Ich habe dich nur *gehört*. Wirklich, Florrie, ich dachte, es sei Annis oder Judith! Du klangst – du klingst – genau wie sie! Dein Akzent ist verschwunden. Dein Ton ist hochmütig. Du klingst wie eine *Grace*.«

Ich war wie vor den Kopf geschlagen. Dann hatte er mich womöglich doch nicht geschnitten? Trotz allem, was Sanderson mir erzählt hatte, hatte ich mich von dieser Verletzung noch immer nicht erholt.

»Es war aber dennoch meine Stimme«, schmollte ich, fast als hätte ich Angst vor dem, was passieren würde, wenn ich ihm verzieh. Er gab es zu, wies aber darauf hin, dass das exakte Timbre einer Stimme, die einen Namen in einer polternden Menge schrie, noch dazu, wenn sich in diese noch andere Geräusche mischten, schwer zu unterscheiden war. Das musste ich wohl glauben.

»Dann sagte Sanderson mir, dass du die ganze Zeit über in London warst. Ich habe dich so sehr vermisst, Turlington, als du weggingst. Warum hast du mich nicht in das Geheimnis eingeweiht?«

»Du hast mich vermisst?«

»Natürlich habe ich das! Du weißt doch, wie mein Leben hier ausgesehen hat! Du weißt, wie sehr ich mich danach verzehre, verstanden zu werden. Ich dachte, das bei dir gefunden zu haben, aber du hast dich von mir losgesagt. Ich bin für dich ohne Belang gewesen.«

»Ohne Belang? Nein, Florrie, niemals. Ich habe gewissermaßen versucht, einmal das Richtige zu tun.«

»Das sagte mir auch Sanderson. Und das verstehe ich auch – denke ich. Aber dennoch … Du hast eine Lücke hinterlassen, Turlington.«

Seine dunklen Augen begannen zu leuchten. »Wirklich? Mir geht das Herz auf, das zu hören. Aber dein Leben ist hart genug. Du konntest nur überleben, indem du dich verändertest und anpasstest. O Gott, Florrie, natürlich hätten dein ungezwungenes Lächeln und deine respektlose Art in jenem vergangenen Jahr meine Tage erheitert, aber ich durfte nicht selbstsüchtig sein. Ich musste dich in Frieden lassen, damit du eine Art Grace werden konntest. Und das hast du bei Gott geschafft, und auf bewundernswerte Weise dazu. Du bist jetzt eine junge Dame, kein Kind, kein Wechselbalg mehr, obwohl ich vermute, dass du noch immer ein Feengeist bist. Du bist so stolz und elegant wie Annis, nur viel reizender.«

»Hast du dir nicht denken können, dass es für mich ein grausamer Schlag wäre, abgeschnitten von dir, meinem einzigen …« Hier schwankte ich, weil ich »Freund« sagen wollte, aber Sanderson war natürlich mein Freund, aber was war dann Turlington, der so viel wichtiger für mich war und der viel tiefere Gefühle in mir auslöste? »… meiner einzig wahrhaft verwandten Seele zu sein?«

»Ich schätze meinen eigenen Wert nicht so hoch ein, Florrie, dass ich mich als Verlust für dich angesehen hätte. Ich wusste wohl, dass uns eine besondere Freundschaft verbindet, aber ich wusste nicht, dass ich einen so großen Eindruck bei dir hinterlassen habe.«

»Na gut, dann eben nicht«, schäumte ich, weil ich ihm nicht sagen wollte, dass er für mich so wichtig war wie die Sterne und der Mond, die die Erde umrunden.

»Und doch war es so, wie ich sehe«, hauchte er und hob mein Kinn mit seiner Fingerspitze an, so dass mein Gesicht ihm zugewendet war. »Es tut mir leid, süße Hexe, ich wollte dir nicht weh tun. Nicht dir. Denn ich glaube von ganzem Herzen, dass du die einzige Seele auf diesem gottverdammten Planeten bist, die –« Er unterbrach sich unvermittelt und hob abwehrend den Arm. Ich drehte mich um und sah Sanderson auf uns zukommen.

»Sie naht!«, rief er. »Du hast vielleicht noch zwei Minuten.«

»Dann gönn uns die, Bruder«, sagte Turlington und wandte sich mir wieder zu. »Dann war es also echt, was wir im letzten Jahr füreinander empfunden haben, Florrie? Ungeachtet der Tatsache, dass ich ein erwachsener Mann bin, wenn auch ein armseliges Exemplar, und du ein Kind? Ungeachtet der Tatsache, dass wir Cousins sind? Trotz alledem? Ist es Wirklichkeit?«

Und ich konnte darauf nur gequält nicken, weil mir klarwurde, in welchem Reich der Unmöglichkeit sich mein Leben abspielte. Für mich war es das einzig Reale. Er nahm meine Hände in seine und ich klammerte mich daran.

»Nächste Woche gehe ich nach Madeira zurück. Du wirst mich eine Weile nicht sehen, Florrie, aber nun, da ich weiß … Ich habe Hoffnung … Es wird anders sein. Und ich werde zurückkommen. Irgendwie. Ich werde dann ein besserer Mensch sein, und dann …«

»Vergiss mich nicht, Turlington«, hörte ich mich unter Tränen und in einem Nebel aus Gefühlen sagen, so dicht, dass ich jeden Halt verlor. »Geh nicht!« Aber er ging bereits und meine Hände waren leer. Unsere Tante würde ihn züchtigen, Sanderson war neben mir, und Turlington ging einfach davon.

Nachdem er gegangen war, versuchte ich die Teile dessen zusammenzusetzen, was sich zwischen uns abgespielt hatte. Vielleicht hatte Annis ja recht und ich war tatsächlich in ihn verliebt. Und bei all der Verwirrung und Dunkelheit, die sein Leben bestimmte, war offenkundig, dass ich ihm sehr am Herzen lag. Er hatte versprochen, als besserer Mensch zurückzukommen. Meinetwegen? Aber was dann? Er war aus der Familie ausgestoßen. Grace-Cousins konnten nicht heiraten. Was konnte jemals aus uns werden außer einer seltsamen, ausgedehnten Freundschaft? Und dennoch, auch wenn dies alles war, was uns blieb, ich wollte es unbedingt. Er hatte gesagt, diesmal wäre es anders. Ich hoffte, er meinte damit, dass er mir schreiben wollte. Doch die Zeit verging und es kam kein Brief, und es sollten fast drei Jahre vergehen, bis ich ihn wiedersah.

KAPITEL EINUNDZWANZIG

Ein Glück, dass es Rebecca gab. Wäre ein Sonnenstrahl Mensch geworden und hätte sich ein hübsches gestreiftes Kleid angezogen, wäre Rebecca diese Personifikation gewesen. Turlingtons unerwartetes Auftauchen und sein abrupter Abschied hatten mich so aufgewühlt, dass es eine ganze Woche dauerte, bis ich mich aufraffen konnte, ihr den versprochenen Besuch abzustatten. Tante Dinah war dagegen – eine Grace sollte keinen gesellschaftlichen Umgang mit einem Käseladen pflegen –, doch als ich sie an die Gefahr erinnerte, in der ich mich zusammen mit Miss Speedwell befunden hatte, konnte sie es mir schlecht verbieten. Es hätte gegen das Gebot der Höflichkeit verstoßen, wenn ich diesen Besuch nicht gemacht und mich nicht nach ihrem Befinden erkundigt hätte. Also schickte Tante Dinah erneut Willard los, damit er mir folgte.

Rebecca begrüßte mich mit ihrem breiten Lächeln und ergriff zur Begrüßung meine beiden Hände. Heute war ein stämmiger Junge von etwa vierzehn Jahren mit ihr im Laden – er drückte einen Besen in den Boden und schielte forsch aus dem Fenster, als wollte er jedem möglichen Dieb trotzen.

»Adam ist bei uns seit der ... Störung«, erklärte sie mir und band ihre Schürze ab. »Mein Vater war äußerst beunruhigt.

Passt du bitte auf den Laden auf, Adam? Ich werde mit Miss Buckley eine Tasse Tee trinken und etwa eine halbe Stunde weg sein.«

»Ich werde nicht zulassen, dass Ihnen was geschieht, Miss Rebecca«, erklärte er und warf dabei einen schützenden Blick auf die Käse.

Mir fiel ein, dass ich in all der Aufregung wegen des Raubüberfalls meinen Namen mit Florence Buckley angegeben hatte. In diesen Momenten höchster Anspannung hatte ich zu meinem wahren Selbst zurückgefunden. Ich klärte diesen Irrtum auf, als ich mit Rebecca die Treppe hinaufstieg und in einen hübschen Salon geführt wurde, der in Rot-, Gold- und Cremetönen gehalten war. Sie klingelte nach Tee und Toast – natürlich mit Käse darauf.

Wir nahmen auf einem gut gepolsterten kirschfarbenen Sofa vor einem kleinen Feuer im Kamin Platz, dessen fröhliches Flackern eher einladend als wärmend war, denn der Tag war zwar grau, aber nicht kalt. Die üblichen Höflichkeiten brachten wir schnell hinter uns, da wir beide es kaum erwarten konnten, Freundschaft zu schließen. Sie zeigte großes Interesse an meiner Geschichte, wie ich nach London in eine neue Familie mit einem neuen Namen kam. Auch sie hatte ihre Mutter verloren, als sie noch klein war.

»Jetzt gibt es also nur noch Papa und mich«, schloss sie mit einem kleinen Seufzer, »und das schon seit zehn Jahren. Er ist ein guter Vater, aber ...« Sie schüttelte den Kopf und ich sah ihr an, dass es mehr dazu zu sagen gab, was sie als pflichtbewusste Tochter jedoch für sich behielt. »Aber genug von mir, Florence. Wie gefällt dir denn dein Leben bei den Graces? Ich habe natürlich von ihnen gehört! Ich weiß nicht, ob ich mich getraut hätte, dich hierher einzuladen, wenn ich gewusst hätte, mit wem ich es zu tun habe. Eine Grace! Welche Dreistigkeit von mir!«

»Dann bin ich ewig dankbar für den Fehler, dir meinen anderen Namen genannt zu haben«, sagte ich und leckte mir auf höchst ungracesche Weise das Fett von meinen Fingern, »denn ich bin nicht wie sie, Rebecca, was immer du gehört haben magst.«

»Ich necke dich doch nur. Ich hätte mich auch mit dir anfreunden wollen, wenn du die Prinzessin von Schweden wärst. Das hätte meinem Vater gefallen«, ergänzte sie nachdenklich. »Er hätte dich bedrängt, Kontakte zur skandinavischen Käsebranche aufzunehmen. Er ist stolz auf sein internationales Angebot. Versprich mir, dass du dich von ihm nicht abschrecken lässt, herzukommen, Florence.«

»Natürlich, aber warum sollte ich das?«

»Ach, schon gut«, blockte sie wieder ab. »Erzähl mir von dir.« Das, was sie mir sagen wollte, brachte sie eindeutig in einen Konflikt mit ihrer Loyalität ihrem Vater gegenüber. Derartige Gewissensbisse hatte ich den Graces gegenüber nicht.

Ihre warmherzige und mitfühlende Art, mir zuzuhören, kam meinem Bedürfnis nach Wärme und Mitgefühl entgegen, und so ging ich weit ausführlicher als beabsichtigt auf ihre Frage ein und breitete die Umstände meines Lebens in London mit einer gehörigen Portion Selbstmitleid vor ihr aus. Aber obwohl es das erste Treffen mit einer neuen Bekanntschaft war, fühlte unser Gespräch sich für mich an, als würden zwei alte Freundinnen sich ihr Herz ausschütten, als hätte es bereits hundert solcher Gespräche zwischen uns gegeben und als würden noch viele folgen. Ich sah ihr an, dass sie meinetwegen verletzt und entrüstet war, und deshalb erstaunte es mich umso mehr, dass sie, als ich meine kummervolle Geschichte beendete, meinte: »Ich denke, du musst lernen, sie zu lieben, Florence.«

»Sie *lieben*?«, wiederholte ich. »Aber ... wie kann ich das? Wie kann ich das, wenn ich doch alles an ihnen verachte und es zwischen uns kein Verständnis gibt, sosehr ich mir auch wünsche, es wäre anders?«

»Es wird nicht leicht sein«, stimmte sie zu und drückte meine Hand. »Aber du hast sie jetzt nun mal am Hals, nicht?« Ich stimmte ihr kläglich zu. »Wenn es für eins gut ist, dann, dass dein Leben dadurch einfacher wird. Viel wichtiger jedoch ist, dass es die Familie deiner Mutter ist. Und deshalb auch deine.«

Ich brummelte, dass ich mir dessen nur allzu bewusst war.

»Aber du hast es noch nicht akzeptiert. Wenn es deine Familie ist, dann sind sie auch Teil von dir. Wenn du nur eine Seite von dir kennst und verstehst, bist du wie ein Vogel mit nur einem Flügel – du kannst nicht fliegen. Und du musst fliegen, Florence, das ist mir schon in den zwanzig Minuten klargeworden, die ich dich kenne. Manche Menschen sind dafür bestimmt, auf der Erde zu gehen, aber du nicht.«

Ich antwortete nicht direkt, denn ich wollte ihre Worte ankommen lassen, um ihrer Weisheit gerecht zu werden. Ihr Rat gefiel mir nicht, doch er rührte etwas in mir an. Nur war ich noch nicht ganz dazu bereit, meinen Groll aufzugeben.

»Es freut mich, das von dir zu hören, aber seit ich zu ihnen gekommen bin, habe ich nicht nur das Gefühl gehabt, dass mir die Flügel gestutzt, sondern sogar gerupft und mir ganz und gar ausgerissen wurden. Und sie waren es, die mir das angetan haben. Wie können mir also meine Flügel wieder wachsen, indem ich sie akzeptiere?«

»Ich weiß es nicht«, sagte sie mit ernster Miene. »Ich weiß nur, dass es passieren wird. Hast du diese Erfahrung jemals gemacht, Florence? Etwas zu wissen, das die Vernunft nicht erklären kann, und zu wissen, dass du es für wahr halten musst, obwohl du es nicht mit Worten rechtfertigen kannst?«

Ich starrte sie an und nickte langsam. »Früher schon«, sagte ich. »Früher war es immer so. Es ist schon lange her, dass meine Instinkte auf diese Weise zu mir sprachen. Bis auf ...« Plötzlich dachte ich an Turlington. Meine Tante hatte alles in ihrer Macht Stehende unternommen, mich davon abzuhalten, meinen Instinkten zu folgen, hatte mich sogar derart durcheinandergebracht, dass ich mich nicht mehr erinnern konnte, welche zu haben. Aber dennoch hatten sie überlebt und schrien speziell in einem Punkt ganz laut: dass Turlington und ich irgendwie eins waren.

»Schon gut«, ergänzte ich, weil ich zu meiner ersten nicht noch eine weitere lange, komplizierte Beichte ablegen wollte. »Ich bin mir sicher, dass das, was du sagst, sehr weise ist. In mir hat sich die Sehnsucht nach all dem, was ich war, und allem, was ich verloren habe, so fest verwurzelt, dass ich nicht gut gelebt habe. Das wurde mir nach dem Tag klar, als ich hier war, mit dem Räuber. Ich möchte einen besseren Weg finden.«

Rebecca richtete sich auf und tätschelte meine Hand. »Diese Dinge gehen nicht verloren, meine Liebe, dessen bin ich mir ganz gewiss, sie schlafen nur. Wenn für dich die Zeit kommt, dass du wieder zu einer Buckley wirst, wird es sein, als wärst du nie etwas anderes gewesen. Aber im Moment bist du eine Grace, und denk dran, sie sind stolz und mächtig. Und jetzt habe ich einen Vorschlag. Möchtest du noch ein wenig länger bleiben? Mein Vater isst heute Abend außer Haus, und obwohl ich nichts dagegen habe, dass du ihn irgendwann kennenlernst, wird dieser Abend ohne seine Anwesenheit erfreulicher sein. Hast du noch eine Verpflichtung? Könntest du deinen Bediensteten wegschicken und zum Abendessen bleiben? Ich würde Adam bitten, dass er dich später in unserem Karren nach Hause fährt.«

»Oh, das würde mir gefallen«, sagte ich sehnsüchtig. Mehr als alles wollte ich in diesem warmen Salon mit seiner ungezwungenen Atmosphäre bei meiner reizenden klugen neuen Freundin bleiben. Aber Willard war meiner Tante verpflichtet und hatte dafür zu sorgen, dass ich nicht aus der Reihe tanzte. Er hatte die ganze Zeit über auf der Straße herumgelungert, um mich nach Hause zu bringen. Er stand bei den Graces in Lohn und würde das nicht zulassen, und das sagte ich auch.

Rebecca zog die Brauen hoch. »Aber was habe ich nicht gerade gesagt, meine Liebe? Bist *du* nicht auch eine Grace?«

»Das sagen sie mir ständig.«

»Dann ist er auch dein Diener.«

Wenn man es so betrachtete, klang es ganz einfach. Denn natürlich war es so! Es war, als wäre ein Rad im Getriebe –

eins dieser riesigen Zahnräder, die ich auf der Weltausstellung gesehen hatte – in meinem Kopf mit einem Klick eingerastet.

»Du hast ganz recht, meine Liebe«, sagte ich.

Nachdem ich Willard weggeschickt hatte – was keine leichte Aufgabe war, da ich das Erteilen von Befehlen nicht gewohnt war –, kehrte ich allein in den Salon zurück. Rebecca hatte noch einiges zu erledigen, bevor sie Feierabend hatte, und auf ihren Vorschlag hin zog ich meine Schuhe aus und machte es mir auf dem roten Sofa bequem. Ich döste und träumte und beobachtete die im Feuer tanzenden Bilder. Hier endlich war ein Zufluchtsort. Mein Kopf hing schwer herab und ein kleines Band aus Speichel bahnte sich verstohlen seinen Weg über meine Wange, bis Rebecca mit einer Schachtel Pralinen zurückkam, die uns die Zeit vor dem Abendessen versüßen sollten. Und nachdem ich durch die Schokolade und ihre Gesellschaft doppelt verwöhnt wurde, erwachten meine Lebensgeister rasch wieder.

»Darf ich dir denn auch ein Geheimnis anvertrauen?«, fragte sie mit leuchtenden Augen.

»Natürlich!«, sagte ich, setzte mich aufrecht hin und wischte mir mit dem Handrücken die Wange ab.

»Du erinnerst dich doch sicherlich an Mr Ballantine? Du weißt schon, der Gentleman, der uns an dem Tag vor dem Räuber gerettet hat.«

Ich erwiderte, dass ich ihn wohl kaum vergessen würde.

»Das stimmt. Genau! Nun, die Sache ist folgende. Ich glaube, dass ich in ihn verliebt bin.« Dabei strahlte sie mich an, die grünen Augen waren voller Erwartung und die Sommersprossen auf ihrer Nase hoben sich stärker von der blassen Haut ab.

»Oh! Das freut mich! Und er erwidert deine Gefühle natürlich?«

Sie errötete ein wenig und sagte schlicht: »Ich glaube schon. Er kam seit dem Vorfall jeden Tag vorbei, und obwohl er sich nicht auf romantische Weise geäußert hat, glaube ich in seinen

Augen eine Bewunderung und Zuneigung zu lesen, die ich ... nun, die ich sehr genieße.«

»Ich bin mir sicher, dass er das tut. Du bist schön und klug und er hat dir das Leben gerettet! O meine Liebe, ich freue mich so sehr für dich. Aber sag mir, wie hat er das angestellt, was er an jenem Tag gemacht hat? Ich war felsenfest davon überzeugt, dass er niedergestreckt werden würde, aber dann brachte er diesen riesigen Mann zu Fall, als wäre es das Einfachste auf der Welt. Für mich kam das einem Wunder gleich.«

»Genau dasselbe habe ich auch gesagt. Er erzählte mir, er habe als Junge viele Jahre in China gelebt, und dort gebe es eine sehr alte Kunst, eine Kampfkunst, die dort jeder in der ein oder anderen Form praktiziere. Mr Ballantine hatte das Glück, von einem alten chinesischen Meister zu lernen. Und gerettet hat er uns mit diesen von ihm erworbenen Fähigkeiten.«

»Wie außergewöhnlich. Und was für ein Glück für uns!«

»Nicht wahr? Er ist der Mutigste aller Männer! Und sieh nur, Florence, das hat er mir geschenkt!« Sie zeigte mir eine ausgefallene Lampe mit Tropfen von einem rätselhaften Grün. »Es ist chinesische Jade, einer seiner Schätze aus diesem Land. Er sagte, sie passe zu meinen Augen. Ist die nicht schön?«

Ich bewunderte sie. »Vielleicht sind wir in ein paar Monaten noch immer Freundinnen und du erzählst mir hier in diesem Raum von eurer Verlobung.«

»Dass wir Freundinnen sein werden, steht außer Frage. Was das andere betrifft, bin ich mir weniger sicher. Weißt du, da ist mein Vater.« Ihre Gesichtszüge verhärteten sich unvermittelt.

»Er ist nicht einverstanden? Mit dem Mann, der seine Tochter gerettet hat?«

Sie rümpfte die Nase. »Und mit jedem anderen Mann. Und eigentlich mit jedem anderen Lebewesen auf der Welt.« Plötzlich sprudelten die Worte nur so aus ihr heraus. »Oh, versteh mich nicht falsch, ich liebe ihn sehr, aber er ist kein geselliger Mensch und äußerst argwöhnisch allen gegenüber, die unsere Zweisamkeit stören könnten. Florence, du musst mir versprechen, dass du dich, wenn du ihn kennenlernst, von ihm nicht davon abbringen lässt, mich weiterhin zu sehen. Er wird sehr wahrscheinlich grob und unfreundlich sein, und du bist in deinem Leben schon mit genug Leuten gestraft, die so sind, aber ich möchte dich nicht verlieren – oder Tobias.«

»Das wirst du auch nicht. So heißt er also? Tobias Ballantine? Wie romantisch. Rebecca Ballantine«, neckte ich sie versonnen. »Das passt gut zu dir.«

Sie errötete wieder. »Ist es nicht idiotisch, so etwas zu denken, nachdem ich ihn gerade mal eine Woche kenne? Aber was könnte an ihm sein, das nicht für guten Charakter spräche? Er ist freundlich und mutig und beeindruckend, wie du selbst gesehen hast. Aber er trägt diese Fähigkeiten nicht wie blitzende Orden vor sich her, damit jeder sie sehen kann. Er ist bescheiden und still. Er studiert und will Professor an der Universität werden, und seine Leidenschaft ist die Philosophie. Er stammt aus einer, wie wir sagen würden, guten Familie, aber das zählt für ihn nicht. Für ihn sind alle Menschen gleich und er ist allen gegenüber gleichermaßen liebenswürdig. Es gibt nicht viele Männer, die so sind wie er, Florence.«

»Nein, die gibt es nicht«, stimmte ich ihr zu und dachte dabei flüchtig an Turlington, der nur zu ganz wenigen liebenswürdig war. »Aber Mr Ballantine wird sich doch sicherlich nicht von deinem Vater abschrecken lassen, Rebecca? Schließlich hat auch unser verzweifelter Schurke ihn nicht einschüchtern können.«

»Ginge es in einem Wettstreit zwischen einem ungeschlachten, betrunkenen brutalen Kerl und meinem Vater darum, wer von beiden möglicherweise feindseliger wirkt«, überlegte Rebecca angestrengt, »glaube ich, dass mein Vater die Oberhand hätte. Aber nein, ich denke nicht, dass Tobias sich davon beeinflussen ließe. Es ist eher eine Frage, ob ich es ertrage, meinem Vater das Herz zu brechen und seinen Zorn auszuhalten. Schließlich ist er mein Vater, und in all den Jahren hat sich niemand so wie er um mich gekümmert.«

»Und möchte er denn gar nicht, dass du einmal heiratest?«
»Ich denke nicht.«
»Und du glaubst nicht, dass Mr Ballantine ihn für sich gewinnen kann, bei all seinen wertvollen Eigenschaften? Wie kann er nur so missgünstig sein, wo es dabei doch um dein Glück geht?«
»Wie soll ich dir das erklären? Wenn du dir überlegst, was mit uns hätte geschehen können – und auch mit dem Laden –, wenn Tobias nicht gekommen wäre ... Nun, welche Art von Belohnung hättest du angeboten, wenn es dein Laden, deine Tochter wäre?«
»O Gott, mir fällt nichts ein, was ausreichend wäre! Aber vielleicht ein größerer Geldbetrag. Und ganz gewiss meine ewige Dankbarkeit und Freundschaft. Warum? Was hat dein Vater ihm denn gegeben?«
»Käse.«
Damit hatte ich nicht gerechnet. »Einen Käse?«, wiederholte ich.
»Nein. Ein Stück Käse. Es war weniger als ein Viertel.«
Schweigen legte sich auf uns, nur vom Knistern des Feuers unterbrochen. Es gab wirklich nichts zu sagen, außer schließlich: »Was für einen Käse?«
»Ich glaube, es war Caerphilly.«

Meine Besuche bei Rebecca wurden zur tragenden Kraft meines Lebens. Trotz meiner vielen Verpflichtungen, die ich bei den Graces hatte, besuchte ich sie. Ich bestand darauf, jeden Donnerstag ohne Willard zu ihr zu gehen und den ganzen Nachmittag und außerdem zum Abendessen zu bleiben.

Binnen eines Monats lernte ich ihren Vater kennen. Er war ein großer, dünner Herr, dessen Körper eine merkwürdige S-Form wie das Initial seines Nachnamens einnahm. Sein Kopf und sein Hals waren nach vorn gereckt, seine Schultern sackten nach hinten. Auch sein Bauch war nach vorn gestreckt, doch irgendwie blieben die Beine dahinter zurück, als zögerte er, sich in irgendeiner Richtung zu bewegen. Wie

Rebecca vorhergesagt hatte, war er äußerst unfreundlich und kurz angebunden. Aber ich kam nicht umhin, Mitleid mit ihm zu haben. Er verfügte nicht über die Gabe, Menschen für sich einzunehmen, wie ich sofort erkannte, und in den wenigen Momenten, die Rebecca uns beide allein ließ, wurde es dunkler im Raum. Ich verübelte ihm seine Selbstsucht auf ihre Kosten, aber ich verstand, wie sehr sein Leben sich verschlechtern würde, wenn sie ihn verließe. Er musste große Angst haben. Doch ich vermied seine Gesellschaft, wann immer ich konnte.

Diese unbehagliche Mischung aus Abneigung und Mitgefühl übertrug ich nach und nach auch auf die Mitglieder meiner eigenen Familie. Es war, als würde ich ein neues Musikstück auf dem Klavier lernen. Jedes Mal, wenn Sanderson mich vor eine neue Herausforderung stellte, hasste ich es. Ich vermisste die alten Stücke, die ich davor beherrscht hatte. Aber während ich mich mit einem neuen abmühte, söhnte ich mich mit schwierigen Akkorden und überraschenden Tönen aus, weil es mir Freude bereitete, Musik zu machen – wenn auch mit großer Mühe. Genauso ging es mir mit den Graces: Nachdem ich mich ein Jahr lang abgemüht und mit ihnen Kämpfe ausgefochten und mich langsam an ihre merkwürdige Art gewöhnt hatte, wurde ich empfänglicher für Rebeccas Rat. Ich mochte sie noch immer nicht, aber es befriedigte mich, mehr in ihnen zu sehen, als mir das anfangs möglich war.

So ging ich beispielsweise einmal an der Tür des Arbeitszimmers meiner Tante vorbei und hörte die Stimme meines Großvaters, der wie ein Verrückter herumbrüllte. Als ich vorbeieilte, flog die Tür auf und er stapfte heraus wie ein wütender Kobold.

»Groß-Florence!«, schrie er. »Deine Tante braucht dich. Rein mit dir.«

Er eilte den Flur entlang und ich ging mutlos hinein, aber ausnahmsweise fühlte ich mich keines Vergehens schuldig.

Die Freude meiner Tante, mich zu sehen, war unverändert, also gar nicht vorhanden. Sie rückte auf ihrem Schreibtisch ein paar Papiere zurecht und strich sich übers Haar.

»Ah, Florence. Hawker wollte, dass ich mit dir bespreche, ob der Vater deiner Freundin uns für das Essen am Freitagabend eventuell ein paar ausgefallene Käsesorten liefern könnte. Etwas wirklich Ungewöhnliches. Die Lattimers kommen, weißt du, da müssen wir unbedingt Eindruck machen.«

Ich sah sie überrascht an. In so mildem Ton sprach sie selten mit mir. Ich betrachtete sie genauer. Ihre Augen waren rot. Ich wollte mit meiner Vermutung nicht so weit gehen, dass sie geweint hatte, aber sie sah müde aus, wie mir plötzlich auffiel, müde und völlig überfordert. Wenn sie im Haus umherstreifte, um die jungen Graces herumzukommandieren, als wären sie ihre Armee, verriet sie nie eine Schwäche, doch jetzt war der Blick, den sie auf mich richtete, fast flehend.

Die Tage, in denen ich schlaue Widerworte gegeben hatte, lagen hinter mir, aber ich würde mich keinesfalls von ihr ködern lassen.

»Natürlich, Tante. Für gewöhnlich würde ich sie vor dem Donnerstag nicht sehen, aber möglicherweise benötigt Mr Speedwell mehr als einen Tag, um das in die Wege zu leiten. Möchten Sie, dass ich morgen zu ihnen gehe? Wenn Sie es jedoch lieber sähen, dass ich hierbleibe, kann ich eine Nachricht schicken.«

Mein zuvorkommender Ton überraschte sie. »Du kannst morgen hingehen, wenn du möchtest. Die Lattimers waren auf Reisen, und wir möchten Delikatessen aus so vielen verschiedenen Ländern wie möglich anbieten, je entlegener je besser. Wird dein Mr Speedwell uns da helfen können?«

»Da bin ich mir ganz sicher. Er rühmt sich stets seiner ungewöhnlichen Auswahl.« Ich hielt inne. Ich wusste, dass Hawker schon lange davon gesprochen hatte, die Lattimers zu gewinnen. »Gibt es sonst noch etwas, womit ich helfen kann, Tante?«

»Du lieber Himmel, nein. Das Abendessen am Freitag ist viel zu wichtig, als dass ich es riskieren könnte, *dich* mit einzubinden.« Sie zog die Stirn kraus und vertiefte sich in ihre Papiere. Dann blickte sie wieder auf. »Danke«, ergänzte sie.

»Keine Ursache. Wenn es doch noch etwas –«
»Ja. Du darfst gehen.«

Ich kann nicht behaupten, dass dies den Beginn eines zunehmend freundlicheren Umgangs zwischen uns markiert hätte, aber es führte mir vor Augen, dass auch sie unter Druck stand und ihre eigenen Probleme hatte. Und ich verspürte den Wunsch, nicht noch zu diesen beizutragen.

Meine Freundschaft mit Rebecca hatte neben der Versorgung des graceschen Haushalts mit Käse auch noch andere Vorteile. Auf Rebeccas Einladung hin nahm ich manchmal auch Calantha mit zu meinen Besuchen, denn es tat ihr nicht gut, ständig in Helikon eingesperrt zu sein. Aber es gab so wenige Orte, an die man sie ruhigen Gewissens mitnehmen konnte, weil es nur wenige Menschen gab, die sich nicht an ihrem seltsamen Wesen störten. Turlington war einer davon, doch er war schon lange weg. Also führte sie eine merkwürdige Halbexistenz und schwebte durchs Haus wie ein schöner Geist.

Sie genoss die Spaziergänge durch London mit mir und hatte auch Rebecca sehr gern, wie das auch nicht anders möglich war, wenn man sie kennenlernte. Abgesehen von ihrer etwas ungewöhnlichen Überzeugung, dass die Käse leise miteinander kommunizierten, schien ihr der helle, einladende Raum des Ladens zu gefallen. Jedes Mal, wenn sie kam, starrte Adam sie in stummer Bewunderung an.

In der Wohnung über dem Laden pflegte sie, während Rebecca und ich uns unterhielten, umherzuwandern, die gemusterten Vorhänge und die Lampe mit den Jadetropfen und die Möbel zu berühren und leise mit all diesen Dingen zu plaudern. Aber das störte Rebecca genauso wenig, wie es mich störte, und wenn es Zeit für Toast und Käse war, verschlang Calantha davon mehr als alle anderen und ihr reizendes Gesicht strahlte fettverschmiert.

Rebecca wurde auch zu meinem inoffiziellen Postamt für Briefe von Lacey. Lacey hatte sich getreulich an die Sechsmonatsregel gehalten, damit unsere Verbindung aufrechterhalten werden konnte. In der Zeit, in der Turlington mich durch London geführt hatte, war es mir gelungen, zwei oder drei zusätzliche Briefe in die Post zu schmuggeln, wohl wissend, dass sie mir nicht würde antworten können. Jetzt funktionierte unser Briefverkehr ungeprüft und ich wurde auf den neuesten Stand von Zuhause gebracht. Die Freude war ein wenig getrübt, weil ich jedes Mal Heimweh bekam, aber wenigstens hatte ich jetzt jemanden außer Sanderson, mit dem ich darüber reden konnte. Rebecca lauschte den idealisierten Beschreibungen meines Heimatlandes mit glänzenden Augen.

»Ich wünschte, ich könnte es sehen, meine Liebe. Stell dir vor, wir könnten dorthin reisen – Tobias, ich und du. Du könntest uns all die wunderschönen Plätze zeigen. Wäre das nicht zauberhaft?«

Sie und Tobias blieben Freunde – ihr Vater war eisern und ermutigte die Brautwerbung nicht –, aber ihre Weigerung, das Träumen sein zu lassen, fand ich wunderbar.

Und sie ließ auch nicht zu, dass ich in Trübsinn versank. O ja, sie bedauerte alles, was ich verloren hatte, aber wenn ich zu rührselig wurde, gebot sie mir Einhalt.

»Seit ich hier bin, wird mir alles vorenthalten«, beklagte ich mich eines Tages bitterlich. »Sämtliche Quellen wahren Trostes, alle Wege, die Welt zu erfahren ... Natur, Freiheit, alles wird mir verweigert.« Dagegen konnte sie nichts sagen, doch sie blieb unverzagt.

»Dann wende dich deinen Studien zu, Florence, lerne zu, zu ... lerne, neue Zauberstäbe zu schwingen. Es gibt immer einen anderen Weg, meine Liebe, egal, wie viele dir verschlossen sind. Es liegt in der Natur des Lebens, dass es immer einen anderen gibt.« Sie war so überzeugt und überzeugend, dass sich in mir das Gefühl verfestigte, sie könnte recht haben.

Unter ihrer sanften Anleitung begann ich schließlich zu akzeptieren, dass ich eine Grace war, ja sogar, diese Tatsache zu meinem Vorteil zu wenden.

»Vielleicht bist du für sie von größerem Gewinn, als dir bewusst ist«, schlug sie an einem nassen Tag im Dezember vor. »Du hast Mut, Florence. Du bist weder liederlich noch fügsam. Du weißt, was es bedeutet, frei zu sein. In gewisser Weise bist du mehr eine Grace als irgendeiner von ihnen. Und ich bin mir sicher, dass du aus diesem Grund deinem Großvater gegenüber bessere Karten in der Hand hast, als du ahnst.«

»Aber ausspielen möchte ich sie nicht.«

»Doch wenn es nötig werden sollte – vielleicht kommt die Zeit … Hör jetzt auf, dich wie eine Außenseiterin oder als Belästigung zu fühlen. Du bist jetzt über ein Jahr bei ihnen. Ich hätte nicht gewusst, dass deine Herkunft eine andere ist, wenn du es mir nicht erzählt hättest. Du bist eine schöne junge Frau. Bald werden Männer um deine Hand anhalten. Du könntest diese Familie mit einer vorteilhaften Partie beglücken oder du könntest dich weigern und jemanden wählen, mit dem sie unter keinen Umständen einverstanden sind … Siehst du nicht, welche Macht du hast, indem du anders bist als sie? Du mit all deinen Fähigkeiten und Vorzügen.«

Hier wurde mir eine beträchtliche geistige Korrektur abverlangt. Aber tatsächlich fand in Helikon eine Veränderung für mich statt. Meine bessere Laune wurde von allen Bekannten der Graces bemerkt: den Westwoods, den Coatleys und vielen anderen Freunden aus der feinen Gesellschaft. Witwen, mit Diamanten so groß wie der Koh-i-Noor behängt, tätschelten meinen Kopf und taten brummelnd ihre krampfhaft gönnerhafte Zustimmung kund. Mehrere Beaus von Annis und Judith forderten mich auf Festen mehr als einmal zum Tanz auf. Ich hätte angesichts des Zorns, mit dem meine Cousinen darauf reagierten, keinen Triumph spüren dürfen, aber ich stand nicht über den Dingen.

Auch mein Klavierspiel wurde immer weniger zu einer Strafe für den ganzen Haushalt, denn mein stundenlanges Üben zahlte sich endlich aus und verwandelte meine musikalische Darbietung. Dies wiederum feuerte meinen Optimismus an.

Denn wenn der gewaltige Eisberg meiner musikalischen Unfähigkeit tauen und schmelzen konnte, welche Veränderungen, die mir jetzt noch unmöglich schienen, wären dann noch möglich?

KAPITEL ZWEIUNDZWANZIG

Aber dann geschah etwas, das mich erneut auf die Probe stellte. Ich kehrte an einem Donnerstagabend nach Hause zurück und hörte laute Stimmen aus dem Salon. Mutlos verlangsamte ich im Flur meinen Schritt. Ein lauter Wortwechsel war nichts Ungewöhnliches in Helikon, aber jedes Mal schreckte ich davor zurück und wünschte von ganzem Herzen, nicht zu einer derart streitlustigen und unharmonischen Familie zu gehören. Für gewöhnlich suchte ich das Weite. Aber heute blieb ich stehen und erinnerte mich an das, was Rebecca mir wiederholt erklärt hatte. *Ich bin Teil dieser Familie. Auch wenn es mir nicht gefällt, muss ich es doch akzeptieren ... Und auch ich bin nicht perfekt*, fügte ich selbst offen hinzu.

Als ich noch darüber nachdachte, machte ich mir überrascht klar, dass die erhobene Stimme, die ich hörte, die Sandersons war. Das war ungewöhnlich.

»... von all den verachtenswerten unmenschlichen Dingen«, sagte er – nein, schrie er, es gab kein anderes Wort dafür. »Ich werde es nicht dulden! Ich werde alles in meiner Macht Stehende tun, um das zu verhindern.«

»Du hast keine Macht!«

Das war Hawker, hart und schneidend. Stille.

Ich hatte Angst. Die Streitigkeiten in Helikon betrafen immer Hawker, meine Tante und mich. Gelegentlich auch Judith und Annis. Niemals zuvor hatte ich Sanderson Einwände erheben hören, außer in vernünftigem, beschwichtigendem Ton.

Wenn Sanderson wütend war – derart wütend –, dann war etwas richtig im Argen.

Ich atmete tief durch und trat ein.

Keiner achtete auf mich. Hawker stand vor dem Kamin, Sanderson ragte vor ihm auf. Er sah ihn finster an. Seine Fäuste waren geballt. Noch nie hatte ich ihn so erlebt. Auch Tante Dinah stand, ihre Miene war ausdruckslos. Ihr Ehemann saß in einem Sessel neben ihr und schien sich äußerst unwohl zu fühlen. Er kauerte zusammengesackt in seinem Sessel, als hoffte er, durch ihn hindurch zu sinken und zu verschwinden. Annis und Judith saßen kerzengerade und mit weit aufgerissenen Augen auf dem Sofa – zwei Kätzchen, die einen Vogel erspäht hatten.

Hawker fuhr mit einer Stimme so leise wie vernichtend fort: »Du hast überhaupt keine Macht, junger Mann, nicht in dieser Familie und außerhalb auch nicht. Das solltest du niemals vergessen. Ich interessiere mich nicht für deine humanitären Lehren, und auch deine persönlichen Gefühle kümmern mich nicht. Die Diskussion ist beendet. Die Entscheidung getroffen.«

Ich verfolgte entsetzt, wie Sanderson eine Kristallkaraffe von einem Beistelltisch nahm und gegen die Wand schleuderte. Sie zerbrach in tausend Stücke und erinnerte mich an den weit zurückliegenden Tag, als ich die Butterschale auf meine Tante geworfen hatte.

»Was wollen Sie nun tun?«, forderte er ihn heraus. »Mich auf dem Dachboden einsperren, als wäre ich ein kleines Mädchen? Mich verbannen wie Turlington?«

»Ich werde nichts dergleichen tun«, sagte Hawker. »Du hast gezeigt, wie sehr dir die Angelegenheit am Herzen liegt, aber das beeindruckt mich kein bisschen. Du hast eine Schweinerei angerichtet. Ein Bediensteter soll sie wegräumen. Du hast deiner Tante ein Zierstück geraubt – dafür soll sie dich selbst zur Verantwortung ziehen. Deine trotzigen Darbietungen fechten mich nicht an, Sanderson. Außerdem kann ich dich, wenn noch mehr davon kommen sollten, immer noch enterben. Dann wirst du für immer so machtlos bleiben, wie du es jetzt bist. Wie fändest du das?«

Sanderson blickte Hawker an, als sähe er ihn zum ersten Mal. »Können Sie nicht denken?«, knurrte er. »Können Sie nicht fühlen? Es ist noch nicht zu spät. Tun Sie es nicht. Ich bitte Sie. Tante Dinah! Irwin! *Bitte*.«

»Meiner Meinung nach ist es eine üble Angelegenheit, Hawker«, murmelte Irwin. Ich war wieder erstaunt. War Sanderson ansonsten friedliebend und nahm alles hin, so war Irwin ein feuchtes Fähnchen im Wind. Mein ganzer Körper war wie elektrisiert vor Angst.

»Tante!« Sanderson schritt an ihre Seite und ergriff ihre Hand, küsste sie. »Bitte. Lassen Sie einmal in diesem Haus Vernunft walten.«

Und selbst meine Tante wirkte unglücklich. Sie warf einen Blick auf Hawker, aber dieser starrte sie mit vorgerecktem Kinn an, die blauen Augen hart und funkelnd wie Diamanten. Sie wandte sich ab. »Es muss sein, Sanderson«, sagte sie barsch. Und ihre nächsten Worte jagten mir einen Schauder über den Rücken. »Sie ist eine Bürde für diese Familie.«

Ging es dabei um *mich*?

Sanderson gab einen erstickten Laut von sich und warf ihre Hand von ihm weg, machte auf dem Absatz kehrt und marschierte aus dem Raum.

»Was ist geschehen, Sanderson?«, fragte ich ihn und packte ihn am Arm, als er an mir vorbeirauschte, aber er schüttelte mich ab.

Ich starrte die anderen an. »Was?«

Aber das Tableau schien erstarrt zu sein. Die einzige Bewegung ging von Hawker aus, der mit seinen Fingern auf dem Kaminsims trommelte. Schließlich riss er sich zusammen und sprach. »Du, Dinah, lass jemand kommen, der hier saubermacht. Du, Florence, geh und suche deinen hysterischen Cousin. Er wird dir zweifellos alles erzählen, was du wissen möchtest. Und der Rest von euch: Macht, was ihr wollt, aber lasst uns zu unseren Aufgaben zurückkehren.«

Ich traf Sanderson in der Bibliothek an, wo er aus dem Fenster starrte. Seine Hände, deren Fingerknöchel sich weiß abzeichneten, klammerten sich an den Rahmen. Ein Glas mit Whisky stand unberührt auf dem Sims.

»Bitte sprich mit mir, Sanderson. Ich habe Angst.«

Er drehte sich zu mir um, sein Gesicht war bleich. Seine Augen waren dunkel. Und für einen Moment sah er, obwohl er ein heller Typ war, aus wie Turlington.

»Ich dachte, ich versuche mal Turlingtons Heilmittel«, sagte er und warf einen zerstreuten Blick auf das Glas. »Aber ich will es gar nicht. Was könnte das schon ändern? Was bringt etwas, das Dinge schlimmer macht und nicht besser?«

»Was ist so schlimm, Sanderson? Du musst es mir sagen.«

»Dann haben Sie dir es also noch nicht mitgeteilt, meine Liebe?«

Ich schüttelte den Kopf.

Er schlang seine Arme um mich und redete in mein Haar. »Sie schicken Calantha in ein Irrenhaus.«

Ich wich zurück, damit ich sein Gesicht sehen konnte, hielt aber seine Hände fest. »*Was?*«

»Es ist wahr. Hast du eine Ahnung, Florrie, wie es dort aussieht, was aus denen wird, die man dorthin schickt? Calantha ist so sanft und zerbrechlich. Sie wird dort kaputtgehen, so sicher, als würden sie sie aus dem Dachbodenfenster stoßen. Und wofür? Für den Stolz der Familie. Was bin ich nur für ein Mann, Florrie, dass ich nicht fähig bin, das aufzuhalten?«

Durch meinen Kopf wirbelten so viele Gedanken, dass sie sich gegenseitig den Weg versperrten. »Aber ... aber ...«, war alles, was ich sagen konnte.

»Sie ist doch harmlos«, fuhr er fort und gab meinen Gedanken eine Stimme. »O ja, ihr Kopf mag ein wenig ungeordnet sein, aber sie ist die lieblichste Seele hier. Sie macht kaum

Ärger oder nur ganz wenig. Und trotz ihrer Problematik ist sie glücklich. Sehr wahrscheinlich glücklicher als wir alle, weil sie in vertrauter Umgebung ist, ein wenig Freundlichkeit erfährt und geschützt ist. Aber sie ist nicht stark. Man darf sie nicht aus allem herausreißen, was sie kennt, und in eins dieser Drecklöcher werfen. Ich habe mir einen solchen Ort angesehen, Florrie, als ich von ihren Überlegungen erfuhr. Es ist ... es ist nicht ...« Er schüttelte den Kopf. Wir sanken auf die blauen Sessel, die zu beiden Seiten des Fensters standen.

»Wie lange weißt du es schon?«

»Zwei Tage.«

»O Sanderson.«

»Ich wollte es dir nicht sagen, Florrie. Ich hoffte, eine Möglichkeit zu finden, das zu verhindern. Aber du hast Hawker gehört. Ich bin machtlos.«

»Calantha«, murmelte ich. »Wo ist sie jetzt?«

Er zuckte die Achseln. »Ich habe sie noch nicht gesehen. An einem Tag wie heute wird sie in ihrem Zimmer sein.« Der Regen prasselte gegen die Fensterscheiben und der Himmel war dunkel und schwer.

»Warum jetzt?«

»Ach, es gab einen Vorfall. Die Lattimers waren vorbeigekommen, um sich für das Abendessen zu bedanken. Calantha schlenderte herein. Was sie getan hat, weiß ich nicht, zweifellos nichts Schlimmes. Strich über ihre Federn oder sprach mit ihren Diamanten oder was sie sonst gerne tut. Offenbar hat Tante Dinah sie an Ort und Stelle gepackt und aus dem Zimmer gebracht und konnte sich danach nicht mehr davon erholen, dass die Lattimers sie so unkontrolliert gesehen hatten. Du weißt doch, wie das läuft, Florrie.«

»Können wir denn gar nichts tun? Wir können doch nicht tatenlos zusehen, wie man sie wegbringt.«

»Nein, das können wir nicht, aber wir haben keinerlei Autorität, kein Vermögen, keine Stimme. Wir kennen niemanden, der sich Großvater in einer solchen Angelegenheit in den Weg stellen würde. Ich dachte an Selina – Mrs Westwood –, aber sie ist eine Frau und könnte nur hoffen, dass es ihr gelingt, ihren Ehemann zu überreden, aber der wird nicht einschreiten. Ich dachte an deine Rebecca, aber sie lebt mit einem despotischen Vater in einer kleinen Wohnung. Wir sind allesamt Gefangene, Florrie, auch wenn es mich umbringt, das sagen zu müssen.«

Ich überlegte. Natürlich würde Mr Speedwell sich lieber bei Dinah Grace einschmeicheln, als ihrer verrückten Nichte Zuflucht zu gewähren und dabei geschäftliche Verluste zu riskieren.

»Kann es denn wirklich sein?«, fragte ich und wusste doch aus eigener Erfahrung, dass es sein konnte. »Können sie tatsächlich einen Menschen gegen seinen Willen wegsperren und ohne Not etwas derart Schrecklichem aussetzen?«

»Es braucht nur zwei Ärzte, die Irrsinn attestieren. Und dank Hawkers Einfluss ist dies bereits geschehen.«

Wir verfielen in düsteres Schweigen. Der Regen fiel heftiger, die Dunkelheit vertiefte sich. Und dann wurde die Tür zur Bibliothek aufgerissen, und Hawker und Tante Dinah standen wieder vor uns.

»Steckt ihr dahinter?«, wollte Hawker wissen.

»Wer könnte es sonst sein?«, geiferte unsere Tante, die aussah, als würde sie vor Wut gleich losheulen. »Ihr habt damit keinem geholfen, egal, was ihr denkt, also sagt uns sofort, was ihr getan habt.«

Sanderson und ich sahen einander an. »Getan?«, wiederholten wir.

Offenbar war uns unsere Verwirrung anzusehen, denn sie sackte ein wenig zusammen und wandte sich an Hawker.

»Ihr habt ihr nicht zur Flucht verholfen?«, bohrte er nach und sah uns dabei eindringlich an.

»Calantha?«, fragte ich hoffnungsvoll.

»Ja, Calantha. Aber das habt ihr nicht getan, wie ich sehe. Dinah, sie waren es nicht. Wie zum Teufel noch mal konnte das passieren?«

Sie fuhr sich mit den Händen durchs Gesicht, dem man ihre Erschöpfung ansah. »Sie muss etwas mitbekommen haben. Sie schleicht ja ständig herum. Sie muss weggerannt sein ...«

Das Haus wurde durchsucht, der Garten wurde durchsucht, die Ställe wurden durchsucht. Calantha wurde nirgendwo gefunden. Als ich ganz mechanisch mitmachte, wusste ich nicht, was ich hoffen sollte. Ich war nicht so naiv anzunehmen, dass es einer schönen, etwas seltsamen jungen Frau in London gut ergehen würde. Ich blickte hinaus in den prasselnden Regen und die unnachgiebige Dunkelheit einer Februarnacht und erschauderte bei der Vorstellung, dass sie ganz allein dort draußen war. Und dennoch kam ich nicht umhin zu hoffen, dass auch die Freiheit zählte. Es war eine lange Nacht.

Um drei Uhr morgens warf Hawker schließlich angewidert seine Hände hoch und befahl uns, zu Bett zu gehen. Ich taumelte in mein Zimmer, kaum hoffend, Schlaf zu finden, sehnte mich aber danach, meine müden Glieder auszuruhen. Ich quälte mich in mein Nachthemd, stieg ins Bett und blies meine Kerze aus. Dann lag ich im Dunkeln und dachte mit schmerzerfülltem Herzen an Calantha. Wohin war sie gegangen? Wie würde sie zurechtkommen? Würde ich sie jemals wiedersehen, oder würde sie zu einer weiteren verlorenen Grace wie Turlington vor ihr?

»Florrie. Hast du etwas Geld?«, flüsterte da eine Stimme im Dunkeln.

Ich schreckte hoch. Sah mich argwöhnisch um.

Ich spürte ein Stoßen unter meinem Bett, dann krabbelte jemand darunter hervor und zündete die Kerze wieder an. Es war Calantha, die, zum Ausgehen gekleidet, ihre Stiefel an sich drückte.

»O mein Gott!«, seufzte ich erleichtert und legte eine Hand auf mein Herz. »Du bist wohlauf, du bist hier! Du bist kein Räuber! Wo bist du gewesen, Calantha?« Ich sah sie wieder an und musterte sie. »Und wohin willst du?«

»Das, meine Liebe, kann ich nicht sagen, denn ich weiß es nicht. Ich weiß aber, wohin ich *nicht* gehe, und das ist das Garfield's Asylum für Frauen.«

»Ich habe heute davon erfahren. Es ist schrecklich, Calantha. Aber ist Weglaufen besser? Hast du dir überlegt, was dich in London erwarten könnte, so ganz allein? Du weißt, Sanderson und ich würden alles tun, um dir zu helfen, aber es gibt so wenig, was wir tun *können*. Es ist nicht sicher dort draußen, dir könnte ein Leid geschehen …«

»Ja, das könnte passieren. Ich weiß, dass es nicht sicher ist. Aber es wird besser sein als die Irrenanstalt. Weißt du, was sie den Menschen dort antun, Florrie? Sie wickeln dich in grobes Leinen, duschen dich jeden Tag mit kaltem Wasser, um die Gedanken auszufrieren, die du ihrer Meinung nach nicht haben sollst. Sie verabreichen dir Gift, damit du leblos bleibst und vor dich hin dämmerst. Sie vernichten das, was du bist. Und keiner kommt jemals wieder heraus. Nun, vielleicht ein oder zwei.« Sie hielt inne und dachte nach. »Aber kannst du dir vorstellen, mir würde jemals erlaubt, hierher zurückzukommen – die Verwandte, die in einer Irrenanstalt war? Ich würde dortbleiben, bis ich sterbe, Florrie. Dann sterbe ich lieber morgen auf den Straßen von London als das.«

»Du liebe Güte, ich weiß nicht, was ich sagen soll«, murmelte ich und klopfte aufs Bett. Sie kletterte hoch zu mir und legte ihren Kopf auf meine Schulter. Ich legte meinen Arm um sie und strich ihr übers Haar. So verweilten wir, dann sah ich sie an. »Gibt es eine andere Möglichkeit, Calantha? Wenn ich bei Mrs Westwood oder bei Rebecca ein gutes Wort für dich einlege, vielleicht könnten sie helfen. Wollen würden sie es bestimmt.«

»Das weiß ich. Aber die Sache, liebe Florrie, ist doch, dass ich ein wenig seltsam bin. Und Hawker tritt sehr überzeugend auf. Du kannst dir sicher sein, dass er gleich morgen früh jeden aufsuchen wird, den wir kennen, ganz besonders die, die mir mit Wohlwollen begegnen. Er wird seine Entscheidung gut zu vertreten wissen und sie davon überzeugen, dass es das Beste für mich ist. Er wird nicht lockerlassen, das habe ich gesehen, als Turlington wegrannte, bevor du hierherkamst. Er schleifte ihn zurück ... Und deshalb war Sanderson auch so besorgt, das Geheimnis für sich zu behalten, als er im letzten Jahr in London war. Hätte Hawker nur die leiseste Ahnung gehabt ...«

»Du wusstest es? Du wusstest, dass er hier war?«

»Ich weiß eine Menge Dinge, Florrie. Die Menschen achten nicht auf dich, wenn sie dich für verrückt halten ... Du wirst mich doch nicht davon abhalten?«

Ich schüttelte den Kopf. »Das kann ich nicht. Aber ich werde mir fürchterliche Sorgen um dich machen. Schreckliche. O Gott!« Plötzlich sah ich die langen Jahre vor mir, in denen ich nicht wusste, wo sie war, ob es ihr gut ging oder sie überhaupt noch am Leben war, und ich hielt die Luft an und mir schwindelte. Wieder wurde mir ein Mensch entrissen, der mir am Herzen lag. »Wirst du mir hin und wieder eine Nachricht zukommen lassen? Vielleicht über Rebecca?«

Sie zog die Stirn kraus. »Ich würde es dir gern versprechen. Aber ich weiß nicht, wo ich sein werde, was ich tun werde. Versuchen will ich es, Florrie. Das verspreche ich dir.«

Ich kletterte vom Bett herunter und grub mein gehortetes Geld aus. Es war so wenig. Nicht genug, um mich zurück in meine Heimat nach Cornwall zu bringen, und auch nicht genug, um Calanthas Zukunft sicherzustellen, aber wenn ich ihr damit helfen konnte, dann wollte ich es ihr geben. Ich hatte es in einer schmalen Wandritze neben dem Fenster versteckt. Sie war von Spinnweben überzogen und staubig und man sah sie kaum. Dort war es vor Annis sicher.

Ich wog meine kleine Geldbörse in der Hand und wandte mich ihr wieder zu. Sie sah wie immer aus wie ein Engel oder eine Göttin. Und war heute Abend vernünftiger denn je gewesen. Lud ich große Verantwortung auf mich, indem ich ihr jetzt half? Sollte ich Hawker rufen? Mich für sie einsetzen vor der Familie? Anbieten, mehr Zeit mit ihr zu verbringen und dafür zu sorgen, dass sie sich Besuchern fernhielt? Besiegelte ich ihr Schicksal, indem ich sie gehen ließ? Verzweifelt presste ich die Augen zusammen.

Ich spürte, wie ihre Hand sich in meine stahl und die Geldbörse nahm. »Danke, Florrie. Ich gehe jetzt. Ich danke dir dafür, dass du meine Freundin bist, und es tut mir leid, dir dein Geld für Cornwall wegzunehmen.«

Ich lächelte. »Du bist so viel klüger, als alle denken, nicht wahr?«

»Klug und schön und exzentrisch«, bestätigte sie. »Meine Tage in Helikon waren schon immer gezählt. Lass mich jetzt gehen und sag nichts und behalte mich in freundlicher Erinnerung, meine Liebe.« Sie stellte sich auf die Zehenspitzen und gab mir einen Wangenkuss. »Und viel Glück, Florrie«, ergänzte sie. »Das wirst du genauso nötig haben wie ich.«

Sie nahm mein Geld und ging. Und Cornwall war weiter weg denn je.

KAPITEL DREIUNDZWANZIG

1854

1854 verlobte ich mich mit einem Mann namens Aubrey Marchmont. Und Sanderson tat endlich den erhofften Schritt und hielt um die Hand von Anne Coatley an, die natürlich einwilligte. Annis hatte Helikon inzwischen verlassen – das dadurch ein sehr viel angenehmerer Ort geworden war –, um Mrs Blackford aus Putney zu werden. Das Leben veränderte sich für uns alle.

Nur Judith war noch nicht verlobt, was sie mit ihren zwanzig Jahren immer verzweifelter werden ließ. Schließlich hatte ihre Schwester uns verlassen, und jetzt hing auch mein Auszug im

Raum, wenn auch erst in einigen Monaten. Mr Seagrove hatte schon längst das Interesse verloren und tändelte jetzt mit einer jungen Dame, deren blaue Augen, wie man ihn hatte schwärmen hören, strahlender und größer waren als der Koh-i-Noor. Je verzweifelter Judith wurde, umso zögerlicher wurden ihre Verehrer, und das war es dann.

Drei Jahre waren vergangen. Ich hatte mich mit meinem Los mehr oder weniger abgefunden. Ein Frühjahr war aufs andere gefolgt und mein Leben in Cornwall, die Qualen meiner frühen Tage in London und meine tief eingebrannte Verbindung zu Turlington waren in den Hintergrund getreten und in Nebel getaucht. Ein langes Jahr lang hatte ich törichterweise noch gehofft, von ihm zu hören, aber jetzt akzeptierte ich, dass dies nicht eintreffen würde. Ich hatte ihm zweimal an seine Adresse auf Madeira geschrieben, die Sanderson mir gab, doch da ich keine Antwort bekam, hielt mein Stolz mich davor zurück, es noch ein drittes Mal zu versuchen. Anfangs gab es viele Momente, da hoffte ich, sobald ich Schritte im Flur hörte, Turlington würde wieder einen seiner Überraschungsbesuche machen, aber inzwischen glaubte ich nicht mehr daran.

Nicht öfter als drei Mal im Jahr erlaubte ich mir, Sanderson nach ihm zu fragen. Manchmal lächelte er und erzählte mir eine kleine Geschichte von einer Reise nach Afrika oder einem Sieg über einen Konkurrenten. Zu anderen Zeiten gefror sein Gesicht und er schüttelte besorgt den Kopf. Ich versuchte dann, meinen entsprechenden Hoffnungsschimmer oder meine Bestürzung zu unterdrücken. Es war, wie ich mir einredete, als erkundigte ich mich höflich nach einem Freund von ihm, dem ich nie begegnet war. Sandersons wegen sorgte ich mich, aber ansonsten war es nicht wirklich von Belang.

War ich denn endlich glücklich in Helikon? Wahrhaft glücklich wohl nie, aber es gab Momente und Bereiche des Glücks in meinem Leben, wie Sonnenflecken in einem schattigen Wald. Und an diese klammerte ich mich mit aufrichtiger Dankbarkeit. Klavierspielen. Lesen und studieren. Die herrlichen Konzerte, Theateraufführungen, Galerien und Gärten von London. Und meine Freunde Sanderson und Rebecca. Ich hatte endlich einen gewissen Frieden gefunden, wie Rebecca es mir versprochen hatte.

Die Geschichte, wie es zu meiner Verlobung mit Aubrey kam, ist schnell erzählt. Zum großen Erstaunen und zur zähneknirschenden Erleichterung meiner Tante hatte ich mich als überraschend beliebt bei Vertretern des anderen Geschlechts erwiesen. Aubrey war der vierte junge Mann, der mir den Hof machte, und die anderen drei waren alle viel schlimmer gewesen. Aber das ist natürlich flapsig ausgedrückt. In Wahrheit war Aubrey mein einziger Verehrer, der den strengen Anforderungen der Graces genügte und außerdem mein »Nicht-von-dieser-Welt-Sein« als Gewinn erachtete. Er schien darin vielmehr eine ihm erwiesene Ehre als eine Unannehmlichkeit zu sehen, die er um einer Verbindung mit den Graces willen tolerieren musste, und allein schon dieser Freundlichkeit wegen schuldete ich ihm meine Loyalität. Er war ein sanfter Mann mit runden Brillengläsern und er liebte Klaviermusik, selbst wenn sie so unvollkommen von mir gespielt wurde.

Er war fünf Jahre älter als ich, sah jünger aus, wirkte aber älter. Er besaß ein Stadthaus in Pimlico und ein Landhaus in Hertfordshire und dazu noch eine Villa in Italien. An Häusern würde es mir nicht mangeln. Aber natürlich würden wir den Großteil unserer Zeit in London verbringen – dem Zentrum von allem. Vermutlich war mir stets bewusst gewesen, dass ich heiraten oder für immer in Helikon bleiben musste. Und ich konnte von Glück sagen, ihn bekommen zu haben, das wusste ich. Dass ich jeder Wahrscheinlichkeit zum Trotz bei all meinen Abweichungen einen guten »Fang« gemacht hatte (wie Judith es ausdrücken würde) ... Ich hatte Glück.

Das Verhältnis zu meiner Tante blieb weiterhin angespannt. Doch je mehr ich mich zur Dame mauserte, um so leichter fiel mir das Leben, und ich war stolz darauf. Es war befriedigend, eine Herausforderung erfolgreich zu bewältigen, selbst eine, von der ich nicht ganz überzeugt war, und dies vor allem, nachdem alle anderen sich meines Versagens so sicher waren.

Aber dennoch befand ich mich an einem drückend heißen Augusttag in nachdenklicher Stimmung. Ich welkte im Garten über einem Buch vor mich hin, meine Haut klebte unter meinen Kleidern und mein Gesicht war von der Hitze gerötet. Der Himmel war nicht mal blau, unternahm keinen Versuch, blau zu sein, sondern dampfte und fauchte in grauem Gewölk. Ich brütete vor mich hin, weil ich erst vor wenigen Tagen aus Cornwall zurückgekehrt war. Es war mein einziger Besuch dort in all den Jahren, und der Anlass war Hestas Hochzeit mit Stephen. Heiraten lag offenbar für alle in der Luft, nur nicht für Judith.

Mit erstaunlich wenig Theater wurde mir erlaubt, nach Cornwall zu reisen. Für Hawker sprach nichts dagegen: Ich hatte mich gut benommen, und es war ein singulärer Anlass, der sich wahrscheinlich nicht wiederholen würde. Man überlegte, mir jemanden zur Begleitung mitzuschicken, aber Judith war genauso begeistert davon, Cornwall zu besuchen, wie ich es war, sie dabeizuhaben, und Sanderson war mit eigenen Hochzeitsvorbereitungen beschäftigt – oder Anne war es jedenfalls und wollte nicht auf ihn verzichten. Und so war ich hingefahren und zurückgekommen und konnte jetzt nicht aufhören, diese wenigen Tage immer wieder Revue passieren zu lassen.

Während ich an diesem brütenden Nachmittag versuchte, eine bequeme Stellung auf der Gartenbank zu finden, erinnerte ich mich an meine Reise von Truro nach Tremorney an einem richtigen kornischen Sommertag, was heißen soll, dass heller Sonnenschein und Regengüsse abwechselnd über einen weiten Himmel in Blau, Weiß und Silber tanzten. Der Himmel! Oh, den hatte ich vergessen.

Und, o Freude, ich konnte plötzlich wieder atmen – mir eimerweise die frische Luft einverleiben, die nach Gras duftete und vom Gesang der Vögel schwirrte. Als ich das vertraute

Kopfsteinpflaster von Tremorneys Hauptstraße betrat, kamen mir die Tränen. In London hatte ich diese lebendige, lebhafte Erinnerung von mir schieben müssen, um überleben zu können. Jetzt fragte ich mich, ob der Preis des Überlebens nicht zu hoch war.

Ich wohnte bei Lacey. Ich musste an das Wiedersehen denken, als sie mit lachendem Gesicht auf die Straße gelaufen kam und ihre braunen Locken noch genauso hüpften wie früher. Ich stieg unsicheren Schritts aus der Kutsche und sie fing mich in ihren Armen auf und wir stimmten ein Triumphgeheul an wie zwei Kinder, denen es gelungen war, vom langweiligen Unterricht wegzurennen, um zu spielen.

»Florrie Buckley!«, staunte sie und starrte mich an. »Das darf doch nicht wahr sein! Oder soll ich dich jetzt Miss Grace nennen?«

»Ich bitte sehr darum, dass du das nicht tust!«, erwiderte ich.

Wir erreichten Braggenstones nach einer Reise, auf der ich jeden Zweig und Stein und Farnwedel kannte. Eine ärmlichere Ansammlung von Häusern hatte ich nie gesehen, und wegen der dazwischenliegenden Jahre kamen sie mir noch armseliger vor, waren mir jedoch so vertraut, dass mir die Augen brannten. Während der Karren durch das kleine Dorf rappelte, kamen die Leute heraus, um mich zu begrüßen, Leute, die mir gleichermaßen vertraut wie fremd waren. Vier Jahre waren vergangen.

Da war Hestas Mutter, noch immer dünn und verkniffen, und Hestas Vater, noch immer hustend und grau. Sie schüttelten mir die Hände und ich sah, dass sie nicht wussten, wie sie mit mir umgehen sollten. Aber vor allem wollte ich Hesta sehen, und sie brachten mich zu ihr in dieselbe alte Steinhütte, in der ich gespielt und gegessen hatte und tausendmal als Kind eingeschlafen war. Um ihren Status als zukünftige Braut zu würdigen, hatte man ihr das einzige Schlafzimmer zur Verfügung gestellt, ihre Eltern würden die Nacht zusammen mit den jüngeren Kindern unten verbringen.

Hesta saß da und bürstete ihr helles Haar, ein reizendes weißes Kleid lag neben ihr über einem Stuhl. Der Stoff fühlte sich weich an. Ich musste ihn einfach mit meinen Fingern anfassen. Wie leicht hätte ich diejenige sein können, die sich in einem ähnlichen Raum auf einen ähnlichen Tag vorbereitete – eine Landhochzeit. Aber das Schicksal hatte einen anderen Weg für mich bestimmt.

Hesta rührte sich nicht, als ich sie begrüßte. »Ich konnte nicht runterkommen, Florrie«, sagte sie und starrte dabei ihr Spiegelbild im Fenster an. »Ich hab dich gehört. Aber ich wollt nicht, dass du herkommst, weil du dann in drei Tagen schon wieder weg bist. Ich würde lieber alles vor mir haben. Also kann ich dich nicht ansehen, denn dann bist du wirklich hier und musst auch wieder weg.«

Völlig unerwartet musste ich weinen. »Hesta, du dummes Mädchen, ich bin hier, ob es dir nun gefällt oder nicht«, sagte ich und kniete mich neben sie. »Du solltest mich lieber ansehen, denn ich möchte keine einzige Minute unserer kostbaren gemeinsamen Zeit vergeuden.«

Anfangs blickten wir einander verwundert an. Irgendwie war Hesta vom Kind zur Frau geworden, und ich hatte alles verpasst.

»Du siehst so fein aus, Florrie«, hauchte sie und berührte meine Zapfenlocken. »Du siehst aus wie diese feinen Damen in Truro. Feiner.«

Aber dann fiel die Ehrfurcht von ihr ab und wir redeten die ganze Nacht und erzählten uns, wie jede ihr Leben während der dazwischenliegenden Jahre verbracht hatte. Ich lag neben ihr im alten Bett ihrer Eltern, während ein Braggenstones-Mond voll und hell aufging und sein Licht über uns beide ergoss: die Erbin und die Braut.

Es war seltsam für mich, mein eigenes Leben erzählt zu hören. Ich kam mir vor, als würde ich von den Abenteuern eines anderen Mädchens berichten. Nachdem mir die Kommunikation mit Hesta, mit zu Hause so lange verweigert worden war, rasselte ich die Fakten herunter, wie ich sie in Erinnerung hatte und auch Rebecca erzählt hatte; es sind immer dieselben Dinge, die sich in der Erinnerung festsetzen und es uns nicht erlauben, sie hinter uns zu lassen und die Verletzungen zu vergessen. Und Hesta wurde äußerst wütend.

»Ich kann mich nicht für dich freuen, Florrie«, sagte sie und biss sich auf die Lippe. »Ich wollte mich für dich freuen, wollte sogar neidisch sein, aber auch das bin ich nicht. Das sind gemeine, gehässige Menschen. Geh weg von ihnen, Florrie, komm nach Hause und wir kümmern uns um dich.«

Wie sehr wünschte sich ein Teil von mir, genau das zu tun.

»Ihr kommt doch hier selbst kaum zurecht, Hesta, wir wissen doch beide, wie es ist. Ich tue Braggenstones einen großen Gefallen, indem ich woanders bin, so gibt es einen Mund weniger zu füttern. Außerdem sind sie gar nicht so schlimm.«

»Es erstaunt mich, dich das sagen zu hören!«, rief sie. (Ich war selbst auch erstaunt, es mich sagen zu hören.) »Sie haben dich eingesperrt, Florrie! Sie haben deine Mutter aus dem Haus geworfen und deinen Vater verachtet, deinen guten Vater, Florrie, den wir alle als den besten der Männer kannten. Ich hatte mir immer gewünscht, er wäre *mein* Vater! Wieso verachtest du sie nicht, Florrie, wieso?«

Ich konnte es nicht beantworten. Ich hatte selbst geglaubt, sie zu hassen. Hatte ich etwa meine Seele für schöne Kleider und Bücher und Klaviermusik verkauft? War ich irgendwie von ihnen abhängig geworden, im Geiste wie von den finanziellen Mitteln, so wie ein unterwürfiger Hund dem Herrn folgt, der ihn tritt? Aber es war mehr als das, vielleicht etwas, für das Rebecca mir die Augen geöffnet hatte.

Als ich mich an Judiths zweckdienlichen Verrat an mir nach der Weltausstellung erinnerte, stand zugleich ihr Gesicht am Tag der Hochzeit ihrer Schwester vor meinen Augen: ängstlich und verloren. Bei der Erinnerung an meine Tante, die mich in die Dachbodenkammer zerrte, sah ich zugleich ihre angespannten, raschen Schritte und die Haltung ihrer Schultern, wenn sie durch die endlosen Flure Helikons lief und Dinge, Abendessen, Menschen organisierte ... immer etwas zu Hawkers Zufriedenheit organisierte ... Und ich konnte nicht an Hawker denken, der gegen Sanderson wütete und Calantha wegschickte, ohne mich zugleich daran zu erinnern, dass er der Vater meiner Mutter war und mich Groß-Florence nannte. Es waren seltsame Menschen, womöglich nicht einmal gute Menschen, aber sie waren Menschen.

Ich antwortete ihr leise, als könnte meine bloße Stimme das sanfte Mondlicht stören, das uns umfloss: »Ich muss sie doch lieben, nicht? Sie sind ein Teil von mir.«

Hestas Hochzeit. Sie sah aus wie das reizende errötende Mädchen vom Land, das sie war, mit frischen weißen Blumen in ihrem Haar. Mein alter Freund Stephen wirkte stolz und entschlossen. Als hätten die Worte »guter Ehemann« auf ihm geprangt, hätte sein Vorsatz nicht eindeutiger sein können. Ich verdrückte eine Träne während der Zeremonie und tanzte danach jeden Tanz.

Und als der Nachmittag voranschritt und die Leute immer betrunkener wurden oder ins Gespräch vertieft waren oder im Schatten der Bäume vor sich hin dösten, stahl ich mich barfuß davon, um endlich im Moor allein zu sein. Und dort endlich weinte ich mir die Seele aus dem Leib.

Was um Himmels willen bedeutete es, dass dies der Ort war, der mir zeigte, wer ich war? Dass dies der Ort war, der mein Herz rührte und mir das Gefühl gab ... zu lieben? Wie konnte ein Mensch eine Fläche aus Erde und Fels lieben? Das Leben war kein Mythos, wo die Götter sich mit Schwänen paarten und die Menschen sich in Bäume verliebten und die Grenzen der Spezies und ihrer Erscheinungsformen nicht zählten.

Was war nur aus mir geworden? Es war mir gelungen, Mitgefühl mit jenen zu haben, die einmal schlimmer als abscheulich zu mir gewesen waren; ich war bereit, in die Ehe mit einem Mann einzuwilligen, von dem ich wusste, dass ich ihn nicht wahrhaft liebte. Doch nun, allein mit dem Wind, der über mich hinwegblies und einem dunkelgrauen Felsblock hart im Rücken und Insekten, die über meinen Rock krabbelten, brach etwas in mir auf und ich weinte wegen Kümmernissen, die ich nicht einmal benennen konnte: Nichts hätte mich auf diese elementare Leidenschaft vorbereiten können, die scheinbar kein Ziel hatte.

Ich verweilte stundenlang, bis es dunkel war, dann endlich machte ich mich wieder auf den Heimweg. Meine Füße waren weich geworden, meine Taille fülliger, mein Rücken schwächer und mein Kopf seiner Überzeugungen weniger sicher, aber meinen Weg übers Moor fand ich im Dunkeln, wie ich ihn immer gefunden hatte.

Als ich ins Dorf zurückkehrte, hörte ich Stimmen rufen: »Florrie! Florrie! Warst du da draußen? Dieses verdammte Mädchen! Es ist doch unsere Hochzeit! Da bleibt ihr so wenig Zeit mit uns und sie rennt einfach davon! Ich dachte, sie hätte sich geändert!«

Ich lächelte und schämte mich ein wenig, als würde ich von einem Stelldichein mit einem Liebhaber zurückkommen. Ich glitt in den Feuerschein und ergriff die Hände meiner Freunde. Ich nahm einen Becher Ale entgegen und meine Seele war wie neugeboren. Wenn ich nach London zurückkehrte, würde sich etwas ändern, das wusste ich.

Als ich an den weißen Mauern von Helikon nach oben blickte, konnte ich mir kaum vorstellen, was sich ändern könnte. Müde kehrten meine Augen auf die Buchseite zurück. Die weiten Horizonte von Cornwall vermisste ich am meisten. Horizonte und den Himmel. In London konnte ich über die Begrenzung aus Ziegel und Stein nicht hinaussehen. Ich hörte die nahe Kirchenglocke vier Uhr schlagen. Es waren gerade mal zehn Minuten vergangen, aber ich hatte das Gefühl, schon seit Stunden hier zu sitzen. Tante Dinah und Judith waren zusammen mit Sanderson und Anne im Hyde Park. Am Abend fand eine Tischgesellschaft statt. Morgen würde ich Rebecca besuchen. Hawker wurde mit jedem Tag reizbarer, und dennoch stand Helikon und hielt uns in seiner erdrückenden Umklammerung fest.

Ich begann vor mich hin zu dösen – das Buch bot nicht genügend Zerstreuung, um mich abzulenken –, als ich eine Stimme sagen hörte: »Florrie Buckley. Einmal das reizendste Mädchen auf Erden und jetzt die allerschönste Frau.«

Ich sah mich nicht um. Mein Verstand sagte mir, es konnte nur Aubrey sein, denn wer sonst sollte so etwas zu mir sagen? (Tatsächlich war es höchst unwahrscheinlich, solche Dinge von Aubrey zu hören.) Aber natürlich war es Turlington.

Turlington, den ich seit drei Jahren nicht mehr gesehen hatte. Turlington, mit dem keiner mehr etwas zu tun haben wollte, der enterbt worden war und im Übrigen nicht mehr zu unserem Leben gehörte. Turlington, der auf Madeira war und der das Haus nicht mehr betreten durfte. Ich schloss die Augen.

»Wie viele flüchtige Minuten haben wir diesmal die Ehre deiner Gesellschaft, Cousin Turlington?«, fragte ich, ohne aufzusehen. Ich erinnerte mich an sein letztes Auftauchen, als mir auf dem Klavierstuhl schwindelig geworden war, und das Mal davor, als ich im Esszimmer in seinen Armen dahingeschmolzen war. Und das Mal *davor* in den Ställen der Lemon Street, als er seine Stirn an meine lehnte ... Es war besser, ihn nicht anzusehen, und auf jeden Fall das Beste, ihn nicht zu berühren.

Ich spürte, wie er über das Gras auf mich zukam. »So viele du dir ausmalen magst«, sagte er. »Ich bin nach Hause zurückgekehrt, meine liebe Florrie.«

Mit skeptisch gerunzelter Stirn erlaubte ich mir, einen kleinen Seitenblick auf ihn zu werfen. Er ragte neben meiner Gartenbank auf. Er sah anders aus als früher. Ich gestattete meinem Kopf, sich noch ein wenig weiter zu drehen.

Sein glänzender Anzug war gut geschnitten und modisch. Turlington war immer eine umwerfende Erscheinung gewesen, modisch allerdings nie. Seine Haare waren nicht kurz, hingen ihm aber nicht ins Gesicht, sondern ließen eine Frisur erkennen. Ich musterte ihn. Er war ein wenig blasser, ein wenig dünner, was ihn aussehen ließ, als wäre er klüger geworden, wenngleich ich nichts dergleichen erwartete. Er stand vor mir, offenbar ohne etwas zu erwarten, und zollte der langen Unterbrechung unserer Freundschaft Respekt. Er hatte kurz gesagt das Auftreten eines geläuterten Mannes, der sich rundum zum Besseren gewandelt hatte.

Ich kehrte mit vorgetäuschtem Interesse zu meiner Seite zurück und blätterte um, obwohl ich noch nicht am Ende angelangt war. »Willkommen zurück, Cousin Turlington«, murmelte ich. »Es freut mich, dich zu sehen.«

»Tatsächlich? Du wirkst aber nicht erfreut, Florrie.« Jetzt setzte er sich neben mich, wenn auch nicht allzu nah. Ich konnte spüren, wie seine Augen sich in mein Gesicht brannten. »Ich kann dir versichern, ich bin endgültig zurückgekehrt. Hawker hat mich wieder aufgenommen, alles ist vergeben und ich habe mich gebessert. Wir waren doch immer so gute Freunde, du und ich. Hast du das vergessen?«

Ich klappte laut mein Buch zu und legte es mit einem ebenso lauten Knall neben mich und sah ihn direkt an. Wieder überkam mich ein leichtes Schwindelgefühl, als würde ich auf dem großen grauen Felsen auf dem höchsten Hügel des Moors stehen.

Immer wieder war Turlington gekommen und gegangen, verschwunden und wieder aufgetaucht, aber nun schien er anzudeuten, dass es dieses Mal anders wäre. Ich konnte es mir nicht erlauben, das zu glauben. »Nein, Cousin, das habe ich nicht vergessen. Aber vielleicht hast du es ja vergessen, während all der Tage, der vielen Tage der letzten drei Jahre. *Vier* Jahre, wenn man deine Stippvisite nach dem Vorfall im Käseladen nicht mitrechnet. Vielleicht vergaßt du, dass du beim letzten Mal versprachst oder andeutetest, schreiben zu wollen, so dass wir auch aus der Ferne Freunde bleiben würden. Vielleicht ist das der Grund, weshalb du auf meine Briefe nicht geantwortet hast? Vielleicht hast *du* es vergessen, und das ist der Grund, warum ich, verzeih mir, nicht wirklich die erwartete Freude und Neugier aufbringen kann, dich mit offenen Armen willkommen zu heißen und dich mit Fragen zu überschütten, wie es zum Wunder deiner Rückkehr kam. Wir sind alle selig, geehrt, überwältigt, dich zurückzuhaben, dessen bin ich mir sicher. Vielleicht ist es das Aufregendste, was der Familie Grace in vielen Jahren passiert ist. Ich persönlich aber habe wichtigere Dinge im Kopf.«

Er zuckte ein wenig zusammen, wie ein Hund, und erkundigte sich fast zärtlich: »Und die wären, liebe Cousine?«

»Dieses Buch beispielsweise!«, erwiderte ich, nahm es auf und drohte ihm damit. Er sah mich ungläubig an. »Oder Sandersons bevorstehende Hochzeit. Ja, dein Bruder wird heiraten. Aber das weißt du wahrscheinlich. An ihm wirst du wohl Interesse haben. Oder meine Klavierübung. Oder mein *Ehemann*!«

»Dein Ehemann?« Erschrocken packte er meine linke Hand. Natürlich befand sich an dieser kein Ehering; ich weiß selbst nicht, warum ich das gesagt habe, anstatt »meine Verlobung« oder »mein Verlobter«. Da war nur der von Smaragden umgebene Diamant, den Aubrey mir vor ein paar Monaten ziemlich ungeschickt an den Finger gesteckt hatte. Und dabei kam mir kurz der Gedanke, dass ich mich nicht erinnern konnte, wann genau wir uns verlobt hatten. Nun, das bedeutete nichts. Wir waren schließlich keine Schulkinder, die Wochen und Tage zählten und mit den Freunden darüber sprachen. Wir waren Erwachsene. Doch es war befremdlich, dass ich ganz genau wusste, Turlington seit drei Jahren, einem Monat, zwei Wochen und fünf Tagen nicht mehr gesehen zu haben.

»Mein zukünftiger Ehemann«, gab ich hochmütig zu. »Aubrey und ich werden am fünften, nein am fünfzehnten, nein am fünften Mai nächsten Jahres heiraten.

»Aubrey?«, sagte er.

»Aubrey«, bestätigte ich. »Aubrey Marchmont. Ich werde

im nächsten Jahr Mrs Marchmont werden, am fünfzehnten Mai.

»Ich dachte, du meintest den fünften?«, hakte er behutsam nach.

»O verflixt und zugenäht, zur Hölle damit!«, platzte es aus mir heraus und ich stürmte ins Haus. So hatte ich schon seit vielen Jahren nicht mehr geflucht.

Er rief mir hinterher: »Möchtest du nicht dein Buch mitnehmen, meine Liebe?«

KAPITEL VIERUNDZWANZIG

Im Laufe der folgenden Tage musste ich mich erst wieder darauf einstellen, dass ein weiterer Grace im Haus lebte. Nicht nur irgendein Grace, sondern Turlington. Wir hatten nicht mehr unter demselben Dach gewohnt, seit ich fünfzehn Jahre alt war. Ich hatte mir immer gesagt, dass er mein Cousin wäre, mein Freund, jemand, mit dem ich mich auf besondere Weise verstand, wie mit Sanderson. Nun war ich neunzehn – eine Frau. Eine *verlobte* Frau. Und ich musste mir eingestehen, dass diese Beziehung mit der zu Sanderson überhaupt nicht zu vergleichen war. Und schon gar nicht mit meiner Beziehung zu Aubrey.

Seine Existenz war mir jede einzelne Minute bewusst. Ich ging ihm, wann immer es möglich war, aus dem Weg, doch sobald er in meiner Nähe war, prickelten meine Sinne, Sinne, deren Vorhandensein ich ganz vergessen hatte. Es war, als würde ich aus einem langen Dornröschenschlaf aufwachen. Selbst wenn wir uns an entgegengesetzten Enden des Hauses befanden, spürte ich ihn. Ich konnte am Flügel sitzen und er sich im Stall aufhalten, ich spürte ihn. Wenn er draußen in der Stadt unterwegs war, wusste ich seltsamerweise, ob er nah oder fern war, obwohl mir keiner sagte, wohin er gegangen war. Es war, als wären wir durch ein nicht greifbares Zauberband miteinander verwoben.

Trotz meiner Weigerung, Interesse daran zu zeigen, erfuhr ich die Geschichte seiner Rückkehr. Eine Weile gab es im ganzen Haushalt kaum ein anderes Gesprächsthema, und ich hätte mir schon die Ohren zustopfen müssen, wollte ich nichts davon mitbekommen.

Allem Anschein nach hatte Hawker ihn aufgespürt. Das überraschte mich. Offenbar schien Hawkers Sorge um die Zukunft der Graces trotz Sandersons Verlobung nicht geringer geworden zu sein. »Eine Linie reicht nicht aus!«, sagte er immer wieder. Dem armen Sanderson war anzusehen, wie unwohl ihm dabei war, als würde seine Manneskraft in Frage gestellt werden, bevor er noch verheiratet war. Aber alle wussten, wie seltsam und besessen Hawker war. Es war einfach eine der Tatsachen des Lebens in Helikon, die einen anfangs erschreckte, dann aber genauso fester Bestandteil wie seine Mauern wurde.

Calantha und Sanderson hatten recht gehabt, als sie meinten, dass Hawker, wenn er sich vorgenommen hatte, jemanden zu finden, diesen auch fände. Man kann nur von Glück sagen, dass seine Absicht, als er Turlington ins Visier nahm, eine gute war: Er wollte Turlington eine letzte Chance geben. Deshalb war Hawker auch befriedigt, als seine Nachforschungen schließlich ihr Ziel erreichten und Turlington freundlich zurückschrieb. Er vermisse seine Familie. Nichts würde er lieber tun, als die Vergangenheit hinter sich zu lassen und an den Ort zurückzukehren, der letztendlich sein Zuhause war. Er gestand, dass es ihm nach seinem Verschwinden nicht sehr gut ergangen sei, er aber ein paar harte Lektionen gelernt habe und nun glaube, endlich der Enkelsohn zu sein, auf den Hawker stolz sein könne. Kurz gesagt, seine Rückkehr könnte sich für beide Seiten als Segen erweisen.

Die beiden Männer trafen sich an einem heißen Sommertag in einer Taverne nahe der Westminster Bridge. Turlington lehnte Ale und Wein ab und trank stattdessen Wasser. Seine Trinkerei, gab er zu, sei ein Dämon, den loszuwerden er gezwungen gewesen sei. Ihm sei es nicht wie anderen Männern gegeben, dem Alkohol nur gelegentlich zuzusprechen. Er ergreife Besitz von ihm und beherrsche ihn, und dazu sei er letztlich zu stolz. Er beschrieb sich, was das Trinken betraf, nun als nahezu abstinent.

Sein Eingeständnis klang wahrhaftig für Hawker, der zudem die offensichtlichen Veränderungen an ihm wahrnahm. Mit seinen vierundzwanzig Jahren war Turlington entspannt, gut betucht und selbstsicher. Er wirkte wie ein Mann, der endlich erwachsen geworden war. Die Tage der Rebellion um der Rebellion willen waren vorbei.

Er hatte einen eleganten schwarzen Koffer dabei, und aus diesem holte er zwei Gegenstände. Einer war eine wunderschöne Smaragdkette. Es war nicht die, die er von Annis gestohlen hatte, denn das war tatsächlich lange her, aber es war die bestmögliche Form der Wiedergutmachung. Er bat Hawker, sie ihr mit seiner aufrichtigen Entschuldigung zu übergeben, da er Zweifel hatte, ob sie jemals einwilligen würde, ihn wiederzusehen. Der Zweite war ein Bündel Briefe von seinen Geschäftspartnern, die bewiesen, dass er erfolgreich war im Verschiffen von Zucker (oder weißem Gold, wie man es nannte) und Wein von dieser weit entlegenen Insel, auf die er verbannt worden war. So hatte er seine unrechtmäßig erworbenen Einnahmen letztendlich zu einem guten Zweck genutzt.

Trotz seines naturgemäßen Misstrauens und seiner Schläue war Hawker überzeugt. Ungeachtet zahlloser Enttäuschungen im Lauf der Jahre hatte er in Turlington immer den wahren Erben der Graces gesehen. Und das sagte er an jenem Tag auch zu Turlington, und uns übrigen danach zu wiederholten Malen. Er habe immer das Gefühl gehabt, dass während dieser Jahre etwas schiefgelaufen sei, als sei ein Hebel umgelegt und Turlington auf Abwege gebracht worden – ein schrecklicher schicksalhafter Fehler. Nun sei der Hebel erneut betätigt und die richtige Ordnung wiederhergestellt worden. Der älteste Grace, der Sohn der schönen Belle, werde erneut seinen Platz in der Familie einnehmen, und dieses Mal verdiene er ihn auch.

Nach zwei Monaten war es, als wäre Turlington nie weg gewesen. Für die anderen war es eine Rückkehr zur Normalität, denn er war mit ihnen aufgewachsen. Nur ich fand es merkwürdig. Er reagierte erschrocken und traurig, als er von Calanthas Flucht und auch den entsetzlichen Grund dafür erfuhr, und versprach Sanderson und mir, Nachforschungen anzustellen. Schließlich verfüge er über zahlreiche Verbindungen zur falschen Seite von London. Er sei nicht stolz auf seine Vergangenheit, aber in diesem Fall könne sie sich als nützlich erweisen, wie er hoffte. Ich betete, er möge recht behalten, denn ich dachte fast jeden Tag an Calantha und vermisste sie noch immer.

Sein Unternehmen schien sich in einem Stadium zu befinden, wo es mehr oder weniger von selbst lief. Er hatte einen Agenten auf Madeira, einen Mr Cinquentes, von dessen Fähigkeiten und Integrität er absolut überzeugt war. Dementsprechend war Turlingtons Arbeitspensum gering und beschränkte sich weitgehend auf die Korrespondenz mit Mr Cinquentes. Ein- oder zweimal in der Woche ging er nach London, wo er sich wohltätigen Aufgaben widmete. Eine zweite Chance zu bekommen bedeute ihm viel, sagte er. Deshalb investiere er einen Teil seines Einkommens in die verlorenen Seelen von London – Gefangene, gefallene Frauen und solche, die mit der Trunksucht kämpften.

Dass er nun nach so vielen Jahren ein besseres Leben führe, wie er mir in einem der seltenen Momente, die wir für uns allein hatten, voller Leidenschaft erklärte ... Nun, ich wisse ja nicht, was er durchgemacht habe. Ich wurde ein wenig milder gestimmt. Schließlich zeichnet sich wahres Menschsein nicht dadurch aus, perfekt zu sein, sondern diese Unzulänglichkeiten sinnvoll zu überwinden. Als ich ihm das sagte, sah er mich dankbar an.

Dennoch verabschiedete ich mich kühl von ihm, als er nach Madeira zurückkehrte, weil er sich persönlich um seine Geschäfte kümmern musste, denn ich ging davon aus, dass ich ihn viele weitere Jahre nicht sehen würde.

KAPITEL FÜNFUNDZWANZIG

Man stelle sich mein Erstaunen vor, als er, keinen Tag zu früh, keinen Tag zu spät, sondern genau wie versprochen, durch die Eingangstür kam, als ich gerade hinausgehen wollte. Er trug einen Paletot, Beweis dafür, dass es draußen kühler war als noch vor kurzem. Er wirkte darin wuchtiger, als seine Gestalt dies erwarten ließ, und er schien die Eingangshalle zu füllen. Mir war nicht bewusst gewesen, dass ich ihn vermisst oder insgeheim gehofft hatte, er möge mir das Gegenteil beweisen, aber der Freudensprung, den mein Herz machte, ließ keinen Zweifel daran.

»Turlington!«

Mit diesem Ausruf entfuhr mir mein früheres Entzücken, und ehe ich wusste, wie mir geschah, hatte ich schon meine Arme um ihn geschlungen. Wir hatten uns seit seiner Rückkehr nicht berührt, nicht richtig. Abgesehen von seiner Hand, die über meinem Rücken schwebte, wenn er mich zum Abendessen führte, seinem Arm neben meinem Gesicht, wenn er mein Notenblatt umdrehte, unserem flüchtigen Händedruck zum Abschied vor einem Monat. Aber jetzt schloss er mich in seine Arme, wie er das immer getan hatte. Es kam mir vor, als wäre da mehr Turlington denn je zuvor, er schien mich wie eine Urgewalt zu umkreisen und es fühlte sich an, als würde er mich hochheben, obwohl er es nicht tat.

Der dicke Mantel zwischen uns war so unerträglich wie eine Decke in einer heißen Nacht, die abgeworfen werden musste:

Ich vergrub mich in seinen Falten. Da riss er ihn mit einer Hand auf, die aber schnell wieder in meine Haare zurückkehrte und mein Gesicht gegen seinen Hals drückte. Seine Arme umschlossen mich so fest, dass man uns kaum als zwei Menschen hätte wahrnehmen können. Es war ein ganzes Universum: Turlington-und-Florrie. Ich weiß nicht, wie lange wir so verweilten. Es könnten mehr als zehn Minuten gewesen sein, denn ich war auf dem Weg zu einer Verabredung und erinnere mich, zu spät gekommen zu sein.

Schließlich trennten uns Schritte auf der Küchentreppe. Wir waren verlegen und zitterten. Es war ein Dienstmädchen, das uns aber nicht zu bemerken schien. Mit einem ärgerlichen Ausruf rannte sie wieder davon und brummelte etwas von Kerzenhaltern.

»Bedeutet das, dass du mir vergeben hast, liebe Florrie?«, bedrängte er mich. Es wäre nutzlos gewesen, ihm etwas anderes vorzumachen.

»Du bist zurückgekommen«, sagte ich.

»Das sagte ich doch. O ja, ich weiß, ich habe nicht immer Wort gehalten, aber ich habe mich geändert, Florrie, wie du sicherlich sehen kannst. Wenn wir wieder Freunde sein können, wenn ich darauf hoffen darf, würde ich dir gerne alles erzählen, sofern du es hören möchtest.«

Natürlich wollte ich es hören. Ich wollte über jeden einzelnen Moment Bescheid wissen, den ich während der Zeit verpasst hatte, als er ein Fremder für mich war. Hawker hatte recht – es war einfach ein entsetzlicher Fehler gewesen, eine Laune des Schicksals, so willkürlich wie grausam. Drei Jahre lang hatten wir einander nicht gesehen und nicht miteinander kommuniziert, das war Tatsache. Aber wir waren uns auf einer tiefreichenden Ebene, die ich nicht fassen konnte, näher als zwei Menschen einander für gewöhnlich sind, und daran konnte nicht gerüttelt werden. Das war die Wahrheit.

Jetzt jedoch war nicht der richtige Zeitpunkt dafür. Ich traf mich mit Aubrey bei den Westwoods, um die Texte für den

Gottesdienst zu unserer Hochzeit zu besprechen. Bis zum Mai waren es nur noch sechs Monate. Mein brennendes Gesicht verzog sich, was Turlington sofort bemerkte.

»Du gehst aus, Florrie. Lass dich von mir nicht abhalten. Wir haben jetzt, da wir wieder im Einvernehmen sind, alle Zeit der Welt. Wenn du zurückkommst oder morgen oder übermorgen ... Wir können ausreiten, wenn du möchtest. Wir können uns in einer Galerie oder einem Museum unterhalten ... Wir können uns überall unterhalten, vorausgesetzt, du willst endlich wieder mit mir reden.«

»Ich werde mit dir reden«, sagte ich. Auf einmal wünschte ich mir nichts mehr, als meine Tage und Nächte damit zuzubringen, mit ihm zu reden, ihn zu umarmen, ein Leben an seiner Seite zu führen. Annis hatte vor vielen Jahren einen Nerv getroffen, wie ich nun entsetzt erkannte. Sie hatte recht gehabt. Ich war verliebt in ihn. Was immer diese magische Wendung bedeutete, was immer Verliebtsein nach sich zog, was immer es war, das war es. Eine traurige Erkenntnis, denn schließlich war er tabu für mich und ich einem anderen versprochen.

»Du siehst hübscher aus denn je in diesem rosafarbenen Umhang«, sagte er träumerisch und hielt meine Hand umklammert, als wüsste er nicht, dass er sie festhielt.

»Und du in diesem weiten Mantel«, murmelte ich. Er hing nach unserer Umarmung lose an ihm herab, und er strich ihn geistesabwesend glatt, nahm seine Handschuhe vom Dielentisch und legte sie wieder ab. In einer kleinen Geste der Hilflosigkeit hob er seine Hände.

»Um Himmels willen, Florrie«, hauchte er.

Diese Äußerung kam dem am nächsten, was zwischen uns so lange unausgesprochen gewesen war. *Immer schon*, wie mir jetzt klarwurde, als ich an den Stall dachte, seine finstere Miene auf dem Ball in Truro.

»Um Himmels willen«, wiederholte ich mit dumpfer Stimme und verließ das Haus, um meinen Verlobten zu treffen.

KAPITEL SECHSUNDZWANZIG

Es war, als sähe ich Aubrey an diesem Tag zum allerersten Mal. Die Schockstarre, in der ich mich während unseres Gesprächs mit Mr Westwood befand, rührte nicht nur von der anhaltenden Wirkung meiner körperlichen Nähe zu Turlington her, die in mir nachbebte, während ich Tee trank und versuchte, mich auf Bibelverse zu konzentrieren. Und sie hatte ihren Ursprung auch nicht nur in der Erkenntnis meiner Gefühle für ihn. Sondern ich hatte an diesem Nachmittag das Gefühl, als wäre der Fluch einer bösen Königin plötzlich von mir genommen. Ich hatte vergessen gehabt, wer ich war. Und jetzt wurde ich mir dessen mit einer so gewaltigen und unerwarteten Wucht bewusst, dass es mir innerlich den Boden unter den Füßen wegzog. Alles, was ich gelernt und erreicht und geplant hatte und geworden war ... Es bedeutete nichts. *Nichts*. Ich befand mich in der falschen Welt.

Und indem ich wieder Florrie wurde, sah ich auch mit Florries Augen. Insbesondere Aubrey sah da ziemlich anders aus.

»Hallo, meine Liebe«, begrüßte er mich, als ich eintraf. Seine verhaltene Herzlichkeit hatte ich immer gemocht. Im Kontrast zum abweisenden Verhalten meiner Familie war sie mir wie eine wärmende Flamme vorgekommen. Aber Turlington hatte diese Flamme gelöscht, und nun sah ich nur noch ein wässriges Tröpfeln. Auch Aubreys sanfte blaue Augen kamen mir wässrig vor, und als seine gepflegten Hände die meinen höflich einen Moment lang ergriffen, fühlte es sich an, als würde Regen müde darauf fallen. Ich sah in sein vertrautes, friedfertiges Gesicht und war entsetzt, zutiefst entsetzt. Ich konnte ihn unmöglich heiraten!

Was hatte ich mir dabei gedacht? Plötzlich sah ich mich so, wie ich einmal war und wie Turlington mich noch immer sah: lebenssprühend und voller Energie – und ich begriff, dass dieses Entsetzen nichts mit Aubrey zu tun hatte, der schließlich ein anständiger Mann war, sondern mit mir selbst, mit dem kastrierten, kompromittierten Geschöpf, zu dem ich geworden war. Wie eine Blume, die man immer weiter zurückschnitt, bis von der Blüte oder dem Blattwerk oder der vagabundierenden Ranke nichts mehr vorhanden war, nur noch der ordentliche, fügsame Stängel. Ich hatte mich selbst zurückgeschnitten oder war zurückgeschnitten worden, um zu einer Frau zu werden, die einen Mann wie Aubrey heiraten konnte. Aber das war nicht ich. Da war ein schrecklicher Fehler gemacht worden und ich wollte nur noch wegrennen.

Während Aubrey und Mr Westwood plauderten und das Mädchen der Westwoods Tee brachte, tobte in mir ein Angstbeben. Selina, die sich nach ihren morgendlichen Besuchen zu uns gesellte, warf mir hin und wieder fragende Blicke zu. Ich konnte ihr nicht in die Augen sehen. Wenn ich es täte, müsste ich weinen.

»Die Ehe ist ein sehr großer Schritt, nicht wahr?«, meinte sie murmelnd, als das Gespräch stockte. »Ein großes Vorhaben für zwei junge Leute. Es ist nur verständlich, dass es alle möglichen Ängste freisetzt, aber Gott leitet uns und gibt uns beizeiten die Mittel dafür in die Hand, diesen Ängsten zu begegnen.«

Dann stand mir also mein Schrecken groß ins Gesicht geschrieben. Solange sie diesen der Nervosität einer zukünftigen Braut zuschrieb, war alles gut. Nach außen hin verhielt ich mich ruhig, aber innerlich quälten mich Fluchtphantasien. Ich war ein Reh im Wald, das vom Knacken eines Astes aufgeschreckt wurde. Ich war ein Kormoran, der sich, angezogen von der Tiefe, von der Klippe stürzte und untertauchte. Ich war wieder Florrie Buckley, die barfuß übers Moor rannte. Und schon flossen Tränen. Gütiger Gott!

Ich erhob mich abrupt und trat ans Fenster. Es war Jahre her, seit meine Gefühle zuletzt derart mit mir durchgegangen waren. Ich durfte sie mir auf keinen Fall anmerken lassen. Aber Aubrey stand hinter mir, seine Hände lagen auf meinen Armen und machten meine Ärmel feucht: Ich bildete mir ein, Tröpfchen zu spüren. Dann tat er etwas völlig Unvorhergesehenes: Er drückte mir einen Kuss auf meinen Scheitel. Da ich fast genauso groß war wie er, musste er sich dazu auf die Zehenspitzen stellen. Ich drehte mich nicht um, war mir nur seiner auf und ab federnden Bewegung und der liebevoll fürsorglichen Geste bewusst, die in mir jedoch den Wunsch auslöste, ihm einen Schlag ins Gesicht zu verpassen. Ich stöhnte innerlich. Die Festung, die ich erbaut hatte, begann einzustürzen. Mit allergrößter Anstrengung zwang ich mich zu einem unbeschwerten Ton.

»Es geht mir gut, Liebster. Oh, sieh dir dieses Rotkehlchen an! Wie süß.« Gott sei Dank war da ein Rotkehlchen. Sonst hätte ich sagen müssen: »Sieh nur diese ergötzlichen Ziegelsteine.«

»Gutes Mädchen«, sagte Aubrey. »Für eine Dame ist es besonders schwer, das verstehe ich. Aber wir werden sehr glücklich sein.« Und mit gedämpfter Stimme ergänzte er: »Ich werde äußerst rücksichtsvoll sein, Florence, äußerst feinfühlig, dessen kannst du versichert sein.«

O Gott, er dachte offenbar, ich hätte Angst vor dem Geschlechtsakt. Wenn er nur wüsste, dass der bloße Gedanke an so etwas meine Gedanken sofort in Richtung meines Cousins katapultierte ... Nun, ich war eine schlechte Verlobte und zweifellos ein schlechter Mensch. Jede andere junge Dame in England wäre froh – erleichtert – gewesen, Aubrey zum Ehemann zu haben.

»Möchten Sie vielleicht noch etwas Tee, Florence?«, erkundigte Mr Westwood sich, und seiner Stimme war seine Missbilligung anzuhören.

»Vielleicht einen kleinen Schluck Weinbrand?«, schlug Selina vor.

Alkohol? In diesem Zustand? Ich atmete ganz behutsam einmal tief ein und aus. Und mit einer Kraft, die mich selbst erstaunte, festigte ich meine Stimme und kämpfte gegen meine Tränen an. Ich wandte mich mit einem Lächeln an alle.

»Ich möchte wirklich nichts, danke. Aber ich gestehe, dass mir gerade ein erschreckender Gedanke kam.« Sechs Augenbrauen wurden hochgezogen. »Ich saß den ganzen Nachmittag hier und verspürte eine Unruhe, und jetzt ist mir eingefallen, dass ich versprochen hatte, an zwei Orten gleichzeitig zu sein. Ich sollte auch bei Rebecca im Käseladen sein. Sie macht Inventur und ich habe versprochen, ihr zu helfen. Wie schmachvoll von mir, sie im Stich zu lassen.«

»Ich bin mir sicher, dass Ihre Freundin das verstehen wird«, warf Mr Westwood ein. »Sie werden bald eine verheiratete Frau sein, Sie haben nun Verpflichtungen, die über solche mädchenhaften Bindungen hinausgehen.«

»Aber Florence hat so ein weiches Herz«, wandte Aubrey ein. »Möchtest du lieber aufbrechen, Liebste? Ich werde dich begleiten, wenn du möchtest. Wir haben doch einen Konsens gefunden, wie ich glaube, vorausgesetzt, du bist mit dieser Wahl zufrieden, Liebste?«

»Ich bin ganz und gar zufrieden damit, Aubrey.« Dabei hatte ich überhaupt keine Ahnung, was wir ausgewählt hatten. »Aber es ist nicht nötig, dass du mich begleitest. Bleib nur, ich weiß doch, wie sehr du dich auf diese Zeit mit Mr Westwood gefreut hast.«

Ich weiß nicht, wie ich von dort weggekommen bin, und auch nicht, wie ich es geschafft habe, durch die Straßen nach Marylebone zu gelangen. Nichtsdestotrotz kam ich dort an, wurde aber vom unliebsamen Anblick Mr Speedwells begrüßt, der sich über die Käsetheke beugte. Die Inventur war natürlich aus der Luft gegriffen gewesen. Ich verweilte unruhig auf dem Trottoir. Rebecca war vermutlich oben, aber die Vorstellung, in meiner überdrehten Verfassung mit ihrem Vater sprechen zu müssen, war eine zu große Herausforderung. Noch eine weitere höfliche Konversation ertrug ich nicht.

Also lief ich raschen Schritts weiter, bis mir die Füße weh taten und ich mich in einem düsteren Teil der Stadt mit engen Gassen befand, den ich nicht kannte. Wieder verlaufen. Ich hätte mir eine Droschke nehmen und zurückfahren sollen, aber wie sollte ich das später erklären? Also lief ich weiter.

Meine wiedererweckte rebellische Gemütsverfassung ließ mich vor einer Taverne stehen bleiben. Keine gut erzogene junge Dame würde jemals allein eine Taverne betreten. Aber Selina hatte »Weinbrand« gesagt, und dieser Gedanke hatte sich in meinem Kopf eingenistet. Es war unwahrscheinlich, hier jemandem zu begegnen, der die Graces kannte – wo immer ich mich auch befand.

Ich ging hinein und spähte in den Gastraum, wo drei andere »Damen« saßen. Sie richteten sich auf wie Löwinnen, die Beute wittern. Ich spürte, dass sie mich als damenhaft und verletzlich einstuften und ein wenig Spaß auf meine Kosten vorhersahen, wenn nicht sogar die Gelegenheit, mir meinen Putz zu rauben. Ich stürmte in den Gastraum, und der Blick, den ich ihnen zuwarf, machte dem ein Ende.

Ich bestellte einen großen Weinbrand und kippte ihn hinunter. Ich bestellte noch einen und setzte mich in eine Ecke, um ihn zu trinken und vor mich hin zu brüten. Tavernen. Garantierte Ungestörtheit von allem, was Grace hieß. Warum war ich nicht schon eher in einer gewesen? Und dort saß ich dann lange Zeit, gebeutelt von den Gedanken und Gefühlen, die sich in mir überschlugen, und versuchte mich auf meine Rückkehr nach Helikon vorzubereiten und mir auszumalen, was um Himmels willen ich tun würde. Aber dann griff das Schicksal mit boshafter Hand ein. Ein Gentleman trat ein. Das erkannte ich am sabbernden Interesse der Löwinnen, die ihre Nackenhaare aufstellten.

Er näherte sich mir und ich blickte auf und fürchtete, Mr Blackford oder Mr Seagrove und sonst jemanden zu sehen, der mich bei meiner Tante und Hawker anschwärzen würde. Aber es war Turlington.

»Gott ist gut«, sagte er und setzte sich neben mich.

»Ist er das jetzt?«, fragte ich. Ich leerte meinen Trank, ohne zu überlegen, und hustete, weil er so brannte.

»Noch einen Weinbrand, Florrie?«, fragte er amüsiert.

Ich konnte nicht anders, ich musste lachen. »Nein, die zwei, die ich hatte, haben ihren Zweck erfüllt.«

»Und welcher Zweck war das?«

»Sie haben den Schock gemildert.«

»Welchen Schock hast du erlitten?«

»Dich, Cousin. Du bist der Schock.«

»Gut.«

Als er das sagte, konzentrierten sich alle meine Sinne nur noch auf einen Punkt. Auf Turlington, der dunkel und geheimnisvoll vor mir saß. Die rote Velourstapete, fleckig und verblasst, die abgewetzten Polster der Stühle, das unvermittelte Gegacker der Löwinnen, alles wich zurück und zirkulierte weit hinter uns wie ferne Planeten. Ob ich mich schamlos oder falsch oder unbedacht verhielt – es kümmerte mich nicht. Er streckte seine Hand aus und ich nahm sie in meine beiden Hände, verschränkte meine Finger mit seinen, als könnte man uns auf diese Weise nie mehr trennen. Das Gefühl, mit jemandem so tief verbunden zu sein, dass ich glaubte, jede Trennung könnte sich für beide verheerend auswirken, war mir ganz neu. Es war verstörend, sogar beängstigend, doch seit ich Cornwall verlassen hatte, hatte ich mich noch nie so lebendig gefühlt. Und da ich mich jetzt daran erinnerte, wie kraftvoll sich das Leben anfühlen konnte, wollte ich es nicht in Frage stellen.

»Ich habe jeden Tag, an dem wir getrennt waren, an dich gedacht«, begann er mit leiser Stimme. »Es tut mir so leid, Florrie, dass ich dich verletzt habe, indem ich dir nicht schrieb. Es lag nicht daran, dass ich es vergessen hätte oder mir nicht die Mühe machen wollte. Ich entschied mich dagegen und tat es nicht, obwohl es mir unvorstellbar schwerfiel.«

»Du hast dein Versprechen absichtlich gebrochen?«

»Das habe ich. Aber das Versprechen war falsch, nicht dass ich es gebrochen habe. Das Versprechen gab ich in einem Moment der Schwäche. Ich hätte es nie geben dürfen. Als du mit deinen dunklen Augen und deinem feenhaften Gebaren vor mir standst, war es undenkbar für mich, dass wir unsere Freundschaft nicht auf die eine oder andere Weise würden fortsetzen können. Aber als ich fern von dir war und wieder atmen konnte, behauptete sich wieder die Realität, denn es gibt zwei Realitätsebenen, nicht wahr?«

Ich stimme ihm zu, dass es sie gab, und keiner vertiefte dies, da wir einander vollkommen verstanden. Es gab die Realität, in der solch intensive Gefühle nur zu einem möglichen Ergebnis führen konnten, und zwar zur Schande – sofern wir nicht heirateten. Aber selbst wenn wir schließlich zu einem solchen Einvernehmen kämen, wären wir immer noch Graces. Die Ehe war uns verboten. Hawker hatte es so bestimmt. Doch es gab auch noch die andere Realität, die, in der wir nicht getrennt werden konnten und nie getrennt waren, womöglich über viele Lebenszeiten hindurch: in der wir miteinander verschlungen waren wie unsere Hände jetzt.

»In jener Realität, die mich jedes Mal quälte, wenn ich dich verließ«, fuhr er fort, »warst du sechzehn Jahre alt. Und davor fünfzehn. Das erste Mal, als wir uns begegneten, warst du dreizehn. Du warst immer etwas Besonderes für mich, Florrie. Du warst mein Leitstern seit jenem Tag in den Ställen. Allerdings hat es lange gedauert, bis ich deiner Führung folgte, denn Männer sind unvollkommene Wesen, und ich besonders. *Das* konnte ich nicht vor dir verbergen, obwohl ich es mir gewünscht habe. Aber was immer an Gutem in mir steckt, hat sich ergeben, weil ich deiner Spur aus Feenstaub gefolgt bin. Mehr als einmal bin ich von ihr abgekommen. Mehr als hundert Mal. Aber jedes Mal, wenn ich glaubte, ganz und gar bereit zu sein, mich einem nutzlosen Leben ohne Zweck und Ziel hinzugeben, hatte ich dich vor Augen, wie du an jenem kornischen Morgen davonrittest, so überaus kühn, oder in Helikon am Tisch saßest, herausgeputzt, aber in die Ecke gedrängt wie ein Tier. O Florrie, wie sehr habe ich mir gewünscht, dich zu befreien. Aber wie hätte ich es anstellen können? Wie hätte ein Mann von fast einundzwanzig Jahren, wie ich das war, als du zu uns kamst, mit einem fünfzehnjährigen Mädchen abhauen können? Von der Schicklichkeit mal ganz abgesehen, war ich nicht in der Lage, die Verantwortung für ein junges Leben zu übernehmen. Ich kam ja kaum mit meinem zurecht. Ich hätte dir nur Unglück gebracht, Florrie, und deshalb ging ich weg. Und ich zwang mich, wegzubleiben, bis – sollte dieser Tag jemals kommen – ich zurückkehren und geeignet wäre, dein …«

Der Satz schwebte unvollendet im Raum und er starrte ins Feuer. Ich wartete ab. Seine Worte hatten mich zutiefst erstaunt.

»Ich wusste nicht, ob der Tag jemals kommen würde«, fuhr er fort. »Die Frage lautete nicht wann, sondern ob. Als ich die Jahre zählte und du älter wurdest, peinigte mich der Gedanke, ich könnte eines Tages zurückkehren und dich verändert und für mich verloren antreffen. Dass du dich womöglich doch angepasst und einen vernünftigen jungen Mann aus guter Familie geheiratet hast. Aber ich konnte nicht einfach zurückeilen, nur um das zu verhindern, solange ich dich dabei nur unglücklich machen würde. Also wartete ich und ging das Risiko ein. Ich bin zurückgekommen und fand meine Befürchtungen bestätigt – du bist verlobt. Doch es fühlt sich nicht an, als wärst du verlobt, Florrie. Es fühlt sich überhaupt nicht danach an, als wärst du für mich verloren.«

Ich konnte nichts sagen, aber das brauchte ich auch nicht. Während er gesprochen hatte, waren wir zur Fensterbank umgezogen, damit wir enger nebeneinandersitzen konnten. Sein Arm hatte sich um meine Taille gestohlen und meine rechte Hand hatte sich wie von selbst auf sein Herz gelegt, und jetzt beugte ich mich vor und legte meine Stirn auf seine Schulter.

»Als wir uns in Helikon zum ersten Mal begegneten, Florrie, dachte ich, deine Gegenwart könnte mir helfen, mich mit meinem Leben und den an mich gestellten Erwartungen zu versöhnen. Und du weißt natürlich, wie das ausgegangen ist. Du weißt, wie das ist mit Hawker und mir. Solange ich Teil dieser Familie bin, werde ich immer in zweiter Linie Turlington und in erster Linie und vor allem ein Grace – der älteste Grace – sein. Man hätte mir gesagt, dass ich heiraten solle. Und das war nie eine Option für mich. Das wäre gegen meine natürlichen Neigungen gewesen und außerdem verlangte mein Herz nach dir ... Unmöglich. Ich hätte dich verführen und durchbrennen können – einmal wäre ich fast dazu fähig gewesen –, aber ein Schutzengel hat mich davon abgehalten. Nicht du, Florrie, nicht du. Was bleibt uns jetzt also übrig? Ich weiß, dass ich nicht vermessen bin, anzunehmen, dass du meine Gefühle erwiderst. Ich spüre, dass sie sich in beide Richtungen bewegen. Und es sind nicht nur unsere Herzen miteinander verwoben, sondern auch unsere Schicksale. Was immer wir tun, wir tun es von nun an gemeinsam, ist das nicht so?«

»So ist es«, murmelte ich. Er sah mich an, als wäre ich eine Göttin, als wäre ich ein einzigartiger Schatz auf dieser Welt. Sehnsucht und Zweifel nagten an ihm, ob er Anspruch auf mich erheben konnte. Ich fühlte mich wieder wie die wahrhaftige Florrie Buckley – das besondere Mädchen.

Ich sah mich in der Taverne um und nahm sie plötzlich in ihrer ganzen Pracht als den schäbigen, deprimierenden Zufluchtsort all derer wahr, die keine Erwartungen mehr an das Leben hatten. Vielleicht war das der Grund, warum ich hierher geführt wurde – ungeachtet all meiner Anstrengungen war ich eine von ihnen gewesen. Aber Turlington hatte seine Hände in das tiefe graue Schlupfloch der Konformität gesteckt, in dem ich mich vergraben hatte, und mich herausgezogen und in die grelle bunte Welt zurückgeholt. Ich wandte mich ihm zu und legte meine Hand an seine Wange.

»Ich danke dir«, sagte ich voller Leidenschaft. »Danke. Du bist mein ... Erlöser.«

Sein Gesicht spiegelte die perfekte Mischung aus Fassungslosigkeit und Zärtlichkeit. »Wie könnte *ich* jemals jemandes Erlöser sein?«, staunte er. »Doch wenn ich der deine bin, Florrie, dann ist mein Leben doch keine Wüstenei. Denn einen Engel zu erlösen – das ist mit Sicherheit etwas Besonderes.«

»Du bist etwas Besonderes! Ich sehe es! Du bist der einzige Lichtpunkt meiner Existenz. Alles dreht sich um dich. Oh, was werden wir tun, Turlington? Was soll aus uns werden?«

Wohl von meiner eigenen Inbrunst ergriffen, begann ich zu weinen. Ich hatte so lange so wenig gefühlt, und plötzlich tat sich vor mir diese Prachtstraße der Liebe auf, breit und lang wie die Schlüsselblumenfelder ... Es war überwältigend.

»Ich weiß, was ich tun möchte«, flüsterte er und wischte mir meine Tränen mit seinen Fingern ab.

Es war nicht nötig, so zu tun, als wüsste ich nicht, was er meinte, und auch nicht, schüchtern zu sein und Angst davor zu haben. Ich grinste ihn an.

»Ja, das weiß ich«, lachte ich, trunken von dieser Befreiung. »Aber das habe ich nicht gemeint.«

»Ich weiß. Und ich weiß auch, was ich diesbezüglich gerne unternehmen möchte.«

»Sag es mir.«

»Ich möchte, dass wir beide zusammen sind, Florrie. Deshalb bin ich zurückgekommen, nicht Hawkers wegen. Nicht wegen der Familie. Lass uns irgendwohin durchbrennen, wo uns keiner kennt. Lass uns nach Italien gehen! Wir können den Rest unseres Lebens als Mr und Mrs Spragett verbringen und uns träge in der Sonne aalen. Wir werden jeden Morgen ein üppiges Frühstück aus fetten, öligen Oliven und Feigen zu uns nehmen und im Meer schwimmen und jede Nacht als Mann und Frau zusammenliegen, die wir in Wahrheit auch sind, egal, ob es nun eine Zeremonie gab oder was immer Hawker für zulässig oder nicht zulässig erklärt hat.«

Mich schwindelte beim Zuhören. Mit all meinen Sinnen gab ich mich dieser Vorstellung hin. Ich kam nicht umhin, mir die von ihm beschriebene Zukunft herbeizusehnen. Leidenschaft. All dem entfliehen, was mir an London verhasst war. Befreiung von den Graces. Ein Leben einfacher, physischer Genüsse.

Bevor ich Zeit hatte, es mir auszumalen, küsste er mich, und da gab ich mich ihm ganz hin, denn mir war, als hätte ich mein ganzes Leben lang auf dieses Gefühl gewartet. Seine Lippen lagen weich auf meinen, seine Zunge war warm und ich spürte die Hitze seines Atems auf meiner Haut. Ich spürte, wie ich gegen ihn kippte, wie ich das immer tat, aber jetzt konnte ich nicht weiter fallen, denn wir waren uns auf diese wunderbarste Weise begegnet. Ich hätte ertrinken können. Ich klammerte mich an ihn.

Wir küssten uns ausdauernd, lösten uns nur für flüchtige Momente, um einander voller Ehrfurcht anzusehen. Ich lernte ihn in diesen Küssen kennen: erfuhr von seiner tiefen Traurigkeit und seiner jungen Hoffnung. Ich lernte den Teil von ihm kennen, der danach strebte, besser zu werden, als er war, und den Teil von ihm, der sich bereits verwandelt hatte und leuchtete. Ich erfuhr, was dunkel und glühend heiß in ihm war, und ich liebte ihn und zeigte es.

»Der erste Kuss?«, gurrte eine der Löwinnen. Sie hätte sich an jeden von uns wenden können, und wir lachten, die Köpfe zusammengesteckt.

»Die erste Liebe, Miss?«, erkundigte sich eine andere, und ich nickte.

»Dann sei auf der Hut, junge Schöne«, sagte sie. »Das wird dein Leben in die eine oder andere Richtung lenken, aber selten dorthin, wohin du gehen möchtest.«

Doch der Kuss prickelte noch auf meinen Lippen wie schmelzender Schnee und ich spürte ihn in jeder Faser meines Körpers, es gab also bloß einen Weg – von jetzt an nur vorwärts.

KAPITEL SIEBENUNDZWANZIG

Muss ich erwähnen, dass ich in dieser Nacht nicht schlief? Ich lag wach und starrte in die Dunkelheit und wünschte mir, er würde zu mir kommen, fragte mich, was ich da getan hatte.

Plötzlich winkte eine neue Zukunft, eine, die ich mir nie hätte träumen lassen. Ein Leben mit Turlington in Italien, ein Leben der Freude und in Freiheit. Keine heimlich erhaschten Stunden hier und dort, sondern ein ganzer Tag und noch einer und noch einer – nur noch Tage mit Turlington, für immer und ewig ...

Ich lag da und sehnte mich so sehr nach ihm, dass ich mir sicher war, die Kraft meines Verlangens würde ihn zu mir rufen. Keinen Augenblick lang dachte ich dabei an das Unheil, das daraus entstehen würde, wenn man uns in Helikon zusammen entdeckte. Nicht einmal an Aubrey dachte ich. Ich dachte nur an Turlington, und meine ganze Haut jubilierte vor Wonne. Ich wusste nur, dass ich ihn liebte.

Am nächsten Morgen beim Frühstück zitterte ich wie ein Windhund, und jede seiner Bewegungen elektrisierte alle meine Sinne. Ich konnte ihn nicht ansehen, denn meine Augen hätten mich verraten. In schmerzhafter Anspannung lauschte ich auf jedes Anzeichen, das mir verriet, ob wir heute Zeit miteinander würden verbringen können. Als er hinter meinem Stuhl vorbeiging, um sich einen Nachschlag Kedgeree zu holen, berührte er ganz leicht meinen Rücken, und ich zuckte zusammen, als hätte mich eine Kugel getroffen. Ich war von Herzen froh, dass Annis nicht mehr bei uns wohnte, denn ihr wäre es mit Sicherheit aufgefallen.

Als Turlington das Frühstückszimmer mit nicht mehr als einem höflichen »Guten Morgen« verließ, war ich verzweifelt. Mit brennenden Augen starrte ich auf meine Eier, aber da sich noch immer alles um die Vorbereitungen für Sandersons Hochzeit drehte, fiel es keinem auf. Tante Dinah quetschte ihn über Mrs Coatleys Kleidung aus. Sie wollte wissen, ob es in Ordnung wäre, wenn sie ein meergrünes Kleid trug, oder ob sie damit einen Konflikt heraufbeschwören würde. Wäre Lila womöglich sicherer? Da ich so sehr mit mir selbst beschäftigt war, nahm ich nur wie durch einen Nebel wahr, dass Sanderson ein wenig krank aussah und Hawker ihn beobachtete wie ein Habicht.

Als ich mich entschuldigte, wurde das kaum bemerkt. Ich verließ den Raum und wusste nicht, wohin ich gehen sollte, aber ein Arm schlang sich um meine Taille und zog mich in die Bibliothek.

Turlington! Als er die Tür zwischen uns und der Welt fest hinter sich schloss, lachte ich laut vor Erleichterung und Freude. Ich fuhr mit meinen Fingern durch die langen Enden seiner dunklen Haare. Trank sein Gesicht mit meinen Augen im festen Glauben, niemals genug von seinem Anblick bekommen zu können. Drückte mich an ihn und spürte seine Wärme und Kraft.

»O Turlington«, seufzte ich, als ich meinen Kopf auf seine Schulter legte.

»Florrie Buckley«, flüsterte er und berührte zärtlich meine Wange, und ich spürte wieder mein wahres Selbst.

»Wir werden verrückt werden, wenn wir nicht jeden Tag Zeit für uns haben, nicht wahr?«, sinnierte er.

Ich nickte.

»Ich weiß nicht, was wir tun sollen, Florrie. Wir brauchen Zeit, um miteinander zu sprechen und nachzuholen, was in der Zwischenzeit geschehen ist, und um zu feiern, dass wir wieder zusammen sind. Aber hier können wir das nicht tun. Früher oder später würden wir uns verraten. Ich möchte mich nicht mit dir an den schmutzigen, anrüchigen Stätten meiner Jugend treffen, doch es sind die einzigen Orte, wo wir sicher sein können, keinem zu begegnen, der uns kennt. Sicherheit im Verborgenen. Sollen wir uns heute Nachmittag wieder im Dog and Duchess treffen? Macht es dir etwas aus, meine Liebe, kannst du das ertragen?«

Ich hatte das Gefühl, alles ertragen zu können – wirklich alles –, nur um ihm nahe zu sein, und das sagte ich ihm auch. Wir küssten uns, bis ich ohne Hilfe nicht mehr stehen konnte, und dann huschte er aus der Bibliothek. Ich ließ mich in einen der blauen Sessel am Fenster sinken. Der Band mit Gedichten von John Clare, den ich mir nahm, blieb ungeöffnet auf meinem Schoß liegen, während ich durchs Fenster starrte, ohne etwas wahrzunehmen.

Eine ganze Woche ging das so, eine schwindelerregende, galoppierende Woche heimlicher Rendezvous im Dog and Duchess und an trockenen Tagen langer Spaziergänge durch die weniger zuträglichen Viertel der Stadt. Noch nie zuvor war ich an derart erbärmlichen Orten gewesen, aber ehrlich gesagt, bemerkte ich sie kaum. Wir redeten, wir küssten uns, wir erwogen unsere Möglichkeiten. Wir tauschten endlose Geschichten aus unseren früheren Leben aus, jenen nutzlosen Leben, bevor wir zusammenkamen. Wir hielten einander an den Händen fest, als wäre die Berührung eine Rettungsleine. Ich fragte mich, ob es jemals zwei Menschen gab, die so unbedingt zusammen sein wollten. Es fühlte sich an, als wären wir seit Anbeginn der Zeit eins.

Ich fragte mich auch, ob jemals jemand so glücklich war. Für mich zählte nur, dass er mich liebte, und das tat er, daran gab es keinen Zweifel. Und so versank die Zukunft mit ihren beträchtlichen Hindernissen in der Bedeutungslosigkeit. Tag für Tag konnte ich ihn umarmen und ihm sagen, dass ich ihn liebte. Und deshalb fehlte nichts in meiner Welt. Ich war von einer strahlenden Kraft erfüllt. Mich wunderte, dass keiner sie zu bemerken schien, war aber von Herzen froh darüber. Ich erinnerte mich an die Zeit, als ich begann, bei der Alten Rilla zu lernen, und jedes Mal, wenn ich nach Braggenstones zurückkam, glühte vor Begeisterung, mein Wissen erweitert zu haben, was jedoch niemand bemerkte. Auch hier hatte ich das Gefühl, ein Wunder zu leben, das keiner sich vorstellen und demzufolge auch nicht sehen konnte.

Endlich kam Turlington eines Nachts zu mir ins Zimmer. Er stand barfuß vor mir im Kerzenschein, trug nichts weiter als ein langes weißes Hemd, über dessen Kragen sich sein Haar ringelte. Er sah so ungeschützt aus, wie ich ihn noch nie gesehen hatte, als würde er mir seine gebrochene Seele anvertrauen. Überzeugt, dass mir nun mein Verderben, wenn man es denn als solches ansehen wollte, bevorstand, hob ich wortlos meine Decke an und verspürte dabei Erregung und Angst gleichermaßen. Er stellte die Kerze auf einen Stuhl, kam dann zu mir ins Bett und nahm mich in seine Arme. In dieser Nacht hielt er mich nur fest. Nichtsdestotrotz verschmolz ich mit ihm. Die langen weißen Gewänder, in die wir gehüllt waren, konnten nicht verhindern, dass die Grenzen zwischen Turlington und Florrie, zwischen dem einen Wesen und dem anderen, zwischen Mann und Frau verschwammen und sich auflösten.

Ich kuschelte mich an ihn, konnte kaum atmen. Von allen Seiten spürte ich die Muskeln seiner Arme und das Schlagen seines Herzens und sein Brusthaar im Ausschnitt seines Nachthemds. Ich konnte die warme, harte Schwellung zwischen seinen Beinen spüren, streckte aber meine Hand nicht aus, obwohl es mich danach verlangte. Offenbar hatte Turlington seine eigenen Vorstellungen davon, wie die heutige Nacht aussehen sollte.

Das bedeutete es also, eine Frau zu sein, die mit dem Mann zusammen war, den sie liebte. Ehrfürchtig starrte ich ins Dunkel. Es ließ sich mit keiner meiner belanglosen romantischen Erfahrungen vergleichen. Stephens kindliche Werbung im Hühnerstall. Der Kuss, den ich Joe, dem Sohn des Hausierers, inmitten von Schlüsselblumen gab. Und Aubrey, mein Verlobter. Als Höchstes der Gefühle hatte er meine Hand berührt. Sosehr ich ihn mochte und schätzte, mein Herz hatte er nie berührt.

Aubrey. Ich verdrängte ihn aus meinen Gedanken, in diesem Moment hatte er nichts verloren. Denn die Liebe, die wahre Liebe war doch wohl das höchste Gesetz, oder nicht?

Turlington blieb bis zum Morgen bei mir. Wir schliefen nicht, jedenfalls ich nicht, er vielleicht schon. Öfter als einmal sah ich, wenn ich meinen Kopf aus der Grube zwischen seinem Hals und seinem Schlüsselbein hob, Tränen unter seinen wunderschönen Augen schimmern. Als der Morgen anbrach, küsste er mich sanft und schlüpfte davon, ließ meinen Körper verwirrt und verloren vor Sehnsucht nach ihm zurück.

An diesem Abend stand uns aller Voraussicht nach ein angenehmes Abendessen bevor. Dinah, Irwin und Judith waren zu einem Ball eingeladen, und so bestand die Gesellschaft aus mir, Turlington, Sanderson und Hawker. Wir schickten die Bediensteten weg und bedienten uns selbst. Es war sehr entspannend, nur in der Gesellschaft von Männern zu sein. Das Gespräch sprang unkontrolliert von einem Thema zum anderen. Es gab keine Anweisungen, das Benehmen oder die Haltung betreffend, hier und da entkamen auch einmal ein paar Kraftausdrücke. Wir lachten mehr als sonst und tranken mehr Wein.

Schließlich kamen wir von Wagners romantischer Oper »Lohengrin« über Finanzen auf die skandalös junge und schöne neue Frau eines älteren Nachbarn zu sprechen, um dann beim unvermeidlichen Thema anzulangen: der Größe der Graces. Die Stimmung kippte, als Hawker anfing, Sanderson hinsichtlich seiner bevorstehenden Ehe zu belehren. Er hatte wohl ein bisschen zu viel Wein getrunken – jedenfalls schien er vergessen zu haben, dass ich anwesend war, und ganz sicher hatte er jegliches Einfühlungsvermögen vergessen, denn er ließ eine Tirade zu seiner Hochzeitsnacht los.

»Du wirst deiner Pflicht doch nachkommen?«, bedrängte er ihn immer wieder und trommelte dabei mit seinen Fingern auf das weiße Tafeltuch. Sein Rotwein zitterte leicht im Glas. »Wird es das erste Mal für dich sein? Weißt du, was du zu tun hast? Wenn du sagst, du wirst deiner Pflicht nachkommen, dann muss ich mir auch sicher sein können, dass du weißt, worin sie besteht.«

Der arme Sanderson fühlte sich dabei natürlich unwohl. Er wich der Frage, ob es sein erstes Mal wäre, aus (ich war mir dessen sicher, denn er war so gut und edel) und versicherte

Hawker murmelnd, er wisse ganz genau, worum es gehe, und werde es tun.

Aber Hawker ließ nicht locker und Sanderson sah elend aus und dann kam Turlington ihm zur Hilfe, wie er das immer tat. Er ließ sich in einem großartigen Kommentar darüber aus, dass auf Sanderson schließlich nur die halbe Last ruhe, da nun auch er bald Erben in die Welt setzen werde, damit der Baum Früchte trug. Hawker nahm dies zum Anlass, nun Turlington zuzusetzen, wann *er* zu heiraten gedenke, ein Thema, dem Turlington für gewöhnlich mit einer Reihe von kunstvollen Ausführungen auswich. Er meinte scherzhaft, er habe nur Augen für mich.

Ich hielt die Luft an. Es war ein tollkühner Scherz – eine Wahrheit, als Scherz verkleidet. Sanderson, der erleichtert war, dass die Aufmerksamkeit von ihm abgelenkt wurde, stimmte ihm galant zu und meinte, bei einer Schönheit wie mir falle es jedem Mann schwer, auch noch Augen für andere zu haben.

»Sie ist für jeden von euch zu gut, so viel steht fest«, knurrte Hawker und stierte finster über sein Weinglas hinweg.

»Das ist zweifellos richtig«, erwiderte Turlington, »aber nichtsdestotrotz gehört mein Herz ihr. Willst du mich haben, Florrie? Liebe, liebe Florrie, sag, dass du willst!« Er sank neben seinem Stuhl auf ein Knie und ergriff meine Hände.

Ich lachte, aber ich bekam Herzklopfen und blieb ganz still sitzen, als läge ein Bann auf uns. Wenn es doch tatsächlich möglich wäre – wenn ich Turlington wirklich heiraten könnte und es keiner Geheimniskrämerei mehr bedürfte, wenn ich das Leben, das ich kannte, nicht verlassen müsste ... Mir war bis zu diesem Moment nicht bewusst gewesen, dass ich eigentlich nicht wirklich mit ihm nach Italien durchbrennen wollte – jedenfalls nicht als dauerhafte Lösung. Es war eine schöne Phantasie gewesen, aber die Vorstellung, Rebecca, Sanderson – sogar London! – in Wirklichkeit zu verlassen, war beängstigend. Und Cornwall wäre dann noch weiter entfernt. Wenn Hawker uns beide vielleicht ein wenig mochte, wenn er seine

Meinung ändern würde, was das Heiraten unter Cousins betraf ...

Diese Hoffnungen wurden zerschmettert, bevor sie überhaupt lebendig werden konnten.

»Steh auf, du Idiot«, blaffte Hawker Turlington an. »Es ekelt mich an, darüber auch nur Scherze zu hören. Du kennst meine Haltung dazu. Cousins ersten Grades können nicht heiraten. Das verdünnt das Blut und schwächt den Geist, und das können sich die Graces nicht erlauben. Denk nur an Calantha.«

Ich blickte überrascht auf. Es war das erste Mal seit Jahren, dass er sie erwähnt hatte.

»Ihr Narr von einem Vater zog los und heiratete seine Cousine ersten Grades, weil er von ihrer *bezaubernden Schönheit* hingerissen war und all diesem Mumpitz, und seht, was daraus wurde! Eine Tochter, gleichermaßen bezaubernd, aber vollkommen verrückt.«

»Oh, das war sie nicht«, wandte ich ein. »Sie hatte wahrscheinlich mehr Verstand als wir anderen alle zusammen.«

»Tatsächlich, junge Dame? Wie ich sehe, haben deine so hart erarbeiteten Manieren dich für eine Weile verlassen. Geh und suche sie. Calantha war ein reizendes Mädchen, das will ich nicht leugnen, aber sie war eine Belastung. Sie hörte Dinge, die nicht da waren, und sah Dinge, die nicht da waren ...«

Turlington und Sanderson kicherten kameradschaftlich. »Das macht Florrie auch«, warfen sie unisono ein.

Ich rollte die Augen.

»Aber sie ist so vernünftig, es nicht zu zeigen!«, blaffte Hawker. »Wie es in dir aussieht, darauf kommt es nicht an, solange du die Rolle spielst, die vor der Welt zu spielen du geboren wurdest. Und ich bitte darum, seid so freundlich und verwendet in meiner Gegenwart nicht diesen absonderlichen Spitznamen. Und jetzt sage ich es dir ein für alle Mal, Turlington Grace: Sollte in diesem Scherz von dir ein Funken Wahrheit versteckt sein, und sei es der kleinste, so werde ich dich, so wahr ich hier sitze, von hier bis ans Ende der Welt befördern.

Du wirst für immer von dieser Familie abgeschnitten sein, und diesmal wird mich weder ein von dir erworbenes Vermögen noch eine Besserung deinerseits oder ein guter Haarschnitt ins Wanken bringen.«

»Aber wäre es denn wirklich so schlimm?«, sinnierte Sanderson und strich Butter auf ein Brötchen, ohne zu ahnen, welchen Nerv er damit traf. »Ich meine, natürlich werden Turlington und Florrie – Florence – sich nicht verlieben, das ist ganz offensichtlich ein Scherz, aber ich meine rein theoretisch. Es ist nicht unüblich. Viele kluge Leute sagen, dass in einer Ehe zwischen Cousins ersten Grades die Wahrscheinlichkeit einer Geisteskrankheit bei den Nachkommen nicht größer ist als in jeder anderen Ehe. Sie würden Ihre Haltung als überholt und altmodisch abtun. Ich selbst kann dazu natürlich nichts sagen, ich bin kein Biologe, doch mir scheint, dass es – natürlich nur in der Theorie – eine gute Sache sein könnte. So wurden zum Beispiel beiden die Werte der Graces anerzogen. Und die Familie bedeutet dem einen so viel wie dem anderen.«

»Vorsicht!«, warf Turlington spöttisch ein.

»Man könnte sagen, dass die Wirkung für die Familie besser wäre, als würde man ihr eine Fremde oder einen Fremden zuführen.«

»Es reicht!«, zischte Hawker und sah Sanderson nun wirklich angewidert an, was mich erstaunte und mir auch ein wenig Angst machte. »Es ist eine Schändlichkeit vor Gott, aber auch vor *mir*, was noch viel wichtiger ist! Florence wird Aubrey eine feine Frau sein. Dein Bruder ist ein Grace, ungeachtet seiner zahlreichen Fehler und Seltsamkeiten, und er wird binnen eines Jahres heiraten«, ergänzte er und fuhr Turlington an: »Das ist die natürliche Ordnung, und mich kümmern keine Vorlieben oder Leidenschaften.«

Er sah Turlington finster an und richtete zu meinem Entsetzen seinen Blick auf mich. »Ich baue darauf, dass du nichts mit diesem Unsinn zu tun hast, Groß-Florence«, sagte er drohend, und seine blauen Augen bohrten sich in meine. »Keine flüchtige Schwärmerei für deinen schneidigen Cousin? Kein Flattern in der Brust, wenn er vorbeigeht? Keine insgeheime Sympathie zwischen euch beiden, von der ich wissen sollte?«

Ich konnte kaum atmen. »Natürlich nicht, Groß-Hawker«, erwiderte ich. »Eine Schwärmerei für *Turlington*? Sie werden im Alter doch nicht greisenhaft werden?«, ergänzte ich, um überzeugender zu wirken.

»Du bist eine freche junge Stute und würfelst mit hohem Einsatz, junge Dame, verstehst du mich? Glaub ja nicht, dass meine Zuneigung dir jede Torheit erlaubt oder einen Freibrief verschafft. Ich halte dich an einer längeren Leine als die meisten, was deine Briefe aus Cornwall und deine Käseprinzessin und deine beherzten scharfen Antworten angeht – solange sie mich bezaubern. Aber die Leine ist dennoch vorhanden, Groß-Florence, und sie hat ein Ende, und das hast du nun wirklich erreicht.«

Ich wusste nicht, was ich sagen sollte, also starrte ich mit brennenden Wangen auf den Tisch und hasste ihn. Jedes Mal, wenn ich anfing, ihn ein bisschen gernzuhaben, holte er mich zurück, zurück in die gracesche Haltung des Argwohns und der Distanziertheit. Ich wusste, dass seine Metapher sich auf das Anbinden von Pferden bezog, aber mein geistiges Auge bestand darauf, darin einen Henkersstrick zu sehen. Von einem Strick gehalten! Das war ich mit Sicherheit nicht. Und doch, warum zögerte ich, was Italien betraf?

Danach fand das erfreuliche Abendessen ein abruptes Ende. Als Hawker uns verließ, blieb ich mit meinen Cousins am Tisch sitzen und wir drei kamen uns rundweg gezüchtigt vor. Ein lockeres Gespräch wollte sich wegen des großen Geheimnisses, das zwischen mir und Turlington brannte, nicht mehr einstellen, und so streckte ich in stiller Solidarität meine Hände nach beiden aus. Turlington griff über den Tisch und nahm Sandersons andere Hand, und zu dritt verweilten wir so.

KAPITEL ACHTUNDZWANZIG

Am nächsten Morgen verließ Turlington uns. Es sei eine geschäftliche Angelegenheit, verkündete er der Familie beim Frühstück. Sie würde etwa eine Woche in Anspruch nehmen. »Und ich muss nachdenken«, gab er mir gegenüber zu, als wir unter uns waren. Kaltes Entsetzen packte mich angesichts der Aussicht, wieder von ihm getrennt zu sein, weil ich an all die früheren Trennungen denken musste, die Jahre gedauert hatten.

»Worüber musst du nachdenken, was du nicht auch hier bei mir überdenken könntest?«, wollte ich wissen und ärgerte mich über meine eigene Schwäche und mein Unvermögen.

»Offen gestanden nichts. Meine Gedanken sind sogar so wirr, dass ich deine Hilfe benötige, um sie zu ordnen. Aber hier geht es wirklich ums Geschäft, schönes Mädchen, und ich denke, dass es keinem von uns schadet, wenn wir etwas Zeit getrennt verbringen. Was Hawker gestern Abend sagte … Wir müssen uns ganz sicher sein, dass du das auch wirklich willst …«

»Du zweifelst an deinen Gefühlen!«, warf ich absurderweise ein. »Denn seit wann kümmerst du dich um das, was Hawker sagt? Ich habe Angst, wenn du weggehst und nachdenkst. Das hast du schon einmal gemacht, und dann habe ich drei Jahre lang nichts von dir gehört. Wenn du das wieder tust, Turlington, mache ich selbst Jagd auf dich, und dann lernst du den Zorn einer Grace kennen. Dann würdest du dir wünschen, ich wäre Hawker!«

Er lachte. »Meine kleine Furie. Du bist famos. Und etwas in mir möchte dich auch so kennenlernen. Ein rationaler Teil jedoch nicht. Ich verspreche es dir, Florrie, nicht länger als eine Woche. Das letzte Mal bin ich doch zurückgekommen, nicht wahr?«

Ich gab es zu.

»Also, dann wird es auch diesmal so sein. Und da du mich beschuldigst, Zweifel an meinen Gefühlen zu haben, lass mich dir eine Frage stellen: Sollte ich dich bitten, heute mit mir mitzukommen, nach Italien, und all das hier zurückzulassen, würdest du ja dazu sagen, aus ganzem Herzen?«

Er hatte mich ertappt. Er hatte am vergangenen Abend meine widerstreitenden Gefühle erkannt.

»Ich wünschte, dieses Gespräch hätte nie stattgefunden«, seufzte ich. »Ich wünschte, wir hätten ohne nachzudenken weitermachen und unsere Köpfe in den Sand stecken können. Wir hatten doch gerade mal eine Woche.«

»Wir haben noch den Rest unseres Lebens, mein Schatz. Wir wissen nur noch nicht, wie es aussehen wird. Aber ich werde zurückkommen und wir werden eine Entscheidung treffen. Ich liebe dich, Florrie, das steht ganz außer Zweifel.«

Und ich liebte ihn. O lieber Gott, wie sehr ich ihn liebte. Als er weg war, wurde es trostlos im Haus. Und ohne seine verzehrende Körperlichkeit, welche die Realität auslöschte, beschäftigten sich meine Gedanken mit all den Hindernissen, die anzuerkennen ich mich zuvor geweigert hatte.

Aubrey, Hawker, Familie, Pflicht. Cousins ersten Grades in einer Familie, in der es bereits Wahnsinn gab. Ich wusste, dass es falsch war, ich wusste, dass ich ihn nie haben würde, doch meinen Gefühlen konnte nichts im Weg stehen. Wie eine Horde durchgegangener Pferde galoppierten sie auf ihn zu, außer Kontrolle und getragen von Flügeln übernatürlicher Schnelligkeit.

Die Tage vergingen in einem fruchtlosen Kreislauf von Verlangen und Verlust, während ich mit mir ins Gericht ging und mir eine Standpauke nach der anderen hielt, bis ich der tadelsüchtigen monotonen Natur meiner eigenen Gedanken überdrüssig war. Jene mit ihm geteilten hell leuchtenden Momente, die mich wie eine Göttin durch Helikon hatten wandeln lassen, waren alle verschwunden. Ihren Platz nahm stumpfsinnige Unruhe ein, während die Tage vergingen und ich deren Gegenteil zu spüren bekam: Hoffnungslosigkeit.

Denn er war unerreichbar für mich, und in den Augenblicken, in denen mir dies klarwurde, wand sich die Angst wie eine Schlange durch meinen ganzen Körper und mein ganzes Sein. Ich konnte ihn nicht bekommen. Mein Licht erlosch und ich war nur noch die Hälfte dessen, was ich sein sollte.

Doch dann rebellierte ein winziges Etwas in mir und schrie *Aber ich liebe ihn*, und plötzlich brachen junge Triebe wie Blüten in der Sonne hervor, und erneut wüteten Lust und Zärtlichkeit in mir. Mich verlangte danach, ihn zu berühren, meine Lippen an die Seite seines Halses zu legen, an jenen verletzlichen, zarten Ort, und bebend Haut an Haut ruhen zu lassen. Mich verlangte nach der Berührung unserer Körper, der Länge nach aneinandergeschmiegt, summend von der wie auch immer gearteten seltsamen Kraft, die zwischen uns existierte.

Dies zu begreifen war mir unmöglich – doch es hätte mir auch nicht geholfen, wenn ich es begriffen hätte. Es sprachen hundert gute Gründe dafür, diesen Mann nicht in mein Herz zu lassen, aber es gab nicht einen, der ihn davon abhalten konnte, seinen Weg dorthin zu finden. Ich hatte das Gefühl, unter dieser Kraft zu zerplatzen – so viel Kraft und kein Ziel dafür. Ich konnte ihn nicht bekommen. Er war unerreichbar für mich. Das sagte ich mir immer und immer wieder.

Wie konnte es zwischen dem, was mein Kopf wusste, und dem, was mein Herz glaubte, einen derart fatalen Bruch geben? Denn mein Herz war ganz und gar verzaubert. Es glaubte nicht ein Wort von dem, was ich ihm sagte.

Am nächsten Tag ging ich zeitig zu Speedwell Cheese. Obwohl es noch eine Stunde dauern würde, bis Adam kam und Rebecca sich zu mir gesellen konnte, suchte ich Zuflucht in ihrem kleinen Wohnzimmer, froh, Zeit an einem neutralen Ort fern der anklagenden Mauern Helikons zu verbringen.

Hier wurde ich ruhiger. Ungeachtet all dessen, was richtig und falsch war, erkannte ich Folgendes: Nichts hätte Turlington und mich davon abhalten können, dass wir eines Tages wie zwei aufeinanderprallende Sterne zusammenkamen: Strahlkraft und Zerstörung gleichermaßen waren die unvermeidliche Folge davon. Die Alte Rilla pflegte zu sagen: *Wenn es geschrieben steht, steht es geschrieben.* Nun, das stand geschrieben.

Warum sonst hätte das Schicksal mich von allen Etablissements, die es in London gab, ausgerechnet in das Dog and Duchess führen sollen, und Turlington kurze Zeit später ebenfalls? Warum sonst hätte es dafür gesorgt, dass wir nach langen im Gespräch verbrachten Stunden gemeinsam nach Helikon zurückkehrten, diesen wachsamsten Haushalt Londons, ohne Aufmerksamkeit zu erregen?

Ich wusste auch, dass es nicht vorbei war. Meine Angst, Turlington könnte nicht zurückkehren, war unnötig. Aber er hatte recht. Die Zeit kam oder war bereits gekommen, wo wir nachdenken mussten – und handeln. Nichts wünschte ich mir mehr, als unsere Küsse und jene gemeinsam verbrachte Nacht des Verschmelzens wiederzubeleben. Aber je länger ich dort saß, umso hartnäckiger hob die Realität ihren struppigen Kopf.

Ich hatte einen Verlobten. Ungeachtet aller Unklarheiten war ich mir nun sicher, dass ich Aubrey nicht heiraten konnte. Meiner Natur gemäß hätte ich es ihm am liebsten sofort gesagt, doch als ich es Turlington gegenüber ansprach, bremste er mich. Bevor wir nicht bereit zum Handeln wären, meinte er, wäre es das Beste, alles so normal wie möglich weiterlaufen zu lassen. Meine Verlobung mit Aubrey wurde von allen gutgeheißen, löste ich sie, wäre die Hölle los. Wie wollte ich es erklären? Das Beste wäre es, den peinlich genauen Fragen, die mit Sicherheit folgen würden, keine Angriffsfläche zu bieten – bis wir bereit wären, die Wahrheit offenzulegen.

Seit dem Tag bei den Westwoods hatte ich Aubrey erst einmal gesehen und mich verhalten wie eine mechanische Puppe. Turlington und ich wussten nicht, wie wir mit dem, was nun zwischen uns entfesselt war, umgehen sollten, und klammerten uns deshalb an den Status quo wie an eine Rettungsleine. Aber es war unerträglich, derart falsch zu agieren.

Selbst vor unserem geliebten Sanderson wahrten wir das Geheimnis. Es war bereits so kompliziert, dass es noch schlimmer geworden wäre, wenn wir eine andere Person in diesen Komplott mit einbezogen hätten. Zudem beunruhigte mich die Frage, was er davon halten würde. Natürlich wäre mir seine Zuneigung auch weiterhin sicher – Verurteilung und Verdammung waren in seinem Wesen nicht angelegt –, aber würde er mich nicht auf seltsame Weise geringer achten? Er war so rein.

Und dann der Rest der Familie. Jedes Mal, wenn ich wegging, um Turlington zu treffen, musste ich mir vor meiner Tante eine Ausrede ausdenken. Man könnte meinen, dass bei zwei Menschen, die so wenig füreinander übrighatten, eine Lüge keine Gewissensbisse hervorrufen dürfte. Und doch entdeckte ich, dass der Betrug eine Dissonanz in mir auslöste, dir mir Unwohlsein bereitete. Und erst Hawker! Wie verzagt war ich, wenn ich daran dachte, er könnte dahinterkommen! Es war nicht nur die Angst vor den Konsequenzen. Ich wollte ihm nicht weh tun. Warum um alles in der Welt kümmerte mich dieser alte Teufel überhaupt?

Und da war noch etwas ... etwas, das ich mir bis jetzt, da ich mich allein und sicher in meinem Refugium bei Rebecca befand, nicht hatte eingestehen wollen. Es hatte etwas mit Turlington und mir zu tun. Nicht, dass ich unsere Liebe angezweifelt hätte, keine Sekunde. Aber da war etwas ...

Ich grübelte. Mit winzigen Trommelschlägen morste die Vorsicht mir eine Warnung in meinen Kopf ... Was war das? Ich konnte es nicht entschlüsseln. Wenn ich daran dachte, wie wir miteinander verschmolzen waren, und an jene unwiderstehliche Kraft, die uns zusammenbrachte, an das Gefühl von Seelenverwandtschaft, an die Zeitlosigkeit, die zwischen uns existierte, grenzte es schon an Irrsinn, auch nur einen Aspekt in Frage zu stellen. Aber ...

Hatte es womöglich damit zu tun, dass Turlington gesagt hatte: *Deshalb bin ich zurückgekommen, nicht Hawkers wegen. Nicht wegen der Familie?* Er hatte dies ohne jede Reue gesagt. Ohne sich um die Wünsche unseres Großvaters zu kümmern, so verrückt und untragbar sie auch waren.

Sosehr ich ihn liebte, mich nach ihm verzehrte, ihm ergeben war ... Ich musste zugeben, und er hatte dies bereits bemerkt, dass der Gedanke an ein Leben, das nur mich und Turlington einschloss – selbst in Italien, selbst an den Ufern eines ins Sonnenlicht getauchten Sees –, ein Leben war, dem ich nicht mit weit geöffneten Armen entgegeneilen wollte. Aber weiterhin so zu verharren war genauso unmöglich ...

»Sag es mir sofort«, verlangte Rebecca, als sie vor mir auftauchte. Aufgewühlt blickte ich auf. Ich war so in Gedanken verloren, dass ich sie nicht die Treppe hatte hochkommen hören.

Rebecca reichte mir einen silbernen Alebecher voll heißer Schokolade. Sie hatte auch für sich einen mitgebracht, wie mir auffiel, als ich meine Umgebung wieder wahrnahm. Sie war ein Engel.

»Ich wusste in dem Moment, als du durch die Tür kamst, dass etwas passiert ist. Und habe Qualen ausgestanden, während ich auf Adam wartete und White Cheshire schnitt und würfelte und mich fragte, was es wohl sein mag.«

Ich hievte mich aus meiner fast horizontalen Lage auf dem weichen, bequemen Sofa, in die ich ohne es zu bemerken gerutscht war. Mein Kinn war zum Hals herabgesunken und meine Röcke standen wie ein Regenbogen in die Luft. Sich so wohlzufühlen war nur bei einer solchen Freundin möglich.

»Rebecca«, sagte ich, als sie Platz genommen hatte, »ich werde mich und meine ganze Familie ins Verderben stürzen. Ich stehe kurz davor, die größte Schande über mich zu bringen, die es für eine Dame in unserer Welt gibt. Ich werde die zarten Fäden der Ehrbarkeit niederbrennen, an die ich gebunden war, und es wird kein Zurück mehr geben. Ich werde enterbt werden. Ich werde Aubrey nicht heiraten, und ich werde viele Menschen verletzen.«

»Es ist natürlich Turlington«, sagte sie.

Ich trank einen Schluck Schokolade. Sie war dick und cremig und süß. Ich malte mir aus, wie ich mich als Kind gefühlt hätte, wenn man mir etwas derart Himmlisches vorgesetzt hätte. »Jetzt hast du mir den Wind aus den Segeln genommen, meine Liebe. Ich habe doch seit Wochen nicht von ihm gesprochen.«

»Und das ist genau der Grund, weshalb ich wusste, dass etwas passieren würde. Er war eine Konstante in deinen Gedanken und in deinen Worten, seit ich dich kenne. Völliges Stillschweigen nach etwas so Bedeutungsschwerem wie seiner Rückkehr in euren Haushalt konnte nur bekräftigen, was ich schon immer wusste.«

»Dass ich ihn liebe?«

»Ja.«

»O Rebecca! Ein so starkes Gefühl habe ich bisher noch nicht gekannt! Es gibt mir Auftrieb. Aber es macht mir auch Angst!«

»Und er erwidert deine Gefühle.«

»Das tut er. Es ist, als gäbe es da eine Kraft zwischen uns, die stärker ist als jeder Einzelne von uns. Aber ich bin verlobt! Hawker würde einer Heirat zwischen uns niemals zustimmen. Es gibt für uns keine Möglichkeit zusammen zu sein, es sei denn, wir treten aus der Welt, so wie wir sie kennen, heraus. Ich hätte nie gedacht, dass mir diese Welt viel bedeutet, aber sie gänzlich zu verlassen ... Doch wir können nicht aufhören, Becky. Es geht dabei nicht nur um Liebe. Wir *können* nicht aufhören!«

»Dann wundert es mich nicht, dass du Angst hast! Es klingt ... nach etwas Dunklem, wenn man so getrieben ist.« Rebecca kaute nachdenklich an ihrer Lippe und erwog meine Worte. Ich beobachtete sie, als wäre sie ein Orakel. »Ich weiß nicht, Florrie. Die Liebe hat vielleicht viele Schattierungen und präsentiert sich in vielerlei Gestalt. Nicht dass ich in dieser Hinsicht besonders erfahren wäre. Wäre ich eine verheiratete Frau oder ... oder eine Dame der Nacht, könnte ich aus Erfahrung sprechen ...«

Ich musste lachen, als ich mir Rebecca in diesem ältesten Gewerbe der Welt vorstellte. Auch sie grinste. »Aber wir wollen nicht philosophisch werden«, meinte sie achselzuckend. »Erzähl mir lieber, was passiert ist, bevor es mich zerreißt!«

Also erzählte ich ihr alles. Und sie hörte aufmerksam zu und verurteilte mich nicht. Ich beschrieb, so gut ich es selbst verstand (was kaum der Fall war), wie mir geschah, und als ich endlich fertig war, klingelte sie und ließ noch eine heiße Schokolade bringen.

Wir schwiegen, als Lucinda, das Hausmädchen der Speedwells, uns unsere Getränke und einen Teller mit Kleingebäck brachte. Da die Speedwells in einem gastronomischen Teil der Stadt wohnten, tauschten sie häufig Käse gegen schmackhafte Köstlichkeiten aller Art mit den anderen Händlern. Mit dem Bäcker waren sie besonders gut befreundet. Nachdem Lucinda sich zurückgezogen hatte, kauten wir und strichen uns Krümel und Zucker von den Fingern und starrten ins Feuer.

»Ergeht es dir denn ähnlich, mit Tobias?«, fragte ich.

»So in der Art, ja«, erwiderte Rebecca mit gefurchter Stirn. »Aber ich glaube, dass keine von uns ihre Erfahrung mit der vergleichen kann, die eine andere gemacht hat. Ich denke ... das, was wir als Liebe erkennen, wird für uns Liebe werden. Für dich ist es diese Leidenschaft und Kraft, dieses unverwechselbare Gefühl der Vorherbestimmung. Wie stünde es mir da zu, darüber zu urteilen, ob es Liebe ist oder nicht, nur weil meine eigene Erfahrung völlig anders aussieht?«

»Inwiefern ist sie anders, Becky? Und worin ist sie gleich?«

Sie errötete ein wenig. »Nun, wie du weißt, liebe ich Tobias.«

»Das kann niemand in Zweifel ziehen.«

»Und ich verspüre das ... das Verlangen, ganz sicher ... Und wenn ich daran denke, dass wir womöglich niemals ... dass Papa niemals erlauben wird, dass wir ... nun, ich verzweifle.

Also verstehe ich es, meine Liebe, glaube bitte nicht, dass ich das nicht tue. Außerdem ist auch meine Liebe eine verbotene, wegen Papas ... Art! Aber meinen Gefühlen haftet nichts Dunkles an. Ich fühle mich nicht getrieben oder unter Zwang, ich fühle mich frei in meiner Wahl. Und natürlich habe ich die Liebe zu Tobias gewählt. Doch ebenso ist es meine Wahl, bei Papa zu bleiben. Es ist Raum genug für meine Liebe zu Tobias und meine Verpflichtungen. O ja, wir wünschen uns mehr als Salonbesuche und Gespräche zweimal in der Woche, natürlich wollen wir das. Aber das ist das, was wir *jetzt* haben, und so machen wir weiter. Und Tobias steht es auch frei ... Obwohl, Papas wegen sind wir natürlich überhaupt nicht frei ...« Sie wurde still, weil die schiere Unmöglichkeit, etwas Derartiges zu erklären, sie entmutigte.

Vorsicht beschlich mich, als würde sich warnend eine kleine kalte Hand auf mich legen. Ich wünschte mir Rebeccas Segen. Ich *brauchte* Rebeccas Segen. »Dann rätst du mir also, von Turlington abzulassen?«, fragte ich kleinlaut. »Du denkst, es sei ein Fehler, ihn zu lieben?«

»Auf keinen Fall! Niemals würde ich so etwas sagen! Ich zweifele nicht eine Minute daran, dass zwischen euch etwas ganz Besonderes ist, und ich möchte ihn gern kennenlernen, Florrie. Aber natürlich mache ich mir Sorgen um dich. Dass eine so große Liebe den Bruch mit deiner Familie bedeuten muss, so unzulänglich diese auch ist. Dass es die Abhängigkeit von diesem Mann bedeuten muss, der – verzeih mir, meine Liebe – bis vor kurzem als der unzuverlässigste und schurkischste Mann in ... nun, vermutlich in ganz Europa bekannt war. Ich zweifele nicht daran, dass er dich über alles liebt, Florrie. Wie könnte er das auch nicht? Aber wird er auch für dich sorgen? Ist er dazu in der Lage? Wird er dich heiraten?«

»Darüber haben wir noch nicht gesprochen. Aber angenommen, er wird es? Wir würden dennoch in London leben müssen – kannst du dir den Skandal vorstellen? Zwei Cousins der Graces vereinen sich, trotzen Hawker, werden enterbt ... Ich liebe ihn so sehr, Rebecca, dass ich mir doch eigentlich wünschen sollte, mit ihm bis ans Ende der Welt zu gehen. Warum fühle ich mich dann aber ... unwohl bei dieser Vorstellung? Liegt es daran, dass er, wie du sagtest, immer sehr ... stürmisch war? Vertraue ich ihm jetzt etwa nicht? Aber das tue ich doch, das tue ich!«

Sie schüttelte den Kopf. »Es ist doch alles noch sehr neu für dich, nicht, Florrie? Erst eine Woche ist vergangen, seit ihr einander eure Gefühle offenbart habt. Ich weiß, du kanntest ihn schon seit Jahren —«

»Und davor schon immer!«, warf ich voller Leidenschaft ein.

»Wenn du das sagst, kann ich das nicht in Zweifel ziehen, meine liebe Freundin. Aber diese ... anderen Leben ... die entziehen sich doch wohl der menschlichen Wahrnehmung, nicht wahr? Und die Jahre, in denen du Turlington in *diesem* Leben gekannt hast, nun, die waren doch wohl nicht so befriedigend, als dass sie zu allzu großer Zuversicht einladen würden. Ich bin mir sicher, dass er sich in der Tat geändert hat, Florrie. Aber vielleicht brauchst du noch ein wenig Zeit, um das voll und ganz zu verstehen. Wird er dir diese Zeit geben? Wird er geduldig sein mit dir?«

Ich ließ den Kopf hängen. »Ich bin sicher, dass er das tun wird. Aber was ist, wenn *ich* nicht geduldig sein kann, Becky? Wenn er in Helikon ist, schaffe ich es nicht, ihm fernzubleiben. Ich kann nicht richtig denken, ich will nur ihn. Erst jetzt, da ich ihn seit vier Tagen nicht mehr gesehen habe, kann ich über dies alles sprechen, und mir ist klargeworden, dass ... es Dinge in diesem Leben gibt, die ich vermissen werde.«

»Und die wären?«

»Du natürlich und Sanderson. Ich habe in London nicht viele enge Freunde, aber ich denke, dass zwei von eurem Format mehr sind, als viele Menschen haben. Ich zähle auch Selina Westwood dazu, als eine andere Art von Freundin. Und dann wäre da noch meine Musik. Nicht dass es in Italien keine Klaviere gäbe, natürlich gibt es die, und das ist es auch nicht ...

Es ist das Gefühl eines konstanten, wahrhaftigen Ausdrucks meiner selbst, das verschwindet, wenn er in meiner Nähe ist. Wenn ich mit ihm zusammen bin, vergesse ich, dass es so etwas wie ein Klavier jemals gab! Und meine Familie ... O Becky, du weißt besser als jeder andere, wie sehr ich sie verachtet und mit ihr im Laufe der Jahre gehadert habe. Turlington scheint sich überhaupt nichts dabei zu denken, Hawker das Herz zu brechen und Sanderson zu verlassen, der selbst nicht glücklich ist. Ich weiß nicht, warum, Becky – ich glaubte immer, sie alle zu hassen! Warum fällt es mir so schwer, ihnen jetzt den Rücken zu kehren?«

»Weil du sie nie wirklich gehasst hast. Du warst nur verletzt und eingeschüchtert. Sie behandelten dich abscheulich, aber es ist dir gelungen, ihnen bis zu einem gewissen Maß zu verzeihen, und das ist mutig. Du bist ein fürsorglicher Mensch, Florrie. Sag mir, meine Liebe, was glaubst du wird Turlington tun, wenn du dich weigerst, mit ihm nach Italien durchzubrennen?«

»Ich weiß es nicht. Aber wie kann ich nicht mit ihm gehen, wenn ich doch so für ihn empfinde?«

»Das weiß ich nicht.«

Kurze Zeit später verließ ich Rebecca. Wir hatten in unserem Gespräch weiter über die beunruhigenden Pfade des Schicksals nachgedacht, waren aber zu keinem Schluss gekommen. Zwei behütete junge Frauen von neunzehn und fast einundzwanzig Jahren waren nicht dazu gerüstet, ein solches Rätsel auszuloten, wie wir uns bereitwillig eingestanden. Wir waren beide völlig überfordert. Dennoch war ich froh um ihre Freundschaft, jetzt mehr denn je.

Ich schlenderte durch Marylebone und hing meinen Gedanken nach, wie mir dies in letzter Zeit sehr vertraut geworden war, als ein lauter Ruf mich aus meinen Überlegungen riss. Ich blickte auf und sah in einiger Entfernung einen korpulenten Gentleman, der mit offensichtlicher Empörung seinen Arm schwenkte. Im nächsten Moment schoss ein kleiner Junge wie einer von Judiths Papageien an mir vorbei und rempelte mich an, so dass ich gegen die Mauer taumelte.

»Verzeihung, Miss!«, warf er mir über seine Schulter zu und schoss dann wie der Blitz um die Ecke.

Gleich darauf hörte ich einen Schrei. Ich spähte um die Ecke und sah, dass er über etwas oder auch über seine eigenen Füße gestolpert war und nun der Länge nach auf der Straße lag. Ich wollte schon zu ihm gehen, um mich um ihn zu kümmern, als ich einen Constable schwerfällig in die gleiche Richtung laufen sah. Etwas an dieser Abfolge – schreiender korpulenter Mann, kleiner flüchtender Junge, sich trampelnd näherder Polizist – verwandelte sich in einen Verdacht. Ich weiß nicht, was mich zum Handeln bewog, ohne die Tatsachen zu kennen, aber ich rannte zu dem Jungen, hob ihn auf – er war klein und spindeldürr – und schleppte ihn von der Straße in den kleinen Hof neben Speedwell Cheese. Er duckte sich sofort, zog an meiner Hand, und so kauerten wir gemeinsam hinter dem Zaun und beobachteten, wie der Constable vorbeistapfte und verschwand. Der kleine Verbrecher drehte sich erleichtert um und setzte sich vor einem Karren auf den Boden, wo er endlich Luft holen konnte. Dann sah er mich misstrauisch an.

»Warum haben Sie das gemacht?«, wollte er wissen.

Ich hätte gern gelächelt, tat es aber nicht. »Ich weiß es nicht«, erwiderte ich ernst.

»Woher wissen Sie, dass ich nichts gestohlen habe?«

»Eigentlich dachte ich, du hättest es getan. Aber ... ich dachte vielleicht, dass es dir leidtut.«

Er sah mich fragend an. »Es tut mir gar nicht leid«, gestand er und zog eine große goldene Taschenuhr aus seiner Hose. »Hab die hier gestohlen.«

»Um sie zu verkaufen?«

Er zuckte die Achseln. »Ich weiß nicht. Nee. Das brauch ich nimmer. Ich bin jetzt im Heim für Jungs, wissen Sie, und das is nicht mal schlecht. Aber ich stehle nun mal. Hab ich immer getan. Verkaufen kann ich sie nicht. Ich darf nur mit den anderen raus.«

»Aber wieso bist du heute allein unterwegs?«

»Sie haben mich losgeschickt, um was zu erledigen. Sie sagten, es sei ein Vertrauens... Vertrauensbeweis!«

»Im Vertrauen darauf, dass du nicht stehlen wirst?«

»Ja. Und alles andere.«

»Hm.«

Wir betrachteten beide die große runde Uhr, die im Sonnenlicht glänzte. Er kratzte sich am Kopf. »Ich hab's wohl vermasselt. Aber sie war einfach da, hing aus seiner Tasche, bat darum, gegrapscht zu werden. Ich wusste ja nicht, dass der Polizist da war, oder?«

»Und was möchtest du jetzt tun?«

»Ganz ehrlich? Ich möchte zurück ins Heim, als wäre das niemals passiert. Es ist der beste Ort, an dem ich je gewesen bin, und ich war in ... zehn.«

»Du hast an zehn verschiedenen Orten gelebt?« Er sah aus, als wäre er gerade mal sieben. Er nickte.

»Ich habe an zweien gelebt«, grübelte ich.

»Und, waren die gut?«

»Oh! Der erste war gut. Der jetzige ist ... kompliziert.«

Er strich sich mit der Hand über den Kopf, und sein sandfarbenes Haar stellte sich auf. »Ich wär bestimmt glücklich, wenn ich reich wär wie Sie. Ich glaub, ich lass die einfach hier. Aber es wär schade ...«

»Du weißt nicht zufällig, wem sie gehört hat?«

»O doch! Dem alten Jenson. Dem Fischhändler.«

»Nun, dann werde ich sie für dich zurückbringen. Ich werde ihm sagen, dass ich den Dieb, einen stämmigen, dunkelhaarigen Kerl, gesehen habe, der sie in der Eile fallen ließ, woraufhin ich sie aufgehoben habe. Dann wird es so sein, als wäre es nie geschehen.«

Er stand auf und blickte mich an. Er hatte große graue Augen, markante Wangenknochen und lauter goldene Sommersprossen im Gesicht. »Sie sagen ihm nicht die Wahrheit, oder?«

»Nein! Natürlich nicht. Ich dachte, es könnte eine zweite Chance für dich sein.«

»Nun, dann danke, Miss. Ja. Danke.«

Ich streckte ihm meine Hand hin. »Ist mir eine Freude. Ich heiße Florence. Florence Grace.«

Er schüttelte sie. »Jacob Chance. Sehen Sie, ich sag Ihnen meinen richtigen Namen. Das ist ein Vertrauensbeweis.«

»Das ehrt mich. Dürfte ich dich vielleicht besuchen, Jacob Chance? Im Heim für Jungen? Um zu sehen, wie es dir geht?«

Er sah mich verdutzt an. »Wenn Sie das wollen. Es ist nicht sehr interessant dort und ich kann nicht Konversation machen. Aber wenn Sie wollen: Ich bin im Rising Star Home in Kensington. Aber bringen Sie nicht die Polizei mit.«

»Das verspreche ich dir. Auf Wiedersehen, Jacob.«

»Wiedersehen.« Er grinste keck und flitzte davon. Ich machte mich auf die Suche nach Mr Jenson und hatte dabei das Gefühl, als hätte das Schicksal wieder zugeschlagen – und mich seitwärts gegen eine Mauer geworfen.

KAPITEL NEUNUNDZWANZIG

Am Tag bevor Turlington zurückkehren sollte, wurde ich nervös wie ein Hase. Die Anspannung war so groß, dass ich kaum Luft bekam bei der Vorstellung, mich ihm in nur einem Tag wieder an den Hals zu werfen und ihn zu küssen. Dazu kam die Befürchtung, dass er nicht erscheinen würde. Und zugleich hatte ich auch ein klein wenig Angst vor seiner Rückkehr und den Veränderungen, die sie mit sich bringen würde.

Überraschenderweise schlief ich tief und fest in dieser Nacht, vielleicht, weil die seelischen Anstrengungen des Tages mich erschöpft hatten. Als ich aufwachte, hatte es geschneit, und mein erster Gedanke war: *Hoffentlich hält ihn das nicht davon ab, zu mir zu kommen.* Dann ging ich hinunter, um zu frühstücken, und da war er.

Er saß allein im Esszimmer. Ohne nachzudenken, rannte ich zu ihm.

Er fing mich auf und gab mir rasch einen stürmischen Kuss, schob mich dann aber von sich. Und keinen Augenblick zu früh, denn die Tür ging auf. Tante Dinah stand da und sprach mit jemandem hinter ihr. Ich nutzte diese Pause und fragte: »Wann bist du gekommen?«

»Letzte Nacht, spät.«

»Und du hast mich nicht besucht?«

»Ich hoffte, dass du schliefst. Und … ich möchte mit dir reden, Florrie. Es gibt da etwas, das du wissen musst.«

Mir wurde schwer ums Herz. Seinem Gesichtsausdruck entnahm ich, dass es nichts Erfreuliches war. Doch nicht etwa noch ein unüberwindliches Hindernis für unsere Liebe?

Bevor er mehr sagen konnte, traten meine Tante und mein Onkel ein.

»Oh, du bist zurück«, sagte Tante Dinah, ohne Freude zu zeigen.

»In Lebensgröße, wie Sie sehen, Tante. Ich hoffe, Sie hatten eine gute Zeit?«

»Teils, teils. Das Leben geht geschäftig weiter wie gehabt. Was ist das? Makrele?«

Kurz darauf stießen Sanderson und Judith zu uns, und als Sanderson Turlington sah, bekam sein blasses Gesicht wieder ein wenig von seinem alten rosigen Schimmer. *Ich muss Sanderson fragen, was ihn bekümmert*, nahm ich mir nicht zum ersten Mal vor. Warum hatte ich nun, da Turlington eine ganze Woche weg gewesen war, keine Gelegenheit dazu gefunden? Ich war zu vertieft in meine eigenen Angelegenheiten gewesen.

»Ich habe mir überlegt, heute Morgen das Grab meiner

Mutter zu besuchen«, sagte Turlington unvermittelt. »Willst du mitkommen, Sanderson?«

Sanderson blickte überrascht auf. »Heute ist Freitag«, erinnerte er seinen Bruder. »Ich muss nach dem Frühstück zu den Coatleys.«

»Natürlich musst du das, natürlich. Florence, was ist mit dir, hättest du vielleicht Lust, mich zu begleiten?«

»Gewiss doch, Cousin, wenn du Gesellschaft haben möchtest.« Meine Stimme war nicht ganz so fest, wie ich mir das gewünscht hätte. Turlington wusste, dass Sanderson freitags immer beschäftigt war. Er hatte es sehr geschickt eingefädelt, dass wir gemeinsam ausgehen konnten, ohne dass eine Absicht dahinter zu erkennen war.

Wir brachen gleich nach dem Frühstück auf und liefen zu Fuß zum Brompton Cemetery. Es schneite ganz leicht weiter und die Straßen waren ungewöhnlich still. Als wir uns weit genug von Helikon entfernt hatten, nahm er meine Hand. Ich war froh darum, denn mich hatte die Angst gepackt, ich könnte ihn verlieren. An einem bedeckten Morgen wie diesem, der ein feines Netz aus Schneeflocken auf Grabsteine und Gräber legte, bot der Friedhof das passende düstere Ambiente für solche Nachrichten.

»Bist du schon mal hier gewesen, Florrie?«, fragte er, als wir die hohen Eisentore hinter uns schlossen. »Hast du gesehen, wo sie alle gelandet sind, Morden und Rosanna und Clifton und die anderen, meine Mutter und die von Sanderson, unser Onkel Edgar, unsere Tante Mary?«

Ich hatte es nicht.

»Es ist sehenswert.« Er führte mich ohne zu zögern links und rechts zwischen den Monumenten hindurch.

»Du bist schon oft hier gewesen«, sagte ich. Ich sah ihn vor mir, wie er hier vor sich hin brütete, vielleicht während seiner Tage im Exil.

Er widersprach mir nicht. Vor einem hohen hellgrauen Mausoleum, das von zwei flankierenden Engeln bewacht wurde, blieb er stehen. Ihre Gesichter waren schön, die Flügel ausgebreitet, die Schwerter gewaltig. Das Mausoleum selbst war imposant, aber schlicht. Solider Stein, ohne Verzierungen, und über der Tür stand in großen, dicken Lettern nur ein Wort: *Grace*.

Hand in Hand blickten wir darauf wie zwei Kinder vor dem Tor zum Märchenland. *Da ist es*, sagte ich mir. *Das Symbol und die in Stein gemauerte Realität unseres Erbes.*

»Da ist es«, kam von Turlington verbittert das Echo meiner Gedanken. »Weißt du, früher hatten wir das Familiengrab im Kirchhof von St. Matthew, aber als dieser Friedhof hier angelegt wurde ... Nun, du weißt ja, wie wichtig es ihnen ist, mit der Mode zu gehen. Ich komme mir vor, als hätte ich es mein ganzes Leben lang auf den Schultern getragen. Dabei ist es in Wahrheit nicht mal so alt wie ich.«

»Und du möchtest es gern absetzen«, sagte ich zärtlich. Eine Schneeflocke landete feucht und zutraulich auf meiner Wange.

Er wandte sich mir zu und sah mich mit unverhüllter Sehnsucht an, ob nach mir oder nach Freiheit hätte ich nicht sagen können. Vielleicht setzte er mich mit Freiheit gleich, und zweifellos hatte ich dasselbe mit ihm getan.

»Ich würde alles dafür geben. Mein ganzes Leben wurde davon bestimmt, ein Grace zu sein. Es wurde mir eingemeißelt wie diese Lettern.« Er deutete mit einer behandschuhten Hand auf unsere prägnante Grabinschrift. »Turlington, der Grace-Erbe, Turlington, die größte Enttäuschung der Graces, Turlington, der gebesserte verlorene Sohn ... Ich bin einfach nur ein Mensch, Florrie, und ich leide und kämpfe und ertrage es nicht länger!«

Ich wusste nicht, wie ich ihn trösten sollte. Selbst mir war es gelungen, zu akzeptieren, die zu sein, die ich war. Aber ich drückte seine Hand und wartete.

»Sieh nur.« Turlington zeigte auf den Schwellenstein vor der Tür zur Gruft. Wir traten näher und er bückte sich, um die dünne Schneedecke wegzuwischen. Ich sah, dass auch dort Worte eingemeißelt waren. Gemeinsam lasen wir sie laut: »Kostbare Vergänglichkeit.«

»Kostbare Vergänglichkeit«, wiederholte ich. »Was bedeutet das?«

»Genau das, Florrie, war auch mein Gedanke. Was bedeutet das? Bedeutet es einfach, dass das menschliche Leben kostbar ist? Ich denke nicht. So viel Mitgefühl passt nicht zu den Graces! Lange Zeit dachte ich, es bedeutet, dass wir, unsere Familie, unter allen Sterblichen kostbar sind. Dass da drüben das gemeine Volk liegt, hier aber die Kostbaren. Aber beim letzten Mal, als ich hier war, kam mir plötzlich der Gedanke, dass es, wenn es diese Bedeutung hätte, doch sicherlich unter unserem Namen eingemeißelt sein müsste. Aber das ist es nicht, Florrie, wie du siehst, steht es auf dem Schwellenstein. Auf den man treten muss. Ich denke, dass Hawker auf diese Weise sagen möchte: *So viel also zur kostbaren Sterblichkeit. Wir Graces zermalmen sie unter unseren Stiefeln, denn wir sind Graces und eine Nichtigkeit wie der Tod kann uns nicht einschränken.* Denn natürlich war es Hawker, der dies hier hat erbauen lassen.«

»Vielleicht hast du recht. Es ist ein seltsames Grabmal. Aber Helikon ist auch ein seltsames Haus, warum sollten wir es also im Tod angenehmer als im Leben haben?« Ich betrachtete es gedankenverloren. Langsam füllte der Schnee die Riefen der Lettern, so dass sie noch obskurer wurden. Und plötzlich wurde mir klar, dass ich als eine Grace ebenfalls für diesen Ort bestimmt war.

»Ich werde hier begraben werden«, sagte ich, überwältigt von einer Welle der Angst. »Ich werde für immer in London sein. Aber meine Mutter ruht nicht hier bei den Graces. Sie liegt in Cornwall bei meinem Vater – und Nan. Meine Eltern sind in Tremorney begraben, und … o Gott, ich werde hier sein!«

Schluchzend wandte ich mich an Turlington und er drückte mich an sich. In seiner wunderbaren Nähe hatte ich das Gefühl, mein langjähriges Unglück, vertrieben und verpflanzt worden zu sein, begraben und besänftigen zu können.

»Was ist es, das du mir sagen möchtest, Turlington?«, fragte ich dann voller Angst, während mein Gesicht an seiner Brust ruhte.

Er tätschelte meinen Hintern und ich kicherte überrascht. Aber es war nicht schalkhaft gemeint. »Jede Menge Unterröcke und Polster, wie ich ertaste«, lachte er. »Kannst du damit sitzen?«

Wir setzten uns Seite an Seite auf die »kostbare Sterblichkeit«, wobei sich mir die Bedeutung dessen nicht erschloss, sofern es überhaupt eine gab.

Mit liebeskrankem Herzen beugte ich mich über ihn, hob seine Haare von seinem Hals und platzierte dort einen zarten Kuss. Da blickte er mich mit gequälter Miene an und sah aus wie in den alten Zeiten, als er trank und Missetaten beging. Mir wurde eng in der Brust. Was hatte er getan? Hatte er etwas gestohlen, jemanden verletzt, bei einer anderen Frau gelegen?

»Was ist denn los?«, flüsterte ich.

Er umklammerte meine beiden Hände. »Florrie«, hauchte er und vergrub sein Gesicht in meinen Haaren. »Florrie, Florrie, Florrie.«

»Ich bin da, Turlington.«

»Ja, du bist da. Aber es tut mir so leid, ich habe dich in ein fürchterliches Schlamassel hineingezogen. Du verdienst mehr als eine verbotene Liebe und eine Entscheidung zwischen deinem Leben und deiner Familie und einem so armseligen Schuft, wie ich einer bin.«

»Turlington! Du bist kein Schuft! Warum sagst du das von dir?«

»Ich habe alle belogen.«

Da kam mir ein schrecklicher Gedanke. »Bist du *verheiratet*?«

Zu meiner Erleichterung hob sich der dunkle Schatten auf seinem Gesicht für einen Moment und er lachte. »Verheiratet? Nein! Das bin ich nicht, Florrie, wenigstens das kann ich dir zusichern.«

»Was dann? Was ist passiert?

»Nichts ist passiert. Jedenfalls nichts Neues. Es geschah vor vielen, vielen Jahren, im Dunst des graceschen Stammbaums. Es war ein interessanter kleiner Ableger, meine Schöne.«

»Turlington! Erzähl mir etwas, das Sinn ergibt, oder erzähl mir gar nichts.«

»Gut. Ich bin kein Grace.«

Ich verstärkte meinen Druck auf seinen Arm. »Wie bitte?«

»Ich bin kein Grace. Meine Mutter hat gelogen. Ich bin eine Lüge. In diesen Adern fließt kein Tropfen Grace-Blut!«

Er streckte seine Arme aus. Unter Hemd und Jacke und Mantel konnten wir seine Adern nicht sehen, aber wir stellten sie uns dennoch vor. Er lachte hohl und hallend.

»Ist das nicht grotesk? Hawker droht uns, dass er uns enterbt, wenn wir heiraten, als Cousins ersten Grades. Und dabei sind wir das gar nicht, Florrie! Ich bin genauso wenig dein Cousin, wie ich der von Rebecca bin! Die einzigen Bande, die wir teilen, sind die der Liebe und der Leidenschaft. Aber wüsste Hawker es, würde er mich trotzdem enterben! Und dich auch, weil du mich liebst.«

Ich zog seine schwebenden Arme zurück, damit er mich festhielt, und starrte in die graue Luft, auf die Schar der steinernen Engel. Turlington Grace ... kein Grace! Mein Cousin, dessentwegen ich mich aus Liebe gequält hatte ... *nicht* mein Cousin. Die erste Hoffnung der Graces, der verlorene Sohn, der ein ums andere Mal willkommen geheißen worden war, weil er der Grace-Erbe war ... nicht der wahre Erbe? Das war nicht einfach zu verstehen.

Und doch wurde mir ganz leicht ums Herz. Er war nicht mein Cousin. Es gab keinen Grund, sich schuldig zu fühlen. Er war nur ein Mann und ich war frei, ihn zu lieben. Es lag keine Sünde darin, egal, welchem Glaubenssystem man anhing.

»Turlington! Oh, mir ist eine Last von der Seele genommen!« Ich lachte unter Tränen und war so erleichtert, wie ich das nicht für möglich gehalten hätte. »Du bist nicht mein Cousin!

Die Verwandtschaft, die wir verspüren, sie kommt von der Seele und nur von der Seele.«

»Ja, und vielleicht auch vom Körper«, kicherte er und drückte mich an sich und tauchte sein Gesicht in mein Haar. »Ich hätte nie gedacht, dass dir diese Cousin-Geschichte so viel ausmacht, meine Süße.«

»Ich ebenso wenig, doch jetzt erkenne ich es! Aber sag, Turlington, wie hast du das herausgefunden? Wie lange wusstest du es schon?«

Und jetzt fiel ein Wermutstropfen in meine anfängliche Euphorie. Denn noch bevor er etwas sagte, wusste ich, dass er es schon lange gewusst hatte. Plötzlich erinnerte ich mich wieder an unsere erste Begegnung im Stall von Truro. Er hatte mir so leidgetan, ohne zu wissen, warum, schließlich war ich noch ein Kind. Ich hatte seinen Namen gemurmelt, *Turlington Grace*, worauf er den Namen *Grace* verbittert wiederholt hatte. Selbst damals war mir das merkwürdig vorgekommen. Er hatte gelogen und Hawker wie uns allen etwas vorgemacht, nur um sich eine Position – und ein Vermögen – anzumaßen, die ihm nicht zustanden. Sandersons Vermögen, in Wahrheit.

Er legte kurz seinen Kopf in seine Hände, als wären seine Geheimnisse zu schwer. Dann setzte er sich auf, schüttelte sein Haar zurück und begann. »Meine Mutter hat Clifton Grace geheiratet, wie du weißt. Sie war sehr jung.«

»Belle«, sagte ich leise und er nickte.

»Belle«, wiederholte er und seine Züge wurden weich. »Als ihr Vater ihr erklärte, sie müsse ihn heiraten, gehörte ihre Liebe einem anderen. Es war ein alter Freund aus Kindertagen, dessen Familie eine Bäckerei unterhielt – nicht arm, ganz und gar nicht, aber nicht großartig genug, um die Turlingtons zufriedenzustellen. Als mein Vater Interesse an Belle bekundete, kannst du dir sicher vorstellen, wie sie sich da aufplusterten. Wie Hawker dir eingetrichtert hat, konnte Clifton Grace jede bekommen, die er wollte. Viele kokette Töchter und auf sozialen Aufstieg bedachte Mütter hatten ihn ins Auge gefasst. Von ihm erwählt zu werden wurde als größte Ehre angesehen, die einem Mädchen zuteilwerden konnte. Es ist all das, was wir beide hassen, Florrie: die Bewertung von Menschen auf der Grundlage von Schönheit und Reichtum.«

»Ich weiß, Turlington, ich weiß, aber erzähl mir von deiner Mutter.«

»Ja. Nun, sie gestand ihren Eltern ihre große Liebe zu ihrem alten Freund, aber sie wollten nichts davon hören. Sie bestätigten, dass er ein sehr rechtschaffener Mann sei, aber er müsse für seinen Lebensunterhalt Kuchen und Gebäck backen und sei kein Grace. Ein Grace würde seiner Braut und deren Familie Türen öffnen, von denen man sonst nur würde träumen können. Für sie war Clifton Grace ein Mann, der übers Wasser laufen konnte. Da sie jung war, ließ sie zu, dass ihre Familie über ihr Schicksal bestimmte und ihr weismachte, dass eine Ehe auf weitaus mehr als Zuneigung beruhte. Sie war auch bereit zu glauben, dem Wunsch ihrer Eltern nachkommen und dennoch ihr Glück finden zu können. Doch im Grunde ihres Herzens wusste sie, dass es ein Fehler war. Aber um sich nicht gegen ihre Familie stellen zu müssen, tat sie, als wäre es ihr nicht bewusst.«

»Wie unendlich traurig.«

»Ja. Sie hätte etwas Besseres verdient gehabt.«

»Und woher weißt du dies alles, mein Liebster?«

»Sie hinterließ mir einen Brief, den ich an meinem sechzehnten Geburtstag öffnen sollte, als ich alt genug war, alles zu verstehen. Sie vertraute ihn einer alten Freundin an, damit sie ihn inzwischen sicher aufbewahrte. Sie wollte mich wissen lassen, wie ihr Leben ausgesehen hatte, damit ich verstand, warum sie so unglücklich war, und dass dies nichts mit mir zu tun hatte. Sie schrieb, wie sehr sie es bedauerte, dass ich sie als unglückliche Mutter gekannt habe, und dass sie befürchtete, dies könne meinen Charakter prägen. Indem sie es mir mitteilte, Florrie, wollte sie mich von der Last ihres Unglücklichseins befreien.«

»Aber dem war nicht so, nicht wahr? Stattdessen bürdete sie dir ein unmögliches Geheimnis auf.«

»Das Schlimmste aller Geheimnisse. Und die Erinnerung an ihr Leid war so lebendig wie je. Ich kann mich so gut an sie erinnern, Florrie. Ich liebte sie. Ich weiß noch, wie ich auf ihren Schoß kletterte – ich dürfte noch ganz klein gewesen sein – und dort in einem Meer aus weißen Rüschen saß und zu ihren dunklen Ringellocken mit den weißen Bändern darin aufblickte und vor allem zu ihrem Gesicht. Es war so schön, Florrie. Aber mehr als das freundlich und sanft. Dann kam mein Vater und zog mich herunter. Ich höre noch seine über den Boden stapfenden Stiefel, die den Raum erzittern ließen, spüre die Berührung seiner rauen Männerhand auf meiner Schulter, seine unbestrittene Kraft, mit der er mich von ihr wegzerrte und auf den kalten Fußboden setzte und mir mit seiner dröhnenden Stimme sagte, ich solle ein Mann sein und die Welt erforschen und mich nicht wie eine Memme auf den Schößen von Frauen zusammenrollen.«

Seine Miene verdüsterte sich.

»Verstehen konnte ich das nie. Ein Mann sollte gemäß meinem Vater Frauen lieben, doch mit Liebe meine ich erobern. Er hatte jede Menge Affären – während er mit meiner Mutter verheiratet war und später, als Cassandra seine Frau war. Doch ein kleiner Junge durfte sich nicht an der Gesellschaft von Frauen erfreuen – nicht einmal an der seiner eigenen Mutter! Absolut unsinnig! Vielleicht war er eifersüchtig wegen der Bewunderung, die sie mir entgegenbrachte. Ich war der Lichtblick in ihrer Welt. Um meiner selbst willen und weil ich der Sohn ihrer wahren Liebe war, wie sie mir in ihrem Brief gestand. Mein Vater ehrte sie nicht, doch von ihr erwartete er, dass sie ihm Ehre erwies, o ja, das tat er.«

Er zögerte kurz, dann fuhr er fort: »Ich erinnere mich, wie er ihr eines Abends ein Glas Rotwein ins Gesicht schüttete, nur weil sie zerstreut war, als er eine seiner langweiligen Geschichten von seinen Heldentaten zum Besten gab. Ich hatte mich verschluckt, also wandte sie sich mir zu, um mir zu helfen. Das gefiel ihm nicht. Er wollte die Sonne sein, um die sich alle anderen Planeten drehten. Jeder Hinweis darauf, dass auch andere Menschen zählten, war wie ein Schatten auf seinem Glorienschein. Ich weiß noch genau, dass ein Stück Fleisch in meinem Hals steckte, weiß noch, wie schwer es mir fiel, Luft zu bekommen, spüre noch meine Angst und die aufmunternden Worte meiner Mutter, die mir auf den Rücken klopfte, und gleich darauf explodierte etwas Rotes in ihrem Gesicht und blendete sie. Einen Moment lang war sie unfähig, mir zu helfen, aber ich kämpfte noch immer, allein …«

»Mein Liebster.« Ich küsste seine Wange. Sein Gesicht war hart und von Verletzung gezeichnet. *Jetzt verstehe ich dich besser denn je*, dachte ich. Zärtliche Kindheitserinnerungen, bittere Kindheitsverletzungen. Kein Wunder, dass seine Gefühle für die Graces so wirr und düster waren.

Er holte zitternd Luft und lachte. »Wie du siehst, mein süßes Mädchen«, sagte er, »landete ich irgendwie im falschen Leben, in der falschen Familie. Hätte meine Mutter meinen Vater geheiratet, wie sie das hätte tun sollen, wäre ich dennoch *ich* gewesen, das Ergebnis von ihm und ihr, aber wir hätten glücklich sein können. Mein Nachname wäre Winston und nicht Grace, und zweifellos hätte ich einen vernünftigen Taufnamen wie John bekommen. Stattdessen bin ich zwar das Ergebnis von ihm und ihr, aber auch irgendwie ein Grace, und die Erwartungen von Generationen von Graces, die in Hawker, diesem alten Grobian, gipfeln, ruhen alle auf mir, und hier hinein soll ich, wenn ich sterbe, obwohl ich doch gar keiner von ihnen bin.«

»O Turlington. Ach du armes, zerrissenes Herz. Als wir uns in Truro begegneten, wusstest du es bereits.«

»Ja. Wie alt war ich damals? Zwanzig? Ja. Ich wusste es schon lange. Meine liebe Mutter hatte es falsch eingeschätzt, ich war noch zu jung, um das verarbeiten zu können. Sie hatte gehofft, mich damit von den Folgen ihrer Qual zu befreien, mich einer helleren Zukunft zuzuführen, aber in Wahrheit hat es das Gegenteil bewirkt. Doch sie konnte ja nicht wissen, was für eine gequälte Seele ich sein würde. Viele Heranwachsende stellen wohl ihre Identität in Frage, wenn sie ihre Kindheit abschütteln und sich männlicher Verantwortung stellen sollen. Aber zu erfahren, dass du überhaupt nicht der bist, der du hättest sein sollen ... Und dich dann keinem anvertrauen zu können ... Nun, ich verfügte nicht über die Weisheit oder das Naturell, das zu verdauen. Je öfter man mir einredete: *Ein Grace muss dies oder das tun*, umso öfter sagte ich mir: *Aber ich bin doch gar kein Grace!*, und die ganze Sache wurde zur Qual. In der Nacht, als ich den Brief meiner Mutter las, trank ich meine erste Flasche Weinbrand. Seitdem hab ich viele getrunken.«

»Aber wie willst du es ihnen sagen«, überlegte ich, als ich die Tragweite seines Dilemmas erfasste, »ohne das Geheimnis deiner Mutter zu verraten, Schande über ihr Andenken zu bringen und deinen Platz in der Welt zu verlieren?«

»Genau das ist das Problem. Und dann ist da auch noch das Geld, Florrie, so armselig das klingen mag. Ich möchte mein Erbe.« Er strich sich mit der Hand übers Gesicht und schnitt eine Grimasse. »Mir gefällt der Gedanke nicht, dass es mir eigentlich nicht zusteht. Ich habe das Gefühl, einen Anspruch darauf zu haben. Ich habe meine Zeit in dieser Familie abgedient, meine Beiträge geleistet. Ich habe viele Jahre unter ihrer Grausamkeit und ihrer Kleinlichkeit gelitten. Du weißt, dass mein persönliches Vermögen angewachsen, aber auch wieder verschwunden ist. Um meiner selbst willen war mir dies gleichgültig. Es gab Zeiten, da hätte ich es vorgezogen, bettelarm zu leben, statt zu versuchen, ein Grace zu sein. Aber jetzt muss ich auch an dich denken. Ich habe Pläne für die Zukunft, zum ersten Mal, wunderschöne Pläne. Der Grace-Erbe zu sein bedeutet eine Sicherheit, die ich dir sonst nicht zuverlässig bieten kann.«

»Das verstehe ich, Turlington. Gewiss. Und dennoch –«

»Und dennoch findest du, dass es eine größere Schande und unehrenhafter ist, eine Lüge zu leben.«

»Ich finde es nicht unehrenhaft, mein Lieber, aber ich denke an die Last, die es dir auferlegt, an den dunklen Schatten auf deinem Herzen. Eine so große, so weitreichende Lüge zu leben ... wird dich das nicht teuer zu stehen kommen? Wird es dich nicht langsam und jeden Tag ein wenig mehr vergiften?«, schloss ich leidenschaftlich.

»Das hast du treffend gesagt. Es kommt mich tatsächlich teuer zu stehen, und das jeden müden Tag. Aber geht uns das nicht allen so, jedem von uns? Kenne ich jemanden, der sein Leben absolut kompromisslos und authentisch lebt? Kennst du jemanden?«

»Gewiss nicht, und das weißt du.« Ich grübelte an seine Brust gelehnt. Es war nicht nur, dass ich unserer Liebe wegen eine Lüge gelebt hatte. Alles an mir war eine Lüge. Nun, nicht alles. Mein Klavierspiel war real. Meine Freundschaften auch. Meine Leidenschaft für Turlington. Aber sonst ... Meine Sprache, meine Kleidung, mein Benehmen, die täglichen Gewohnheiten, die Beschränkungen, selbst meine Pläne für die Zukunft, alles war vorgefertigt.

»Ich befinde mich zu weit weg von dem Feld, in das ich gesät wurde, Turlington«, sagte ich schließlich.

»Das weiß ich, meine Liebste, das weiß ich«, murmelte er in mein Haar. »Und das ist vielleicht auch der Grund, weshalb wir beide uns so gut verstehen und immer verstanden haben. Wir sind beide auf die Straße gesetzt und in den Sog gezogen worden, der von der Familie Grace ausgeht. Sie haben uns mit ihren Fängen umgarnt und uns so viele Dinge diktiert, doch unsere Herzen haben sie nie überzeugt, und deshalb haben wir auch auf so vielerlei Weise im Kleinen wie im Großen rebelliert.«

»Aber unsere Liebe, die ist doch keine Rebellion?«, sagte ich, plötzlich von Angst erfasst. »Du willst mich doch nicht nur, um Hawker zu verletzen? Nicht nur, weil ich eine verbotene Frucht bin?«

Er lächelte sein bedächtiges, träge schmelzendes Lächeln,

das ich so sehr liebte, und küsste mich und lachte und küsste mich wieder.

»Es gibt kein Leben, in dem ich dich nicht lieben könnte, Florrie. Auch wenn ich ein Bäckersohn namens John wäre und du ein kornisches Mädchen in Braggenstones, beide am rechten Platz in ihrem Leben und glücklich, selbst dann würde ich dich lieben. Und wenn du eine Prinzessin wärst und ich ein Frosch, oder ich ein Herzog und du meine Wäscherin, oder du eine Waldnymphe und ich ein Holzfäller … Ich würde dich lieben. Ich würde dich verehren.«

Meine Augen füllten sich mit Tränen. Wir klammerten uns aneinander. Wir liebten uns so sehr. Und wir hatten nur uns.

KAPITEL DREISSIG

Und so glitt mein Leben in eine neue und entscheidende Phase. Turlington und ich konnten uns nicht einfach so von dem Leben in Helikon lossagen, wir waren einfach nicht bereit, uns den Konsequenzen zu stellen. Unsere Liebe, seine Enthüllung, damit hatten wir im Moment genug zu tun. Die Erinnerung an unsere erste Begegnung in Truro, ich eine Bedienstete und er der feine Herr: Es war mir fast unmöglich zu begreifen, dass ich mehr von einer Grace in mir hatte als er.

Unsere Liebe war der Dreh- und Angelpunkt unser beider Welten, und gemeinsam veränderten wir die uns bekannte Realität, um dafür Raum zu schaffen. Wir setzten unsere Treffen im Dog and Duchess oder anderen gleichermaßen unerfreulichen Herbergen fort. Wenn das Wetter es zuließ, streiften wir durch die am wenigsten ehrbaren Viertel der Stadt. An der Seite Turlingtons fühlte ich mich sicher, denn er kannte diese Gegenden nur zu gut, aber der Aufenthalt dort machte mich nicht glücklich. Trotz der Armut, die ich in Braggenstones erlebt hatte, hatte ich noch nie so viele unglückliche Menschen gesehen wie hier. Auf unseren Spaziergängen hofften wir einerseits, von niemandem gesehen zu werden, der uns kannte, andererseits verbanden wir damit auch die Suche nach Calantha. Turlingtons frühere Erkundigungen hatten nichts ergeben. Wir fragten Hausbesitzer, Gassenkinder, Prostituierte, ob diese sie gesehen hatten – sie war leicht zu beschreiben. Aber wir hörten nichts über sie. Dabei wusste ich nie, ob ich erleichtert sein sollte – der Gedanke, dass sie an so düsteren, abstoßenden Orten leben könnte, war mir unerträglich – oder unglücklich. Und wenn sie erfroren oder verhungert war? Wenn der Fluss sie eingefordert haben sollte?

»Weißt du, ich glaube, sie war gar nicht verrückt«, sagte ich auf einem unserer Spaziergänge nachdenklich zu Turlington. »Vielleicht ein wenig ungewöhnlich, aber kann die Welt so etwas nicht zulassen? Sie sah Wesen, die kein anderer sehen konnte, und sprach mit ihnen, aber das ging mir genauso, als ich noch in Cornwall lebte.«

»Deine Moorgeister?«

»Ja. Seit ich nach London gekommen bin, wo alles nur aus Stein und von Menschenhand geschaffen ist, habe ich keine solche Erfahrung mehr gemacht, ich fühle mich deshalb aber nicht gesünder. Calantha passte nicht ins Bild, das war ihr Problem. Doch das tust du auch nicht, und ich ebenso wenig, aber ich hatte die Entschuldigung, ein Mädchen vom Land zu sein, und dich schützte, dass du ein Gentleman bist. Ich wünschte mir, wir könnten sie finden, und sie wäre wohlauf.«

»Das geht mir genauso, meine Liebe. Auch ich wünsche mir das.«

Es gab kaum mehr Nächte, in denen Turlington nicht zu mir ins Zimmer kam, und bald schon war ich keine Jungfrau mehr. Es waren völlig neue Gefühle für mich. Als er sich das erste Mal sein Nachthemd über den Kopf streifte und sein dunkles

Haar zurück an seinen Platz fiel und seine nackten Schultern streifte, weidete ich mich an seinem Anblick – ich konnte gar nicht anders. Sein schlanker Leib und die langen Beine, deren glatte Haut im Mondlicht schimmerte, waren so kühl und köstlich, dass ich kaum wusste, was ich tun sollte. Also zog auch ich mein Nachthemd aus, damit er mich bewundern konnte. Und so bewunderten wir uns gegenseitig, bis wir taumelnd übereinander herfielen und mit unseren Körpern all das ausdrückten, was Worte nicht auszudrücken vermochten. Ganz gleich, wie viel wir einander auch anvertrauten, einige Wahrheiten befinden sich in einem anderen Reich und man muss sich ihnen auf anderen Wegen nähern.

Tagsüber war ich erschöpft und leer. Nicht nur fanden wir aufgrund unseres nächtlichen Liebesspiels wenig Schlaf, sondern auch diese neue Realität forderte ihren Tribut von mir. Für die meisten meiner Treffen mit Turlington schob ich Rebecca als mein Alibi vor, was bedeutete, dass ich sie in Wahrheit sehr selten sah, und dabei hatte sie mir so lange Halt und Kraft gegeben. Außerdem befand ich mich den größten Teil der Woche in einer neuen Umgebung, die ich als entmutigend und bedrückend wahrnahm.

Dazu kam das doppelte Spiel: Ständig musste ich mich erinnern, wo ich angeblich gewesen war und warum, eine Fiktion, die parallel zur Realität verlief, die ohnehin schon meine ganze Aufmerksamkeit erforderte. Ich musste Neuigkeiten erfinden, wenn Sanderson sich nach Rebecca erkundigte. Musste Aubrey gegenüber lügen und so tun, als würde ich ihn noch immer heiraten, und das war das Schlimmste von allem. Ich kam mir herzlos und grausam vor, weil ich weiterhin seine Hoffnungen schürte – und war dies auch wirklich. Das Geheimnis von Turlington und mir zu wahren erfüllte mich voll und ganz, und ich konnte an diesen Tagen an nichts anderes denken. So wichtig mir Aubreys Gefühle auch waren, die Turlingtons zählten weitaus mehr. Aubrey wurde geopfert, meine eigenen Gewissensbisse wurden geopfert und ich glaube, dass ich damals sogar meine Seele verkauft hätte, wenn ich dafür einen weiteren Kuss von Turlington bekommen hätte.

Während des fortschreitenden Winters, der bald sein abscheuliches Gesicht zeigte, fanden wir eine neue und legitime Möglichkeit, gemeinsame Zeit zu verbringen. Auf meine Bitte hin hatte Turlington dem Heim mit dem optimistischen Namen Rising Star Home for Young Gentlemen (was sie wirklich nicht waren) einen Geldbetrag gespendet.

Ich war ein- oder zweimal dort gewesen, um Jacob zu besuchen. Die Besitzer des Heims, die Brüder Planchard hatten mich sehr freundlich empfangen. Jacob war weniger freundlich gewesen; wie es schien, war unser ursprünglich harmonisches Verhältnis, geschmiedet in Missachtung des Rechts, verpufft – ich fand ihn mürrisch und extrem misstrauisch. Er war erst neun Jahre alt (älter, als ich vermutet hatte, aber klein für sein Alter und unterernährt), jedoch bereits abgebrüht von der Welt. Er tat mir leid, so klein und wütend, wie er war. Gewiss hatte er Angst, obwohl er sie nie zeigen würde. Ich wollte ihm gern helfen, und da schien es mir das Beste zu sein, die Einrichtung der Planchards zu unterstützen, anstatt Jacob direkt ins Visier zu nehmen.

Jetzt hatten die Planchards uns eingeladen, das Heim zu besichtigen und aus erster Hand die Wunder zu bestaunen, die Turlingtons Geld bei diesen jungen Leben bewirkt hatte. (Kurz gesagt, sie hofften auf eine weitere Spende.) Ich freute mich, denn das Heim lag mir am Herzen, und auch weil es uns einen Anlass zu einer gemeinsamen Unternehmung gab, ohne etwas vortäuschen zu müssen. Also ließen wir an einem regnerischen Januartag die Kutsche kommen, die uns nach Kensington bringen sollte.

Turlington trug seinen weiten dunklen Paletot, ich einen violetten Umhang über einer gewaltigen Krinoline in Königsblau mit violetten Schleifen und Goldlitzen. Mit jedem Jahr schienen die Kleider ausgefallener zu werden. Wenn auch nur ein kleines Stoffquadrat keine Falte oder Rüsche, Stickerei oder Litze, keine nur dem Schmuck dienende Tasche oder keine unnötigen Knöpfe zeigte, war gleich das ganze Machwerk eine Enttäuschung.

Da der Rock so ausladend war, kam ich nur mit Mühe in die Kutsche. Es gelang schließlich nur, weil Turlington vor mir einstieg und mich hineinzog, während gleichzeitig ein Diener gegen meine Röcke drückte und so lange schob, bis sie bereit waren, mich zu begleiten. Kaum hatte eine Seite des Rocks es in die Kutsche geschafft, sprang die andere wieder heraus – es war, als würde man Hühner zusammentreiben. Als die Tür endlich hinter mir und meinem Kleid zuschlug, klammerten Turlington und ich uns in ausgelassenem Gelächter aneinander.

Meine Fröhlichkeit war allerdings von Wehmut durchzogen. Ich genoss unseren gemeinsamen Aufbruch, der ganz offiziell war. Es gefiel mir, dass wir eine so einfache, profane Unternehmung gemeinsam hinbekommen hatten. Würde ich Aubrey heiraten, war meine inkonsequente Überlegung, wäre das immer so. Doch würden wir uns dann wohl kaum vor Lachen ausschütten. Aubrey würde sich nicht mit verschleiertem Blick über mich beugen, während das Gelächter noch anhielt, um mich zu küssen, als gelte es, einen Durst zu löschen.

Wir wurden vom jüngeren Mr Planchard begrüßt, der vor Freude, dass ihr großzügiger Wohltäter sie mit seinem Besuch beehrte, ganz aufgeregt war. Er war voller Idealismus und gab zu, dass er derjenige war, der dem Ort seinen Namen gegeben hatte. Sein Bruder sei oft unterwegs, um sich um andere Dinge zu kümmern, aber gemeinsam teilten sie die Vision, dass junges Leben gerettet und in jeder jungen Brust die Liebe zur Tugend geweckt werden sollte.

»Denn auch wenn sie sich jetzt zu Diebstahl und Kartenspiel und dem falschen Leben hingezogen fühlen«, sann er, »sind sie doch noch so überaus jung und haben diese schrecklichen

Beispiele schon früh in ihrem Leben gezeigt bekommen. Als Waisen mussten sie sich durchschlagen, wie es eben ging. Aber es ist immer noch Zeit, sie dazu zu bringen, einen besseren Weg einzuschlagen, nicht wahr, Mr Grace, Miss Grace?«

Wir wurden durch das Heim geführt, das aus drei Klassenräumen, zwei Schlafsälen, einem Waschraum, einer kleinen Privatkapelle und einem »Entspannungsraum« bestand, wie Mr Planchard ihn nannte. Darin standen Bücherregale, mehrere bequeme Sessel, ein ramponiertes altes Klavier und eine Staffelei. Den Jungs war es erlaubt, diesen Raum aufzusuchen, wann immer sie konstruktiven, kreativen Beschäftigungen nachgehen wollten. Er war leer.

Außerdem gab es noch ein Refektorium, und nach unserer Besichtigungstour wurden wir eingeladen, dort zusammen mit den Jungen ein leichtes Mittagessen einzunehmen. Turlington setzte bereits an, uns zu entschuldigen, aber ich sagte, dass es uns eine Freude wäre. Kaum hatten wir unsere Plätze eingenommen, flogen die Hintertüren des Speisesaals auf und an die vierzig Jungen zwischen acht und achtzehn Jahren kamen angerannt, lärmten und tobten und schwangen ihre Stühle wie wild durch die Gegend, als wollten sie Feuerholz daraus machen. Ich sah Mr Planchard einigermaßen erstaunt an, aber er erwiderte meinen Blick mit einem beruhigenden Lächeln – jedenfalls hätte es beruhigend gewirkt, wenn er dabei nicht so nervös gewesen wäre.

»Jugendlicher Überschwang«, erklärte er und beugte sich vor, um bei all dem Gebrüll gehört zu werden. »Sie waren den ganzen Vormittag in ihren Klassenräumen eingeschlossen. Ich möchte sie jetzt, da der Unterricht vorbei ist und sie Muße haben, nicht wieder einschränken.«

»Muße!«, lachte Turlington. »Nun, die leben sie wohl mit allen Sinnen aus.«

Und tatsächlich hatte sich einer der Jungen auf den Boden gelegt und schien tief zu schlafen. Ein anderer war zur Terrine gerannt und hatte sich selbst großzügig an der Suppe bedient, woraufhin das junge Mädchen, das sie verteilen sollte, ihm mit dem tropfenden Schöpflöffel auf den Kopf schlug. Ein Dritter zeigte zwei seiner Kameraden komplizierte Tanzschritte einer Jig – er tat dies auf dem Tisch, damit sie seine Füße besser sehen konnten. Der Junge war Jacob, wie ich überrascht feststellte.

»William Mooring! Bitte zurück an deinen Platz, die Glocke hat noch nicht geläutet, junger Mann!«, rief Mr Planchard, aber es war, als würde er gegen einen Sturm anschreien. »Jacob Chance! Runter vom Tisch! Benjy Gibbs, aufwachen! Adam Fairley, HÖR AUF, diesen Jungen zu schlagen!« Aber sie achteten nicht auf ihn. Das mit ansehen zu müssen tat mir in der Seele weh, und ich hatte dabei den Verdacht, dass diese Jungen Freundlichkeit und Ehrenhaftigkeit mit Unfähigkeit und Hilflosigkeit verwechselten – und in diesem Fall womöglich auch durchaus begründet.

»Jungs!«, probierte Mr Planchard es unbeirrt wieder. »JUNGS!« Er ging dazu über, eine Tischglocke zu läuten, aber auch darauf reagierten sie nicht. »Es tut mir leid«, sagte er an uns gewandt. »Mein Bruder ist unterwegs ... Wenn wir zu zweit sind ... Aber heute ist er ... JUNGS! Wir haben BESUCH!«

»Also ich weiß ja nicht, wie es Ihnen geht, aber ich habe Hunger«, sagte Turlington, ließ seinen Stuhl los und marschierte in das jungenhafte Getümmel. Er zog Jacob vom Tisch und schleuderte ihn auf einen Stuhl. Den schlafenden Jungen hob er vom Boden auf und setzte ihn dösend an den Tisch. Dem gierigen Jungen riss er die Suppenschale aus den Händen, trank sie selbst leer und gab dem Jungen einen Schubs Richtung Tisch. Als sie dieses unübliche Einschreiten bemerkten, kamen die Jungs langsam zur Ruhe, und Turlington nutzte die Pause, um sich an sie zu wenden.

»Ich bin Turlington Grace. Ich habe diesem Heim ein wenig Geld gegeben, damit ihr Herren auch weiterhin Taschentücher, Murmeln und so weiter in euren Taschen habt. Diese Suppe schmeckt gut und ich schlage vor, dass ihr sie kostet. Und noch besser wäre es, wenn ihr auf Mr Planchard hört. Ich glaube, er hat später Schokolade für euch, wenn ihr euch benehmt.« Dann kehrte er zurück an den Tisch und nahm seinen Platz wieder ein. Inzwischen hatten sämtliche Jungs Turlington in seinem langen, eleganten Mantel und mich in meinem ausladenden, auffälligen Kleid entdeckt. Ein paar Pfiffe flogen in meine Richtung, aber Turlington gebot ihnen mit einem drohenden Blick Einhalt.

»Ich habe keine Schokolade!«, flüsterte Mr Planchard mit schuldgequälter Miene.

»Davon bin ich ausgegangen«, murmelte Turlington, »aber wir haben erreicht, was wir wollten.«

»Ich möchte nicht lügen, um ihre Kooperation zu bekommen. Ich finde es immer besser, von Mann zu Mann mit ihnen zu sprechen, aufrichtig, und darauf zu warten, dass irgendwann ihre bessere Natur die Oberhand gewinnt.«

»Da müssen Sie womöglich recht lange warten, und außerdem haben nicht Sie gelogen, sondern ich. Und ich bin Ihnen überhaupt nicht böse, wenn Sie nachher mir die Schuld zuweisen. Wollen wir nun essen, Mr Planchard?«

»O ja, ja, auf jeden Fall.«

Das Mittagessen war einfach, aber gut: weiches Brot, fester Käse, knackige Äpfel. Dazu gab es einen offenbar bodenlosen Kessel voll ausgezeichneter Hühnersuppe. Die Jungs stürzten sich auf die Mahlzeit wie ausgehungerte Wölfe, und schließlich konnte ich mich nicht mehr zurückhalten und bat, ob es möglich wäre, mich zu ihnen zu setzen und mir ihre Geschichten anzuhören.

»Das wird sie mit Sicherheit freuen!«, erwiderte Mr Planchard überrascht. »Aber seien Sie gewarnt, Miss Grace, sie sind nicht immer ... *gewählt* in ihrem Umgang und ihrer Sprache.«

»Sie erstaunen mich«, murmelte Turlington.

»Gewählt? Das war ich früher auch nicht.« Ich lächelte.

Also ging ich zu ihnen und nahm Platz, und nachdem sie mir erst ein paar unhöfliche Fragen gestellt hatten – hatte ich Beine oder Räder unter diesem Rock? War Turlington mit seiner auffallend breiten Krawatte vom anderen Ufer? War ich verheiratet und hätte ich so oder so Lust, rumzumachen?, und so weiter –, beruhigten sie sich. Wir tauschten Geschichten aus, während Mr Planchard mit Turlington über ihre Pläne sprach, einen neuen Flügel für Mädchen zu bauen und Gelder dafür einzuwerben.

Von dem, was die Jungs mir erzählten, wollte ich anfangs gar nicht alles glauben. Sollten sie die Wahrheit erzählen, saß ich unter den hartgesottensten Verbrechern, die ich in Londons schlimmsten Zuchthäusern hätte antreffen können. Sie versuchten offenbar, mich zu schockieren. Aber dann erzählte ich ihnen meine eigene Geschichte, und vielleicht reagierten sie auf den wahrhaftigen Ton, denn die Berichte von Kutschen, die sie mit geladenen Pistolen angehalten, von sechs Männern, die sie getötet, und den Banken, die sie ausgeraubt hatten, hörten auf. Stattdessen hörte ich von kinderreichen, unterernährten Familien, von Müttern, die im Kindbett starben, und Vätern, die zu trinken anfingen, wenn alle anderen Bemühungen erfolglos geblieben waren. Ich erfuhr von kranken jüngeren Brüdern oder Schwestern, keinem Geld für Ärzte, der Notwendigkeit zu stehlen, um überleben zu können, von Familien, die zur Hälfte von der Cholera hinweggerafft worden waren – die üblichen Geschichten, aber nichtsdestotrotz schockierende persönliche Erfahrungen.

Aber sie waren auch lustig. Ihre frühen Lebensjahre mochten ihnen Chancen, Respekt, Schutz, Familie geraubt haben, aber nicht die Fähigkeit, über sich selbst lachen zu können – oder über andere. Zum ersten Mal seit Jahren ertappte ich mich dabei, dass ich wieder mit meinem kornischen Akzent sprach, nur um sie zum Lachen zu bringen. Ich erinnerte mich an Dinge, an die ich schon lange nicht mehr gedacht hatte – meine anfängliche Feindschaft mit Trudy Penny und die schrecklichen Dinge, die sie zu mir zu sagen pflegte –, nur um ein Lächeln in diese harten, blassen Gesichter zu zaubern.

Jacob sprach während der ganzen Zeit kein Wort. Er hätte ein völlig anderer Junge sein können als der, der auf dem Tisch getanzt hatte. Seine Lebhaftigkeit war vollkommen verschwunden und er wirkte so mürrisch und in sich gekehrt wie Turlington vor langer Zeit bei dem Ball in Truro. Sein sandfarbenes Haar stand störrisch ab und seine grauen Augen wirkten stählern. Wir ließen beide durch nichts erkennen, dass wir uns schon einmal begegnet waren.

Ich stellte ihm im Versuch, ihn mit einzuschließen, die eine oder andere Frage, doch er zuckte nur die Achseln. Wenn es etwas zu lächeln gab, lächelte ich ihn an, aber er wirkte völlig humorlos, obwohl ich wusste, dass er das nicht war. Offenbar hatten ihn Erwachsene oder Frauen oder gutgekleidete Leute enttäuscht und sein Vertrauen zunichtegemacht. Ich beschloss, alles daranzusetzen, um es wiederherzustellen.

Als wir aufbrachen, hatte unser Besuch Turlington so amüsiert, wie er mich gerührt hatte. Er hatte eingewilligt, Mr Planchard mit einer weiteren Summe zu unterstützen. Doch er hatte dabei zur Auflage gemacht, dass sie nicht für einen Mädchenflügel verwendet wurde. »Kannst du dir Mädchen in der Nähe dieser Teufelsbraten vorstellen?«, wunderte er sich. »Was denkt Planchard sich eigentlich dabei?«

Es sollte stattdessen für die Einstellung eines neuen Lehrers verwendet werden, einen Zuchtmeister, der den Jungs ein wenig Ordnung beibrachte. »Selbst wenn sie nur vorgeben, sich zu benehmen«, erklärte er Mr Planchard, »das muss besser werden. Sie tun ihnen damit keinen Gefallen. Glauben Sie mir, ich spreche aus Erfahrung.«

Bis dieser neue Lehrer eingestellt war, erbat Mr Planchard sich einmal in der Woche Turlingtons Hilfe. Denn tatsächlich ermöglichte ihm seine eigene weniger als beispielhafte Vergangenheit einen leichten Zugang zu den Jungs, und sein unkonventionelles Naturell half ihm, sie, wenn alles andere versagte, so aufzurütteln, dass sie gehorchten. Sie hätten es auch genossen, mit mir zu sprechen, wie Mr Planchard uns freudestrahlend versicherte. Der weibliche Einfluss sei etwas, was im Rising Star völlig fehle, seit die weiblichen Lehrkräfte, die er anfänglich eingestellt hatte, sehr rasch das Weite gesucht hatten. Aber wenn ich mir vorstellen könnte, sie wieder zu besuchen, werde ihnen dies seiner Meinung nach sicherlich sehr guttun.

Also machten wir es uns zur Gewohnheit, an jedem Dienstag ins Heim zu kommen und Zeit mit den Jungs zu verbringen. Wir ließen keine Gelegenheit aus, sie wissen zu lassen, wie glücklich sie sich schätzen konnten, bei den Planchards und nicht in einer der ähnlichen, aber vollkommen unerfreulichen Einrichtungen zu sein, die es überall in London gab. Wie viel Gutes wir damit erreichten, kann ich nicht sagen, aber ich denke schon, dass wir einen kleinen Beitrag leisteten.

Es gefiel mir, mit Turlington ein gemeinsames Anliegen zu haben. Indem wir dorthin gingen, kreisten unsere Gedanken nicht mehr nur um uns. Außerdem verband uns dies auf eine Weise, die wir vor der Welt nicht verstecken mussten, und ich freue mich, wie Turlington seine Aufgabe erfüllte, ein gutes Beispiel zu sein.

Vor allem aber liebte ich die Jungs, ganz besonders Jacob Chance. Das war so irrational, wie es unbestreitbar war. Er versuchte nicht zu gefallen und zeigte keinerlei Interesse. Es gab Dutzende Jungs, die ansprechender und anhänglicher waren. Seine dürre Gestalt war von Feindseligkeit umgeben, die weit ausstrahlte, und er erinnerte mich an einen Igel, zusammengerollt und mit aufgestellten Stacheln. Aber dennoch war es Jacob, der etwas in mir anrührte.

Nach und nach jedoch begann er, sich an den Gesprächen zu beteiligen, wenn auch meist nur mit wenigen Worten, die aber immer gut gewählt waren und von umwerfendem Humor zeugten. Einmal führten Turlington und ich den Jungs ein paar Tanzschritte vor – eine Quadrille und einen Walzer. Die Jungs schrien vor Lachen über die Sitten der feinen Gesellschaft.

»Und das steht auch euch bevor, wenn ihr dem nachkommt, was die Planchards mit euch vorhaben, und daran arbeitet, Gentlemen zu werden!«, zog Turlington sie auf. »Ihr müsst hin und her schweben, dürft links und rechts nicht verwechseln und müsst vor allem aufrecht stehen bleiben und dann noch mit diesen teuflischen Röcken kämpfen. Wenn ich ihr wäre, würde ich bei den Missetätern bleiben – das ist viel einfacher.« Auf diese frotzelnde, respektlose Art betonten wir immer wieder, dass sie sich entscheiden konnten, es Gabelungen auf der Straße vor ihnen gab, die sowohl Vorteile brachten, aber auch ihren Preis hatten. Das schien besser zu funktionieren als Mr Planchards gutgemeinter, aber übertriebener Idealismus.

Jacob überraschte uns alle, indem er plötzlich aufstand und sagte: »Ich denke, ich rette Sie lieber, Miss Grace, und zeige ihm, wie man es richtig macht.« Er drängte Turlington sehr geschickt beiseite und tanzte dann eine rasante Jig mit mir durchs Refektorium. Da es mich an einen Volkstanz erinnerte, den ich als Mädchen in Cornwall gelernt hatte, hielt ich recht anständig mit ihm mit, bevor wir uns nach zwei Runden lachend trennten.

Jacob rieb sich die Knie. »Was diese Röcke betrifft, haben Sie vollkommen recht!«, pflichtete er Turlington bei. »Du lieber Himmel, woraus sind die denn gemacht, Miss Grace? Da ist was drin, was richtig weh tut!«

»Da sind Stahlbänder in dem Käfig«, erklärte ich ihm.

»Käfig? Was sind Sie denn, ein Singvogel?«

»Manchmal fühlt es sich so an. So nennt man diese Reifen, die dafür sorgen, dass die Röcke abstehen.«

»Meine Ma hatte mal so einen Singvogel.«

»Und wo ist sie jetzt?«

»Oh. Schon lange nicht mehr da.«

Ich wusste nicht, ob er tot oder verschwunden meinte – beides waren hier übliche Geschichten –, aber es war Zeit zum Mittagessen, und in dem eifrigen Gedränge wurde ich von ihm getrennt und kam anderswo zum Sitzen. Doch als wir das nächste Mal zu Besuch waren, bemerkte ich ihn am Fenster des Klassenzimmers, von wo aus er nach uns Ausschau hielt. Sein wachsamer Gesichtsausdruck wurde ein wenig weicher, als er uns sah. Das sind die Wunder, die ein schneller Tanz, gemeinsames Lachen und etwas Zutrauen bewirken können.

»Man könnte meinen, du freust dich, mich zu sehen, Jacob«, sagte ich später zu ihm.

Er reagierte darauf mit seinem üblichen Achselzucken.

KAPITEL EINUNDDREISSIG

Im Februar lockerte der Winter seinen Griff um die Stadt, und endlich kam der März. Plötzlich zeigte London sich in seinem schönsten Gewand: Vögel zwitscherten, Blumen erblühten, Wolken jagten sich und laue Lüfte tanzten. Es war bezaubernd. Und seit meiner Ankunft in London war ich noch nie so glücklich gewesen. Ich hatte Turlington, ich hatte Sanderson, ich hatte Jacob, ich hatte Rebecca. Ich hatte meine Musik. Annis war weg und Tante Dinah, die mich verlobt glaubte und sich sicher war, dass ich bald das Problem von jemand anderem sein würde, ließ mich mehr oder weniger in Ruhe. Also war das Leben in Helikon auszuhalten, und ich wurde mit viel mehr dafür entschädigt, als ich früher einmal zu hoffen gewagt hatte.

Aber ich fand es immer unerträglicher, Aubrey zu betrügen. Durch die Tatsache, dass er es mir mit seiner ritterlichen Zurückhaltung sehr leichtmachte, wurde es noch schmerzlicher. Schon vor langem hatten wir die Hochzeit verschoben. Der Vorschlag war von Turlington gekommen: »Das gibt uns etwas Zeit«, hatte er gemeint. Aubrey war zwar enttäuscht, hatte es aber verstanden. Ich sei noch so jung, hatte er mir zugestimmt – gerade mal neunzehn Jahre alt –, und Sandersons

Hochzeit stand an. Vielleicht wäre es auch für Helikon besser, wenn die nächste nicht gleich hinterherkäme.

Und nun lernte ich mich kennen, wenn ich gegen meine eigenen Prinzipien verstieß – es gefiel mir nicht. Ich flehte Turlington an, mich meine Verlobung auflösen zu lassen, aber er bestand darauf, jetzt nicht die Pferde scheu zu machen.

Ich wusste nicht, worauf er wartete. Mir war klar, wie wichtig ihm das Erbe war, aber es war ja nicht so, dass er für das verschwenderische Leben eines Grace geboren war. Ich sagte ihm, dass das, was wir hatten, ausreichen würde. Zudem wies ich ihn darauf hin, dass dieses Vermögen dank Hawkers robuster Gesundheit womöglich noch in weiter Ferne lag.

Vielleicht wartete er aber auch auf eine Entscheidung, die er sich noch nicht vorstellen konnte, oder darauf, dass wir uns auf eine Vorgehensweise einigten. Denn er wollte noch immer, dass wir gemeinsam nach Italien durchbrannten, ein Plan, der mich zwar verlockte, dem ich jedoch durchaus mit Misstrauen begegnete. Ich war immer begeisterungsfähig, phantasievoll und feinsinnig gewesen. Doch ich war zudem ein Mädchen vom Land mit einem starken Hang zum Pragmatismus.

Anfangs war auch ich überzeugt gewesen, dass es für uns zwingend nötig wäre, von hier wegzugehen, um zusammenleben zu können, aber jetzt sah ich das anders. Gut, Hawker würde uns enterben, und dazu käme es, ob Turlington nun die Wahrheit über seine Herkunft beichtete oder nicht. Und ich würde auf jeden Fall heftigen Tadel einstecken müssen, entweder dafür, meinen Cousin zu lieben, oder einen Heuchler. Hawkers Grimm würde heftig sein, und davor fürchtete ich mich mehr als Turlington, denn mir machte meine merkwürdige Zuneigung zu diesem alten Despoten zu schaffen. Aber was immer dieser sich auch einbildete, Hawker Grace gehörte nicht ganz London. Es könnte hier trotz alledem einen Ort für Turlington und mich geben. Mich von Sanderson, der unglücklich war, abzuwenden fiele mir schwerer, als ich gedacht hätte, genauso von Hawker, der alt und, wie ich fand, sprunghaften

Geistes war, von Rebecca, der noch immer verboten war, zu heiraten, und von Jacob, der in unserer Freundschaft aufblühte, wenn auch in seinem eigenen, äußerst langsamen Tempo. Was wäre, wenn Calantha aufgefunden würde und eine Freundin brauchte? Und ich sehnte mich so sehr danach, mit dem Lügen aufzuhören.

Aber Turlington bat um Zurückhaltung, und da er ganz und gar über meine Loyalität verfügte, verhielt ich mich ruhig. Eine Sache war jedoch richtig: Da Sandersons Hochzeit so kurz bevorstand, wäre es kein guter Zeitpunkt, das größte Zerwürfnis heraufzubeschwören, das die Familie je erlebt hatte. Würden Turlington und ich jetzt verbannt werden, wäre Sanderson am Boden zerstört. Also war ich damit einverstanden, weiterhin zu lügen – um Turlingtons willen, um Sandersons willen –, was dazu führte, dass sich in mir etwas ganz klein zusammenzuballen begann.

Als Sandersons Hochzeit näher rückte, mussten Kleider mit viel Theater angepasst und Blumen gutgeheißen und zusammengestellt und Tausende anderer Kleinigkeiten bedacht werden, die für Anne naturgemäß das Wichtigste auf der Welt waren. Ich gab mir große Mühe, meine Voreingenommenheit hintanzustellen, um Sanderson eine gute, treue Freundin zu sein. Je mehr Zeit ich mit ihm verbrachte, ihn zu Besorgungen begleitete und half, wo ich konnte, umso weniger konnte ich ignorieren, was ich schon seit einiger Zeit erkannt hatte.

»Du bist unglücklich, mein lieber, lieber Cousin«, wagte ich mich eines Abends vor, als wir in der Dämmerung am Fluss entlangschlenderten. Was um Himmels willen konnte es sein? Aber ihn direkt darauf anzusprechen war schwer. Wir hatten schon eine ganze Weile keine Mußestunden mehr miteinander verbracht, und Sanderson zeigte so selten irgendwelche Risse in seinem reizenden, umgänglichen Verhalten, dass ich mich hier auf unbekanntem Terrain bewegte. Das Säuseln eines wunderschönen Aprilabends umgab uns, Kirschblüten dufteten verheißungsvoll und Vögel flöteten Liebeslieder durch die Schleier des schwindenden Sonnenlichts. Alles war lind und angenehm und voller Hoffnung. Die Hochzeit war in drei Tagen, und endlich schien auch die Natur darauf vorbereitet zu sein. Sanderson war es nicht.

Es tat mir in der Seele weh, Sanderson so in sich gekehrt und angespannt zu sehen, der doch immer nur ein friedliches, glückliches Leben für alle gewünscht hatte, die ihn umgaben, selbst wenn sie weder für Frieden noch für Glück offen waren.

Er schwieg lang und nachdenklich. »Hast du jemals daran gedacht, dass wir alle ein seltsames Leben führen?«, wollte er wissen. »Aber warum frage ich? Ich weiß ja, dass du das selbst so siehst! Du erzählst es mir oft genug und ich sage dir, dass die Dinge sind, wie sie sind, und Widerstand noch nie jemanden glücklich gemacht hat. Aber vielleicht wird man es mit Unterwerfung auch nicht.«

»Und du hast mir viele Male gesagt, dass es keine Frage der Unterwerfung, sondern der Akzeptanz sei. Wobei das eine den Makel von Versagen und Schande in sich trage, wohingegen das andere die angemessene Antwort darauf sei, welchen Platz man im großen Ganzen einnehme«, zitierte ich ihn.

Er seufzte. »In der Tat. Das habe ich gesagt. Und mir hat es ein weiser Mensch gesagt. Aber manchmal lässt sich der Unterschied nur schwer feststellen, nicht wahr, Florrie?«

Ich zuckte mit den Schultern. »Ich bin mir nicht sicher, ob ich jemals die Akzeptanz erfahren habe, um beides miteinander vergleichen zu können.«

»Das stimmt nicht! Du kämpfst schon lange nicht mehr, aber ich halte dich auch nicht für jemanden, der klein beigegeben hat. Ich dachte, du hättest dich deinem Schicksal gestellt, enttäusch mich jetzt nicht!«

Wenn er wüsste.

Wir hatten eine Stelle erreicht, wo eine Steinmauer das Ufer begrenzte, und wir blieben stehen, um uns mit unseren Ellbogen darauf abzustützen und ins Wasser zu schauen.

»Wir haben nicht von mir gesprochen«, sagte ich ausweichend, entschlossen, seiner unerforschlichen Gemütsverfassung auf den Grund zu gehen. »Du wirst in drei Tagen heiraten, mein Lieber. Was bekümmert dich? Liebst du Anne denn nicht?«

Er seufzte. Die letzten Strahlen der Abendsonne schimmerten auf seinen goldenen Locken. »Anne ist ... alles, was man bewundern kann. Sie ist reizend anzusehen, sie ist wohlerzogen, rücksichtsvoll und intelligent. Sie hat ein freundliches Wesen. Ich bin glücklich, eine solche Braut zu haben.«

»Sie ist eine gute Frau, ja, aber das bedeutet nicht notwendigerweise, dass du sie liebst«, wandte ich ein. »Aubrey ist auch gut und intelligent und ...« Ich hielt inne, als mir klarwurde, was ich da sagte.

Sanderson sah mich entsetzt an. »Willst du damit sagen, dass du Aubrey nicht liebst? Wie das, Florrie! Ich hatte keine Ahnung!«

»Oh, ich ... Das ist es nicht. Nun, ich will sagen ... Ach, Sanderson! Ich weiß es nicht. Was ist überhaupt Liebe? Ich dachte immer, ich hätte, wenn ich schon heiraten muss, dann jemanden, der freundlich wäre, jemanden, den ich respektieren könnte, mit dem ich die besten Chancen hätte, glücklich zu werden ...«

»Das dachtest du? Und jetzt? Was denkst du jetzt?«

»Nun, was denkst *du* denn? Kannst du ... Begehrst du Anne?«

Ich errötete ein wenig. Noch nie hatte ich mit Sanderson über solche Dinge gesprochen. Aber Sanderson antwortete mir ganz ernsthaft. »Nein, das tue ich nicht.«

»Oh«, sagte ich und wurde still.

Ich dachte an die erregenden Nächte mit Turlington und empfand Mitleid mit Sanderson. Ich wusste, dass er mit Anne das erleben würde, was mich bei Aubrey erwartet hätte. Sanderson würde nie die süße Ekstase erfahren, der ich mich jede Nacht hingab. Keiner seiner Tage würde von den Erinnerungen an jene dunklen Stunden erhellt werden.

Ich schob meine Hand unter seinen Arm. Zweifellos würde er damit zurechtkommen. Zweifellos wäre ich damit zurechtgekommen. Aber es gäbe keine Leidenschaft und kein Verlangen. Und ein solches Leben war nicht gut genug für meinen lieben Freund. Für *niemanden* wäre es gut genug, obwohl die meisten Menschen ihr Glück darin zu finden schienen.

»Aber warum müssen wir auch um Gottes willen heiraten?«, fuhr er fort. »Ich meine, würde es der Menschheit schaden, wenn sich die Graces in ihrer Zahl gravierend reduzieren würden? Wen würde es denn schon kümmern, mal abgesehen von Hawker?«

»Sage ich das nicht schon seit Jahren?«

»Das hast du. Und ich habe dich so gut ich es wusste diesbezüglich beraten. Doch ich finde, dass dieser Rat, abstrakt betrachtet, gut und schön ist, sofern das gefürchtete Ereignis noch Jahre entfernt und rein theoretisch ist. Aber es ist etwas völlig anderes, wenn gerade einmal ein Puffer von drei Tagen zwischen jetzt und dem Rest meines Lebens liegt.«

»Dann ... fürchtest du es also, Sanderson? Die Aussicht macht dich sehr unglücklich?«

»Ja.«

»Dann heirate sie nicht, Sanderson! Noch ist es nicht zu spät!«

»Sie ist ein reizendes Mädchen, Florrie! Wie könnte ich sie derart demütigen? Das liegt nicht in meiner Natur.«

»Ich weiß. Und ich möchte auch nicht, dass Anne unglücklich wird. Ich sage das nicht leichthin, aber kannst du wirklich mit deinem ganzen Leben für ihr Glück bezahlen? Dieser Preis ist zu hoch! Ist es denn wirklich so, dass manchen Menschen das Glück frei Haus geliefert wird, während andere es ihnen um welchen Preis auch immer beschaffen müssen? Das kann ich nicht glauben. Wer würde sich denn eine solche Lotterie ausdenken? Du bist nicht allein deshalb hier, um Anne glücklich zu machen, oder Hawker, Sanderson. Auch du zählst!«

»Danke, Florrie.« Er zog mich an sich und legte seinen Kopf auf mein Haar. »Ich danke dir, dass du dir Sorgen um mich machst, aber, nun ... Ich glaube nicht, dass ich jemals glücklich sein kann, also kann ich genauso gut andere glücklich machen. Und dies zu tun macht mich sogar glücklicher, als ich ansonsten sein könnte. Wie du siehst, bin ich also gar nicht so altruistisch, wie du denkst.«

»Aber *warum* kannst du nicht glücklich sein? Es ist in der Tat ein schwer fassbarer Zustand, aber ich bin mir sicher, dass auch dir die gleiche Chance wie uns anderen gegeben ist, dieses Geheimnis zu entdecken. Es gibt kein besonderes Hindernis nur für dich.«

Er tätschelte meine Hand und ging weiter, die Augen auf den Boden gerichtet. Ich hielt langsam und schwerfällig Schritt mit ihm. Mir kam vor, als wäre unser Spaziergang ein Trauermarsch. Ich würde keine Antwort von ihm bekommen, das wusste ich.

»Oh!«, sagte ich leise und blieb auf der Straße stehen. Er sah mich überrascht an. Mir war unterwegs eine plötzliche Erkenntnis gekommen, wie das manchmal passierte: Sanderson liebte eine andere. *Ach, armer Sanderson.*

Bestimmt war es jemand, der ungeeignet war, sonst würde er nicht Anne heiraten. Ich fragte mich, wer auf Erden das Herz meines guten Cousins erobert hatte, wollte ihn aber nicht fragen. Denn ich vermutete, dass dies ein schon lange gehütetes Geheimnis war und viel zu kostbar, um es jetzt zur Sprache zu bringen.

Ich lief weiter. »Eins solltest du wissen, mein Lieber«, ergänzte ich, »wenn du diese Verlobung löst, selbst jetzt noch, wäre dir meine Unterstützung sicher, und du weißt, dass du auch auf die von Turlington bauen könntest.«

»Kümmere dich einfach nicht um mich, Florrie. Ich bin mir sicher, das sind die ganz normalen Ängste eines Junggesellen vor seiner Hochzeit, über die Hawker mich immer wieder belehrt hat. Es ist schon merkwürdig, dass er offenbar nie richtig daran geglaubt zu haben scheint, ich würde das durchziehen, aber mir fällt kein Grund dafür ein, denn wenn ich eins bin, dann pflichtbewusst. Ich gehöre wohl kaum zu denen, die Menschen im Stich lassen und verletzen und diejenigen enttäuschen, die mir am liebsten sind. Ich meine, ich bin nicht Turlington!«

Ich lächelte gequält.

»Lass uns eine Woche nach der Hochzeit noch einmal darüber reden, Florrie, und ich bin sicher, du wirst mich als den glücklichsten aller Männer erleben. Alles wird gut werden und wir werden über dieses Gespräch am Flussufer lachen. Und trotzdem, meine Liebste, möchte ich dir dasselbe sagen: Es ist noch nicht zu spät für dich. Wenn du Aubrey nicht heiraten möchtest, wenn es dich sehr unglücklich machen würde … Du weißt, du hast in mir einen Freund. Das weißt du doch, Florrie?«

»Das weiß ich.«

»Florrie … Ich möchte nicht neugierig sein. Ich möchte auch nicht, dass du dich unbehaglich fühlst, aber gibt es … gibt es jemand anderen?«

Oh, wie gern hätte ich mich ihm anvertraut und ihm von meinem unstillbaren Verlangen nach seinem Bruder erzählt, der gar nicht sein Bruder war. Aber er hatte schon Probleme genug. Wenn er wüsste, dass Turlington und ich kurz davor waren, die Familie auseinanderbrechen zu lassen, könnte das seine eigene Entscheidung beeinflussen, und dann läge die ganze Verantwortung wirklich auf seinen Schultern. Also schluckte ich meine Worte hinunter.

»Florrie?«

»Oh! Nein, es ist nichts dergleichen. Und du, Sanderson? Lieber Freund, gibt es für dich jemand anderen?«

»Nein«, erwiderte er, »nein, es ist nichts dergleichen.«

KAPITEL ZWEIUNDDREISSIG

Sanderson heiratete Anne wie geplant an jenem Samstag. Sie waren ein schönes, strahlendes Paar – beide mit blonden Locken und tadellosen Manieren.

Das Hochzeitsfrühstück war verschwenderisch und für mich allein deshalb wunderbar, weil Sanderson so freundlich war, Rebecca mit einzubeziehen, die normalerweise nicht zu so einem Anlass eingeladen worden wäre. Ihre Enttäuschung über die Selbstsucht ihres Vaters wurde immer größer. Es werde immer unerträglicher, sagte sie, ihr Leben nicht mit Tobias teilen zu können. Der Rahmen, innerhalb dessen sie sich bisher bewegt hatten – ihre platonische Freundschaft, die Höflichkeitsbesuche –, sei jetzt zu eng. Irgendetwas müsse jetzt zerbrechen, sagte sie mit untypischem Sarkasmus, und sie fürchte sehr, es könnte die Nase ihres Vaters sein.

Nach der Hochzeit fuhren Sanderson und Anne für zwei Wochen nach Italien und lebten nach ihrer Rückkehr dann gemeinsam bei uns in Helikon. Der Frühling ging in den Sommer über, und es passierten zwei bemerkenswerte Dinge. Das erste war Sandersons Ankündigung, dass Anne ein Kind erwarte. Hawker war in Hochstimmung und erkundigte sich täglich nach ihrer Verfassung, was sie peinlich und irritierend fand. Mama Coatley, die jeden Tag zu Besuch kam, sah sich gezwungen, ihn diesbezüglich zur Rede zu stellen.

Das zweite war, dass Tobias bei Mr Speedwell um Rebeccas Hand angehalten und um seinen Segen gebeten hatte. Sie versprachen, sich in der Nähe anzusiedeln, sogar in den Räumen über dem Laden, wenn es sein musste, im Laden zu arbeiten und sich in jeder Hinsicht um Mr Speedwell zu kümmern. Sowohl der Segen als auch die Hand wurden verweigert.

Diese Ereignisse machten mich nachdenklich. Liebe durchkreuzt, Liebe verweigert; die Umstände zwangen die Menschen dazu, ihre Gefühle zu unterdrücken und ein Leben zu führen, in dem sie Verrat an ihrem Herzen begingen. Ich wollte nicht, dass Turlington und ich so endeten.

Jacob sahen wir weiterhin regelmäßig. Der neue Lehrer war eingestellt worden, und so wurden unsere Besuche nun eher als besondere Belohnungen denn als Teil der alltäglichen Abläufe angesehen, aber irgendwie hatte Jacob Zuneigung zu uns gefasst. Wir unternahmen an jedem Dienstag Ausflüge mit ihm – zur Royal Academy, um die Aufführungen in den Vauxhall Gardens anzusehen, nach Covent Garden und zum Hyde Park, um die große Parade der feinen Leute zu bestaunen.

Wenn ich Turlington und Jacob zusammen sah, weckte das echte Hoffnung in mir. Ich sah das Bemühen Turlingtons, sich für den Jungen von seiner besten Seite zu zeigen, und auch, wie er auf Jacobs Bewunderung reagierte. Mein Herz wurde weit aus Liebe zu den beiden. Was wir da machten, war etwas Wunderbares: etwas Wahrhaftiges. Wenn ich Turlington über eine Bemerkung Jacobs lachen hörte und Jacobs Gesicht dann vor Freude errötete, konnte ich nicht glauben, dass Turlington wirklich diesen Jungen verlassen und nach Italien verschwinden würde, wie er das in Aussicht gestellt hatte. Das Bild, das er von unserem Leben dort malte, war herrlich und sinnlich, aber ich traute ihm nicht. Es kam mir vor wie weglaufen. Es war substanzlos wie eine Wolke. Und es fühlte sich selbstsüchtig an.

Bald schon kam der Mittsommertag und mit ihm mein zwanzigster Geburtstag. Im Haus fand eine kleine Feier statt. Rebecca war nicht eingeladen, aber sie würde ich später sehen. Mr und Mrs Blackford beehrten uns mit einem kurzen Besuch, aber von meiner Cousine Annis bekam ich kein Geschenk. Judith schenkte mir eine von ihr selbst gestrickte Bordüre für eine Haube, die recht hübsch war. Sanderson und Anne schenkten mir ein wunderschönes, in cremefarbenes Leder gebundenes Tagebuch. Hawker, der vor Freude über Annes

Schwangerschaft noch immer sehr spendabel war, schenkte mir eine Diamanthalskette – wahrhaft das nobelste Schmuckstück, das ich je gesehen hatte. Wie immer stellte ich sofort Berechnungen an, für wie viel ich es würde verkaufen können und um wie viel es meine Cornwall-Ersparnisse anwachsen ließe. Aber dann fiel mir ein, dass meine Zukunft mit Turlington zusammenhing und Cornwall in keinem unserer Pläne eine Rolle gespielt hatte. Vielleicht brauchte ich meinen geheimen Schatz ja gar nicht mehr; was ich davon halten sollte, hätte ich jedoch nicht sagen können. Von Turlington bekam ich ein Halsband mit Perlen und Opalen, von dessen Mitte ein langer zarter Goldstrang genau bis zum Rand meines Dekolletés herabhing, daran eine einzelne Perle. Tante Dinah gab mir eine Karte.

Aubrey traf ein und schenkte mir einen Smaragdring. Keinen Verlobungsring – den hatte ich bereits –, nur ein großzügiges Geschenk. Er zog mich in eine Ecke und drückte mich dann, wie es so gar nicht seiner Art entsprach, fest an sich und küsste meine Wange.

»Das Geschenk hat einen Preis«, flüsterte er.

Ich lächelte verlegen und war mir der schwelenden Blicke Turlingtons nur allzu bewusst, wie auch der mannigfaltigen Enttäuschungen, die ich Aubrey zufügen würde.

»Wenn dieser Kuss der Preis ist, zahle ich ihn gern«, murmelte ich und bemühte mich, zärtlich zu sein, obwohl ich mich dafür hasste.

»Es ist nicht der Kuss. Es ist ein Datum.«

»Ein Datum?«, fragte ich nach, obwohl ich nur zu genau wusste, was er meinte.

»Möchtest du nicht langsam ein Datum festlegen, Florence? Es ist wirklich höchste Zeit. Ich kann nicht mehr länger warten, meine Liebe, ich möchte dich endlich heiraten. Sollen wir sagen in einem Monat? Was spricht dagegen?«

Ich stöhnte. Ich konnte nicht anders, denn seine Worte machten mir überdeutlich, was ich ihm angetan hatte. Ich war vor allem weggerannt und stand nun vor einer hohen Mauer und es ging nicht mehr weiter. Außer Aubrey hörte niemand mein Stöhnen, aber das reichte. Da es nicht die erwartete Reaktion auf seine Bitte war, war ich ihm dafür eine Erklärung schuldig. Und jetzt ergab nur noch die Wahrheit einen Sinn, und so sagte ich es ihm endlich.

»Es tut mir so leid, Aubrey, ich möchte dich nicht heiraten, ich kann und werde dich nicht heiraten, es tut mir so leid«, sprudelte es in einem langen Strahl des Elends aus mir heraus.

Er wich vor mir zurück und ließ meine Hand fallen, an der nun neben seinem Verlobungsring der Smaragdring steckte. Erschrocken hielt ich mir die Hand vor den Mund. Nun hatte ich auf schlechtes Benehmen noch mal schlechtes Benehmen gesetzt. Aubrey so etwas mitzuteilen, während meine ganze Familie um uns herumstand, er Haltung bewahren und sich über all seine unvermeidbaren Gefühle hinwegsetzen musste, weil ich ihm nicht die Gefälligkeit erwies, ihm ein Gespräch unter vier Augen zu gewähren … Ich war ein Ungeheuer.

»Komm mit mir in den Garten, Aubrey«, bat ich ihn.

»Besser nicht, Florence. Ich kann mir nicht vorstellen, dass du mir etwas sagen kannst, was mein Herz froh macht!«

»Nein, das wohl nicht, aber bitte, bitte komm dennoch mit.« Ich nahm seine Hand und zog ihn mit mir.

Plötzlich fand ich es zwingend, mit ihm allein zu sein. Ich wollte erklären, was nicht erklärt werden konnte, wollte das Schlimme, das ich getan hatte und woran sich auch nichts ändern würde, eine wenig mildern. Und Aubrey, der gute, sanftmütige Mann, kam mit.

»Ausgezeichnet! Ein Rendezvous der Liebenden an ihrem Geburtstag!«, rief der gutgelaunte Hawker jovial. »Setzt ein Datum fest, wenn ihr schon mal dabei seid.«

Turlington machte Anstalten, uns zu folgen – wobei ich nicht weiß, ob Angst oder Eifersucht ihn bewog –, aber ich warf ihm einen wütenden Blick zu, und er blieb.

Aubrey ging mir in den Garten voraus und ich trippelte hinter ihm her. Mein Geburtstagskleid aus rosenfarbener Seide war gerafft und mit einem efeugrünen Unterrock verbunden, hatte Rosetten in Efeugrün und das Mieder war mit Spitze in derselben Farbe besetzt. Weil ich mir jedes meiner Geburtstagsgeschenke gleich umgelegt hatte, klimperte und glitzerte ich, während ich ihm hinterhereilte, und voller Selbstekel sagte ich mir, dass ich verzogen und verwöhnt war.

Als Aubrey die Mitte des Rasens erreichte, blieb er wie angewurzelt stehen und wandte sich mir zu, viel wütender, als ich dies jemals für möglich gehalten hätte. Dann warf er einen Blick hinauf zu den Fenstern des Salons, stieß einen scharfen Zischton aus und marschierte hinüber zum Maulbeerbaum, unter dem wir wenigstens ein wenig unter uns sein konnten.

»Sehe ich es richtig, Florence, dass du es schon eine ganze Weile gewusst hast?«

Ich nickte unglücklich.

»Und sehe ich es richtig, dass es einen anderen gibt?«

Ich nickte wieder.

»Es ist dein Cousin, nicht wahr? Turlington.«

Das erschreckte mich. War es so offensichtlich? Hatten das auch andere bereits vermutet? Ich konnte es nicht zugeben, nach diesen langen Monaten der Geheimniskrämerei, aber leugnen konnte ich es auch nicht.

»Wie kommst du darauf?«

»Nun, wer könnte es denn sonst sein? Ihr seid euch nah. Ihr unternehmt alles zusammen. Lange Zeit redete ich mir ein, es könne nicht sein, ein Mann wie er ... mit so einer ... aber nun sehe ich, dass ich richtigliege!«

»Aubrey, ich ...«

Er hob seine Hand und hielt sie sich vor die Brust, als wollte er einen Schlag gegen sein Herz abwehren. »Keine Sorge, von mir wird niemand etwas erfahren. Ich will nicht so tun, als verstünde ich, was du dir dabei gedacht hast, warum du es für angebracht hieltst, über diese vielen Monate hinweg mit meinen Hoffnungen zu spielen, und warum ihr beide das geheim halten müsst, aber ich bin kein rachsüchtiger Mensch. Mein Schmerz würde nicht weniger, wenn ich dich unglücklich sähe. Geh und sei mit ihm zusammen, es kümmert mich nicht. Ich habe etwas Besseres verdient als dich.«

»Das hast du. Das weiß ich, bei Gott, Aubrey, und ich bin so froh, dass du das erkennst.«

»Aber warum?« Er sagte dies mit der Stimme eines kleinen Kindes, das am ersten Schultag nach seiner Mama rief. Er presste sich die Hände flach gegen sein Gesicht, und einen beängstigenden Augenblick lang dachte ich, er würde weinen. »Ich meinte das nicht so. Es kümmert mich. Du bist mir wichtig, und die Hoffnungen, die ich für uns hegte, sind mir wichtig. Ich bin kein eingebildeter Mensch und dennoch ... ein Mann wie *er*? Geht es dir ... gut, Florence? Ich werde nicht versuchen, Einfluss auf dich zu nehmen, damit du dich eines anderen besinnst. Und verflucht soll ich sein, wenn ich dich anflehe! Aber du weißt, dass unsere Ehe eine gute geworden wäre, nicht wahr? Du weißt, dass du ... das ... mit *ihm* nicht haben kannst?«

Wusste ich das?

»Natürlich wäre unsere Ehe gut gewesen. Was du mir geboten hättest ... Ich weiß, die meisten Frauen würden das mit Freude annehmen.«

»Die meisten Frauen. Aber du nicht. Du musst immer anders sein, nicht, Florence? Du musst immer etwas Besonderes sein. Aber verdammt, genau das ist es doch, was ich an dir geliebt habe. Ich *weiß*, dass du eigentlich besser bist. Es wird ein Tag kommen, da wirst du aufwachen und merken, was du getan hast.«

»Ich fürchte, der ist bereits gekommen, Aubrey.«

»Nein. Denn das ist noch nicht das Ende, Florence, da folgt noch mehr. Das spüre ich.« Er sah mich kopfschüttelnd und ernst durch seine funkelnden Brillengläser hindurch an. »Aber warum mache ich mir jetzt noch Gedanken deinetwegen, wo du mich verraten und mir schweres Unrecht zugefügt hast? Warum sorge ich mich immer noch um dich?«

»Weil du ein besserer Mensch bist als –« Erschrocken wurde mir klar, dass ich *Turlington* sagen wollte, aber ich fuhr fort: »Als ich. Du bist so gut, Aubrey. Es hätte mich glücklich machen sollen, dich zu heiraten. Aber das Herz hört nicht auf die Vernunft.«

»Ich will nichts von deinem Herzen und der großen Sympathie hören, die zwischen euch beiden herrscht. Du hast mich belogen, Florence, und zwar lange Zeit. Wie konntest du …? Hattest du jemals vor, mich zu heiraten?«

»Natürlich hatte ich das! Es war mir ernst, als ich einwilligte, und noch lange danach. Aber dann kam er zurück nach Hause und … Nein, das war noch gar nicht der Zeitpunkt, monatelang nicht, aber schließlich erkannte ich … Und ich wusste nicht, was ich tun sollte … Ich habe in gutem Glauben eingewilligt, dich zu heiraten, Aubrey. Wenn auch nichts anderes gut und wahr ist, das ist es.«

»Glaube«, sagte er bitter. »Ich weiß nicht, was dich antreibt, Florence, aber ich fürchte, dass ich es erraten kann. Und wenn ich recht habe, hat Glaube nichts damit zu tun. Du hast dich für diesen Weg entschieden, so viel steht fest, und das ist mein Verlust. Ich kann nur hoffen, dass es dich glücklich macht. Leb wohl, Florence Grace.«

Nach diesen Worten schritt er zurück zum Haus und verschwand durch die Gartentür. Kurz darauf hörte ich die Eingangstür ins Schloss fallen und er war weg. Ich starrte auf die leere Stelle, wo ich gerade eben noch einen gütigen Verlobten und eine gesicherte Zukunft gehabt hatte. Doch selbst da wusste ich, dass ich Aubrey nicht die Liebe entgegenbringen konnte, die er verdient hatte. Selbst wenn Turlington wieder abtauchen sollte, könnte ich niemals so selbstsüchtig sein und versuchen, Aubrey zu meinem eigenen Trost und meiner Sicherheit zurückzugewinnen. Aber sein Abschied hing wie ein von Angst erfülltes Wogen in der Luft. Und der

Boden, auf dem ich stand, war mir nie so schwankend vorgekommen.

Kurz darauf erschien Turlington im Garten. Ich stand da wie in Trance. Er kam mit fliegenden Rockschößen übers Gras und hatte womöglich nie attraktiver ausgesehen.

»Was ist geschehen? Du hast es ihm doch nicht etwa erzählt? Ist unser Geheimnis noch sicher?«

»O Turlington!«, rief ich gequält. »Kannst du nicht einmal aufhören, an dich selbst und deine Geheimnisse zu denken? Doch, ich habe es ihm erzählt. Er schenkte mir einen Ring und bat mich, ein Datum festzusetzen. Und ich sagte ihm, dass ich ihn nicht heiraten könne.«

Zerstreut stellte ich fest, dass ich die Ringe nicht zurückgegeben hatte. Ich würde sie ihm so bald wie möglich schicken müssen. Ich hatte diesem Mann schon viel zu viel genommen.

»Aber du hättest es ihm nicht sagen müssen! Du hättest ein Datum festlegen können! In einigen Monaten! Damit hätten wir Zeit gewonnen.«

Ich hätte ihm die Haare ausreißen können. »Nein, das hätte ich nicht tun können! Ich *musste* es ihm sagen. Es geht um Aubrey, Turlington! Einen freundlichen Mann, der mich heiraten und sein Leben mit mir teilen möchte – teilen wollte. Ich konnte das nicht so weiterlaufen lassen. Ich war ohnehin schon zu weit gegangen.«

»Aber du hast ihm nicht von uns erzählt?«

»Nein, das tat ich nicht, aber er weiß es. Er hat es erraten.«

»Nun, du hättest es ihm wenigstens ausreden können! Du hättest dir doch sicherlich was einfallen lassen können?«

Ich musste an meinen zweiten Morgen in Helikon denken, als ich die Butterschale auf Tante Dinah geschleudert hatte, weil es keine Möglichkeit eines Verständnisses zwischen uns gab. Genauso empfand ich jetzt. »Turlington! Hast du eine Vorstellung davon, was ich gerade durchgemacht habe? Ich war nicht in der Lage zu planen und die letzten Reste an Täuschung, die noch aufrechterhalten werden können, zu retten.

Ich fühlte mich – fühle mich – elend, weil ich ihn belogen habe. Zu sehen ... wie er zerrissen war zwischen Wut und ... und Besorgnis um mich! Zu wissen, dass ich dafür verantwortlich war ... Verzeih mir, wenn ich nur dieses eine Mal keine passende Lüge ausspinnen konnte, um mich noch mal zu retten.«

»Ich weiß, Liebling, ich weiß.« Angesichts meiner Wut zog er sich hastig zurück. Er streckte seine Hand nach mir aus, aber ich ertrug es nicht, von ihm berührt zu werden, und zuckte zurück wie eine Spinne. »Deine Gefühle ehren dich natürlich, es ist nur, dass wir noch nicht ganz bereit dazu waren ... Was meinst du, wird er es Hawker erzählen? Natürlich wird er es Hawker erzählen, sein Stolz ist verletzt, warum sollte er das nicht tun?«

Ich starrte ihn hilflos an, ohne eine Erklärung zu finden. »Warum er es nicht tun sollte?«

»Nun ja. Warum?«

Ich spürte, dass ich ihn ansah, als wäre er ein Fremder, und mit leiser entschiedener Stimme, die von weit her zu kommen schien, hörte ich mich sagen: »Weil er nicht ist wie du!« Dann ging ich.

An diesem Abend suchte ich Trost. Ich hätte gern Klavier gespielt und mir ein neues, komplexes Stück ausgesucht, das meine Fähigkeiten bei weitem überstieg, um zu sehen, welche Fortschritte ich erzielen konnte. Ich wollte mich in die Details der Achtel und halben Noten vertiefen und darüber meine Sorgen vergessen. Aber meine Tante und Judith belegten zusammen mit Mrs Coatley den Salon, und ihnen konnte ich jetzt nicht unter die Augen treten. Ich murmelte eine Entschuldigung und zog mich zurück und versuchte es in der Bibliothek als meinem nächsten Zufluchtsort. Ich baute auf die lindernde Wirkung der Poesie.

Doch als ich in die Bibliothek kam, wen traf ich dort an? Turlington, der mit dem Rücken zur Tür in einem der blauen

Samtsessel saß. Ich öffnete den Mund und überlegte, meinen letzten an ihn gerichteten Worten wenn möglich den Stachel zu ziehen. Aber bevor ich sprach, bemerkte ich, dass auf dem Tisch neben ihm eine geöffnete Weinbrandflasche stand und er ein gefülltes Kristallglas in seiner Hand hielt.

Mir blieben meine Worte im Hals stecken. Ich zögerte. Ich sah zu, wie er einen großen Schluck nahm und das Glas fast leer trank. Seine Hand griff zur Flasche und schenkte sich sofort wieder nach. Dann hob er das Glas erneut und drückte es an sich. Mir wurde ein wenig kalt. Turlington hatte nie behauptet, keinen Alkohol mehr anzurühren, ich hatte ihn zum Essen Wein trinken sehen – aber nicht mehr als das, nicht seit seiner Rückkehr. Anfangs hatte ich das genauso ängstlich beobachtet wie Sanderson, doch das fiebrige Verlangen danach schien Turlington verlassen zu haben. Diese ganz besondere Form, die seine Dämonen anzunehmen pflegten, hatte ich ganz vergessen.

Ich schluckte. Hätte ich Sanderson einen abendlichen Schluck Weinbrand trinken sehen, hätte mich das nicht bestürzt. Aber hier leerte Turlington nach einem hitzigen Wortgefecht zwischen uns sein zweites Glas und schenkte sich bereits sein drittes ein. Aubrey kannte unser Geheimnis und das wühlte ihn auf.

Intuitiv erkannte ich, dass es hier nicht nur um einen Drink ging. Ich spürte, dass er sich dem Trinken auf eine Weise zuwandte, wie ich mich dem Klavier hatte zuwenden wollen. Manchmal hören wir nicht auf die Intuition, weil die Umstände es verbieten oder weil wir zu beschäftigt oder voreingenommen sind, um sie voll und ganz wahrnehmen zu können. Und manchmal hören wir nicht auf sie, weil wir nicht hören wollen, was sie uns zu sagen hat.

Ich wusste, dass bei Turlington, wenn er in dieser Gemütsverfassung war, ein Drink zum nächsten und zu zehn weiteren führte. Er würde sich wieder verdüstern und an jenen Ort zurückziehen, wo ich ihn nicht mehr erreichen konnte. Er würde sich mir entziehen und seine Aufmerksamkeit, seine Energie, seine Liebe nur noch auf die Flasche richten.

Aber glauben wollte ich es nicht. Er war nun seit Monaten zu Hause, er hatte sich verändert. Und doch beschlich mich ein Zweifel und ich wunderte mich, warum ich nicht schon früher daran gedacht hatte. Unser erster Kuss im Dog and Duchess ... Warum ich dort war, wusste ich. Jetzt kam mir der Gedanke, mir diese Frage auch für Turlington zu stellen. Und mir wurde klar, dass er während der ganzen Zeit wohl heimlich getrunken hatte. War also der Umstand, in dem ich einen Wink des Schicksals zu sehen glaubte, das uns zusammenführen wollte, schlichtweg ein Zusammenprallen seiner Dämonen und meiner gewesen?

Ich machte einen Schritt auf ihn zu und er drehte sich um. Obwohl ich es nicht sehen wollte, erkannte ich das schuldbewusste Flackern in seinen Augen. Dann lächelte er kleinlaut und zeigte auf die Flasche.

»Auf frischer Tat ertappt, Florrie«, sagte er, und ja, die Düsternis war da, der Ton seiner Stimme, den ich zu fürchten begonnen hatte.

»Ich dachte, du trinkst nicht mehr, um deinen Kummer loszuwerden«, sagte ich, kniete mich aber neben ihn und legte meinen Kopf auf seinen Arm, um meinen Worten ihre Schärfe zu nehmen.

»Oh, ich trinke nicht. Es ist nur ... nun, es sind nur ein oder zwei Gläser Weinbrand.«

»Ist es denn so schlimm, dass Aubrey es weiß? Er wird es niemandem erzählen, Turlington. Er meinte, es hülfe ihm nicht, mich unglücklich zu sehen. Er ist ein Ehrenmann.«

»Du hast eine sehr hohe Meinung von ihm.«

»Die habe ich.«

»Aber nicht von mir.«

Ich hob meinen Kopf und sah ihn forschend an. »Das ist lächerlich, Turlington. Ich liebe dich. Bin ich nicht diejenige, die dir ständig von all dem Hellen und Wertvollen erzählt hat, dass ich in dir sehe? Du selbst hast keine hohe Meinung von dir.«

»Wir können nicht alle immer so stark und unerschütterlich und klug und weise sein wie du, Florrie.«

»Wie ich?« Ich lachte. »Du bist nicht du selbst, Turlington. Du weißt doch, wie armselig ich mich in letzter Zeit gefühlt habe. Ich kann nur hoffen, dass wir nicht auf Dauer verflucht sind, weil wir Fehler begangen und falsch gehandelt haben. Dass wir es wenigstens noch mal versuchen und besser machen können. Dass es ... Erlösung geben kann, indem wir unser Leben trotz alledem leben, so gut wir können.«

»Erlösung! Du liebe Zeit, Florrie, du bist aber großspurig geworden.«

Für einen Moment war ich vor Entsetzen sprachlos und den Tränen nah. Niemals hätte ich gedacht, dass Turlington mich auf so schneidende Weise verletzen würde. »Ist es großspurig, ein besseres Leben haben zu wollen, ein besserer Mensch sein zu wollen?«, fragte ich schließlich mit leiser Stimme. »Ich habe meinen Weg vor langer Zeit verloren, aber ich möchte ihn wiederfinden.«

Als ich das sagte, wusste ich, wie sehr es der Wahrheit entsprach. Ich wollte nicht nach Italien und einen aus Schaumschlägerei geborenen Narrentraum leben. Aber ich wollte auch nicht in Helikon bleiben, wo ich nie glücklich war und niemals wahrhaft glücklich sein würde. Ich wollte einen neuen Weg finden. Und ich wollte ihn an meiner Seite wissen, wenn ich dies tat. Undenkbar, ohne ihn zu sein. Egal, welche Fehler und Schwächen er hatte – und egal, was meine waren –, sie führten nur dazu, dass ich noch mehr an ihm festhielt.

»Ich sollte lieber für ein paar Tage verschwinden«, grübelte er. »Ich habe Geschäfte ... die ich in letzter Zeit vernachlässigt habe, weil ich hier zu sehr eingebunden war ... Und ich mag es nicht, wenn du mich so siehst.«

»Wenn du so bist, sollte ich das sehen«, erwiderte ich. »Wohin willst du? Wirst du weggehen und trinken, bis du dich besser fühlst und vergisst, zurückzukommen?«

Einen Moment lang sah er wirklich wütend aus. Aber dann klärte sich sein Gesicht wie durch ein Wunder. Er richtete sich auf und schob das halbvolle Glas von sich. Die Erleichterung, ihn zu mir zurückkommen zu sehen, war überwältigend. Ich schloss meine Augen.

Er hob mein Gesicht an und gab mir einen zärtlichen Kuss. Ich konnte den Weinbrand auf seinen Lippen schmecken. »Mach die Augen auf, mein Schatz«, murmelte er. »Es tut mir leid. Du hast recht. Ich habe Zuflucht bei einem alten Freund gesucht, der mich viel zu oft verraten hat, und ich sollte es besser wissen. Ich *weiß* es besser. Dann willst du also immer noch, dass ich zurückkomme?«

»Natürlich. Immer und immer wieder.«

»Liebe, leidenschaftliche Florrie. Besondere, wunderschöne Florrie. Als könnte ich dir jetzt fernbleiben. Ich muss nur nach Southampton. Der Besuch in dem Büro, das meinen Versand regelt, ist längst überfällig. Ich muss mich um die Konten und die Hauptbücher kümmern und habe das auf die lange Bank geschoben. Ich werde meinen Seelenfrieden leichter finden, wenn ich weggehe. Was hältst du von drei Tagen? Vertraust du mir?«

O welche Erleichterung. Er war wieder Turlington.

»Ich vertraue dir. Drei Tage kann ich akzeptieren. Aber keinen Moment länger, Turlington. Ich werde dich vermissen. Ich brauche dich.« Ich küsste ihn so heftig, als wollte ich ihm meine Liebe und mein Verlangen und auch meinen Glauben übermitteln, dass auf uns eine bessere Zukunft wartete als jede, die wir uns ausgemalt hatten.

Er lachte, als wir uns voneinander lösten, und legte auf die altvertraute Weise seine Stirn auf meine. Ich fühlte mich wieder in Sicherheit. Unsere Liebe hatte der Bedrohung widerstanden. Wir gehörten zusammen. Waren unauflösbar und auf unerklärliche Weise eins.

Kapitel Dreiunddreissig

Am folgenden Morgen gab Turlington mir einen Abschiedskuss und wirkte ganz wie immer. Ich erzählte keinem in der Familie, was mit Aubrey passiert war. Soweit es die Graces betraf, hatte er seine Geburtsaufwartung gemacht und war wieder gegangen – ich hatte nicht die Gewohnheit, ihn jeden Tag zu sehen. Ich hoffte, mir ein paar Antworten zurechtlegen zu können, bevor jemand Fragen stellte.

Ich brach auf, um Rebecca zu besuchen, und fand im Gespräch mit ihr Klarheit über meinen inneren Aufruhr. Natürlich galt die Wut, die ich verspürte, mir und nicht Turlington. Nun, vielleicht auch uns beiden. Ich hätte gern gehabt, dass er oder unsere unter einem ungünstigen Stern stehende Liebe mich zu dieser Person gemacht hatte, die zu sein ich nicht stolz war. Aber keiner kann etwas aus uns machen, wenn wir das nicht zulassen.

Wie ich Aubrey behandelt hatte! Ich war selbstsüchtig und von Lust getrieben gewesen, hatte mir aber eingeredet, meinem Herzen zu folgen, und dass es wahrhaftig und edel sei, so zu leben, indem man die Konvention missachtete und die für überholt erachtete Etikette ignorierte. Aber in Wahrheit fühlte ich mich nicht edel. Ich hatte einen anderen Teil meines Herzens missachtet, indem ich die Gefühle anderer missachtete. So hatte mein Da mich nicht erzogen. Das war nicht die Florrie, die Nan gekannt hatte.

Wie hatte es so weit kommen können? Die einfache Antwort darauf lautete, dass meine Gefühle für Turlington so stark, so reißend waren, dass sie mit ihrer Flut alles andere wegschwemmten. Aber ich hatte von der Alten Rilla gelernt, dass die einfache Antwort immer nur der Dorn war, der aus dem Buschwerk hervorragte. In Helikon war aus einem Leben, in dem ich meinem Herzen folgte, ein Leben geworden, in dem dies überhaupt nicht mehr der Fall war. Ich war stolz geworden, in einer Welt Erfolg zu haben, die ich niemals wertgeschätzt hatte – ein wertloser Sieg. Und als Turlington nach all den langen, einsamen Jahren nach Hause zurückkehrte, eröffnete er mir den einzigen Weg, der es mir erlaubte, meinen Gefühlen zu folgen, jenen einen glänzenden Weg, mir selbst treu zu sein und alles andere zu verdammen.

Plötzlich fiel mir der sonnige Morgen vor vielen Jahren ein, als ich ungeduldig darauf wartete, dass die Alte Rilla nach Hause kam und ich ihr von meiner Begegnung mit Sanderson und Turlington auf dem Ball in Truro erzählen und sie fragen konnte, was dies alles zu bedeuten hatte. *Wenn das Leben möchte, dass du einen Schritt vorwärts machst*, hatte sie gesagt, *wenn es möchte, dass du etwas lernst ... schickt es dir die Liebe.* Nun, ich lernte – und die Lektionen waren hart. Und mir fiel noch etwas anderes ein, was sie gesagt hatte: *Es ist nichts für Zartbesaitete.* Einsicht in mein eigenes Herz zu erlangen half mir, mich ein wenig besser zu fühlen. Meine Ängste hinsichtlich Turlington zuzugeben – seine Trinkerei, sein düsteres Brüten – war schwerer und brachte keinen Trost.

»Ich bin kein Orakel, Florrie«, sagte Rebecca mit besorgter Miene, als ich ihr alles erzählt hatte. Sie schenkte Tee aus einer eleganten Silberkanne mit verziertem Griff ein. Ihr Vater war bereits zweimal ins Zimmer gestürmt. Seit er von der Zuneigung seiner Tochter für Tobias wusste, schirmte er sie noch mehr ab und war doppelt so misstrauisch. Vielleicht dachte er, ich würde mich während seiner Abwesenheit in Tobias verwandeln oder hätte Tobias unter meinen Röcken versteckt.

»Ich kann nicht in die Zukunft sehen und weiß auch nicht, was dich glücklich machen wird – ich kann dir nicht sagen, was du tun sollst. Und wenn ich es täte, würdest du nicht auf mich hören, so viel steht fest. Ich kann dir nur sagen, was ich jetzt sehe, und da sehe ich, dass du unglücklich bist. Seit ich dich kenne, hat dich Traurigkeit umgeben, und ich hatte das Gefühl, dass du dich in eine falsche Richtung bewegst. Als du dich mit Aubrey verlobtest, nahm das ein wenig ab, aber es hatte seinen Preis. Dein Strahlen, das ich immer an dir bewundert habe, wurde schwächer. Meiner bescheidenen Meinung nach wäre diese Ehe für dich genau passend gewesen – aber genau passend ist für dich nicht das Richtige. Ich denke, du hast gut daran getan, deine Verlobung zu lösen. O ja, du hättest es eher tun sollen, aber du warst in letzter Zeit nicht mehr du selbst, meine Liebe. Wir machen alle Fehler. Du hättest Aubrey nicht so lange in falscher Hoffnung gewiegt, wenn dein Urteil ungetrübt gewesen wäre, aber bei wem ist dies schon so? Jetzt ist es getan. Die einzig zulässige Frage von jetzt an ist die, die du dir bereits selbst gestellt hast. Was nun? Du weißt, dass ich dich auf jede mir mögliche Weise unterstützen werde.«

»Meine liebe Freundin«, sagte ich lächelnd, »ich danke dir, dass du nicht so schlecht von mir denkst, wie ich das selbst tue. Ich werde mir womöglich nicht gleich verzeihen, aber ich werde versuchen, freudig in die Zukunft zu blicken. Weißt du, Becky, allein der Gedanke, dass es eine Zukunft *gibt* und diese nicht notwendigerweise Helikon heißen muss, dass sie auch irgendwo anders sein kann, ist so tröstlich. Ich weiß nicht, wo sie liegt, aber ich spüre sie. Ich wurde nun lange Zeit darauf getrimmt, jenen unsichtbaren Faden, der in mir existiert und sich nach und nach entrollt, zu ignorieren, aber ich werde anfangen, ihm wieder zu folgen, auch wenn es langsam und unergründlich vorangeht. Und dieser Gedanke macht mich so glücklich, dass ich weinen könnte.«

Rebecca drückte mir lächelnd die Hand. »Mir fällt ein Stein vom Herzen, dich das sagen zu hören. Das ist der einzig richtige Weg, Florrie. Was gestern für uns wahr war, muss morgen nicht notwendigerweise funktionieren. Wir müssen dem Faden folgen, hierhin und dorthin, wohin immer er uns führt, und das wird uns unserer Zukunft entgegenbringen.«

Wir grinsten einander an, zufrieden mit unserer Freundschaft und unserer Metapher und unserer großen Weisheit.

Dann fiel ein Schatten über ihr Gesicht. »Darf ich dich etwas fragen, Florrie? Ich möchte nicht ... die Grenzen unserer Freundschaft überschreiten, aber ich habe mich gefragt ... Ich mache mir Sorgen.«

»Was ist es, Becky? Du kannst mich alles fragen.«

»Ich wollte nur sichergehen, meine Liebe, dass du kein Kind bekommst. Du bist schon ein so großes Risiko eingegangen.«

»Wie freundlich von dir, dir Sorgen zu machen. Nein, Becky, diese Angst habe ich nicht. Er hat ein ... Nun, er trifft Vorsorge, und es gibt einen speziellen Tee, den ich mir zubereite. Ein Rezept aus Cornwall. Aber ... was wird aus Turlington?«, fragte ich mich. »Wie kann ich ihn glücklich machen? Wie kann ich ihm helfen?«

Sie erwiderte nichts darauf und beschäftigte sich damit, Tee nachzugießen, Tassen auf Teller zu stellen und nicht vorhandene Tropfen wegzuwischen. Ich beobachtete sie genau.

»Was ist, Becky? Du willst etwas sagen, hast aber Angst davor, es zu tun, nicht?«

Sie blickte unschuldig auf und seufzte. »Du bist so scharfsinnig, Florrie, manchmal denke ich, du kannst Gedanken lesen. Du weißt doch, dass ich Turlington mag?«

Ich nickte.

»Also gut. Es ist nur, ich bin deinetwegen ein wenig sauer auf ihn. Warum solltest *du* dir Sorgen machen, wie du *ihn* glücklich machen kannst? Warum ist er nicht glücklich? Er hat doch dich! Er hat deine Liebe. Weißt du überhaupt, wie glücklich er sich schätzen kann? Außerdem hast du in dieser Situation mehr zu verlieren als er. Du hast ihm bereits dein Herz geschenkt und deine Tugend dazu, was die Gesellschaft wesentlich höher bewertet. Wenn ihr beide enterbt werdet, ist er noch immer ein Mann mit der Möglichkeit, sich in der Welt zu behaupten. Für dich wird das viel schwerer sein, vor allem werden die Schande und der Skandal dich treffen. Er hat dich sehr verletzlich gemacht, sehr abhängig von ihm. Er sollte alles daransetzen, dich glücklich zu machen! Und jetzt hinterfragt er deine Achtung für ihn? Ganz ehrlich, meine Liebe, ich würde ihn am liebsten ohrfeigen.«

Ich biss mir auf die Lippen und blickte auf meine Hände. An meinem Finger steckte noch immer Aubreys Verlobungsring. Ich konnte ihn noch nicht abnehmen, ohne Fragen zu provozieren – Fragen, die ich nicht beantworten durfte. Und jetzt war Turlington wieder verschwunden und mir waren weitere drei Tage lang die Hände gebunden.

»Habe ich dich vor den Kopf gestoßen, meine Liebe, dich verärgert?«, wollte Rebecca wissen.

»Nein, Becky, du hast ja recht und ich erkenne das jetzt auch. Er hat nicht die Absicht, selbstsüchtig zu sein, weißt du. Es ist nur, ich denke, na ja …« Ich ließ den Satz unbeendet. Ich wusste nicht recht, wie ich es ihr erklären sollte, denn ich hatte Rebecca noch nicht die Wahrheit über seine Abstammung erzählt. Das war sein Geheimnis, nicht unseres. Aber manchmal dachte ich, dass Geheimniskrämerei ihm zur zweiten Natur geworden war und er sich gar nicht vorstellen konnte, anders zu leben.

»Ich bin mir sicher, dass er es nicht will. Aber Florrie, seit ihr, du und Turlington … damit angefangen habt, warst du wie von einem Fieber ergriffen. Du hast dich verändert. Das kann doch keine friedvolle Lebensweise sein.«

»Friedvoll? Nein«, sagte ich. »Aber bedeutet Liebe nicht, dass sie uns verändert und uns zu etwas Größerem und Besserem macht?« Doch natürlich war dies nicht die Art von Veränderung, die ich durchgemacht hatte, wie ich mir selbst gerade erst eingestehen musste.

In dem Moment kam mir eine kostbare Erinnerung zu Hilfe. Nichts Bemerkenswertes, aber es fühlte sich außergewöhnlich an. An einem ganz normalen Morgen saß ich vor Nans Cottage, weder früh noch spät, und die Sonne schien heiß und kräftig und versprach, ihre Kraft noch zu steigern. Ich hatte Schlüsselblumentee getrunken und zum Moorland hochgeblickt.

Heron's Watch sah finster auf mich herab, eine Warnung vor Verlassenheit und Ruin, die mich aber dennoch anzog. Auf meinem heißen Tee tanzte das Sonnenlicht und ich hatte das Gefühl, in diesen trügerischen goldenen Glanz eintauchen und eins damit werden zu können. *Das* war Frieden. Den hatte ich lange Zeit nicht verspürt. Ich hatte vergessen, dass es so ein Gefühl gab. Jetzt dürstete mich danach.

Ich wechselte das Thema und lenkte das Gespräch auf Rebecca und Tobias.

»Ich habe ihn in den letzten beiden Wochen nicht mehr gesehen«, sagte Rebecca. »Mein Vater hat wie ein Wachhund auf mich aufgepasst. Ich kann einfach nicht begreifen, dass er so selbstsüchtig sein kann, aber so ist es. Also habe ich einen Entschluss gefasst.«

»Und welcher ist das, meine Liebe?«

Sie warf einen achtsamen Blick zur Tür und senkte ihre Stimme fast zu einem Flüstern ab. »Ich muss an deiner Hochzeit teilnehmen, Florrie.«

»Meiner Hochzeit? Und wen soll ich heiraten?«, flüsterte ich zurück.

»Darauf kommt es gar nicht an. Vater weiß nicht, dass du deine Verlobung mit Aubrey aufgelöst hast, und begnügt sich vielleicht damit. Ich werde einen Tag festlegen, an dem ich zu deiner Hochzeit gehe – er wird mich nicht davon abhalten ...«

»Und wirst selbst als verheiratete Dame zurückkehren«, schloss ich, weil ich ihren Plan durchschaute.

Sie nickte. »Mehr als eine Stunde brauche ich nicht«, lächelte sie, »um mein Leben für immer zu verändern.«

»Und was dann?«

»Unsere Wünsche sind noch immer die gleichen. Ich möchte nach wie vor in der Nähe meines Vaters leben, mich um ihn kümmern, im Laden arbeiten und sein Leben teilen. Tobias unterstützt meine Wünsche. Wir möchten das nur als Mann und Frau tun. Wir werden also nach Hause kommen und Vater sagen, was wir getan haben, und er wird wüten und uns züchtigen und uns schreckliche verletzende Dinge an den Kopf werfen, die ich womöglich nie vergessen werde. Und danach liegt es dann an ihm. Ich werde weiterhin versuchen, seine Tochter zu sein. Und wenn er mich lässt, werden wir uns den neuen Gegebenheiten anpassen. Wenn nicht, werde ich es weiterhin versuchen. So einfach ist das.«

»Ich bewundere dich, ich bewundere dich aufrichtig.«

»Dann hilf mir dabei, ein Datum festzulegen, meine Liebe!«

»Gewiss, so bald du möchtest! Wann meinst du, dass ich heiraten sollte, Becky?«

»Ich denke, der erste Donnerstag im nächsten Monat wäre ein gutes Datum.«

»Dann soll es sein. Und möchtest du, dass ich Tobias eine Nachricht überbringe, um die Vereinbarung zu bestätigen? Oder hättest du es lieber, dass ich ihn persönlich einlade?«

»Vielleicht könntest du mir den Gefallen erweisen, ihn zu besuchen. Es wird das Beste sein, nichts dem Papier anzuvertrauen.«

»Dann werde ich jetzt direkt zu ihm gehen. Hast du dir auch eine Uhrzeit für meine Hochzeit überlegt?«

»Elf Uhr vormittags, bitte. Aber das weiß Tobias bereits.«

Ich musste lachen. »Und wird erwartet, dass ich zu meiner eigenen Hochzeit erscheine?«

»Aber selbstverständlich.« Sie senkte ihre Stimme zu einem Flüstern. »Du wirst meine Trauzeugin sein, Florrie, willst du das? Ich brauche dich dort.«

»Natürlich, Becky.« Das war ein Geheimnis, das ich nur zu gern für mich behielt.

»Ach übrigens, meine Liebe!«, sagte sie wieder in ihrer normalen Lautstärke. »Lass mich dir, bevor du gehst, diesen Brief von deiner Freundin in Cornwall geben. Er kam vor einer Woche, aber ich habe dich nicht gesehen und konnte ihn nicht weitergeben. Verzeih mir, ich hätte dich benachrichtigen sollen, aber ich war zu beschäftigt.«

Ich lachte. »Ich war selbst auch beschäftigt, Becky. Aber wie schön, wieder von Lacey zu hören. Ich kann Nachrichten von zu Hause, die mich aufmuntern, gut gebrauchen.«

Und das taten sie auch. Ich las den Brief und las ihn dann auch Rebecca vor, die sich für meine kornischen Freunde genauso interessierte, als wären es ihre eigenen.

Lacey unterrichtete immer noch im Wohnzimmer ihrer Tante. Aber ihre Klasse war im letzten Jahr auf drei Kinder zusammengeschrumpft, was sie zunehmend mutlos machte. Wenn Lacey nicht Menschen helfen konnte, wusste sie nicht, was sie mit sich anstellen sollte. Aber jetzt hatte sie wieder Zuwachs bekommen, auf zwölf Schüler – eine Anzahl, die kaum in diesem abgenutzten Raum an der Hauptstraße Platz fand.

Hesta und Stephen ließen mich wie immer grüßen. Sie hatten noch kein Kind, waren aber recht zufrieden.

Das Heidekraut blühe in diesem Jahr üppiger im Moor als sonst, schrieb Lacey, sei dichter und violetter, als sie es je gesehen habe. Sie sei mir zu Ehren in diesem Sommer einmal hoch zum Hügel gewandert, habe sich dann aber aus Angst, von den Geistern in die Irre geführt zu werden und sich nicht mehr zurechtzufinden, nicht mehr weiter getraut. Ich hielt einen Moment lang inne. Ich sah es vor mir.

Heron's Watch, das von mir so sehr geliebte alte Bauernhaus, sei unbewohnt. Man habe Mr Cooper Glendower, den Eigentümer, sagen hören, er werde es abreißen, wenn er bis zum Ende des Jahres keinen Mieter finden könne. Ich hielt erneut inne. Ich fand die Vorstellung schrecklich, dieses schöne alte Haus könnte dem Erdboden gleichgemacht werden. Es war immer genauso ein Teil des Moors gewesen wie das Gras und die Felsbrocken, in menschlichen Begriffen vielleicht aus der Zeit gefallen, aber dennoch zeitlos.

Man merke nun auch der Alten Rilla ihr Alter an, schrieb Lacey. Sie sei nicht hinfällig, nichts dergleichen, doch sie wandere nicht mehr bei jedem Wetter so weit umher und erlaube nun mehr Leuten, sie in ihrem Cottage aufzusuchen, da sie sonst nicht behandelt würden. Aber die Jahre zeigten sich langsam auch in ihrem Gesicht, während sie sich zuvor nur in ihren schneeweißen Haaren und ihren knotigen Händen versteckt hatten.

Mr Harrowman aus Launceston habe auf dem West Wivel Sommerfest Laceys Gesellschaft gesucht und ihr erklärt, dass ihre Schule eine äußerst ungebührliche und mangelhafte Sache sei, und gleichzeitig Interesse zum Ausdruck gebracht, ihr den Hof machen zu wollen! Lacey hatte mit beiden Ansichten kurzen Prozess gemacht.

Ihr Brief erheiterte mich. Während des Lesens konnte ich ihre Stimme hören, die sich mir anvertraute. Ich sah sie alle vor mir. Ich konnte die Frühlingsheide unter meinen Füßen und Fingerspitzen spüren und die Grasbüschel und Moortümpel riechen. Ich konnte den Dunst am Horizont sehen und den hellrosa Schleier der Dämmerung über den Mooren. Das alles stand mir so lebhaft vor Augen, dass ich es kaum ertrug, nicht selbst dort zu sein. Ein wenig aufgewühlt legte ich den Brief beiseite. Das Heimweh verfolgte mich nicht mehr jeden Tag, aber wenn es über mich kam, hatte es noch immer die Kraft, mich an den Wurzeln zu packen und umzuwehen.

Ich verließ den Käseladen und besuchte Tobias in seiner heruntergekommenen, aber fröhlichen Studentenwohnung. Es tat gut, etwas zu unternehmen und nicht jede Minute an Turlington zu denken. Tobias war entzückt von der Aussicht auf seine Hochzeit.

»Danke, Florence, danke«, sagte er strahlend, ergriff mit beiden Händen meine Hand und schüttelte sie sanft.

»Ich habe doch gar nichts dazu beigetragen!«, protestierte ich.

»Du bist unsere Freundin, das bedeutet uns alles. Und wir sind deine Freunde, das weißt du doch?«

»Danke, Tobias, das weiß ich.« Ich fragte mich, wie viel Rebecca ihm erzählt haben mochte.

Sein Angebot, eine Tasse Tee bei ihm zu trinken, lehnte ich

ab, weil ich bereits mit Rebecca so viel getrunken hatte, dass ich fürchten musste, selbst zu einer Teekanne zu werden, und machte mich auf den Rückweg nach Helikon. Ich würde mich mit Anne unterhalten, beschloss ich, und mich nach ihrer Schwangerschaft erkundigen. Schließlich war sie Sandersons Ehefrau und es wäre gut, ein wenig vertrauter mit ihr zu werden.

KAPITEL VIERUNDDREISSIG

Doch als ich nach Helikon zurückkam, konnte ich Anne nirgendwo finden. Und auch sonst niemanden. Es hatte den Anschein, als läge ein Schatten über dem ganzen Haus. Ich eilte vom Salon ins Esszimmer, dann in die Bibliothek und in Tante Dinahs Arbeitszimmer ... Keiner. Selbst die Bediensteten waren abwesend. Ich ging in den Garten. Auch dort keiner. Ich blieb unschlüssig in der Tür stehen. Das Haus – und selbst das dahinterliegende London – wirkte unheimlich still. Ich schluckte. Ich verstand es nicht, doch ich spürte etwas mir nur allzu Bekanntes: den Tod. Dieses Gefühl war so stark, dass ich über die Treppe hinunter in die Küche polterte, wo ich aber außer Mrs Clemm niemanden antraf. Sie stand am Herd und rührte in einem Topf, als müsse sie dies tun, bis ihr der Arm abfiel.

»Wo sind denn alle, Mrs Clemm? Was ist passiert?«, fragte ich und meine Stimme hallte durch die leere Küche. Sie machte vor Schreck einen Satz.

»O Miss Florence, Sie haben mich aber erschreckt.« Sie blickte mich finster an. »Es ist Mr Grace. Das heißt, Mr Hawker. Er wird nicht mehr lang auf dieser Welt sein. Ein paar Stunden vielleicht. Sie haben sich alle um sein Bett versammelt und fragen sich, wie viel sie wohl erben werden.«

Eine große, mit Teig bespritzte Hand flog an ihren Mund. »Verzeihen Sie mir, Miss! Ich wollte nicht auf diese Weise über die Familie sprechen. Ich meine natürlich, dass sie trauern und in seiner Stunde der Not bei ihm sein möchten.«

Ich starrte sie an. Hawker im Sterben? *Hawker?* War das ein grausamer Scherz?

»Verzeihen Sie«, sagte sie noch einmal und ich wusste, dass das, was sie mir gesagt hatte, der Wahrheit entsprach. Das leere Haus und die hallenden Korridore hatten es mir bereits verraten.

»Selbstverständlich«, murmelte ich und flitzte, zu geschockt, um mit Humor oder Empörung auf ihre Unverschämtheit reagieren zu können, auf Beinen, die sich wie Papier anfühlten, aus dem Raum.

Ich nahm die Treppen, so schnell es meine zittrigen Glieder zuließen, und ging zu seiner Schlafkammer. Sie lag ein Stockwerk über meiner und ich war noch nie zuvor dort gewesen. Ich überlegte, ob ich anklopfen sollte, aber ich verzichtete auf die Etikette und trat ein.

Und sie waren tatsächlich alle versammelt und standen im Kreis um ein großes Himmelbett. Auch Annis und ihr Ehemann waren gekommen, als Einziger fehlte Turlington. Der Raum war verdunkelt und stickig. Ich konnte Hawker gar nicht sehen vor lauter Verwandten, die ihn wie Schildwachen umstanden, aber ich spürte ihn. Er kämpfte. Ich arbeitete mich zu seinem Bett vor, wobei mich keiner wahrzunehmen schien. Meine Tante unterhielt sich leise murmelnd mit dem Arzt, der sich mit ernster Miene über den Bart strich. Es war verstörend, einen Fremden hier zu haben. Ich hatte ihn erst ein oder zwei Mal gesehen – Graces wurden einfach nicht krank. Endlich gelang es mir, über die Schulter von Judith hinweg einen Blick auf meinen Großvater zu erhaschen. Er sah in seinem Bett so winzig wie ein Kind aus und hatte die Augen geschlossen. Hätte ich seinen Geist nicht so stark gespürt, hätte ich ihn bereits für tot gehalten.

»Groß-Hawker«, sagte ich.

Alle erschraken. Hawker riss sofort die Augen auf. »Sie ist hier, nicht wahr?«, sagte er, und seine Stimme war so klar und unverändert, dass ich einen Moment lang die wilde Hoffnung hegte, es könnte alles ein Irrtum sein.

»Ich bin hier.«

»Hast du endlich aufgehört, mit der Käsekönigin herumzuscharwenzeln, und dich deiner Familie besonnen? Komm her.«

Ich quetschte mich an Judith vorbei neben sein Bett und ergriff seine kalte Hand.

Ich blickte hoch zu meiner Tante, die mich zu meiner Überraschung wieder mit all ihrer alten Abneigung ansah. »Warum willst du sie hier haben?«, fragte sie. »Sie ist keine von uns, sie wird nie eine von uns sein. Du wirst sterben und uns bleibt nur noch wenig Zeit mit dir.«

Sie hat Angst, er könnte mich in seinem Testament vor Annis und Judith begünstigen, überlegte ich. *Mrs Clemm hatte recht.*

»Still, Frau!«, ertönte seine überraschend feste Stimme aus dem Bett, und während er sprach, klammerte er sich an meine Hand. »Ich werde sterben, wenn ich dazu bereit bin, und ich werde auch entscheiden, wen ich sehen möchte.«

»Was ist passiert?«, fragte ich und sah erst Hawker, dann meine Tante, dann den Arzt an, an dessen Namen ich mich nicht erinnern konnte. »Ich verstehe das nicht. Ich habe doch erst vor drei Stunden das Haus verlassen. Wie kann er ... im Sterben liegen?«

Meine Tante wandte ihr Gesicht von mir ab und sagte nichts. Hawker schloss seine Augen wieder, als hätte ich ihn gebeten, mir eine alte, langweilige Geschichte zu erzählen.

»Ihr Großvater hat heute in den frühen Morgenstunden einen heftigen Kollaps erlitten, Miss Grace«, sagte der Arzt.

Tante Dinah gab einen Laut von sich, der wie ein Pah! klang, als er mich so ansprach.

»Seit vielen Jahren quält ihn ein Tumor in seinem Gehirn.

Aber er hat entgegen allen meinen Erwartungen doch so lange gelebt.« Ich wollte widersprechen, aber ich spürte, wie die Wahrheit seiner Worte sich schwer in mein Herz senkte. Während dieser letzten Jahre war Hawker immer reizbarer geworden, wütend und uneinsichtig. Ich betrachtete ihn und fand es unvorstellbar, dass er mit seinem ungeheuren Ausmaß – trotz seiner Statur – verlöschen könnte.

Aber der Arzt sprach weiter: »Niemand durfte davon erfahren, darauf bestand er, obwohl ich ihn warnte, dass ein plötzlicher Verfall sehr wahrscheinlich sei. Er hatte seit fast sieben Jahren mit starken Kopfschmerzen, Gedächtnisverlust und düsteren Stimmungslagen zu kämpfen. Es ist nicht leicht für ihn gewesen.«

Für uns auch nicht, dachte ich unweigerlich.

»Was vergangene Nacht passierte, war der unvermeidbare, wenn auch verzögerte Ausbruch seines Zustands.«

Sieben Jahre. Bevor ich nach Helikon kam. Bevor Nan starb. Ist das der Grund, weshalb er mich hierherbringen ließ? Ist das der Grund, warum er wild entschlossen war, die Graces zusammenzuführen, und weshalb er Turlington immer und immer wieder verziehen hat?

»Still, Mann«, sagte Hawker. »Sie benötigt keinen vollständigen Krankenbericht. Und jetzt geht alle, ich möchte meine Enkeltochter allein sprechen. *Florence*«, stellte er klar, als Annis und Judith sich ansahen.

»Hawker, ich denke wirklich –«, setzte Dinah an, aber er hob seinen Kopf und fixierte sie mit einem Blick von so beängstigender Wut, dass sie den Mut verlor. Dann fing er zu husten an, und der Arzt scheuchte alle aus dem Zimmer.

Da es so viele waren, dauerte es einige Zeit. Nur Sanderson legte auf seinem Weg nach draußen seine Hand auf meine Schulter. Als wir allein waren, rollte Hawker seinen Kopf zu mir herum und richtete seine großen blauen Augen auf mich. »Nun, Miss.«

Ich löste sanft meine Hand aus seiner und stellte einen Stuhl direkt neben sein Bett. Dann setzte ich mich, griff wieder nach seiner behaarten Pranke und legte sie auf meinen Schoß.

»Es tut mir so leid, Groß-Hawker.«

»Ach, leid. Mir tut es nur leid, dass ich nicht mehr Zeit gehabt habe. Ich bin noch immer nicht zufrieden mit der Entwicklung der Dinge. Ich wollte alles gut geordnet zurücklassen, aber es fiel schwer … immer zu erkennen, was das Beste war.« Er hob seine freie Hand an die Stirn und rieb sie nachdenklich. »Das mit Calantha war womöglich eine üble Sache. Vielleicht auch nicht. Ich kann das nicht mehr unterscheiden. Sie um unser aller willen zu opfern, für die glänzende Zukunft, die mir vorschwebte, war schon das Richtige. Aber sie war ein reizendes Mädchen, nicht wahr?«

»Ja, Groß-Hawker.«

»Du bist endlich ansehnlich geworden. Lange Zeit dachte ich, du würdest dich nie entwickeln, aber du wirst Aubrey heiraten und damit das Richtige tun. Sanderson … Nun, ich hätte nie gedacht, dass er einmal den Anforderungen entsprechen würde, doch er hat es getan. Es könnte schlimmer sein. Aber Calantha … Sie bereitet mir Sorge, Groß-Florence.«

Ich wurde wütend um ihretwegen, aber was hätte ich in so einer Situation sagen sollen? »Vielleicht geht es ihr ja gut, Groß-Hawker. Womöglich ist es gar nicht allzu schlimm.«

Er schloss die Augen und stöhnte. »Und Turlington. Er kann mich nicht täuschen. Trotz des neuen Weges, den er eingeschlagen hat, ist er immer nur einen Schritt weit von einer Katastrophe entfernt, egal, wie er sich gibt. Er wird nie der Grace sein, als den ich ihn haben wollte. Eigentlich ist er … Soll ich dir ein Geheimnis erzählen, Groß-Florence, ein großes Geheimnis?«

»Wenn Sie möchten.«

Er versuchte, seinen Kopf vom Kissen zu heben, fiel aber zurück. »Sie sind doch gegangen?«

»Ja, alle sind weg.«

»Turlington ist überhaupt kein Grace!«

Ich spürte, wie meine Hände so kalt wurden wie seine.

»Hast du mich verstanden, Mädchen?«

»Ja, ich habe Sie gehört, Groß-Hawker. Was meinen Sie wohl damit?«

»Belle hat seinen Vater nie geliebt. Sie war nie glücklich bei uns. Wie du, Florence, wie ein Tier im Käfig. Sie hatte eine Liaison mit einem anderen, einer Jugendliebe. Turlington ist sein Sohn, nicht der von Clifton. Er ist überhaupt kein Grace.«

Ich zog meine Hand zurück, stand auf und lief im Zimmer umher. Ich spürte seine Augen auf mir, die mich aufmerksam verfolgten. »Warum berührt dich das so, Miss?«

Wusste er Bescheid? Wenn er über Turlington Bescheid wusste, wusste er dann auch von uns? Wenn er wusste, dass Turlington kein Grace war, warum dann das ganze Theater von wegen Cousins ersten Grades dürfen nicht untereinander heiraten und eine Beziehung zwischen uns sei verboten? Um den Schein zu wahren, war für mich die einzig denkbare Erklärung. Und plötzlich kam mir in den Sinn, dass ich ihm alles erzählen könnte. Er wäre tot, bevor Turlington zurückkäme. Ich lief hin und her, auf und ab. All die Jahre hatte er es gewusst. Turlington hatte sich Sorgen gemacht, sich geärgert, rebelliert und um seine verlorene Identität getrauert und alles für sich behalten, ein giftiges Geheimnis gehütet, das seiner Seele Schaden zufügte – und nichts davon wäre nötig gewesen.

»Woher wissen Sie es?«

»Ich habe die beiden zusammen erwischt, Belle und den anderen Mann. Ich war wütend, Groß-Florence. Ich schlug ihn mit meinem Stock. Sie kreischte und flehte mich an, aufzuhören, aber ich war wütend.«

Ich sank zurück auf meinen Stuhl und hielt mir die Hände vors Gesicht. »Weil er Ihren Sohn enthert, die Graces enthert hatte.«

»Nein«, sagte er sanft. »Weil ich sie liebte.«

Ich starrte ihn an.

»Ja. Sie war jung genug, meine Tochter zu sein. Verheiratet mit meinem Sohn. Bei weitem größer als ich, hübscher als gut für sie war, und *ich* war niemals hübsch. Was sagst du dazu, Florence Grace?«

Ich war sprachlos. Mir drehte sich der Kopf. Ich dachte, er käme nie mehr zur Ruhe.

»Aber woher wissen Sie, dass Turlington der Sohn dieses Mannes war? Nur weil Belle ... nur weil sie ... Nun, er hätte dennoch Cliftons Sohn sein können.«

»Nein. Er wurde zu einer Zeit geboren, als ... Clifton beklagte sich bei mir, dass sie schon einige Monate nicht mehr ihren ehelichen Pflichten nachgekommen sei. Er habe sogar versucht, sie mit Gewalt zu nehmen, wie er mir erzählte, aber sie habe sich gewehrt wie eine Wildkatze. Da hasste ich ihn, Florence, meinen eigenen Sohn! Ich ertrug den Gedanken nicht, dass er Belle auf diese Weise behandelte. Danach empfand ich nie mehr dasselbe für ihn. Für keinen von ihnen. Clifton interessierte sich nicht genug für Frauenbelange, als dass ihm die Diskrepanz aufgefallen wäre, aber mir entgeht nichts, wie ich dir schon gesagt habe. Turlington wurde gezeugt, während sie ihre Liaison hatte – und nicht, indem sie mit meinem Sohn schlief. Da hast du es also, Groß-Florence. Was hältst du von diesem Geheimnis auf dem Sterbelager?«

»Warum haben Sie ihm nicht erzählt, dass Sie es wussten? Die Familie geht Ihnen doch über alles! Turlington gehört nicht zur Familie. Wie ertrugen Sie es, ihn auf seinem Platz zu lassen?«

»Ich liebte sie«, murmelte er wieder. »Ich liebte sie. Wenn er in der Nähe ist, erinnert er mich an sie. Und ihn nicht zu lieben ist schwer, Florence.«

Oh, das wusste ich nur zu gut.

Er verstummte und ich ließ meinen Blick durchs Zimmer wandern, wo er am Porträt einer Frau in einem altmodischen Kleid an der gegenüberliegenden Wand hängen blieb. Es war seine Ehefrau Rosanna. Eine gute Frau. Doch er hatte Belle geliebt. Oh ... wie könnte ich Turlington jemals erzählen, dass Hawker immer Bescheid gewusst hatte? Aber wie es ihm verheimlichen?

Die Luft war schwer und nichts regte sich. Doch das hatte nichts mit der Krankheit zu tun, wie mir klarwurde. Es war immer so gewesen. Hawker zu sein war schon immer eine schwere, freudlose Angelegenheit gewesen. Es freute mich für ihn, dass er von diesem Leben erlöst wurde. Zu einer Kunst hatte er es nicht erhoben. Besessenheit, Stolz und verborgene Liebe, getarnt als Tyrannei. Vielleicht käme er im nächsten besser zurecht. Aber vermissen würde ich ihn.

»Groß-Hawker«, wisperte ich.

»Mmm.«

»Ich werde Aubrey nicht heiraten. Es tut mir leid.«

Er schlug die Augen wieder auf, aber sie waren nicht mehr so blau wie sonst. »Dann ist es vermutlich Turlington.«

»Ja. Es tut mir leid.«

Er zuckte gleichgültig. »Mach, was du willst. Das Testament ist geschrieben, es ist zu spät, es noch zu ändern. Warum sollte es dir jetzt leidtun?«

»Weil ich Sie getäuscht habe. Sie enttäuscht habe.«

»Das hast du, das hast du. Aber es war töricht von mir, dich so zu mögen, Miss.«

Ich sah ihn hilflos an und er schüttelte den Kopf. »Das macht nichts. Ich muss es nicht wissen. Ich habe versagt, aber in ein paar Stunden kümmert mich das nicht mehr.«

»O Groß-Hawker, sagen Sie das nicht. Wieso? Ich hätte nie gedacht, dass Sie ...«

»Dass ich angeschlagen war? Dass ich auf irgendeine Weise verwundbar war?«

»Ich habe Sie nie für ganz menschlich gehalten, wenn ich ehrlich bin«, sagte ich lächelnd.

Er gluckste, doch es wurde bald zum Husten. Ich reichte ihm ein Glas Wasser, aber das Trinken fiel ihm schwer und er bekam Atemnot. »Dann war meine Täuschung ja perfekt. Eine

Bestie, ein Bär, Beelzebub sogar ... Wie du mir selbst sagtest, nannten sie mich immer Luzifer.«

»Ja.«

»Ich verstand es als Kompliment.«

»Davon ging ich aus.«

»Ich habe für diese Familie mein Bestes gegeben. Jedenfalls habe ich getan, was ich für das Beste hielt. Ich denke, das ist jetzt alles hinfällig. Turlington wird in meinem Testament nicht bedacht. Er hat meine Geduld zu sehr auf die Probe gestellt. Es war zu wenig und kam zu spät. In manchen Dingen kann man es auch zu weit treiben: gebrochen und geflickt, gebrochen und geflickt und wieder gebrochen – unwiderruflich. Aber ich lese in deinen Augen, dass du das bereits weißt.«

Vielleicht wusste ich es. Doch der Gedanke gefiel mir nicht, da ich geglaubt hatte, Turlington erlösen zu können. Aber wenn er sich der Erlösung verweigerte? Was dann?

»Du wirst nicht versuchen, mich umzustimmen, dich für deinen Geliebten einzusetzen?«

»Nein, Groß-Hawker.« Aber ich dachte voller Angst daran, was Turlington täte, wenn er es erfuhr. Diese Geheimnisse zu wahren war nicht leicht.

Er nickte. »Ich habe mein Testament geändert. Willst du wissen, in wessen Gunsten?«

»Das möchte ich gar nicht wissen, Groß-Hawker. Das ist das Letzte, das mich jetzt noch interessiert. Es geht allein Sie etwas an.«

»Nicht zu deinen Gunsten, Miss. Ich habe dir keinen Sou hinterlassen.«

»Das überrascht mich nicht.«

»Warum bist du dann hier bei mir? Warum sorgst du dich, Florrie Buckley?«

»Das könnte ich wirklich nicht sagen. Doch ich tue es, sogar sehr. Aber warum nennen Sie mich so? Ich dachte, dieser Name sei Ihnen verhasst?«

»Dennoch ist es das, was du immer warst und auch wieder

sein wirst, denke ich. Denn du wirst jetzt weggehen, oder etwa nicht, Groß-Florence?« Und während ich dort saß, kam mir der blitzartige Gedanke, zugleich beruhigend und bedeutungsschwer, dass mein Schicksal nun weit entfernt von Helikon lag. Der Bann, der mich hier festgehalten hatte, würde bald brechen. Ich gehörte zu dieser Familie, aber ich musste mich nicht mehr von ihr definieren lassen. Und ganz unerwartet spürte ich, wie in diesem stickigen, verschlossenen Zimmer ein Lufthauch über mich strich wie eine Brise aus dem Moorland. Vielleicht spürte er sie auch. Seine Stimme, schwächer jetzt und gedämpfter, brachte mich zurück in die Gegenwart der düsteren Bettkammer und zu all den drückenden Sorgen des Lebens in Helikon. »Du wirst dorthin zurückkehren.«

Natürlich meinte er Cornwall. Und mir wurde klar, dass ich das tun würde. Irgendwann während der vergangenen beiden Tage war ich zu dieser Erkenntnis gelangt, ohne bereit zu sein, sie mir einzugestehen. Sie hatte immer in meinem Herzen gewohnt. Und selbst hier neben meinem sterbenden Großvater, enttäuscht von der Liebe und enttäuscht von mir selbst und voller Mitleid, diesen hassenswerten alten Mann, der sich einem immer in den Weg gestellt hatte, gehen zu sehen, machte mein Herz bei diesem Gedanken einen Freudensprung. Ich wusste nicht, wie die Dinge sich entwickeln würden, wie das Leben mich dorthin bringen würde, zumal ich in der Tat ohne jeden Penny war, aber ich würde dorthin zurückkehren, das stand für mich fest. Helikon wäre nur noch ein seltsamer Traum, und ich wäre wieder ein kornisches Mädchen.

Ich wollte seine Hoffnung nicht zunichtemachen, denn schließlich lag er im Sterben, aber ich wollte ihn auch in einer so wichtigen Sache nicht anlügen. Ich hatte genug gelogen.

»Ja, Groß-Hawker, das werde ich.«

Da schloss er die Augen und seine Stirn zog sich zusammen, als würde er von einem heftigen Schmerz ergriffen.

»Aber Groß-Hawker«, flüsterte ich und seine Augenlider hoben sich zuckend. Dann sprach ich Worte, von denen ich nie gedacht hätte, sie mich selbst sagen zu hören, doch es war mir ernst damit, mit jedem Einzelnen. »Ich werde immer eine Grace sein.«

Er sah mich mit so rührender Ungläubigkeit an, dass ich ihn am liebsten umarmt hatte. Er war jedoch immer noch Hawker Grace, und so begnügte ich mich damit, für einen Moment meinen Kopf auf seine Schulter zu legen.

Da ergriff er meine Hand und nickte, und darin lag etwas von seinem alten unwiderstehlichen Eifer. »Versprich es mir, Groß-Florence. Versprich mir, dass du den Namen behältst und dich erinnern wirst.«

»Ich verspreche es.«

Da lächelte er. »Florence Grace«, murmelte er, »du bist ein gutes Mädchen. Ein besonderes Mädchen.«

KAPITEL FÜNFUNDDREISSIG

Hawker starb kurz nach unseren gegenseitigen überraschenden Geständnissen. Er erlaubte mir, die anderen zurück in das Zimmer zu holen, und ich war froh darum und sei es nur, weil ich nicht gewusst hätte, wie ich es hätte schaffen sollen, aus dem Raum zu gehen und ihnen zu sagen, dass er gestorben war. Schließlich tauchten wir alle wieder daraus auf, kämpften gegen unsere Tränen an und konnten nicht begreifen, dass er uns nie wieder quälen und einschüchtern würde.

Ich wollte mich Trost suchend an Sanderson wenden, aber sein Platz war bei Anne, die hysterisch schluchzte, obwohl sie Hawker von uns allen am wenigsten kannte. Vielleicht auch gerade deswegen. Ich war wie betäubt, weil alles so überraschend gekommen und einfach unvorstellbar war, genauso wie seine Enthüllungen. Da man mich nicht zu brauchen schien, ging ich auf mein Zimmer und starrte hinunter in den Garten.

Dann würde ich also Florence Grace bleiben. Nach all den Jahren, in denen ich es abgelehnt und mich dagegen gewehrt hatte. Rebecca hatte schon damals recht gehabt: Ich war genauso eine Grace, wie ich eine Buckley war, und diese Tatsache zu ignorieren würde bedeuten, dass ich die Hälfte dessen, was ich war, abtrennte, dazu auch die Hälfte meiner Kraft. Allerdings wusste ich kaum, wozu es mir in den Stürmen, die mich erwarteten, nützlich sein könnte.

Ich konnte nicht begreifen, dass es noch immer derselbe Tag war, an dem Turlington mit uns gefrühstückt hatte und dann nach Southampton aufgebrochen war; derselbe Tag, an dem ich mit Rebecca gesprochen und Tobias besucht hatte. Noch immer waren es zweieinhalb Tage bis zu Turlingtons Rückkehr. Wenn er zurückkam, würde Hawker nicht mehr unter uns sein. Ich hatte keine Möglichkeit, ihm eine Nachricht zu schicken und ihn darüber zu informieren. Ich konnte mir auch nicht vorstellen, wie er darauf reagieren würde.

Diese Tage gingen vorbei. Tante Dinah, die tatsächlich an seinem Bett geweint hatte, kehrte bald wieder zu ihrer üblichen zweckgerichteten Handlungsweise zurück. Wie immer drehte sich alles darum, Hawker zu ehren. Sie rauschte durchs Haus und traf die Arrangements für das Begräbnis, erledigte alles. Ich bot an, ihr zu helfen. Das taten auch Annis und Judith. Sie wies uns alle zurück.

Irwin hatte seinen Vater verloren. Seine Betroffenheit war mitleiderregend in Anbetracht der Geringschätzung, mit der Hawker ihn behandelt hatte. Es tat weh, das zu sehen.

Die Tage verstrichen und Turlington kam nach Hause, genau so, wie er es versprochen hatte. Aber die Zeit, in der mich diese Tatsache beruhigt und mir Sicherheit gegeben hätte, war vorbei. Ich konnte nicht erkennen, was uns alle erwartete. Doch als ich seine Stimme in der Eingangshalle hörte, verspürte ich denselben Sog wie immer, und mein Herz hüpfte vor Freude. Ich stand oben auf der Treppe und beobachtete ihn, wie er sich besorgt umsah, als würde er etwas spüren.

»Turlington«, rief ich.

Er blickte auf und sein Lächeln wich einem Ausdruck der Besorgnis, als er sah, dass ich Trauerkleidung trug. »Florrie?«

Ich legte einen Finger auf meine Lippen und winkte ihn zu mir. Ich wollte allein mit ihm sprechen, solange dies möglich war. Er rannte die Treppen hoch und wir verschwanden rasch in meinem Zimmer. Ich schloss die Tür hinter uns und warf mich in seine Arme. Er hielt mich in einer warmen Umarmung fest. »Was ist passiert, meine Liebe?«, fragte er. »Warum bist du so gekleidet?«

»O Turlington. Hawker ist gestorben.«

Er sah mich ungläubig an. »Was?! Hawker? Was sagst du da?«

»Genau das. Er ist gestorben.«

»Wie denn? Ist ein Gebäude über ihm zusammengestürzt?«

»Ach Turlington, keine Scherze! Er hatte sieben Jahre lang einen Tumor in seinem Gehirn, sagte der Arzt, und er brach an dem Morgen zusammen, als du wegfuhrst. Eigentlich schon vorher, doch er wurde erst später gefunden. Ich hatte keine Ahnung, als ich zu Rebecca ging, und als ich zurückkam ... da starb er keine Stunde später.« Ich strich mir mit der Hand übers Gesicht, glauben konnte ich es noch immer nicht.

»Herr im Himmel.« Er sank neben meinem Bett nieder, hielt dabei mein Handgelenk fest. Er wirkte verwirrt. »Was mag das für uns bedeuten?«

Ich setzte mich neben ihn. »Das frage ich mich auch«, sagte ich leise. Ich wollte ihn nicht fragen, ob er um Hawker trauerte.

»Nun, es wird jedenfalls alles ändern, auf die eine oder andere Weise.«

Ich legte meinen Arm um seine Schultern. »Ja, das wird es wohl.«

Die Trauerfeier von Hawker Grace fand genau eine Woche nach seinem Hinscheiden statt. Sie wurde in St. Matthews abgehalten, hätte aber auch leicht eine Kathedrale füllen können. Die Großen und Guten – oder besser gesagt die Edlen und Stolzen von London – füllten die Kirche und verteilten sich auf das umliegende Gelände. Eine Schar von Neugierigen presste ihre Nasen durch die Gitter. Es kam einem Staatsakt gleich.

Anschließend wurde sein Sarg in einer von vier schwarzen Pferden gezogenen Kutsche nach Brompton gebracht, wo er seine letzte Ruhe in dem großen Mausoleum fand, das Turlington mir im letzten Winter gezeigt hatte. Irwin, Turlington, Sanderson und Mr Blackford waren die Sargträger. Vier Paar Schuhe trampelten über die »Kostbare Vergänglichkeit«, und endlich konnte Hawker über das menschliche Dasein hinauswachsen.

Am folgenden Tag wurde sein Testament verlesen.

Die Anspannung, mit der wir alle unsere Plätze in der Bibliothek einnahmen, lag zitternd wie Frost in der Luft. Ich saß zwischen Turlington und Sanderson und verbarg meine klammen Hände in meinen Röcken. Weil ich wusste, dass Turlington enttäuscht werden würde, war ich nervöser als alle anderen. Ich betete darum, er möge die Kraft finden, dem Schlag standzuhalten.

Das Gesicht meiner Tante war so kalt und weiß wie Porzellan. Ihr Mund war eine harte Linie, ihre Augen glitzerten wie dunkle Kohlen. Ich wusste, dass ihre Gedanken darum kreisten, wer was bekommen würde und wie luxuriös das Leben aussah, das sie in Zukunft würde führen können. Seit Hawkers Hinscheiden hatte sie mich kaum eines Blickes gewürdigt und ich war mir sicher, dass sie mich im Verdacht hatte, mir seine Zuneigung erschlichen zu haben und mir etwas zu nehmen, was einem Emporkömmling vom Land nicht zustand. Wenigstens in diesem Punkt würde sie zufrieden sein.

Hawkers Anwalt Mr Diggle betrat den Raum (ein Glück, dass keine seiner Töchter jemals in die Familie eingeheiratet und einen Sohn zur Welt gebracht hatte).

Er war ein kleiner Mann wie sein Auftraggeber und wuselte

wie eine Maus in unsere Mitte. Nachdem er mit einem Blick die Schar der versammelten Graces erfasst hatte, raschelte er geraume Zeit mit seinen Papieren. Er hatte Angst.

Er trat ans Fenster und öffnete es, ohne um Erlaubnis zu fragen, kehrte dann an seinen Schreibtisch zurück und sah uns alle flehend an, als könnten wir ihn von seiner Pflicht befreien.

»Nun machen Sie schon, Mr Diggle«, befahl meine Tante schließlich. »Wir würden gerne heute noch den Letzten Willen erfahren, wenn Sie so freundlich wären.«

Er nickte und schluckte und hielt ein Blatt Papier vor sich wie einen Schutzschild. Er räusperte sich. Dann legte er das Papier ab und holte tief Luft. »Ich habe hier den Letzten Willen und das Testament von Hawker Grace, datiert auf den dreizehnten Mai dieses Jahres. Ich werde es Ihnen vorlesen, wenn Sie möchten, aber vielleicht erlauben Sie mir, es erst zusammenzufassen. Man kann es ganz einfach ausdrücken. Mr Grace hat sein ganzes Vermögen einer ... einer einzigen Partei vermacht. Er hat alles vermacht an ... an ... äh ...«

»Doch nicht Turlington!«, stöhnte meine Tante. Dann: »Oh! Nicht *ihr*!« Dabei drehte sie sich um und sah mich mit solcher Verachtung an, dass ich die Augen schloss.

»Oh, ah, nein, Mrs Grace, nein. Sondern einem Krankenhaus in Suffolk. Das, äh, West Hill Infirmary and Sanatorium in der Nähe von, äh, Ipswich.«

Es folgte Stille. Ich konnte regelrecht sehen, wie er zusammenschrumpfte, als hätte er einen Schlag bekommen.

»Ein Krankenhaus?«, sagte meine Tante mit dumpfer Stimme.

»Sehr wohl, Mylady, äh, Ma'am.«

»Ein Krankenhaus?«

»Ja.«

»Er hat keinem lebenden Grace auch nur einen einzigen Cent vermacht?«

»Nein, Ma'am.«

»Ein *Krankenhaus*? Soll das ein Scherz sein? Hat er Sie womöglich angewiesen, das zu sagen, um dann etwas gänzlich anderes zu offenbaren? Spielt er einfach nur mit uns allen?«

»Äh, ja, Mrs Grace, das heißt nein, dies ist kein Scherz, er hat keine solche Anweisung erteilt. Aber ich glaube in der Tat, dass er mit Ihnen allen spielt, oder gespielt hat. Es tut mir sehr leid.«

»Das will ich sehen!« Meine Tante sprang von ihrem Stuhl auf und entriss Mr Diggle das Testament. Sie rannte ans offene Fenster, die Hand auf ihrem Herzen, und stand dort vorgebeugt und keuchend. Jeder von uns saß da wie eine Sphinx, aufrecht, und verfolgte aufmerksam, wie ihre Augen die Seite verschlangen. Schließlich wandte sie sich uns zu, wobei sie Halt an der Wand suchte, und es gab keinen Zweifel mehr. Hawker, der mit seinen großzügig ausgesprochenen Drohungen, uns zu enterben, so lange Zeit unseren Gehorsam befehligt hatte, hatte uns alle enterbt.

Die Erinnerung an den Sturm, der darauf folgte, ist nahezu unerträglich. Meine Tante schrie und sank, blau im Gesicht, zu Boden, mein Onkel eilte zu ihr und stand, die Hände auf die Knie gestützt, über ihr und sagte flehentlich: »Meine Liebe, meine Liebe.« Anne wimmerte unentwegt: »Sind wir jetzt arm, Sanderson? Wird mein Baby arm sein?« Und Turlington sprang auf und brüllte und fluchte und trat den Stuhl um, auf dem er gesessen hatte, so dass er durch den Raum schlitterte. »Dieser alte Hurenbock! Ich hoffe, er leidet Höllenqualen. Zum Teufel mit ihm! Tausend Plagen auf ihn! Sollte ich ihm jemals wiederbegegnen, wenn ich tot bin, werde ich ihm seine Eier in den Leib treten, so dass sie oben wieder rausfliegen …«

Sanderson und ich sahen einander entsetzt an. Er hielt Anne mit einer zerstreuten Geste in seinen Armen, während wir zusahen, wie Turlington mit fliegenden Haaren durch den Raum stürmte und auf dem Weg zur Tür noch einem Beistelltisch einen heftigen Tritt verpasste. Der Tisch ging zu Bruch. Die Statue, die auf ihm gestanden hatte, zerbrach in Stücke. Dann schlug er die Tür so fest hinter sich zu, dass sie wieder aufflog. Und weg war er.

»Ich sollte ihn wohl nicht allein lassen«, murmelte ich mit tauben Lippen.

»Nein, Florrie«, sagte Sanderson und hielt mich am Arm fest. »Jetzt nicht. Später.«

Judith saß ganz allein da und weinte stille Tränen, also ging ich zu ihr und legte stattdessen meinen Arm um sie. So war ich wenigstens beschäftigt.

Die kommenden Tage waren einer so düster wie der andere. Helikon erstarrte wie das Dornröschenschloss. Während ich versuchte, mich mit Hawkers Tod und seiner letzten Grausamkeit abzufinden, war ich wie alle anderen auch vor den Kopf gestoßen, wenn auch nicht, was mich selbst betraf – schließlich hatte er mich vorgewarnt. Außerdem war ich früher schon arm gewesen und konnte wieder arm sein. Aber die Graces ohne das Grace-Vermögen? Das war kaum denkbar. Irwin, der so hart gearbeitet hatte, um mit Umsicht zu investieren und die Exzesse seiner Verwandten aufzufangen. Dinah, die auf ihre Weise ebenfalls investiert hatte, nur um den Graces wieder zu Eleganz zu verhelfen, damit sie gefragt waren und von der feinen Gesellschaft geachtet wurden. Alles nur Hawker zuliebe. Sanderson, der niemandem je etwas angetan hatte. Und Annis ... Nach Hawkers eigenen Worten war sie mehr eine Grace als jeder andere von uns. Ich hätte alles dafür gegeben, wenn es nur ein boshafter Scherz gewesen wäre und man noch einen Testamentsnachtrag gefunden hätte, damit Dinah und der Rest von ihnen zu ihrem Vermögen kamen. Aber wünschen allein reichte nicht.

Es war, als hätte das Leben jede Richtung verloren. Die Kraft, die uns alle angetrieben und unser Handeln bestimmt hatte, so dass wir ihr entweder sklavisch gehorchten oder sie um jeden Preis abschütteln wollten, war nicht mehr. Und sie war nicht nur verschwunden, sondern im Nachhinein auch bedeutungslos geworden. War Hawker womöglich gar kein Getriebener mit einer einzigartigen Vision gewesen, sondern ein Mann mit einem kranken Gehirn, ein bloßes Werkzeug der Willkür? Oder – schließlich hatte er gesagt, er habe für keinen von ihnen mehr dasselbe empfunden, seit Clifton versucht hatte, Belle etwas zuleide zu tun – hasste er seine Familie wirklich so sehr? Ich wollte es nicht glauben.

Turlington verbrachte seine Zeit in einem Nebel aus Trunkenheit, ließ Whisky nach Wein nach Portwein durch seine Kehle rinnen und wollte keinen sehen außer mich. Und was brachte es? Ich war entsetzt, wie leichtfertig er zu seiner Trinkerei zurückkehrte. Er hatte nicht mal den Anstand, eine Stunde abzuwarten und sich der neuen Realität zu stellen, darüber nachzudenken, was geschehen war, und sich nach den anderen zu erkundigen. Er griff einfach nach einer Karaffe und wurde mehrere Wochen nicht ohne eine solche gesehen, wie mir schien.

Vergeblich flehte ich ihn an. Er freute sich immer, mich zu sehen, sofern das Wort »freuen« auf jemanden in einer so jämmerlichen Verfassung angewandt werden kann. Auf jeden Fall pflegte er mich an sich und auf seinen Schoß zu ziehen und sich an meinem Nacken flüsternd sein Leid von der Seele zu reden. Das gab mir eine Zeitlang Hoffnung, unsere Verbindung sei nach wie vor stark und ich könnte einigen Einfluss auf ihn haben. Aber ich konnte ihn schon nicht mehr erreichen. Alles, was ich sagte, jedes Flehen blieb ungehört und stieß auf taube Ohren. Und als ich einmal sagte: »Turlington, es ist doch nur Geld«, stieß er mich ziemlich unsanft von seinem Schoß.

»Verstehst du denn gar nichts?«, rief er. »Es geht nicht ums Geld, sondern darum, dass er uns die ganze Zeit zum Narren gehalten hat. Uns nach seiner Pfeife tanzen ließ, auf jedes Begehren verzichten ließ ... und das alles *dafür*!«

»Ich denke, ich verstehe das besser als du!«, erwiderte ich hitzig. »Du hast auf dieses Geld gewartet, Turlington, du hast dich darauf verlassen, weil du kein Vertrauen in deine Fähigkeiten hast. Du hast *nie* nach seiner Pfeife getanzt, und ich wüsste auch nicht, auf welches Begehren du verzichtet hast. Du musstest noch nicht mal auf mich verzichten! Das ist jetzt erledigt, das ist vorbei. Es ist nicht mehr nötig, sich weiterhin anzustrengen oder danach zu streben, sinnlose Ideale aufrechtzuerhalten. Wir können einfach wir selbst sein. Nur du und ich. Wir können neu anfangen. Ist das nicht ein Grund zur Freude?«

»Freude«, murmelte er und starrte in das Feuer im Inneren der Whiskykaraffe. »Neu anfangen. So etwas wie ein unbeschriebenes Blatt gibt es nicht, Florrie, weißt du das nicht? Wir werden unsere Füße nie mehr aus diesem Morast befreien können.«

»Nun«, sagte ich mit schwankender Stimme, »es tut mir leid, dich das sagen zu hören. Denn ich habe vor, genau das zu tun: meine Füße herauszuziehen und wegzugehen. Ich möchte gern, dass du mitkommst, Turlington, aber ich sehe nicht, wie das möglich sein soll, solange du zu betrunken bist, um zu laufen!« Und dann verließ ich den Raum.

Es war schrecklich und entsetzlich, ihn so zu sehen. Und während ich zusehen musste, wie er wieder an diesen fernen dunklen Ort entglitt, kämpften unzählige sich widerstreitende Gefühle in mir. Ihn so verloren und hoffnungslos zu sehen machte mir Angst, und ich hätte ihn von Herzen gern von diesem Schmerz befreit. Ich spürte Mitleid, weil er mit seinen sechsundzwanzig Jahren noch kein besseres Mittel gefunden hatte, um mit den Enttäuschungen des Lebens fertig zu werden. Ich spürte Angst: Wohin würde ihn so ein Kurs führen? Und wo bliebe ich dabei? Und ich empfand einen Kummer, der ganz mit mir zu tun hatte. Wenn er sich betrunken und brütend in einem Winkel der Bibliothek versteckte, konnte er nicht für mich da sein. Ich vermisste sein Lachen, unsere Gespräche, seinen Körper, der sich an meinen presste. Ein Mann mit Fehlern? Ja. Aber nichtsdestotrotz der Mann, den ich liebte und den ich an meiner Seite und in diesem unserem Leben mit all seinen Enttäuschungen und Verirrungen und auch all den kleinen Freuden brauchte. Doch Turlington war so abwesend, als hätte er uns wieder allein gelassen und bei seinem Verschwinden eine oder zwei Halsketten mitgenommen.

Und ich spürte Wut. Ja, sein Leben war schwer für ihn gewesen, ja, das Geheimnis seiner Geburt hätte bei jeder empfindsamen Seele Narben hinterlassen, und erst recht in dieser Familie. Aber das war nur das Ende der einen Geschichte, der Geschichte von Turlington Grace, dem ersten Erben der Graces. Irgendwann hatte eine andere Geschichte begonnen, die Geschichte von Turlington und Florrie. Allem zum Trotz hatte er die Liebe einer Frau gewonnen, von der er vorgab, sie ebenfalls zu lieben. Denn darum ging es doch in der Liebe, dass sie ihren Weg zu den eingestürzten, zerfetzten Orten des Herzens fand, sich um Felsbrocken und Grenzen herum stahl, durch Ritzen quetschte und eine Möglichkeit fand, zu grünen und zu blühen wie Blumen, die aus den Mauern einer Burgruine sprossen. Ein Wunder. Vielleicht das größte aller Wunder. Doch er benahm sich, als hätte dieses weitaus weniger Bedeutung als sein Erbe, als trüge es nicht die Möglichkeit zur Erlösung und einer freudvollen Zukunft in sich. Aber Turlington hatte für Erlösung nur Spott übrig, und keine vorstellbare Zukunft schien für ihn auch nur halb so verlockend zu sein wie eine Flasche Wein. Ich fühlte mich gekränkt, ausgestoßen und herabgewürdigt.

Doch dies waren meine Sorgen und ich war entschlossen, mich nicht in ihnen zu suhlen. Fast zwei Wochen lang hatte ich gebettelt, gefleht und mich um ihn gekümmert, aber nichts dabei erreicht. Währenddessen brach die Familie auseinander, weshalb ich ihr meine Aufmerksamkeit widmete. Ohne Hawkers Vermögen konnten wir uns den Unterhalt von Helikon nicht mehr leisten. Als meine Tante das hörte, kreischte sie und bekam einen Weinkrampf, der tagelang andauerte und offenbar nie mehr aufhören wollte. Irwin war von morgens bis abends damit beschäftigt, nach einer bescheideneren Behausung zu suchen, die Papiere durchzugehen, die Hawker hinterlassen hatte, mit dem wenigen Geld, das uns geblieben war, hauszuhalten, und versuchte ganz ernsthaft, uns auf seine wenig charismatische, konfuse Art alle zu retten.

Annis war während dieser Tage nirgendwo zu sehen. Nachdem das Testament verlesen worden war, erklärte sie, sie sei wütend auf Hawker und erleichtert, bereits geheiratet zu haben, und zwar gut. In dem ihr eigenen verächtlichen Ton deutete sie an, dass ihre Mutter die Lage offenbar völlig falsch eingeschätzt habe, denn nun sehe man ja, wie schlimm es stehe. Damit schien sie zu unterstellen, dass wir alle womöglich genau das verdienten, was wir bekommen hatten (oder besser gesagt, nicht bekommen hatten), weil wir nicht so klug wie sie gewesen waren, sich unabhängige finanzielle Mittel zu sichern. Ich hatte sie angeblafft, wenn die Abhängigkeit von der Zuneigung eines reichen Ehemanns ihrer Vorstellung von Unabhängigkeit entspräche, sei sie in der Tat klug gewesen.

Wir befanden uns im Esszimmer – dem Schauplatz so vieler Kämpfe – und erholten uns gerade vom Schock. Sie stand neben dem Feuer, wie immer eine umwerfende Erscheinung. Schwarz stand ihr. Sie geiferte zurück, dass es mir ja offenbar nicht einmal möglich sei, meine Verlobung abzusichern, und Aubrey ihrer Überzeugung nach zur Vernunft gekommen sei, und sie bezweifele, dass eine Hochzeit jemals stattfinden werde.

Ich wusste, dass sie nicht stattfinden würde, aber dennoch widersprach ich, und sei es auch nur um des Vergnügens willen, Rauch von ihrem Rock aufsteigen zu sehen, unbemerkt von allen außer mir. Ihre Krinoline war so schön, so ausladend, dass sie fast die Flammen berührte. Ich hatte schon von Damen gehört, die dank dieser höchst unpraktischen Mode Feuer gefangen hatten, aber nicht zu hoffen gewagt, dass dies einer Person zustoßen würde, die es mehr als verdient hatte. Schließlich sprang ein kleiner Funke auf den heißen Stoff über, und

Annis spürte erst und sah dann ein Band goldener Flammen auf ihrem Kleid erblühen. Sie stieß einen gewaltigen Schrei aus, in den auch ihre Mutter und ihre Schwester einstimmten. Ich klingelte nach Hilfe und lachte dann herzhaft, während drei oder vier Bedienstete auf sie einschlugen, bis das Feuer erstickt war. Sie selbst war unverletzt, aber ihr Kleid war zerstört und ihr Stolz dazu. Erschüttert war sie außerdem.

»Was zum Teufel? Was zum Teufel?«, wiederholte sie, während sie sich an ihre Mutter klammerte und auf einen Stuhl sank.

»Ich glaube, dir wurde ein Vorgeschmack aufs nächste Leben gewährt, Cousine«, sagte ich grinsend und gab mir keine Mühe, meine Schadenfreude zu verbergen.

Sie verließ Helikon und es dauerte lang, bis wir sie wieder zu Gesicht bekamen.

Es war schmerzhaft mit anzusehen, wie Judith sich in sich selbst zurückzog. War sie früher einmal ein farbenprächtiger, schnatternder Papagei gewesen, schwieg sie nun fast immer und beobachtete erschrockenen Blicks den von ihrer Mutter auf theatralischere Weise demonstrierten Kummer. Eigene Heiratschancen, die während der vergangenen ein, zwei Jahre bereits immer geringer geworden waren, konnte sie sich nun nicht mehr erhoffen. Auch war sie ihrer Mutter kein Trost, denn im Herzen war sie immer noch ein kleines Mädchen, um das man sich sorgen musste.

Sanderson hatte alle Hände voll mit seiner schwangeren Frau zu tun, die wütend war, einen Grace geheiratet zu haben und nun dessen Erben auszutragen, nur um sich plötzlich in reduzierten Lebensverhältnissen wiederzufinden. Und Turlington war betrunken. Also gab es außer mir niemanden, der sich um Judith oder Dinah kümmern konnte.

Als Dinah sich ins Bett legte und jegliche Nahrung verweigerte, brachte ich ihr dreimal am Tag Suppe, setzte mich zu ihr und überredete sie, wenigstens ein, zwei Löffel zu sich zu nehmen. Ich bürstete ihr die Haare, wusch ihr das Gesicht und die Hände und bewegte sie dazu, täglich das Nachthemd zu wechseln. Ich hatte sie nie gemocht, und ihre Gesellschaft war auch jetzt alles andere als dankbar – die Bediensteten wollten nicht mehr zu ihr, wegen der Schreie und der Beschimpfungen, die sie zu ertragen hatten. Sie schob mich weg, sie warf mir eine Haarbürste an den Kopf, sie verfluchte mich. Sie war so gemein und feindselig zu mir, wie sie das in meinen ersten Tagen in Helikon gewesen war, als ich sie wegen ihrer Unfreundlichkeit gehasst hatte.

Aber ich war kein junges Mädchen mehr. Ich war eine Frau. Ich hatte trotz aller Einschränkungen an Lebenserfahrung gewonnen. Hatte meine eigenen Fehler gemacht und mir, wo ich konnte, mein Vergnügen verschafft, auch wenn dies meistens im Verborgenen stattgefunden hatte. Ich hatte etwas erreicht – noch wusste ich nicht, was es war –, das mich vor ihren bösen Worten und hasserfüllten Blicken schützte. Dabei entdeckte ich, dass es mir unmöglich war, diese schöne, stolze Frau auf ein schlampiges Wrack mit wirren Haaren reduziert zu sehen. Auch wenn ich ihren Werten und Prioritäten nie zugestimmt hatte, so waren es doch ihre, und ich wollte nicht, dass sie diese verleugnete. Also sorgte ich dafür, dass sie möglichst hübsch aussah, und versuchte ihre Würde weitgehend zu schützen, selbst wenn sie zitternd und gegen das Schicksal wütend im Bett lag. Ich hatte auch Angst um sie. *Hart* war das Wort, mit dem ich Tante Dinah immer verbunden hatte. Jetzt hatte ich einen anderen Eindruck. *Spröde. Sehr zerbrechlich.*

Wenn man falschen Göttern dient, was geschieht, wenn sie einen im Stich lassen?, fragte ich mich. Ohne Eitelkeit, Reputation und Reichtum, worauf konnte sie sich zurückbesinnen?

Wenn ich mich nicht um Dinah kümmerte, galt meine Fürsorge Judith. Ich lieh ihr Bücher, die sie nie aufschlug, nahm sie zu einer Runde durch den Garten mit, obwohl ich genauso gut eine Puppe hätte hinter mir herziehen können. Ich fütterte ihre Papageien, da sie vergesslich und zerstreut geworden war. Ich versuchte, ihr das Gefühl zu geben, nicht allein zu sein, wusste aber nicht, ob ich damit irgendetwas bewirkte. Und Tag für Tag versicherte ich Turlington, dass ich ihn liebte, und sprach mit ihm von Hoffnung. Ich gestand ihm sogar mein geheimes Verlangen, nach Cornwall zurückkehren zu wollen, und meinen Wunsch, er käme mit mir. Er reagierte auf nichts dergleichen, brütete bloß vor sich hin, so dass ich nur hoffen konnte, meine Worte würden wie Samen auf fruchtbare Erde fallen und eines Tages vielleicht aufgehen.

KAPITEL SECHSUNDDREISSIG

Eines Vormittags brach ich aus Helikon aus, um zu Rebeccas Hochzeit zu gehen. Die Zeremonie war schlicht, klein und anrührend. Der andere Trauzeuge und außer mir einzige Gast war Tobias' Bruder John. Mit Rebeccas Erlaubnis hatte ich Turlington eingeladen, aber er hatte einen dringenden Geschäftstermin mit seiner Karaffe und wollte mich nicht begleiten.

Unter ihrem Schleier und ihrer Blütenkrone wirkte Rebecca kleiner und zerbrechlicher, als sie tatsächlich war. Tobias sah schmal und ernst aus. Und doch drängte sich mir der Gedanke auf, dass sie, obwohl sie so schwach wirkten, innerlich die stärksten Menschen waren, die mir je begegnet sind. Ich liebte Turlington aus tiefstem Herzen, aber von ihm würde ich das nicht behaupten, was mich betraf: Ich war mir unsicher. Die Reaktion von Rebeccas Vater auf die Erklärung ihrer Liebe hatte die beiden fassungslos zurückgelassen. Aber jetzt taten sie dennoch das, was für sie das Richtige war – und es fiel ihnen wahrlich nicht in den Schoß, weil sie gute Menschen und nicht selbstsüchtig waren. Ihr Gewissen hatte ihnen lange diktiert, die Interessen anderer Menschen voranzustellen. Aber in ihren Gefühlen füreinander hatten sie eine höhere Wahrheit gefunden, der sie nun folgten. Sie vertrauten einander und auf das Leben, das sie sich gemeinsam aufbauen würden. Natürlich musste ich an mich und Turlington denken, als ich neben meiner Freundin stand und ihren Brautstrauß hielt und ihr Gelübde bezeugte.

Ich konnte mir vorstellen, wie das Leben für ein Paar wie Rebecca und Tobias aussehen würde. Die gleichen Überzeugungen und Werte, Harmonie ihrer Persönlichkeiten, geistige Übereinstimmung. Was für ein gesegnetes Leben wäre das. Turlington und ich hingegen ... Hatten wir eine harmonische Verbindung, die uns beide bereichern würde? Oder war da einfach nur eine Naturgewalt, die uns zusammenführte und vorantrieb, bis wir daran zerbrachen?

Die Hochzeit hatte für mich also einen bitteren Beigeschmack. Und so war es auch für Rebecca, denn sobald sie vorbei war, kehrte das junge Paar zu Speedwell Cheese zurück, um ihren Vater mit dem Fait accompli zu konfrontieren. Ich bot an, sie zu begleiten, aber sie küsste mich dankbar und lehnte ab. Dies sei etwas, dem sie sich als verheiratetes Paar gemeinsam stellen müssten. Sie seien eine Einheit, die nun gemeinsam mit der Welt verhandeln müsse.

Ich verabschiedete mich und trat dann halbherzig den Heimweg nach Helikon an. Tatsächlich so halbherzig, dass ich auf Abwege geriet und nach einiger Zeit zu einigen der geheimen Treffpunkte von Turlington und mir gelangte, die im falschen Teil der Stadt lagen. Es fühlte sich an, als würde ich von ihnen Abschied nehmen, obwohl dies nicht in meiner Absicht gelegen hatte. Ich kam am Dog and Duchess vorbei und ging beherzt weiter. Ich erreichte den Fluss und eine Stelle mit einem kleinen Kieselstrand, an dem wir öfter als einmal eng umschlungen entlanggelaufen waren. Ich stand lange Zeit dort und starrte in den schwerfälligen Strom. Um ein wie auch immer geartetes Hindernis hatte sich ein Strudel gebildet, und derselbe Unrat kam in regelmäßiger Rotation immer wieder an die Oberfläche. Eine alte Wollmütze, die vielleicht einmal blau gewesen war, ein Teil von einem Sack mit einem Stück Seil daran, eine tote Möwe ... und ich sah darin das Leben der Graces gespiegelt, das genauso gewesen war.

Dort war ich festgefahren gewesen und hatte stagniert, unfähig, mich freizuschwimmen. Immerzu hatte ich mich im Kreis gedreht, gefangen in einem Sog, der mir unbegreiflich war. Die immer gleichen Gedanken drehten sich müde und abgedroschen in mir im Kreis: Ich liebte ihn, ich bemitleidete ihn, er machte mich wütend, ich konnte nicht loslassen, wir konnten nicht weitermachen, ich war keine Grace, er war kein Grace ... Wo war der Ausweg aus diesem Teufelskreis? Wo war der Weg, der zu neuen Ufern und frischen Horizonten führte? Mir kam vor, als wären wir in braunen, vergifteten Gewässern geschwommen, als würde sich nie etwas ändern. Doch seit Hawkers Tod war alles ins Wanken geraten. Was die anderen betraf, machte ich mir große Sorgen. Was mich anging, spürte ich nur eine große Befreiung.

Als ich zurückkam, hielt mein Onkel bereits Ausschau nach mir. »Ah, Florence!«, begrüßte er mich in der Eingangshalle, unter seinen Augen große violett-schwarze Schatten. Er war so stämmig wie immer, schien aber innerlich zusammenzusacken: Der Umriss war noch derselbe, aber die Substanz hatte sich verändert. Er wirkte in dieser geräumigen Eingangshalle mit ihrer hohen Decke, dem glänzenden schwarz-weißen Fußboden, der gewaltigen Treppe, die sich gabelte und auf ewig ihre nutzlose Wahlmöglichkeit präsentierte, fehl am Platz.

»Sie sehen müde aus, Onkel«, sagte ich und griff kurz nach seiner Hand, während ich meine Haube löste. »Kann ich etwas für Sie tun?«

Er wirkte erleichtert. »Ich wollte dich gerade darum bitten. Kannst du etwas Zeit erübrigen und mich begleiten? Jetzt gleich?«

»Selbstverständlich.« Ich band meine Haube wieder zu. »Wohin?«

»Das werde ich dir unterwegs erzählen. Ich rufe die Kutsche.«

»Die Kutsche können wir vielleicht behalten«, murmelte er, als wir losfuhren. »Und vielleicht nur das eine Pferd – das müsste uns dann auch als Reitpferd dienen. Vater benötigt Lightning natürlich nicht mehr. Es käme mir falsch vor, Lightning zu verkaufen, aber er würde trotz seiner fünfzehn Jahre noch gutes Geld abwerfen. Allerdings ist die Kutsche sehr groß für ein einzelnes Pferd. Vielleicht sollten wir sie verkaufen und uns stattdessen einen Pferdewagen zulegen. Ich weiß allerdings nicht, ob Dinah einen Pferdewagen tolerieren würde ...«

»Sie haben hin und her überlegt, Onkel, nicht wahr?«, sagte ich. »Sie haben sehr hart gearbeitet, um einen Weg aus alledem zu finden, und dabei ist Ihnen keiner eine große Hilfe gewesen.«

Er wirkte beklommen. »Es beansprucht mich in der Tat alles sehr ... Der Versuch, eine logische Einschätzung zu treffen, ohne sie von Gefühlen vernebeln zu lassen ... Zu verhindern, dass gewisse Erwartungen sich dem in den Weg stellen, was nun zweckmäßig ist ... Ach herrje, unsere Landschaft hat sich plötzlich sehr verändert, nicht wahr, Florence? Ich konnte nicht damit rechnen, Dinah zu ... Sie hat schließlich einen Grace geheiratet!«

Ich wandte mich ab und sah aus dem Fenster. Hier hatte ich es mit einem Mann zu tun, der es nicht gewohnt war, über seine Sorgen zu sprechen und zu erfahren, dass ein mitfühlendes Ohr sie hörte. Ich schwieg eine Weile, aber dann war meine Neugier doch stärker.

»Wohin fahren wir denn, Onkel?«

»O verzeih mir, meine Liebe. Nun, ich habe tatsächlich etwas gefunden ... Ich glaube ... ein Haus für uns gefunden zu haben. Es liegt in Hampstead. Nicht zentral, aber in einer guten Gegend, ehrbar. Dinah kann nicht ... Nun, sie möchte Helikon natürlich nicht verlassen. Aber das müssen wir, und zwar schon bald. Und da habe ich mich gefragt, ob du es dir nicht mit mir ansehen möchtest, Florence. Ich weiß, du wirst nicht mehr lange bei uns sein, da du früher oder später zweifellos Aubrey heiraten wirst, aber ich wollte die Einschätzung einer Frau hören.«

Ich holte tief Luft. Bei allem, was passiert war, hatte ich fast vergessen, dass ich Aubrey nicht heiraten würde – oder besser gesagt, ich hatte vergessen, dass ich es jemals vorgehabt hatte. Wenn man etwas so lange für sich behält, ist es immer ein wenig beängstigend, es herauszulassen. Aber es musste gesagt werden. »Sie werden selbstverständlich meine Meinung zu diesem Haus erfahren, Onkel, aber ich muss Ihnen sagen, dass ich Aubrey nicht heiraten werde.«

Er sah mich überrascht an. »Ist das so? Aber warum, ich dachte, zwischen euch wäre alles geregelt! Das tut mir leid, meine Liebe. Ich hoffe, er hat dich nicht hintergangen?«

»Absolut nicht. Es war nur, dass ich … Ich konnte nicht … Nun, es wäre nicht richtig gewesen, obwohl es nach einer so guten Partie aussah.«

Er tätschelte meine Hand. »Mach dir nichts daraus. Du musst es mir nicht erklären. Selbst deine Tante dürfte sich in einer Zeit wie dieser wenig Gedanken darüber machen. Du wirst bei uns in Hampstead bleiben. Ist denn alles in Ordnung mit dir?«

Bestätigen konnte ich das nicht. Aber was sollte ich stattdessen antworten außer: »Es geht mir ganz gut, Onkel, danke.« Dann fiel mir etwas ein. »Oh, Sie haben Ihre Berechnungen und Überlegungen unter der Annahme angestellt, dass ich bald heiraten würde, Onkel. Sie dachten, für mich sei gesorgt. Ich möchte nun keine Zumutung sein. Ich kann selbst etwas für mich arrangieren. Ich kann –«

Aber Irwin fiel mir ins Wort. »Nein, Florence. Ich hatte dich in meine Überlegungen mit einbezogen, da ich nicht wusste, *wann* du heiraten würdest. Es war einfacher, dich weiterhin zu berücksichtigen. Und ich kann nicht umhin, froh zu sein, obwohl das wahrscheinlich selbstsüchtig von mir ist. Du warst in diesen letzten Wochen so wunderbar zu Dinah und wirst ein

Gewinn für unseren neuen Haushalt sein. Außerdem gehörst du zu uns. Du bist eine Grace!«

»Ich danke Ihnen, Onkel.« Ich lehnte meinen Kopf an seine Schulter und dachte darüber nach, welch seltsame Wege das Leben nahm. Dass ich mich nicht auf Turlington verlassen konnte, lag auf der Hand, und nun bescherte mir die Tatsache, dass ich eine Grace war, zum zweiten Mal Zuflucht und eine Alternative zur Armut. Dieses Mal fiel es mir leichter, das anzunehmen. Vielleicht half dabei auch die in mir immer stärker werdende Überzeugung, dass mein eigentlicher Ort ganz woanders lag. Nicht nur hatte sich in der Familie nun alles verändert, sondern ich spürte auch, dass ich nicht mehr sehr lange bleiben würde.

»Was das Haus angeht«, fuhr mein Onkel fort, »so denke ich, dass es unseren Bedürfnissen gerecht wird. Wir können es uns leisten und ich erachte es nicht für unerquicklich. Ich dachte, du hättest womöglich nicht dieselben Vorbehalte wie meine Frau und meine Tochter. Sie beschuldigen mich grober Grausamkeit, sie in eine geringere Behausung umsiedeln zu wollen, und sind nicht bereit, sie sich anzusehen. Ich dachte mir, du könntest mir vielleicht sagen, ob ich tatsächlich unvernünftig bin oder ob das Haus deiner Meinung nach angemessen ist, bevor ich die Papiere unterschreibe.«

»Das tue ich nur zu gern. Und Sie tun sehr gut daran, noch eine zweite Meinung einzuholen, bevor sie uns alle dorthin überstellen. Ich bin mir sicher, dass meine Tante das auch so sehen wird, wenn es ihr wieder besser geht.«

Er presste die Lippen zusammen und blickte wieder aus dem Fenster, und wir fuhren schweigend nach Hampstead. Insgeheim war ich von Freude erfüllt. Wir würden Helikon verlassen. Endlich würde ich Helikon verlassen.

Das Haus, das mein Onkel ausfindig gemacht hatte, war nicht nur angemessen, wie er es formuliert hatte, sondern für mein Empfinden sogar in allen Punkten ganz und gar ansprechend.

Als ich davor stand, erfasste mich ein aufgeregter Schauder, ich spürte bereits die Vorboten des Herbstes.

»Das gefällt mir, Onkel!«, rief ich, und in seinen Augen flackerte Hoffnung auf. Heath View Cottage war sein wenig einfallsreicher, aber sehr treffender Name. Es war ein quadratisches weißes Gebäude aus der Zeit von einem der George-Könige. Einen kurzen Moment war ich geneigt, es klein zu finden, wie das meine Tante zweifellos tun würde, aber dann dachte ich an das Cottage, in dem ich aufgewachsen war, und musste lächeln. Es war einfach nur kompakter als Helikon, das war alles. Vor dem Tor erhob sich eine hohe zerzauste Platane und neigte sich schützend über das Haus, ließ schelmisch ihre kleinen grünen Früchte baumeln. Roter Efeu überzog die linke Mauer und ließ ein paar hübsche Ranken über die Fassade wandern. Das Haus befand sich tatsächlich am Rande von Hampstead Heath, und ich sehnte mich danach, das offene Heideland dahinter zu durchstreifen. Aber dafür war ich nicht hier. Ich war hier, um meinem Onkel zu helfen.

»Lass uns reingehen«, sagte ich und hakte mich bei ihm unter.

Auch von innen betrachtet, war es bezaubernd. Im Erdgeschoss gab es drei anständige Räume sowie eine Küche und eine Spülküche im hinteren Teil. Ein paar Spinnweben schmückten die Winkel, was darauf schließen ließ, dass es geraume Zeit leer gestanden hatte.

»Ich dachte, wir könnten zwei Bedienstete übernehmen. Es gibt eine kleine Dachkammer, wo eine davon schlafen könnte. Was meinst du, wäre die Spülküche vielleicht für die andere geeignet? Sie scheint sauber und warm zu sein. Ich denke, es gibt viele Haushalte, die nicht das Glück haben, sich zwei Bedienstete leisten zu können.«

»Da haben Sie wohl recht. Wir werden bestens damit zurechtkommen.«

»Es ist möbliert, wie du siehst«, sagte mein Onkel. »Das wird uns große Ausgaben ersparen. Wir können natürlich ein paar von unseren Lieblingsstücken mitbringen, aber was wir in Helikon an Einrichtung haben, wird hier nicht gut aussehen. Es wäre wohl besser, die Möbel zu verkaufen. Vielleicht nehmen wir ein paar Gemälde mit und etwas Zierrat, damit die Damen sich daran erfreuen können ... Aber das hier ist doch alles ziemlich alt, nicht?«, meinte er besorgt mit Blick auf den verschrammten Esstisch, das Bücherregal mit seinen abgeschlagenen Ecken, den verblichenen Sessel am Fenster. »Ist es völlig verkehrt, Florence?«

»Überhaupt nicht!«, rief ich und ging von Zimmer zu Zimmer und wieder zurück. Ich sah nur die Blätter, die die Fenster rahmten, und die Ausblicke auf urwüchsige Plätze dahinter. Ich spürte nur die Gastlichkeit, die dieses Haus ausstrahlte, wie Helikon das mit all seiner Pracht nie vermocht hatte. »Wir können es uns hier sehr gemütlich machen, und sehen Sie, es gibt sogar ein Klavier!« Es stand mit geschlossener Tastenklappe neben dem Fenster und wartete.

»Das ist praktisch«, überlegte er. »Denn den Flügel würden wir hier niemals unterbringen. Obwohl Dinah es sehr bedauern wird, ihn weggeben zu müssen. Er wurde von Godfrey Lockheart signiert, weißt du?«

»Ich weiß, Onkel, aber wir müssen daran denken, dass wir hier ein neues Leben anfangen, und dürfen nicht an Erinnerungen an die Tage festhalten, als berühmte Tenöre zu uns nach Hause kamen. Mir gefällt dieses Klavier.« Es gefiel mir tatsächlich, mit seiner Walnussmaserung und der fein gearbeiteten Vorderseite. Dunkler Seidendamast schimmerte durch die verzierte Abdeckung. Unter den beidseits angebrachten Kerzenhaltern aus Messing sah man Wachsspritzer und dunkle Flecken auf dem Holz. Es war ein altes und oft benutztes Instrument. Ich hob die Tastenklappe. Die weißen Tasten waren vergilbt und die schwarzen waren an den Kanten ungewöhnlich abgerundet. Ich schlug das mittlere C an. Es musste gestimmt werden.

»Sehen Sie, Onkel, Kerzenhalter. Wie hübsch. Können Sie

sich nicht vorstellen, wie wir uns alle hier in einer dunklen Nacht versammeln und bei Kerzenschein singen?«

Sein Gesicht wurde weich, als er mich ansah. »Ich fürchte, du hast dabei eine andere Familie vor Augen, Florence«, sagte er mit einem Anflug von Bedauern. »O Gott, wie sehr du deiner Mutter ähnelst. Das habe ich vorher nie gesehen. Nicht nur deine Augen, sondern auch, wie du deinen Kopf neigst. Das Leuchten, das von ihr ausging.«

Ich erglühte. Als ich klein war, hatte es mir immer gefallen, mit meinem Vater verglichen zu werden – unsere Größe, mein lohfarbenes Haar, das eine Variation seines roten Schopfs war. Es war ein gutes Gefühl, dass ich auch etwas von meiner Mutter in mir trug.

Im Obergeschoss gab es vier Schlafzimmer, zwei mit Blick auf die ruhige Straße und die Platane, zwei mit Blick aufs Heideland. Ich stieß einen Seufzer aus, als ich hinaussah. Grasbedeckte Weite mit einem silbernen Wasserstreifen zwischen dem Haus und dem Horizont. Bäume. Büsche. Reiter auf ihren Pferden.

»Ich dachte, ein Zimmer für Dinah und mich«, sagte mein Onkel, »das größere für Sanderson und Anne und das Baby, wenn es da ist. Oh, das wird nicht für immer ausreichen, aber … Egal. Ein Zimmer natürlich für Turlington, und ein Zimmer für dich und Judith, wenn du nichts dagegen hast, dir eins mit ihr zu teilen, Florence? Es tut mir leid, ich weiß, dass du es nicht gewohnt bist, aber es gibt keine andere Möglichkeit …«

»Ich bin teilen gewohnt. Meine Nan und ich schliefen fünfzehn Jahre lang im selben Zimmer. Ich habe nichts dagegen, wenn es Judith nichts ausmacht.«

»Ich danke dir, Kind. Und was meinst du, wäre es dir vielleicht möglich, die anderen zu ermutigen, sich dieses Haus hier wohlwollend anzusehen?«

Ich lachte. »Ganz ehrlich, Onkel, ich glaube nicht, dass sie das tun werden. Ich vermute, sie werden von ihrer Einstellung her anfangs gar nichts Gutes daran finden können. Und ich befürchte, dass meine gute Meinung ihre Vorurteile sogar noch bestärken könnte. Aber ich bin davon überzeugt, dass dieses Haus höchst angemessen und ansprechend ist. Sie haben einen guten Ort für sie ausgesucht.«

Drei Wochen später, nach einer hektischen Zeit des Packens, Verkaufens, Organisierens und Streitens, zogen die mächtigen Graces einschließlich ihrer Papageien in ein Cottage (»Ein Cottage!«, jammerte meine Tante, als wär's ein Hurenhaus) in Hampstead.

Vorher hatte ich unser neues Heim gesäubert und so behaglich wie möglich hergerichtet. Als die Bediensteten erfuhren, dass sie ihre Anstellung verloren, machten sie sich sofort daran, neue Arbeit zu suchen und waren uns keine große Hilfe mehr. Aber konnten wir ihnen das verdenken? Meine Tante verfluchte sie jedoch wegen ihrer fehlenden Loyalität der Familie gegenüber.

Während der ganzen Zeit sah ich Jacob nur ein einziges Mal und litt, weil ich seinen zündenden trockenen Humor vermisste. Jedes Mal, wenn ich ihn sah, wurde ich daran erinnert, dass es ein Leben jenseits der Graces gab. So beschäftigt ich auch war, hätte ich doch vielleicht Zeit finden können, ihn noch mal zu besuchen, aber natürlich erkundigte er sich nach Turlington und ich wusste nicht, was ich ihm antworten sollte. Ich sagte, Turlington fühle sich nicht wohl, was der Wahrheit recht nahekam. Ich hoffte, dass Turlington, wenn wir erst mal umgezogen waren, sich aufraffen würde, so dass ich Jacob nicht mehr anlügen müsste, denn ich wünschte mir für ihn nichts mehr als die Erfahrung, dass es Menschen gab, auf die Verlass war.

Eines Tages machte ich einen Spaziergang zu Aubreys Stadthaus und gab endlich meinen Verlobungsring und auch den Ring zurück, den ich zum Geburtstag bekommen hatte. Es war nicht mehr länger nötig, den Schein aufrechtzuerhalten. Weil ich es nicht ertrug, ihn zu sehen, vertraute ich sie seiner Haushälterin an, zusammen mit einer Nachricht für Aubrey, in der ich mich von ganzem Herzen entschuldigte und ihm alles Gute wünschte. Ein trauriges kleines Kapitel meines Lebens war abgeschlossen.

Obwohl Rebecca jetzt frisch verheiratet war, half sie mir ein paar Mal im Haus in Hampstead. Sie quoll über vor Liebe, war mitteilsam und schenkte mir großzügig ihre Zeit. Wir plauderten und lachten bei der Arbeit und ich war beinahe glücklich.

Aber wahres Glück wurde durch Turlington in immer weitere Ferne gerückt, denn je beschäftigter ich war, umso wütender wurde er auf mich.

»Wenn du mich wirklich lieben würdest, würdest du in meiner Nähe bleiben. Du könntest nicht so fröhlich deine Tage verbringen. Du würdest dich um mich kümmern.«

Ich fing zu weinen an und war wütend auf mich, aber das war egal, denn er bemerkte es gar nicht. Ich wischte mir mit dem Handrücken über die Augen.

»Ich kümmere mich!«, schrie ich. »Ich kümmere mich um dich mehr als um alles andere, und das habe ich dir auch gesagt, aber du hörst mir ja nicht zu. Wir beginnen ein neues Leben, Turlington! Wir könnten jetzt allen von uns erzählen, denn wir haben nichts zu verlieren. Nichts mehr kann uns aufhalten, das Leben zu beginnen, das wir uns vorgestellt haben, abgesehen von deiner Hartnäckigkeit, mit der du dich an diesen alten Dämon klammerst. Lass ihn los, Turlington, und halt mich stattdessen!«

»Nichts kann uns aufhalten außer Geld, meinst du wohl. Mein Vermögen ist nicht so groß. Wir könnten kein großartiges Leben führen, Florrie.«

»Und wem von uns hat das jemals etwas bedeutet?«

»Jetzt magst du vielleicht sagen, es sei dir egal, wieder arm zu sein, aber wenn es dazu kommt, wird es dir was ausmachen.«

»Nein, Turlington, das wird es nicht. Aber dir vielleicht. Ich allein scheine dich ja nicht glücklich zu machen. Gerät dir nie in den Sinn, dass ich dich vielleicht brauchen könnte? Ich habe so hart gearbeitet! Deine Gesellschaft würde mir so viel

Auftrieb geben, ich sehne mich so sehr danach, dich wieder lachen zu sehen und unbeschwerte Gespräche mit dir zu führen. Ich muss deine Arme um mich spüren!«

»Als ich das letzte Mal an dein Bett kam, erklärtest du mir, ich sei widerlich betrunken und dürfe erst wiederkommen, wenn ich nüchtern sei.«

»Und das warst du auch und das habe ich getan. Und deine Entscheidung ist die, die wir hier sehen. Ich hätte nie gedacht, dass das jemals geschehen könnte.«

»Aber Florrie«, sagte er, und seine Stimme wurde weicher, als er mich flehend ansah. »Du wusstest doch, wer ich war!«

Was meinte er damit? Meinte er, dies hätte an irgendeinem Punkt immer passieren können, wie ein zischender Böller, der explodieren muss? Dass ich mich im Wissen darum auf unsere Liebe eingelassen hatte und nun gewissermaßen Verrat an ihm beging, indem ich es nicht akzeptierte?

Das war eine Frage, die ich mir im Laufe der folgenden Tage immer und immer wieder stellte. Ich hatte, wie ich indigniert feststellte, tatsächlich geglaubt, er sei zu jemandem geworden, der zuverlässig bei mir bleiben und das Leben mit mir teilen würde. Jedenfalls hatte das ein Teil von mir gedacht. Aber hatte es da nicht immer jenes tiefere, viel ältere Wissen gegeben, das mich in ständigem Flüstern warnte, wenngleich ich nicht darauf gehört hatte? Hatte ich nicht gezögert, nur mit ihm allein wegzugehen? Hatte ich nicht den Fundamenten dieser Zukunft, von der er immer sprach, misstraut? Und trotz alledem hatte ich mich an ihn und nur an ihn als den Quell all meiner Freuden geklammert. Ich hatte nicht auf mich gehört – wieder einmal. Und was sollte ich jetzt tun? Geduldig warten, vielleicht endlos, bis diese Phase zu Ende ging? Und dann ein Leben mit ihm führen, mit ihm lachen, ihn bewundern und mich dabei aber immer fragen, wann es das nächste Mal passierte? Das war unmöglich. Aber was war die Alternative? Ich hatte das Gefühl, ohne ihn nicht leben zu können. Doch in gewisser Weise tat ich das bereits.

Mitte September hatten wir uns im Heath View Cottage eingelebt. Die Blätter im Heideland färbten sich orange und golden und erinnerten mich, wie das im Herbst immer geschah, an meinen Vater. Die Stimmung meiner Tante war weiterhin gedämpft, wie es so gar nicht ihre Art war. Irwin war so umtriebig wie immer und häufig abwesend und zerbrach sich den Kopf, wie er unseren Haushalt über Wasser halten konnte. Judith schien zu mir aufzublicken und Orientierung bei mir zu suchen, wie sie mit diesem neuen Leben zurechtkommen sollte. Wenn ich Klavier spielte, sang sie ein wenig. Wenn ich zu einem Spaziergang in die Heide aufbrach, fragte sie, ob sie mitkommen könne. Wenn ich Möbel verrückte, rückte sie ein Bild gerade.

Wir teilten uns jedoch kein Zimmer, denn das war nicht nötig. Wir hatten schließlich doch genügend Räume für uns alle. Die Coatleys wollten nichts davon hören, dass Anne in einem Cottage wohnte, ohne Kinderzimmer für das Baby, und so zogen sie und Sanderson in deren Haushalt. Und am Abend vor unserem Umzug verschwand auch Turlington wieder, ohne das neue Haus je gesehen zu haben. Er nahm ein paar Schmuckstücke mit, die Dinah und Judith gehörten, jedoch nichts von meinen Sachen, bis auf mein Herz.

Als ich entdeckte, dass er weg war, weinte ich und heulte laut, ohne mich darum zu kümmern, ob mich jemand hörte. Mir war nicht bewusst gewesen, wie fest ich mich an die Idee geklammert hatte, dass irgendwie alles so bliebe, wie es war, nur besser, weil wir nichts mehr vortäuschen mussten. Und obwohl ich wusste, dass dies nicht eintreten würde, hatte ich dennoch darauf gehofft. Ich hatte gehofft, er würde, wenn wir erst einmal in Hampstead waren, zu sich selbst und zu neuer Kraft und Belastbarkeit zurückfinden, und wir könnten gemeinsam meilenweit das Heideland durchstreifen, reden und Pläne schmieden. Stattdessen musste ich mich der immer stärker werdenden Erkenntnis tief in meinem Körper und meiner Seele stellen, dass er nie wieder wirklich mit mir zusammen sein würde. Vielleicht war er das auch nie ganz gewesen.

Wenigstens hatte er mir diesmal eine Nachricht hinterlassen, in einem versiegelten Umschlag, auf meinem Kopfkissen. Er hatte sich in mein Zimmer geschlichen und mich ein letztes Mal im Schlaf betrachtet. Und ich hatte ihn tatsächlich nicht wahrgenommen.

Mein Liebling,

es tut mir so leid. Ich bin nicht gut genug für Dich. Ich habe es versucht, aber versagt. Du hattest recht in allem. Ich kann es nicht rückgängig machen. Ich werde nach Madeira zurückgehen, einen Neuanfang versuchen und mich bemühen, das Geschäft und mich selbst wiederaufzubauen. Wenn es mir gelingt, werde ich zu Dir zurückkommen. Wenn nicht, bist Du ohne mich besser dran. Aber zweifele nie, nicht für eine Minute, dass ich Dich liebe. Du bist so wunderschön, Florrie Buckley. So schön. Und so weit über mir.

T

Ich war so wütend. So voller Wut. Der Ton larmoyanten Selbstmitleids, der Vorwand, das Richtige zu tun, weil er nicht gut genug für mich sei, die halbherzige Versicherung, er werde womöglich, wenn ich sehr viel Glück hatte, zurückkehren. Oder auch nicht. Und was genau sollte ich derweilen mit meinem Leben anfangen? Wieder hing ich fest, wie der Unrat im strudelnden Fluss. Oder ich hinge fest, wenn ich nicht große Anstrengungen unternähme, mich zu befreien. Ich war das Kämpfen so leid, ich konnte die Aussicht auf einen weiteren Kampf kaum ertragen. Aber ich würde nicht den Rest meines Lebens im Stillstand verbringen, hoffend, wartend und die Jahre vergeudend. Das würde ich *nicht*!

Erstaunlicherweise brachte niemand mein Herzeleid mit

Turlingtons Abreise in Verbindung. An diesem Morgen waren alle im Chaos der Vorbereitungen gefangen, und sie verfluchten ihn, als sie dahinterkamen, dass er sich einiger ihrer rasch schwindenden Besitztümer bemächtigt hatte. Sie waren selbst in Aufruhr darüber, die gewaltige Bastion der Graces zu verlassen. Meine Tante und Judith klammerten sich so sehr an Helikon, dass man sie wie Entenmuscheln vom Felsgestein regelrecht wegreißen musste.

Ich glaube nicht, dass mich jemand weinen hörte. Als ich mit roten Augen und wackeligen Beinen aus meinem Zimmer kam, unfähig, dem Tränenfluss Einhalt zu gebieten, werden sie wohl gedacht haben, dass auch ich unglücklich war, weggehen zu müssen. Ich stolperte und wäre fast hingefallen, als ich die großen Steinstufen hinunterschritt, Irwin fing mich im letzten Moment auf. Durch einen Tränenschleier warf ich einen letzten Blick auf Helikon und musste dabei an den Tag meiner Ankunft denken: *Hier werde ich nie glücklich sein.* Ich hatte recht. O ja. Ich hatte gehofft, in Hampstead würde alles anders sein, aber jetzt schien es mir unvorstellbar, ohne Turlington weiterzumachen. Ich kam mir vor wie ausgeweidet, wie ein Kaninchen, an dem sich ein Habicht labte. Es war so sinnlos ohne ihn. Ich war nur noch halb. Freude war unmöglich.

KAPITEL SIEBENUNDDREISSIG

Aber so ist das Leben nicht. Es ist weder statisch noch begrenzt, und es lässt sich nicht so leicht unterdrücken. Anfangs war es unerträglich ohne ihn. Ich sehnte mich in jedem Augenblick nach ihm. Und mir wurde eiskalt, so als liefe durch meine sämtlichen Adern Eiswasser, als ich mir klarmachte, dass der Mann, den ich mehr als alles und jeden auf der Welt liebte, nicht der Mann war, mit dem ich ein normales, zufriedenes

Leben führen könnte – auch dann nicht, wenn er zurückkäme. Aber ich wünschte mir dennoch dieses normale, zufriedene Leben und brachte jede Minute, die ich allein sein konnte, damit zu, darüber nachzudenken, wie ich das erreichen konnte. Doch Zeit für mich allein war anfangs rar.

In Helikon war es uns allen möglich gewesen, in unserem jeweiligen Winkel unseren Beschäftigungen zu folgen, und man konnte sich stundenlang aus dem Weg gehen. Obwohl wir hier nur vier Graces waren, gluckten wir die meiste Zeit zusammen. Nach und nach kam wieder Leben in meine Tante und sie zeigte Interesse an Haushaltsbelangen, verließ sich aber nach wie vor auf mich, aß am liebsten etwas, das ich gekocht hatte, und hatte dabei gern meine Gesellschaft. Judith hing weiterhin wie eine Klette an mir, und obwohl ich sie manchmal gern abgestreift hätte, tat ich es dann doch nicht.

Mrs Clemm war nicht mit uns gekommen: Der reduzierte Lohn, den mein Onkel ihr anbot, reichte nicht aus, um sie zu halten. So mussten wir mit Benson und ihrer Schwester Laura vorliebnehmen, die so gut wie überall Hand anlegten, und ich sorgte für Ordnung im Haus. Meine Tante und meine Cousine liefen oft hinter mir her und beobachteten mich, aber ich fühlte mich nicht mehr wie Aschenputtel, das von seiner fordernden Stieffamilie drangsaliert wurde. Viel eher fühlte ich mich wie eine Zauberin, die magische Tätigkeiten wie das Zubereiten von Mahlzeiten oder Staubwischen mittels eines magischen Gegenstands namens Tuch vollbringen konnte. Sie beobachteten mich in einer Art von Verwunderung.

Obwohl ich selten allein war, musste ich auf die Gesellschaft der mir wichtigen Menschen verzichten. Nicht nur gab es keinen Turlington mehr, sondern auch keinen Sanderson. Ich vermisste ihn auf unterschiedliche Weise fast genauso sehr. Es wäre vielleicht anders gewesen, wenn er und Anne ihren eigenen Haushalt gehabt hätten. Aber wir waren bei den Coatleys nicht gerade gern gesehen. Es war fast, als unterstellten sie den Graces, sie hätten ihre Tochter unter falschen Versprechungen verkuppelt. Auch Rebecca sah ich weniger, wir wohnten nun weiter entfernt von Marylebone und ein Besuch dort war eine größere Unternehmung, außerdem verzichtete meine Tante nur ungern auf mich. Doch anders als in den alten Zeiten ging es ihr nicht darum, meine Freiheit einzuschränken, sondern sie suchte meine Nähe, weil dieses neue Leben sie häufig in einen höchst verängstigten Zustand versetzte und meine Anwesenheit diesen lindern konnte.

Mir blieb auch wenig Zeit zum Lesen oder für Musik. Oft war ich müde – eine seelische Erschöpfung, verursacht durch Turlingtons Verschwinden, ein Schmerz, der nie ganz wegging. Ich machte die paradoxe Erfahrung, mich einsam zu fühlen, obwohl mich ständig Menschen bedrängten. Und dennoch …

Ich unternahm fast jeden Tag einen Spaziergang in die Heide. Für gewöhnlich kam Judith mit, aber manchmal ging ich auch allein. Dann lief ich meilenweit, von einem Ende zum anderen und außen herum, von wo aus ich die angrenzenden Dörfer sehen konnte, und mittendurch, wo langbeinige Reiher mit stählernen Augen in den Teichen fischten. Ich sammelte Brombeeren – jedenfalls bis zum neunten Oktober, dann hörte ich auf damit, denn ich wollte nicht noch mehr Unglück über die Graces bringen. Ich sammelte Hagebutten und Nüsse. Kehrte nach Hause zurück und machte Hagebuttensirup für die Erkältungen, an denen Judith und ihre Mutter ständig zu leiden schienen.

Dieser häufige Anblick einer natürlicheren Welt trug mehr als ich je zu hoffen gewagt hatte zur Genesung meiner Seele bei und dem Gefühl, ich selbst zu sein, egal ob Buckley oder Grace. Meine Augen weideten sich an Schönheit: den Mustern von Zweigen und Beeren in den Büschen, den langen Grasbüscheln, den verblichenen Herbstfarben von Sepia und Silber vor dem lebhaften Farbenspiel der Sonnenuntergänge.

Es gefiel mir, im Heath View Cottage bei herbstlicher Kühle aufzuwachen. In allen Ecken und Ritzen entdeckte ich Spinnen, die vor der Kälte ins Haus flüchteten. Und ich hieß sie willkommen, weil ich wusste, dass sie Glück brachten, unterließ es aber, die anderen darauf hinzuweisen. Abends knackte das Feuer im Kamin. Nach der Arbeit und frischen Luft waren die Mahlzeiten viel willkommener, außerdem dienten sie jetzt dem leiblichen Wohl und nicht der Mode. Das Gefühl, ein Heim zu schaffen, behagte mir, auch wenn es nicht ganz mein eigenes war.

Auch dass ich mich gebraucht fühlte, war mir angenehm. Einmal bedankte meine Tante sich sogar bei mir! Sie hielt meine Hand fest, als ich eines Abends den Tisch abräumte, ließ sie aber sofort wieder los. »Du bist sehr gut zu uns, Florence«, sagte sie beinahe betrübt.

»Das hoffe ich, Tante.«

»Aber ich war nicht immer gut zu dir.«

»Diese Zeiten sind jetzt vorbei, Tante. Wir haben uns alle verändert.«

»Ja«, murmelte sie. »Wir haben uns alle verändert.« Dann ergänzte sie mit kräftigerer Stimme: »Du bist viel edelmütiger, als ich das je sein könnte. Was du hier tust, um es uns angenehm zu machen … Ich weiß es zu schätzen. Danke.«

Ich überlegte, ihr einen Kuss zu geben, wusste aber, dass dies ein Schritt zu weit für uns beide wäre. Stattdessen lächelte ich und sagte: »Warum kommen Sie morgen nicht mit mir und Judith in die Heide, Tante? Sie ist bezaubernd und Sie sind noch kaum ausgegangen, seit wir hier sind.«

Aber sie verzog nur das Gesicht und erschauderte. »Natur!«, sagte sie ablehnend.

Wir wurden von einer Katze mit einem grauvioletten Fell wie Abendwolken und hellen, sternklaren Augen adoptiert. Wir fanden nie heraus, wem sie gehörte, aber fast jeden Abend kam sie in unser Wohnzimmer geschlichen und ruhte sich eine Weile bei uns aus. Meiner Tante gefiel das nicht und sie schloss die Fenster, wann immer sie offen standen. »Es ist kalt, Florence«, sagte sie ärgerlich, »und das scheußliche Tier kommt herein.«

Ich lächelte dann nur und sagte: »Ja, Tante«, und öffnete sie wieder, sobald sie mir den Rücken kehrte. Wie die Alte Rilla zu sagen pflegte: *Man kämpft einen aussichtslosen Kampf, wenn man versucht, etwas draußen zu halten, was das Recht hat, drinnen zu sein.*

Und es gab auch Erfreuliches. Rebecca und Tobias kamen manchmal zu Besuch. Ebenso Selina Westwood. Und Aubrey schickte eine Nachricht, in der er mich bat, ihn zu kontaktieren, sollten die Familie oder ich irgendetwas benötigen.

Jawohl, nachts weinte ich um Turlington. Jawohl, ich vermisste meine Freunde. Und ich fühlte mich auf seltsame Weise noch immer nicht richtig angekommen. Aber all der tausend Mängel zum Trotz ist es doch immer wieder seltsam, wie schön das Leben sein kann.

Meine seltenen Momente des Alleinseins nutzte ich zum Pläneschmieden. Als Kind hatte ich geglaubt, über Macht zu verfügen und mein eigenes Schicksal in der Hand zu haben. Diese Überzeugung war nun mit voller Kraft zurückgekehrt.

Niemand, der nur einigermaßen bei Verstand war, würde bei der zu treffenden Entscheidung eine Rolle für Turlington einplanen, so viel stand fest. Das stürzte mich in tiefe Traurigkeit, aus der ich mich herausziehen musste wie ein Pony aus dem Sumpf. Aber mein Bild von einer gemeinsamen Zukunft mit Turlington war immer umwölkt gewesen und sehr verschwommen. Von dem, was ich mir selbst für meine Zukunft vorstellen konnte, hatte ich bisher nur kleine Ausschnitte erhascht, doch diese waren immer klar und hell gewesen.

Das erste Mal war sie an jenem Tag bei Rebecca vor mir aufgetaucht, als mich die Erinnerung an Cornwall angesprungen hatte. Jener Augenblick des Friedens beim Blick hoch zum Moor. Es war eine Erinnerung, die sich zugleich wie die Zukunft anfühlte. Ich erinnerte mich an die Worte der Alten Rilla, die Zeit sei ein großer Kreis. Seit damals hatte es mehrere solcher Momente und Lichtblicke gegeben. Immer wieder sah ich Dinge, die ich nicht ganz verstand: einen riesigen aus Steinen erbauten Kamin, eine Familie, obwohl die Gesichter verschwommen waren, die Moorlandschaft ... Immer und immer wieder die Moorlandschaft oberhalb von Braggenstones.

Ich konnte keinen Sinn darin erkennen. Mir war klar, dass ich nie mehr in mein altes Leben zurückkehren konnte. Meine Zeit in London hatte mir zu viel von dem gezeigt, was faszinierend und kostbar war in der Welt – Poesie und Musik und Kunst ... Ich hoffte zwar, nicht hochmütig zu sein, und schreckte auch vor harter Arbeit nicht zurück, aber ein Leben als Arbeiterin ohne kleine Schwelgereien und kulturelle Reichtümer würde mir nicht gerecht.

Heiraten könnte ich mit Sicherheit niemals. Turlington war meine große, meine einzige Liebe. Wie zwei eruptierende Vulkane hatten er und ich uns gegenseitig mit einer Gewalt und Leidenschaft an den Hals geworfen, die mich »für andere Männer verdorben« hatte, wie meine Tante es ausgedrückt hätte. Selbst wenn ich es hätte ungeschehen machen wollen, hätte ich es nicht gekonnt. Welche Art von Leben wäre das dann? Also blieben die Graces die einzige Familie, die ich jemals haben würde, und *sie* konnte ich mir nun wirklich nicht in Cornwall vorstellen! Und was sollte das für ein Kamin sein, den ich wiederholt sah? Eine derart riesige Feuerstelle gehörte in kein Haus, das in meiner Reichweite gewesen wäre. Und dennoch beschloss ich, dem zu trauen, was ich sah, und auch den Gefühlen, die diese Bilder in mir weckten.

Ich war recht zufrieden in Hampstead, erkannte jedoch auch hier, was immer schon wahr gewesen, aber vergessen worden war: Mein Herz gehörte Cornwall. Lange Zeit war eine Rückkehr undenkbar gewesen, aber jetzt? Ich musste ja nicht mittellos sein, wie ich das früher war. Mir fiel ein, wie ich in jüngeren Jahren die Shillinge, die ich zum Geburtstag bekommen hatte, und die gefundenen Pennys gehortet und gezählt hatte. Diese Träume meiner Jugend weckten eine schmerzliche Zärtlichkeit in mir. Jetzt besaß ich Dinge, die ich verkaufen konnte: Schmuck, ein bisschen Zierrat, sogar Kleidung ... Ich könnte also einen kleinen Notgroschen anlegen – der allerdings rasch ausgegeben wäre.

Ich erwog die Möglichkeiten, die einer Frau zum Gelderwerb offenstanden, aber das waren nicht viele. Meine rigorose Lehre in Helikon hatte mich zu einem Schmuckstück gemacht, das kaum für sinnvolle Beschäftigung taugte. Die in meinen frühen Lebensjahren entwickelte praktische Ader sollte es aber ermöglichen, diese mit meinen erworbenen Fertigkeiten zu verbinden, so dass ich vielleicht als Gouvernante oder als Klavierlehrerin oder irgend so etwas ... Ich wusste nicht einmal, wie ich diesbezüglich Nachforschungen anstellen sollte. Ich dachte oft daran, an Lacey zu schreiben und sie um Hilfe oder um ihren Rat zu bitten ... Aber noch schien es mir verfrüht, sie in meinen Plan einzuweihen, wenn es denn einer war. Es war vielmehr ein verschwommener Impuls als ein Plan, außerdem wäre es für mich nicht in Frage gekommen, meine Familie Hals über Kopf zu verlassen. Sie waren vom Schock ihrer Enteignung noch immer aus der Bahn geworfen.

Aber dennoch kramte ich von Zeit zu Zeit Laceys letzten Brief hervor und las ihn noch mal: Laceys Klasse war auf zwölf Schüler angewachsen – sie passten kaum in das Zimmer. Hesta und Stephen schickten Grüße. Die Heide im Moorland war üppig. Heron's Watch würde vielleicht abgerissen werden. Der Alten Rilla merkte man ihr Alter an. Das West Wivel Sommerfest ... Puzzleteile wie aus einer Kiste mit Daguerreotypiebildern, die über meinem Kopf geschüttelt wurden. Ich wusste nicht, wie ich sie ordnen sollte.

KAPITEL ACHTUNDDREISSIG

Nach Weihnachten bestand ich darauf, mehr Zeit außer Haus zu verbringen. Während der Monate Oktober, November und

Dezember hatte ich Sanderson, Jacob und Rebecca kaum gesehen. Meine Tante und Judith mussten wieder zu ihrer Selbständigkeit zurückfinden – jedenfalls meine Tante musste das, Judith musste diese überhaupt erst entwickeln –, und ich wollte wieder ein selbstbestimmtes Leben führen. Es war ein schöner Januartag, bitterkalt, aber klar und trocken und ich genoss es, wieder einmal durch die Stadt zu laufen.

Rebecca und ich nahmen unsere langen vertraulichen Zwiegespräche wieder auf. Ihr Eheleben hatte ihre Begeisterung dafür nicht getrübt – sie schickte Tobias weg, wenn wir unter uns sein wollten. Die beiden wohnten nur ein paar Straßen von Speedwell Cheese entfernt in Tobias' Wohnung, die mit ihren braunen Vorhängen und Kisten noch immer den nachlässigen Charme einer Junggesellenwohnung hatte. Rebecca hatte bis jetzt wenig Zeit gefunden, den Kampf gegen diese männliche Dominanz aufzunehmen, denn sie hatte viel Zeit im Laden ihres Vaters verbracht. Dies deutete jedoch nicht auf eine Aussöhnung zwischen Vater und Tochter hin, sondern lag schlichtweg daran, dass Mr Speedwell seit ihrer Hochzeit körperlich abgebaut hatte und erklärte, dass er nicht mehr arbeitsfähig sei.

Obwohl es seltsam war, Rebecca in so einer schmuddeligen Umgebung zu treffen, war es offenkundig, wie glücklich sie war – wie glücklich *sie* waren. Sie strahlten jedes Mal vor Freude, als Ehepaar Besuch zu empfangen.

Mein erster Besuch bei Sanderson nach einem bei den Coatleys verbrachten Weihnachtsfest, das für alle Beteiligten unbehaglich war und keine Gelegenheit bot, allein miteinander zu reden, wühlte mich sehr auf. Anne, die nun hochschwanger war, klammerte sich an ihn und weigerte sich, von seiner Seite zu weichen. Als sie uns für ein paar Minuten verließ, beeilte ich mich, ihn zu fragen, was los war. Er hatte seine rosige Gesichtsfarbe verloren und dazu auch noch an Gewicht.

»Traurige Nachrichten«, sagte er knapp mit einem Blick auf die Tür, durch die Anne verschwunden war. »Mr Westwood ist tot.«

»Mr Westwood! Wie das? Er war doch sicher noch keine fünfzig?«

»Sechsundvierzig. Er bekam über Weihnachten eine Lungenentzündung. Er hat sich davon nie völlig erholt, und letzte Woche starb er ...«

»Und ließ Selina als Witwe zurück«, ergänzte ich leise, weil mir klarwurde, dass der Tod dieses ziemlich kalten und arroganten Kirchenmannes allein sein gequältes Gebaren nicht erklären konnte. Und auf Anhieb enthüllte sich mir sein Geheimnis. Ich erinnerte mich an Hunderte kleiner Bemerkungen, verständnisvoller Blicke, stiller Gespräche untereinander. Dies hatte sich unbemerkt von allen anderen abgespielt, weil sie beide so gute Menschen waren, über jede Kritik erhaben. Er liebte Selina Westwood. Die Frau des Pfarrers! Für jemanden wie Sanderson dürfte es eine Tortur gewesen sein, eine verheiratete Frau zu lieben. Und für sie gleichermaßen eine Tortur, diese Gefühle für jemanden zu haben, der nicht ihr Ehemann war.

Er nickte, stützte seine Unterarme auf dem Kaminsims auf und legte seinen Kopf auf seine Arme.

»O Sanderson«, murmelte ich, schloss ihn in meine Arme und lehnte meine Wange an seine Schulter. »Es tut mir so leid.«

»Dann hast du es also vermutet?«, sagte er kleinlaut und drehte mir den Kopf zu.

»Erst in dieser Minute. Das heißt, ich vermutete, dass es jemanden gab. Aber ich hätte es wissen können. Ihr seid euch beide so nah, so ähnlich. Du hattest immer größten Respekt vor ihrem Urteil und sie vor deinem. Ach, Sanderson.«

Er richtete sich wieder auf, schien sich in dieser Position unbehaglich zu finden. »Ich dachte, sie würde nie frei sein. Und Hawker erwartete es von mir, beharrte darauf. Dann war er wenige Monate nach meiner Hochzeit tot und ich hätte eine andere Wahl treffen können, aber da war es schon zu spät. Jetzt ist Selina frei – und ich nicht. Meine Frau ist ein zartes Geschöpf, unser Baby kommt bald und sie brauchen mich ...«

»Mein lieber, lieber Freund. Oh, wie gern würde ich dir helfen.«

»Es ist eine einzige Qual, Florrie. Ich bin wütender, als ich mir das selbst zugetraut hätte. Aber du weißt ja, welche Art von Mann ich bin. Niemals könnte ich Anne und dem Kind den Rücken kehren.«

»Ich weiß.«

»Und hier ist man sehr eifersüchtig – auf jeden. Sie sehen es nicht gern, wenn ich meine Familie besuche, und natürlich Selina, eigentlich alle. Es ist wieder wie in Helikon, nur ohne dich.«

In diesem Moment kehrte Anne zurück, und der Rest des Gesprächs drehte sich ums Wetter. Mein Herz war schwer, als ich aufbrach.

Im Rising Star Home wartete noch mehr Kummer auf mich. Der jüngere Mr Planchard begrüßte mich bereits an der Tür mit sorgenvoller Miene.

»Es ist schön, Sie zu sehen. Wie geht es Ihnen, Miss Grace? Haben Sie fröhliche Festtage verbracht?«

»Ich bin zufrieden, danke, Mr Planchard, und Sie?«

»Oh, sehr schön, sehr schön. Und Ihr Cousin? Ist er noch immer nicht zurückgekehrt?«

Ich hatte ihnen erzählt, Turlington sei wegen geschäftlicher Belange auf unbestimmte Zeit abberufen worden. Einen kurzen Moment lang konnte ich ihn sehen, wie er fröhlich über die Possen der Jungs lachte, und ich musste schlucken. Ich berichtete Mr Planchard, dass seine Geschäfte ihn wohl noch ein paar Monate verhindern würden.

»Das werden die Jungs sehr schade finden«, sagte er enttäuscht, »aber sie freuen sich sicherlich, Sie zu sehen. Dürfte ich Sie um einen Gefallen bitten, Miss Grace, würden Sie Jacob erst allein besuchen? Es hat einigen ... Ärger während der letzten Tage gegeben.«

»Natürlich. Aber welche Art von Ärger? Ist alles gut?«

»Leider nicht. Es gab da einen kleinen ... Vorfall, und er hat sich das sehr zu Herzen genommen, wirklich sehr. Ehrlich gesagt, überrascht es mich. Denn es ging schließlich gut aus.«

Er führte mich in ein kleines Wohnzimmer und sagte, er werde Jacob aus dem Unterricht holen. »Es wird keinen Schaden anrichten, wenn er ihn unterbricht. Er nimmt ohnehin kaum mehr daran teil.«

»Was war es denn, was ihn so aus der Bahn geworfen hat? Er hat doch so hart gearbeitet und seinen Unterricht so ernst genommen.«

»Es gab einen Vorfall bei der Polizei. Er wurde festgehalten und zum Diebstahl der Brieftasche eines Mannes befragt.«

»Er ist doch nicht etwa wieder rückfällig geworden? Das glaube ich nicht, das kann ich einfach nicht glauben.«

»Natürlich ist er das nicht. Aber er befand sich in der Gegend, und bei seinem Ruf ... Der Constable musste diese Möglichkeit ausschließen. Doch schließlich fanden sie den wahren Missetäter und brachten Jacob hierher, um mir zu berichten, was passiert war. Was sehr anständig von ihnen war. Wie gesagt, Ende gut, alles gut. Aber Jacob ist seitdem ... in grüblerischer Stimmung.«

»Ich werde mit ihm sprechen«, versprach ich.

»Ich danke Ihnen, Miss Grace. Der arme Jacob wird sich freuen, Sie zu sehen.«

Aber der arme Jacob freute sich überhaupt nicht, mich zu sehen. Ich musste lange warten, bevor er sich hereinschleppte, und das bei einem Jungen, der offenbar nur zu gern mal eine Stunde ausfallen ließ. Mr Planchard zog sich ratloser denn je zurück. Der Jacob, der vor mir stand, den Kopf von mir wegdrehte und die Arme hängen ließ, war der alte Jacob, so mürrisch, wie es nur ging.

»Jacob«, sagte ich, »was ist denn los?« Unter einer Oberfläche brodelnder Feindseligkeit erkannte ich, oder besser spürte ich, eine große Verletzung. Wie gern hätte ich dieses dürre Geschöpf wieder in die Arme gezogen und alles von ihm genommen, aber natürlich hielt ich mich zurück.

»Was kümmert dich das?«

»Natürlich kümmert es mich, und zwar sehr! Jacob, Mr Planchard erzählte mir, was passiert ist. Das muss schrecklich für dich gewesen sein. Aber es ist jetzt vorbei, mein Lieber, und keiner, der dich mag, würde glauben, dass du so etwas getan hast. Ich wünschte, ich hätte davon gewusst. Ich hätte für deinen Charakter vor der Polizei gebürgt ...«

»Würdest du das jetzt auch tun?«

»Gewiss würde ich das, Jacob! Was ist denn los?«

Doch er tauchte wieder in sein hartnäckiges Schweigen ab. Abwartend starrte ich auf den schmalen, entschlossenen Nacken, die Schultern starr vor Feindseligkeit. Ich konnte verstehen, dass er wütend war, weil die Polizei ihm anfangs nicht geglaubt hatte. Das musste seinen Bemühungen, sich zu ändern, einen harten Schlag verpasst haben. Aber da er für die Polizei nie große Zuneigung gehabt haben dürfte, konnte ihn das doch wohl nicht so sehr verletzt haben ... Er schien sich verraten zu fühlen. Er schien wütend auf *mich* zu sein, aber ich wusste, dass ich daran unbeteiligt war. Dann also jemand anderer, dem er vertraut hatte. Eindeutig nicht die Planchards. Dann blieb nur noch Turlington, aber Turlington war auf Madeira ... Ah.

Ich neigte mich ihm zu und ergriff seine schmalen Arme mit sanfter, aber entschlossener Hand. »Jacob«, sagte ich weich, »ich sehe dir an, dass etwas Heimtückisches passiert ist. Aber ich weiß nicht, was es ist. Ich kann dich nicht zwingen, es mir zu sagen, aber wenn du es nicht tust, kann ich dir auch nicht helfen. Willst du mir nicht vertrauen?«

»Vertrauen!«, schnaubte er. »So was Dummes.«

»Wer hat dich verraten?«

Seine großen traurigen Augen spiegelten seine Verwirrung. »Ich soll das für mich behalten.«

»Aber du weißt, dass das Geheimnis bei mir sicher ist. Erinnerst du dich noch an die Uhr?«

»Ich weiß. Aber ich soll es vor allem vor dir geheim halten.«

Ich seufzte. »Es hat etwas mit Turlington zu tun, nicht wahr? Es ist nicht richtig, Jacob, dass er dich in seine Geheimnisse einbezieht. Du bist ein Kind.«

»Turlington ist hier in London«, sagte er und sah mich dabei fest an.

»Das sollte mich erstaunen. Aber das tut es nicht.«

Er verzog seinen Mund und begann seine Geschichte. »Mr Planchard hat mich für eine Erledigung losgeschickt. Ich war schon fast am Park, als ich ihn – Turlington – dort entlanggehen sah. Ich wusste, dass er es war, selbst aus dieser Entfernung. Du weißt ja, wie er aussieht, so groß, dazu der weite Mantel.«

Ich schloss kurz meine Augen. Ich kannte das nur zu gut.

»Ich rannte ihm hinterher. Ich hatte ihn so lange nicht gesehen und wollte ihn nicht verlieren. Er war überrascht, Florrie, aber es war keine freudige Überraschung. Er sagte, er sei gerade erst aus Madeira zurückgekehrt, und ich solle es dir nicht erzählen. Da dachte ich anfangs, er wollte dich überraschen, Florrie, aber er fing immer wieder damit an, dass ich keinem erzählen sollte, dass er hier war, und da wusste ich, dass mehr dahintersteckte. In dem Moment begann ein Herr zu schreien, als wolle er ganz London aufscheuchen. Er war beraubt worden. Und dann weiß ich nicht mehr, was geschah, es war eine Art Blitz – ich glaube, da kam jemand richtig schnell vorbeigeflitzt. Dann packte mich der Constable und mir wurde klar, dass er mich für den Dieb hielt – man hatte mich hinter Turlington herlaufen sehen. Und ich war so erleichtert, dass er da war, um es der Polizei zu erklären. Aber er war nicht mehr da.«

»O Jacob.«

»Einfach verschwunden, als wäre er nie da gewesen! Ich sagte, ich sei gerannt, um meinen Freund einzuholen, woraufhin der Constable ganz sarkastisch was von unsichtbaren Freunden erwiderte. Dann wollte er seinen Namen wissen und natürlich durfte ich den nicht nennen. Ich hatte es doch gerade erst versprochen. Dann meinte der Constable, es sei doch interessant, dass ich mich zufällig hier am Tatort befände, aber natürlich sei ich es nicht gewesen, mit meinem glänzenden Ruf und so. Er schleppte mich ab. Ich sah mich ständig nach Turlington um. Und dachte mir: *Wenn er es wüsste, würde er das niemals zulassen, er wird sich nur kurz entfernt haben und jeden Moment zurückkommen. Er wird zurückkommen und alles erklären und ich darf gehen und Mr Planchards Nachricht überbringen und werde dann rechtzeitig zum Mittagessen zurück sein ...«*

»Aber das tat er nicht.«

Jacob ließ den Kopf hängen. »Ich war so wütend, Florrie, und ich habe mir damit keinen Gefallen getan. Man hat mich stundenlang festgehalten und immer wieder aufs Neue befragt, und ich war ... Nun, du weißt ja, wie ich dann reagiere, Florrie.«

»Ja, das weiß ich.«

»Nun, so war ich, und das hat ihren Verdacht nur noch verstärkt, aber noch immer rechnete ich damit, dass Turlington kommen und alles aufklären würde. Wie dumm kann man nur sein! Der einzige Grund, weshalb ich da rausgekommen bin, ist der, dass man den geschnappt hat, der es getan hat. Es war ein Mädchen, wie sich herausstellte. Der Constable entschuldigte sich und brachte mich nach Hause. Ich konnte ihn nicht ansehen, Florrie. Ich konnte seine Entschuldigung nicht annehmen, obwohl Mr P. mir sagte, ich solle dankbar und ein Gentleman sein. Aber ich war gar nicht wirklich wütend auf *ihn*. Ich weiß ja, warum sie mich im Verdacht hatten, und er hat sich wirklich anständig verhalten. Nicht jeder Polizist würde sich bei jemandem wie mir entschuldigen. Es war wegen Turlington.«

Endlich hatte ich das Gefühl, meinen jungen Freund in den Arm nehmen zu können. »Es tut mir so leid, Jacob«, murmelte ich in seine sandfarbenen Bürstenhaare. »Ich hatte davon keine Ahnung.«

»Ich weiß, Florrie«, sagte er, kaum hörbar an meiner Schulter. Und wir waren wieder Freunde.

»Kannst du das denn jetzt hinter dir lassen, Jacob?«, fragte ich und schob ihn von mir weg, um ihm in die Augen schauen zu können. »Jetzt, nachdem du mir erzählt hast, was passiert ist, und ich dich verstehe?«

Doch zu meiner Bestürzung legte sich erneut ein Schatten auf sein Gesicht. »Ich weiß nicht, Florrie, so leicht ist das nicht. Ich habe angefangen, mich wieder so wie früher zu fühlen, so als könnte ich vielleicht nie etwas anderes sein.«

Das erschreckte mich. Genau das waren die Zweifel, die Turlington gequält und letztendlich von mir vertrieben hatten. Ich wollte nicht dieselben Gedanken noch einmal von jemandem hören, den ich liebte. Es war die Frage, die mich angesichts der auf mich wartenden, aber noch unbestimmten Zukunft quälte. Konnte ein Mensch wirklich beschließen, anders, besser zu sein, und trotz aller Höhen und Tiefen auch so leben? Es war nicht leicht, wie ich nur zu gut wusste. Turlington war dieser Herausforderung nicht gewachsen gewesen. Aber ich war dazu entschlossen, und jetzt noch mehr. Ich würde um meiner selbst willen glücklich sein *und* um Jacob zu zeigen, dass es möglich wäre.

»Aber das stimmt nicht, Jacob! Und das weißt du auch. Bitte lass diese wunderbaren Fortschritte nicht vergeblich sein. Es war sehr nobel von dir, nichts von Turlington zu sagen und ihn zu beschützen – aber *er* hätte *dich* beschützen sollen. Er ist ein Erwachsener und du bist ein Kind. Er hat falsch gehandelt, verstehst du? Manchmal tun die Menschen etwas Falsches, selbst Erwachsene, selbst unsere Freunde. Das wird im Leben immer wieder vorkommen, aber wir dürfen nicht jedes Mal, wenn es passiert, unsere Chancen vergeben. Das verstehst du doch, Jacob, nicht wahr?«

Meine Stimme war vor Leidenschaft laut geworden. Wenn sein zartes Vertrauen in die Menschheit schon in diesem frühen Stadium verheerenden Schaden nahm, was sollte dann aus ihm werden? Ich hatte das Gefühl, ein junges Leben vor mir zu sehen, das ins Wanken geraten war.

Er zog eine Braue hoch und blickte mich an. »Ich werde es versuchen, Florrie. Aber leicht ist es nicht. Ich wurde nicht dazu erzogen, mich für anständig zu halten. Du wirst doch nichts über Turlington sagen, oder? Du wirst doch nicht, ich weiß nicht ... dich auf die Suche nach ihm machen?«

»Nach allem, was du mir erzählt hast, Jacob, kann ich dir versichern, dass ich ihn eigentlich nie wiedersehen möchte.«

Ich verließ das Heim und ließ gedankenverloren die Eisentore hinter mir zufallen. Ich bog an den drei Kiefern nach rechts ab ... und spürte, wie eine Hand meinen Arm umschloss.

»O Turlington!«, rief ich aus, bevor ich überhaupt richtig sein Gesicht gesehen hatte. »Wie konntest du? Wie *konntest* du das tun?«

Er sah mich überrascht an, weil es mich so gar nicht überraschte, ihn zu sehen. Aber sobald ich erfahren hatte, dass er wieder in London war, wusste ich, dass er mir eines Tages irgendwo auflauern würde.

»Pst«, flehte er mich an, obwohl die Straße leer war.

»Lass das, du zwingst mich nicht, leise zu sein!«, schrie ich und versuchte mich loszureißen.

»Florrie, bitte!«, zischte er und sah sich um. »Komm mit mir, komm mit in meine Wohnung. Die ist zwar nicht sehr fein, aber dort können wir unter vier Augen sprechen ...«

»Warum kannst du nicht im hellen Tageslicht mit mir sprechen? Warum ist das Wahren deiner albernen Geheimnisse für dich immer das Wichtigste? Turlington! Du hast deine Tante und Judith bestohlen, als sie gerade alles verloren hatten! Du hast mich erneut verlassen! Du hast zugelassen, dass Jacob *verhaftet* wurde ...«

Er ließ den Kopf hängen. »Darauf bin ich nicht stolz, Florrie.«

Ich rollte mit den Augen. »Meine Güte, was für hervorragende Moralvorstellungen du zu haben scheinst. Ich bin so wütend auf dich, Turlington, dass ich kaum weiß, wohin mit mir.«

»Dann bitte begib dich in meine Wohnung, damit wir reden können, und sei es nur, dass du mir alle meine Verfehlungen dir gegenüber aufzählst.«

»Ich weiß nicht, ob ich Lust oder Zeit dazu habe.«

»Dann geh.«

Ich sah ihn an. Sein Gesicht war ausgezehrt. Man merkte ihm an, dass er nicht geschlafen hatte. Unter seinen Augen waren dunkle Flecken. Obwohl ich wütend und verletzt war, erkannte ich doch seinen Schmerz und wünschte mir, ihn zu lindern. Würde es jemals anders sein? Die Entscheidung war bereits getroffen, bevor ich ihm Antwort gab, bevor er überhaupt fragte. Natürlich würde ich mit ihm gehen.

Schweigend führte er mich durch eine Reihe von Straßen und Gassen, die immer schmaler und düsterer und schmutziger wurden, bis wir uns im Herzen von Devil's Acre befanden. Trotz unserer Exkursionen durch dieses anrüchige Viertel im vergangenen Sommer hatte ich jede Orientierung verloren. Seine schnellen Schritte und seine steife Haltung machten mich nervös.

Endlich erreichten wir eine schmale Tür, in deren Eingang ein kleines, dünnes Mädchen mit schmutzigem Gesicht und geschwärzten, ehemals hellen Haaren lag. Sie streckte eine kraftlose Hand nach uns aus, aber Turlington stieg über sie hinweg und verschwand in einem Treppenhaus, das nach Steckrüben stank. Ich konnte nicht anders, ich leerte das wenige, das ich in meiner Geldbörse hatte, in den Schoß des Mädchens, zu welchem Nutzen für sie auch immer.

Ich folgte ihm. Er stieg immer höher hinauf und ich klammerte mich an ein abgesplittertes Geländer, das neben einer wenig vertrauensvoll aussehenden Treppe hing. Das Holz war an manchen Stellen verrottet und die dunklen Löcher sahen aus wie verfaulte Zähne.

Ganz oben angelangt, stieß er eine schmale Holztür auf. Kein Schlüssel, aber die Tür klemmte so sehr, dass die Mühe, sie aufzudrücken, Eindringlingen wohl zur Abschreckung gereichte. Turlingtons »Wohnung« war nicht viel mehr als ein Dachboden, der von einem alten japanischen Paravent willkürlich in zwei Bereiche abgetrennt war. Das Dach war niedrig und hing durch und Licht fiel nur durch ein einziges kleines Fenster ein. Der Geruch der Steckrüben hielt sich hartnäckig.

»O Turlington«, seufzte ich, als ich mich umsah und den kleinen Tisch mit Stuhl rechts vom Paravent, das schmale Bett links davon sah. *O Turlington*, das schien zu meinem Refrain geworden zu sein.

»Es ist nicht viel Florrie, ich weiß.« Er sagte dies wie ein neuer Verehrer, der es im Leben noch nicht weit gebracht hatte und sich dazu bekennen wollte.

»*Nicht viel!*«, rief ich aus. »Das ist lächerlich, Turlington. Du bist ein wohlhabender Mann – oder auf jeden Fall kein Almosenempfänger. Warum lebst du so? Was machst du?«

»Das Geschäft ist heikel, Florrie, ich habe mich in letzter Zeit nicht gut darum gekümmert. Ich bin kein Almosenempfänger, da hast du recht, aber ich möchte das, was ich habe, zusammenhalten, für den Fall –«

»Für den Fall, dass *was*? Für den Fall, dass du in der Gosse landest? Wenn du es für schwierige Zeiten sparst, Turlington, dann denke ich, dass die gekommen sind!«

»Ach, so schlecht ist es nicht, Florrie. Die Gesellschaft, die man hier hat, ist ... lebendig. Es findet sich immer jemand, der dir eine Münze für was zu trinken leiht. Die Gegend hier ist sehr zentral, weißt du? Und du hast womöglich vergessen, dass ich daran ja gewöhnt bin. Ich habe hier schon viele lange Jahre gelebt, bevor du mich auf den rechten Weg gebracht hast. Es tut mir nur leid, dass ich nicht darauf bleiben konnte.«

»Es mag ja sein, dass du daran gewöhnt bist, Turlington, aber ist es auch das, was du möchtest? Von all den Orten, die du gekannt hast – Madeira, Helikon, hier –, und all den Orten, die du noch kennenlernen könntest, ist *dies* derjenige, den du gewählt hast?«

»Nun, das ist es nicht gerade, Florrie, nur ...« Er zuckte die Achseln und spreizte seine schönen Hände.

Ich wollte aufstampfen, weil ich so enttäuscht war, aber ich fürchtete, durch den knackenden Fußboden zu fallen. »Was *willst* du denn, Turlington? Du kannst dich entscheiden und es wird eintreffen. Du kannst!«

»Alles, was ich will, Florrie ...« Er sah mich an, die Augen waren dunkel, dann richtete er den Blick zu Boden.

Ich bekam Herzklopfen. Ich war machtlos dagegen. Ich streckte eine Hand aus und strich über seine Wange, um sein Kinn anzuheben. Er hielt meinen Blick fest und ich begann zu zittern. Einen Moment lang, während die Luft zwischen uns knisterte und das Schweigen sich vertiefte, waren all die Monate der Verletzung und Einsamkeit, mühsam errungener Selbsterkenntnis und der Versuche, meinen eigenen Weg zu finden, vergessen.

»Alles, was ich wirklich will, ist ...«

»Ja?«

»Dass der Schmerz weggeht. Ich möchte einfach, dass es aufhört, weh zu tun.«

»Oh.« Ich spürte, wie etwas in mir nachgab. Was hätte ich gespürt, wenn er etwas anderes gesagt hätte?

»Aber ... ich glaube, so ist das Leben, Turlington. Ich glaube, das gehört einfach dazu. Nur dass es auch andere Dinge gibt. Kannst du nicht an die denken?«

Er runzelte die Stirn. »Aber die sind es doch, die so weh tun, Florrie! Du etwa! Dich zu lieben ... mit dir zusammen zu sein ... das war etwas Gutes, es war wunderschön. Aber damit kam auch die Angst. Wenn dir nun etwas zustieße? Wenn ich dich verlöre? Wenn ich deine Liebe verlöre? Das tut so weh, Florrie!«

Er klang wie ein verängstigtes Kind. Ich strich ihm wieder übers Gesicht. »Ich weiß, mein Lieber, ich weiß. Aber ist das hier besser?«

Er überlegte. »Es ist ... ein wenig leichter, vielleicht. Mehr nicht. Aber ich bin dankbar für diese Erleichterung, Florrie.«

Ich fing zu weinen an. »Aber, Turlington, ich werde zurück nach Cornwall gehen. Ich weiß nicht genau, wie ich das anstelle, aber ich werde gehen und dort ein schönes Leben führen. Willst du nicht mit mir kommen? Die Landschaft würde dir gefallen, sie ist wild wie du und ich. Sanderson könnte uns besuchen. Ich könnte dich glücklich machen, das weiß ich! Es wartet so viel Glück!« Plötzlich vernahm ich die Stimme der Alten Rilla, als ich mich nach meinem Vater gesehnt und verzehrt hatte, und wiederholte ihre Frage jetzt: »Möchtest du kein Leben leben?«

»Da ist so viel Angst. Und so viel Schmerz.«

»Dann willst du also hier den Kopf einziehen und auf deinen Lebensabend warten und allem aus dem Weg gehen?«

»Der Preis des Glücklichseins ist zu hoch, Florrie.«

»Zu hoch sogar, wenn du bei mir sein kannst? Bin ich es dir nicht wert?

Er antwortete nicht, aber ich hatte schon immer gewusst, dass Turlington und ich nicht gemeinsam nach Cornwall gehen würden. Das war nicht das, was ich mir wünschte, nur das, was ich wusste.

Ich weiß nicht, wie es geschah, aber wir kamen zusammen, fielen einander in die Arme mit der unerbittlichen Gewalt eines Wasserfalls, der auf Felsen donnert. Schöne, mächtige Naturgewalt. Hände, die Haut suchen, ohne Zuflucht zu Gedanken zu nehmen. Lippen, die auf Lippen treffen, Arme, die sich um Schultern winden, Taillen schlingen, die einzig reale unbefleckte Glückseligkeit, die in all diesem schrecklichen Schlamassel gefunden werden konnte. Wir lagen lange Zeit zusammen, und das führte letztendlich dazu, dass mir, umschlungen von seinen Armen, den Kopf auf seiner Brust, eine Träne über die Wange lief, angesichts der Unmöglichkeit von alledem: der Unmöglichkeit, wirklich mit ihm zusammen zu sein, und auch der Unmöglichkeit, dieser Schönheit und jemandem, den ich so hoffnungslos liebte, den Rücken zu kehren.

Als es dunkler wurde, regten wir uns wieder. Turlington zündete eine Kerze an, und sie warf ihren flackernden Schein auf sein trauriges Gesicht. Er sah auf mich herab.

»Hast du Hunger, Florrie?«

Ich sagte ja. Er stand auf und lief durch die Wohnung, als hoffte er, dass sich, während wir schliefen, auf wundersame Weise der ein oder andere Laib Brot eingefunden hätte. Ich wusste bereits, dass es hier nichts zu essen gab. Die Regale waren alle leer.

»Ich kann dir nichts anbieten«, gab er schließlich zu, und ich nickte. Das wusste ich nur zu gut.

Es war ein langer Weg zurück nach Hampstead. Turlington begleitete mich bis zum Ende von Devil's Acre, und von dort ging ich dann allein weiter. Der Nachmittag umschloss mich wie eine Wolke. Vor Einbruch der Dunkelheit würde ich nicht zu Hause sein.

»Florrie, mein Schatz, du weißt, wo du mich findest«, sagte er und ergriff meine Hände.

»Ich bin mir nicht sicher, ob ich den Weg hierher wiederfinden werde«, erwiderte ich sanft, und wir wussten beide, dass ich damit nicht die geographische Herausforderung meinte, die Londons trostlosere Viertel darstellten. »Aber Sanderson wird immer wissen, wo man *mich* findet.«

Er öffnete seinen Mund, als wollte er protestieren, aber ich schüttelte den Kopf. »Nein, Turlington. Du kannst dich nicht ewig vor deinem Bruder verstecken. Er liebt dich. Und er braucht dich auch, weil er selber Probleme hat. Irgendwann musst du Kontakt zu ihm aufnehmen. Du kannst nicht immer aus dem Leben derjenigen verschwinden, die dich lieben.«

Er kommentierte dies mit einem Achselzucken, was weder eine Zustimmung noch Verweigerung ausdrückte. »Gott segne dich, Florrie, und mögen jene seltsamen Wesen, die über dir schweben, dich ebenfalls segnen. Ich liebe dich. Bitte lass dies kein Abschied sein.«

Ich schwieg, um meine Gedanken zu ordnen. In diesen letzten Stunden mit ihm war mir klargeworden, dass ich sehr viele unliebsame Dinge wusste. Ich könnte weiterhin mit Turlington zusammen sein – wenn ich von meinen knospenden Träumen abließ, wenn ich mich für ein vereiteltes Leben hier an seiner Seite entschied. Turlington würde sich niemals ändern. Ich könnte den Rest meines Lebens mit Warten verbringen, aber er würde sich nie für das Lebensglück entscheiden. Ich hingegen war entschlossen, genau das zu tun. Und er bliebe dabei zurück. Es fühlte sich unerträglich grausam an, zu grausam, es auszusprechen. Doch so lagen die Dinge. Alle meine Probleme seit meiner Ankunft in Helikon hatten daher gerührt, dass ich nicht der wahren Weisheit meines Herzens gefolgt war, anfangs bedingt durch Notwendigkeit und dann durch Gewohnheit. Es war höchste Zeit, anders zu handeln, sonst wäre alles umsonst gewesen.

»Es muss ein Abschied sein, Turlington.« Ich entzog ihm meine Hände. »Ich wünsche dir, dass es dir immer gut gehen möge, und hoffe, dass du dich doch eines Tages für ein anderes Leben entscheidest. Aber darauf kann ich nicht warten. Und dein jetziges Leben kann ich nicht teilen.«

Er sah mich erschüttert an. »Florrie! Das ist doch nicht dein Ernst!«

»Doch.« Ich nickte entschlossen und kehrte dann Turlington und den Elendsvierteln den Rücken und ging zurück nach Hampstead und dem, was mich dort erwartete. Die Luft wurde kälter und mir kam wieder der Tag nach dem Fest in Truro in den Sinn, der Tag, an dem wir uns kennengelernt hatten. Ich erinnerte mich, dass ich mir mühsam meinen Weg durch die vom Meer aufsteigenden Nebel übers Moor bahnte und, als ich den Hügel erreicht hatte, ins Sonnenlicht trat. Ich erinnerte mich wieder, dort lange Zeit gestanden zu haben, im Rücken das wirbelnde Grau und vor mir der strahlende Abhang. Genauso war es jetzt.

KAPITEL NEUNUNDDREISSIG

Als ich von Turlington wegging, wurde mir klar, dass dies unser endgültiger Abschied gewesen war. Mit jedem Schritt wuchs meine Traurigkeit. Aber zugleich breitete sich auch innerer Frieden aus. Während der Tage, die darauf folgten, klagte ich über leichtes Unwohlsein und hielt mich hauptsächlich in meinem Zimmer auf. Meine Tante war alarmiert und brachte mir regelmäßig Brühe. Ich behielt es für mich, dass es eine Krankheit des Herzens und nicht des Körpers war. Ich trank die Brühe und ließ meine Blicke über die Heide schweifen. Das Ende einer solchen Liebe verdiente es, darüber nachzudenken.

Ein halbherziger Schneefall. Jede Menge Regen. Lange Abende. Die übliche Abfolge des Januarwetters passte zu meiner Stimmung und verstärkte meine Neigung, im Haus bleiben zu wollen. Meine Tante war in Sorge, ich könnte mich übernommen haben, als ich mich um sie alle gekümmert hatte, und würde nun in Siechtum verfallen. Das war nicht der Fall. Ich musste mich einfach ruhig verhalten, damit das Wissen, dass Turlington nicht Teil meiner Zukunft wäre, mich ganz und gar einholen konnte. In diesem Punkt musste ich mir ein für alle Mal Klarheit verschaffen.

Denn noch konnte ich nicht an seine Schlagfertigkeit, seine Intelligenz, sein umwerfendes Lachen denken, ohne dass sich mir das Herz zusammenzog. Konnte nicht an unsere bereitwillig ausgetauschten Geheimnisse oder seine Hände nachts auf meinem Körper denken, ohne mich nach ihm zu sehnen ... Ich wusste um den Schaden, den er jedes Mal hinterlassen hatte, ich kannte die schmerzhafte Realität, ihn neben mir zu wissen, obwohl er doch unendlich weit von mir entfernt war ... Aber dennoch war unsere gemeinsame Zeit vor allem so wunderschön gewesen. Ich rechnete nicht damit, so etwas je wiederzufinden.

Ich versuchte mir einzureden, dass meine Seele sich getäuscht hatte, als diese ihn erblickt und *seelenverwandt* geflüstert hatte. Aber sie hatte sich nicht getäuscht. Es hatte einfach nicht die Bedeutung gehabt, die ich damals darin gesehen hatte. Es ließ sich nicht in eine lebbare Realität übersetzen. Mir fiel wieder ein, was die Alte Rilla mir vor vielen Jahren gesagt hatte: *Die Liebe ist eine seltsame und mystische Macht. Sie führt dich auf Wege, die du ansonsten nie betreten würdest. Zu glauben, Liebe und Ehe seien ein und dasselbe, ist, als würde man die See und einen Eimer Wasser für dasselbe halten.* Vielleicht lag das, was uns verband, außerhalb dieser Lebenszeit – woher sollte ich das wissen? Was ich wirklich wusste, war, dass mein Herz nie mehr dasselbe sein würde – doch dieses Leben war mir noch wichtig, so fehlerhaft und zerrüttet es auch war.

Ich fand die Nachricht, die er mir hinterlassen hatte, als er das letzte Mal von Helikon wegrannte, und die ich zwischen meinen Habseligkeiten wie ein Fitzelchen trotziger Hoffnung verwahrt hatte.

Du bist so wunderschön, Florrie Buckley. So schön. Und so weit über mir.

Vor meinen Augen verschwamm alles, aber ich riss sie in winzige Streifen und warf diese aus dem Fenster. Wie eine kleine Handvoll Federn flatterten sie in den Garten hinaus, wo sie im Gras liegen blieben oder sich in den Büschen verfingen und dort im Nieselregen weich und durchsichtig wurden.

Im Lauf dieser Woche spürte ich die ganze Tragik unserer Situation. Das Ende einer solchen Liebe verdiente Trauer. Aber als sie zu Ende war, zog ich einen Schlussstrich unter alles. Länger als eine Woche konnte ich mir nicht erlauben, so zu leben. Es war vorbei. Nun wieder ins Leben.

Während dieser traurigen Woche meiner Auszeit hatten wir die Nachricht bekommen, dass Anne Zwillingen das Leben geschenkt hatte: einem Jungen und einem Mädchen. Der Junge wurde dem Brauch gemäß Coatley genannt und das Mädchen

Elizabeth, nach meiner Mutter. Sanderson hatte zwei neue Erben hervorgebracht, aber Hawker war nicht mehr da, um sie zu sehen. Ich konnte es kaum erwarten, sie zu besuchen, doch es gab andere Dinge, die zuvor erledigt werden mussten.

Ich schrieb an Lacey und teilte ihr meinen Wunsch mit, nach Cornwall zurückzukehren. Ich berichtete ihr, dass ich über etwas Geld verfügte, das für meine Reise dorthin ausreichen und es mir auch für kurze Zeit erlauben würde, davon zu leben, ich mir dann aber meinen Lebensunterhalt würde verdienen müssen. Ob sie vielleicht irgendwelche Ideen oder einen Rat hätte?

Ich zog mich an und ging nach unten. Tante Dinah war erleichtert, mich wohlauf zu sehen, aber enttäuscht, dass ich gleich darauf meinen Umhang vom Haken nahm. Ich tröstete sie über meinen Ausflug mit dem Versprechen hinweg, ihr eine Auswahl Speedwell-Käse mitzubringen. Meine Tante liebte Käse.

Durch einen von Frost, Schnee- und Rußflocken beherrschten Morgen ging ich zu Rebeccas neuem Zuhause und gab unterwegs meinen Brief auf. Als ich ankam, wartete dort bereits ein Brief von Lacey auf mich auf dem Kaminsims des Wohnzimmers. Sie hätte mir jetzt auch nach Hampstead schreiben können, aber in all dem Durcheinander hatte ich vergessen, ihr das mitzuteilen.

Tobias bat mich herein und führte mich beflissen um Kisten und Schachteln herum. Meine Röcke verfingen sich an einigen und sie fielen um. Rebeccas Bemühungen aufzuräumen hatten sich bisher noch nicht auf den Flur erstreckt. »Ich liebe Bücher«, hatte sie fassungslos zu mir gesagt, »aber ich glaube, hier gibt es mehr Bücher als Ziegelsteine!«

Ich hockte mich auf einen unbequemen Stuhl, wie nur ein Junggeselle ihn besitzen konnte, neben einem merkwürdig geformten Sofa, aus dessen linker Lehne die Polsterung quoll. Während Tobias Tee kochte und Rebecca rief, öffnete ich meinen Brief und kostete ihn Satz für Satz aus. Fast hätte ich ihn fallen lassen.

Meine liebe Florrie,

ich muss mich kurz fassen, da ein Berg an Korrespondenz und zahllose andere Dinge auf mich warten ...

Ich habe leider eine traurige Nachricht für Dich. Meine liebe Tante Sarah, die so lange meine Freundin und getreue Unterstützerin war, hat das Zeitliche gesegnet. Es kam sehr plötzlich – ein Schlaganfall am letzten Donnerstag –, und der Arzt meint, sie habe Glück gehabt, dass es so schnell ging. Ich weiß, dass Du Dich an sie erinnerst, sowohl von Deiner Zeit als Schülerin (wie lange das her zu sein scheint!), als auch von Deinem letzten Besuch in Cornwall zur Hochzeit. Sie sprach immer mit großer Zuneigung von Dir.

Und jetzt zum zweiten Grund für meinen Brief. Sie hat mir das Haus in Tremorney hinterlassen, Florrie! Es kam eigentlich nicht völlig unerwartet, aber mir dreht sich doch alles, wenn ich daran denke, was das bedeutet. Ich kann meine Schule vergrößern. Ich kann weiterhin hier unterrichten, wenn ich möchte, kann aber auch das Haus verkaufen und es woanders tun. Oder woanders hingehen und das Haus vermieten. Ganz ehrlich, ich weiß es nicht! Aber dank der lieben Tante Sarah habe ich so viele Möglichkeiten.

Nun weiß ich, Florrie, dass Du lange Zeit in London warst und Cornwall Dir womöglich wie ein anderes Leben vorkommt. Aber Deine Umstände haben sich gravierend geändert, wie ich weiß, und Du meintest in Deinem letzten Brief, dass es für Dich eine Zeit zum Nachdenken gewesen sei. Ich habe Dir einen Vorschlag zu machen, meine Liebe. Wenn ich meine Schule erweitere, werde ich noch eine Lehrerin benötigen. Wenn du zurückkehren möchtest, aber nicht über ausreichend Mittel verfügst, könntest Du zu mir kommen und bei mir in Tremorney wohnen und mir in meiner Schule helfen. Überlege nur, was Du für ein Gewinn wärst mit Deiner Londoner Ausbildung! O Florrie, ich darf nicht bei diesem Thema verweilen, denn ich möchte Dir nicht das Gefühl ge-

ben, Dich beeinflussen zu wollen (obwohl ich es will!). <u>Denk nur daran, wie viel Spaß wir haben würden!</u> Mehr sage ich nicht.

Ich werde zum Ende kommen und den anderen vierhundert (so kommt es mir vor) Leuten schreiben, denen ich die traurige Nachricht von Tante Sarahs Tod mitteilen muss. Ich vermisse sie. Das Haus ist so einsam.

*In Liebe immer die Deine
Lacey*

P.S.: Wie es aussieht, wird Heron's Watch nun doch abgerissen werden. Mr Glendower hat keinen Mieter gefunden. Sein eigenes Zuhause ist in Falmouth und er kommt nur selten in die Gegend. Das Wetter setzt natürlich Holz und Stein arg zu und er meint, der Unterhalt sei kostspielig und ein Ärgernis, das ihm nichts einbringt. Ich finde das sehr traurig, es ist so ein wunderschönes altes Haus und steht schon so lange dort. Aber wer auf Erden würde schon in so einer Wildnis leben wollen?

Als Rebecca hereinkam, traf sie mich still in mich hineinlachend an. Ich reichte ihr den Brief und sie las ihn.

»Ich habe ihr erst heute geschrieben und sie gefragt, ob sie eine Idee hat, wie ich in Cornwall meinen Lebensunterhalt verdienen könnte«, sagte ich lächelnd, als sie fertig war. »Wie es scheint, setzt man mit einer guten Entscheidung Hebel in Bewegung, nicht?«

»Das ist ja unheimlich, Florrie. Es ist genau die Lösung, nach der du gesucht hast. Ich möchte dich nicht verlieren, meine liebe Freundin, aber dein Herz ist nie hier gewesen.«

»London ist immerhin eine prächtige Stadt. Und ich werde trotz allem nie bedauern, hergekommen zu sein. Aber ich denke, es ist an der Zeit wegzugehen. Und du wirst mich niemals verlieren, Rebecca. Wir bleiben in Kontakt, immer, so wie Lacey und ich es getan haben. Und du wirst mich besuchen, das wirst du doch, mit Tobias? Wie wir uns das immer erträumt haben?«

»Wohin muss ich zu Besuch?«, wollte Tobias wissen, der mit einem riesigen Tablett hereinkam, auf dem eine Teekanne, Tassen und Leckereien standen. Das Porzellan leuchtete im Dunkel des Wintertags. Er stellte es neben der Lampe mit den jadegrünen Tropfen ab, die Rebecca geschickt in der Mitte des Wohnzimmers platziert hatte, als solle der eine schöne Gegenstand den Rest des Raums ermuntern, es ihm gleichzutun. Nach und nach wurden die Fluten des Junggesellendaseins und das Gelehrtenchaos zurückgedrängt.

»Wir müssen nach Cornwall, mein Schatz. Florrie kehrt nach Hause zurück.«

Benommen trat ich den Heimweg an. Plötzlich hing ich nicht länger fest. Eins nach dem anderen klärte sich vor mir und entfaltete sich in einer Geschwindigkeit, mit der ich kaum Schritt halten konnte. Meine Gedanken und die Welt tanzten eine flotte Jig. Bevor ich meine Freunde verließ, hatte ich Tobias um Papier und Federkiel gebeten und zwei weitere Briefe geschrieben. Der eine war ein Kondolenzschreiben an Lacey. Und ich teilte ihr auch mit, dass ich ihr Angebot von ganzem Herzen annahm.

Der andere ging an Mr Cooper Glendower und enthielt eine Anfrage wegen des Mietverhältnisses von Heron's Watch. Ich schrieb ihm kühn, dass ich ihm drei Monate Miete im Voraus bezahlen könne (obwohl ich keine Ahnung hatte, welcher Betrag dies wäre) und über ein beständiges Einkommen verfüge, da ich kürzlich eine Stelle als Lehrerin in Tremorney angenommen hätte (obwohl ich keine Ahnung hatte, ob Lacey mich würde bezahlen können). Aber die Worte flossen mir aus der Feder und ich versiegelte den Brief, bevor ich noch einmal darüber nachdenken konnte. Meiner Nachricht an Lacey fügte ich ein Postskriptum an mit der Bitte, diesen Brief weiterzuleiten, da das schneller ginge, als sie um seine Adresse zu bitten und ihn erst dann abzuschicken.

Rebecca begleitete mich zum Geschäft ihres Vaters. Er schlug ihr nicht mehr die Tür vor der Nase zu, wenn sie sich näherte, sondern ging die Treppe hoch und ließ sie allein im Laden, wenn sie zu Besuch kam. Die Situation besserte sich allmählich.

Wir verabschiedeten uns und ich gab Rebecca meinen Brief, damit sie ihn für mich aufgab, für den Fall, dass mich der Mut verließ. Das tat er dann auch, als ich schon halbwegs in Hampstead war, aber da waren mir die Dinge bereits aus der Hand genommen. Jetzt beschäftigte mich, wie ich meiner Tante vermitteln sollte, dass ich weggehen würde. Ich versuchte mir einzureden, dass ich schließlich fast sechs Jahre in London verbracht hatte und es jetzt auf ein paar mehr Wochen oder Monate auch nicht mehr ankäme. Aber da ich nun tatsächlich wegging und dieser Entschluss aus ganzem Herzen und ganzer Seele feststand, wollte ich keinen Tag mehr warten.

Nichtsdestotrotz gäbe es Dinge zu ordnen, ich müsste meinen Schmuck verkaufen und mich verabschieden. Ich wollte meine Tante und Judith auch nicht in dieser schutzlosen Verfassung zurücklassen, in der sie sich in letzter Zeit befunden hatten. Ich wollte nicht gehen, bevor sie dazu bereit waren.

Derart in Gedanken bemerkte ich gar nicht, wie schnell ich meinen Weg zurücklegte. Ich war so geistesabwesend, dass ich, als ich mich Heath View Cottage näherte, einen Moment lang dachte, das Haus verwechselt zu haben, so edel war die Kutsche, die davor stand. Keiner, der sich eine solche Kutsche leisten konnte, besuchte die Graces noch. Aber da war der rote Efeu, die sich wiegende Platane. Ich war hier richtig. Und da kam auch schon Judith aus dem Haus auf mich zugelaufen. Sie packte meine Hände über dem Tor und drückte sie so fest, dass es weh tat.

»Du wirst nie erraten, wer hier ist, Florence!«
»Der Herzog von Busby?«

»Nein! Aber fast genauso großartig! Er ist ein feiner Gentleman aus dem Lake District. Offenbar gehört ihm die Hälfte der Minen im North Country und er besitzt ein großes Anwesen namens Bellmere. Er ist mit seiner Frau hier!« Ihre dunklen Augen tanzten und ein Teil ihrer übersprudelnden Energie war zurückgekehrt.

Ich zog die Stirn kraus. »Aber warum sind sie hier? Was wollen sie?«

»Oh, das werde ich dir nicht sagen, Florence, und du wirst es nie erraten! Du musst reinkommen und es dir selbst ansehen!«

»Das würde ich ja gern, aber du hältst mich vor dem Tor gefangen.«

»Oh, du hast recht. Wie dumm von mir. Komm rein.«

Sie trat zurück und öffnete schwungvoll das Tor für mich. Ich ging aufs Haus zu, streifte meine Handschuhe ab und betrat die düstere, gefliese Diele. Ich stellte den Käse auf dem Flurtischchen ab, denn etwas sagte mir, dass dies kein Anlass für Käse war. Ich hängte meine Haube und meinen Umhang auf und ging ins Wohnzimmer.

Als Erstes sah ich den Gentleman, der neben dem Klavier stand. Er war mittleren Alters, sah gut aus mit seinem vollen, dunklen Bart und den Koteletten, und trug einen Anzug mit üppigem Satinbesatz. Er wandte sich mir mit einem Lächeln zu, als ich eintrat. Seine Hand ruhte auf der Schulter der Frau, die offensichtlich seine Ehefrau war und wie für ein Porträt arrangiert vor ihm saß. Sie trug ein Rüschenkleid in Champagner und Orangerot, das ihren Pfirsichteint betonte und den warmen Schimmer ihrer goldblonden Haare aufgriff. Sie war auf außergewöhnliche und ätherische Weise schön. Eine schöne Blüte. Es war Calantha.

Ich war für einen Moment so verblüfft, dass ich mich nicht rühren konnte. Als sie dann aber aufstand, um mich zu begrüßen, sprang ich auf sie zu und wir fanden in einer linkischen, fröhlichen, ausgelassenen Umarmung zusammen, bei der unsere Röcke zerquetscht wurden.

»Florence!«, rief sie. »Wie hübsch du aussiehst. Dieses Grün steht dir phantastisch. Ich hatte ganz vergessen, wie groß du bist! Geht es dir gut?«

»Ganz und gar gut, und dich brauche ich nicht zu fragen, denn das sehe ich selbst! Du strahlst, Calantha! Oh, ich bin so glücklich, dass ich weinen könnte. Ich hätte nie gedacht, dich wiederzusehen.« Und ich weinte in der Tat, wenn auch nur kurz. Schon bald fasste ich mich wieder, um ihren Ehemann, Mr James Hanborough, kennenzulernen.

Aufrichtig, sagte ich mir, als er mir die Hand schüttelte. *Solide und freundlich.*

In einem traumähnlichen Zustand quetschte ich mich zwischen meine Tante und Judith auf das Sofa. Meine Tante sagte kein Wort, starrte Calantha nur an, als wäre ein Paradiesvogel durchs Fenster geflogen und in unserem Haus gelandet. Sie sah blass aus und schien fassungslos zu sein. Zweifellos erinnerte sie sich der vielen Jahre, in denen sie Calantha ignoriert hatte, und daran, wie sie Hawkers Entscheidung unterstützt hatte, sie in eine Anstalt zu stecken. Die fünfzehnjährige Florrie hätte angesichts dieser Schicksalswende klammheimliche Schadenfreude verspürt, aber jetzt ergriff ich ihre Hand.

Sie hatten mit dem Erzählen von Calanthas Geschichte auf meine Rückkehr gewartet, damit sie diese nicht zweimal vortragen musste. Folgendes war geschehen: Als Calantha aus Helikon floh, kehrte sie einem Impuls folgend zu dem Haus zurück, in dem sie mit ihren Eltern gewohnt hatte. Dabei hegte sie die vage Hoffnung, es könnte wegweisend für ihre Zukunft sein. Sie stand im schrägen Sprühregen eines dunkelblauen Februarnachmittags, den die Gaslampen entlang der Straße mit ihrem diffusen orangen Licht durchbrachen. Das große Stadthaus zeigte bei diesem freudlosen, trüben Wetter ein abweisendes Gesicht. Aber sie war wie festgewurzelt. Eine körperlose Stimme drängte sie, dort zu verweilen.

Meine Tante wurde unruhig auf dem Sofa, sie hasste solches Gerede. Mr Hanborough jedoch mit seinen kräftigen Händen, dem männlichen Bart und einer Ausstrahlung weltgewandten Pragmatismus' wirkte nicht im Geringsten befremdet.

Calantha fühlte sich, wie sie sagte, langsam zum Haus hingezogen. Auf der Straße herrschte traumverlorene Stille. Plötzlich jedoch flog die Tür ihres alten Hauses auf, und eine Frau erschien auf der obersten Treppenstufe. Sie schirmte ihre Augen gegen die Nässe ab und sprach Calantha an.

»Mabel? Bist du das? Warum kommst du so spät?«

»Ich habe keine Ahnung, wer Mabel war«, erzählte Calantha mit entrücktem Gesichtsausdruck, »und auch die Frau war mir völlig unbekannt. Aber das Seltsame war, dass ich bereit dazu war, mich als Mabel auszugeben, in ihre Fußstapfen zu steigen und ihren Platz im Leben dieser Frau einzunehmen. Ich hob meine Hand und begann die Straße zu überqueren, aber ganz langsam, denn ich hätte mich nicht beeilen können, selbst wenn ich gewollt hätte. Und da kam im nächsten Moment eine Kutsche um die Ecke und hätte mich fast umgefahren.«

»Sie *hat* dich umgefahren!«, warf ihr Ehemann ein. »Du lagst auf der Straße. Mir blieb das Herz stehen. Ich dachte, wir hätten dich wegen meiner fürchterlichen Ungeduld getötet!«

»Nein, James.« Sie streichelte seine Hand und fuhr fort. »Die Pferde streiften mich um Haaresbreite, aber was tatsächlich geschah, war, dass ich endlich aus meiner Trance erwachte. Ich sprang zurück, verlor mein Gleichgewicht und stürzte zu Boden. Aber natürlich sahen die guten Leute in der Kutsche – James und seine Schwester Gwendoline – eine Gestalt auf die Straße fallen und malten sich aus, ich wäre von den Hufen zermalmt und schrecklich verletzt worden oder Schlimmeres.«

James Hanborough erschauderte. »Ich habe diesen Abend tagelang immer wieder durchlebt!«

»Die Frau in meinem alten Haus«, fuhr Calantha fort, »kam herbeigeeilt und kreischte: ›Mabel! Mabel!‹ James und Gwendoline sprangen aus der Kutsche und eilten mir zu Hilfe – das bekam ich allerdings nicht mit, weil ich ohnmächtig geworden war – und trugen mich ins Haus. James war überzeugt, eine junge Dame namens Mabel getötet zu haben. Die Frau schien jemanden erwartet zu haben, den sie noch nie zuvor gesehen hatte, denn sie erkannte nicht, dass ich eine Fremde war. Nach und nach stellten sie fest, dass ich bis auf ein paar Kratzer an meinem Arm und meinem Knöchel unverletzt war. Dann kam ich wieder zu mir und gab zu, nicht Mabel zu sein. Ich habe mich oft gefragt, warum sie sich verspätet hatte, und hoffte, man habe sie gefunden.«

»Wenn sie also nicht Mabel war«, fuhr Mr Hanborough mit seiner tiefen Stimme und dem angenehmen Tonfall des Nordens fort, »wer war sie dann? Natürlich wollten meine Schwester und ich Sorge dafür tragen, dass sie nach Hause kam.«

»Und da musste ich zugeben, dass ich keines hatte«, nahm Calantha den Faden auf. »Ich erzählte ihnen, dass ich weggelaufen war. Den Grund dafür nannte ich nicht, denn ich wollte niemandem die Idee von einer Anstalt in den Kopf setzen.«

Meine Tante wand sich, aber Calantha erzählte ihre Geschichte ohne Groll oder Feindseligkeit, sondern schien völlig gebannt von deren wundersamem Ausgang zu sein. »Ich ließ jedoch keinen Zweifel daran, dass ich auf keinen Fall zurückkehren könnte.«

»Ich wollte wissen, was diese wunderschöne tragische junge Dame vorhatte, ohne ein Zuhause und ganz allein in London«, warf der Ehemann mit finsterer Miene ein.

»Sie fragten mich, ob ich Geld hätte«, fiel Calantha lächelnd ein, »und ich zeigte ihnen die fünf Shillinge, die Florrie mir gegeben hatte.«

Meine Tante und Judith sahen mich überrascht an. Mr Hanborough kam zu mir und küsste mir die Hand. »Danke«, sagte er.

»Sie sagten, das sei nicht genug, und dass ich einen besseren Plan bräuchte, als hoffnungsvoll durch die Straßen zu streifen. Sie bestanden darauf, dass ich mitkam und in ihrem Hotel übernachtete.«

»Wir waren zwar nur für eine Woche in London, aber wir mussten dafür sorgen, dass sie angemessen untergebracht war. Wir dachten, dass wir vielleicht vor unserer Abreise passende Gegebenheiten für sie finden könnten. Um es kurz zu machen, ich heiratete sie, wie Sie sehen. Wir fanden in London keine Möglichkeit einer Bleibe für sie, die gut oder sicher genug gewesen wäre. Am Ende der Woche waren Gwendoline und Calantha Freundinnen geworden und ich hatte mich in sie verliebt. Wir fragten sie, ob sie mitkommen und mit uns in Bellmere leben wollte, und sie sagte zu.«

»Seen und Berge und Nebel und freundliche Menschen«, sagte Calantha träumerisch. »Natürlich sagte ich zu. James und ich heirateten ein paar Monate später, und ich bin die glücklichste aller Frauen. Natürlich wusste ich nicht, wie vermögend sie waren, als ich ihr Angebot annahm, sonst hätte mir das sicherlich ziemlich Angst gemacht.«

»Ich bin ein praktischer Mann«, erklärte er uns. »Geld habe ich genug, aber weder Phantasie noch Magie, nichts dergleichen. Sie hat ein Leuchten in mein Leben gebracht, wie ein … wie ein …« Dieser praktische Mann war um Worte verlegen, die beschreiben könnten, wie es gewesen war, aber es sich vorzustellen fiel nicht schwer, wenn man sah, wie wunderschön sie unter seinem Schutz strahlte.

Dann erzählten sie uns, dass Mr Hanborough seit kurzem mit einem Londoner Bankier geschäftlich zu tun habe, der sich an einem ehrgeizigen neuen Plan beteiligen wollte, der alle großen Bergbaugebiete betraf: Cornwall, Wales und den Norden.

»Ich erhalte ständig Investitionsanfragen«, sagte er. »Aber es kommt selten vor, dass ich mich engagiere, denn ich gebe mein Geld heutzutage lieber für wohltätige Zwecke aus. Aber mein Assistent legt mir doch gelegentlich Anfragen vor, wenn er glaubt, dass sie besondere Beachtung verdient haben. Ich war mehr als beeindruckt von der Intelligenz und Umsicht, die diesem Antrag zu entnehmen war. Da gab es keine hochtrabenden Phrasen, keine voreiligen Versprechungen, und man hatte kein einziges Detail ausgelassen. Noch nie hatte ich einen so wohldurchdachten Vorschlag gesehen. Und da dachte ich mir, dieser Gentleman könnte es wert sein, Unterstützung zu bekommen, also kam ich nach London, um ihn kennenzulernen. Kurz gesagt, ich habe investiert. Ich fuhr wieder nach Hause, und als ich Calantha von meinem Treffen berichtete ... Nun, Sie können sich vielleicht vorstellen, wer dieser intelligente, gründliche, beeindruckende Geschäftsmann sein mag?«

Ich hatte einen Verdacht. Meine Tante jedoch nicht, so viel stand fest.

Calantha erhob sich und setzte sich zu meiner Tante. Sie ergriff zärtlich ihre Hand. »Tante Dinah, der Name des klugen Bankiers ist Irwin Grace.«

Meine Tante runzelte die Stirn – aber was in diesem Stirnrunzeln steckte! Wenn je ein Stirnrunzeln das Porträt einer langen Ehe abbildete, dann dieses. Klug und beeindruckend waren eindeutig nicht die Worte, die sie mit ihrem Ehemann verband.

»Und wissen Sie, *warum* es Onkel Irwin so wichtig war, Unterstützung für ein so ehrgeiziges Projekt zu erhalten?«, fuhr Calantha fort.

»Ich ... ich könnte mir vorstellen, wegen unserer veränderten Situation ... der Notwendigkeit, gewisse Dinge zu festigen ...«, murmelte meine Tante vage.

»All dies und noch mehr. Seit Hawkers Tod hat mein Onkel unablässig daran gearbeitet, wie Sie selbst wissen werden, Tante, für die Familie neues Vermögen aufzubauen. Aber seinen besonderen Ansporn bezog er daraus, Helikon zurückkaufen zu wollen, wohl wissend, wie viel es Ihnen immer bedeutet hat. Mit dem Geld, das James investiert hat, und vorausgesetzt das Geschäft entwickelt sich in den nächsten sechs Monaten erwartungsgemäß, können Sie zurückkehren.«

Judith kreischte vor Entzücken. Meiner Tante entfuhr eine Art Schluchzen und sie vergrub das Gesicht in ihren Händen.

Mr Hanborough durchquerte den Raum und blickte taktvoll aus dem Fenster.

»Ich möchte klarstellen«, sagte er nach einer kurzen Pause mit leiser Stimme, »dass ich, als ich erfuhr, dass mein neuer Kompagnon Teil der Familie war, die Calantha verachtet und ausgestoßen hatte, der Familie, die dazu bereit gewesen war, sie in eine Anstalt zu stecken, meine Unterstützung am liebsten wieder zurückgenommen und mit ihm nichts mehr zu tun gehabt hätte.«

Meine Tante blickte ängstlich durch ihre Finger zu ihm auf.

»James! Du hast es versprochen!«, sagte Calantha vorwurfsvoll.

»Ich weiß, meine Liebe, keine Sorge, ich tue es nicht. Ich möchte nur konstatieren, dass ich *wünschte*, meine Unterstützung zurückzuziehen«, bekräftigte er sehr gelassen und sah dabei meine Tante an. »Aber ich tat es nicht, und zwar aus zwei Gründen: Erstens schmälerte diese Entdeckung nicht die Verdienste des Vorschlags Ihres Ehemanns. Und zweitens erzählte Calantha mir, dass Ihr Ehemann sich angesichts vieler Gegenstimmen für sie eingesetzt hat, und sie bat mich außerdem, Ihnen zu helfen. Sie hegte keinen Groll und suchte keine Zwietracht. Doch ich möchte eins klar und deutlich sagen: Sie ist nicht verrückt. Sie ist nicht exzentrisch. Sie ist feenhaft. Und reizend. Und anders. Und freundlich. Ich bin stolz darauf, sie zu meinen Freunden und Geschäftspartnern mitzunehmen, und sie hat mich nicht einmal enttäuscht oder Schande über mich gebracht. Ganz im Gegenteil, sie —«

»James!«

»Ja. Gut. Das wollte ich nur klarstellen. Abgesehen davon schätze ich mich glücklich, mit Ihrem Ehemann zusammenzuarbeiten, Mrs Grace, und es freut mich, meinen Teil dazu beizutragen, Ihnen wieder zu Ihrem rechtmäßigen Heim zu verhelfen. Alles Gute für Sie.«

»Gut gemacht, James.«

Ich saß still da, lächelte Calantha an und dachte: *Ich bin frei.*

KAPITEL VIERZIG

Binnen vierzehn Tagen erhielt ich Antworten von Mr Glendower und Lacey. Beide waren extrem kurz gehalten. Mr Glendower schrieb, er freue sich, sein Anwesen zu vermieten, da er sich dann nicht weiter darum kümmern müsse. Er nannte eine Miete, die ich als sehr moderat empfand, und gab seiner Hoffnung Ausdruck, dass ich von Cornwall nicht die romantische Vorstellung einer Dame aus London hätte. Er warnte mich, dass das Haus einsam und vernachlässigt sei und sich in einer gottverlassenen Gegend befinde.

Lacey schrieb nur: *Komm sofort.*

Nachdem ich meinen Schmuck verkauft hatte, verfügte ich über genügend Geld für meine Reise und sechs Monatsmieten. Was danach aus mir werden würde, wusste ich noch nicht, aber ich begab mich in die Hände Gottes – oder der Geister – oder jeder anderen Macht, die besser als ich in der Lage wäre, meine Angelegenheiten zu regeln. Ich verkaufte außerdem einige Habseligkeiten, die ich in Cornwall nicht benötigen würde, aber doch einigen Wert hatten – eine Bronzebüste der Athene, die Sanderson mir einmal geschenkt hatte, und ein paar gute Kleider.

Ich packte eine Kiste mit Kleidung, die in Cornwall nützlich sein würde: zwei warme Umhänge, zwei Paar Stiefel, zwei Hauben, zwei Schals, zwei Blusen, zwei Röcke und zwei Kleider, von allem das Schlichteste und Robusteste. Sie waren nicht wirklich schlicht und robust, aber irgendetwas musste ich ja anziehen, und ich wollte meine begrenzten Mittel nicht für solche Dinge ausgeben. Ich schickte die Kiste an Lacey in Tremorney und bat sie, keinem von meinem Kommen zu erzählen – dafür war ich noch nicht bereit. Ich konnte nicht einfach einen Platz in der Gemeinschaft einnehmen, als wäre ich nie weg gewesen, als hätten die Graces mich nie bei sich aufgenommen, als hätte es Turlington nie gegeben. Es war ein neues Cornwall, zu dem ich jetzt reiste, ungeachtet der Geographie.

Ich packte einen Koffer, nicht größer, als dass ich ihn selbst noch tragen konnte, mit ein paar persönlicheren, weniger praktischen Habseligkeiten – Haarschmuck und Tanzschuhe und Bänder und Handschuhe (ich wollte mich nicht von allem trennen, was schön war). Ganz optimistisch packte ich auch noch Notenblätter ein. Zwei Gedichtbände. Es war schon erstaunlich, wie wenige Bücher mir gehörten: Es war nie nötig gewesen, welche zu kaufen, denn schließlich stand mir die gewaltige Bibliothek von Helikon zur Verfügung. Zuletzt mein wertvollstes Stück: der alte orange Stein. Der Koffer war viel eher als ich bereit zum Aufbruch.

Calantha und James kehrten nach Bellmere zurück. Versprechen auf gegenseitigen Besuch wurden nicht leichtfertig ausgetauscht, denn die Entfernung war sehr groß. Ich würde sie nicht oft sehen, aber ich freute mich, dass für sie alles gut ausgegangen war.

Danach machte ich mich auf den Weg zu Jacob. »Du gehst weg, nicht wahr?«, sagte er sofort.

»Jawohl, Jacob, das tue ich.« Ich konnte mir ein Lächeln nicht verkneifen. Ich brach zu einem Leben auf, das noch nicht existierte, aber ich würde es schaffen und mein Leben nach meinen eigenen Vorstellungen leben und sowohl eine Buckley als auch eine Grace sein. Ich versuchte, Jacob einige meiner hochfliegenden Hoffnungen zu vermitteln. Ich hatte große Pläne für dieses Leben.

»Für einige mag das gut sein«, erwiderte er mürrisch.

»Ich hoffe doch, dass es auch für dich gut wäre, Jacob.«

»Wie das?«

»Nun, weil ich dich, wenn du das möchtest, gerne mitnehmen würde.«

Sein Gesicht war wie ein offenes Buch. Er hätte nicht zugleich erschrockener, ungläubiger, geschmeichelter, verängstigter, begeisterter und verlorener dreinblicken können, wenn ich vorgeschlagen hätte, ihn zum Prinzen von China zu machen.

Ich wünschte mir, dass er ja sagte, aber das tat er nicht.

»Ich kann nicht, Florrie«, sagte er, und seine Haltung war nicht mehr mürrisch, sondern entschlossen.

Und da wusste ich, dass ich ihn nicht würde überzeugen können, aber ich hatte mich darauf kapriziert, dass er mitkam. Ich versuchte, ruhig zu bleiben.

»Ich will dir alles erzählen, Jacob. Ich habe dir gesagt, wie sehr ich meine Heimat liebe. Für viele ist sie nicht schön, für mich aber schon ... denn ich habe sie seit ich wegging jeden Tag vermisst, selbst an den Tagen, als ich das gar nicht wusste. Sie ist wild und fordernd und schwierig und macht es einem nicht immer leicht, zurechtzukommen, aber sie zu lieben ist immer leicht. Da ist sie wie du.

Als ich ein Mädchen war, gab es ein altes Bauernhaus neben einem Teich oben im Moorland. Ich lief immer wieder große Umwege, nur um einen Blick darauf zu erhaschen. Es hieß Heron's Watch, und einen schöneren Namen hätte man ihm nicht geben können, wie ich fand, und für mich war es das schönste Haus, das ich mir vorstellen konnte. Ich habe vor, dorthin zu ziehen und dort zu leben, solange ... nun, so lange mein Geld reicht, vermute ich. Ich möchte ganz aufrichtig zu dir sein, Jacob. Es wird kein Leben im Wohlstand sein, es wird kein privilegiertes Leben sein. Tatsächlich wird es von harter Arbeit bestimmt sein. Und von viel Regen.

Aber es wird nicht so hart sein, wie mein Leben war, als ich ein Kind war, und es wird auch nicht so hart sein wie das vieler dort. Meine Freundin Lacey hat mich gefragt, ob ich helfen möchte, ihre Schule zu führen. Du würdest sie sicherlich mögen, Jacob. Du wärst dort auch mit vielen Kindern zusammen, könntest Freunde gewinnen, wie hier. Und es gäbe auch viele andere gute Dinge: Ausflüge und Bücher und Volkstänze und die Heuernte und Erntedankessen und Fahrten ans Meer und zu den Märkten und nach Truro, was für Cornwall eine große Stadt ist, wenngleich nur ein Krümel, wenn London ein Laib Brot ist. Und wir beide wären dort zusammen, Jacob, ein Neuanfang für dich und mich, weit weg von allen unseren Fehlern ... Wir würden Spaß zusammen haben, was meinst du?«

»Ja, das würden wir, Florrie. Es klingt, als würdest du mich fragen, ob ich dein ... dein ... Sohn sein will.«

Das Wort kam fast schmerzhaft über seine Lippen, als müsste er sich dafür schämen, so etwas auch nur zu denken, als hätte er so fest davon geträumt, dass es zu privat, zu wichtig war, um es zuzugeben.

»Ja, Jacob, genau das frage ich dich. Obwohl ich ein wenig zu jung bin, um so einen feinen Sohn wie dich zu haben. Vielleicht wäre es dir lieber, in mir eine etwas fehlerhafte, aber wohlmeinende große Schwester zu sehen?«

Für einen kurzen Moment leuchteten seine Augen hell. »Nein, Florrie, ich würde in dir meine Mutter sehen. Aber ...«

»O bitte, Jacob, sag jetzt kein ›Aber‹.«

»Aber ich verdiene es nicht, dein Sohn zu sein. Und ich verdiene auch das Leben nicht, von dem du sprichst. Weißt du es denn noch nicht? Ich habe wieder angefangen zu stehlen. Ich bin schon tagelang nicht mehr im Unterricht gewesen. Ich habe Silas Pinner vor kurzem mit meiner Tafel auf den Kopf gehauen, weil er mich geärgert hat. Ich bin wieder zu meinen alten Gewohnheiten zurückgekehrt, Florrie. Es ist zu spät.«

»Ach, das weiß ich doch alles bereits. Mr Planchard hat es mir erzählt. Nicht, um dich zu verpetzen, verstehst du, sondern nur, weil er sich Sorgen um dich machte und wusste, dass ich es verstehen würde.«

»Und das tust du? Verstehen? Denn ich tue es nicht.«

»Nun ja, ich denke schon. Ich glaube, du bist noch immer verletzt und wütend über das, was Turlington getan hat, und dazu auch noch ein wenig fassungslos. So fassungslos, dass nichts mehr Sinn macht. So fassungslos, dass dich alle möglichen düsteren Gedanken beherrschen, vielleicht, dass du unbedeutend bist und keine Beachtung verdient hast, nachdem er dir so einfach den Rücken zukehren konnte, so dass du dich nun einfach genauso verhältst? Ich denke, du vermisst ihn, obwohl du wütend auf ihn bist. Ich könnte mir vorstellen, du glaubst manchmal, es gibt keine Hoffnung auf eine gute Zukunft, weil so schreckliche Dinge wie dieses unvermittelt geschehen können und nichts jemals besser wird.«

»Das hast du auch geglaubt.«

»Nun ja, ich kenne einige dieser Gedanken, das stimmt. Aber so ist es nicht, Jacob. Du wirst dein Gleichgewicht wiederfinden und damit auch deine Kraft, dich zu entscheiden, und dein Glaube daran, dass du alles sein kannst, was du dir vornimmst, wird zu dir zurückkehren.«

»Für dich ist das etwas anderes, Florrie. Du hattest eine gute Kindheit. Du magst zwar arm gewesen sein, aber du hattest Menschen, die dich liebten und dich lehrten, was richtig und was falsch war. Du magst seltsam gewesen sein, aber du warst nicht *böse*. Ich war verdorben, Florrie, und Turlington war auch verdorben, und obwohl ich im Elendsviertel aufgewachsen bin und er mit schönen Kleidern und guten Manieren, sind wir gleich, er und ich. Und sieh ihn dir an, jetzt, wo er erwachsen ist. Genau das ist es doch, was auch mich erwartet – dass ich Menschen enttäusche, wenn sie mich am meisten brauchen. Dass ich mich monatelang, vielleicht sogar jahrelang auf dem rechten Weg bewege, jedoch alles nur Schein ist, weil die Natur viel stärker als alles andere ist. Ich kann nicht mit dir mitkommen, Florrie, ich würde dich nur enttäuschen. Außerdem würde mir das alles nicht gefallen, all der Schlamm und Nebel und so. Ich bin eine Stadtratte. Lass mich hier und vergiss mich, Florrie.«

»Jacob! Tu mir das nicht an! Ich ertrage das nicht! Du darfst so nicht denken! Turlington ist ganz anders als du! Ich habe in letzter Zeit ein paar falsche Entscheidungen getroffen und du ebenso, aber wenn wir diese erkennen und uns verändern wollen, dann können wir uns verändern.«

»Nicht immer.«

»Wir *können* es.«

Er schüttelte beharrlich den Kopf. Erschöpft schwieg ich. Ich begann erneut, von meinen Plänen zu erzählen, und achtete dabei darauf, sie verlockend, aber auch so natürlich wie möglich zu schildern.

»Ich freue mich für dich, Florrie«, sagte er, als mir die Argumente ausgingen. »Es klingt ganz danach, als würdest du ein gutes Leben haben, und deine Freunde werden froh sein, dass du wieder da bist. Ich wünsche dir viel Glück. Hast du was dagegen, wenn ich jetzt gehe?«

»Zurück zu deinem Unterricht?«, konterte ich ziemlich sarkastisch.

Er sah mich nur an. Ich wusste, was er dachte: dass ich ihn verließ und es mich nicht mehr zu interessieren hatte, was er machte.

»Natürlich kannst du gehen«, erwiderte ich. »Aber bitte denk über meine Worte nach, Jacob. Ich möchte dich bei mir haben. Ohne dich wird es nicht dasselbe sein. Es wird nie zu spät sein, es dir anders zu überlegen.«

An der Tür blieb er stehen und drehte sich zu mir um. »Meinst du, Turlington hat mich wenigstens ein bisschen liebgehabt, Florrie?«

»Das hat er, das weiß ich.«

»Und er hat dich geliebt, so viel steht fest.«

»Ja. Das hat er.«

»Siehst du, es ist hoffnungslos. Wenn man es nicht einmal aus Liebe zu jemandem schafft, das Richtige zu tun, wird man es nie schaffen.« Und damit verschwand er.

Ich blieb noch lange Zeit sitzen und kämpfte gegen meine Tränen und die in mir aufsteigende Angst an, dieses dürre, streitlustige Kind niemals wiederzusehen. Ich wollte ihm nachgehen. Aber was hätte ich vorbringen können, was nicht schon gesagt war? Ich konnte den Jungen nicht hetzen. Ich konnte ihn nicht entführen.

Schließlich erhob ich mich mit weichen Beinen und brach zu meinem zweiten Abschied auf – dem von Rebecca und Tobias. Sie boten mir wie in den alten Zeiten Käse auf Toast und Tee an, doch die Zubereitung, die Präsentation und der Verzehr hatten was Zeremonielles.

»Ich wusste immer, dass dieser Tag kommen würde«, sagte Rebecca. »Ich denke, alle, die dich kannten und ein wenig liebten, werden damit gerechnet haben. O meine liebe Freundin, wie ich dich vermissen werde. Wann wirst du aufbrechen?«

»Das steht noch nicht ganz fest. Ich hatte vorgehabt ... Nun, ich wollte morgen abreisen. Aber Jacob will nicht mitkommen und ich habe Turlington nicht mehr gesehen, seit wir uns verabschiedet haben, und ich mache mir solche Sorgen um ihn. Ich dachte, ich sollte ihn vielleicht noch mal besuchen, um zu sehen, ob er wohlauf ist ...«

»Was soll das bringen, meine Liebe? Er wird sein, wie er immer ist, also gut aussehend und verwirrt und verwirrend. Er wird womöglich ein wenig ausgezehrt und sehr zerzaust sein. Er wird dir seine unsterbliche Liebe geloben und vielleicht versprechen, sich zu ändern – und du wirst ihm halb glauben und halb nicht.«

»Ich weiß! Ich weiß, dass du recht hast, Becky. Es wird mir nicht helfen, leichteren Herzens abzureisen. Aber wenn ich ihn mir vorstelle, allein in diesem Elend ... Vielleicht sollte ich doch noch mal versuchen, mit ihm zu sprechen, vielleicht, wenn ich ihm Geld gebe ...«

»So etwas darfst du nicht tun!«, rief Rebecca empört. »Das darf sie doch nicht, oder, Tobias? Nein, Florrie, dieses Geld muss lange für dich reichen! Turlington kann sein eigenes Geld verdienen – es gibt keinen Grund, warum er das nicht kann. Aber für eine Frau allein in Cornwall wird es nicht so einfach sein. Lass dich ja nicht von Mitleid umstimmen, Florrie. Du wirst es schon schwer genug haben, ohne dir auch noch seine Probleme aufzubürden.«

»Sie hat recht«, warf Tobias ein. »Mitleid ist das Schlimmste, was du für einen Mann empfinden kannst, Florrie. Er hat noch alle Arme und Beine. Er ist nicht krank. Dein Mitleid gilt keiner besonderen Tragödie, sondern seiner Lebenssituation im Allgemeinen, und die hat er sich selbst geschaffen.«

Ich senkte den Kopf. »Was wir hatten, ist nicht das, was ihr habt«, sagte ich.

»Aber du wirst es einmal haben, Florrie, mit jemandem«, sagte Rebecca. »Die Zeit kommt, du wirst sehen.«

Wir unterhielten uns noch lang und nahmen dann gerührt voneinander Abschied. Ich wusste, dass unsere Freundschaft der Probe der Entfernung standhalten würde, wie das zuvor auch meine Freundschaft zu Lacey getan hatte. Und dennoch beschlich mich ein seltsames Gefühl bei der Erinnerung an den Tag, als wir drei uns zum ersten Mal begegnet waren, als Tobias uns vor dem Einbrecher gerettet und Rebecca mich gebeten hatte, ihre Freundin zu sein.

Für diesen einen Tag hatte ich genug Gefühlswirrwarr und schwindelerregenden Trennungsschmerz gehabt. Mein letzter Abschied, der von Sanderson, würde warten müssen. Stattdessen ging ich nach Hause und unternahm eine lange Wanderung über die Heide. Ich legte inzwischen wieder weite Strecken zurück, wie mir plötzlich bewusst wurde. Noch verfügte ich nicht über meine alte Kraft, aber ich steckte nicht mehr verweichlicht im Korsett von Helikon. Die Luft war hier klarer, auch wenn sie nicht so roch wie in Cornwall. Ich sah im rosa-gelben Dunst eines Vorfrühlingsnachmittags die weichen Umrisse ferner Gebäude. Die Teiche glitzerten kalt im wechselnden Licht. Ich spürte den Frühling auf meiner Haut, sah, dass die Bäume Knospen trugen, klebrig, prall, heiter. Es war März, das Leben wartete.

Ich kehrte ins Cottage zurück und schrieb einen Brief an Jacob.

Lieber Jacob,

dies wird ein kurzer Brief werden, denn ich habe bereits alles gesagt, was es zu sagen gibt. Du sollst nur wissen, dass mein Angebot an Dich bestehen bleibt, jetzt und für immer. Du wirst in meinem Heim immer willkommen sein. Ich füge einen Geldbetrag bei, damit Du, solltest Du Dich je für diese Reise entscheiden, nicht mittellos bist. Natürlich kann ich Dich nicht davon abhalten, es nach Gutdünken auszugeben – ich möchte es Dir einfach ermöglichen. Es gibt keine richtige Adresse. Das Haus heißt, wie ich Dir bereits sagte, Heron's Watch. Es liegt oberhalb eines kleinen Weilers namens Braggenstones. Was Du als nächstgelegene Stadt oder Dorf wahrnehmen wirst, ist Tremorney. Du müsstest dorthin fahren und dann jemanden bitten, Dich zu mir zu bringen oder Dich zu lotsen. Geh nicht allein hinauf ins Moorland, selbst wenn die Wegbeschreibung sich einfach anhört. Ich schreibe all dies in der inbrünstigen Hoffnung, dass Du es Dir anders überlegst. Lieber Jacob, was Turlington betrifft, fehlt es ihm nicht an einer besseren Natur, er entschied sich nur so selten dafür, davon Gebrauch zu machen.

In Liebe,
Florrie

Ich überlegte, auch Turlington zu schreiben, entschied mich dann aber dagegen. Wir hatten unseren endgültigen Abschied voneinander genommen und es wäre nichts gewonnen, ihn zu wiederholen. Meine Kraft und meine Aufmerksamkeit galten jetzt nur noch der Zukunft.

Am folgenden Morgen schob ich Jacobs Brief durch die Tür des Heims für Jungen. Dann wartete ich weitere zwei Wochen. Ich hätte nicht gedacht, dass es mir am Ende so schwerfallen würde, abzureisen. Endlich ging ich zu den Coatleys, um meinen lieben Cousin ein letztes Mal zu besuchen.

»Florrie«, sagte er und drückte mich fest. »Als du vor sechs Jahren nach Helikon kamst, hätte ich nie gedacht, dass dieser Tag einmal kommen würde. Wir werden so weit voneinander entfernt sein. Was soll ich tun?«

»Du musst mir auf jeden Fall jede Woche einen schönen, dicken Brief schreiben. Ich werde das auch, Sanderson, keine Sorge. Und du musst mich besuchen kommen, wenn du willst. Bring Anne und die Babys mit ... wenngleich ich mir Anne nicht so recht in einem halbverfallenen Bauernhaus vorstellen kann. Aber sie ist willkommen, das meine ich ernst.«

»Du bist liebenswürdig, Florrie. Ich werde in dein vom Wind umtostes Heim auf deinem Hügel in der Wildnis kommen, wenn ich kann, aber ich kann mir nicht vorstellen, dass Anne mich begleiten wird. Ihr Vater hat da so ein paar Vorurteile gegen Cornwall ...«

Wir mussten beide lachen, als wir an meine erste Tischgesellschaft dachten. »Es ist eine Landschaft, so widersprüchlich, verhext, bösartig und feindselig, wie es sie sonst nirgendwo auf den britischen Inseln gibt!«, riefen wir unisono.

»Weiß sie Bescheid? Über Selina?«, fragte ich.

Aus seinem Gesicht wich die Heiterkeit. »Sie vermutet es vielleicht, gesprochen haben wir nie darüber. Manche Männer – vielleicht die meisten Männer – wären in der Lage, Liebe von ... vom körperlichen Akt zu trennen und dann noch einmal von der Pflicht. Mir fällt das schwerer, das liegt in meiner Natur. Ich gebe mir Mühe bei Anne, aber vermutlich merkt sie, dass ich nicht ... enthusiastisch bin. Weißt du, Selina und ich, wir ... wir waren einmal ... *zusammen*. Verstehst du, was ich meine, Florrie?«

»Aber natürlich, mein Lieber.«

»Nur ein Mal. Bevor ich heiratete. Es war natürlich dennoch falsch. Ich habe es nie vergessen. Kann es nie vergessen. Sie wird London bald verlassen und zu ihren Eltern nach Gloucestershire zurückkehren. Wahrscheinlich werde ich sie nie wiedersehen. Kann das Leben ... kann das Leben nach so etwas weitergehen?«

Und in diesem Moment war ich auf einmal froh um alles, was zwischen Turlington und mir passiert war. Das Zusammenkommen ebenso wie der Verlust. Weil es bedeutete, dass ich ihm eine ehrliche Antwort geben konnte. »Ja, Sanderson. Es kann. Es geht weiter. Es wird weitergehen. Ich weiß nicht, wie, aber wir sind auch nicht damit betraut, das zu wissen. Wir dürfen nur den Glauben nicht verlieren und müssen abwarten.«

»Liebe wilde, wütende Florrie. Wann bist du so weise geworden?«

Ich biss mir auf die Lippe. Konnte ich es ihm jetzt sagen? Ich musste es tun. Er war mein Cousin, mir aber näher als jeder Bruder. »Sanderson ... hast du je von mir und Turlington gewusst, geahnt?«

Er zog die Brauen hoch. »Du und ...? Du meinst ...? Oh! Nein. Obwohl, jetzt, da du es sagst, habe ich das Gefühl, dass ich es immer gewusst haben muss. Natürlich. Natürlich. O Florrie. Wann? Bist du ... Geht es dir gut?«

Ich lachte. »Wann? Immer und allezeit. Doch real, eine Affäre wurde es, nachdem er das letzte Mal zurückkam. Ich war mit Aubrey verlobt, Sanderson, kannst du dir das vorstellen? Ich habe ihn monatelang belogen, weil ich nicht wusste, was ich tun sollte, aber ich konnte nicht aufhören! Turlington ist ... er war ... du weißt ja, wie er ist.«

»Ich weiß, Florrie, ich weiß. Wie eine Naturgewalt, die einen mitreißt. Ich frage dich noch mal, geht es dir gut?«

»Ja. Es geht mir wirklich gut.«

Er schlang seine Arme um mich. »Du meine Güte. Ach du lieber Gott! Da haben wir beide die ganze Zeit mit einer verbotenen Liebe gekämpft, Florrie. O Turlington!«

»Er ist in London, in Devil's Acre. In einer Wohnung, in der er früher schon gewohnt hat, sagte er.«

»Ah, ich kenne den Ort. Ich werde ihn besuchen. Dann ist er also in schlimmer Verfassung?«

»Ziemlich schlimm.«

»Es ist gut und richtig, dass du vor dem allen flüchtest, Florrie. Ich liebe ihn, das weißt du, aber er ist nicht der Mann, den ich mir für dich wünschen würde. Es wird einen anderen für dich geben, Florrie, eines Tages, und mit ihm wirst du nicht regelmäßig in die dunkelsten Abgründe der Seele hinabsteigen. Du gehörst ins Sonnenlicht und in den Wind, nicht dorthin.«

»Das hat Rebecca auch gesagt. Aber wie kann es jemals einen anderen für mich geben? Ich bin eine Frau. Ich bin ... Nun, ich habe mir diese Erwartungen aus dem Kopf geschlagen.«

Er lächelte. »Dann kennst du dich selbst nicht, Florrie. Du bist zu leidenschaftlich, um ein Leben ohne Liebe zu leben. Ich würde um Helikon wetten, wenn ich das könnte, dass du unrecht hast und ich recht habe.«

»Dann einigen wir uns darauf, dass wir das unterschiedlich sehen. Und was Helikon betrifft, Sanderson, wirst du dorthin zurückkehren, was meinst du?«

»Ich denke, Anne wird das wollen. Sie ist ihren Eltern sehr nah, aber sie ist jetzt eine verheiratete Frau und findet es nicht gut, in Haushaltsdingen nach wie vor hinter ihrer Mutter zurückstehen zu müssen. Das Leben wird also weitergehen wie immer. Nur ohne dich. Aber mit Turlington, der immer wieder aufkreuzt und Wirbel macht.«

»Wäre Hawker nicht erstaunt?«

Er seufzte. »Nachdem Hawker nun tot ist, wen interessiert das noch? Wen kümmert es, dass Coatley und Elizabeth die letzten Graces sind? Irwins Sorge gilt der Sicherheit, er will nicht die Welt erobern. Dinah hat alles nur für Hawker getan. Und wir waren für andere niemals so wichtig, wie wir uns selbst wichtig waren. Alle seine hochtrabenden Pläne und ehrgeizigen Vorhaben – vergessen.«

KAPITEL EINUNDVIERZIG

Für meine letzte Heimreise zog ich das schönste Tageskleid an, das ich besaß. Es war ein Musselinkleid in Dunkelrosa, bestickt mit Rosenknospen aus Seide in derselben Farbe. Jede Lage war fast durchsichtig, aber es waren drei Lagen, die zusammen meinen Anstand ausreichend wahrten. Es gab einen Unterrock, einen Überrock und einen Rock dazwischen, die alle im Kreuz zu einer Bänderkaskade zusammengerafft waren. Es gab zudem ein Unterleibchen, ein Mieder und eine durchscheinende Bluse mit auffälligen Ärmeln. Es war äußerst unpassend für eine zweitägige Reise, noch dazu in dieser Jahreszeit – wir hatten gerade mal April. Deshalb benötigte ich ein warmes Wolltuch, das ein wenig albern zu einer solch luftigen Kreation aussah. Doch ich musste den bedeutsamen Schritt, den ich unternahm, entsprechend würdigen. Für einen Ball, eine Hochzeit ziehen wir immer unsere besten Sachen an. Wichtig ist das Gefühl, dass es etwas zu feiern gibt.

Ich versuchte dies meiner Tante zu erklären, als sie auf meinen Anblick mit einem Ausruf der Bestürzung reagierte. Aber sie verstand mich so gut wie immer, das heißt überhaupt nicht. Judith rief mich in ihr Zimmer und überreichte mir ein Geschenk: einen Haarschmuck, den sie selbst aus Bändern und Spitze und ein paar weißen Satinrosen gefertigt hatte.

»Ich weiß, dass du keine Gelegenheit haben wirst, das zu tragen«, sagte sie ein wenig rechtfertigend, weil sie mein Schweigen womöglich als Kritik missverstand, »doch ich hatte kein Geld, um etwas zu kaufen, wollte aber, dass du etwas bekommst, das dich an mich denken lässt. Ich bin in der Stickarbeit nicht so geschickt wie Annis, sonst hätte ich dir ein Taschentuch geschenkt.«

»O Judith!«, sagte ich und schloss sie fest in meine Arme. »Was sollte ich mit einem dummen bestickten Taschentuch anfangen? Das hier ist wunderschön! Du bist sehr talentiert. Und du weißt, dass ich hübsche Dinge liebe – wie aufmerksam von dir. Du kannst dir sicher sein, dass ich es tragen werde – es gibt auch in Cornwall Bälle, weißt du!«

»Ja, aber gibt es auch welche, an denen du teilnehmen möchtest?« Sie verzog das Gesicht, ein unverbesserliches Stadtkind, und ich musste lachen.

»Aber ja, und ich werde es tragen und an dich denken, liebe Cousine.«

Sie weinte, als ich aufbrach, und es versetzte mir einen kleinen Stich. Ich hatte sie immer gernhaben wollen, jetzt tat ich es. Nach Annis' Abdankung hatte sie mich an Stelle ihrer Schwester angenommen, eine Rolle, die zu spielen ich mir Mühe gab, aber nie ganz ausfüllen konnte. Würde Annis wieder zu ihnen ziehen, wenn sie wieder in Helikon wohnten?, fragte ich mich. Doch eigentlich kümmerte es mich nicht.

Meine Tante verabschiedete mich mit Schultern so hart und hoch wie ein Gebirge. Wahrscheinlich fürchtete sie, ich könnte versuchen, sie zu umarmen. Ich wusste es besser. Wir schüttelten uns stattdessen die Hände, und sie hielt meine ein wenig länger fest als nötig.

»Ich danke dir noch mal für deine ... Liebenswürdigkeit, Florence. Solltest du jemals nach London zurückkommen ... statte uns bitte einen Besuch in Helikon ab.«

»Ich danke Ihnen, Tante, und sollten Sie mir schreiben wollen, würde ich mich freuen, von Ihnen allen zu hören. Ich wünsche Ihnen Glück.«

»Glück!«, wiederholte sie wie an meinem allerersten Abend in Helikon, als sie mir sagte, ich solle meine Erwartungen nicht allzu hoch schrauben. Dann gab sie nach. »Vielleicht«, sagte sie und nickte steif.

Onkel Irwin brachte mich im Pferdewagen zu meiner Kutsche. Er half mir beim Einsteigen und gab mir zwanzig Pfund. Er schüttelte meine Hand und küsste mich auf die Wange. »Solltest du jemals in Not sein, Florence, wende dich bitte an mich. Ich werde nie vergessen, wie du dich um Dinah und Judith gekümmert hast. Es ist ein Auf und Ab mit dem Vermögen, aber ich bin Bankier, und im Allgemeinen ist es uns möglich, immer an ein wenig Geld zu kommen. Das mag keine besonders inspirierende Fähigkeit sein, aber sie ist nützlich.«

Die Übergänge im Leben sind oftmals unbequem. Wir lassen einen Ort, eine Person, eine Identität, eine Lebensweise hinter uns und wenden uns einer anderen zu. Der Mensch ist ein zu komplexes Wesen, um sich sofort voll und ganz umstellen und anpassen zu können. Teile von uns sind glücklich und optimistisch, während andere Warnungen aussprechen, wie vereint im Sturm raschelnde Blätter. Und der Rest wird in den Gegenströmungen festgehalten und kommt erst zur Ruhe, wenn der Staub sich gelegt hat, wie lange das auch dauern mag. So war es auch für mich.

Überflutet von sich widerstreitenden Gefühlen, drückte ich meine Nase gegen das Glas des Kutschenfensters, als ich London verließ. Ich ließ die Familie zurück, die mich in Verwirrung gestürzt hatte, die Liebe, die meine Seele entblößt hatte, die Freunde, die mich unterstützt hatten, und so viele enttäuschte Hoffnungen. Ich verließ die Stadt, in der die Weltausstellung zu Gast gewesen war, die Stadt, in der ich mein allererstes Konzert besucht, die Stadt, in der ich einen internationalen Käseladen, ein Waisenheim und ein schlimmes Elendsviertel aufgesucht hatte. Ich war unterwegs zu einem Ort, der so abgelegen war, dass noch keine Eisenbahnlinie dorthin reichte und eine Kutsche noch immer die beste Reisemöglichkeit war. Eine Reise war außerdem ein passendes Mittel, um eine derart tiefgreifende Veränderung zu vollziehen.

Stunden verstrichen, ratternde, ruckelnde Stunden, in denen ich ein wenig höfliche Konversation machte, was ich allerdings nur annehmen kann, denn erinnernswert war nichts davon. Ich genoss jeden unbequemen Moment und jede Meile und verfolgte den monotonen Straßenverlauf, als wäre ich gerade erst eingestiegen. Aufregung und Angst zerfraßen mich. Was, wenn Cornwall nun nicht mehr so wäre, wie ich es in Erinnerung hatte? Wenn es sich zu sehr verändert hätte, als dass ich mich dort zu Hause fühlen konnte? Wenn *alles* sich verändert hätte?

Ich verbrachte die Nacht auch diesmal wieder in Norton St Philip und setzte am folgenden Morgen meine Reise fort. Schon ganz zeitig wurden die Pferde angeschirrt, die Passagiere einbestellt und ich wurde durch eine sich verändernde Landschaft in meine Heimat kutschiert. Und als ich erst einmal dort war, fiel meine Angst von mir ab. Ich ignorierte die anderen Reisenden und genoss die Aussicht in vollen Zügen, sog sie ein wie ein durstiger Schössling und sagte mir: *Ich lebe wieder hier.*

Cornwall im Frühling. Jähes aufgeregtes Geflatter in hellblauer Luft von aufgeschreckten Brachvögeln und Schwalben. Felder von einem seidigen Grün wie Ballkleider, sprießende Hecken voll emsigem Leben. Kleine rote Pfade, die sich durch den Farn schlängelten – ziellose, trügerische Verlockungen, wie nur das Feenvolk sie auszulegen vermochte. Hügel und Täler, die sich in grünen, braunen und violetten Karos unter einem wogenden, windgepeitschten Himmel ausbreiteten. Ich glaube, es hat nie so schön ausgesehen.

Am Nachmittag stieg ich mit steifen Beinen in Liskeard aus. Ich vergeudete keine Zeit und erkundigte mich sofort, wo ich mir ein Pferd ausleihen konnte. Ich erklärte, meinen Koffer in Liskeard zurücklassen und nach Tremorney reiten zu wollen, wo ich eine gute Freundin hatte. Sie würde mich dann mit ihrem kleinen Karren innerhalb der nächsten paar Tage herbringen, versprach ich, und ich würde dann das Pferd zurückgeben und meinen Koffer abholen. Es gab dabei ein paar Probleme, nicht etwa weil nicht genügend Pferde vorhanden gewesen wären oder die Besitzer einer Fremden nicht trauen wollten – Vertrauen ließ sich bei dieser schwierigen Wirtschaftslage leicht erkaufen –, sondern weil alle mir zu einer anderen Vorgehensweise rieten.

Oh, sie hatten große Sorge, mich allein nach Tremorney reisen zu lassen. Um dorthin zu gelangen, müsste ich unbedingt einen Bogen um die Moorlandschaft machen, beschworen sie mich, denn dies sei ein schrecklicher Ort. Dort oben könne ich nur zu leicht in die Irre gelockt werden und verlorengehen. Die Pfade dort oben verwirrten sich, als täten sie es mit Absicht! Und dann zu dieser Tageszeit! Dieser *Jahres*zeit! Dem teuflischen, unzuverlässigen Frühling. Ich könnte mich bei hereinbrechender Nacht im Moor verirren ... Ich solle doch lieber meiner Freundin eine Nachricht zukommen lassen und auf sie warten, eine Unterkunft lasse sich leicht finden. Oder ich solle wenigstens bis zum Morgen warten, dann würde jemand aus Liskeard mich dorthin fahren.

Vergeblich erklärte ich, dass ich in Braggenstones aufgewachsen sei und das Moor mir keine Angst mache. Ersteres nahmen sie mir gar nicht erst ab, und Letzteres hielten sie für Unwissenheit einer Reisenden aus der Stadt. In meiner Enttäuschung wurde ich despotisch und forderte ein Pferd, indem ich mit Geld wedelte, einfach, weil man nicht auf mich hören wollte. Mir fiel wieder ein, wie starrsinnig und borniert diese Leute sein konnten und wie wütend mich dies schon als junges Mädchen gemacht hatte. Jetzt wurde mir klar, dass es mich bis ans Ende meiner Tage wütend machen würde. Sei's drum. Die Heimat war ein Ort, der auch nicht frei von Ärgernissen war. Aber es war der Ort, an dem man diese Ärgernisse ertrug, weil man wusste, dass es kein Anderswo gab.

Sie hatten natürlich ganz recht. Jeder der Vorschläge, die sie mir machten, wäre bei weitem vernünftiger gewesen als mein eigener Plan, der mir völlig überraschend erst in den letzten zehn Minuten meiner Reise eingefallen war. Doch jetzt, da ich hier war, wollte ich törichterweise auch nicht davon ablassen – ich *würde* es tun.

Starrköpfig, hörte ich Nans Stimme in meinem Kopf, und

dann hörte ich die zwölfjährige Florrie heftig erwidern: *Selbst starrköpfig, du alte Eselin.*

Den guten Leuten gebührt Anerkennung, dass sie sich trotz meiner immer mehr nachlassenden Herzlichkeit weiterhin weigerten, eine feine Dame aus der Stadt sich in der Wildnis zu Tode reiten zu lassen, und sie schlugen sich wacker. Aber am Ende wurde mir klar, dass es auch hier, wie bei allen mythischen Aufgaben, Zauberworte gab, die nur ausgesprochen werden mussten, um alles ins Lot zu bringen. Eine Grace zu sein würde mir hier nicht weiterhelfen, doch es gab noch einen anderen Namen, der mehr Gewicht hatte. Schließlich dachte ich daran, ihnen zu sagen, dass ich Dunstan Buckleys Tochter war. Und damit war die Sache besiegelt.

»Warum sagst'n das nicht gleich?«, brummelte ein alter Herr, der mir plötzlich nur allzu bereitwillig seinen Rotschimmel leihen wollte. »Viel Lärm um nichts. Das hier ist der Jester. Den kannst eine Woche lang haben. Wenn d'n länger brauchst, muss ich mehr verlangen.«

»Ich werde ihn keine ganze Woche brauchen«, versprach ich und nahm das Seil, das mir hingehalten wurde.

»Wir erinnern uns an deinen Da und auch an deine Nan. Und an dich, die Geschichten, wie du da oben im Moor rumzigeunert bist. Jetzt siehst aber ganz anders aus.«

»Ich bin anders und bin doch dieselbe.«

»Dein Da war'n guter Mann.«

»Ja, das war er.«

Fürs Erste ließ ich in Liskeard alles zurück, jedes letzte Stück von Florence, wusste jedoch, dass ich sie bald wieder zurückholen würde. Aber heute Abend wäre ich wieder Florrie Buckley. Jeb Taylor, der alte Mann, gab mir Brot und Käse für meine Reise. Ich bot ihm Geld dafür, aber er nahm es nicht an. Er wickelte es in eine alte Decke und band diese mit einem schmutzigen Strick an den Sattel, da er seine Satteltaschen nicht entbehren konnte. Ich saß auf altgewohnte Weise im Herrensitz auf und stellte mir vor, dass ich mit meinen rosaroten Röcken, die sich über Jesters gefleckte Flanken ergossen, wie eine Wiesennymphe ausgesehen haben dürfte. Die versammelte Menge wirkte allerdings wenig beeindruckt.

»Töricht!«, hörte ich mehr als eine Stimme flüstern.

»Zieh wenigstens einen richtigen Umhang an und bring ihn wieder, wenn du zurückkommst«, rief eine Frau.

Es war freundlich von ihr und ich nahm ihr Angebot an. Hätte es geregnet, hätte ich in Liskeard abgewartet, aber der Himmel war blau und die Wolken waren weiß und mein Drang war so stark, dass er jede andere Überlegung überwog. Um vier Uhr ritt ich von Liskeard weg und wandte Jesters Nase Richtung Westens.

Als ich an die Stelle kam, vor der sie mich gewarnt hatten, weil man leicht die unteren und die oberen Wege verwechseln konnte, die sich schelmisch ineinander verwoben, schlug ich nicht den Pfad ein, der mich sicher um das Moorland herum und an Braggenstones vorbei nach Tremorney geführt hätte. Ich trieb Jester den Hang hinauf, weg von jedem Pfad, und als er scheute, besonnen wie sein Herr, trat ich ihm in die Flanken.

Während ich ritt, sang ich alte Volkslieder, die ich, wäre ich nicht im letzten Jahr zu Hestas Hochzeit hier gewesen, eine Ewigkeit nicht gehört hätte. Ich begegnete keiner Menschenseele, denn dies war nicht der sichere Weg, es war nicht einmal ein bekannter Weg, sondern einfach *mein* Weg und meiner allein.

Tiefer und tiefer drangen wir in die Wildnis vor. Auf einer hohen felsigen Lichtung ließ ich Jester anhalten, um auszuruhen. Ganz Cornwall lag um mich herum, in alle Himmelsrichtungen ausgebreitet. Brachvögel riefen wild und frei. Der süße, durchdringende Duft des Ginsters, das glänzende Gold der Blüten. Von diesem Punkt aus konnte ich Braggenstones nicht sehen, aber das sanfte Ende des Tals, in dem es lag. Doch heute Abend würde ich nicht nach Braggenstones reiten.

Unter mir erblickte ich die Straße, auf der die Bergleute auf ihrem Weg von den Minen nach Hause dahintrotteten, die Straße, die ich als Kind nach dem Tod meines Vaters immer wieder aufgesucht hatte, weil ich gegen jede Vernunft hoffte, ihn heimkommen zu sehen. Auf der nächsten Erhebung konnte ich den silbernen Bach und die Baumgruppe erkennen, die Heron's Watch bewachten, und das Wissen, dass dort mein neues Zuhause verborgen lag, erregte mich. Aber auch dorthin würde ich heute Abend nicht reiten.

Ich zog meine Schuhe aus und betrachtete sie. Hübsche Dinger. Aber für Florrie nicht das Richtige. Ich überlegte kurz, sie vom Felsen zu schleudern und sie durch die Luft segeln zu sehen, aber stattdessen band ich die Schuhe an den Sattel und aß, was Jeb mir mitgegeben hatte. Und dann wanderte ich los, barfuß über mein Moor. Jesters Zügel hatte ich mir um den Arm geschlungen und er stupste mich mit seinen Nüstern zufrieden an, sein Pferdeduft vermischte sich mit den Gerüchen von Ginster und Torf, Moosen und Farnen.

Als ich den riesigen Findling erreichte, von dem aus ich Braggenstones und Nans Haus und dahinter Tremorney sehen konnte, war es schon fast dunkel. Zahllose unergründliche Sterne überzogen einen mit Violett getränkten Himmel. Ich band Jester an eine kleine Ulme, die ihre absonderliche Gestalt dem Wind verdankte, wickelte mich in mein Tuch und legte mir den Umhang über. Ich wusste besser als jeder andere, wie schnell das Wetter umschlagen konnte, dass ich von Regen durchweicht und von Hagelschauern oder mörderischer Kälte geweckt werden konnte. Doch ich wusste aus einer tieferen Einsicht heraus, dass ich mich an die Brust von Mutter Natur legen musste. Hier war ich als unschuldiges Kind sicher gewesen und war es auch jetzt als eine von Irrtümern beladene Frau. Ich kuschelte mich in das lange Gras und schlief.

KAPITEL ZWEIUNDVIERZIG

Ich wurde zeitig wach, als sich schillernd die Morgendämmerung über mir entfaltete, und einen kurzen Moment lang wunderte ich mich, wo ich war. Ich schlug meine Augen auf und blickte in einen weiten silbern-perlfarbenen Himmel und die dünnen, dunklen Streifen sich wiegender Gräser. Ich dachte tatsächlich, ich hätte mich in einen Traum verirrt. Dann fiel es mir wieder ein und fast hätte ich vor Dankbarkeit geweint.

Ich stand auf und wanderte zur Alten Rilla. Ich war lange Zeit nicht mehr barfuß gelaufen, und meine Füße waren so zerkratzt und eingerissen wie verschmutzt, als ich ankam. Ich verweilte unter der Eberesche und brach einen Zweig ab, um ihn mir in meine bestickte Tasche zu stecken. Ich musste darüber selbst lächeln. Ich klopfte an ihre Tür und wartete.

Bei der Alten Rilla zeigte sich das Alter, genau wie Lacey es mir berichtet hatte, und es dauerte, bis sie die Tür öffnete. Es tat mir weh, als ich ihre müden Augen sah und ihre leichte Kurzatmigkeit und ihren sich andeutenden Buckel bemerkte. Ich hatte schon genug Menschen verloren, ich war nicht bereit, noch einen weiteren zu verlieren. Aber als sie mich in meinem schmutzigen rosa Kleid, den Farnwedeln im Haar und meinen nackten Füßen erblickte, breitete sich ein Lächeln auf ihrem Gesicht aus, das alle Strahlkraft der Sonne bündelte. Sie streckte sich und schloss mich in ihre Arme.

»Dann bist du also wieder zu Hause, Florrie Buckley«, sagte sie befriedigt. »Ich koche Wurzelsud vom Holunder. Hilf mir.« Ich trat ein und es war, als wäre ich nie weg gewesen.

Ich verbrachte den Tag und die folgende Nacht bei der Alten Rilla. Es gab keinen Terminplan, den ich beachten musste, sondern ich folgte nur Schritt für Schritt meinem Gefühl für den richtigen Augenblick. Wir arbeiteten den ganzen Tag im Garten, redeten wenig. Als der Nachmittag in den Abend überging, kam der Regen: Aprilregen, hart und leuchtend. Wir zogen uns ins Cottage vor ein kleines Feuer zurück. Mich fröstelte. Selbst unter den verschlechterten Umständen waren die Feuer der Graces im Vergleich hierzu luxuriös gewesen.

»Bist verweichlicht«, bemerkte die Alte Rilla, aber nicht unfreundlich.

»Zweifellos«, gab ich unumwunden zu. Doch das würde sich ändern, wenn ich erst einmal Heron's Watch in Besitz genommen hatte.

»Und wie war es?«, erkundigte sie sich, und ich begann zu erzählen. Die Alte Rilla gehörte zu den Menschen, denen ich alles sagen konnte. Ganz besonders schüttete ich ihr mein Herz über Turlington aus – etwa drei oder vier Stunden lang.

»Wie kann das sein?«, bohrte ich nach. »Wie kann es sein, dass man so für einen anderen Menschen empfindet ... und es am Ende doch zu nichts führt? Wie kann es sein, dass auch er für einen so empfindet ... und dennoch geht man weg und er kommt nicht nach? Er sagte – wir sagten –, dass unsere Herzen, unsere Schicksale miteinander verwoben seien, dass wir, was immer uns erwartete, gemeinsam anpacken würden ... Doch wir sind getrennt! Wie kann die Seele eine solche Gewissheit spüren, so sehr, dass du alles tun würdest, alles, wozu sie dich auffordert ... und doch wirst du in die Irre geführt, und jeden Morgen wachst du allein auf, als wäre alles nie gewesen? Nie wieder werde ich so lieben, Alte Rilla, niemals wieder. Nie wieder werde ich diesem Gefühl trauen. Sollte es sich jemals wieder einstellen, werde ich es aussperren und ihm nie, niemals mehr folgen. Es ist zu hart, zu doppelzüngig. Und der Schmerz ist zu groß.«

Die Alte Rilla lächelte nur und fachte das Feuer an.

»Was soll das Lächeln?«, hakte ich entrüstet nach. »Was ist, Alte Rilla?«

Sie erhob sich langsam, griff nach einem alten Teller und etwas, das wie ein in ein Tuch gewickelter Ziegelstein aussah.

Sie wickelte ihn aus und meine Augen begannen zu leuchten. Birkenmastharz! Sie brach ein recht großes Stück ab, legte es auf den Teller und reichte es mir. Noch bevor ich freudig hineinbiss, lief mir das Wasser im Mund zusammen.

»Mennan Post, die Tochter des Pfarrers, hat letzte Woche ein Baby bekommen, ihr erstes.«

»Mmmpppfff?«, sagte ich, weil meine Zähne zusammenklebten.

Sie nickte. »Sie brüllte und fluchte und benutzte Worte, die ihren Vater, hätte er sie gehört, dazu gebracht hätten, sie aus dem Haus zu werfen. Und sie sagte genau dasselbe wie du. Nie wieder. Nie, niemals wieder.«

Ich schluckte meinen Bissen hinunter. »Das ist doch was ganz anderes«, protestierte ich.

Sie ging darüber hinweg. »Tatsächlich sagt fast jede Frau, die ich bei der Geburt begleite, in diesen schmerzvollen Stunden das Gleiche. Und warum auch nicht? Sie machen Qualen durch. Aber wie viele Einzelkinder kennst du? Nicht viele. Die Natur ist stärker.«

»Erinnerst du dich daran, dass ich über jede Person in dem Moment, da ich ihr begegnete, etwas sagen konnte?«

»Oh, daran erinnere ich mich, Kind.«

»Nun, als ich Turlington in London zum ersten Mal sah, flüsterte meine Seele mir etwas zu. *Seelenverwandt*, sagte sie. Und etwas an diesem Wort – ich wusste damals nicht einmal so recht, was es bedeutete – brachte mich dazu, ihm zu vertrauen. Meinen Gefühlen zu vertrauen. Ich dachte, mein Herz sei bei ihm sicher.«

»Was hat sie sonst noch gesagt? War es nur *seelenverwandt*?«

Ich dachte zurück an diese dunkle Nacht, als ich mit jemandem, den ich liebte, am Feuer saß. Und nicht mehr als ein kleines, wildes Mädchen war, das mit einem Kerzenhalter bewaffnet im Nachthemd umherlief. Turlington, der mitten in der Nacht in sein eigenes Zuhause einbrach. Gegen meinen Willen musste ich lächeln.

»Nein. Sie sagte *seelenverwandt* und dann *gebrochen* und *einsam*. Oh.«

Die Alte Rilla wedelte mit ihrer Hand, als wollte sie Mücken vertreiben. »Der Anfang, die Mitte und das Ende, alles in diesen drei Worten. Wie hättest du jemals bei jemandem sicher sein können, der gebrochen und einsam war? Aber wie hättest du auch vermeiden können, was geschehen ist, da er dir doch seelenverwandt war? Es war vorherbestimmt, Florrie. Kein Urteil deinerseits hätte es verhindern können.«

»Ich war jung«, gab ich zu. »Ich hatte keine Lebenserfahrung.«

Sie schüttelte den Kopf. »Selbst dann. Es gibt keine Weisheit, die dich vor Menschen schützen kann, die zu lieben du auf diese Welt geschickt wurdest, und man kann das auch nicht lernen. Nicht jede Liebesgeschichte findet ein glückliches Ende. Aber das ändert nichts daran, dass es dennoch eine Liebesgeschichte ist. Wenn das nächste Mal *seelenverwandt* an deine Tür klopft – und das wird geschehen –, wirst du in dieser Angelegenheit nichts zu melden haben.«

Ich runzelte die Stirn. Mir gefiel der Gedanke nicht, mich noch einmal so machtlos zu fühlen, so hineingezogen in einen Plan, den ich nicht selbst ersonnen hatte. Ich wusste, dass ich mit ihr darüber nicht streiten konnte, aber insgeheim versprach ich mir, dieses Gefühl der Vorherbestimmung nie wieder zuzulassen. Sollte es sich je wieder melden, würde ich in der Tat die Beine in die Hand nehmen und das Weite suchen.

Am folgenden Tag reiste ich weiter nach Tremorney und wurde bei Lacey vorstellig. Sie brachte ihre Freude über meine Rückkehr, ihre Bestürzung über mein Erscheinungsbild und ihre Verwunderung darüber zum Ausdruck, dass ich bereits seit zwei Nächten in der Heimat war, »da draußen herumstreifte«, wie sie es formulierte, ohne dass sie den blassesten Schimmer davon hatte. An diesem Tag war kein Unterricht und sie brachte mich nach Liskeard, wo wir das Pferd gegen den Koffer eintauschten.

Von dort ging es zu Heron's Watch, das in einem traurigen Zustand war, verschmutzt und verwahrlost, fast wie ich selbst. Der Schlüssel lag unter der Steinnymphe an der Eingangstür, wie Mr Glendower mir das versprochen hatte. Nachdem ich so viele Jahre um das Haus herumgeschlichen war, durch Fenster gespäht und eine Möglichkeit gesucht hatte, ins Innere zu gelangen, hatte ich nun endlich das Zutrittsrecht. Ich fragte mich, ob der Schlüssel womöglich die ganze Zeit dort gelegen hatte.

Ich stand ehrfurchtsvoll davor. Alt und grau, rechtwinklig und schlicht, aber mit einem übermütigen Schleppdach und Dachtraufen und drei hohen Schornsteinen. Das Haus sah viel größer aus, als ich es in Erinnerung hatte.

»Ich frage mich, wie viele Räume es wohl haben mag«, murmelte ich.

Lacey lachte. »Ich kenne nur eine Person, die ein Haus mietet, das sie noch nie von innen gesehen hat, und sich nicht nach solchen Dingen erkundigt. Sollen wir reingehen und es herausfinden?«

»Ich weiß nicht, ob ich schon bereit bin!«

Heron's Watch. Schon immer das für mich schönste Haus der Welt. Natürlich gehörte es mir nicht, aber es war jetzt meins. Eine breite, flache Stufe führte zur Eingangstür, und ich stellte mich darauf und sah mich um, wie ich das als Kind getan hatte. Ich blickte hinab ins Tal. Zu meiner Rechten lag das Wäldchen und darunter schoss der silberne Bachlauf hervor. Ich würde nicht zurück ins Tal gehen und hinaufschauen müssen, ich konnte hineingehen und dort leben.

Endlich drehte ich den rostigen Schlüssel im Schloss und stieß die Tür auf. Sie klemmte ein wenig, gab dann nach und ich trat ein, Lacey dicht hinter mir. Es roch feucht und abgestanden. Von einem langen Flur gingen vier Türen ab, zwei an jeder Seite, und am hinteren Ende führte links eine Treppe nach oben. Ich öffnete die erste Tür und stieß einen Schrei aus.

»Was ist?«, fragte Lacey und drängelte sich an mir vorbei. »Ist da ein toter Fuchs? Die kommen überall rein, weißt du, aber kommen sie auch wieder raus? Nein. Ist es ein Fuchs?«

Ich schüttelte den Kopf und streckte meine Hand aus.

»Der Kamin?«, wunderte sie sich. »Was stimmt damit nicht?«

»Nichts«, flüsterte ich und tastete nach ihrer Hand. Es dauerte ein wenig, bis ich es ihr erklären konnte.

»Als ich in Hampstead war und nicht wusste, wohin oder was ich mit meinem Leben anstellen sollte, stürmten Bilder auf mich ein, Bilder, die ich nicht zuordnen konnte. Ich wusste, dass sie etwas bedeuteten, aber ich hatte keine Ahnung, wie sie zustande kamen. Eins davon war ein Kamin! Genau dieser Kamin! Detailgetreu bis zum Kerzenständer auf dem Sims – nur dass es in meinem Bild keine Spinnweben gab.«

»Nun, du wolltest ja immer schon hier leben! Du musst ihn durchs Fenster erblickt haben, als du Kind warst. Er hat sich wohl in dein Gedächtnis gebrannt.«

Aber ich wusste, da steckte mehr dahinter. Ich sah mich um. Nicht nur hatte ich den Kamin mit seiner Einfassung aus großem grauen Stein und dem klaffenden Maul gesehen, sondern ich hatte ihn auch aus genau diesem Blickwinkel gesehen, als würde man davorstehen und ins Feuer starren. Es gab in diesem Raum kein Fenster, das diesen Blick zuließ. Tatsächlich konnte man von jedem Fenster nur schräg von der Seite draufblicken und weder seine schiere Größe noch seine großartige Wirkung im Raum bewundern, der an eine Festhalle von früher erinnerte. Hier könnten Götter tafeln und sich zu Hause fühlen.

Ich schluckte. Nachdem ich an Heron's Watch als eine Beinahe-Ruine gedacht hatte, stand ich nun vor etwas viel Größerem und Stolzerem, womit ich so nicht gerechnet hatte. Ich erzählte Lacey nichts von dem anderen Teil des Bildes: eine Familie um das Feuer. Denn dies schien unvorstellbar.

Auch dieses Gebäude in einen bewohnbaren Zustand zu versetzen schien unvorstellbar.

Wir erforschten den Rest des Hauses. Drei Schlafzimmer und zwei kleine Dachböden. Winzige, spinnwebverhangene Fenster, blind und grau, aber leicht sauber zu wischen, so dass sie unter den Dachtraufen wieder blitzten und neugierig wie Kinder aufs Moor und das Tal und den Bach hinausschauten.

Wir fegten einen Raum und einen Kamin aus. Wir klopften und lüfteten eine alte Matratze, und diese diente uns beiden als Bett für die Nacht. Dann brach Lacey zeitig auf und ich kümmerte mich darum, mein Heim gemütlich herzurichten. Ich fegte und schrubbte und wusch und polierte und erstellte eine Liste der Dinge, die ich benötigte. Da wurde mir klar, dass ich mich nicht mehr in der Nähe jener Läden befand, an die ich mich gewöhnt hatte. Ich würde betteln, borgen und stehlen oder unverzüglich eine Fahrt nach Truro organisieren müssen. Es würde mir nicht schwerfallen, wieder ohne Vorhänge vor den Fenstern zu schlafen, durch die das Mondlicht schien, und auch an die Schreie der Eulen und das Lärmen der Füchse würde ich mich schnell gewöhnen. Lacey brachte an diesem Abend meine Truhe vorbei und auch etwas zur Stärkung, damit mich das Ausmaß dessen, was ich getan hatte, nicht völlig aus der Bahn warf.

Erst am Ende meiner ersten Woche in der Heimat fühlte ich mich stark genug, um nach Braggenstones zurückzukehren. Zur Hochzeit zurückzukommen war eine Sache gewesen, denn da hatte die Feier im Vordergrund gestanden und wir waren alle beschäftigt gewesen. Aber was mich jetzt erwartete – das wahre Leben, ohne Nan und ohne dass ich im Dorf eine echte Funktion hatte –, war seltsam und stimmte mich ein wenig wehmütig. Meine Nachbarn wären wieder meine Nachbarn, aber ich war zu ihnen auf Distanz gegangen, indem ich das große Haus auf dem Steilhang in Beschlag nahm. Natürlich hieß man mich willkommen, und manche, darunter Hesta und Stephen, boten mir einen Platz in ihren Häusern an und meinten, ich müsse nicht ganz allein oben im Moor leben, was schon schrullig genug von mir sei, aber was würde ich tun, wenn der Winter kam?

Aber ich ließ mich nicht beirren. Die Alte Rilla lebte auch als Frau allein, und verglichen mit ihrem alten Cottage bot Heron's Watch einen viel besseren Schutz, es gab also keinen Grund, warum ich es nicht auch schaffen sollte. Ich kaufte eine Kuh, ein Schwein und ein paar Hühner. Sobald ich im Haus einigermaßen Ordnung geschaffen hatte, begann ich im Schutz der Bäume einen Gemüsegarten anzulegen.

Ich trat meine Stelle in Laceys Schule an und arbeitete dort drei Tage in der Woche. Sie blieb an ihrem alten Platz in Tremorney und leitete nun zwei Klassen, eine im ehemaligen Wohnzimmer und eine im Esszimmer nebenan. Wir hatten in diesen Anfangstagen jede acht Schüler; sie unterrichtete die jüngeren Kinder, ich die älteren.

Ich brauchte Monate, um die körperliche Kraft und Widerstandsfähigkeit wiederzuerlangen, die mir als Kind eigen war. Und es dauerte lang, bis ich mich daran gewöhnt hatte, ohne Geschäfte und Konzerte und die Annehmlichkeiten einer gut erreichbaren Nachbarschaft auszukommen. Ich war öfter als einmal krank, während ich Verlust und Gewinn und alles, was passiert war, verarbeitete. Wenn ich allein dalag, mich hustend in diesem abgelegenen Bauernhaus herumwarf, ohne Nan, die mich versorgte, ohne Bedienstete, die einen Arzt hätten holen können, bereute ich meine Entscheidung, wieder ein kornisches Mädchen zu sein. Aber jedes Mal kam die Morgendämmerung in engelsgleicher Pracht, zärtlich, bescheiden und strahlend, und glühte wie Neptuns Perlen und versprach bessere Tage. Und diese kamen immer.

Ich erhielt Briefe von Rebecca und von Sanderson. Es war seltsam und schön – und manchmal traurig –, Nachrichten aus der Stadt zu bekommen. Die Wochen verstrichen, die Tage wurden länger, das Leben erblühte um mich in verschwenderischer Fülle.

KAPITEL DREIUNDVIERZIG

Der Juni kam. Der Mittsommertag. Mein einundzwanzigster Geburtstag. Und damit ein Brief von Mr Diggle, Hawkers Anwalt, mit erstaunlichsten Neuigkeiten.

Mein Großvater hatte mir letztendlich doch ein Erbe hinterlassen, mit der Anweisung, es bis zu meiner Volljährigkeit treuhänderisch zu verwalten. Ich war offensichtlich die einzige Grace, die überhaupt etwas Geld erbte. Es hätte nicht gereicht, um wieder ein vornehmes Leben führen zu können – aber das wollte ich auch nicht. Es reichte jedoch, um mein Leben abzusichern, sofern ich es auf diese bescheidene Weise weiterführte. Es ermöglichte mir, Heron's Watch zu kaufen – Mr Glendower war mehr als erfreut, diesen »undichten Außenposten« an jemanden loszuwerden, der über die Mittel dazu verfügte. Ich kaufte ein Klavier und ein Pferd und einen Karren. Ich ließ mir aus London eine Menge Bücher kommen. Plötzlich wurde mein Leben leichter.

Das Vermächtnis beinhaltete auch einen unerwarteten Nachtrag. Aus irgendeinem Grund hatte mein Großvater mir auch seinen Schreibtisch aus der Bibliothek vermacht. Seine Lieferung übers Moor war eine kuriose, mühselige, unbeholfene Angelegenheit. Fünf Bewohner von Braggenstones kamen unabhängig voneinander hoch zur »alten Farm«, um zu sehen, was da eingetroffen war. Ich denke, sie waren ziemlich enttäuscht, als sie es herausfanden.

September. Fast täglich war ich in Braggenstones. Ich half ihnen bei der Ernte, die in diesem Jahr ganz anständig ausfiel. Sie scherzten, dass meine Rückkehr ihnen Glück gebracht hatte. Als der Sommer zu Ende war, kam die Alte Rilla, um bei mir zu wohnen. Sie hielt sich wacker wie eine helle Flamme, gab aber zu, dass ein Leben in ihrem einsamen Cottage kein Leben für eine Frau ihres Alters sei. Wir kümmerten uns regelmäßig um ihren Garten und legten mit Ablegern und Setzlingen, die vorsichtig umgepflanzt und gehegt wurden, auch bei mir einen nach seinem Vorbild an.

Und dann geschah eines Tages im Spätherbst etwas Außergewöhnliches. Ich saß an dem großen Eichentisch und schrieb einen Brief an Rebecca, blickte auf und sah in der Ferne einen Fremden. Ich blinzelte und da gab es mir einen Ruck – ich wusste, dass ich ihn kannte, doch er war noch zu weit weg. Ich saß ganz still und beobachtete ihn. Es war keinesfalls jemand aus der Gegend. Das waren Stadtkleider, wenn auch nicht gut geschnitten, und das war der Gang eines Städters. Wer so den Kopf von links nach rechts drehte, innehielt und über die Schulter blickte, als könnte er nicht fassen, an so einem Ort gelandet zu sein, konnte nur aus der Stadt kommen.

Als er den Bach erreichte, bückte er sich, um sich die von der Reise schmutzigen Hände zu waschen und silbriges Wasser ins Gesicht zu spritzen. Als er sich aufrichtete und wieder dem Haus zuwendete, erkannte ich ihn – im Sonnenlicht, das auf sein sandfarbenes Haar fiel. Er war gewachsen! Er hatte sich Zeit gelassen! Und ich hatte ihm noch gesagt, er solle nicht allein übers Moor gehen!

Barfuß wie immer rannte ich aus dem Haus. Lachend eilte ich übers Gras und schloss ihn im hellen Sonnenlicht in meine Arme. Es war Jacob, der gekommen war, um bei mir zu leben und mein Sohn zu sein.

Ich habe einen Baum in meinem Garten gepflanzt, ganz unterschiedlich zum Garten der Alten Rilla. Es ist eine Hasel – sie war mir die liebste, der Geisterbaum, der Baum zwischen den Welten. Und an ihre Zweige habe ich Bänder und Bindfäden gebunden, einen für jedes Mitglied der Familie Grace, wobei ich in der Familiengeschichte so weit zurückgegangen bin, wie ich mich erinnern konnte. Auf diese Weise halte ich mein Hawker gegebenes Versprechen und vergesse sie nie.

Meine Vorfahren werden hauptsächlich durch Schnüre und

Bindfäden repräsentiert, für die Graces, mit denen ich sechs Jahre meines Lebens verbracht habe, habe ich Bänder benutzt. Von Hestas Hochzeitsstrauß habe ich einen reinweißen Streifen Calantha zugedacht. Ein schwarzes Beerdigungsband für Annis. Ein kräftiges Hutband mit einem komplizierten vielfarbigen Webmuster für Dinah. Ein Stück weiches Einfassband für Irwin. Etwas Substanzloses in Lila für Judith. Einen ziemlich prächtigen Streifen schwarzen Satins für Hawker, auf den ich Elsternfedern gestickt habe, weil es mir passend erschien. Ein Stück blassrosa Kleiderbordüre für Anne. Zwei Streifen aus weichem Garn für Coatley und Elizabeth, einer grün, der andere gelb. Ein wunderschönes leuchtend blaues Banner für Sanderson, und ein schmaleres, eher schillerndes blaues Band für mich.

Es gibt auch ein Samtband in Smaragdgrün, der Farbe des aufrechten Herzens, für Turlington. Aber ich weiß nicht, wo ich es anbringen soll. An manchen Tagen binde ich es in den Baum, aber da er kein Grace ist, fühlt es sich falsch an und ich nehme es wieder ab. Doch er spielte in diesen Jahren, die ich in dieser Sippe verbrachte, eine so wichtige Rolle. Also rolle ich es auf und lege es in eine Schatulle in meinem Schlafzimmer. Aber dort fühlt es sich an wie ein Andenken an einen Geliebten, was auch nicht richtig ist. Ich bedauere unsere Liaison aus dieser sicheren Distanz nicht, ich bin dankbar für diese geteilte Liebe und die Lektionen, die ich gelernt habe. Aber diese Liebe hat – auf außergewöhnliche Weise – ihr Ende gefunden. Ich lege das Band daraufhin in eine verschließbare Schublade in dem alten Schreibtisch, doch dort fühlt es sich an wie ein Geheimnis – und ich möchte nichts Verborgenes und Brütendes, das in diesem meinem neuen Leben vor sich hin schwärt. Also wandert das Band rastlos vom Baum in die Schatulle in den Schreibtisch und wieder zurück an den Baum. Turlingtons Platz in dieser symbolischen Welt ist genauso unstet und vieldeutig, wie sein Platz auch im realen Leben war. Doch wenn ich an ihn denke, versuche ich, ihn mir glücklich vorzustellen.

Ich weigere mich, bei der Erinnerung an jene letzten, qualvollen Monate zu verweilen, und beschwöre stattdessen Bilder von ihm herauf, die ihn lachend und im Frieden mit sich in einem erfolgreichen Leben und wohlauf zeigen. Das scheint mir das mindeste zu sein, was ich für den Mann tun kann, den ich einst retten wollte. Aber ich bin zu der Überzeugung gelangt, dass wir uns nur selbst retten können – doch wenn wir klug sind, nehmen wir Hilfe an, sofern sie uns angeboten wird. Also ist es vielleicht das Beste, was ich für ihn tun kann: Ich wünsche ihm von ganzem Herzen alles Gute.

Jahre sind inzwischen vergangen, seit Florence Grace aus London zurückkam und das alte Haus im Moor in Besitz nahm. Den Schmerz, Turlington zu lieben und zu verlieren, konnte ich nie ganz vergessen, aber er hat für meine Welt an Wichtigkeit verloren. Manchmal erneuere ich mein Versprechen an mich, niemals zuzulassen, dass eine verhängnisvolle Liebe dieser Art wieder Einzug in mein Leben hält, aber da bisher nichts auf dergleichen hindeutete, ist mein Entschluss rein theoretischer Natur. Mein Adoptivsohn Jacob ist ein guter, kräftiger junger Mann, der das Land bestellt und sich um die Tiere kümmert und Laceys Schule besucht. Er hat angefangen, Tarren Mendow, einem hübschen Mädel aus Tremorney, den Hof zu machen. Die Alte Rilla kämpft weiter wie bisher, ist womöglich unbesiegbar.

Rebecca und Tobias haben mich bisher jedes Jahr besucht. Sie haben jetzt zwei Töchter, Florence und Matilda. Auch auf Sanderson ist Verlass, er kommt zwei Mal im Jahr. Seine Ehe mit Anne läuft besser, als wir dies alle damals zu hoffen wagten. Seit sie den wachsamen Augen ihrer Mutter entflohen ist, hat sie ihren Ehemann wegen der bewundernswerten Eigenschaften, die ihn ausmachen, schätzen gelernt, und nicht nur dafür, ein Grace zu sein. Auch er hat sich Mühe gegeben, sie kennenzulernen, und sie sind gute Freunde, wenigstens das. Die Partnerschaft bringt ihm Geborgenheit und seine Kinder geben ihm Freude, und so kann ich, was meinen Cousin betrifft, schließlich doch zufrieden sein.

Meine Freunde aus der Stadt verbringen während ihres Besuchs immer einen Teil ihrer Zeit in Heron's Watch und den anderen in Truro – sie bewundern mein großes altes Haus und das rätselhaft raue Moor, aber ihnen ist es *zu* rau und *zu* rätselhaft. Jacob und ich genießen es jedes Mal, uns in Truro zu ihnen zu gesellen, wo wir dann wieder über Bücher und Musik und die große weite Welt sprechen und über Mode und Klatsch und Skandale informiert werden.

Letzte Weihnachten lud ich zur Feier in mein Haus. Während ich am Klavier saß und die alten Weihnachtslieder spielte, fiel mein Blick auf den Kamin, dessen Sims die Zweige von Stechpalme, Tanne und Efeu schmückten. Unsere Nachbarn aus Braggenstones waren da und ließen sich den Glühwein, der über dem Feuer blubberte, in großen Schlucken schmecken, doch in diesem Moment scharten sich nur Lacey, die Alte Rilla, Jacob und Tarren um den Kamin. Ihr Anblick ließ mich zusammenzucken. *Familie*, sagte ich mir. Die Vision, die ich vor vielen Jahren hatte, war wahr geworden. Eine Familie braucht keinen Ehemann und keine Babys. Andere Bande sind genauso stark.

Und das ist nun wirklich das Ende meiner Geschichte – oder jedenfalls einer besonderen Geschichte: die meiner frühen Jahre und meiner Zeit bei den Graces. Der Rest ist wirklich nur ein Postskriptum. Oder eine Präambel für das nächste Leben. Aber wenn man beobachtet hat, wie der Himmel sich still und endlos erneuert, wenn man ganz nah dran am Wechsel der Jahreszeiten lebt, wenn man Ebbe und Flut der Gezeiten versteht, dann begreift man auch, dass Anfang und Ende nichts weiter als zufällige Markierungen sind, mit denen der furchtsame Mensch das Unbegreifliche zu bannen versucht. Es kommen immer noch viel mehr Geschichten.

EPILOG

Eines Frühjahrs, vielleicht sechs oder sieben Jahre nach meiner Rückkehr nach Cornwall, sitze ich vor meinem Haus und freue mich, dass der Winter seinen Rückzug angetreten hat. Unter meinen Füßen Tau, kein Frost mehr. Der hohe, klare Schrei eines Habichts, neues Leben erfüllt den Erdboden und die Farne. Ich binde einen neuen Faden – weiß diesmal – an meinen Haselnussbaum, um die Geburt von Benjamin, Sandersons zweitem Sohn, zu markieren. Die kalten Frühjahrswinde erschweren mir dies, weil sie an der Wolle zerren und meine Finger taub machen. Endlich gelingt es mir, und ich hole mein smaragdgrünes Band aus meiner Tasche. Ich hatte mir überlegt, dass ich, wenn ich schon mal dabei war, auch ihn wieder für eine Weile am Baum platzieren könnte. Aber als ich es entfalte, nimmt die Brise es mit. Ich springe auf und renne ihm hinterher, aber es ist bereits viel zu weit geflogen. Ich sehe, wie es hoch hinauf in den Himmel getragen wird und dann durch die Luft zum Moor hin und in die Freiheit tänzelt. Ich lache und nicke. So sei es.

Ich drehe mich um und nehme mein kleines Königreich in Augenschein. Rot blitzt die Alte Rilla in ihrem Garten auf, sie trägt einen neuen Schal. Eine Henne eilt aufgeregt vorbei. In der Ferne sehe ich den Rauch aus zwei oder drei Kaminen in

Braggenstones aufsteigen. Sie haben es wieder durch einen Winter geschafft. Ich mache kehrt, um hineinzugehen, als eine Stimme mich innehalten lässt.

»Entschuldigen Sie, sind Sie Miss Grace?«

Eine unbekannte Stimme. Ich drehe mich um.

Ein Mann steht vor mir, eine Stoffkappe in den Händen. Seine Kleidung ist armselig und geflickt, aber er verharrt in stiller Autorität. Er ist einige Jahre älter als ich, nahe der Vierzig vielleicht, und sein braunes Haar ist von silbernen Fäden durchzogen. Er hat klare blaue Augen von der gleichen Farbe wie der Frühlingshimmel. Er ist groß und breit und sieht aus wie ein Mann, der harte Arbeit gewohnt ist.

Ich sage ihm, dass ich Florence Grace bin.

Er stellt sich mir vor und streckt seine Hand aus. Ich ertappe mich dabei, dass ich sie mit meinen beiden Händen umfange, anstatt ihm wie üblich die Hand zu schütteln, und weiß nicht, warum ich das tue. Unser Kontakt ist warm und kurz. Er hat ein offenes, freundliches Gesicht und wirkt sowohl bescheiden als auch selbstsicher.

Er erzählt mir, dass er von Ort zu Ort ziehe und unterwegs auf Bauernhöfen helfe, wann immer eine zusätzliche Hand gebraucht werde. Und nun frage er sich, ob ich vielleicht Hilfe benötigte?

Ich brauche keine. Heron's Watch ist kein richtiger Hof. Wir sind Selbstversorger und unterstützen das Dorf, natürlich ist Arbeit da, die erledigt werden muss, aber wir leben hier auch zu dritt. Der Fremde ist jedoch ein sehr schöner Mann. Ich zögere.

Ich schaue ihm in die Augen und sehe darin Sterne funkeln. Mir schwindelt ein wenig.

Ein sanfter Mann. Warm. Seelenverwandt.

Mich packt das unerklärliche Verlangen, meine Arme um ihn zu legen. Irgendwie weiß ich ganz genau, wie es sich anfühlen würde, ihn zu halten, wie wir miteinander verschmelzen und uns verflechten würden. Und so stehe ich da und kämpfe gegen ein Gefühl an, mit dem ich nie mehr gerechnet hatte. Rebecca sagte mir, es würde wiederkommen, Sanderson sagte es, die Alte Rilla sagte es ... aber ich hatte ihnen nicht geglaubt. Doch hier ist, es beherrscht mich wieder.

Aber ich hatte mir doch *versprochen* ... Ich kenne dieses Gefühl. Ich weiß, dass Instinkt das eine, die Wirklichkeit etwas anderes ist. Ich weiß nichts über diesen Mann – nicht, ob er verheiratet ist, ob er trinkt, ob er heimlich zu Wutausbrüchen neigt. Warum zögere ich dann? Mein Leben ist erfüllt und glücklich und bedarf keines Aufruhrs durch die Liebe und das Verlangen, die ein Leben schneller aus der Bahn werfen können, wie das Leuchten eines Glühwürmchens erlischt. Und ein sich selbst gegebenes Versprechen ist etwas Heiliges.

Und dennoch zögere ich. Ich bemerke sein kräftiges Kinn mit den Bartstoppeln darauf, silbrig und rau. Es juckt mich in den Fingern, es zu berühren. Und ich wünsche mir ganz im Ernst, mein Versprechen neu verhandeln zu können.

Es muss seltsam wirken, dass ich so lange brauche, um ihm zu antworten, doch er betrachtet mich geduldig – und lächelt. Und plötzlich taucht ein Bild vor mir auf, so flüchtig und verstörend wie die, die mich vor so langer Zeit in Hampstead foppten. Verstörend – und doch war jedes Einzelne von ihnen wahr geworden. Ich sehe mich mit diesem Mann durch meine Moorlandschaft wandern, unsere Schritte im Gleichklang. Es ist nicht heute, es sind noch viele Jahre bis dorthin, wir sind beide viel älter. Doch die Art und Weise, wie wir einander ansehen, ist nicht anders als die, wie wir uns jetzt ansehen. Das raubt mir den Atem. Ich blinzele, und das Bild ist verschwunden. Ich erwidere das Lächeln des Fremden und sehe, wie seine Augen sich weiten. Also fühlt auch er es.

Ich sollte dankend ablehnen und ihm etwas Essen für seine Reise anbieten. Stattdessen folge ich meinem Herzen. Es ist der einzige Weg, um ein Leben zu leben.

»Möchten Sie vielleicht reinkommen?«, frage ich.

DANKSAGUNGEN

Was war das für ein turbulentes letztes Jahr! Gleich nach der ganzen Aufregung um *Amy Snow* schrieb ich *Florence Grace*, und ohne die Liebe und die Unterstützung einer großen Menge von Leuten hätte ich das gar nicht schaffen können.

Ein riesiges Dankeschön geht wieder an mein unglaubliches Verlagsteam bei Quercus – ich LIEBE es, mit euch ALLEN zu arbeiten –, und dabei vor allem an Kathryn Taussig, meine großartige Lektorin, deren Geschick, Urteilsvermögen und Unterstützung unübertroffen sind. Und gleichermaßen auch an meine hervorragende Agentin Eugenie Furniss, die jeden Schritt des Entstehungsprozesses begleitet hat, was mir viel bedeutet. Danke an euch für alles.

Und wieder war ich mit einem Spitzenteam vertrauenswürdiger Testleser gesegnet, deren Reaktionen auf meinen ersten Entwurf von *Florence Grace* mir eine unschätzbare Hilfe waren, weil sie meinen Blick für die Ausrichtung des Buches schärften und mich in meiner Vision bestärkten: Jane Rees (Mama), immer meine erste Leserin, Meisterin und Lotsin; Stephanie Basford-Morris, Marjorie Hawthorne (Mitreisende nach Madeira!), Ellen Pruyne und Christine Rees. Ich danke euch allen.

Was meine Freunde betrifft, so kann ich mir wie immer keine besseren wünschen. Ich bin so glücklich, euch zu haben – ich danke euch allen.

Die besonderen Cheerleader, die wirklich die Mühe auf sich genommen haben, das aufregende, herausfordernde und einen oft verrückt machende »Zweitbuchphänomen« zu verstehen, waren: Stephanie Basford-Morris (die ein Fels für mich war und mich sogar persönlich einmal aus dem Land eskortiert hat), Lisa Mears (die Personifikation von Sandersons Geduld, als sie mir das Klavierspielen beibrachte), Cheryl Powell (wenn sie da ist, lacht die Sonne), Teresa Sherlock (wegen ihrer großen Weisheit, vor allem in Hinblick auf die nicht greifbaren Aspekte der Schriftstellerexistenz), Lucy Davies (sie versteht die Freude und die Notwendigkeit, geerdet zu bleiben), Jacks Lyndon (der mir großzügig zu reizenden Gelegenheiten und Kontakten verholfen hat, um meine Arbeit in Wales voranzutreiben), Jules Rees, Patsy Rodgers, Rosie Stanbridge und Ludwig Esser (hervorragender Fotograf). Ihr seid alle phantastisch. Danke.

Und auch danke an die wunderbare »York-Bande«. Danke an Cindy Magyar und Vince Magyar für ihre Gastlichkeit, Freundschaft und den phantastischen Spaß, an Rozz Hancock für das warme Willkommen und wunderbare Essen, und an die York Writer für unablässige Unterstützung und Verbundenheit, die ich sehr zu schätzen weiß. Könntet ihr nicht alle einfach nach South Wales ziehen …?

Des Weiteren gilt mein Dank den Folgenden:

Nick Rusling von Coach House Pianos dafür, dass er sich Zeit nahm, mir die schönen und faszinierenden viktorianischen Klaviere in seinem erlesenen Laden zu zeigen, und mich an seinem Informationsschatz teilhaben ließ.

Elaine Uttley vom Bath Fashion Museum für die wunderbare Lehrstunde über die Kleidung in den 1850ern.

Und schließlich noch ein weiterer riesiger Dank an meine Eltern für ihre unendliche Liebe und Unterstützung und dafür, dass sie die besten Eltern sind, die man sich wünschen kann.

Die folgenden Bücher waren nützliche und faszinierende Quellen für meine Arbeit an *Florence Grace*:

Alison Adburgham, *A Punch History of Manners and Modes*. Hutchinson, London 1961

John Burnett, *Plenty and Want: A Social History of Diet in England from 1815 to the Present Day*. Scolar, London 1979

Daphne Du Maurier, *Zauberhaftes Cornwall*. Insel, Berlin 2014

Judith Flanders, *The Victorian City*. Atlantic Books, London 2012

F. E. Halliday, *A History of Cornwall*. House of Stratus, Thirsk 2001

Adele Nozedar, *The Hedgerow Handbook*. Square Peg, London 2012

Michael Paterson, *A Brief History of Life in Victorian Britain*. Robinson, London 2008